CB122995

DIÁRIO
de
FRANCISCO BRENNAND

IN
QUIE
TU
DE_

DIÁRIO *de* FRANCISCO BRENNAND

O Nome do Livro

Vol. I

1949 ~ 1979

APRESENTAÇÃO

Um Francisco em muitos Brennands

Diante do vigor da arte e da agenda de Francisco Brennand, parece natural que Lina Bo Bardi tenha escolhido debater a batalha da cultura autêntica do Brasil em texto a ele dedicado. Seu argumento era que o país optaria por produzir arte autônoma, construída sobre raízes próprias, ou por reger-se pela inautenticidade de esquemas importados. O Brasil está dividido entre os que olham para fora atrás de novidades e os que buscam as heranças escassas de "as raízes de uma cultura informe, para construí-la com uma seriedade que não admite sorrisos" (1961). No Recife moderno, tal "olhar à volta" nunca foi mirar metrópoles, mas explorar horizontes, transversalidades e profundeza ancestral. Nesta introdução aos inúmeros sentidos do *Diário de Francisco Brennand*, o que se segue não é roteiro, mas deambulações introdutórias.

Paradigma de Brasil, o pintor Vicente do Rego Monteiro emprestou sua paleta à lógica cerâmica de Brennand e à pintura de Lasar Segall. No modernismo, a obra de Rego Monteiro explorou os padrões da cerâmica arqueológica do engobe à queima do barro funerário pré-cabralino do Marajó como hipótese de uma pintura em que "tudo se perde na terra / em forma de alma, ou nada," como nos versos de João Cabral de Melo Neto em "Cemitério pernambucano (Custódia)". Toda a obra de Brennand bordeja esse "nada" tão drástico. Nele, a adversidade seca da escassez é germana do mistério primal da experiência única de subjetivação e do compartilhamento coletivo do mito. Ele quer o barro originário submetido a seu destino último a 1400 graus centígrados, como a queima metafórica de seu sentido metafísico sob o enfrentamento da física. De João Cabral a Brennand, queimar é *fazer as coisas*. A produtividade simbólica do calor é calcinar o barro para fixar a memória do sujeito histórico. Já *Eu vi o mundo ele começava no Recife* é visão projetiva de Cícero Dias fincado na história e no direito ao Olimpo teogônico e ao Inferno dantesco. No caleidoscópio Brennand, surgem o Observador de Vicente e Cícero, o Confidente de Ariano Suassuna, o Amigo de João Cabral, o Secretário de Miguel Arraes, o Colaborador de Paulo Freire, o Interlocutor de Aloisio Magalhães, o Companheiro de rota de José Cláudio - há um *Homo Pernambucensis* múltiplo no sempre mesmo Francisco Brennand. A Oficina foi seu diuturno (re)começo do mundo. No regime ótico de Brennand, ocorre o descortino de um "céu mineral" como no "Cemitério pernambucano (Floresta do Navio)" de João Cabral, mas era preciso transformar o céu em horizonte da arte e todo espelho em lente da emancipação intelectual (*d'après* Borges).

Na cúpula do *Templo do Ovo Primordial* na Oficina, um ovo, preso por um fio, pende oscilante da abóbada. Tal *Ovo Primordial* consiste em dispositivo pendular composto por uma massa *m* suspensa por um fio *l*, onde seu ponto de apoio é livre para girar em movimento sutil que captura e expõe a dinâmica da rotação da Terra em torno de seu próprio eixo. Essa é também a fórmula científica do objeto que J. B. Léon Foucault instalou na basílica de Sainte-Geneviève em Paris em 1851 para demonstrar o movimento da Terra. Em afinada apropriação transgeracional, o pêndulo de Foucault emerge na escultura no Brasil: o *Ovo Primordial* de Brennand, o *Pêndulo de Foucault* de Tunga (alusão aos enforcados de Callot e Cézanne) e *Leviatã* de Ernesto Neto (sobre as liberdades no Partenon em Paris). Neles, a gravidade é a condição física que imbrica visão cósmica a díspares poéticas do corpo. A forma ovoide do *Recém-nascido* de Brancusi tem um corte que o diferencia de todo outro sólido por processo de individuação, já o *Ovo Primordial* trata de um ponto na evolução em que a vida amadurece para explodir-se em inflexão cosmogônica e conter todos os incontáveis ovos que virão por milhões de anos. Para o escultor da temperatura, era necessário que o barro esfriasse para assumir sua condição estética de ovo-vida e de passagem de ser pleno ao *nada* do Cemitério Pernambucano (Custódia).

O *Diário* de Brennand mapeia os percursos da vontade de saber (não é assim o desejo em Foucault?), da vontade de potência (não é isto o móvel para além dos próprios limites em Nietzsche?) e da vontade de dizer (não é isto que está para além do dizível e o que se deve guardar em silêncio ou ainda expressá-lo em arte, antes que se converta em metafísica na filosofia de Wittgenstein?), da demanda por amor insaciável (o que deseja uma mulher? não é esta, afinal, a indagação irresoluta de Freud e da obra de Brennand sendo sua arte lugar do desejo?).

A escrita constante e reflexiva de Francisco Brennand, iniciada em 1949 é caso singular do memorialismo no Brasil. Por que um artista plástico potente precisa escrever com essa determinação? O *Diário* não busca legitimar sua arte nem seus relatos de encontros significativos são atos vulgares de esnobismo, mas a revelação de ideias, imagens, escrituras e experiências que se incorporam a seu processo. Tanto fôlego para escrever exigiu ainda mais fôlego para viver, para lembrar-se de tanta urgência, para aceitar ser impossível esquecer como condição inquieta do artista. A memória despontou em Marcel Proust e se estende em suas profundezas, diapasão e vagueares desde a evocação sensorial da *madeleine*, agora matéria calcinada, ou pelo piano do pai na casa em São João e nos percursos míticos de Ganimede na celebração do intelecto e da virilidade para converter o barro bruto em carnação do humano. Aqui, um olhar desejante articula *techné*, *poiesis* e *episteme*. O *Diário* de Brennand é da cepa do memorialismo moderno dos irmãos Goncourt ou da abrangência reflexiva de Pedro Nava – Nava e Brennand, dois proustianos. Desvelam a cartografia vasta da invenção do sujeito na modernidade com o convite para mergulhar no tempo expandido em duração.

Os termos entranhamento, incorporação e *carnação* servem para denotar o índice carnal no signo material da arte de Brennand. Tanto envolvimento com a matéria da terra, remete à origem do artista numa família de empresários da indústria de telhas e tijolos. Daí cogitar-se de um inconsciente cerâmico que informa a plasticidade do mito e da história. A descoberta do inconsciente por Freud conduziu aos desdobramentos dimensionais na abordagem da cultura até se compreender com Lacan que o inconsciente se estrutura como linguagem. Daí, surgindo camadas como o inconsciente linguístico ancorado na virada linguística de Saussure, inconsciente político (Edward Said), o inconsciente ótico (Rosalind Krauss) e o inconsciente matemático.

Nesta lógica, a hipótese do inconsciente cerâmico ancora-se na psicanálise dos elementos de Gaston Bachelard, na potência fenomenológica dos devaneios (*rêveries*) sobre a matéria da Terra.

O *corpus* de Brennand clama por leituras transversais do diverso em seu programa estético. O *Diário* expande o sujeito linguístico em seu discurso do signo material, em sua passagem de Sausurre a Wittgenstein. Entre os jogos de linguagem, estão o acaso e a memória da obra desenvolvida "sem ver" que surpreende como o alinhamento entre o inesperado no forno de Brennand, a memória construtiva das *Fotoformas* de Geraldo de Barros e as *Pinturas cegas* de Tomie Ohtake. A arquitetura de Brennand resulta no encontro entre a arqueologia industrial impregnado por evidências do trabalho e o abrigo do imaginário épico. Esse ponto de transição é o lugar onde o inconsciente cerâmico age e agencia o trabalho. Uma perspectiva brasileira de modernidade como noção de progresso em arte depositou na indústria a expectativa de empenho na produção de arte, garantindo ao processo de industrialização de São Paulo um destino manifesto da cidade à vanguarda. Creu quem quis, desiludiu-se quem creu. Essa crença na urbanização e na industrialização implicava em projetar funções de mecenato ao capital. As três experiências mais bem-sucedidas no Brasil de integração entre arte e indústria se deram todas fora do confronto com o capital industrial: Geraldo de Barros na Unilabor, Franz Weissmann na Ciferal e Francisco Brennand.

Na história da cultura do Brasil, a *antropofagia brennandiana* é um modo próprio de metabolizar forças inerentes ao sujeito e contaminações da experiência vivenciada. A glutonia de *O canibal* e *Bebê canibal* cogita de um processo de aniquilação e deglutição como positividade. A antropofagia desfolha-se em desejo e devoração imaginária na matéria libidinal do grafite, dos pastéis, da pintura, da fotografia e do barro. Na geração surgida no pós-guerra, a aventura do atelier permite associar criticamente o signo voluptuoso de José Cláudio, Francisco Brennand e Iberê Camargo. Conceito complexo, a *antropofagia brennandiana* configura-se, ademais, como canibalismo social como nas relações transhistóricas construídas no mural *Batalha dos Guararapes*, que antecipa a Confederação do Equador, entre as lutas pela emancipação histórica do Nordeste.

A dimensão fenomenológica da obra de Brennand implica em processos de percepção, admitir um olhar háptico (a tactilidade implícita na cerâmica e plasticidade de suas imagens planares e objetos tridimensionais) e uma espécie de reversibilidade entre o sujeito sensorial e a pintura ou a cerâmica. Conclui-se do *Diário* que o artista, que leu tanto, foi cuidadoso em transformar a leitura em conhecimento, em lugar de usá-la como sabença loquaz para legitimar a obra, pois ler não é ver. Tampouco, sua arte ilustra textos lidos. Como Mário Pedrosa, Ferreira Gullar, Lygia Clark, Lygia Pape, Amílcar de Castro, Hélio Oiticica e Tomie Ohtake, Brennand leu a fenomenologia de Maurice Merleau-Ponty, decisiva para compreender certas chaves da arte brasileira, pois o filósofo assumiu o tema de Valéry da reversibilidade entre arte e artista: "é emprestando seu corpo ao mundo que o pintor muda o mundo em pintura" (*L'oeil et l'esprit*). O Brennand mais conhecido é o artista do empréstimo do corpo à arte da terra e do fogo, atravessada pela vontade material do barro como o devaneio primal da Terra.

O Brennand político não opera sob a retórica impotente do vitimismo. Nas Américas devastadas pela violência colonial, pela cooperação deslumbrada de Atahualpa com o colonizador, pelas disputas intestinas entre os incas, pelos sistemas de poder entre as sociedades indígenas, a épica de Brennand expõe o desequilíbrio de forças na guerra antropológica. Um projeto de um futuro texto sobre Francisco Brennand só poderá ser uma cartografia incompleta que, resistindo à mecânica taxonômica da cronologia e dos meios técnicos, se aventurasse a bordejar a muita terra ignota que nos é entregue por esse *corpus* de matéria e palavras.

Paulo Herkenhoff

PREFÁCIO

Certa vez afirmou Jorge Luis Borges que o casual não existia, frase que ele seria o primeiro a reconhecer ter sido proferida por inúmeras bocas antes da sua, bocas de olvidados místicos da Ásia ou de quaisquer antigos gregos, já que a esses nada escapava. Tal ideia, relembrada mais de uma vez por Francisco Brennand no presente livro, era seguramente a mesma que conduzia um Strindberg desesperado pelas ruas de Paris, percebendo nos mais fortuitos acontecimentos um sentido oculto, a mesma, por sua vez, que deve ter dominado o alto espírito de Gérard de Nerval quando compôs os incomparáveis sonetos de *Les chimères*.

Acredite-se ou não em tal assertiva, só posso agradecer o acaso, ou à ausência dele, pelo fato de, através dos mais ínvios caminhos, encontrar-me aqui no mais que honroso exercício de escrever um desnecessário prefácio para o *Diário* de Brennand, obra lendária entre os que mais ou menos a conheciam ou dela haviam ouvido falar. Este monumento literário, pois exatamente disso se trata, composto durante mais de meio século, já fora citado ou comentado por homens de letras como Weydson Barros Leal, Mário Hélio ou Fernando Monteiro, assim como passado pelas mãos de editores avisados como Sérgio Lacerda ou José Mário Pereira.

O gênero literário do diário, ao qual os franceses comumente chamam de *journal*, embora em certas ocasiões possa tomar o nome de *cahiers*, é um dos mais impalpáveis e híbridos entre todos eles. Incontornavelmente, o diário é um parente próximo das memórias, com a diferença fundamental de que essas podem ser escritas de uma só vez e a uma longa distância temporal – "*emotion recollected in tranquility*", na definição de Wordsworth para a poesia que bem lhes caberia -, enquanto o diário é escrito no calor do momento, mesmo que possa ser polido ou retocado posteriormente, e, por isso mesmo, de maneira bastante mais fragmentária.

Se o diário é sempre proximamente aparentado com as memórias, com as autobiografias, carrega também com ele, implacavelmente, um registro de época, histórico, sociológico e antropológico que pode chegar a ter um valor inestimável para a reconstituição de um período e de uma mentalidade, como acontece, um exemplo entre muitos, com o célebre diário de Samuel Pepys em relação ao século XVII londrino.

Outra característica inarredável do gênero é a autoanálise psicológica do autor, mais ou menos presente em todos, assumindo um protagonismo fascinante no caso do gigantesco diário de Henri-Frédéric Amiel, ou, sem alcançar a profundidade deste, no da célebre pintora russa Maria Bashkirtseff. Por outro lado, a própria natureza do gênero o aproxima às vezes da literatura aforismática de grande número de pensadores e moralistas, assim como, quando da autoria de grandes artistas ou intelectuais, da crítica, nascida da vivência direta com as artes e o pensamento de uma época, o que podemos encontrar um pouco em toda parte, seja no fundamental diário dos irmãos Goncourt, no de Eugène Delacroix, no de André Gide ou no de Paul Léautaud.

Entre nós, na literatura brasileira, a tradição do diário é simplesmente episódica, bem mais do que a das memórias, gênero que criou não poucas obras admiráveis e atingiu culminâncias incontestáveis com a obra de Pedro Nava. Após os dois volumes do desigual *Diário secreto* de Humberto de Campos, dos diários íntimos e de internação de Lima Barreto – todos de publicação póstuma - tivemos uma marcante floração de diários, em meados do século XX, entre um certo grupo de intelectuais e escritores ligados ao catolicismo, como Otávio de Faria, Lúcio Cardoso ou Roberto Alvim Correa, ainda que as obras de maior extensão no gênero estejam nos vários volumes de Ascendino Leite e na volumosa série de diários de Josué Montello. Esta última abriga, sem qualquer dúvida, um vasto e valioso panorama da vida literária brasileira por mais de quatro décadas, embora, *homo literarius* estrito que era o seu autor, restrinja-se bastante à mesma vida literária e acadêmica, fato que podemos comprovar, curiosamente, na sua anotação de 23 de agosto de 1981 sobre o falecimento, seis dias antes, da nonagenária Carolina Nabuco, no dia seguinte àquele em que o Brasil perdia, traumaticamente, aos 42 anos de idade, um gigante do cinema universal como Glauber Rocha, fato sobre o qual não fez qualquer menção.

Para não omitir importantes exemplos do gênero, não no Brasil, mas em nossa língua, vale a pena lembrar, em Portugal, o *Diário íntimo* do lúcido e torturado Manuel Laranjeira, e, especialmente, o vasto *Diário* de Miguel Torga, obra maior onde a poesia se mescla regularmente à prosa.

Tal flutuação entre os gêneros sempre traz algo de fascinador, e é um dos pontos centrais de atração, por exemplo, de *Os sertões*, monumento máximo, ao lado do *Grande sertão: veredas*, da literatura brasileira. Nele Euclides da Cunha alcança a fusão, involuntária mas plenamente realizada, de todos os gêneros literários numa única obra. De fato, antes de tudo, é *Os sertões* uma narrativa militar, de inigualável e técnica qualidade de observação. Grandes livros do gênero se escreveram no Brasil, como a obra-prima do Visconde de Taunay, *A retirada da Laguna* - *La retraite de Laguna* no seu original francês - ou alguns importantes títulos pouco lembrados, como as *Reminiscências da Campanha do Paraguai*, do General Dionísio Cerqueira, ou *A Coluna Prestes, marchas e combates*, de Lourenço Moreira Lima, secretário da mesma, cognominado "O bacharel feroz", mas nenhum com a abrangência espantosa do livro de Euclides.

Os sertões, na mesma linha de caracterização múltipla, não deixa de ser uma expressa reportagem do desencantado engenheiro militar que era então o seu autor, muito providencialmente enviado pelo jornal *O Estado de S. Paulo* como correspondente para o obscuro conflito que mesmerizava o Brasil. Livro de ciência, sem dúvida, é título que também lhe cabe, tendo em vista o espantoso arsenal de teorias científicas - geográficas, geológicas, botânicas, antropológicas – às vezes flagrantemente erradas, sobretudo no último caso, reunido pelo autor no seu trabalho de compreensão do complexo fenômeno com que se deparava a nacionalidade. Epopeia, sem dúvida, pois – fora dos moldes irrecuperáveis da epopeia clássica – há nele as duas características cuja predominância, em nossa opinião, permitiria atribuir, na literatura moderna, tal categoria a determinada obra: a ação bélica e a grandeza, o titanismo, certa deformação algo expressionista, antirrealista por natureza, que confere aos personagens da ação uma altura sobre-humana, inconciliável com os momentos comezinhos da vida. Ambas as coisas encontramos plenamente em Euclides, ainda que narrando um acontecimento histórico, mas cujos contornos atingiram alturas que parecem além do real, e qualquer um que retornar ao terrível crescendo do livro – que se inicia, como num *travelling* descendente infinito, abarcando do alto metade do território nacional, e só terminando ao penetrar dentro de uma das órbitas do crânio de Antônio Conselheiro – compreenderá isso.

O mais fascinante, no entanto, é que há igualmente em *Os sertões* um romance. Logo Euclides, homem confessadamente sem imaginação – o perfeito contrário de um Guimarães Rosa –, que dizia que sua escrita era como uma ave, que precisava de um galho, a realidade, para alçar voo, acabou por escrever um romance invisível, onde há um só protagonista oculto, o próprio autor, e um só drama, a lenta alteração das ideias prévias com que se aproximou do teatro das lutas, pela longa e muda aprendizagem de seiscentas páginas. O homem Euclides, com as suas já mencionadas contradições que vão aflorando paulatinamente, é o protagonista inconsciente desta obra romanesca subjacente, palimpséstica, não escrita, que é sem dúvida uma das grandezas maiores do livro. Mas, além de tudo isso, *Os sertões* é uma tragédia. A característica central, definidora, da tragédia, é a de uma força superior e incognoscível, seja a Moira grega, o *Fatum* romano, o Destino ou a Sina para nós, que arrasta os pobres homens inconscientes para a sua desgraça e destruição. Naquela guerra fratricida e estúpida, onde nem os jagunços do Conselheiro queriam derrubar a República e nem a maior parte dos soldados da República sabiam bem o que vinha ela a ser, naquela tragédia dos erros que envolveu todo um país, havia uma divindade superior, imensa e inalcançável, pairando acima de tudo, a Incompreensão. A Incompreensão assim, com maiúscula. A Incompreensão entre as elites eufêmicas da sociedade positivista, europeizada e laica do litoral à beira do século XX e os sertanejos quase medievais, quase feudais, *arriérés* perdidos num limbo histórico e geográfico dos centros de poder do país.

Neste momento, poderia o leitor perguntar-se, espantado, por que esta longa digressão sobre Euclides num prefácio ao *Diário* de Brennand. É por que ela surgiu involuntariamente, a partir da análise do que há de fascinante nas obras sem gênero definido ou com gêneros múltiplos, como é *O nome do livro*, e esse surgir quase a despeito do autor é uma das características comuns no gênero do diário, onde um tema arrasta para outro, e este para outros muitos naquele obscuro anelo pela onisciência que há no fundo do homem que pensa. Pode-se perceber isso, apenas como exemplo, nas numerosas páginas escritas pelo autor sobre a gênese do seu admirável painel sobre a Batalha dos Guararapes, tema icônico, em todos os sentidos da palavra, para Pernambuco e para o Brasil. Essa tendência prometeica ou fáustica – dois personagens do imaginário brennandiano –, que atrai o homem de espírito para aquele que é um dos três principais atributos divinos, é muito perceptível no grande artista pernambucano, e até o autor destas linhas, que não se julga muito afastado de tal família espiritual, escreveu sobre ela esse poemeto, há alguns anos atrás:

OBSESSÃO

Morrerei, mas não consigo
Parar de querer saber,
De ouvir, de tocar, de ler,
Um êxtase ou um castigo?

A fome da onisciência
Que é só de Deus, me corrói.
A bondade, nem me dói,
A eternidade, paciência...

Mas voltando ao que chamamos de romance oculto em *Os sertões*, existe igualmente um outro, não tão oculto, no *Diário* de Brennand, um sutil romance autobiográfico, através do desvelado monólogo interior do protagonista, oscilando, num movimento pendular, entre o observador da arte, do universo, do pensamento próprio, alheio e universal, e o indivíduo, com as suas características inarredáveis. Entre essas, há no Brennand narrador uma certa misoginia muito curiosa, que o aproxima de ilustres figuras como Schopenhauer, Baudelaire ou o já lembrado Strindberg. Duas formas de misoginia existem, na verdade, a daqueles aos quais as mulheres provocam aversão e a daqueles que são excessivamente atraídos ou fascinados por elas. Na segunda, onde a misoginia surge como uma espécie de defesa, se inclui, evidentemente, o nosso autor. E se tal romance subjacente existe nos diários, ele não pode deixar de se incluir, sem qualquer dúvida, no subgênero do romance de formação, o *Bildungsroman*, de forte tradição germânica, pois, da primeira à última página, isso acontece, desde a viagem inaugural à Europa, desde o primeiro encontro frente a frente com os grande mestres, até as experiências infindáveis com a matéria em suas incontáveis formas, o fogo e os fornos do ceramista, os pigmentos e os suportes do pintor.

Outra característica comprovadora de tal tese romanesca é a criação de um *alter ego* do autor a partir de certo momento da obra, o mesmo recurso, aliás, usado por Pedro Nava em suas memórias, e que nelas aparece com uma espécie de cesura muito marcante. De fato, no segundo volume de *O nome do livro*, Brennand cria o personagem Nonato, seu *alter ego* contraditor, que inclusive sobreviverá ficcionalmente ao próprio protagonista – mas isso já é outra história – assim como Nava criara o personagem Egon, provavelmente para alcançar uma liberdade narrativa além da pessoal no seguimento de sua obra lamentavelmente truncada pelo suicídio. Ambos os nomes, aliás, revelam um sutil jogo de palavras, e no caso do *Diário* de Brennand as personagens imaginárias não se limitam a Nonato, havendo ainda outras como Viriata e o Dr. Intruso.

O nome do livro – título curiosamente nascido da pergunta repetida mil vezes sobre qual seria o nome do livro – oscila também entre um caráter aforismático e vastos textos analíticos, de magnífica acuidade, sobre questões estéticas, humanas, filosóficas e outras. Pelo lado dos aforismos ele se aproxima, aliás, de uma genealogia rara entre nós, cujo patrono deve ser, ainda na Colônia, o grande Matias Aires das *Reflexões sobre a vaidade dos homens*, e da qual lembraríamos, em termos europeus modernos, o admirável Cioran, com um pouco menos de pessimismo. As reflexões sobre a arte, por outro lado, nos fazem pensar nas sintéticas *Memórias de Balthus* – pintor que fortes afinidades eletivas ligam a Francisco Brennand – ainda que, nesse caso, registradas oralmente e redigidas por outras mãos.

Homem profundamente ligado à cultura europeia, que é a fonte espiritual maior das Américas – essa espécie de Magna Grécia da Europa –, Francisco Brennand traz como característica marcante essa curiosidade múltipla e insaciável do homem da Renascença, o que, aliás, já foi dito não poucas vezes. De certo modo, *O nome do livro* poderia ter como subtítulo aquele do maior dos poemas do grande Cesário Verde – irmão espiritual mais velho do nosso inigualado Augusto dos Anjos – "O Sentimento de um Ocidental". Nessa espécie de música do pensamento em que consiste esse conjunto de cadernos, há algo que arrasta o leitor para a página seguinte, e parte desse algo é provavelmente a variedade espantosa de temas e a agudeza da visão que recai sobre todos eles.

Pintura, escultura, história, filosofia, música, cinema, a vida de cada dia, a vida amorosa, a memória, a literatura – essa, aparentemente, de forma mais marcante do que todo o resto – arrastam o leitor digno do nome de uma página para a outra, com a vantagem, típica do gênero, de que uma leitura aleatoriamente saltada também pode ser empreendida sem atingir em nada o valor intrínseco de cada fragmento.

Não temos a menor dúvida ao afirmar que *O nome do livro* é a obra maior no gênero do diário já aparecida na literatura brasileira, com suas mais de cinco décadas de composição, com a atordoante riqueza de temas e a magnífica galeria de personagens retratados ou analisados, e, sobretudo, com o estilo pessoal e preciso que se mantém do início ao fim da obra, uma constante rara, uma permanência incomum em livro de tal extensão temporal e de volume.

Fora isso, creio não poder haver, de agora em diante, exegese da arte de Francisco Brennand – sobre o qual foram escritos não poucos textos primorosos – sem a utilização das autoanálises e das declarações de intenções que nele se encontram. Pois em Brennand se unem o artista e o intelectual, fato mais ou menos obrigatório na literatura, essa arte que trabalha com conceitos, mas não nas artes plásticas nem na música. Há grandíssimos pintores sem qualquer formação intelectual, bastando lembrar o fabuloso Douanier Rousseau, *naïf* muito mais na vida do que na arte. O mesmo pode ocorrer na música, como no caso, por exemplo, de Anton Bruckner. Pode-se apreciar mais ou menos a estruturação de suas obras sinfônicas, às quais o formalmente irretocável Brahms chamou de "serpentes a desenrolar-se eternamente", mas o que não se pode negar é a prodigiosa força emocional de sua obra, ainda que o homem em si beirasse a parvoíce, pelo depoimento de muitos de seus contemporâneos. No total oposto de tudo isso, em Brennand o artista e o intelectual são complementares, autofecundantes, e um não pode ser compreendido sem o outro.

Creio que será uma surpresa para todos que não a conheciam, ao menos parcialmente, descobrir essa grande obra literária que é *O nome do livro*, esse diário, essa reunião de muitos cadernos de um artista genial, do criador de um mundo completo, desse manipulador de mitologias que é Francisco Brennand.

Alexei Bueno

Autorretrato como Cardeal Inquisidor, 1948.

O Nome do Livro

Vol. I

1949 ~ 1979

O que quer que faça, você se arrependerá.
Allan McLeod Gray

Quanto a mim, diz Tardewski, o senhor talvez tenha notado,
sou um homem inteiramente feito de citações.
Ricardo Piglia

Não podemos admitir que se impeça o livre
desenvolvimento de um delírio.
Antonin Artaud

A Deborah

1949

Rio de Janeiro

10 de janeiro

Não foi a ideia da viagem que me imobilizou. Antes, o propósito de ser obrigado a descrever, palmo a palmo, os meus dias e, evidentemente, aqueles que corresponderem à viagem de barco, que só acontecerá no próximo mês. Com muita antecedência, resolvemos eu e Deborah que a nossa mala – da qual dependeremos para tudo, contendo toda espécie de utensílios, roupagens e até alimentos –, seguisse de navio até aqui. Dado o volume, como já me explicaram na alfândega, ela deverá ficar armazenada no porto à espera do dia definitivo da viagem. De certo modo, esse detalhe sem importância e até mesmo ridículo, eu suponho que por fidelidade ao meu objetivo de tudo registrar, não poderia ser omitido. Cheguei por duas vezes a pegar o caderno verde, onde havia colado a palavra *journal,* embora não tivesse anotado coisíssima nenhuma. Por que não me restringia a escrever cartas à maneira de outros pintores, tendo exemplos notáveis como os de Van Gogh e Gauguin? Uma carta tem sempre a intenção direta de informar e, ao mesmo tempo, pedir resposta. Todavia, o *journal* estava definitivamente adotado como o meu futuro meio de expressão. Quantas vezes abro este caderno, aturdido pelas lembranças e pronto para iniciar o que tantos outros artistas, escultores e pintores fizeram em grande parte de suas vidas! Talvez o impasse fosse resolvido no momento em que saíssemos de nossa cidade. Mas o que fazer se os navios de grande percurso não tocavam no porto do Recife? Por esta razão, foi escolhido o *R.M.S. Alcântara*, navio da Mala Real Inglesa, que desatracará do porto do Rio de Janeiro em demanda ao porto de Cherbourg, na França, nos primeiros dias do mês de fevereiro próximo.

Algumas pessoas podem pensar que essas notas iniciais já estão sendo escritas no caderno verde, mas na realidade estou me servindo de algumas folhas de papel encontradas aqui e ali. Anotações que deverão ser copiadas depois? Será que existe um método correto, absolutamente ortodoxo de se escrever um diário? Temo não ser o meu caso, pois não me é difícil prever os contínuos desfalecimentos nesta minha primeira aventura literária.

14 de janeiro

Há dias que estou andando em círculos, sempre voltando ao mesmo lugar. Como afirmei, o meu grande problema continua sendo a mala e, se repiso o assunto, é porque não vejo da parte de Deborah nenhuma preocupação semelhante. Para ela o único dever era o de fazer uma lista completa de objetos indispensáveis à nossa sobrevivência num país saído de uma grande guerra e – segundo nos avisaram – onde falta quase tudo, além de termos de enfrentar filas de um severo racionamento.

Deborah achou graça quando lhe falei dessas minhas extravagantes apreensões sobre o diário, das suas primeiras linhas, talvez, sem sentido. Ela observou: "Mas você ainda não escreveu nada!". Frase que me atingiu em cheio. Tentei justificar-me, retrucando que me sentia na obrigação de fazer uma lista circunstanciada de todo o conteúdo da mala, do abridor de latas até a panela de pressão. Ela me interrompeu: "Deixe por minha conta".

Na realidade, viajamos de avião na linha inaugural Recife/Rio, com apenas três passageiros: um rico banqueiro, de aspecto sinistro, com uma enorme cabeça sem um fio de cabelo, Deborah e eu. Durante o voo, o banqueiro mostrou-se cordato e devo confessar: a sua segurança e displicência acalmaram-me os nervos e o pavor às viagens aéreas. De algum modo, o fato de termos um endereço certo com as reservas confirmadas no Hotel Natal, situado na Cinelândia, Rua Álvaro Alvim, nº 481, num lugar repleto de lembranças de minha infância e primeira juventude, também me deixavam tranquilo, quase feliz. Era o local predileto de hospedagem do meu tio Eduardo, quando vinha da Usina Barcelos (em Campos, no estado do Rio) para passar alguns dias na capital, e igualmente um hotel conhecido pelo meu pai, nas suas poucas andanças pelo sul do país. Enfim, seria uma espécie de ilha de segurança na prolongada espera que teríamos de suportar até o dia do embarque. Logo de entrada, dois porteiros conhecidos. Considerações e mimos (isto é matéria de anotações, meu Deus!). O quarto, no oitavo andar. Na primeira noite, o barulho do salto alto da vizinha do andar de cima me deixou indócil e pronto para todas as aventuras conjugais. De resto, esse hotel não era nada inocente com relação às minhas conquistas boêmias de três anos atrás quando, através de um primo que morava no Rio, conheci a maior parte das vedetes do Teatro São Caetano.

Apesar da ótima acolhida dos tios, residentes nesta maravilhosa cidade de São Sebastião do Rio de Janeiro, isto não ameniza o calor sufocante.

---

[1] Atualmente edifício Natal, n.º 48 (N. do A.).

Mesmo com toda a hospitalidade familiar, o Rio teria me parecido intolerável se, casualmente, numa exposição, eu não tivesse conhecido o pintor Almir Mavignier, o qual, informado da minha iminente viagem a Paris, logo se mostrou interessado em acompanhar-me a alguns lugares indispensáveis – no seu modo de pensar – para meu conhecimento nesse período de espera. Entre outras localidades visitamos o Manicômio do Engenho de Dentro, onde Almir trabalha como monitor na seção de Terapêutica Ocupacional, transformado por ele num ateliê exclusivo para doentes que ali residem. Almir fez questão de colocar-me frente a frente com a Dra. Nise da Silveira, fundadora do Centro Psiquiátrico Nacional, no Engenho de Dentro, no ano de 1946.

De formação moderno-acadêmica, eu ainda não havia travado conhecimento com a arte dos doentes mentais e, sobretudo, não encontrara dois verdadeiros gênios como Raphael Domingues e Emygdio de Barros. Raphael, cujos desenhos lembram de imediato as melhores fases de Paul Klee, e Emygdio, com uma pintura expressionista de uma categoria inusitada. Raphael causou-me um verdadeiro impacto com a singularidade dos seus desenhos, de uma linha surpreendente e pura. Vê-lo trabalhar ininterruptamente, traçando linhas sem nenhuma hesitação e qualquer possibilidade de retorno, é motivo de estupefação. O desenho se conclui como se fosse psicografado. Notei um enfermeiro atento ao seu lado, o que Almir me explicou tratar-se de uma pessoa que evitava com que Raphael, às vezes irritado, destruisse o seu trabalho. Ainda mais surpreso fiquei quando descobri uma espécie de depósito repleto de desenhos amontoados de Raphael. Empilhados como se empilha jornal, numa quantidade imprevisível. Há quanto tempo desenha? Que mecanismo estranho aciona a sua mente, para chegar a esses resultados de apreensão de imagens ausentes? Para ele, certamente, o modelo pouco importa. Ou, se importa, é de imediato transfigurado na pureza de um grafismo equivalente ao da estrutura e origem do próprio papel branco sobre o qual ele risca. É como se o seu desenho existisse na natureza das coisas e não fosse apenas inventado.

Uma série dessas indagações teve suas respostas prontas, não só na linguagem de pintor de Almir Mavignier, como também na lição psicanalítica da Dra. Nise da Silveira. No entanto, prevaleceu a minha experiência visual descobrindo a existência de muitas coisas desconhecidas por completo, no próprio setor da arte que escolhera e também em relação à condição humana e aos seus desvios. Mas seriam desvios? A minha perplexidade avultou-se de tal maneira nos últimos dias de espera que evitarei retornar ao Engenho de Dentro. Sinto-me estranhamente diminuído e mesmo desorientado quanto ao meu aprendizado futuro. Todas as regras tinham sido violadas.

21 de janeiro

Com a notícia confirmada por escrito, em papel timbrado da alfândega, realçando o nome do respectivo navio que a transportou, finalmente a grande mala chegou ao seu destino. Encontra-se agora nas docas do Rio de Janeiro, num armazém apropriado à espera do atracamento do transatlântico inglês, quando então deve ser içada para os seus porões. De agora em diante não haverá mais nenhuma possibilidade de equívocos: essa mala intensamente etiquetada com o meu endereço daqui do Rio e o endereço de Paris, ou seja, o Hotel Montalembert, chegará de fato ao seu destino. Posso afirmar que dentro das minhas obsessões atuais, já considero uma verdadeira conquista esse desmesurado volume encontrar-se à nossa espera. "Decididamente estou mais sossegado." Foi o que disse ao meu tio Eduardo, esta noite, à hora do jantar. Em todos os nossos encontros, ele insiste em nos convencer a desistir da viagem. Para ele – um homem viajado e que se presume entender de política – estamos muito próximos de uma nova guerra. "A tensão política na Europa pode explodir a qualquer momento e vocês não conseguem imaginar o que representa tal situação." Depois, mencionou "o corredor de Berlim", isto é, o abastecimento aéreo, efetuado pelos americanos para chegar às diferentes zonas ocidentais, interceptadas pelos soviéticos. Embora não seja um assíduo leitor de jornal, não ignoro, de todo, esse aspecto belicoso denominado, no momento, de *guerra fria*. Por sinal, carrego, na minha valise de quarto, os dois volumes de *Guerra e paz*, de Tolstói, edição Livraria Globo – tradução de Gustavo Nonnenberg – Porto Alegre – 1945, e é o livro que devo ler durante a viagem. Num ligeiro retrospecto da história da humanidade, verificaremos que as guerras sempre foram ininterruptas e, evidentemente, alternadas com alguns períodos de paz. Somos nós os encarregados de apagar da memória a violência das escaramuças. Mas isto não impede que elas perdurem no seu cortejo de destruição, seja com estardalhaço, como uma guerra injusta, ou com heroísmo, quando entram em jogo países importantes e conhecidos, podendo também acontecer obscuramente entre países e tribos longínquas

– com a mesma ferocidade – no coração da África, Ásia ou da América do Sul, sem que sejam nem ao menos assinaladas. Tio Eduardo parece sorrir da minha petulante e inocente sabedoria literária. "A vida não é literatura. É algo bem mais violento e irreparável", ele diz.

Os seus argumentos não me assustam; o mesmo não acontece com Deborah, sempre pensativa, com seus olhos claros ligeiramente ensombrecidos. De volta ao Hotel Natal, falamos livremente em todas essas possibilidades. Mas a nossa irresponsável juventude não está pronta para desmanchar uma viagem planejada para durar dez anos, bastando levar em conta o tamanho da mala que preparamos. No hotel, o mesmo fenômeno noturno se repete. Alguém pisa com sapatos femininos de salto alto no andar de cima e isto me predispõe ao amor. Sentimos no ar a vizinhança da partida. Próxima semana estaremos embarcando com destino a Paris. Chegaremos à Europa em pleno inverno e, repetidas vezes, tenho observado a Deborah que o seu casaco, embora de pele de carneiro com dois forros, não me parece suficiente para temperaturas abaixo de zero. Ela não discorda, mas não diz nada. Vamos aguardar.

Diário de Bordo

3 de fevereiro

Finalmente, já instalados em nosso camarote no *R.M.S. Alcântara*, ficamos prontos para partir. Antes de sairmos, o navio nem havia desatracado do cais e Deborah parecia enjoada. Nos limites da Baía da Guanabara, diante do Forte de Copacabana, no tombadilho superior, a sua palidez acentuada demonstrava a necessidade de se recolher ao leito. Por solidariedade fiz o mesmo, não descendo nesta primeira noite para jantar.

4 de fevereiro

Hoje muito cedo já estava no convés rodeado por todos os lados pelo mais intenso azul, velho conhecido desde o meu nascimento, pois não sou marinheiro de primeira viagem. As contínuas idas ao Recife e vindas de lá para os diferentes colégios no sul do país nos habituaram, a mim e aos meus irmãos, às viagens marítimas em navios ingleses, italianos e alemães, que antes da guerra dominavam o transporte de cabotagem entre os diferentes portos brasileiros. Nesta manhã, o azul é mais profundo, a brisa mais fresca, o céu mais claro, e as esperanças diante do desconhecido bem mais acentuadas do que durante aquelas angustiadas viagens de uma prisão para outra. Nesse momento gostaria de ter Deborah ao meu lado, cujos olhos sabem, com certeza, ver bem mais do que os meus... Gostaria de dizer-lhe... E a melhor maneira de fazê-lo é descer para o camarote e ajudá-la no que for preciso. Além disso, eu já tomei café enquanto ela deve estar em jejum, recusando a se alimentar desde a partida do navio.

Nenhuma insistência fê-la arredar a cabeça do travesseiro. Pelo seu aspecto, demonstra estar se sentindo profundamente desconfortável. Deitei-me na outra cama apesar de suas reclamações de que eu deveria subir e apoderei-me do primeiro volume de *Guerra e paz*, no qual encontrei as seguintes palavras de Romain Rolland: "*Guerra e paz* é a mais vasta epopeia dos nossos tempos, uma Ilíada moderna". Nesse momento dificilmente eu me afastaria deste camarote, da presença de Deborah e da leitura deste livro, do começo ao fim. Na literatura russa já fiz a minha iniciação com Gógol e Dostoiévski, e de Tolstói conheço apenas *Ressurreição*, mas o universo de *Guerra e paz* será a minha próxima conquista.

Logo nas primeiras páginas, descubro o príncipe Vassili: "Exprimia-se num francês precioso, no qual nossos avós não só falavam, como pensavam com entonações macias e protetoras, próprias de um homem importante, envelhecido na sociedade e na Corte". Na Corte russa falava-se comumente em francês. A língua russa era utilizada apenas para expressões coloquiais, eu disse a Deborah. Depois, novamente em voz alta, fingindo ser o príncipe Vassili, franzindo levemente a testa, eu disse: "Que quer que eu faça? A senhora sabe que fiz tudo o que um pai pode para educá-los e ambos são *des imbéciles...*". Eu dizia estas coisas e sorria muito e procurava a cumplicidade de Deborah, mas ela mantinha-se quieta e imperturbável no seu perfil de grega, agora frio e macilento.

Não encontrando apoio, encabulado, voltava à leitura e, assim, fui pouco a pouco introduzido na Corte e nos costumes russos do século passado: "Rigorosamente repleta de personalidades do mesmo meio, isto é, a alta sociedade de Petersburgo. Lá estavam a bela Helena, filha do príncipe Vassili, trajando um vestido de gala, com distintivo das damas de honor... A princesinha Bolkonskaia, conhecida como uma das mulheres mais sedutoras da Corte, que casara no último inverno e só era vista nos saraus mais íntimos por causa da gravidez que a impedia de ir às grandes recepções; Mortemart que era introduzido pelo príncipe Hipólito, filho do príncipe Vassili, o abade Morio, e muitos outros". Depois foi a vez de conhecer o Monsieur Pierre, filho natural do Conde Bezukhov, célebre no tempo de Catarina II, agora agonizante em Moscou.

Silencioso, penetro nesse mundo tão vasto e profundo quanto o oceano Atlântico que nos rodeia. Vez ou outra eu leio em voz alta, mas já agora para mim mesmo: "Usava uma casaca verde-garrafa, calça cor de *cuisse de nymphe effrayée* (coxa de ninfa amedrontada). Para todos os lados encontrávamos o adjetivo *charmant*". Falava-se francês na corte russa e eu começo a aprender francês antes de pisar no território da França.

5 de fevereiro

As opiniões da Corte russa sobre Napoleão me fazem rir até as lágrimas: "*Mas mon cher* Monsieur Pierre – perguntou Ana Pavlovna – como se explica isso: um grande homem manda executar um duque, enfim, simplesmente outro homem sem julgamento e sem crime?..."

Mesmo na minha abstração de um interessado leitor, observo Deborah levantar-se várias vezes para ir ao banheiro e em seguida deitar-se, sem um só queixume, na sua cama, dominada pelo que os franceses chamam de *le mal de mer*.

Levantei-me para recitar em voz alta:

– Se todos fizessem a guerra por convicção não haveria guerras.
– Isso é que seria bonito! - exclamou Pedro.
O príncipe André sorriu.
– Sim, é possível que seja bonito, mas não acontecerá nunca...
– E você, por que vai para a guerra? - perguntou Pedro.
– Por quê? Nem sei. É necessário. Além disso, também... – interrompeu-se – vou porque a vida que estou levando aqui não me convém!

Não desci para almoçar, apesar da insistência de Deborah. Agora não havia mais como consertar. Ela, enjoada, e eu, hipnotizado, definitivamente, no meio de uma guerra que se esboça, violenta e demorada. Na névoa de um cochilo, lembrei-me das advertências do meu tio Eduardo. Mas a costa brasileira começa a se distanciar e eu ouço o rumor constante das ondas cortadas em branco batendo com força no casco do navio.

Guerra e paz, de Tolstói, é ao mesmo tempo a *Ilíada* moderna de que nos fala Romain Rolland e também o fantasma da guerra atualmente esboçada na Europa. Da mesma forma que Napoleão tentou dominar a Rússia, Hitler, mais que temerário, foi impelido à catástrofe. E agora, novamente, povos e culturas inconciliáveis se defrontam num perigoso arremedo daquilo que, imprudentemente, eles próprios denominaram de *guerra fria*. Quanto tempo isso ainda vai durar?... Devo ter cochilado profundamente porque quando acordei o camarote estava no escuro. É a nossa segunda noite a bordo e eu não desci para jantar e nem ao menos pedi qualquer tipo de alimento no camarote, porque isto causaria náuseas à minha mulher. Simplesmente acendi a luz de canto da cama e continuei a leitura.

Fui apresentado à delicada Natacha e, igualmente, à princesa Maria, uma quase santa. Presenciei de perto o episódio de Dolokhov bebendo uma garrafa inteira de rum numa janela de um terceiro andar, sem qualquer apoio, de costas para rua. Dizem que esse fato é verdadeiro e que aconteceu com o próprio Tolstói quando ele era estudante. Também não deixei de ver em pleno campo a passagem do imperador: "Quebrando o silêncio de morte que se formara, a voz do imperador se fez ouvir.

– *Aux hussards de Pavlograd?* – perguntou.

– *La réserve, sire* – respondeu uma voz qualquer, muito humana, depois dessa voz sobre-humana que dissera: *Les hussards de Pavlograd*?

Perto de Rostov o imperador parou. O semblante de Alexandre ainda estava mais belo que durante a revista, três dias antes. Tinha tal brilho de alegria e de mocidade inocente que lembrava o rosto radiante de uma criança de quatorze anos, e, ao mesmo tempo, o resplendor do grande soberano. Por um momento, os olhos do imperador encontraram os de Rostov..."

Nós havíamos saído do Rio de Janeiro por volta das três da tarde de antes de ontem, e, portanto, não posso considerar a manhã de hoje como o terceiro dia de viagem. Em todo caso, Deborah amanheceu faminta e tomou o seu café normalmente. Não foram necessários mais de dez minutos e mostrou-se novamente nauseada, correndo em direção à sala de banho. Na sua volta perguntei se não seria interessante chamar um médico de bordo para atendê-la e, se fosse o caso, administrar algum paliativo que melhorasse seu mal-estar. Ela reagiu indignada, e me fez ver que tinha pílulas adequadas para o enjoo e adiantou que havia tomado por duas vezes, sem nenhum resultado, mas que não aceitava de forma alguma interferência de médicos ou enfermeiras. Pediu-me apenas que subisse à procura de ar fresco, porque minha permanência no camarote a deixava constrangida. Como eu já havia tomado meu *breakfast*, sobraçando o primeiro volume de *Guerra e paz*, e na outra mão o caderno verde, subi em direção ao tombadilho que, a esta hora, ainda estava vazio de passageiros. Certamente permaneciam nos seus camarotes ou no salão, fazendo o seu desjejum à moda inglesa, que mais parecia um almoço.

Ninguém chega a um *deck* de navio sem que se apoie na amurada para olhar o mar e eu não podia abrir exceção, a minha visão sobre o azul resvalava em outras direções bastante diversas das de ontem. A leitura de *Guerra e paz* situou-me em regiões fora do tempo, não só pela paixão que me é peculiar ao ler um livro, como também pela força narrativa de Tolstói, me fazendo voltar no tempo e no espaço a um mundo que eu já adivinhava eterno na sua servidão e horror. Eu ainda não havia tomado uma só nota no caderno verde, pois os sedutores papéis de carta do *R.M.S. Alcântara*, colocados na pequena escrivaninha do camarote, foram objetos não só de admiração como de pretexto para todos os comentários que vêm se seguindo, como se fossem registros da realidade dessa viagem. Sempre me pareceu muito curiosa a minha incapacidade de anotar qualquer acontecimento presente, como se o presente não tivesse nenhuma face, como se fosse algo que apenas se preparasse para uma diluição ou esquecimento e em seguida o pretexto de recomeçar uma história, desta feita, no passado e propícia ao devaneio, aos devidos ajustes, todos na dimensão de nossa desatenta compreensão. O passado como fiel de balança.

Falar ou descrever fatos presentes é matéria jornalística e eu definitivamente não sei conjugar verbo nesse tempo. Dou como exemplo: há menos de meia hora eu dizia: "subi em direção ao tombadilho...". Logo em seguida, eu disse: "a leitura de *Guerra e paz* situou-me em regiões fora do tempo...". Involuntariamente, por incrível que pareça, às vezes costumo adotar o pretérito mais-que-perfeito... Bom, isso são considerações de alguém que se acha na obrigação de escrever um diário, cujo clímax foi alcançado no início desta narrativa com a preocupação do destino de sua grande mala, que no momento, deve repousar no mais profundo dos porões desse navio. Em que posição foi colocada? Será que está na vertical ou na horizontal? De qualquer forma, ela ainda me incomoda. Em todos os instantes na presumível chegada definitiva a Cherbourg e na ação de retirada desse volume em direção ao comboio, que nos levará a Paris, recomeça a minha ansiedade de perder essa mala para sempre, como alguém que carrega escrupulosamente um morto querido, o qual, mesmo à distância, tem de chegar ao seu destino e à consumação das exéquias, enfim, às cerimônias necessárias a um último adeus. Mas será que eu tomarei conhecimento dessa transferência ou ela será secreta e invisível como aconteceu no Rio de Janeiro?

Por uma questão de honra, esta mala tem de estar ao meu alcance para que, uma vez aberta, tanto eu como minha mulher possamos retirar a sua preciosa carga e com ela mobiliarmos uma casa ou um ateliê. Antes disso acontecer, eu me sentirei uma pessoa vulnerável e, consequentemente, não realizada.

Ofuscado pelo sol que começava a reverberar fortemente sobre as ondas, voltei à procura de uma das espreguiçadeiras do tombadilho, onde eu pretendia recomeçar a leitura de um trecho do romance de Tolstói: o momento em que o príncipe André é ferido em plena batalha, uma espécie de paradigma da inigualável força narrativa desse russo de gênio: "... Mas o príncipe André não viu como isso terminou... Sobre ele não havia nada, salvo o céu, o céu alto, sombrio, mas infinitamente alto, com nuvens claras que corriam lentamente...".

"Que suavidade, que calma, que solenidade; bem diferente de ainda há pouco quando eu estava correndo, pensou o príncipe André. Não era assim que as nuvens flutuavam no céu infinito. Como se explica que nunca vi antes um céu tão alto! Como me sinto feliz de tê-lo descoberto finalmente. Sim, tudo é fatuidade, perfídia, salvo o céu infinito. Nada existe além dele. Mas ele próprio não existe, nada existe além da calma e do repouso. Deus seja louvado!"

Com certeza devo ter ficado muito tempo preso a esse texto, talvez relendo reiteradas vezes, talvez apenas cismarento, "com este céu tão alto", como disse o príncipe André, "visto por ele pela primeira vez...".

Quando dei cobro de mim, estava rodeado de pessoas, não só nas cadeiras vizinhas, como na amurada, olhando o mar, e outras passando em grupo, não sem antes me olhar com desconfiança. Reconheci que estava fazendo o meu *début*, pois eu mal saíra do camarote desde a partida do navio. Ainda não descera uma só vez ao refeitório, nem para almoçar, nem para jantar, embora o comissário já tivesse apontado a minha mesa numerada com dois lugares no restaurante. Não era de espantar, portanto, a estranheza dos meus companheiros. Fechado no meu mutismo, sempre vestido de uma maneira extravagante, uma vez que não adoto trajes esportivos propícios ao clima tropical que ainda nos domina nessas regiões muito próximas da linha do Equador, também é preciso levar em conta a minha barba negra, fora de moda, absolutamente inesperada para um viajante de primeira classe de um barco inglês. Saí como um cego, sem olhar para coisa alguma, como se isto me tornasse invisível, e resolvi fazer, à minha maneira, uma inspeção em todo o barco. O grande *living*, a sala de fumar, a cafeteria, as lojas onde se vendem fumo de cachimbo, cigarros ingleses e turcos, a sala de jogos, os dois tombadilhos, inferior e superior, a piscina (já a esta hora repleta de banhistas). Cheguei a galgar o último *deck* na altura da base da chaminé, com a sua cor amarelo-ocre, típica dos navios da Mala Real. Levantando ainda mais a cabeça, até doer a primeira vértebra cervical, olhei a imensidão do céu azul, "tão alto" e, novamente, recordei o príncipe André, o que me fez em passo acelerado, segurando o corrimão, descer as escadas de dois em dois degraus. Passando indiferente por uma multidão de passageiros curiosos, ganhei os corredores que me levaram de novo à paz e ao silêncio dos camarotes e à presença sempre acolhedora de Deborah. Ela dormia. A camareira deve ter entrado no quarto, porque o meu leito estava perfeitamente em ordem. Sentei-me na pequena poltrona ao lado da escrivaninha e abri *Guerra e paz*. A minha perplexidade diante da cena em que o príncipe André, ferido de morte, se defronta com o todo-poderoso Napoleão Bonaparte, foi esclarecida logo depois das visões do príncipe agonizante, quando nenhum *poder da terra* poderia ter algum significado:

"...Tudo lhe parecia tão inútil e mesquinho, comparado com esses severos e majestosos transportes do pensamento que lhe provocavam o enfraquecimento das forças, devido a perda de sangue, aos sofrimentos e à espera da morte próxima! Fitando Napoleão dentro dos olhos, o príncipe André pensava na futilidade da grandeza, na inanidade da vida da qual ninguém pode compreender o sentido, e na inanidade ainda maior da morte, da qual nenhum vivente podia compreender ou explicar o significado".

Quatro horas se passaram em silêncio. Quatro longas horas em que fiquei sentado, tentando escrever ou anotando alguns textos indicativos do primeiro volume de Tolstói para um futuro comentário. Não vou dizer que me senti à vontade. Esse enjoo de Deborah me parece alguma coisa de mais grave do que uma simples agonia. Notei que ela estava acordada e, como não poderia deixar de acontecer, perguntou-me se eu já havia almoçado. Respondi com outra pergunta: "Afinal, você vai tomar coragem e subir, aproveitando a brisa marinha ou vai insistir em permanecer enclausurada durante toda a viagem?". Ela me asseverou que estava bem e que pela manhã, inclusive, havia pedido a camareira algum alimento. Fez-me jurar que esta noite eu desceria para jantar.

Nos navios ingleses ainda se conserva o costume – aliás recomendável – de se usar traje a rigor, à noite, durante as refeições. Assim procurei, com antecedência, deixar o *smoking* em ordem para qualquer eventualidade. De fato, resolvi enfrentar, sem nenhum ensaio prévio, esse grande acontecimento. Na hora aprazada, vestido a caráter, pedi a sua aprovação. Olhou-me de cima a baixo, sorriu, e disse que tudo estava muito bem. Pela primeira vez a vi sentada na cadeira, tomando algumas notas, que ela esclareceu se tratar de algo que havia se esquecido de colocar na mala e que logo no primeiro dia de Paris haveria de comprar. "Maldita mala", eu pensei. No restaurante, o *maître* guiou-me até a minha mesa. Antes de sentar, um casal, de forma muito simpática, indagou sobre a minha mulher. Não sei onde estava com a cabeça, quando respondi sem refletir: "Ela está um pouco incomodada". Uma vez sentado, cogitei no absurdo desta expressão infeliz. Não sei dos costumes do sul. O casal era certamente carioca ou paulista. Na minha região, "mulher incomodada" é mulher menstruada. Morto de vergonha procurei não encarar o simpático casal durante o resto da noite.

Tudo ia muito bem, quando, na sobremesa, pedi uma maçã e, ao cortá-la com garfo e faca, o fruto resvalou no prato, saindo como um bólido em direção às mesas vizinhas. Sei que partiu em frente, ligeiramente à direita. Se conseguisse driblar as mesas projetando-se logo ao chão, eu estava salvo. Escutei alguns murmúrios e risos abafados, mas não olhei, nem de lado, nem em frente, porque em frente estava justamente o casal simpático. O incidente em si não possuía nenhuma gravidade, embora tenha a convicção de que, naquele momento, eu estava sendo centro de toda as atenções. De fato, mais uma vez me senti um estranho dentro deste navio. Se ao menos eu bebesse igualmente a meu vizinho, um inglês gordo, refestelado numa mesa individual e que se servira pelo menos de duas garrafas inteiras de diferentes vinhos, um branco e outro tinto! No decorrer do jantar eu havia notado a presença de um garçom vestido de maneira pomposa, jaqueta vermelho-grená, cheio de medalhões e correntes no pescoço, e era ele que se destinava a oferecer a carta de vinhos. Numa fração de segundos, resolvi que no próximo jantar consultarei aquela carta.

E se não souber escolher, eu apontarei para a mesa do vizinho e direi: *"I would like to order the same..."* e, sem nenhuma cerimônia, com certeza, baseado nesta ousada estratégia, eu serei bem servido.

Na volta ao camarote, encontrei Deborah modestamente comendo biscoitos e ao lado um bule e uma xícara de chá. A meu ver, isso denota uma considerável melhora. Contei-lhe o sucedido e ela sem nenhuma piedade me chamou de matuto. "À minha maneira, um aristocrata rural", consertei. Conversamos ainda sobre a duração da viagem e das diferentes escalas. Falei-lhe também da ilha vulcânica de Las Palmas, sobre a qual eu havia lido alguns detalhes num prospecto de bordo. Antes de agasalhar-se, ela indagou se eu estava mesmo disposto a tomar vinhos, recomendando-me moderação.

6 de fevereiro

Os acontecimentos da alta política sempre escapam aos mais agudos observadores, porque estes não conseguem participar da verdadeira *natureza* dos fatos que, além de serem variáveis, obedecem, de uma maneira muito próxima, às idiossincrasias daqueles que verdadeiramente detêm o poder. "Pode ter causado espanto em 1808, quando o imperador Alexandre da Rússia teve uma nova entrevista, em Erfurt, com o imperador Napoleão. Na alta sociedade de Petersburgo, falou-se muito desse encontro solene..."

"Em 1809, a amizade dos dois potentados do mundo, como chamavam Napoleão e Alexandre, era tão grande que, nesse ano, quando Napoleão declarou guerra à Áustria, um corpo do exército russo foi mandado ao estrangeiro para apoiar Bonaparte, ex-inimigo, contra o antigo aliado, o imperador da Áustria. Era tal essa amizade que nas altas esferas, falava-se na possibilidade de um casamento entre Napoleão e uma das irmãs do imperador Alexandre..."

É sabido, entre os biógrafos de Napoleão, que este mantinha uma real amizade por Alexandre, embora não deixasse de ironizá-lo, quando se referia à sua graça cortês e feminina, chegando a declarar que se Alexandre fosse mulher, ele lhe proporia casamento.

7 de fevereiro

Na noite estrelada do hemisfério sul, o *Alcântara* singra as águas negras do Atlântico, estando próximo à linha do Equador. Para qualquer outra pessoa seria um fato insignificante ou mesmo não mencionável, mas não para mim, uma vez que, como contava meu pai, numa remota viagem à Alemanha, a bordo do paquete nacional Avaré, no começo dos anos vinte, estando ele gravemente enfermo, ao ultrapassar a linha do Equador levantou-se da cama, pediu alimentos, vestiu-se e, para espanto do seu médico, subiu ao tombadilho para olhar o mar. Assim são as nossas emoções, sempre baseadas no pressuposto de que temos o tempo e a vida como aliados, quando, na realidade, acontece exatamente o contrário. Igualmente ao meu pai, eu espero essas estranhas mudanças e posso afirmar, sem nenhum pejo, que eu também pude verificar essa diferença.

Há muito desmobilizado, o príncipe André Bolkonski vivia constantemente no campo. "As trezentas almas de um dos seus domínios estavam classificadas entre os trabalhadores livres (um dos primeiros exemplos desse gênero na Rússia)... Além dos cuidados com suas propriedades e a leitura de livros, os mais diversos, o príncipe André ocupava-se com a análise de nossas duas últimas campanhas mal sucedidas, e redigia um projeto, renovando nossos códigos e regulamentos militares... Ele dividia o seu tempo entre Líssia-Gori e o seu ermitério de Bogutcharovo, como dizia o velho príncipe."

Como tudo indica, Líssia-Gori faz lembrar a propriedade de Iásnaia Poliana, onde o conde Tolstói nasceu e igualmente estabeleceu reformas em relação a camponeses, contrariando vários outros princípios autoritários que vigoravam na época. Como todos sabemos, Tolstói chegou a criar uma religião, o *Tolstoísmo.*

8 de fevereiro

Finalmente, na sexta noite de viagem, eu tive a coragem de enfrentar o "mestre dos vinhos" e, repetindo as palavras mágicas: "*I would like...*" apontei a mesa vizinha. O *sommellier* entendeu de imediato e não demorou para que eu tivesse defronte a mim uma bela garrafa de vinho tinto. Tudo teria acontecido corretamente, se eu não metesse os pés pelas mãos, ordenando, à maneira do meu vizinho, um copo de conhaque que ele saboreava antes de fumar os seus charutos, não o fazendo, contudo, no restaurante, mas na sala de fumar, ainda acompanhado de alguns outros licores. No meu caso, essa mistura fatal deixou-me inteiramente tonto e devo ter saído da minha mesa com passos infirmes em direção ao tombadilho onde, mesmo sem nenhum agasalho, pretendia curar a bebedeira, fazendo toda a volta do grande *deck* inúmeras vezes. Quarenta minutos depois, transido de frio, quase congelado, desci ao camarote, só parcialmente refeito, mas o bastante para não denunciar a minha completa embriaguez. Deborah dormia e não se apercebeu de nada. Ainda tive forças de abrir *Guerra e paz*: "Pelos fins de 1811 tiveram início o armamento intensivo e a concentração de forças na Europa Ocidental, e, em 1812, essas forças – milhões de homens, incluindo os que transportavam e aprovisionavam esse exército – rumaram do oeste para leste, na direção das fronteiras russas, onde, desde 1811, nossas forças também estavam sendo concentradas. No dia 12 de junho de 1812, os exércitos da Europa Ocidental atravessaram as fronteiras russas e a guerra começou: quer dizer, cumpriu-se um acontecimento contrário à razão e à natureza humana. Milhões de homens praticaram, uns contra os outros, crimes, embustes, traições, roubos, fraudes, pilhagens, incêndios, morticínios ainda mais numerosos do que os registrados em todos os tribunais do mundo, e toda essa gente, autora de tantas atrocidades, não as considerava como tais...".

Embora a história não se repita, os homens através dos tempos – com uma imaginação limitada – não fazem senão repetir-se.

A aproximação dos dois imperadores entre 1808 e 1809 e até a participação da Rússia contra a Áustria nos fazem lembrar certos acordos modernos de Hitler com Stalin, com os seus "tratados de não agressão", para, finalmente, aquilo que já estava escrito, consumar-se, ou seja, a invariável marcha gigantesca de homens do oeste para o leste e depois, com o tempo, mais uma vez as coisas se inverterem, acontecendo um movimento no sentido contrário.

Não deixa de ser temerário aproximar ou identificar estas duas guerras, separadas por mais de um século, mas não resta dúvida que houve algumas semelhanças. Em ambas, apesar de aparentemente batido, o exército russo, quase com a metade dos seus efetivos, continuava tão ameaçador como no início. A força moral do exército alemão que atacava estava esgotada, e a sua própria fúria teve como ferimento mortal o contínuo recuo e despistamentos de seus inimigos. Como Napoleão, Hitler chegou às portas de Moscou. Napoleão penetrou na cidade, mas retirou-se por conta do grande incêndio de Moscou. Os exércitos de Hitler foram contidos na resistência heroica de Stalingrado. E daí em diante, como Napoleão, não fizeram senão recuar, numa desorganizada fuga, sendo perseguidos de muito perto de uma maneira implacável por aqueles que supunham vencidos. Como existem semelhanças, também existem diferenças. Por exemplo: a União Soviética estava à beira de um colapso e seu execrável regime político em nada ajudava. Foi quando Stalin resolveu apelar para o sentimento religioso do povo russo invocando o nome da Velha Rússia e da Santa Rússia. Então se deu o milagre. O exército russo só parou nas portas dos edifícios arruinados do Terceiro Reich.

As minhas excursões ao tombadilho e à sala de fumar, onde se pode ler com tranquilidade, se fazem de mais a mais frequentes. Não era possível que de um certo modo, participando da vida social do navio, mesmo me esgueirando e procurando os lugares mais desertos, não acabasse por encontrar algumas pessoas interessadas em manter conversação. E foi assim que hoje conheci um casal, que de há muito me perseguia com o olhar e acabou coincidentemente ao meu lado, sentado nas espreguiçadeiras do *deck*. O rapaz dirigiu-se a mim – até agora não sei por que cargas d'água – em inglês. Como respondi em português, ele era bastante traquejado socialmente para não se confundir. Na realidade, está viajando a Paris para assumir um cargo diplomático na embaixada do Brasil. O seu nome é Roberto Assunção e, se não estou enganado, ele e sua mulher são cariocas. Todavia não foi uma longa conversa. Pareceu-me de imediato que os distintos viajantes queriam apenas saber a que espécie do reino animal eu pertencia. Uma vez saciada essa curiosidade, não havia mais como prosseguir.

Entretanto, não pude fugir ao assédio de um moço que, certamente, não tinha mais de vinte e cinco anos e já por diversas vezes havia me cumprimentado em castelhano. Quando tivemos oportunidade de conversar, ele disse o seu nome. Guardei apenas o primeiro: Mário. Mas me parece que o sobrenome era alguma coisa semelhante a Ortega. Ele, não sei se por timidez, falava muito baixo, mas isto não o impediu de esclarecer estar viajando à Europa, sobretudo a Paris, com a finalidade de comprar obras de arte a pedido do seu pai, o qual, de acordo com as suas narrações, deveria ser um estancieiro e importante colecionador uruguaio, não só de quadros acadêmicos, como de alguns impressionistas locais da importância de um Pedro Figari. Perguntou se eu tinha amizade com os pintores famosos da Escola de Paris. E, antes de qualquer esclarecimento, o meu sorriso fê-lo ver da impossibilidade de quaisquer relações com artistas de tão alto nível. "Conheço-os por nome, quase tudo o que foi escrito sobre eles, as inúmeras ilustrações que acompanham as diferentes publicações e presumo ser demais para qualquer um de nós sul-americanos" – eu disse. "Não estou viajando propriamente para procurá-los, e sim para ver os seus quadros. Seja nas galerias ou aqueles que já chegaram aos museus" – completei. O moço uruguaio pareceu-me de repente um tanto desnorteado, embora encontrasse lugar para sugerir que, se fosse possível, eu o apresentasse a um desses grandes nomes. Lembrei-me de imediato do meu amigo, o pintor Cícero Dias, que estaria certamente pronto a se incumbir desta tarefa, desde que ele não só é amigo pessoal de Picasso, como de muitos outros pintores, inclusive Fernand Léger. Procurei não citar muitos nomes para não embaraçar o meu interlocutor.

Em momento algum ele quis demonstrar ser um conhecedor de pintura, mas sim um enviado do pai para "efetuar essas quase sempre arriscadas compras". É preciso estar muito por dentro do mundo da arte, eu acrescentei. Ter uma vivência toda especial de contatos, leituras, observações, para não ser enganado pelas primeiras sensações. E, de resto, afirmei existir o chamado mercado de arte, com os seus respectivos preços e oscilações, no qual nós não estamos rigorosamente inscritos. Pelos seus gestos e olhar notei que revelava certa apreensão com esse meu discurso, talvez desmesurado para alguém que apenas desejava uma ligeira informação. De algum modo, seu interesse não diminuía, pois logo em seguida me perguntou à queima-roupa: "Qual o seu artista preferido?". Nesse momento não evitei dar uma resposta tangenciando o assunto: "Estou viajando para encontrar com o inverno europeu, ao contrário do meu pintor preferido, Paul Gauguin, que deu as costas à Europa (ele que tinha ascendência peruana), com destino a ilhas longínquas da Oceania. Se de um lado Gauguin reina como uma espécie de deus bárbaro, cujos ensinamentos não podem ser descuidados – quase como uma força religiosa (*jamais les grecs*), numa outra vertente do meu espírito situa-se toda a tradição europeia ocidental (a qual Gauguin também não ignorou), justificando certos aspectos mais sofisticados e artificiais de minhas escolhas. Por exemplo: há três anos que rastreio como um caçador implacável as pegadas de um pintor de origem polonesa chamado Balthus, que só conheço através de poucas reproduções (absolutamente fulminantes) e de certos estudos de um crítico norte-americano, James Thrall Soby, nos quais eu fui buscar toda uma hierarquia de caráter oposto à suposta *estética selvagem* de Gauguin".

Mais uma vez, olhando o jovem uruguaio, notei que eu poderia falar ainda à vontade. Não estava certo se ele acompanhava a rigor minhas colocações estéticas, mas não restava dúvida do seu interesse pelo mundo da pintura e, portanto, por alguém que poderia ser-lhe útil num futuro próximo. Em seguida, acrescentei: "Essas contradições talvez me acompanhem a vida inteira, mas tenho de resolvê-las no ato do trabalho, no desenvolvimento de minhas ideias, de seus confrontos, de seus arremedos, de minha proximidade maior de toda essa extraordinária *matéria-prima*, sobre a qual confesso não ter colocado as mãos. Acredite, Mário, que a Europa me atrai e ao mesmo tempo amedronta".

Escurecia, quando nos retiramos do convés. No sentido figurado, eu pensei que tanto a pintura como a vida, seriam para mim matérias de permanentes contradições. Teria de passar pelos riscos de empreender ataques e retiradas estratégicas, à maneira do general Kutuzov, em Borodino, quando as tropas francesas no seu ímpeto, levaram os russos de arrastão, no pressuposto de que a batalha fora ganha, e, na realidade, era o começo da derrota. Como também na retirada de Smolensk, quando o exército napoleônico fugia, e era a vez do outro persegui-lo. Notei a curiosidade do novo amigo em saber qual o título do volume que eu estava lendo quando me encontrou, e que agora carregava debaixo do braço. Falei-lhe do conde Tolstói e de *Guerra e paz*.

Na hora do jantar, do ângulo de visão de minha mesa, não me apercebi do casal Assunção e nem do uruguaio. Presente estava o casal simpático, agora silencioso, apenas com um sorriso nos lábios, bem na minha frente. Talvez o excesso mais uma vez do *Bourgogne Rouge* não tenha me permitido olhar de lado, quando saí do restaurante. O meu maior empenho era apenas não tropeçar e cair. Ganhei os tombadilhos gelados. Esta rotina deveria estabelecer-se ainda por muitas noites de viagem?

11 de fevereiro

A permanência mais demorada em Lisboa, num dia frio de inverno, embora com um céu absurdamente azul, todas as construções da cidade pintadas numa dominante de brancos, ocres, róseos e pardos, demonstra-nos pela primeira vez quais serão, para nós, os encantamentos dessa tamisada e incomparável luz europeia. A rápida passagem pela ilha vulcânica de Las Palmas não impediu que Deborah aceitasse participar da excursão até uma montanha, apontada como um antigo vulcão. Lá de cima do platô avistava-se o mar, naquele dia de um azul cinza muito próximo à cor do gelo na sombra. A certa altura, na descida, verificando num vale a presença de rochas escarpadas, junto ao verde, eu observei a Deborah que era uma paisagem semelhante àquelas pintadas por Courbet, em Ornans, nos contrafortes alpinos do rio Jura.

A chegada a Portugal, a subida pelo Tejo e, finalmente, o atracamento, levaram toda a população do barco ao convés e, evidentemente, Deborah não poderia faltar. Nesse momento demos de cara com o casal Assunção, a quem apresentei minha mulher, e, logo em seguida, a Mário Ortega, que, a olhos vistos, parecia ansioso por desembarcar conosco. Perguntou-me se eu iria ver o Museu das Janelas Verdes. Disse-lhe que, pela escassez do tempo, eu aproveitaria para percorrer a cidade, e também procurar um lugar mais ou menos tranquilo, onde minha mulher pudesse se alimentar a contento. "Talvez esteja nos meus planos, se der tempo, irmos ao Mosteiro dos Jerônimos, mandado construir em 1500 pelo rei Dom Manuel I, em memória do descobrimento do caminho marítimo para as Índias. De alguma forma", disse eu a Deborah e a Ortega, "isso acaba por se ligar com a descoberta do Brasil." Como ela nada respondeu, e a ele, uruguaio, isto nada significava, pude verificar – não sem um certo receio – que o mais importante era chegarmos ao nosso destino, isto é, Paris, onde Deborah certamente reencontrará a saúde e o equilíbrio.

Com todas essas tergiversações, Ortega compreendeu, embora, mesmo assim, praticamente desembarcássemos juntos. Lisboa resplandecia de luz. Era como se recomeçasse o mundo do sol: "Portugal é antes África que Europa", dizia meu professor de História. Ainda hoje não sei o porquê exato dessa afirmação. Seria a proximidade geográfica com as terras africanas, ou a presença moura que fizera o mestre emitir uma opinião tão temerária? No entanto, lá no alto, em Sintra, nesta famosa Serra que domina Lisboa, aquela incômoda fortaleza erigida pelos mouros teimava em perdurar. Era uma confirmação de que essa gente tinha vindo à Península Ibérica não como uma simples aventura guerreira, mas para implantar o Islamismo como se fosse uma guerra santa e ficar para sempre. E isto eu não disse a Ortega e muito menos a Deborah, no momento, cismarenta e mesmo abatida. O jovem uruguaio tomou o seu táxi e nós tomamos o nosso. Minha mulher chamou-me a atenção para o adiantado da hora, pois já estávamos muito próximos do meio-dia e assim, seguindo os conselhos do motorista, partimos em direção à cidade de Cascais, onde deveríamos almoçar.

À tarde, fomos ao Mosteiro dos Jerônimos tendo como guia o motorista, sempre ao nosso lado e parecendo desejar que passássemos o resto da vida em Portugal, tantos os atrativos deste país. "Vamos nos reservar ao Mosteiro", disse-lhes eu. Uma vez no interior dos Jerônimos, cuja fachada mais parecia um caprichoso rendilhado cortado a cinzel sobre a pedra, fiz ver a Deborah até onde a força da fé e do sagrado podem levar a criatura humana. Entretanto, o meu interesse maior era descobrir onde repousavam as cinzas de Vasco da Gama e de Luís de Camões. O motorista ignorava. O frio no interior do Mosteiro era intenso enquanto, lá fora, a tarde continuava ensolarada, tanto como nas primeiras horas da manhã, na entrada do Tejo. Deborah ainda não estava no seu normal, embora tivesse comido com apetite. Temendo as náuseas, pediu-me para seguirmos em direção a Lisboa, onde daríamos uma volta pelo centro da cidade, sempre ciceroneados pelo falante motorista. Antes das cinco da tarde, estávamos de novo bem sentados no convés do *Alcântara*, prontos a seguir viagem. Deborah não desceu ao camarote pelo menos até a saída do Tejo. Contudo, não houve força alguma que a evitasse de se recolher, recusando jantar no convívio dos outros passageiros. De uma maneira geral, ela se mantinha razoavelmente bem-humorada.

Sentou-se na poltrona e disse: "Vou escrever uma carta aos meus pais". Aproveitei para prosseguir na minha dupla jornada, entrando no universo de *Guerra e paz*. Não me foi difícil desde o começo da leitura descobrir que a princesa Helena não seria a esposa ideal para Pedro Bezukhov... Mas isso nada tem a ver com esse jovem casal aqui presente. Ao contrário, inverteram-se as situações: como Helena, eu é que sou pusilânime, vaidoso e concupiscente, enquanto Deborah – muito próxima do caráter de Pedro Bezukhov – é uma alma pura, ardorosa e honrada.

Continuei a leitura e acabei adormecendo... Quando acordei, senti que o navio jogava mais do que o habitual. A luz do camarote estava acesa e Deborah dormia ainda com a mesma roupa. Puxei a coberta sobre o seu corpo, verifiquei se tudo estava em ordem e depois me preparei para o jantar, não só porque tinha fome, como pelo prazer de estar metido neste jogo envolvendo traje a rigor com bebedeira. Ele começava a me interessar. Apaguei a luz e desci. Não sei se renovado pela terra portuguesa, enfrentei o *sommelier* quase lhe arrebatando a carta das mãos. Fui direto aos vinhos portugueses. No almoço do restaurante em Cascais situado num promontório que nos permitia olhar as águas cintilantes do Tejo e imaginar a passagem das caravelas em demanda ao desconhecido, conhecera as consequências do bom vinho lusitano... O *sommelier* não mostrou surpresa quando escolhi uma garrafa de vinho Dão exatamente igual ao que eu bebera e, diga-se de passagem, apenas dois copos. O restante o motorista prazerosamente emborcou. Fazia eu essa escolha, em parte por estar ainda em águas portuguesas e, além disso, o próprio nome do navio *Alcântara* era uma forma dos ingleses homenagearem Portugal.

Desta feita, no final da refeição, retirei-me bastante sóbrio e não me pareceram convenientes minhas incursões pelo tombadilho. Escolhi o aquecido salão de fumo, onde Ortega, de longe, levantou-se para se fazer notar. Depois de trocarmos algumas palavras, descobri porque eu nunca o encontrava no restaurante. Tinha por hábito jantar bem mais tarde. Logo me perguntou do meu roteiro lisboeta. Não compreendeu a minha omissão em ver os Hyeronimus Bosch, do Museu das Janelas Verdes. "Irei vê-los em muito maior quantidade nas minhas férias de verão, no Museu do Prado, em Madri", expliquei. Ademais, existia um Bosch importante no Museu do Louvre, *O navio dos loucos*. Retrucou-me de uma maneira surpreendente e calorosa: "Mas você esquece que *Las tentaciones de San Antonio* deste importante museu de Lisboa é uma das mais apreciadas obras de Bosch? Poucas vezes o artista criou figuras monstruosas com tamanha inventividade. Seria Bosch um louco?", ele perguntou sorrindo. Deve ter notado o meu acabrunhamento, pois não prosseguiu nesta vantagem. Passou logo em seguida a perguntar sobre a minha própria pintura: com que idade eu havia começado, quais os pintores locais ou estrangeiros que haviam me influenciado. O vinho Dão estava na minha cabeça e eu me sentia loquaz o bastante para esclarecer que a partir de 1943 comecei a modelar o barro com o escultor Abelardo da Hora, embora já com dezesseis anos tenha chegado a uma verdadeira iniciação no mundo da pintura. Uma coleção de quadros adquirida pelo meu pai, necessitando de urgente restauração, me introduziu ao ateliê de um dos velhos fundadores da Escola de Belas Artes do Recife, o pintor Álvaro Amorim, o qual se encarregou de me apresentar aos seus colegas, igualmente fundadores da escola: Mário Nunes,

Baltazar da Câmara e Murilo La Greca. Com o decorrer do tempo, passei a acompanhá-los nas suas sortidas para pintarem em pleno campo.

"Ainda hoje", disse eu a Ortega, "ao entrar no meu ateliê me vem à mente o velho pintor Álvaro Amorim e o esquisito e penetrante cheiro de terebintina. Jamais consegui esquecê-lo. Na realidade, a influência maior viria dos livros, portanto, de meus estudos dos ensaios, das biografias e ilustrações que me deixavam sempre mais exaltado e curioso, do que diante dos ensinamentos dos pintores locais. A descoberta de Gauguin, Cézanne e Van Gogh, juntamente com todos os impressionistas, pós-impressionistas, expressionistas, cubistas e surrealistas era um fato absolutamente normal."

Fazendo esta listagem rimada, foi a minha vez de sorrir com tantos *ismos* e dizer-lhe que nenhum pintor moderno pode escapar da Escola de Paris. No momento, não penso senão entregar-me a ela, bastante distanciado do meu primeiro aprendizado. Nomes como Picasso, Braque, Léger, Matisse, Rouault, Bonnard, Dufy, Derain e tantos outros, facilmente mencionáveis num simples exercício de memória, nada esclareceriam das decisões a serem tomadas quando um artista se encontra diante de uma tela branca com um pincel na mão. No meio de todos esses pintores conhecidos por qualquer estudante de arte de qualquer latitude, me reservo a retirar dois ou três deles, e, como já lhe confessei, funcionam como uma bússola, indicando-me o norte. Falei-lhe de Gauguin, como um nome definitivo; também demonstrei minhas perplexidades românticas, referindo-me a nomes como De Chirico e Balthus. Chegando a Paris, a primeira pintura que quero ver é *O cavalo branco*, de Gauguin, que deve estar no Museu *Jeu de Paume* e, igualmente, *A encantadora de serpentes*, de Henri Rousseau, e quero, também, procurar o grande quadro de Courbet, *L'Ateliê*, assim como *Eco e Narciso*, de Poussin (ambos no Museu do Louvre). De uma parte, a vertente bárbaro-primitiva muito de acordo com o continente Brasil, e de outra, a Europa que me levará a Balthus.

Ortega observou: "A minha ida ao Museu das Janelas Verdes devo a uma indicação de meu pai, e o encontro com Bosch fica por conta de alguns amigos dele, igualmente colecionadores e eruditos. Eu, pessoalmente, nada conheço de pintura, e esses nomes declinados são por mim desconhecidos, exceto, é claro, um Van Gogh ou um Picasso". "Sou um criador de cavalos", ele disse, com um ar zombeteiro, não sei se dirigido a ele próprio ou se à minha pretensa sabedoria. Prometi-lhe mais uma vez, chegando a Paris, apresentá-lo a meu amigo

Cícero Dias. Esperava, com essa mudança repentina de assunto, dar por terminada a nossa conversa sobre arte. Em todo caso, não evitei adverti-lo do fato de eu não passar de um "teórico" ou mesmo alguém que fala de batalhas sangrentas sem ainda ter passado por elas. Estou na mesma situação de uma personagem de *Guerra e paz*, Ana Pavlovna: "Quando em 26 de agosto, o mesmo dia da Batalha de Borodino, ela dava uma recepção, cujo maior sucesso devia ser a leitura da carta que o arcebispo escrevera por ocasião de mandar ao tzar o ícone de São Sérgio. Essa carta era considerada um modelo de eloquência patriótico-eclesiástica. Devia lê-la o próprio príncipe Vassili, que tinha reputação de bom leitor, sendo um dos leitores da imperatriz...".

Se o paciente Ortega entendeu essa minha digressão, pouco clara como exemplo dentro do mundo de *Guerra e paz*, em princípio não me interessou. Mas ele deve ter entendido quando eu disse: "Só se vence batalhas, pelejando, só se domestica um cavalo, montando. Jamais realizei nenhuma dessas proezas. Na verdade, meu caro Mário, eu sou um neófito, ávido de iniciações, e devo lembrar uma observação de Henri Matisse exortando os jovens pintores a cortarem as suas línguas, a fim de evitar os falastrões". Desta feita, o jovem uruguaio pareceu satisfeito. Olhando o relógio, disse: "Estamos próximos às dez horas e eu preciso correr ao restaurante". Saímos juntos. De relance, cumprimentei o casal Assunção que estava num pequeno sofá a me olhar fixamente.

Descendo as escadas, senti que o navio, de fato, balançava com intensidade. Eu próprio fiquei um pouco tonto e me sustentei no corrimão. No camarote, notei que Deborah havia mudado de roupa e se agasalhado, dormindo a sono solto. Do lado da cama um serviço de chá, um prato com bolinhos, intocado.

O Golfo de Biscaia não é de brincadeira, embora devêssemos passar, segundo me disse o comissário de bordo, ao largo, navegando em linha reta na direção da Península da Bretanha (região que Gauguin tanto amou). Um mar cinza-chumbo, com ondas violentas e entrecortadas como se guilhotinassem a si próprias, fazia o navio estremecer, e não havíamos ainda atravessado o Cabo de Finisterra, depois do qual deveríamos entrar mar adentro, mantendo-nos afastados do perigoso Golfo.

Sentei-me na poltrona, acendi a luz da escrivaninha e vi anotado numa folha de papel o seguinte texto: "No Porto de Vigo demoramos algumas horas – a cidade está situada logo após a fronteira de Portugal com a Espanha, o que nos deu a oportunidade de almoçar num restaurante não muito longe da área portuária. Um lugar frequentado por doqueiros e marujos, e isso me fazia sentir, de repente, uma personagem de romance. Pedi a carta de vinhos. O garçom olhou-me espantado, mas não disse nada; em seguida me trouxe um copo de um vinho negro, com certeza retirado de algum barril. O seu aspecto era turvo e, ao beber o primeiro gole, notei a profunda viscosidade do vinho no interior do copo, ou seja, a intensidade com que se agarrava ao vidro, simulando lágrimas".

Adiante eu dizia: "Essa linguagem de entendedor de vinhos é resultante de um pequeno folheto sobre vinhos portugueses apanhado no restaurante de Cascais. Se este manual for lido com atenção, eu poderei passar d'agora por diante – com relação aos vinhos portugueses – por um *connaisseur*".

Essa brincadeira relacionada aos vinhos me faz lembrar uma longa conversa mantida no ano de 1948 com Cícero Dias, quando de sua exposição na Faculdade de Direito do Recife. De uma maneira muito inteligente, ele colocou as regiões dos vinhedos no mapa de toda cultura artística ocidental. Assim, a verdadeira civilização mediterrânea estaria ligada ao consumo do vinho. A partir da Grécia, da Itália, da França, da Espanha e de Portugal, sem contar, evidentemente, com a Sicília e a Sardenha.

Cícero Dias reduziu seus sábios conceitos à civilização mediterrânea, o que não é pouco; os países citados têm os melhores vinhos do mundo e, consequentemente, tudo aquilo que se fez de maior em termos de pintura. Basta lembrar os grandes vinhos franceses e, ainda hoje, a admirável pintura francesa.

A mesma coisa em relação à Itália e a qualquer um dos países mencionados, como por exemplo a Espanha: "povo histórico, de profunda e respeitável tradição religiosa, de igrejas magnificentes, monastérios, nobres de linhagem e elementos culturais que se combinam perfeitamente com a espiritualidade dos melhores vinhos. Isso não significa", explicou Cícero, "que não possam existir algumas honrosas exceções, mas habitualmente a gelada Finlândia, a Rússia e os países escandinavos – de um modo geral – não são berço de grandes pintores. Mesmo a Alemanha, país de cultura e pintores invejáveis, é consumidora dos delicados vinhos brancos da região do Reno." Verifique-se que Cícero falava unicamente de pintura e não de outras artes.

Talvez tenha sido por isso que os vinhos europeus, desde o começo da viagem a bordo do *Alcântara*, foram motivo de alguns dos meus comentários. Outrossim, não sei se foi o poeta Heine quem afirmou: "Pior do que a comida inglesa, só a pintura inglesa".[2] Não estou bem certo quanto a esta citação a bordo do *R. M. S. Alcântara*, num mar um tanto tempestuoso e com as ideias embaralhadas.

12 de fevereiro

Dia do aniversário de Deborah. Ela voltou a enjoar intensamente. Confesso que eu também não estava em plena forma. E, à medida que nos aproximamos do final da viagem, novamente a preocupação com a mala – de há muito esquecida – voltou à tona. Será que com um clima desgraçado deste, água por baixo, dos lados, atrás, na frente e em cima (porque chove), não acabará infiltrando-se nos porões, pelo menos em forma de umidade, e, portanto, atingindo o conteúdo da minha preciosa mala?

Nessas últimas horas da viagem resolvi ficar no camarote o maior tempo possível, não só para fazer companhia a Deborah, mas também para terminar a leitura de *Guerra e paz*. As últimas considerações de Tolstói sobre a história, tendo como objeto a vida dos povos e da humanidade, são verdadeiramente obra de um gênio.

De certo modo, Tolstói, um homem místico e profundamente religioso, não poderia estar de acordo com os conceitos da moderna história sobre as diferentes atividades políticas e filosóficas, e mesmo guerreiras, daqueles que em época recente comandavam o destino dos homens. Às vezes, Tolstói chega a ser preso por violentos sarcasmos e, em determinados casos, até envereda para a comicidade farsesca, como, por exemplo, ao mencionar que "Luís XIV foi um homem muito altivo e orgulhoso. Teve tais e tais amantes, tais e tais ministros, e governou mal a França. Seus herdeiros foram homens muito fracos, que também governaram mal, e tiveram tais e tais favoritos, tais e tais amantes. Além disso, certas pessoas, nessa época, escreveram livros. No fim do século XVIII, reuniram-se em Paris duas dezenas de pessoas e puseram-se a proclamar que todos os homens eram livres e iguais. Por este motivo os homens começaram a matar-se, a degolar-se uns aos outros: mataram o rei e muitas outras personagens. Nesse tempo surgiu na França um homem de gênio, Napoleão.

---

[2] Citação errônea, uma vez que o poeta Heine teria dito: "Só há uma coisa na face da terra mais terrível do que a música inglesa: a pintura inglesa" (N. do A.).

Venceu a todos, isto é, capturou e matou muita gente, porque era um grande gênio; não se sabe por quê, foi matar africanos, e tão bem o fez, tão inteligente e tão astuto foi, que quando voltou à França mandou que todos lhe obedecessem e todos lhe obedeceram. Tornando-se assim imperador, foi de novo matar gente, na Itália, na Áustria, na Prússia, e também nestas terras matou muitos..."

Tolstói não aceita a comicidade das explicações da nova história, e por isso a ridiculariza.

Não comento estas últimas trinta e nove páginas de Tolstói porque não tenho obrigação de fazê-lo, como também não é um assunto para ser resolvido por alguém, igualmente à sua mulher, prostrado, com enjoos marítimos. Péssimo marinheiro – péssimo filósofo. O navio prossegue e é isto o que nos importa.

13 de fevereiro

Hoje, manhã gelada. Ninguém para me informar se de fato estávamos à altura das terras da Bretanha. O comissário se fechava em copas. Para ele, aquele mar era como se fosse apenas o Canal da Mancha. Na realidade, continuávamos ainda ao largo do canal, porque se navegássemos em suas águas, não teríamos mais que meio dia de viagem. E, seguramente, ainda enfrentaremos um dia para encontrarmos Cherbourg.

Existe um nevoeiro intenso, fazendo com que o mar e a costa não pertençam a ninguém, como se estivéssemos suspensos em um outro elemento. Estas palavras eu traduzi muito lentamente, isto é, falando muito devagar, a Mário Ortega, sempre interessado nas minhas observações sobre a Bretanha e a Escola de Gauguin. O pintor trabalhou nos arredores de Pont-Aven, onde encontrava nas terras ásperas, surdas e rochosas da Bretanha um arremedo do mundo bárbaro que ele entrevia. Quando este local passou a ser conhecido, refugiou-se num lugarejo ainda mais distante, Le Pouldu, cada vez mais distante...

Observei a Mário uma frase de Gauguin de há muito guardada na memória: "Tenho confiança porque quero tê-la...". Talvez ele a tenha pronunciado quando na longínqua Oceania. Quero crer que sim. "Será que você pode me traduzir para o espanhol?", perguntei a Mário. Como eu estava com o caderno verde, abri a primeira página ainda inteiramente branca – até este momento nada havia sido escrito[3] – passando-o às suas mãos. Ortega não se fez de rogado, apoiando o caderno sobre a madeira molhada, em tempo de danificá-lo, pegou a sua caneta e escreveu: "Tengo confianza porque quiero tenerla".

Hoje, despedindo-me de Ortega, disse-lhe que se não nos encontrássemos no desembarque em Cherbourg, ele deveria me procurar na plataforma da gare, em Paris, para as devidas apresentações ao meu amigo Cícero. Ele respondeu que seria impossível não nos vermos hoje à noite ou amanhã, ou mesmo no porto de Cherbourg.

Ele ignorava onde estavam centrados os meus pensamentos a derrapar nos úmidos tombadilhos e em diferentes escadarias: resvalavam para o mais profundo dos porões – eu pensava na mala...

Desci ao camarote e Deborah pensava na mesma coisa, embora de uma maneira diversa, pois estava preocupada muito mais em reunir os nossos diferentes volumes de camarote, juntamente com aquilo que nos escapou: a grande mala.

A proximidade do porto final, em vez de me acalmar, provoca-me uma estranha excitação. As coisas deixam de ser provisórias para de repente assumir ares de realidade a ser vivida e resolvida. Por exemplo: a alfândega e os passaportes. Como se fará a transferência da mala, do navio para o trem? O nosso percurso em direção ao comboio será longo ou curto, de automóvel, ônibus ou a pé? Estará o comboio ligado aos próprios edifícios da alfândega?

Nesta última noite, no restaurante, em homenagem aos princípios de Cícero Dias, relacionando vinho à pintura, resolvi arriscar, sem ao menos levar em conta o preço da garrafa, beber um Château Mouton Rothschild. Não sei com segurança como definir um vinho "encorpado", desde que não sou nenhum enólogo. Em todo caso, me vêm à mente a consistência, o aroma, o paladar como se a boca estivesse cheia de alguma substância incorpórea, que ao mesmo tempo liberasse e sufocasse algo quase enlouquecedor. Não passei de uma taça e, sem terminar o meu jantar, me retirei para o camarote.

---

3 As anotações deste diário feitas até aqui, nos papéis timbrados do *R.M.S. Alcântara*, encontrados no camarote, seriam posteriormente transcritas para o caderno verde. Quase todos os textos do início de 1949 foram revistos pelo autor dez anos depois, em 1959 (N. do A.).

15 de fevereiro

Em Cherbourg, apesar de estarmos abrigados com sobretudo e capotes especiais, além de boinas e bonés, echarpes de *cachemire*, luvas de couro, roupa de dentro de lã, assim mesmo estávamos os dois quase imobilizados pelo frio e a umidade que reinavam nas docas enevoadas. Depois dos trâmites legais da alfândega, o comboio não estava distante. A plataforma ferroviária parece ter sido feita – e não poderia ser de outra maneira – conjugada à alfândega e, portanto, nesse setor não tivemos nenhuma dificuldade. Já instalados num confortável vagão, pude verificar o quanto o conjunto do comboio parecia moderno, pelo menos comparado aos trens brasileiros. Não posso acreditar que todos os passageiros do *Alcântara* estavam nestes vagões, inclusive havia o pressuposto de que nas diferentes escalas, uma grande quantidade deles havia ficado, se não em Las Palmas, pelo menos em Lisboa e Vigo. E, de resto, teríamos de contar também com os ingleses e outros viajantes que iriam para Dover ou mesmo para as docas de Londres.

Para a minha tranquilidade relacionada com o compromisso que assumira com o jovem Ortega, ele se encontrava no mesmo vagão que viajávamos. Acenou e logo em seguida procurou sentar-se.

Eu não deveria preocupar Deborah, mas não pude deixar de lembrar a possibilidade de nossa mala se extraviar. Argumentei sobre a exiguidade do tempo, pois a informação da alfândega era que o comboio estava na iminência de partir com destino a Paris. Esta palavra "destino" teve um efeito negativo no meu espírito, pois me soou como uma espécie de condenação. Não havia mais como voltar. Uma sirene foi acionada, não sei se na estação ou na própria locomotiva. Levantei a cabeça e dei com Ortega debruçado em nossa direção para comentar da rapidez da viagem: "Com menos de quatro horas estaríamos em Paris". Contudo, ele não estava certo se com quatro ou três horas. Isso não importa – eu disse. Nesta minha resposta estava traduzido o pânico que me tomara nesses últimos dias. Tentei reagir e segurei a mão enluvada de Deborah. Ela olhou-me e sorriu confiante. Era tudo o que eu precisava. Ortega voltou ao seu lugar e o trem lançou-se nos campos gelados de França. Estranha paisagem essa para quem, saindo das veredas ensolaradas dos trópicos úmidos, atravessa regiões manchadas de branco e, certamente, desavisado – pois jamais ouviu falar da neve – dificilmente descobrirá sua verdadeira origem. Pasmosa solidão, entremeada pelo ruído cadenciado e veloz que em parte impedia de olhar a paisagem, nem que fosse por segundos. Alguns vilarejos apenas se anunciavam e logo desapareciam; postes, torres de alta tensão, uma ou outra aldeia. De acordo com o meu mapa, deveríamos tangenciar a cidade de Caen. Mas isso só depois de uma hora. E, mais uma hora, a cidade de Lisieux, à nossa esquerda. E, um pouco antes de Paris, à nossa direita, certamente invisível, estava a famosa Versalhes tão ligada à história da França.

Paris

Afundei-me num guia turístico à procura do Hotel Montalembert no 7e *arrondissement*, situado na Rive Gauche, numa rua com o mesmo nome do hotel. "Isso não será motivo de preocupação" – disse Deborah. "Cícero Dias com certeza estará à nossa espera com o seu automóvel, como nos prometeu." Intempestivamente, eu disse: "E a nossa mala, a 'grande mala'? Quem a transportará para o hotel?". Pacientemente Deborah, bem menos viajada do que eu (pelo menos eu já conheço alguns estados do sul do Brasil), disse que nós estávamos em direção a uma das mais importantes capitais do mundo, senão a mais importante. Às vezes, essas grandes capitais se veem atrapalhadas com a sua autossuficiência tecnológica, ou experiência em tratar de assuntos anômalos, eu observei. E, pretendendo demonstrar bom humor, lembrei-lhe o episódio do "elevador enguiçado", acontecido aqui mesmo num luxuoso apartamento em Paris, cujo proprietário Jacintho de Tormes viu-se quase enlouquecido por não fazê-lo funcionar, cena descrita em *A cidade e as serras*, de Eça de Queiroz. Os meus temores não são infundados. Desta feita ela segurou-me as mãos e os temores desapareceram.

Não conseguia tirar os olhos da paisagem, embora não pudesse avaliar se ela se projetava para frente ou para trás, numa velocidade alucinante. Em Paris, como o prometido, Cícero Dias estava a postos. A sua acolhedora presença e cordialidade fez-nos sentir de novo em território seguro. Eu queria falar-lhe sobre a mala, mas soube calar a tempo. Não demorou muito e o jovem Ortega foi apresentado igualmente ao meu amigo Cícero. Enfim, várias missões cumpridas, faltando a mala chegar ao Hotel Montalembert.

Saímos da gare Saint-Lazare e seguimos em direção ao Boulevard Saint Germain e, em seguida, a Rue du Bac, bem perto do hotel. A animação com a presença de Cícero era tanta que não sentimos o percurso do carro, e, também, porque sua verve era inesgotável quando contava histórias. Não percebemos atravessar a Ponte da Concórdia e estávamos à margem esquerda do Sena. Cícero, mais uma vez, reiterou a excepcional qualidade do Hotel Montalembert e também fez questão de dizer que se tratava de um local de intelectuais, pintores e escritores, certamente construído nos anos vinte, pela natureza de sua ornamentação: madeiras, tapeçarias com predominância do vermelho no chão, quarto não muito espaçoso, mas confortável à maneira europeia. Enfim, estávamos em Paris.

16 de fevereiro

Nessa primeira noite não consegui conciliar o sono e, pela primeira vez na minha vida, por conta do absoluto silêncio da noite parisiense, pelo menos nesta região onde se situava o hotel, notei um certo zumbido nos meus ouvidos que me levou a perguntar a Deborah se ela não estava escutando um barulho de grilos. E, na minha insônia, continuei até a madrugada, não posso precisar a hora, a ouvir os pequenos grilos de Paris.

Logo de manhã esperamos inquietos a presença da mala. Como chegou tarde da noite (os caminhões trafegam em Paris apenas na madrugada), só a vimos no dia seguinte. Assim mesmo, nos foi explicado que, dado as suas dimensões, ela não subia nem pelo elevador, nem pela escada, e a gerência do hotel achou conveniente descê-la ao porão, onde estaria permanentemente ao nosso alcance. Fomos vê-la apenas para certificarmo-nos de que não havia nenhum engano e, igualmente, inspecionarmos as suas reais condições, depois de tão atribulada viagem. Estava tudo bem, mas deveria permanecer fechada, como Deborah prudentemente decidiu. Todo arsenal existente dentro dessa pequena cidadela está destinado à presunção de conseguirmos, muito em breve, um ateliê. Só então ela será aberta. No entanto, ainda nesta mesma noite, depois de ter feito a minha primeira visita ao *Jeu de Paume* e perambulado por algumas galerias e antiquários localizados nos arredores do hotel, verifiquei uma série de pacotes de café em cima da mesa do nosso quarto. Deborah lembrara-se de certas iguarias perecíveis que havíamos trazido para o deleite de nossos amigos Raymonde e Cícero Dias. Aberto este precedente, eu insisti na necessidade de retirar alguns cadernos de desenho para anotações nos museus. Mas antes disso – parece sempre tão complicado e vexatório descer ao porão, sob os olhares desconfiados de alguns empregados –, resolvi adquirir cadernos franceses para realizar minhas primeiras incursões, como um jovem estudante de pintura na cidade de Paris.

Apesar de ser dono da mala, sou quem menos sabe do seu real conteúdo. Deborah jamais me confessou os intrincados segredos. Arrumou-a sozinha e sozinha soube fechá-la com fortes fechaduras, cadeados e, ainda mais, com poderosas cintas de couro. Enfim, esta mala, como posso adivinhar, possui os seus mistérios fora do meu alcance. "No momento certo, você saberá porque ela é *tauxiada de cobre ...*" – disse Deborah. "Portanto, não insista. Cuide de seu ofício, embora eu possa imaginar o quanto você está curioso." E indagou: "Você já viu, como pretendia, *O cavalo branco,* de Gauguin?". Repentinamente, notei que Deborah queria afastar-me da mala. Na verdade, eu me coloquei, durante a viagem, apenas como o seu guardião para que ela chegasse incólume ao seu destino. Uma vez a meus pés, aqui nos porões de um hotel francês, a minha responsabilidade findara. Quanto ao quadro de Gauguin, afirmei tê-lo evitado neste primeiro contato. Preferi postar-me diante do *Retrato de Georges Clemenceau.* É um quadro todo pintado em preto, cinza e branco, com exceção do pálido rosado do rosto e das mãos. É um esboço admirável e poderia ser assinado como um estudo de Velásquez, de quem Édouard Manet jamais negou a influência.

23 de fevereiro

Não falta coisa alguma na Sinfonia inacabada.
Carlos Drummond de Andrade

Logo na primeira semana de minha chegada, carregado por Cícero Dias, pude apreciar sem nenhum impedimento uma belíssima exposição de Picasso (cerâmicas realizadas em Vallauris entre os anos de 1946 e 1949), na Maison de La Pensée Française, a qual causou-me uma profunda impressão, fazendo-me de imediato rever enorme lista de preconceitos alimentados abertamente contra essa forma de arte, apesar de no Recife toda a minha família ser tradicionalmente dedicada à indústria de cerâmica.

Aliás, esses preconceitos desapareceram por completo quando, em uma tarde, entrando no Museu *Jeu de Paume*, deparei com um belo potiche verde *celadon*, em cuja etiqueta estava escrito o nome de Gauguin. Então, o mestre dos mestres também abordou a cerâmica? O fato era em si inacreditável, não aos meus olhos, mas ao meu espírito, que naquele momento, já abalado pelas dúvidas, procurava como se justificar. E a audaciosa lição de Gauguin não se limitava somente à cerâmica. Ela era abrangente. Envolvia todas as artes e ofícios preteridos, esquecidos na poeira do tempo, desenterrados pelos arqueólogos, catalogados por antropólogos, enfim, tudo aquilo que fizera bater calorosamente o coração de um bárbaro, de novo, retorcido em mãos fervorosas, voltando às lajes dos templos e aos seus altares. O incessante anátema do "nariz de águia, alma de condor", saído das perdidas cordilheiras andinas e ressurgindo nas pedras carroçáveis de Paris, não cessaria de crescer pelo mundo afora: *jamais les grecs*!

Os mosaicos de Ravena revisitando Paris, esculturas africanas, ídolos da Oceania, retratos funerários do Faoum, faziam ressuscitar no novo espírito da arquitetura a chama jamais extinta dos velhos templos, das catedrais ou das modestas capelas nas montanhas. Mais uma vez foram erigidas capelas e igrejas com a colaboração dos melhores artistas: Léger, na Igreja de Assy no alto da Savoia francesa, com seus enormes mosaicos na fachada, desses mosaicos esplêndidos sobre os quais Dominique de Ménil – um apreciável colaborador da revista *L'art sacré* – diria: "Assy às dez horas da noite assemelhava-se a um palácio de contos de fadas".

Talvez seja necessário possuir olhos de criança para amar esse grande mosaico de Léger, como também o seu lado de estampas populares, seus rijos desenhos de antigos moldes para manteiga, e suas cores que são aquelas, como diria Malraux, *"des verroteries barbares, des bijoux de plumes et des costumes de fête"*; não esquecer igualmente em Assy, os vitrais de Rouault, o São Francisco de Sales, de Bonnard, a pequena porta do tabernáculo, de Braque.[4]

26 de fevereiro

Faz pouco tempo, ainda a bordo do *Alcântara*, mencionei um encontro com o jovem Ortega, uruguaio, cujo principal encargo seria, além dos folguedos e naturais divertimentos, efetuar algumas compras de objetos artísticos para

---

[4] A importância de verificar que pintores da melhor estirpe estavam colaborando com os novos projetos de igrejas católicas (N. do A.).

o seu pai – um empedernido colecionador. Na ocasião, tive oportunidade de falar-lhe sobre Cícero Dias, informando-o do ótimo relacionamento desse pernambucano (residente em Paris há mais de trinta anos) com pintores da Escola de Paris, notadamente com Picasso. Suponho tê-lo impressionado com esses dados. E, como Cícero nos esperava na gare de Paris, não me foi difícil aproximá-los. Depois Cícero me telefona, perguntando se eu gostaria de visitar o ateliê de Fernand Léger em companhia do referido moço. Segundo meu amigo, decidido a comprar aquilo que houvesse de melhor no mercado de arte parisiense.

O ateliê do pintor na rua Notre-Dame-des-Champs era o mesmo ocupado por ele há cerca de quarenta anos. Diante da fachada do velho e carcomido prédio, repleto de janelões envidraçados, típicos de ateliê europeu, perguntei a Cícero se o de Léger ocupava todo aquele espaço. Olhado de fora, com suas janelas retilíneas, subdivididas geometricamente em retângulos e quadrados nos mais diferentes tamanhos, parecia um velho desenho abandonado por Piet Mondrian. "Não, não ocupa", respondeu Cícero Dias, sorrindo. "O dele, é somente o do segundo andar, bem em cima do frontão da entrada." Estava repleto de pinturas e de um número ainda maior de telas reviradas (dos mais diferentes formatos) de encontro às paredes. Eu diria até "um montão de telas". Nos cavaletes, pequenos trabalhos em execução num contraste flagrante com aqueles apoiados de encontro ao muro de fundo que tinham as dimensões de um mural – no mínimo de dois a três metros de altura – ou talvez até mais. As apresentações tinham sido feitas, e o pintor, de boné na cabeça, muito bem agasalhado, nos olhava interrogativamente atrás de sua enorme cara de cavalo normando, embora soubesse a que vínhamos. No momento mais livre da conversação, afastei-me um pouco (continuávamos todos de pé) e fui olhar de perto a sua paleta, ali exposta em abandono e recoberta de tintas ressecadas e outras ainda em estado pastoso. Era evidente que trabalhava quando nós entramos. E pelo jeito, ele era um desses "grandes trabalhadores", de resto, uma classe que ele sabia admirar como ninguém.

A sua futura série *Les constructeurs* seria um atestado implícito desta sua afinidade com o operariado. Notei o quanto o pintor aproveitava todos os pigmentos espalhados na paleta, alguns já ligeiramente oxidados ainda se prestavam à criação de uma matéria grumosa, toda especial, da qual Léger tirava um bom partido. Ele não era um pintor excessivamente preocupado, por assim dizer, com requintes de matéria; isto, se quisermos compará-lo com um Rouault ou com um Bonnard, ambos mestres consumados das infindas superposições de tintas que levavam a uma matéria altamente sofisticada.

Tanto seu desenho como a sua pintura são diretos, francos, quase brutais no seu arcabouço de pesados volumes. Sua cor comprimida na voragem do uso explícito das cores primárias, ou seja, azul, vermelho e amarelo, é neutralizada pela sábia presença do branco e do preto.

Quando retornei aos meus cuidados, Léger e Ortega já deslocavam telas daquele inigualável celeiro. E eram tantas e tão difíceis de manipular, principalmente quando aumentava o formato, que, quase como uma obrigação minha e de Cícero, acabamos envolvidos na labuta, embora adivinhássemos naqueles acréscimos de escala um paradeiro. Cícero havia nos instruído a respeito dos quadros grandes, portanto, a partir dos formatos 40 e 50, as telas aumentavam consideravelmente de preço, e o uruguaio, apesar de suas bravatas de milionário, tinha (como todos parecem ter) um limite para os seus lances. Duas premissas orientavam os preços, e a primeira delas estava condicionada à sua própria cronologia, isto é, um trabalho realizado há cinco ou dez anos, começava a ter direito a preços diferentes, não mais funcionando o critério dos formatos. Suponhamos uma tela de Léger, como *Deux disques dans la ville*, medindo 65 x 54cm (formato 15), pintado no ano de 1919, portanto há trinta anos: como poderia essa tela ter o mesmo preço daquela que o nosso moço segurava nas mãos, pintada em 1946 e exatamente com o mesmo formato?

Qualquer tela executada por um artista de fama, passados cinco anos, já terá circulado por muitas exposições, acrescentando-se a isso catálogos, livros e registros, facilitando-se assim a sua identificação e lhe conferindo acertadamente um valor histórico. O uruguaio firmou-se, portanto, em telas ao seu alcance e ali mesmo o negócio foi fechado.

No automóvel, Cícero fez questão de cumprimentar o moço da antiga província cisplatina pelo excelente negócio, pois Léger era um desses poucos monstros sagrados a quem nós – os comuns mortais – tínhamos livre acesso e cujos preços de mercado se mantinham em níveis acessíveis, o mesmo não se poderia dizer de Braque, Matisse e Picasso.

2 de março

Em nenhum momento, posso asseverar, sem qualquer margem de erro, esse estranho fenômeno deixou de acontecer, ou seja, fui descobrindo lentamente a cidade de Paris, suas ruas e seus arredores através da pintura, como se os meus olhos só estivessem preparados para captar aquilo que já fora visto, depois de ter olhado uma determinada paisagem de Claude Monet, um certo *boulevard* pintado por Camillo Pissarro, enfim, toda esta vasta região da Île de France, na realidade, foram os quadros que me ensinaram a ver.

Saindo do hotel e andando a pé pela Rue du Bac em demanda ao Quai Voltaire, eu poderia escolher para chegar ao *Louvre* dois acessos sobre o rio, através da Pont Royal ou então pela Pont du Carroussel. Na minha primeira visão do Sena e de suas pontes, iluminadas pela mesma luz tamisada do inverno, reconheci alguns dos quadros dos pintores ditos impressionistas. Não posso mesmo conceber essa descoberta sem a intervenção de uma visão anterior transfiguradora, porque sem a medida do homem não haveria a possibilidade de reconhecer a beleza. Assim deve ser para todos, até caminharmos a perder de vista em direção aos primórdios das manifestações artísticas, sempre representando o fio condutor de uma realidade que teima em nos escapar.

Assim eu penso, vendo os enormes castanheiros totalmente despidos de folhas, cujos caules, envolvidos pela névoa, parecem traços reguladores de um céu invisível. A projeção vertical para o alto indica, de uma certa maneira, a presença da abóbada celeste.

3 de março

Não deixou de ser emocionante descer na gare de Saint-Lazare, pois eu conhecia por reprodução o magnífico quadro de Claude Monet. Uma gare de sonhos, envolvida por vapores de todos os matizes, um mundo de realidades (insuspeitadas), de luz, e repleto de esperanças, pois é muito difícil encontrar na história da arte pintores que tenham acreditado de uma maneira tão audaciosa que uma nova era estava começando, e que eles seriam os seus profetas. Se os críticos e o grande público não descobriram esse fato há mais tempo, é exatamente porque não é dado a ninguém ter razão por antecipação. Depois cheguei a ver o original de Monet da *Gare Saint-Lazare*. A diversidade da hora e do tempo invernoso (pois o quadro foi pintado em pleno verão) não impediu contudo o reconhecimento. O lugar não me pareceu desconhecido.

Embora não seja um quadro da última fase desse genial pintor impressionista, ele já contém toda qualidade esplendorosa de matéria do futuro Monet das ninfeias. Uma inigualável sabedoria e saturação de cores diversas superpostas faziam o todo vibrar como se fosse feito de uma só matéria estruturada por poderes, não criadas pelos homens, mas pela própria natureza. É curioso como as pinturas impressionistas são muito mais fiéis à realidade sob o ponto de vista fotográfico (verismo) no sentido moderno de captar o instante, do que toda e qualquer pintura clássica ou acadêmica. Evidentemente estou falando em termos de cor e luminosidade; matéria-prima levada à exaustão por estes bravos e honestos descobridores de um novo mundo. Não que a natureza possa mudar, mas esses artistas mostraram-na com novos olhos. A novidade não era do mundo, e sim da percepção de cada um desses pintores. Uma paisagem de Monet pintada em 1901, *Vétheuil, soleil couchant* é uma contundente obra-prima, na sua múltipla e turva iridescência só comparável à preciosidade de uma opala.

8 de março

Embora Monet não esteja entre os meus artistas eleitos (como se um pintor com apenas vinte e um anos já pudesse definir preferências), o interesse despertado por todos os seus quadros, quer seja no *Jeu de Paume*, no *L'Orangerie*, em galerias ou em diferentes reproduções, não faz senão crescer a minha mais absoluta e irrestrita admiração. Dificilmente, em termos de matéria pictórica, um artista conseguiu ir tão longe como ele foi na sua série das *Ninfeias*, realizada no fim da sua longa vida. Não é um exagero, tipicamente juvenil, afirmar que em alguns momentos a sua matéria compete com a de Rembrandt. Falei, há alguns dias atrás, no retrato de Clemenceau, por Manet. Esse político foi grande amigo e admirador de Claude Monet, chegando a visitá-lo em diferentes ocasiões em Giverny. Não sei se em 1925 ou em 1926 (não sou historiador nem crítico de arte), durante o funeral do artista, dizem que Clemenceau estava presente.

Por falar em crítica, tenho encontrado, nas várias vezes em que compareço acompanhado de Deborah à casa de Cícero Dias, um desagradável "crítico de arte", não sei se alagoano ou paraibano, que acode pelo nome de Ruben Navarro. Também não posso explicar a razão desse moço me tratar com tanto desdém. Não lembro dele me cumprimentando ou me dirigindo a palavra uma só vez. Não sei onde ouvi dizer... bem, eu esqueci daquilo que ouvi dizer...

Insistindo nos impressionistas, as coincidências com os estudos de Chevreul, a propósito do espectro solar, as análises da luz branca (o famoso disco de Chevreul), o efeito físico da vibração da cor, tudo isto poderia ser um sólido suporte para as descobertas desses pintores, mas acredito na realização de uma afortunada simultaneidade.

Muitos anos antes, o pintor Eugène Delacroix havia anunciado as suas teorias sobre a cor e os seus complementares. E, por incrível que pareça, foi numa viagem à Inglaterra, depois de conhecer algumas pinturas de Constable, que verificou a extrema sensibilidade colorística desse colega, sobretudo os seus vermelhos feitos de uma variedade enorme de superposições tonais que, longe de abafar a cor, a exaltava. Na sua volta a Paris, Delacroix retocou vários quadros, até então tidos como terminados.

9 de março

Não há rotina em Paris. Eu saio do hotel no justo momento dos museus abrirem suas portas, e isso pode ser tanto em direção ao *Grand Palais* ou ao *Petit Palais*, como, principalmente, ao *Louvre*, do qual passei a ser um frequentador assíduo. Não confio nos catálogos, nem tampouco nos roteiros assinalando o percurso a ser cumprido dentro das imensas galerias deste museu. Por convicção, evito a parte arqueológica do subsolo e, de imediato, subo às galerias de pintura. Não adianta fazer algumas escolhas prévias e também saber como encontrar o famoso quadro de Nicolau Poussin, *Eco e Narciso*, pois, uma avalanche de outras telas poderia surpreender o meu olhar, embora essas estejam separadas pelas datas (século) em que foram pintadas. Por exemplo: demorar-me bastante diante do pequeno quadro de Antoine Watteau, *O indiferente*, para, logo em seguida, ficar hipnotizado pela carnação de um nu – *O julgamento de Paris* (outro quadro do mesmo pintor). Que extraordinária visão do mundo lembra esse nu feminino de costas, me levando aos extremos da pintura na sua semelhança com os nus do *Laocoonte*, de El Greco, ou mesmo os nus (sempre de costas) obsessivos dos *Banhistas*, de Cézanne. Sento-me no sofá, no centro da galeria, tentando rabiscar alguns traços canhestros. Meço a proporção da figura, onde a cabeça, propositadamente pequena, acentua a monumentalidade do corpo. Novamente, sob esse aspecto, irmão gêmeo de Greco e de Cézanne.

Mais adiante, largar estes devaneios mais sérios, e deter-me cheio de lascívia diante da *Odalisca* e *O descanso de Diana ao sair do banho*, de François Boucher. É surpreendente como a grande pintura se permite toda espécie de liberdade. Mesmo frente a frente com quadros onde se explora, sem nenhuma reserva, a sensualidade, ambos permanecem, estruturalmente falando, um primor de composição, quando são cortados por uma poderosa diagonal...

Eis-me finalmente defronte de um dos meus eleitos, o grande Jean-Baptiste Chardin. Aí posso tirar partido de alguns quadros que sempre associei, como espírito, matéria e composição, a Balthus, pintor que tanto me encanta. Por exemplo: *O jovem desenhista*, me recorda algumas reproduções de catálogos de exposições de Balthus, na Galeria Pierre, aqui em Paris; na Galeria Pierre Matisse, em Nova Iorque; e na Galeria des Beaux-Arts, novamente em Paris, se não me engano, a primeira em 1934, a segunda em 1938 e a terceira em 1946.

Não sei se minha paixão por Balthus é mais ligada aos temas de seus quadros, sempre utilizando modelos muito jovens, ou se, na realidade, é a enorme proposta de origem clássica desenvolvida por esse artista. Não fossem suas preocupações teóricas, desvendadas em alguns comentários críticos, eu não iria com tanto empenho à procura de Nicolas Poussin.

10 de março

Muito me alegram esses devaneios e associações pessoais em relação às minhas descobertas aproximativas entre grandes artistas, quer estejam mortos ou vivos. Também, não faço outra coisa. É como se o restante da cidade não existisse a não ser em função da pintura. Mas não será assim em relação a todos os outros pintores, durante o seu período de formação? Junto com Deborah tenho batido em diferentes galerias, sempre à procura de Balthus e, em nenhuma delas, encontrei sequer vestígios, tampouco informações. Esbarrei, sim, com má vontade, espanto e, até, sarcasmos. Perguntei a Cícero Dias o porquê dessa discriminação, uma vez que esse pintor de origem polonesa é bastante considerado nos Estados Unidos, através do crítico James Thrall Soby, e sobretudo pela sua importante obra, a meu ver absolutamente moderna e singular, nascida de alguém que teve a coragem de remar contra a maré. Não o descobrindo nas galerias e muito menos nos museus, recorri às livrarias, o que deu no mesmo, embora, pela persistência, vez ou outra eu acabe por achar alguma coisa. Quase que de uma só vez me apoderei de duas fontes importantes de informação. Uma através de um *Cahiers d'Art* (edição esgotada de 1946), a outra, uma belíssima edição da revista *Voir* (*Édition des Trois Collines*, Genève-Paris, 1948), aliás, essa revista numerada contém poemas de Paul Éluard, dedicados aos seus artistas preferidos, coincidentemente os maiores pintores da Escola de Paris. Qual não foi a minha surpresa ao encontrar entre eles duas belíssimas reproduções de Balthus, um desenho e uma pintura, acompanhados de um poema de Éluard, dedicado ao artista. No primeiro verso, diz o poeta: *Les petites misères des enfants gâtés...*

Quanto ao *Cahiers d'Art*, um alentado volume de 428 páginas, pude encontrar uma matéria bem mais vasta, com dez páginas dedicadas ao pintor, e uma bela introdução em forma de prosa poética, "Balthus", ou "*Le dard dans la fleur*", assinada também por René Char, o qual, por uma circunstância de forma alguma casual, mora no Hotel Montalembert. Na primeira noite que jantamos no restaurante, tendo como convidados Raymonde e Cícero, este nos apontou, a mim e a Deborah, o poeta numa mesa, não mais do que a seis passos de distância.

Diante das minhas repetidas observações acerca das dificuldades em descobrir esse pintor misterioso, Cícero observou: "Ninguém melhor do que o poeta René Char para guiá-lo e apresentá-lo". Achei a sugestão razoável, embora soubesse não possuir a coragem de enfrentar uma situação desta ordem, sobretudo pela ainda deficiente maneira de me expressar em francês. Em todo caso, aceitei o conselho e deixei, pelo menos sobre esse aspecto, Cícero Dias em paz. O poeta é um homem de compleição sólida e, por que não dizer, com "cara de poucos amigos". O texto de René Char está datado de agosto de 1946. De qualquer forma eu já sabia que Rainer Maria Rilke (num texto escrito ainda na juventude de Balthus), Albert Camus, James Thrall Soby, Paul Éluard, René Char, Antonin Artaud, Pierre Loeb, Pierre Courthion e Pierre Jean Jouve, nove intelectuais de indiscutível categoria, se ocuparam desse artista que teimo em admirar; pelo menos me apercebo não estar sozinho. Além do texto de René Char, acompanha as ilustrações das telas do pintor um ensaio de Georges Mounin, chamado "*Ces deux-là qui vont ensemble...*" que, apesar de nada ter a ver com Balthus – mais uma vez, não por casualidade – tem tudo a ver com o espírito dos seus quadros.

Este ensaio, jamais divorciado das imagens que o acompanham, faz as minhas delícias de muitas noites no Hotel Montalembert, na difícil procura do seu real significado. Mas, mesmo assim, decifrei-o. Nele encontro alguns nomes já conhecidos, e outros que eu só conheço superficialmente, entre eles Marcel Proust. Depois do meu aprendizado de francês com a corte russa em *Guerra e paz*, de Tolstói, aliás citado por Mounin, através da *Sonata a Kreutzer*, em termos literários duas aulas definitivas. Muitas vezes repeti em voz alta alguns dos seus trechos, com um francês duvidoso, para Deborah ouvir: "*L'autre loi terrible du désir est celle de la dégradation des émotions par la répétition. Vouloir que l'amour soit éternel, c'est obscurément vouloir qu'il soit toujours cinq heures du soir en automne ; vouloir recommencer le premier rendez-vous, le premier oui, le premier baiser ; or, à ceux-là, la nature même de l'émotion dit : nevermore*". Foi nesta mesma matéria que vi pela primeira vez o *Portrait de M.L. de Ch. et de ses enfants*, uma tela de Balthus pintada em 1943 e, conforme está dito na legenda, retomada depois e transformada. Todas essas pequenas conquistas valem muito para mim, sobretudo porque são o resultado de um esforço incomum para um jovem de minha idade, se defrontando com os segredos do ofício.

14 de março

Assim se fazem os dias, nas descobertas de novos quadros e, em seguida, de novas ruas, de galerias e jardins. Ainda não cheguei ao jardim de Luxemburgo, mas, frequentemente, apesar do frio, nos dias mais ou menos ensolarados, eu e Deborah caminhamos horas a fio nos jardins das Tulherias, onde às vezes, sentados, eu noto o seu olhar em direção a uma quantidade de crianças gordas e rosadas com trajes multicoloridos a brincar no cascalho aparentemente limpo, sob os cuidados das babás ou de mães amorosas. Ontem, num desses passeios, Deborah me disse: "Estou grávida". E completou: "Quando saí do Rio de Janeiro, eu já desconfiava, mas como sangrei um pouco a bordo, pensei que não era gravidez. Agora passou-se o segundo mês e entramos no terceiro. Então, não há como duvidar". "Finalmente está explicado aquele enjoo marítimo inacabável", eu disse. E confessei não esperar outra coisa, mas não que fosse tão de repente. "Você está feliz?", ela perguntou. "Sim, eu estou feliz, muito feliz, e vamos educar esse menino aqui na Europa". Com a cabeça ela confirmou que seria um menino... Como ela é *vidente*, eu apenas aquiesci.

Depois dessa revelação, sendo muito cedo para nos recolher ao hotel, pegamos um táxi e fiz questão de mostrar-lhe um jardim secreto que descobri nas minhas andanças à beira do Sena. Um pouco abaixo da Pont Neuf existe uma praça muito significativa com o nome de Vert-Galant (apelido dado ao rei pelas suas aventuras amorosas). No momento, as árvores estavam negras e enrugadas pelo frio, mas no verão esse lugar deve ser esplêndido para os amantes, observo. Parece-me que logo depois da guerra, Picasso, enamorado da jovem Françoise Gilot, pintou esse sugestivo recanto situado na ponta da Île de la Cité. Apenas passamos por lá porque a forte ventania, conforme eu próprio verifiquei, era terrível. Em todo o caso, temos nessa praça, muito viva, a evocação do rei de Navarra e França, Henrique IV[5]. Infelizmente, outros pensamentos nos desviaram e acabamos não vendo nada. Voltamos para o hotel, e nesta noite surpreendente reconhecemos aquilo que todos os casais são obrigados a admitir: a presença do enigma da reprodução de uma imagem que se espelha no próprio universo da criação. Jantamos em silêncio. Vez ou outra fazíamos alguns comentários ou, quem sabe, planos para o futuro. De longe, o poeta René Char nos observava, divertido.

15 de março

Não posso dizer que os meus ardores de exploração da cidade, ainda por descobrir, repleta de mil e um mistérios, não diminuíram. Mas tudo me parece bem, não havendo motivos para apreensões, a não ser as providências relacionadas com a gestação, parto e o acompanhamento médico. No entanto, este assunto Deborah já discutiu com Raymonde, a mulher de Cícero, cuja promessa foi apresentar o médico que fizera o seu parto e, inclusive, o da jovem mulher de Picasso, Françoise Gilot.

Após o almoço dirigi-me como de habitual ao *Jeu de Paume*. E, sem hesitação, fui direto a um quadro de Gauguin, cujo título poético e a qualidade excepcional de pintura já me chamara a atenção: *E o ouro de seus corpos*. Conheço alguns detalhes da vida de Gauguin, não apenas através de biografias romanceadas, como também pelo seu livro, *Antes e depois* (tradução espanhola). Não ignoro inúmeras de suas cartas aos seus amigos Daniel de Monfreid e

---

[5] A estátua equestre de Henrique IV domina este pequeno parque (N. do A.).

Émile Bernard, nas quais o artista confessa a sua paixão por esses corpos dourados das nativas do Taiti e das marquesas, a ponto de renegar as curvilíneas e brancosas europeias. Mas diante deste quadro, eu não adivinho só uma paixão carnal, e sim uma força enorme, primitiva e transfiguradora que nos leva ao começo da Criação. Às vezes, diante de um quadro de Gauguin, fico inibido, sem saber como olhá-lo, porque me vem sempre à lembrança o momento em que, naquelas ilhas, cada vez mais distantes, ao pegar a sua tela, o seu cavalete e os escassos tubos de tintas para dar início a uma nova pintura, deparava-se com um processo como se fosse o próprio ato da criação do mundo. O seu enorme isolamento ao pintar, sem um futuro plausível (porque ele deveria ir até o fim, mesmo não havendo um olhar sequer para dizer se o trabalho havia sido concluído ou se era belo), não estava na força de um homem comum, e sim na de um santo ou de um profeta. Que vigor admirável para persistir nesta solitária certeza – que um dia acabaria por fazê-lo fraquejar e tentar voltar à Europa, chegando a escrever ao seu amigo Daniel e esperar meses por esta resposta: "Você não pode trair a sua legenda e não deve voltar", foi tudo o que disse o seu fiel amigo.

Basicamente quando comento um quadro, estou predisposto a acreditar no que vejo. Além disso, qualquer atitude só teria sentido pelo fato de ter visto alguma coisa interessante. Às vezes, essa perseguição me leva demasiado longe. Melhor do que ninguém sei o quanto ainda hoje permaneço superficial, atitude, aliás, não de toda desaconselhável desde quando o arguto Edgar Allan Poe achou que a verdade quase sempre sobrenada na superfície das coisas e muito raramente nas profundezas de um poço. Portanto, nas telas de Gauguin, entrevistas em repetidas peregrinações ao *Jeu de Paume* e ao *L'Orangerie*, eu não faço senão puxar a ponta de um fio que, longe de estar invisível, pende fora dos quadros à espera de alguém habilitado a puxá-lo.

Outros pintores de há muito fizeram o mesmo a partir desta fascinante proposta linear do mestre de Pont-Aven, que levou o obstinado e circunspecto George Seurat quase à loucura, quando conseguiu demonstrar que algumas linhas direcionadas a distintos pontos de uma tela possuem irrefutáveis significados emocionais. Toda parte expressionista de Munch é estruturada igualmente nesses princípios, como também o inesgotável sabor decorativo de Matisse. Desnecessário insistir que a linha, à qual me refiro, nada tem a ver com o contorno. Henry Van de Velde, em *Fórmulas de uma estética moderna*[6] lembra que "a linha é uma força, cujas atividades são semelhantes às de todas as forças elementares naturais".

Recordar, recordar e recordar. Mesmo na suposição de repetir o que todos já conhecem. Mas será que de fato conhecem? A tentativa de Gauguin, como toda experiência de caráter místico, dificilmente pode ser compartilhada, mesmo por aqueles que venturosamente desejassem segui-lo. O seu retorno às fontes até o esgotamento, a sua consciência visionária, o caminho do sacrifício, passando por todas as humilhações em nome de uma verdade que mesmo ele chegava a questionar.

18 de março

Hoje a inquietação me fez voltar cedo ao hotel, mas não encontrando Deborah, que havia saído às compras, aproveitei para percorrer o Boulevard Saint-Germain até a abadia do mesmo nome. No caminho passei na Rue Bonaparte, onde já havia descoberto várias galerias. Toda esta região, incluindo a Rue Visconti, a Rue Jacob, como também a famosa Rue de Seine está repleta de galerias de arte. Eu não queria retornar ao hotel e encontrar o quarto vazio. Por isso, preferi enfrentar o frio e o vento e chegar ao Quai Malaquais, onde, não muito distante, pude visitar a Galeria Katia Granoff, uma das melhores da Rive Gauche, dirigida por duas velhas irmãs russas, salvas a tempo do inferno vermelho, em 1916 (eram russas brancas). No seu interior, demorei-me na contemplação de uma paisagem invernosa, o todo coberto de neve, onde se deparam rústicas cabanas, camponeses andando na neve, por cima dos telhados ou mesmo levitando. No primeiro plano, uma figura com cabeça de galo sustenta uma criança no colo. Estava diante de um belo Chagall. A seu lado, um magnífico pedaço de pintura realizada pelo infeliz Chaim Soutine. As duas russas me olharam intrigadas e mesmo temerosas, como se eu fosse, com a minha palidez e barba negra, o próprio estudante homicida Raskólnikov. Na volta, ao virar na esquina da Rue du Bac, era como se estivesse no interior de um túnel batido por ventos gelados.

---

[6] Dez anos mais tarde, na minha exposição na Galeria das Folhas em São Paulo (1959), eu utilizei este mesmo texto de Van de Velde, no catálogo (N. do A.).

Deborah chegara de há muito no hotel. Contei-lhe as minhas parcas aventuras e os meus desmoronamentos emocionais. Cada vez que eu tenho de entrar em uma dessas galerias com suas portas fechadas por conta do inverno, sou levado a bater sem lembrar de abri-las como habitualmente o fazem, isto causa-me inevitavelmente um pequeno vexame, ou no mínimo uma descompostura.

O pequeno restaurante do Hotel Montalembert começa a ser palco noturno de nossos jantares, mas já aventuramos durante o dia por diferentes restaurantes populares na Rue du Bac, na Rue Visconti e outros das imediações. O preferido é um que fica na esquina da Rue du Bac com a Rue de Verneuil, onde servem o que eles chamam de "um excelente vinho da casa", quase sempre de qualidade superior, pelo menos para nós. Não estamos mais no *Alcântara* para eu pedir um refinado Bordeaux, e nos contentamos com um simples Beaujolais. Esse restaurante é frequentado pelas pessoas da rua: pedreiros, vidraceiros, padeiros, empregados do comércio, enfim, homens e mulheres que trabalham nas proximidades, e acredito que tanto eu como Deborah nos sentimos integrados neste ambiente, e, pelo menos, falamos com entusiasmo do *pot au feu, da blanquette de veau* e de outros pratos da mesma categoria também servidos em restaurantes elegantes, embora com preços nada convidativos.

21 de março

Na tarde de hoje, encontramos na portaria do hotel um senhor magro, grisalho, falando português (de Portugal). Não fui cerimonioso, logo me apresentei. Tratava-se do pintor e escritor Almada Negreiros que, residente em Lisboa, vem periodicamente a Paris com a sua mulher e sua filhinha, a qual, tendo um defeito congênito (lábio leporino), se submeteu a uma cirurgia. À noite, no restaurante, novamente estabelecemos conversação. Ele demonstrou ser culto e desembaraçado e, embora eu o desconhecesse (santa ignorância), é um pintor dos mais importantes de Portugal, com uma vasta obra já realizada, sobretudo pinturas a óleo, murais cerâmicos e gravuras, tendo feito, inclusive, diversas exposições em países europeus. É amigo de Cícero Dias de longa data. Mostrou-se ainda mais cordato quando dissemos de nossa amizade pelo pintor pernambucano: "De sua terra, pois, pois, não é verdade? Cícero nos conta maravilhas desse local, de uma luz inigualável", ele completou. Perguntou-me igualmente se nós tínhamos ideia de montarmos ateliê em Paris. "Sim", disse-lhe eu. Por um largo período e de preferência aqui nas imediações do Quartier Latin, acrescentei. Temos olhado com uma certa constância os jornais com os seus anúncios especializados, mas ainda não encontramos nada que nos interessasse, além do mais, o preço é exorbitante. "Depois da guerra", disse Almada Negreiros, "o problema de imóveis em Paris é infernal". Ficamos agradecidos ao pintor, porque ele, inclusive, colocou-se à nossa disposição para apresentar-nos a alguns amigos portugueses que moram em Paris ou mesmo a amigos franceses.

À noite, no quarto, volto a folhear o *Cahiers d'Art* e leio um interessante artigo sobre Paul Klee (repleto de reproduções de quadros e desenhos que, de imediato, me fizeram lembrar os trabalhos de Raphael, do Engenho de Dentro), escrito pelo próprio editor Christian Zervos.

Outros estudos sobre o mesmo artista se seguem, incluindo um poema de Jacques Prévert, e um estudo assinado por Tristan Tzara. Um pouco adiante, com a ilustração de Henri Matisse, um poema em prosa de René Char: *"Le Requin et la Mouette"*; um belo texto, *"L'Homme à l'Agneau"*, com uma variedade enorme de desenhos preparatórios desse artista surpreendente e genial que é Pablo Picasso, escrito pelo seu amigo Zervos; um longo ensaio sobre Joan Miró, novamente por Tristan Tzara; uma magnífica reportagem ilustrada sobre Fernand Léger, com reproduções, sobre *Os ciclistas* e sobre *A bela equipe*, etc. Lembrei-me do desaparecido Mário Ortega. Nem o próprio Cícero Dias soube nos dizer por qual porta parisiense escapou esse rapaz.

Enquanto leio, noto com o canto dos olhos que Deborah tricota às voltas com alguns novelos de lã. Muito tarde na noite, ela já adormecida, verifico que o seu sono está invulgarmente agitado. Antes de adormecer eu pensei: será que gravidez dói? Ou será o contrário? Que profundas alterações não devem afetar uma mulher que está a caminho de reproduzir uma imagem!

22 de março

Muito cedo, comentei esse fato, mas Deborah me respondeu que apesar das náuseas não terem desaparecido, comparadas aos dissabores sofridos durante a viagem, poderiam até passar despercebidas. Perguntei-lhe, também, qual a sua opinião sobre o meu intento de procurar o professor Germain Bazin, um dos *conservadores* do Museu do Louvre que, em visita ao Recife, ano passado, esteve no meu ateliê levado por José Maria Albuquerque, diretor do Museu do Estado. Espero contar com os seus conselhos a respeito de frequentar ou não um curso de pintura, inclusive aqueles existentes no próprio museu. De outro lado, não ignoro o fato do pintor André Lhote manter uma academia de pintura, pois recordo do seu livro *Traité du paysage*, comprado na Livraria Imperatriz (Berenstein), editado em 1946. Dentro das minhas possibilidades de traduzir, andei folheando-o e aprendendo muito com seus curtos comentários a respeito da composição na pintura. Entre outras coisas eu traduzi: "A natureza propõe tudo ao mesmo tempo, por isso ela sempre acolhe tudo aquilo que se lhe pede. Mas é preciso saber o que lhe pedir...".

23 de março

Não procurei Germain Bazin, mas à tarde vou pela primeira vez ao *L'Orangerie*, desta feita com endereço certo à procura de *O cavalo branco*, de Gauguin, que erroneamente eu supunha estar no *Jeu de Paume.*

Li em algum lugar que Daniel de Monfreid foi o primeiro dono desse quadro. Talvez Gauguin, com o seu espírito generoso, tenha lhe presenteado. A respeito dessa tela soberba, que posso incluir entre os mais belos quadros do artista, sabe-se que ele dizia sempre em tom de *blague* ter tomado emprestado um cavalo de Fídias, uma vez que guardou em seus pertences, desde a sua fuga de Paris, uma foto do friso original do Parthenon. Apesar do exotismo da composição, com poderosos arabescos entrelaçados percorrendo o quadro em todas as direções, deixando vazios onde aparecem a principal figura do cavalo branco, com as pernas imersas na água, a cabeça abaixada e alguns cavaleiros que se esgueiram mata adentro. Todo esse orientalismo nos leva às estampas persas, embora não escondendo uma composição rigorosamente clássica: a paisagem e a figura se complementam para maior força expressiva do quadro à maneira de um Poussin, evidentemente, em *estado selvagem.*

A laguna do primeiro plano é de um azul ultramarino profundo com alguns reflexos em cor laranja (seu complementar) e centraliza a composição, destacando em parte a forma do cavalo branco. Como reforço, um dos cavalos também se sobressai, pintado com um castanho fortemente alaranjado. No primeiríssimo plano, um estranho pássaro, pertencente à fauna do Paraíso, permanece sonhador ao lado de uma espécie de flor igualmente só conhecida no Éden.

No ato de me retirar, diante dessa tela, me apercebo de um lagarto em cima de uma pedra azulada... foi quando notei que o cavalo possuía todas as cores do quadro, para enfim, terminar como um cavalo branco. Na tradição *maori*, a cor da morte.

Estando no recinto do *L'Orangerie*, é quase um pecado, senão um ato de insanidade, não chegar até às salas das *Ninfeias* de Claude Monet. Entretanto, sobre aquelas vastas pinturas que ocupam parcialmente as paredes do museu, se imprime, a despeito de mim, a miragem do *Cavalo branco* sempre presente, como se estivesse enquadrado pela alça de mira telescópica de uma espingarda, com retícula e tudo. O quadro de Gauguin é o centro de todas as coisas, e o de Monet, o esplendor da Natureza que tudo propõe e, por conseguinte nos escapa, por não sabermos o que lhe pedir. Portanto, preciso voltar ali um outro dia (quando preparado), e dedicar-me ao mundo sagrado e igualmente edênico dos jardins de Giverny.

Esta pequena confusão de imagens superpostas me leva a refletir sobre a pintura real da *paisagem*. O que é uma paisagem? Quando o homem começou a sentir a paisagem como uma realidade indiferente, isto é, algo que valia por si próprio? Só neste momento é que ele pôde compreendê-la na sua independência. Talvez muito mais do que Gauguin e Monet, o grande mestre da paisagem foi Paul Cézanne. Posso verificar muito bem esta assertiva em seu quadro *Les peupliers (Álamos)*, que se encontra nas paredes do *Jeu de Paume*. De imediato, olhando essa tela de Cézanne que não mede mais do que 60 x 80cm, tenho a impressão de sua monumentalidade, independente de qualquer artifício de "escalas" na medida do homem. Inclusive, até um arremedo de construção (paralelepípedo) meio escondido pelo matagal, nada tem a ver com uma casa. O que predomina são os grandes ritmos verticais, ocupando quase toda a cena. Uma muralha impenetrável de vegetação, acentuada por um chão plano e um ligeiro esboço de estrada, que apenas se insinua em direção à floresta, e morre nas suas entranhas. O céu violentamente iluminado aproxima a montanha azul do conjunto maciço da vegetação. Não há profundidade em termos de perspectiva. Uma estreita vereda no lado esquerdo do quadro, serpenteia em direção a um plano intermediário que, igualmente luminoso, mais uma vez é atraído pela densa folhagem. Aí temos uma paisagem como *valor absoluto*, sem a necessidade de figuras humanas ou animais e muito menos de alegorias.

Quem me visse assim dissertando, pensaria que eu sou um adepto do cubismo ou da pintura abstrata, mas Cézanne nada tem a ver nem com uma coisa nem com outra. O cubismo apenas exagerou certos aspectos geométricos da pintura do mestre de Aix-En-Provence, sem levar em conta um sem-número de outras diretrizes desse genial pintor que permaneceu "o primitivo de suas próprias descobertas". Na verdade, basta colocar-me diante de uma pintura de um Gustave Courbet, onde aparece um bosque e alguns animais, ou mesmo caçadores, para que todas as minhas teorias se dissolvam.

Na pintura *Veado alerta,* que está no Museu do Louvre, há uma espécie de bosque de sonhos: árvores eriçadas por uma estranha luz, uma pequena corça à margem de um regato levanta a pata direita e, com a cabeça erguida e as orelhas atentas, pressente o perigo... Ou então num quadro de Balthus, *Paysage d'automne* (*Le Gottéron - 1943*), onde, num vale profundo rodeado de rochas escarpadas, numa pequena estrada sinuosa, uma figura minúscula de um lenhador retardatário (única presença humana isolada dentro de uma paisagem quase cósmica), num mundo sem luz, volta à sua casa... Bastam esses pequenos detalhes para que se desencadeie uma verdadeira tempestade romântica e meu coração volte a bater apressado...

25 de março

Eu e Deborah não saímos à noite, a não ser para um pequeno passeio, não mais que trezentos ou quatrocentos metros, na grande calçada do Boulevard Saint-Germain. Não só devido ao frio excessivo que perdura neste mês de março, como também pelo desinteresse total que nós dois mantemos, pelo menos no momento, em procurar cinemas, teatros e muito menos cafés literários ditos da moda. Temos consciência de que habitamos o núcleo do movimento existencialista do pós-guerra, não muito distante do Café de Flore, da famosa Brasserie Lipp e do Deux Magots, onde reinam, não sei de que maneira, Jean-Paul Sartre, Simone de Beauvoir e a figura um tanto enigmática e, por que não dizer, esbodegada de Juliette Gréco, a musa do existencialismo. Propositadamente omito o nome de Albert Camus, por respeito e admiração, por que, tratando-se especialmente de quem se trata, não encontro razões para colocá-lo sentado num desses lugares. Pergunto mesmo: à espera de quê? Em todo caso, pode ser a minha profunda ignorância do conteúdo dito espiritual da vida parisiense que me leva a fazer tais suposições. Às vezes a minha fala ou o que escrevo sai adiante de mim, com uma liberdade "existencialista", e revela pensamentos ainda muito mal formulados. Isso é um defeito de infância ainda não corrigido.

26 de março

Quando chegamos ontem no hotel, encontramos Cícero Dias e Raymonde conversando com Almada Negreiros e sua mulher. Por brincadeira disse que estávamos no Café de Flore. Afirmação recebida debaixo de palmas, como se tivéssemos, de fato, realizado uma grande proeza. Não posso adivinhar o tipo de conversa existente entre esses dois pintores, de tendências tão diversas – Cícero, um ex-figurativo onírico, agora influenciado pela pintura abstrata, e Almada um pós-cubista empedernido.

De há muito percebi que a presença contínua, na casa de Cícero, do crítico Ruben Navarro – um neoconvertido à pintura abstrata –, indica igualmente os pendores do meu amigo Cícero para uma nova forma de expressão. Toda uma filiação de Kandinsky até Mondrian tem se multiplicado em inúmeras tendências ditas abstratas, com o apoio e entusiasmo do crítico e teórico Leon Degand.

Pintores como Arp e sua mulher Sophie Taeuber, Jacques Villon, Serge Poliakoff (que para mim tem a virtude de ser irmão da bela atriz de cinema Marina Vlady) e o pintor florentino Alberto Magnelli, que fez há dois anos uma exposição na Galeria Drouin, adeptos de uma abstração integral, já colhem os seus frutos, influenciando e seduzindo uma quantidade enorme de jovens artistas.

O coração pernambucano de Cícero Dias hesita entre as suas lembranças marcantes da juventude e o novo mundo da pintura de vanguarda em franca ascensão nos meios culturais parisienses. Na sua exposição, ano passado (1948), na Faculdade de Direito do Recife, Dias mostrou-se um pintor de um poder criativo singular, desenvolvendo certas características abstratizantes, embora os títulos de natureza poética desmentissem essa tendência, como por exemplo: *Mulher com o diamante na boca*, *Dançarino ou mamoeiro*, e outros tantos, sempre de caráter evidentemente nascido de uma alma sonhadora. A sua pintura desses últimos três anos se mescla profundamente com o período passado em Portugal, durante a guerra, nascendo ali em Lisboa uma de suas mais belas fases, ainda figurativista. Dificilmente um pintor europeu pode rivalizar com a extraordinária luminosidade desses seus quadros, certamente herança das praias do Recife e dos engenhos da Zona da Mata, banhados pela mais bela luz do mundo – "Recife e Taormina, na Sicília", como Cícero Dias costuma repetir mil vezes mundo afora.

Na exposição da Faculdade de Direito, cheguei a adquirir o quadro *Mulher com diamante na boca*, cujo fundo verde ainda denunciava as forças telúricas que regiam os seus pensamentos de pintor. Poder-se-ia falar numa espécie de invenção floral, onde certas formas de ordem geométrica intervinham no conteúdo ainda figurativo.

27 de março

Como um condenado – nem ao menos tenho lido jornais franceses, com exceção, às vezes, do *Figaro Littéraire* – devo ignorar "os acontecimentos", incluindo as famosas e repetidas ameaças de uma guerra total e feroz entre americanos e russos. A hecatombe prevista pelo meu tio Eduardo, quando saí do Brasil, até hoje não se consumou e não se consumará, eu espero.

Que as tensões belicosas, no momento apenas anunciadas, envolvendo a República Popular coreana, ao norte, sob influência soviética, e a República da Coreia, controlada pelas tropas da ONU ao sul do paralelo 38º, venham a resultar num grande conflito é um cenário distante para uma Europa ainda convalescente e coberta de escombros. Esta pequena lição política, recito-a por conta de Maurice, um dos camareiros do nosso andar, no Hotel Montalembert, sempre às voltas com os jornais *Le Monde* e *L'Humanité*, e que me parece bastante politizado. Na realidade, deve ter suas simpatias pelo partido comunista, o que não deve causar espanto, pois até Picasso, logo depois da guerra, filiou-se ao mesmo partido. As posições políticas desse artista estão muito mais relacionadas com o seu justificado ódio pessoal ao caudilho Francisco Franco do que com qualquer identidade ideológica marxista. Pablo Picasso vem de *Guernica,* dos horrores e dos desastres da guerra, sendo um herdeiro tão violento e expressivo quanto o seu compatriota, o genial Francisco de Goya y Lucientes.

28 de março

Há poucos dias, eu afirmara ainda não termos procurado os cinemas, mas passando hoje ao lado de um deles, não muito longe do Boulevard St. Michel, não sei em que rua vimos anunciado *Crime e castigo*, uma versão cinematográfica de Joseph von Sternberg (1935), baseada no romance de Dostoiévski, conhecido não só por mim, como também por Deborah que, apesar de muito abatida, fez questão de assistir ao filme. A sala de projeção era pequeníssima e a sessão já havia começado. Nos esgueiramos no escuro, conseguindo quase diante da tela um lugar extremamente oblíquo em relação ao desenrolar das cenas, provocando curiosíssimas distorções de imagens, aliás, muito de acordo com a história terrível de Raskólnikov.

Sabíamos perfeitamente do nosso fraco desempenho da língua francesa e que esse não seria suficiente para entendermos a dublagem do filme que, mesmo se fosse traduzido para a nossa língua, sempre nos pareceria denso e difícil. O admirável ator Peter Lorre faz o papel de Raskólnikov. Edward Arnold é Porfírio Petrovitch, aquele que pela sua enorme sagacidade e superior inteligência acabaria por vencer o pobre e desgraçado estudante assassino. A atriz Marian Marsh representa a prostituta Sônia. Posso dizer que, na saída (a história ficou para nós incompleta, porque havíamos entrado no meio da sessão), vi um folheto alusivo ao filme, mas passei adiante, pois estava preocupado com o abatimento de Deborah. Tomamos um táxi devido ao frio insuportável.

Fiquei em silêncio durante a maior parte do percurso, mas tive a impressão estranha de que essa seria a única vez que entraríamos num cinema, aqui em Paris. Olhei Deborah e ela chorava. Por que haveria eu de ter, sabendo do enredo dessa tragédia, levado minha mulher para assistir ao filme?

29 de março

De manhã, Deborah telefonou para Raymonde (deve tê-la acordado) pedindo-lhe a presença de um médico, pois ela sangrava. Antes das nove horas um senhor aparentando ter bastante idade, mas de olhos muito vivos, bateu à porta e apresentou-se como Dr. Lamaze. Sentado à cama, bem ao lado de Deborah, pediu-lhe que narrasse os seus males. Eu quis tomar a palavra, mas ela soube se entender perfeitamente com o velho médico, o qual, depois dos exames habituais, aconselhou repouso absoluto e receitou injeções (em Paris, injeção só é aplicada com receita médica, daí a necessidade de um enfermeiro especializado). Eu estava com o coração gelado e desejava que este velho doutor não saísse de nosso quarto tão cedo. Talvez tenha compreendido, bem melhor, nas frases entrecortadas do médico a real situação de Deborah. Como ela lembrou ter sangrado durante a viagem, ele falou em deficiência de "corpo amarelo" – alguma falha no complicado organismo feminino – que a predispunha, sobretudo no terceiro mês, ao aborto.

5 de abril

Há uma semana evito tocar no caderno verde. Pareceu-me desrespeitoso avançar nestes registros, na sua maior parte feitos de pura felicidade irresponsável, o que certamente não é o meu caso atual.

Nada se alterou no estado de saúde de minha mulher, embora o doutor Lamaze prenuncie um quadro absolutamente estável, havendo mesmo esperanças da gravidez prosseguir com normalidade. Isso me foi afirmado no dia imediato à sua consulta. Acontece que as palavras de um médico só têm efeito mágico quando pronunciadas. Com o passar do tempo, elas se desmancham no ar, restando-nos a esperança de um milagre, independente da medicina. E foi neste estado de aflição que Deborah, inclusive, pensou em chamar outro médico. E só não o fez porque foi avisada a tempo que, na sua especialidade, o Dr. Lamaze era considerado um dos melhores da cidade de Paris, sendo o responsável pelo parto da própria Raymonde e da jovem mulher de Picasso.

Nos dois primeiros dias, sequer me ausentei de sua cabeceira, compartilhando até das refeições no quarto. Eu não ignorava a amizade de Deborah com uma velha senhora, hóspede do hotel, carinhosamente chamada de dona Memeá, no lugar de madame Memeá (se é que esse nome existe na língua francesa, talvez fosse uma alcunha ou a corruptela de um nome mal pronunciado). De fato, a citada senhora, tomada de cuidados por Deborah, convenceu-me a sair do aposento, argumentando que a minha presença só agravaria a situação.

Portanto, a partir do terceiro dia, continuei na minha rotina diária parisiense, ou seja, o permanente caminhar à procura de um ofício que nem sempre me parecia real. Não seria tudo isso um sonho? Quando tudo começou? Em que momento eu me achei com o direito de assumir uma profissão tão problemática como a de um pintor? Será porque eu tirei os primeiros prêmios dos salões de Pintura do Museu do Estado de Pernambuco, em 1947 e 1948, me sentindo com o direito de ausentar-me de minha terra, abandonar meus pais e meus irmãos, como se eu fosse um predestinado? Até o momento, de um verdadeiro pintor eu só tenho aquilo que os franceses chamam de *physique du rôle*. Quanto a isso, não resta a menor dúvida: alto, magro, pálido, barba e cabelos negros, olhos tristes, mas inquiridores, vestido sempre de uma maneira diversa dos rapazes da minha idade. Fora de moda, como se diz. Nada me falta para desempenhar esse papel.

Evitando atravessar as pontes em demanda ao lado direito do Sena, como se com este ato eu ultrapassasse a fronteira de um outro país, permaneci perambulando pelas galerias situadas no bairro latino. Assim pude ver espaçadamente pintores conhecidos apenas de reprodução, como Raoul Dufy com suas inegáveis habilidades; George Rouault, pintor religioso (muito ligado a Léon Bloy), discípulo de Gustave Moreau, de quem eu tive, desde o início de minha pintura, em 1945, uma influência marcante, principalmente num dos quadros expostos no Museu do Estado de Pernambuco, cujo título é *Primeira visão da Terra Santa*. Não podia deixar de ignorar o admirável Maurice Utrillo, cujas paisagens de Montmartre mostram o casario e ruas, para mim ainda desconhecidos.

Vez ou outra, igualmente, deparo-me com a visão de um pintor como Van Dongen – irreverente e, no entanto, um mestre no seu ofício! Desenhos de Matisse em uma vitrine muito próxima ao hotel; estudos de Kokoschka ao lado de Marquet, cujo quadro *Le quai de conti* em pleno inverno, me faz acreditar que estou numa rua gelada e não no interior de uma galeria aquecida.

A variedade desses pintores e o interesse que porventura me despertam chegam a ser atordoantes, daí a necessidade de uma censura permanente para não se deixar atrapalhar pela diversidade e beleza que só confundem o olhar, e não as reservas mais íntimas do espírito. De há muito, fiz escolhas impiedosas, só atendendo aquilo que há de melhor, como por exemplo: entre os pintores da atualidade, sempre presentes em quase todas as galerias, por mais festivos e interessantes que sejam, pressinto que, uma vez virada a esquina, eles estarão esquecidos. Assim aconteceu com Christian Bérard e suas telas adocicadas, com o suspeito surrealista Félix Labisse, com Borés, e mesmo com as paisagens esverdeadas, às vezes bastantes sedutoras, de Chapelain-Midy. Enfim, apesar da completa ausência nas galerias, somente Balthus sobrenada, porque foi ele, exatamente, quem, nas suas poucas ou mesmo raríssimas intervenções a propósito de pintura, disse que a ele só interessam os *melhores,* e foi ele que me despertou o interesse de um dia conhecer a Itália e ver os afrescos de Piero della Francesca.

É preciso notar que essa lista interminável de nomes poderia ser acrescida ou diminuída ao sabor dos meus humores. Não desconheço que pintura se alimenta de pintura, daí a necessidade urgente de tê-la, na sua maior parte, sempre à disposição do olhar.

Numa dessas tardes voltei bem mais cedo para o hotel e, evitando o elevador, com o qual ainda não me familiarizei, preferi subir pelas escadas atapetadas de vermelho. Antes de atingir o primeiro andar, dei de cara com dona Memeá, a qual me confessou a sua preocupação por ter surpreendido Deborah se dirigindo, apesar dos conselhos médicos de imobilidade, ao porão em demanda a uma mala, onde ela encontraria "alguns objetos". Chegando ao meu quarto – ainda não estava com a porta fechada – indaguei a Deborah o porquê dessas sortidas, contrariando frontalmente os conselhos do Dr. Lamaze. Ela respondeu que "nem sequer havia aberto a mala. Apenas queria verificar a sua fechadura". Depois acrescentou: "você sabe que por mais que deseje, esta mala não se fecha..." Será que alguma coisa não corria bem e ela delirava? Coloquei a mão na sua testa para verificar se tinha febre: estava fria e um pouco suada. Indaguei se no quarto não havia aquecimento excessivo. Ela respondeu dizendo que tudo estava bem.

Eu não posso esquecer esse episódio da mala, mas a presença constante de Memeá, passando a ser um anjo da guarda de Deborah, me excluía de uma maneira automática do quarto e eu, como um condenado, sigo em direção aos museus acolhedores, porque essa é a função deles, a não ser quando estão fechados para a limpeza.

Às vezes procuro imaginar a profunda melancolia daqueles enormes corredores penumbrosos, com salas altíssimas, paredes atapetadas de quadros, esculturas semeadas aqui e ali, e outros artefatos colecionados em circunstâncias nem sempre as mais *edificantes*... Acredito que este tipo de solilóquio começa a me acompanhar por toda a parte e eu já não distingo o que é real daquilo que é irreal, embora essa atitude não seja de forma alguma um privilégio meu, devendo acontecer com todas os artistas. Apenas eu teimo em registrá-la.

O museu não estava fechado e o rosto da *Olympia* me aguardava com o seu sorriso meio idiota e o olhar de quem, atenta ao visitante, teima em não vê-lo, como se dissesse: entre todos, qual será o escolhido? O pescoço firme rodeado com uma fitinha negra, o busto de adolescente, a mão canhestra e pesada, colocada impudicamente sobre o baixo ventre e uma parte da coxa direita. Detenho-me nessa mão, a meu ver, com um tratamento diverso do restante do quadro, ou seja, com um acabamento excessivo que lhe escurece o modelado, fazendo-a saltar como um objeto estranho ao corpo dessa sedutora adolescente. Afasto-me um pouco da tela, mais um pouco, embora o museu não sendo tão largo que me permitisse afastar ainda um pouco mais, na minha nova posição, fazia pensar naquilo que era o segredo de todas as mulheres reconditamente escondido no eixo do próprio corpo, assinalado por uma floresta escura de pelos. Descobri na mão da *Olympia* o seu sexo e, com certeza, Édouard Manet sabia disso tão bem quanto eu. No seu conjunto, a *Olympia* nada tem de ingênua. A figura, ao contrário da beleza longilínea da *Odalisca*, de Ingres (que se encontra no *Petit Palais*), parece encolhida. Essa impressão se acentua por conta da enorme cabeça do modelo, transportada à tela no seu volume natural. Cabeça grande, corpo pequeno. A empregada negra sobraçando um *bouquet* de flores desaparece no fundo excessivamente sombrio e é tão lastimável quanto o gato preto que é ali colocado apenas para preencher um espaço vazio. Como último reparo desses malévolos comentários, por conta do meu humor negro, e, quem sabe, do meu medo de viver, concluo que só um dos pés dessa mocinha cabeçuda está bem resolvido: exatamente aquele calçado com uma chinelinha amarela, bordada de azul. Do outro pé só se tem notícia de quatro dedos, apenas esboçados, mal entrevistos debaixo do solado da chinela. Outro comentário? Sim. Ela é aparentemente contornada com uma linha negra que percorre o corpo em toda a sua extensão. Manet, sem saber, lançava os princípios modelares dos futuros nus de Henri Matisse. Ainda outro comentário? Sim. Estou diante de uma obra-prima. Por uma razão talvez desconhecida, pouco tempo depois da morte de Gauguin em 1903, Charles Morice revelou que o mestre havia feito uma cópia da *Olympia*, de Manet[7], e que essa cópia era igualmente uma obra-prima. "Assim sendo", disse Morice, "fomos presenteados com duas '*Olympias*' e duas obras-primas".

Estando no *Jeu de Paume*, não quero deixar de passar na sala de Degas para ver a sua grande tela, representando *A família Bellelli*. Sobre este quadro, eu teria muito a dizer e espero voltar ainda outras vezes para ver se consigo dizê-lo, mas certamente o meu estágio de conhecimento sobre pintura não

---

[7] Em fevereiro de 1891, Gauguin copiou a *Olympia* de Manet durante oito dias, na Galeria de Luxembourg, completando-a depois no seu atelier (N. do A.).

vai me permitir ainda (ou talvez nunca) desvendar os seus segredos. Degas, Cézanne e Gauguin ficarão como três artistas solitários e misteriosos sempre à espera que desvendem um dia os seus enigmas.

10 de abril

Todos os esforços foram debalde. Minha mulher precisou ser removida para uma clínica onde, infelizmente, a natureza cumpriu os seus desígnios: ela nunca parece estar a nosso favor e assim agiu conosco com a sua mão enorme e insensível, o que não impediu Deborah, após a intervenção cirúrgica, ao acordar, ter exclamado: "Que Deus me permita rever a glória de um novo dia".

14 de abril

Agora, no quarto do Hotel Montalembert, em vez de um doente (pedimos para mudar para um quarto de duas camas) temos dois doentes. Uma forte gripe me deixa febril e inutilizado. Quem me atende é o doutor Leopoldo Lima e Silva, filho de um antigo potentado brasileiro com a famosa atriz e cantora do teatro musicado francês, Mistinguett.

19 de abril

Nem sequer os livros amontoados no meu quarto, tampouco os meus inúmeros cadernos de desenhos, conseguem me retirar o torpor. Entretanto, o doutor Leopoldo insiste para que façamos um passeio nos arredores de Paris e nos convida para almoçar com a sua mãe, em Bougival. "Evidentemente – ele diz – quando sua mulher estiver em condições de caminhar". E isso só poderá acontecer nestes próximos dez dias.

30 de abril

Acabamos indo a Bougival, acompanhados por esse incrível doutor Leopoldo, que não só pela sua dedicação, como também pela sua extraordinária originalidade, mereceria de minha parte muito mais destaque em todas essas minhas narrativas. Acontece que eu não sou mais do que um estudante de pintura e esse é meu ofício e meu único empenho. Nada mais tenho a revelar. Conhecemos Mistinguett, que tem setenta e quatro anos, mas ainda mantém uma forma física invejável. Segundo dizem, tinha as mais belas pernas de Paris. A sua casa é encantadora, com janelas francesas dando para o jardim: cada abertura se assemelha a uma tela de um pintor impressionista. Não almoçamos na casa da velha senhora que parecia não ter em sua dispensa um só biscoito ou uma xícara de chá. Comemos nos arredores, no meio dos bosques de Bougival, num restaurante que doutor Leopoldo dizia ser dos melhores da região. Pouco me alimentei e, quanto aos vinhos, nem pensar. Só tinha uma coisa em mente: voltar ao meu quarto de hotel.

Menton

1º de maio

O conselho do meu pai, vindo das terras do longe, é de procurarmos um clima mais ameno numa tentativa de resistir ao meu desejo de voltar ao Brasil. Por bondade, chegou a convencer o pai de Deborah a viajar a Paris para nos demover de qualquer ideia de retorno. De fato, antes de seguirmos para Menton (cidade francesa do Mediterrâneo, fronteiriça com a Itália), contamos com a presença reconfortadora do Dr. Antônio Vieira ao nosso lado. Além de tudo, ele é médico e posso dizer-lhe dos meus receios mais secretos. Receios não, medo. Um medo enorme.

Nesses últimos dias Deborah tem me falado de uma maneira inquiridora sobre o destino da mala, como se ela própria, por uma estranha premonição, já nos visse de volta ao Brasil. Ela disse: "Esta mala deve ser abandonada...".

3 de maio

Não sei se por uma fatalidade ou por uma obscura tentação de fazer desabar todos aqueles planos que me levaram à Europa com a ideia fixa de lá residir – pelo menos durante dez anos –, na verdade, o que acabou acontecendo foi de fato muito parecido comigo mesmo, ou seja, substituir o ciclo de estudos e a procura de um ateliê pela clausura de um quarto de hotel, talvez, até muito próximo de uma cama de hospital, e assim justificar o voluptuoso caminho do retorno ao meu país.

A viagem a Côte D'Azur (a conselho médico) nada tem, portanto, de vilegiatura. Não é uma simples excursão cultural-recreativa. Muito pelo contrário: partimos eu e minha mulher para o Mediterrâneo em busca da saúde perdida. Primeiro, de raspão em Nice e logo em seguida Menton (cidade preferida pela gorda rainha Vitória), onde inquestionavelmente poder-se-ia descansar, uma vez que Nice, Cannes ou Juan les Pins, faziam nesta época os espaços da moda, logo, repletos de turistas, de ricos e de desocupados...

A proximidade da cidade de Antibes nos leva a conhecer o Palácio Grimaldi, onde Picasso se instalou por algum tempo (1946-1947) e realizou uma série impressionante de pinturas, desenhos e cerâmicas, todos comoventemente dedicados à *alegria de viver* e à presença do Mediterrâneo. A guerra havia terminado. O pintor saiu do seu refúgio parisiense (corajosamente sofrido sob a ocupação alemã) e, junto a uma jovem mulher, Françoise Gilot, reencontrou a clara luz do *meio-dia*. A convite de Suzanne e Georges Ramié, executa, na cidade de Vallauris, um centro artesanal, suas primeiras cerâmicas com esplêndidos resultados. Cheguei a ver essas mesmas peças expostas em Paris, ao lado de um público perplexo que ignorava essa nova faceta do genial artista.

Nossa temporada em Menton restringiu-se ao mês de maio. Apesar da beleza inigualável das praias, do sol e dos ares propícios ao descanso, não era exatamente o que eu procurava, daí porque cheguei aflito e aflito volto em demanda, de novo, a Paris e ao Hotel Montalembert. Retornar aos estudos parece fácil, mas algo de muito sério se perdeu desde a inesperada interrupção da gravidez de Deborah.

6 de junho

Ainda sem a certeza da volta ao Brasil, apesar da profunda depressão em que me encontro, faço algumas pesquisas no *Louvre* (os próprios médicos recomendam-me, expressamente, manter um pouco de trabalho) e assim posso descobrir que as duas crianças do quadro de Balthus, *Portrait de M. L. de Ch. et de ses enfants*, se aparentam com *O retrato de Gabrielle Arnault quando menina*, pintura realizada por Louis-Léopold Boilly (século XVIII) que se encontra neste museu.

Todas essas afinidades ou mesmo as influências encontradas aqui ou ali se limitam pelas escassas iconografias do pintor em questão. Note-se que esses elementos palpáveis, seguros e muito bem urdidos, longe de lhes diminuir o valor e a originalidade, exaltam-nos.

Quando pela primeira vez vejo o retrato de Antoinette de Watteville, chama-me atenção aquele tenso repouso da jovem (como a corda de um arco sem manejo) e chego a compará-la a uma prancha esguia... Como confessei anteriormente, estas conclusões dependem muito do aprofundamento simultâneo da obra de Courbet que, em Paris, parece ser o meu único alvo. O *Louvre* e o *Petit-Palais* são continuamente revisitados, complementados pelas pesquisas em livrarias, onde adquiri tudo ou quase tudo o que se publicou sobre o pintor, inclusive algumas edições raras e esgotadas, como *Courbet*, de Pierre Courthion (Librairie Floury, 1931); *Courbet*, de Charles Léger - Les éditions G. Crès - Paris, 1929; *Gustave Courbet*, de George Riat - H. Floury, Librairie-Editeur, Paris, 1906; *Courbet et son influence à l'étranger* - H. Floury, Paris, 1911; *Courbet*, Theodore Duret - Bernheim-Jeune - Paris, 1917.

Desta maneira tão rigorosa quanto sistemática, penetro razoavelmente na obra e no espírito deste pintor romântico do século XIX. Por conseguinte, não me é difícil reconhecer que Balthus, mais ainda do que De Chirico, descobriu ou percebeu as estranhezas de Courbet "pelejando", isto é, de armas (pincéis) na mão.

Nas minhas tardes de angústia, no começo do verão, compro inesperadamente um livro num sebo do cais do Sena. Pardo, de aspecto exterior o mais banal, com suas folhas prematuramente amarelecidas e de há muito quebradiças, demonstra o quanto fora manuseado. Autor: Pierre Loeb, alguém que sabe o que diz e escolhe muito bem como dizê-lo. Título: *Voyages à travers la peinture*, Éditions Bordas - 1946. Qual não foi o meu susto quando na página 37, figura VIII, verifico que a pintura *La rue*, era de Balthus (1933). O texto começava assim: "Fazia muito tempo que eu não via um quadro tão surpreendente, quando eu cheguei ao ateliê de Balthus, conduzido pela mão de Uhde, o amigo do Douanier...".

Não me alongo transcrevendo Pierre Loeb, porque minha intenção é bem outra e apenas se refere a um pequeno detalhe desse quadro com nove personagens, dispostos numa rua de pesadelos (ou de sonho?): "uma mulher caminha, carregando uma criança adormecida com um sono atormentado".

Essa criança pode ser uma reminiscência do próprio pintor quando menino, embora lembre um boneco de ventríloquo. Plasticamente falando, a recordação imediata é aquela do pequeno menino Jesus, levitando nos ombros poderosos do São Cristóvão, de Konrad Witz, que se encontra no museu de Genebra[8].

---

[8] Descobrir associações ou influências eruditas na pintura de Balthus, para mim passou a ser uma espécie de obsessão. Suponho que jamais me equivoquei (N. do A.).

Retorno ao Brasil

4 de julho

Viajamos de avião, embora eu detestasse e temesse esse meio de transporte. Definitivamente "conquistado" pela angústia, como se estivesse às portas da morte – sem cumprir as minhas promessas – volto humilhado ao Brasil, embora secretamente eu saiba que apenas algumas páginas dos meus cadernos foram arrancadas. Não há planos, a não ser a intransigente vontade de recuperar a saúde.

Alguns meses depois, em Poços de Caldas, numa manhã ensolarada, cabisbaixo e perseguido por alguns moleques que zombavam de minha barba, entro no meu quarto de hotel e, a princípio, com uma tesoura e em seguida com um estojo de gilete, que mandei comprar pela portaria, raspo a barba... Estava dado o primeiro passo. Desço à praça e ninguém me reconhece; sequer o porteiro do hotel sabe de quem se trata. É esse *estrangeiro* que deve mais uma vez tudo recomeçar.

1950

Engenho São João da Várzea

13 de janeiro

Embora de novo na casa paterna – nem ao menos tenho o direito de representar *a volta do filho pródigo* – sinto a urgência da libertação.

Silencioso, não posso esclarecer o que procuro. Acredito que sou leviano, egoísta, desajustado, pouco me importando em convencer a quem quer que seja da direção dos meus estranhos caminhos em busca do sol, o ardente braseiro que há de curar o meu orgulho ferido... Estará ao meu alcance?

Praia de Boa Viagem

10 de março

Preciso urgente da água, do remanso dos açudes ou do mar. Vou em direção do mar aberto e chego a atravessar, a nado, até as costas da África e lá ressurjo como um guerreiro. Uma insolente fanfarronada? Não. A mais bela homenagem que se pode fazer ao próprio corpo: "esse edifício mais ou menos modelado pelo seu habitante", como propugnava Henri Focillon. A verdade me obriga a dizer que passei minha vida à procura dessa embriaguez e de suas inevitáveis consequências. Só depois, debaixo de estertores e infinitas angústias, é que posso verificar o sentido profundo desse esforço, dessa lenta recuperação pessoal, sem ajuda de ninguém, a despeito de tudo e de todos e até de mim mesmo, numa retomada súbita de forças vitais, antes ensombrecidas e agora destinadas a um novo homem que, por sua vez, rugindo de egoísmo e brutalidade, adivinha o caminho da cura: "Porque a robustez e a fraqueza se fazem; o ser se forma, segundo as forças que tem, mas para que essas aumentem e permitam poder mais e...". Foi assim que aconteceu, durante todo um ano ou ainda mais que isto, a sentir o pulsar estranho que me tomou o corpo e o espírito depois das ações e dos esportes violentos e imoderados.

Em meados de novembro deve nascer o meu primeiro filho e no começo de 1951, senão ainda curado, mas repleto de força e audácia, retornarei a Europa.

16 de novembro

Não foi um filho, e sim uma filha, uma bonita criança em que colocamos o nome de Maria da Conceição.

5 de dezembro

Na praia, em pleno sol, vejo o tradicional desfile de mulheres jovens, semidespidas, caminhando de um lado para o outro sem direção, outras, sentadas ou deitadas deixam-se atravessar pelo calor e pareciam repousar, mas, seguramente, não repousam. Manda a tradição que os seus jovens corações de bacantes devem permanecer intranquilos até o fim de seus dias: em primeiro lugar o amor, em seguida o amor e finalmente, mais uma vez, o amor. Manda a tradição que os seus ventres fecundos... não feneçam e procriem.

Acredito que era assim que os gregos ou povos ainda mais antigos acertavam com os ritos da vida identificando-os com os costumes. Aquilo que Salvador Dalí definiu categoricamente como *o sangue da realidade* e onde não há o que acrescentar. O que foi feito assim, assim será para sempre e, a nós outros, cumpre apenas repetir. "Cumpram-se então todos os ritos!", gritei ao vento, que, macio e indiferente, continuava a soprar o seu pólen sagrado de encontro aos corpos que, ávidos, transpiravam o sal da terra.

1951

Retorno a Paris

9 de março

Terá sido, de fato, uma tormenta, ou apenas posso dizer que passamos por um arremedo de tempestade desde que esta não durou mais de quarenta minutos, na altura do Cabo Finisterra? Fazia frio, mas o sol estava presente e o céu distante pintado de azul. A cor do mar esquecera o ultramarino exemplar para fixar-se num verde-escuro garrafa de ondas amotinadas que se entrechocavam, elevando respingos d'água até o mais alto convés. "Vamos entrar numa tempestade", avisou-nos o capitão, "o melhor é recolherem-se aos camarotes". Só à noite, depois de passado o perigo, ele esclareceu que tudo fora motivado pela excessiva velocidade do vento e por fortíssimas correntes marinhas, comuns naquela região em frente ao Cabo Finisterra – esse muito famoso promontório, sólido como o *fim da terra pedregosa* – onde faróis e hotéis de grandes vidraças tinham os seus respectivos lugares, uns para a sobrevivência dos navios e outros para o deleite dos turistas entediados que apareciam por ali, como frequentadores, e nos dias tormentosos, assistiam a alguns naufrágios. "Poderíamos ter o casco do barco partido em dois ou simplesmente emborcar, desaparecendo sem deixar traços", advertiu o comandante.

O navio era forte, de vastos porões e de calado profundo, feito expresso pelos norte-americanos durante a guerra e denominado *Victory-Ship*. No seu todo cumpria as suas finalidades. Singrava costumeiramente com toda a sua carga na rota gelada do Atlântico Norte, a fim de evitar os mares mais quentes infestados de submarinos alemães, minas e outros artefatos igualmente mortíferos. Raspando pelas costas geladas da Islândia, chegavam ele e os seus congêneres, milagrosamente, aos portos ingleses do extremo norte.

A marinha mercante belga comprou alguns desses esplêndidos barcos, depois de cessada a guerra, adaptando-os, em seguida, às suas necessidades não beligerantes, onde incluiu alguns poucos camarotes para eventuais passageiros. Portanto, estávamos nós, ainda um bocado mareados depois da minitempestade, quando, logo em seguida, sem encontrarmos a necessária bonança, penetramos de cheio num nevoeiro tão espesso que mesmo agora, passado tanto tempo, falta-me a linguagem náutica apropriada para defini-lo com precisão. Os mais diferentes apelos de sirenes ouvidos por toda uma tarde (se é que aquele negror pardacento era de fato uma tarde), entrando pela noite. Como descrever essa estranha maré opaca em que nos metemos, e mesmo na presunção de na manhã seguinte, já vislumbrando portos e canais e alguém a nos dizer que aquela margem acolá era terra holandesa e que dentro de poucas horas estaríamos a salvo em Antuérpia – a Pátria de Rubens – mesmo assim, não acreditamos.

No desembarque, minha mulher procurou saber o estado de saúde do velho sacerdote, o qual, sentado num banco para rezar o breviário na hora exata da tempestade, e sem ter sido convenientemente avisado, pois estava no mais alto dos tombadilhos, justamente aquele sem nenhuma balaustrada de proteção, quase foi jogado mar adentro, com banco e tudo, quando o navio, subitamente espremido por vagalhões descomunais, fez o seu primeiro movimento de folha seca. O padre holandês, que retornava a seu país depois de cinquenta anos de sacerdócio no Brasil, apesar da idade, conseguiu a tempo segurar-se numa protuberância qualquer do convés e, portanto, não desceu ao mar que, naquela altura, profundamente irrequieto na sua massa negra, se agitava em convulsões desiguais como uma serpente mal ferida. "Ele ainda continua em estado de choque", disse-nos o capitão, "mas será desembarcado com toda precaução que a sua idade requer."

A medida do nosso tempo em Antuérpia foi curta, mas asseguro ter olhado o Museu Rubens com os mesmos olhos atentos de Eugène Fromentin no seu livro *Os mestres de outrora* (leitura empreendida por mim durante toda a viagem). Uma semana depois, já rumávamos para Bruxelas com apenas o tempo suficiente de ver *La chute d'Icare*, de Bruegel, e prontos para entrar em Paris, o que faríamos agora por um percurso diferente, desde que em fevereiro de 1949 entramos pelo porto de Cherbourg.

21 de março

Em Paris, apesar da comodidade e da sua excelente localização, evitamos o Hotel de Montalembert e, de acordo com os préstimos do pintor Cícero Dias, conseguimos em caráter provisório um pequeno hotel na Rue des Saussaies, bem próximo ao apartamento onde ele morava com a família. Aliás, não se passou um mês e já estávamos definitivamente instalados no antigo ateliê do pintor Francis Picabia, hoje pertencente à ex-mulher, a poeta Gabrielle Buffet-Picabia (antiga musa dos dadaístas), a qual se prestou a alugar-nos o referido local com todos os seus antigos apetrechos e mobílias – inclusive quadros do artista – pelo espaço de um ano. Curiosamente não estaríamos mais na Rive-Gauche (localidade preferida dos artistas), como na primeira viagem, e sim em pleno coração da Rive-Droite, muito próximo dos Champs Élysées. Os acessos a esse ateliê eram bem originais, desde que se poderia chegar até ele por duas ruas diferentes: pelo número 11, Rue de Chateaubriand (entrada principal), através de enormes portões de ferro, ou então pela Rue Washington, atravessando uma pesada porta almofadada que dava numa espaçosa antecâmara onde, no passado, estacionavam as carruagens. As duas entradas levariam simultaneamente a um belo pátio interior, ajardinado simetricamente, à maneira das alamedas italianas. Enfim, uma pequena *cour* francesa, típica das construções do século XVIII ou talvez ainda mais antiga, apenas reformada e adaptada aos costumes de novas épocas que já se compraziam em alardear mudanças.

Quem entra pelo portão gradeado, cujo número é 11, Rue de Chateaubriand, caminha sobre uma pequena elevação lajeada de mármore que, à maneira de um palco italiano, domina o pátio logo em baixo, ao qual se chega descendo uma escada de seis degraus igualmente de pedra calcária. A primeira porta (à direita de quem desce essa escada) é a entrada do antigo ateliê de Picabia, situado no primeiro andar com seu extenso janelão de vidro dando para o pátio, e uma outra janela mais estreita, embora muito alta (chamada janela francesa), na verdade uma falsa porta defendida por um balcão gradeado de ferro fundido, abrindo para a rua, propiciando a visão parcial dos jardins murados da Chambre du Commerce. Eis a descrição sucinta desse conjunto onde habitamos durante um ano inteiro, apenas saindo para as indispensáveis viagens de estudo que nos levaram a Madri, Barcelona, Montpellier e, finalmente, à Suíça, em visita à minha irmã e de onde retornamos no começo do outono.

Passagem por Madri e Barcelona

Julho – agosto

As linhas retas pertencem ao homem; as curvas, a Deus.

Antoni Gaudí

Todas as vezes que retorno às notas de viagens faço curiosas descobertas. Apesar da postura olímpica do jovem viajante, aprendiz de pintura, houve por certo indecisões, quando não acidentes de percurso e por vezes até namoros ocultos, se bem que passageiros. Lembro que uma vez saindo da sala cúbica de *Las meninas* variei o meu roteiro habitual e acabei pregado e fascinado num corredor diante de alguns *bodegones* de Luiz Meléndez. Mas foi em Barcelona, cidade admirável, intensa e misteriosa, que pela primeira vez tive de reconhecer a fragilidade dos meus propósitos. Essa cidade portuária, como Marseille, era certamente propícia às aventuras do tipo daquelas que embriagaram e fascinaram a Monsieur George e o fizeram quase sucumbir. Em todo caso, não havia nenhuma personagem conradiana, como Dona Rita, nem tampouco o atroz encantamento de uma rua chamada Cannebière, e muito menos aquele estranho carnaval. Houve, sim, uma aparição chamada Gaudí (Antoni Gaudí) e também uma avenida, *El Paseo de Gracia*, onde reinavam duas solitárias casas de uma surpreendente e espantosa arquitetura: a Casa Batlló e a Casa Milà. Passava modestamente em um táxi quando deparei com a Casa Batlló. "Mas o que vem a ser tudo isto?", perguntei boquiaberto ao motorista que logo, como se obedecesse a um ritual mecânico, diminuiu a marcha do automóvel parando um pouco adiante para explicar, com detalhes, do que se tratava. Pelas suas prontas respostas ditas com uma certa vivacidade voraz, dava para compreender que este tipo de inquirição lhe era habitual. Dali mesmo fui a algumas livrarias à procura de subsídios e de coragem para enfrentar esse inesperado monstro marinho. Aparição ou aparições, desde que o monstro era múltiplo, proteico, às vezes informe, quase inamoldável. E depois, eu nunca vira nada semelhante em arquitetura moderna!

Moderna ou antiga? Qualquer qualificação é dispensável no caso de alguém que permanecerá para sempre um primitivo de suas novas descobertas. Prefiro não exagerar sensações. Não sou arquiteto nem escultor. Para mim sobraria apenas o interesse pela cerâmica, que, diga-se de passagem, Gaudí soube usar como ninguém.

Nas minhas notas parisienses, os trechos que falam de Gaudí se encontram em papel quadriculado de um pequeno bloco para desenho. Duas ou três notas, sendo que uma delas quase lacônica, e isso para definir toda aquela *revolução* que experimentei, a qual não fez senão crescer com o passar dos anos.

Na primeira das notas está escrito: "Gaudí (arquitetura arbórea?) – ...As quatro torres da Catedral da Sagrada Família parecem espigas de milho descaroçadas, encimadas por penachos florais". Na segunda nota está escrito: "O Estilo? Aqui, segundo parece, há um pouco da Índia. Sim, da Índia como se um arquiteto hindu, passando pela influência do gótico no Norte da Europa, reinventasse, subitamente, todas essas novas estruturas de um modo pervertido. Sim, de um modo singularmente orientalista e eclético, mas de um ecletismo desvairado".

Essa segunda nota demonstra como eu estava perplexo ao fazer essas digressões. Por certo não era nada disto. Talvez a catedral catalã não fosse mais do que uma Chartres ou uma Reims mais delgada, espremida angustiosamente em direção aos céus. Talvez, também (só hoje ouso pensar assim), o Templo fosse base da Atlântida que as águas trabalharam loucamente ao sabor de profundas correntes marítimas. Há no seu conjunto qualquer coisa de concreção marinha, como se tivesse sido construído a custo de acúmulos sucessivos de algas e carapaças, de animais fossilizados durante milênios. Uma Catedral Submersa?

Curioso o fato de Deborah – em geral tão silenciosa em relação a comentários sobre artes plásticas – ter se manifestado de imediato, no caso de Gaudí. A sua surpresa foi maior do que a minha; ela exaltou-se diante de Antoni Gaudí. Senti isso nos seus olhos muito claros, quando atravessava pela primeira vez o "Pórtico Triangular do Nascimento" na Catedral da Sagrada Família e penetrava naquela estranha geometria genital, nave (útero) adentro. Melhor dizendo, suas sensações nasceram intuitivamente pela visível e extrema feminilidade dos *arcabouços* dessa arquitetura: pregas, dobras, rugas, pelos e pele áspera e tudo isso acontecendo por dentro e por fora de todos os espaços dessa grandiosa obra tão bem estruturada. Grandes úteros submersos, Genitália Sagrada, Salve Rainha Mãe da Misericórdia.

Soube também que a sua sepultura estava ali, na "Cripta do Templo Expiatório". O fato é que a catedral permaneceu inconclusa.

Prosseguindo na terceira nota, nela me ocupo do Parque e do Palácio Güell e de seus detalhes em pedra, ferro e cerâmica.

"As colunas inclinadas do pórtico do Parque Güell lembram no seu desaprumo o hilariante mundo fantástico-infantil de *Alice no País das Maravilhas*. As inúmeras composições em azulejos quebrados, dispostos em forma de mosaicos bizantinos sobre os bancos dos jardins do Parque, fazem uma verdadeira colcha de retalhos com suas infinitas variações de cores. O ferro forjado é também utilizado à larga, como nos balcões da Casa Milà."

Sobraram-me também algumas referências à minha rápida passagem pelo *Musée Fabre* em Montpellier[9] (antiga coleção Alfred Bruyas), onde deveria apreciar os inúmeros Courbet e Delacroix, e ainda, por um deliberado propósito, ver o magnífico retrato de Lord Byron pintado por Théodore Géricault.

Aqui se esgotam as notas sobre Antoni Gaudí, sobre quem não escrevi mais uma linha sequer até o dia de hoje, quando reacendo lembranças. Neste mesmo pequeno caderno, algumas anotações posteriores já indicam a minha presença na Suíça pelo fato de encontrar, quase em cima dos comentários sobre Gaudí, uma referência ao pintor Konrad Witz (Séc. XV), nos museus de Genebra e Basileia. Consigo discernir o seguinte trecho: "K. Witz (gótico histórico de transição), mas não mais gótico do que Gaudí. Ambos sinistros na sua faina de apontar Catástrofes e Nascimentos".

Vila de Faoug, passagem pela Suíça

Agosto – setembro

Não consigo me lembrar da parte cômica.

(De uma história em quadrinhos)

Chegamos à pequena estação do vilarejo de Faoug, um pouco acima das margens do lago Morat, numa perfeita tarde de estio. O ar e as montanhas ao longe se confundiam no mesmo azul. A vitrine de chocolates. A vila e a casa de minha irmã, Tereza Maria, com certeza ficavam no topo de uma pequena encosta que nos levaria às plantações de beterrabas. A casa muito simples possuía um sótão e um porão, onde o meu cunhado Henry Miéville fez a sua adega e guardava toda a sorte de intocáveis mantimentos.

O nome Faoug se pronuncia *fou* (louco) e quer dizer pavão. A cidade faz fronteira com a Suíça alemã, que começa logo adiante, em pleno campo de beterrabas, cultura dominante em toda região. A cidade vizinha chama-se Murten, que, traduzido para o francês é novamente Morat, o mesmo nome do lago, comum às duas cidades. Para nós outros do além-mar é sempre impro-

---

[9] Ao sair de Barcelona, entrei em França pelos Pireneus Orientais em demanda dessa velha cidade universitária (N. do A.).

vável que as imensas e monótonas plantações dessas grandes batatas roxas e sanguinolentas, cor de fígado de boi, se transformem em um açúcar decente.

A velha fábrica de laticínios. Os imensos queijos Ementhal (versão alemã do verdadeiro Gruyère, fabricado na Suíça francesa). A casa do pastor. A pequena capela. As cavalariças misteriosas, onde todos dizem que se criam e exercitam cavalos árabes da melhor raça, embora jamais conseguíssemos nem sequer vislumbrar qualquer um deles. Depois, a procura cronometrada dos museus suíços: o museu de Basel e o de Genebra. A presença de Konrad Witz, cujo nome nas duas coleções já é uma orgulhosa legenda para qualquer museu do mundo. O museu de Lausanne e a escolhida coleção Oskar Reinhart, em Winterthur. Os pintores suíços contemporâneos: Ferdinand Hodler – uma espécie de Portinari (de uma dimensão incomensuravelmente maior), pintor oficial para os suíços alemães; Félix Vallotton e René Auberjonois, como representantes da Suíça francesa. Não esquecer a cidade de Schafhausen. O Chateau de Chillon, com todo o passado romântico, construído às margens do lago Léman.

Henry, marido de Tereza Maria, acaba de chegar de Avenches, pequena cidade onde leciona. Durante o animado jantar, ele nos fala de música, que é uma de suas paixões. É fácil verificar que sua cultura musical não é nada tola, obedecendo a um nível de informação quase erudita. Pela primeira vez na minha vida, escutei falar em Bela Bartók e na sua composição *O castelo do Barba Azul*.

O meu interesse por Félix Vallotton datava do ano de 1949, quando da minha primeira viagem a Paris. Um livro excelente encontrado ao acaso, *Félix Vallotton et ses amis*, cujo autor Hedy Hahnloser-Bühler pretendeu fazer quase uma enciclopédia sobre a obra desse artista (448 páginas, incluindo ilustrações), foi o ponto de partida.

Vallotton participou em Paris do ateliê Ranson, ao lado de Vuillard, Maurice Denis, Bonnard e Roussel. Foi, portanto, a partir do movimento Nabis, por volta de 1907, que o artista já bastante maduro (42 anos), ficou mais conhecido e pôde desenvolver os mais admiráveis dotes de pintor. Sabemos que este grupo sofreu nos seus primórdios uma marcante influência de Gauguin, transmitida por Maurice Denis e Paul Sérusier. Na sua monografia sobre o mestre da Martinica, Chassé diz: "Da mesma forma que São Paulo fez do Cristianismo ainda sentimental uma doutrina filosófica portátil, dessa mesma maneira o espírito claro de Sérusier filtrou a confusa doutrina de Gauguin, espalhando-a pelo mundo afora".

Atraiu-me em Vallotton sobretudo o seu espírito *outsider* do Modernismo, parecendo-me logo tão sutil nessa sua marginalidade corajosa quanto seria vinte anos mais tarde o jovem Balthus, ambos estigmatizados pela mesma crítica sempre pronta a ignorar ou atacar todo e qualquer artista que ousasse por independência ou originalidade remar contra a maré. Parece bastante significativo o fato de Balthus (igualmente amigo de Bonnard e de Vuillard) ter rompido muito cedo com a crítica, ao declarar que pretendia fazer *surrealisme d'aprés Courbet*. O próprio Vallotton já expressara o seu altivo desdém quanto a esses malévolos comentários: "A melhor crítica do mundo não saberia aumentar nosso talento, e a mais desastrosa não o diminuiria".

10 de setembro

> *Mas é tão sombria! Você mora numa escuridão! Observou Míchkin, olhando para a sala.*
>
> Dostoiévski

A pergunta se impõe, mas, certamente, não terá resposta. Por que um dos maiores escritores russos do século XIX jamais abordou o assunto de pintura em quaisquer de seus romances, novelas ou contos, agindo de uma forma tão estranha, talvez só encontrando semelhança com a notória *indiferença* dos santos pela arte em geral? Entretanto, num dos seus principais romances, *O idiota*, ele se ocupa com um certo empenho em falar do *Cristo morto*, de Hans Holbein.

Foi em Genebra que Dostoiévski refugiou-se junto à sua segunda mulher, Ana Grigorievna, procurando, ao mesmo tempo, ignorar seus credores e esquecer o inominável vício do jogo que o atormentava e destruía. Foi lá, também, que lhe ocorreu a ideia de escrever *O idiota*. Depois, mais uma vez, o destino reservou-lhe a mais dura prova: sua mulher concebe uma criança, a quem o escritor tinha dado o nome de Sonchka – em homenagem à heroína de *Crime e castigo*, e essa filha morre com apenas poucos meses de idade. O casal deixa, então, Genebra, onde fica o túmulo da pequena Sonchka.

E agora (por que não confessar?) habitava em mim, desde a primeira leitura de *O idiota*, no ano de 1947, o esquisito desejo (certamente irrealizável) de seguir os vacilantes passos do príncipe Míchkin através da Suíça: o príncipe chegara a esse país parcialmente imbecilizado, mas, ainda assim, esperançoso de uma cura radical, o que para o seu tutor e para os médicos se lhes afigurava impossível. Logo de início, Míchkin faz menção à cidade de Basileia e recorda: "Quem avivou o meu entendimento foi o zurrar de um asno... Aquele asno causou-me uma impressão terrível e não sei por que se tornou para mim enormemente simpático e, ao mesmo tempo, de repente, pareceu-me fazer-se luz em meu cérebro". No final da tragédia, já em terras russas e se encaminhando definitivamente para o retorno de sua primitiva doença, o príncipe Míchkin faz um comentário elucidativo sobre uma possível cópia de Hans Holbein encontrada na casa de seu amigo Rogojin: "Mas esse quadro é uma cópia de Holbein. Creio que se trata de uma boa cópia. Tive ocasião de ver o original no estrangeiro e não posso esquecê-lo...". Mais adiante, quase agindo como quem perdera a razão, ao escutar o seu amigo dizer que apreciava contemplar aquele quadro, o príncipe insiste: "Essa pintura pode fazer mais de uma pessoa perder a fé". Fica evidente, portanto, que a referida pintura, de um formato bastante estranho, cerca de dois metros de largura e não mais de trinta centímetros de altura, tratava-se do *Cristo morto*, de Holbein, pintado na cidade suíça de Basileia por volta do ano de 1521. Dostoiévski deve tê-lo visto no museu desta mesma cidade, onde, ainda hoje, se encontra. Suponho que, para ele, acostumado às imagens do Cristo respeitosamente idealizadas nos ícones russos, esta revelação foi terrível, e, de fato, como disse, não pôde *esquecê-la*.

Diante da visão direta do *Cristo morto*, eu não tinha como escapar das opiniões de Dostoiévski, e portanto nada acrescentei. Apenas perguntei, escandalizado diante daquele cadáver, exposto sem a menor piedade e sem nenhum sinal, por mais longínquo fosse, que sugerisse a sua perdida divindade: as mãos e as faces enegrecidas pelo tétano, o corpo macerado, em decomposição, a ossatura saliente como numa aula de anatomia... Sim, a pergunta devia permanecer: qual a maldição implacável que levou Holbein a demonstrar semelhante apostasia? Mesmo cultivando essa curiosidade, ainda assim, não ultrapassei a impressão definitiva de Míchkin: "Aquele quadro pode fazer mais de uma pessoa perder a fé". Acontece que Holbein era reconhecidamente um devoto de Lutero e amigo de Erasmo de Rotterdam (de quem fez o retrato), enfim, um religioso que professava a sua fé inabalável no Cristo, daí porque, novamente, a indagação: o que pretendeu esse pintor de gênio, de fato, comprovar? Talvez, apenas nos alertasse, a todos, sem exceção, para a espera do castigo pelo fato de termos ousado destruir uma *divindade* como quem apenas assassina um rei ou um déspota.

Regicidas chamam-se àqueles que assassinam um rei. E qual o nome atroz que se daria aos que usurparam e ousaram crucificar o filho de Deus?

Jamais tive certeza de quem teria dito esta frase, se Immanuel Kant ou Nietzsche: "Se Deus não existe, tudo é permitido". No entanto, vários amigos escritores afirmam que essa maligna expressão é do próprio Dostoiévski e, num certo sentido, rege todo o alicerce movediço que sustentou as cruéis contradições das suas personagens.

Novamente, Paris

Outono

Mas ele sempre exagera em tudo!

(De uma história em quadrinhos)

O inverno já se fazia anunciar através dos ventos fortes e das baixas súbitas de temperatura, e logo no primeiro dia de nossa chegada, vindos de Genebra, estranhamos bastante as misteriosas correntes de ar que atravessavam o quarto-ateliê, provenientes ninguém sabe de onde e que nos fizeram tiritar a noite inteira. "São os maus ventos do leste", nos disse a *concierge* na manhã seguinte. Pela maneira grotesca como estava vestida, com as mais diferentes peças de roupas (dos mais variados tecidos) colocadas umas sobre as outras, pudemos verificar o quanto sofrera e sofria ainda desse maldito frio. "É necessário ativar o velho *poêle*", ela falou. "Mas, antes preciso ensinar-lhes, com vagar, como esta droga funciona." Estávamos no pátio e, mal nos mexemos, fez menção de nos acompanhar em direção ao quarto, o que fizemos os três juntos.

Uma vez lá em cima, pediu licença para sentar pretextando cansaço, mas na verdade procurava apenas ganhar tempo para averiguar que modificação já havia empreendido no ateliê. Sentimos de imediato o quanto os seus velhos olhos – habituados às curiosidades policiais – eram vivos e perscrutadores.

Deborah aproveitou para reclamar contra a presença dos gatos que, desde maio, irrompiam ateliê adentro, mal se abria a porta de entrada, insistindo depois, malignamente, como feras acuadas, em lá permanecerem. "Ademais", concluiu Deborah, "o cheiro persiste...". "Que cheiro?" – perguntou a *concierge*, subitamente interessada na reclamação. Eu já havia feito toda espécie de mímica para que Deborah não falasse uma outra vez no sagrado odor dos gatos e em outros tantos odores que, aos franceses, nunca se menciona, habituados como estão aos piores odores e aos melhores perfumes do mundo. Antecipei-me, então, falando no odor de benzina vindo pela janela aberta e oriundo do tráfego regular de veículos pela Rue de Chateaubriand. "Ah, bon!", disse a *concierge*, desta feita olhando para mim com uma decidida comiseração: "Mas é o ar que se respira nas grandes vilas do mundo, senhor", ela disse.

Em algumas pessoas pode ser... Mas, por outro lado...
(De uma história em quadrinhos)

O tempo passava e no meu obstinado desejo de trabalhar – já não me contentando apenas com teorias e visitas aos museus – comecei as primeiras telas pintadas fora do Brasil, todas impregnadas de uma forte influência de Courbet e talvez um pouco do mestre, inegável, da natureza morta que foi Chardin. Pelo menos uma dúzia delas já estava espalhada por todo o ateliê e, algumas mais preferidas, penduradas na parede, ao lado dos quadros de Picabia. Eu já fizera naturezas mortas no Recife, filtradas pela visão colorida e orientalista de Pierre Bonnard, mas, neste novo espaço parisiense, só cabia mesmo um rigoroso amor pela forma.

Quando de minha passagem por Madrid, confessei que apreciara furtivamente, no Museu do Prado, os inevitáveis *bodegones* de Luis Meléndez, pintor espanhol do século XVIII. Este artista antecipou-se quase dois séculos ao Realismo e até ao Hiperrealismo, praticado como grande novidade no início da primeira década até os anos cinquenta do século XX. Foi a partir desta generosa fonte de Meléndez que Joan Miró iniciou sua inconfundível fase *realista* (que vai de 1920 a 1923) da qual temos como exemplos mais eficazes *A espiga* (Museu de Arte Moderna de Nova Iorque) e o *Vaso de flores com borboleta*, ambos da mesma data. Não foi outra, também, a inspirada fonte de Salvador Dalí ao executar a sua hoje famosa *Cesta com pão*, quando afirmou a ter laboriosamente pintado com os seus finos e certeiros pincéis, meses e meses a fio, durante dez horas cada dia.

Acredito que não pode ter sido diferente a razão de minha apressada atitude, quando numa noite tempestuosa de outono, sem nenhuma tela livre para aproveitar, achei-me com o direito inadiável de trabalhar sobre um retrato meu pintado por Baltazar da Câmara – velho artista recifense – no começo do verão, antes de partirmos para Madrid. Esse retrato, quase todo em tons violáceos, me pareceu sinistro desde os primeiros dias de convivência com ele, e foi necessário algum tempo para esquecer-me de sua existência. E assim, ficou dependurado em algum canto penumbroso do ateliê. Nesta noite fatídica lá estava ele, apagado e silencioso, e não resta dúvida que era uma noite propícia aos crimes e às violações. Não se explicaria de outra forma o acontecido: eu me encontrava sentado, observando um jarro com rosas amarelas, já um tanto fanadas, quase cor de palha, que Deborah esquecera de mudar, quando os meus olhos se depararam com o retrato. Num instante pensei: flores amarelo-palha devem ser pintadas sobre um fundo azul violeta... Ora, não foi exatamente isto que fez Van Gogh com suas teorias dos complementares? Teorias que, embora exasperassem tanto Gauguin, acabavam mesmo funcionando? Ainda hoje o sábio pintor Jacques Villon pratica uma árdua preparação dos complementares nas repetidas e delicadas superposições de suas tintas.

Era uma tela nº 20, formato figura, e não foi preciso mais do que o trabalho de uma noite – o fundo pintado, certamente colaborava – para eu sentir a automática progressão deste quadro e a certeza final do seu bom êxito.

Verifiquei, ao acordar tarde da manhã, que Deborah saíra às compras deixando um bilhete onde elogiava as "rosas amarelas". Era um bom sinal.

Quando voltou, expliquei-lhe o acontecido, a urgência daquela inspiração e a infalível teoria dos complementares... Interrompeu o meu discurso com uma única pergunta: "O que dirá você a Baltazar?".

Realmente. A esta altura, o nosso artista já devia ter voltado da Itália e, se retornou, por que cargas d'água ainda não apareceu? A indagação agora era minha, mas logo soube o que fazer dissipando tais tolices do meu espírito. Eu havia pintado um bom quadro e isto era o que importava. Quantos Papas, do alto do seu poder, mandavam executar novos *afrescos* por pintores de sua preferência sobre outros que não lhes diziam nada?

Depois do almoço eu deveria sair à procura de telas e de tintas e então tudo seria definitivamente esquecido. Nesta saída estava incluída uma visita ao *Louvre*, para ver demoradamente dois quadros de Bruegel: *Les mendiants* e o incrível *La parabole des aveugles*, complementando assim com a visão do *La chute d'Icare* que eu vira no Museu de Bruxelas.

Outubro

Recordo que Baltazar chegou bem antes do inverno, num desses dias ensolarados do outono que fazem a beleza e a alegria de qualquer sítio do mundo. Como sempre, estava risonho e bem-humorado, com aquele seu leve ar chapliniano.

Trazia um pesado rolo debaixo do braço e fez questão de manter este fardo consigo, mesmo depois de entrar no ateliê, quando finalmente, a nosso convite, sentou-se numa pequena cadeira provençal.

Espantou-se com o número de telas espalhadas por toda parte; telas ainda por pintar e outras já pintadas. Seu olhos por detrás dos óculos seguiam cada uma delas como alguém que subindo uma escada não precisa pensar degrau por degrau para fazê-lo. De súbito disse: "Vejo que voltas ao academismo, embora permaneçam as cores muito escuras e carregadas". Eu sabia muito bem onde ele queria chegar, ele e tantos outros acadêmicos que, usando sem se aperceberem uma paleta pós-impressionista, ainda pretendem, assim mesmo, ver o mundo pelos olhos dos clássicos. Sabia o quanto execravam o preto, o siena, os ocres e as cores de Marte – inclusive o vermelho e o violeta de Marte de indescritível beleza. Sabia de muitos outros pormenores e de todos esses equívocos conceituais, mas não disse nada. Neste momento, dirigindo-se a Deborah indagou sobre nossa viagem a Madrid e, antes que qualquer um dos dois pudesse responder, levantou-se com o seu estranho pacote debaixo do braço e disse: "Estive em Firenze por várias semanas, pintei nas ruas, nas praças, diante dos palácios, das igrejas e algumas cenas ao longo do rio Arno. Consegui realizar um dos meus antigos sonhos, qual seja: o de copiar a *Virgem da cadeira*, de Raffaelo Sanzio, que se encontra nos Uffizi. Tenho aqui comigo quase tudo o que realizei, e o distinto casal poderá, mesmo que de relance, apreciar a maior parte dessas telas".

Eu estava coçando o pescoço, intrigado com a perfeição da pronúncia de todos aqueles nomes italianos como Uffizi, Firenze, Raffaelo, quando ele de chofre me interpelou: "Será que descobririas – tu que vives com a cara em cima das pinturas dos museus – a diferença entre a minha cópia e o original de Raffaelo?". Novamente passei a mão pelo pescoço, e me prontifiquei a fazer essa insólita averiguação; daí porque, igualmente me levantando, procurei ajudá-lo a desvencilhar-se do pacote e, em seguida, abrir o seu conteúdo. Havia ali dentro umas vinte telas enroladas, as quais foram colocadas simetricamente no chão, na parte mais clara do ateliê. Entre todas, porque de maior formato, sobressaía-se a famosa *Virgem da cadeira*, copiada *d'après* Rafael. Esta pintura se encontra no Palácio Pitti e não nos Ofícios, como pretendeu o bom Baltazar, o qual, nesse momento, encantado, passeava a passos largos ao redor de suas telas, quase numa pirueta de dança, que, mais uma vez, tinha muito a ver com Chaplin. Diga-se de passagem: se tal episódio tivesse acontecido hoje, oito anos depois, certamente eu não teria sido tão severo. O meu nível de compreensão seria outro, como de resto já demonstrei quando Tomás Seixas[10] achou por bem elogiar uma figura de Luiz Cardoso Ayres. Portanto, em nenhum desses comentários, ou em alguns outros que vão segui-lo, procure encontrar qualquer desejo de ironia, nem mesmo velada, e, se isto acontecer, eu é que sairei chamuscado e forçosamente diminuído na minha própria estima.

Na época, acredito, Baltazar lecionava ainda como professor de Belas Artes, e eu não passava de um simples estudante de pintura. A nossa amizade tinha se concretizado há muito pouco tempo e se estreitara nessa convivência parisiense. Por conseguinte, as nossas disparidades seriam apenas uma questão de geração: números diferentes, pensamentos diversos. A cópia de Rafael era correta e o desenho bem enquadrado naquela perfeita circunferência, mas as cores fugiam do original tanto como o diabo fugiria da cruz: era um Rafael cercado de violetas por todos os lados, como se, de repente, todos aqueles sagrados figurantes adquirissem, por contágio, uma estranha doença de pele e, nesta síndrome, também estivesse incluído o próprio fundo do quadro, que de negro passou para um leve acastanhado. Na minha boa vontade de não ver diferenças, limitei-me a elogiar o conjunto. Baltazar, sentindo-se vitorioso e julgando pelo meu relutante silêncio que eu de fato nada descobrira, insistia calorosamente pelo veredito. Deborah também foi chamada a opinar e no entanto silenciou. O implacável mestre então decidiu expor seus trunfos e o fez em tom de acusação, não sei se contra mim ou se contra o inditoso Rafael: "Vejam o quanto os chamados mestres, esses mestres que tu endeusas nos museus, têm lá as suas malícias e os seus truques. Sou um escrupuloso retratista e todos sabem o quanto dou atenção às mãos das figuras, sejam elas de adultos ou de crianças, principalmente as

---

[10] Poeta pernambucano, grande amigo (N. do A.).

dos bebês que, de tão inquietas, não nos permitem a pose e a imobilidade necessárias para o desenho perfeito...".

Ainda estávamos, eu pelo menos, sem compreender onde ele pretendia chegar, quando, depois de tomar fôlego e no mesmo tom, prosseguiu: "Rafael não fez exceção à regra. Ao notar esta falta gravíssima na *Virgem da cadeira*, quase que desistia da cópia, mas, assim mesmo, resolvi ir adiante. Laboriosamente e usando apenas a memória, desloquei o braço do menino Jesus de dentro do manto da Virgem, e livrei-lhe a mão gorduchinha que tanto Rafael esforçara-se em omitir. Note-se que, estando o outro braço da criança encoberto, a obrigação do pintor seria demonstrar sua raça expondo completamente o braço visível com mão e tudo..." Terminou essa estirada, sorrindo, satisfeito com a inocência que Deus lhe deu e que, no entanto, meu radicalismo não podia admitir. Depois, como quem colhe os louros da vitória, apontou em direção à monstruosa mãozinha violeta que mais parecia um colorido caranguejo dos nossos longínquos e saudosos mangues do Recife. Estupefato, não disse nada naquele instante nem em momento algum que pudesse se relacionar com a suposta verdade desta questão proposta por Baltazar, talvez incluída naquilo que os franceses costumam conceituar como *réponses aux questions sans réponse*.

Ligado como estava a este velho pintor pelos recifes do longe e por uma amizade nascente, nada poderia argumentar sem magoá-lo; portanto, respondi: "De fato você ganhou, Baltazar. Eu não me apercebi da mãozinha livre...".

Ele tinha lá as suas vantagens secretas, a sua pureza de coração que o levava frequentemente a caminhos absurdos e quase sempre hilariantes, como, por exemplo, plantar seu cavalete diante da entrada de um Banco para pintar a *Place de L'Ópera* – fato que ocasionou certo transtorno, embora não impedisse que o quadro fosse pintado, e assim, acabou representando alguns dos mais belos trechos de Paris, incluindo pontes, praças e monumentos. Agora, aqui mesmo no chão do meu ateliê, dispostos simetricamente em cima do tapete empoeirado, estavam outras tantas pinturas de solo italiano, praças e bosques e as doces colinas de Fiesoli, todos retratados com comovente fidelidade. Se não me engano, foi o espirituoso Cícero Dias que me contou uma dessas raras e insólitas aventuras do nosso Baltazar, quando depois de pintar horas a fio uma determinada rua de Paris, na qual havia alguns poucos automóveis estacionados, o nosso pintor teve o desprazer de não dar continuidade ao seu trabalho pela ausência repentina de um carro amarelo-limão que, manobrando, achou por bem sumir daquele trecho, deixando um claro insuportável no quadro que já contava com a sua indispensável presença.

Não era exatamente assim que pensava e pintava Douanier Rousseau, reproduzindo florestas do dicionário Larousse e pintando a Torre Eiffel, tendo ao lado balões e dirigíveis? Será que o quadro de Vermeer, *Vue de Delft*, poderia prescindir da pequena porção de muro amarelo, detalhe este tão precioso como fascinante para o pobre Bergotte que agonizava?

Passemos agora aos meus argumentos relacionados à *Virgem da cadeira* (uma das obras-primas de Rafael) os quais não puderam ser revelados a Baltazar por vários motivos, como já expliquei. A forma circular deste quadro obedece a uma rigorosa estrutura geométrica que preside todos os gestos e movimentos dos seus figurantes. Nada nesta composição perfeita é descuidado – desenho, claro-escuro, matéria, mito, tema, arquitetura; tudo está definido por uma visão multiforme da existência, que o renascente humanismo teimava em salientar. Esta mesma pintura, *Virgem da cadeira*, tem sido exaustivamente estudada e diagramada por diferentes autores que se preocupam com os inimitáveis (às vezes até secretos) arcabouços das composições da alta Renascença italiana.

Alguns críticos europeus[11] consideravam-na como um emblema essencial da suprema idealização da maternidade através da sua graça, beleza, e até de enigmáticas sugestões eróticas. A sua forma aparentemente circular (como uma mandala) transforma-se, por uma série de superposições de círculos internos – cujas tensões diferentes são calibradas pelos gestos e volumes dos corpos e pelo sábio jogo de cores quentes e frias – numa esfera perfeita. O fundo negro sugere na sua transparência infinita esta ilusão espacial: indispensável, em parte, a todo o simbolismo do quadro e à geração do seu mito. Qualquer espectador menos avisado poderia perceber sem esforço a curva propositadamente acentuada do pescoço da Virgem que, prolongada nos seus dois braços (o visível e o invisível) para fora e para dentro da esfera, recria com perfeição os seus próprios limites.

---

[11] Ch. Funck-Hellet – *Composition et nombre d'or dans les oeuvres peintes de la Renaissance.* Édition Vincent, Frères et Cie. Paris, 1950 (N. do A.).

Quanto ao braço e à mão do menino Deus, aí chegamos ao cerne da questão, na qual, inadvertidamente, o pintor Baltazar achou de fazer modificações: ousando despregar esse braço do corpo vivo da Mãe, cometeu não só um sacrilégio como uma petulante bobagem. "Esse divino gesto, acompanhado de uma boa dose de sensualidade e quase avidez pagã é ainda reforçado pelo ímpeto, mais uma vez, circular dos pés da criança que, jogados para cima num movimento pendular, confirmam o instante do impulso, no qual com a sua mãozinha escondida debaixo do manto, atraca-se firmemente ao seio materno. E suprema audácia: essas divinas criaturas nos olham risonhas e expectantes em busca de nossa cumplicidade e consequente aprovação. Há ainda um instigante detalhe desta composição que não pode ser ignorado: o braço da cadeira, em primeiro plano, sugere uma irrefutável forma fálica terminada por uma esfera que seria o microcosmo germinativo de toda macroesfera, que no dizer de Carl Gustav Jung é 'a expressão de todos os caminhos, ou o caminho maior que conduz ao centro'".

Dizem alguns diagramadores que a própria moldura destinada à *Virgem da cadeira* teria sido desenhada por Rafael e que corresponderia aos prolongamentos idealizados de todas essas junções de círculos que "fazem o sol e as outras estrelas se moverem".

Baltazar ainda voltou muitas vezes ao nosso ateliê, sempre risonho e bem-humorado. Às vezes me acompanhava aos museus, espantando-se sinceramente pela assiduidade com que eu procurava estudar Ingres. Uma vez, em pleno *Louvre*, quando observava *La vierge à l'hostie*, pintada em 1854, tela igualmente circular, que pertencera a Napoleão III, acercou-se do quadro e, para chamar a minha atenção sobre um detalhe perfeito de um dos dois candelabros do primeiro plano, tocou de leve com a haste do seu pesado óculos de tartaruga na frágil e polida superfície da pintura. O pavoroso grito de um guarda a dez passos de onde estávamos assustou-o bastante.

Constrangidos, batemos em retirada. Suponho, se não o tivéssemos feito com presteza, seríamos convidados a sair ou até mesmo presos. Na rua ele disse risonho, mas ainda um tanto encrespado: "Como esses franceses são estúpidos!".

Retornando antes de mim ao Brasil, não tive mais notícias suas, a não ser alguns anos depois, quando voltamos a nos encontrar no Recife apenas incidentalmente. Numa destas vezes, na entrada do Cinema Parque, ao deparar-me com o velho Baltazar, ele lembrou-se do retrato pintado em

Paris: "Por onde anda esse teu retrato?", perguntou. Respondi vagamente que minha irmã Tereza Maria, impressionada com a semelhança, fez questão de guardá-lo em solo suíço. Baltazar faz uma bela dupla com o professor Mário Nunes, sempre às turras, os dois, mas no fundo, amigos inseparáveis. A pintura em Pernambuco deve muito a estes artistas, que ao lado do professor Álvaro Amorim e de Murilo La Greca, fundaram a Escola de Belas Artes.

Paris

Começo do inverno

Nós fomos um diálogo.

Hölderlin

No catálogo da exposição de Balthus, no Museu de Arte Moderna de Nova Iorque, 1957[12], coloquei numa página em branco uma reprodução em cores do *La leçon de guitare* (1934). Essa pintura realizada pouco tempo depois da primeira versão de *La rue* e de *La toilette de Cathy*, ambas de 1933, é uma das menos conhecidas do pintor, em face do erotismo, mais que explícito, de sua figuração que, de uma certa maneira, torna proibitivo o seu registro. O próprio artista reconhece a natureza equívoca deste quadro, e, segundo me disseram, tentou destruí-lo, não o fazendo, porém, devido à sua precipitada venda a um anônimo colecionador americano, que, pasmem os incrédulos, depois de alguns anos foi descoberto como o grande crítico James Thrall Soby. Inclusive, já conhecia um dos inúmeros desenhos preparatórios reservados para a execução definitiva da pintura (publicado na revista *Voir*, em 1948) e posso dizer que este desenho é – sob todos os aspectos – mais terrível ainda do que o quadro. Veio-me à lembrança abordar este assunto pela enorme similitude da expressão facial (ríctus) da "eventual professora" de guitarra (que manipula sexualmente sua ainda impúbere discípula) com as figuras só aparentemente risonhas, de Leonardo: aquele mesmo "insondável sorriso unido a algum funesto presságio", de que nos fala Pater. Na sua expressão pervertida, a manipuladora parece retirar um especial prazer

---

[12] Novamente esclareço ao leitor que este texto foi reescrito em 1959 (N. do A.).

em conduzir (estranha orquestra!) a sua vítima, instrumentalizada, por mãos ávidas e dedos velozes, até o orgasmo final. A pintura revela (e o desenho, mais ainda) o supremo interesse desse ríctus, como máscara adequada aos condutores do êxtase.

Perdoem-me a interpretação, mas este obscuro sorriso é leonardesco até a medula... E, certamente, o velho bruxo o aprovaria.

As notas parisienses começam a escassear, embora mantenham ainda um sem-número de pequenos lembretes. As noites insones em perseguição da pintura, o fervoroso empenho de acertar com aquilo que Gauguin aconselhava: ("o principal é saber se estamos no bom caminho..."), os nomes de quadros, registros de leituras, dúvidas e até revolta contra algumas opiniões de Lhote – como bom francês – sempre excessivamente cartesianas.

Em outras anotações, insossos relatos de passeios nos arredores de Paris, Bougival, os encantos do rio Sena e às vezes – só muito raramente – as tentativas de falar sobre a nossa situação emotiva. A distância e a separação da nossa pequena filha, que ficara no Brasil, era propiciadora de amplos tormentos, sobretudo em Deborah, bastante mais acentuados nela do que em mim.

Os raríssimos encontros com os bons amigos, amizades que devemos muito mais ao espírito social e solidário de Aloísio Magalhães do que propriamente à nossa sempre canhestra iniciativa de nos aproximar de pessoas estranhas... Devemos, portanto, ao Aloísio, o conhecimento do jovem físico Carlos de Lira, do designer Geraldo de Barros, de Leda e também de Radha Abramo (estudantes de arte) e Paulo Emílio Salles Gomes, ligado à cinemateca de Paris, do lendário Paulo Carneiro. Enfim, era este o círculo das relações de Aloísio de que ele, certamente, nos supondo isolados, tentava nos aproximar. Creio que os poucos que chegaram até ao meu ateliê (ex-Picabia) devem ter, no mínimo, se surpreendido de que alguém pudesse viver em Paris, naqueles tempos, num tal isolamento. Até o excelente Baltazar da Câmara temia pela nossa sobrevivência e por várias vezes tentou catequizar Deborah para que se insurgisse contra uma tão insólita situação. Suponho que o mais surpreendido de todos seria eu, se algum dia minha mulher resolvesse escrever as suas memórias ou, se mesmo na época, secretamente, mantivesse um diário e falasse na sua versão dos fatos, enfim, revelando tão e simplesmente a sua quase crucificação...

Tudo muda e nada se modifica...

(De uma história em quadrinhos)

Novembro

Os dias caminhavam, as árvores perdiam as suas folhas, e o frio reinava por toda parte. No interior do antigo ateliê de Francis Picabia não existia lareira – luxo de gente rica. Resolvemos, sem consultar a *concierge*, acender o velho aquecedor de ferro fundido. Monsieur Bousquet, o marido da velhota, já havia consertado todos os condutos que levavam à chaminé, e, segundo o que pensamos, era o bastante para iniciarmos o ritual do fogo: acender no ateliê a nossa fogueira particular.

Éramos "marinheiros de primeira viagem" e nada entendíamos de limpadores de chaminés, a não ser nos contos de Dickens e nos filmes cômicos americanos. No ano de 1949, chegamos a Paris no mês de fevereiro, portanto, em pleno inverno, mas acontece que atravessamos os períodos mais rigorosos num hotel, com calefação central e todas as comodidades modernas, daí porque idealizamos o frio; não sabíamos em profundidade o que era o *frio.* O vento gelado vindo do leste, o mistério das endiabradas *courants d'air,* que tanto assustava os franceses, as camas igualmente geladas, os cobertores e agasalhos insuficientes e, para completar, no começo das manhãs, a água gelada nas torneiras, anunciando no seu choque diário que a vida recomeça ou deve recomeçar. E deve recomeçar no frio.

Não tínhamos, portanto, por onde apelar. Urgia corrigir o frio com o calor do fogo, e assim foi que, sem o saber, empreendemos nossa primeira aventura. O fogo não pegava de jeito nenhum, mesmo diante de toda a ortodoxia empregada correspondente aos iniciais conselhos da *concierge.* Queimamos todos os gravetos disponíveis, apenas para verificar que não havia nenhuma tiragem na chaminé. Uma nova carga de gravetos surtiu melhor efeito, e o fogo rugiu no velho aquecedor; enfim, chegara o momento de colocar as simpáticas bolas de carvão em seu interior, e assim o fizemos. Para nossa surpresa, também o carvão comportou-se como devia, e logo meia hora depois todo o ateliê parecia aquecido. Era particularmente agradável ficar nas imediações do velho fogão, sentindo as suas ardências, quando, de repente, o quarto encheu-se de fumaça, como se não houvesse chaminé alguma para sugá-la. Abrimos, às pressas, a janela que dava para a Rua de Chateaubriand e a porta de entrada para fazer circular a fumaça. E, de fato, ela foi embora. Mas o frio e o vento gelado não nos permitiram esse luxo por muito tempo.

Novamente o fogo mostrou-se instável, para logo em seguida resfolegar e atirar cortinas de fumaça negra dentro do ateliê. Eu não entendia de *poêle*, mas nascera praticamente dentro de uma fábrica de cerâmica, não ignorando, portanto, o que vem a ser um forno e a indispensável complementação de uma chaminé. Um não podia existir sem o outro. Qualquer dona de casa ou cozinheira conhece esse mecanismo. A essa altura me preocupava com os vizinhos, pois a fumaceira que descia escada abaixo me fez descerrar a porta do andar térreo, justamente aquela que dava para o pátio, comum a todos os moradores. Esperava encabulado que a qualquer momento aparecessem bombeiros e curiosos para debelar um começo de "incêndio" na casa dos brasileiros.

Retornei ao serviço pesado, o rosto, mãos e roupas recobertos de fuligem, lembrando um desatento personagem de comédia. O fogo mais uma vez manteve-se estável e isto me animou a prosseguir em novas tentativas. Já não havia fumaça, mas estranhamente notei que minha mulher parou de ajudar (ela sempre tão ativa), mantendo-se sentada à distância, numa atitude entre sonolenta e sonhadora. Perguntei-lhe se estava bem e ela com voz sumida disse que sim. Depois, levantou-se, dirigiu-se para a cama, onde permaneceu sentada na mesma atitude, indiferente. Parei o trabalho e, supondo que tudo aquilo não passava de cansaço, ajudei-a a deitar-se o mais comodamente possível, puxando a coberta e agasalhando-a como se fosse para dormir. Ora, ainda nem ao menos havíamos jantado e aquele sono repentino de Deborah começava a afligir-me e intrigar-me. Note-se que não foi por muito tempo, porque eu também demonstrava repentinamente carregar nas costas ou na altura do pescoço um peso de pelo menos cem quilos, com olhos lacrimejantes, gestos que se faziam cada vez mais lentos e um caminhar desigual – pernas muito abertas – lembrando aquele de certos marinheiros no momento da tempestade. Eu também estava prestes a desabar. Foi a minha vez de sentar-me na cadeira, amortecido por um vago torpor que não me atingia ainda a consciência, mas, seguramente, para quem me observasse de fora, me tomaria por um sonâmbulo ou por um ator que, representando gestos em câmara lenta, exagerava no seu papel.

Chamei Deborah. Nenhuma resposta. Chamei mais alto, mas mesmo assim ela não se moveu. Com um supremo esforço levantei-me da cadeira em direção à cama, quando ouvi batidas violentas na porta e o meu nome pronunciado em voz alterada. Não sei se demorei em atender, o fato é que o alarido e as batidas eram cada vez mais intensos ou seria o contrário, cada vez menos distintas...

A porta foi aberta e me deparei com a *concierge* e o Monsieur Bousquet com ares espantadíssimos, a velhota, sobretudo, que logo meteu-se sala adentro correndo para as janelas e abrindo-as de par em par. Quando voltei, a velha já levantava Deborah, dando-lhe leves tapinhas no rosto e falando muito rápido como se pretendesse reanimá-la. O marido aproximou-se e igualmente passou a ajudá-las. Uma vez Deborah de pé, embora cambaleante, por recomendações expressas do casal que ainda gritava e gesticulava muito, saímos do quarto aos tropeços e mal acertamos descer às escadas. O ar frio que entrara no ateliê já nos fizera recuperar parte dos sentidos e o choque maior, em plena noite, ao caminharmos lentamente pelo pátio, nos fez entender o que acontecera ou o que poderia definitivamente ter acontecido: estávamos intoxicados pela fumaça ou pelos letais resíduos de monóxido de carbono (?).

Senti que a *concierge* não queria naquele momento ralhar conosco, antes nos admoestava para prosseguirmos caminhando e, se possível, darmos uma volta pelo quarteirão. Encarregar-se-ia de extinguir o fogo e quanto a reacendê-lo, nem pensar antes de o limpador de chaminés executar toda a revisão dos condutos e da chaminé externa. Resolvemos dormir num hotel das proximidades, o que fizemos logo depois que ela nos trouxe nossos agasalhos. Lá chegamos sem nenhuma bagagem, o que não foi impeditivo para conseguirmos um quarto onde pensávamos passar umas duas ou três noites até que o nosso problema de "aquecimento" estivesse plenamente resolvido.

Logo de início, achamos a ideia acertada, mas não sei se pela falta de hábito ou até pela suspeição da verdadeira finalidade do lugar e da "gerente" que nos atendeu, resolvemos bater em retirada e sorrateiramente entrar em casa – mesmo se morrêssemos de frio – sem que a *concierge* nos visse. Quanto à chave da porta, eu me encarregaria de dizer-lhe que voltáramos apenas para pegar objetos de toalete. Mas a velhota já dormia e a chave nos foi entregue pelo bom Monsieur Bousquet que, em parte, era nosso cúmplice. Devo a esse *bonhomme* da Provença grande parte da pronúncia do *midi* que adquiri ao aperfeiçoar meu francês, e não me arrependo que assim fosse. Ele devia se expressar com reminiscências da língua provençal que o poeta

Frédéric Mistral tanto amou ou, talvez, com o mesmo sotaque com que o tímido Cézanne exigia inutilmente à *Légion d'honneur*.

No outro dia fomos dormir, de fato, num pequeno hotel bem mais familiar e bastante adequado para aguardarmos a nossa entrada solene nos portais do inverno. O serviço foi mais rápido do que pensávamos, e o nosso *poêle*, com a sua respectiva chaminé desobstruída, funcionou a contento até o final de nossa temporada, quando saímos de Paris nos últimos dias de fevereiro de 1952 em demanda aos trópicos úmidos do Recife.

Pintei este fogão, à noite, numa tela, não muito tempo depois, envolto pelas sombras do ateliê, aceso no seu único ponto luminoso, ostentando orgulho e resistência às intempéries e pronto para atravessar muitos outros invernos. Recordo que o impulso de pintá-lo nasceu não só da gratidão pelo calor que nos proporcionava, como também pela sua indiscutível beleza plástica. Era uma peça antiga e o seu negror, disfarçado pelo tempo, acrescentava-lhe uma incomparável originalidade. Um outro detalhe contribuiu para esse quadro: Delacroix havia elaborado algo semelhante numa pequena tela, num canto de seu ateliê, onde igualmente funcionava o seu velho, heroico e desmantelado *poêle*.

Reconhecidamente não sou homem de ação, e a esta altura dos acontecimentos já ficou bastante claro, neste diário, que os poucos ou quase nulos episódios a que me dediquei com ímpeto narrativo sempre estiveram visceralmente ligados à minha própria atividade de pintor, acontecendo, por assim dizer, como uma consequência lógica dessas atividades e não porque eu estivesse permeável às aventuras. Embora admire os aventureiros, decididamente, não sou um deles.

O frio foi suportável na noite seguinte e pude verificar que todos aqueles que habitavam o pátio fronteiriço não pensavam, nem remotamente, em acender os seus aquecedores. Suponho também que alguns daqueles apartamentos, dos dois lados simétricos do prédio, tinham sido modernizados e deveriam, com certeza, possuir calefação central e, quem sabe, muitas outras comodidades. Via-se por fora as fachadas mais bem tratadas do que a nossa, e de relance, pelas janelas entreabertas, de cortinas esvoaçantes, os interiores denunciando belos móveis lustrosos e paredes pintadas com as cores da moda como o bege, o grená, o grafite, etc. Contudo, nada invejava daquilo, abstraído que estava por diferentes impulsos que me distanciavam da realidade circundante e me colocavam imune num sítio qualquer, onde se caminha rotineiramente para alguma missão obscura, desprovido de qualquer interesse, senão, aquele da confirmação de um desígnio, talvez monstruoso, mas que, mesmo assim, deve a todo custo prosseguir.

E prosseguia, quase numa rotina conceitual, eu com os meus intrincados afazeres – nem sempre tão silenciosos, desde que urgia igualmente defini-los com palavras e até com rugidos –, enquanto Deborah, em perfeito silêncio, trabalhava como uma pequena abelha dourada, tentando transformar um chiqueiro numa colmeia, cumprindo assim, com um rito, suas obrigações herdadas ainda de seus ancestrais nos engenhos de Pernambuco.

Na partilha dos pães, cabia-me sempre o maior pedaço e, mesmo nos mais pesados serviços domésticos, ela habitualmente evitava o meu compromisso, a não ser quando, despertando para o impossível, deixava a meio caminho das escadas um pesado saco de carvão, apelando então para o meu quase extinto cavalheirismo.

A peça que nós habitávamos não era pequena, talvez mais um salão do que um quarto; apenas com uma divisória de madeira que recriava ao mesmo tempo um exíguo dormitório com duas camas, um vestíbulo ainda menor e um banheiro compartilhado com a cozinha. Lembro que pintei amorosamente uma tela, mostrando Deborah em pleno trabalho doméstico, com um ar sonhador de uma ninfeta de Balthus, diante de um fogão a gás.

Ainda hoje lastimo que esse quadro não tenha permanecido em nossas mãos. Por onde andará? O restante da peça era o que sobrava do antigo ateliê de Francis Picabia, naquele momento ainda marcando forte presença pelos seus inúmeros quadros, disseminados por toda grande parede que fazia face ao janelão de vidraças empoeiradas com sua grande cortina negra, típica dos ateliês de pintores. Esses quadros, na sua maior parte emoldurados, eram extremamente escuros e abstratizantes, revelando pertencer a uma fase mais ou menos recente do pintor, embora alguns deles recordassem períodos anteriores – nos seus reconhecidos processos de superposições de figuras, umas sobre as outras –, reminiscências vagas das *máquinas irônicas*, cujo princípio elementar era a sua perfeita inutilidade. Pilhas de desenhos e guaches guardadas em gavetas de velhos móveis abandonados, e desenhos nos armários e até debaixo da cama, quando o formato excessivo não lhes permitia melhor esconderijo. E tudo isso sob a égide de um universo inviolável de poeira que não admitia revisão.

Alguns meses mais tarde, madame Gabrielle Buffet-Picabia nos ofereceria a coleção inteira por um preço irrisório e, diante de nosso ar atoleimado e possivelmente descrente, afirmou possuir documentos comprobatórios de que todo aquele acervo de trabalhos do ex-marido de fato lhe pertencia, desde um acerto de contas durante a separação.

Informei-lhe da necessidade de consultar o meu pai a propósito dessa oferta (seguramente vantajosa) e que aguardasse em breve as notícias. Antes de mais nada, falei com o pintor Cícero Dias que, sendo artista e habitando o país há tantos anos (e, além de tudo, ligado à nossa embaixada) poderia nos esclarecer, com precisão, sobre os preços correntes de quadros, cotação do próprio Picabia, e possíveis necessidades aduaneiras para retirar do território francês uma tão grande coleção. Cícero já conhecia a oferta e, segundo comentou, o preço era quase ridículo, dada a importância histórica de Picabia no movimento dadaísta e sua inegável qualidade de pintor, de resto, no fim de carreira. Quanto às dificuldades legais, enquadravam-se todas em dispositivos correntes de meras formalidades.

A carta foi escrita a meu pai com grande entusiasmo – talvez tenha sido este o pecado maior –, prolixa, abarrotada de detalhes sobre a excelência desses trabalhos do pintor, a sua importância pessoal na França, Suíça e Estados Unidos, chegando a afirmar que no futuro a coleção valeria mais que uma usina de açúcar. Ademais, havia a possibilidade matemática de valorização dentro de muito pouco tempo, sem levar em conta a oportunidade do câmbio favorável desde que a nossa moeda estava bem situada em relação ao franco francês. Enfim, os argumentos não eram sequer meus (não sou homem de negócios e, naquela época, ainda muito menos), apenas o instinto me norteava, além do imenso desejo de ver algum dia todas aquelas telas tão estranhas incorporadas à coleção do meu pai. Não recebi resposta. Acredito que a carta deve ter despertado hilaridade, senão coisa pior.

Passados trinta dias, voltei a falar do assunto de uma maneira menos apaixonada, apenas indagando o recebimento da primeira missiva e reforçando a ideia com seus pontos fundamentais especificados, e tudo isto feito sem trair emoções, como quem apresenta uma proposta de negócios. Mesmo assim, silenciaram.

Mme. Picabia foi avisada, em tempo, da impossibilidade da transação, pelo menos não com a urgência que ela necessitava. "É pena", ela disse. "A coleção é magnífica, sem mencionar o seu sentido histórico, e acredito que você poderia tirar um bom partido dela, aliás, você e sua mulher." Dizendo isso, abraçou Deborah. Curiosamente, apesar da diferença de idade e da língua, as duas mulheres, embora pouco tenham se encontrado em todo esse período, se entendiam muitíssimo bem e poder-se-ia mesmo pensar numa antiga amizade. Gabrielle era poeta e, igualmente a Picabia, participou dos momentos heroicos do movimento Dadá; e quanto a Deborah, secretamente escondia os seus futuros poemas no fundo dos seus olhos claros. Ela já escrevia versos de há muito, e se eu não fosse tão obstruído pelo crescente narcisismo que me dominava, poderia vislumbrar aqui e ali, nas suas inocentes cartas, um certo tom só peculiar àqueles que veem o mundo de olhos fechados e não necessitam de explicações e de inúteis prolixidades para dizer que uma galinha pôs um ovo na eternidade.

De qualquer forma, apesar do nosso desejo e das urgentes necessidades de Mme. Picabia, a coleção não foi vendida; pelo menos permaneceu no ateliê até o nosso retorno ao Brasil. É bem provável que hoje faça parte de uma grande coleção dos Estados Unidos, para onde vai, por força centrífuga do dinheiro, tudo o que há de melhor e mais raro no mundo. Aliás, as minhas frustradas relações comerciais com Gabrielle se estenderam ao próprio Picabia, quando nas vésperas do Natal, fui levado ao seu ateliê na Place Vendôme para conhecê-lo. Ele já estava gravemente enfermo e não mais se levantava de uma cadeira de rodas, embora o seu rosto ainda permanecesse tocado pela antiga chama anárquica de um verdadeiro *dadaísta,* principalmente os olhos descrentes, que sobrenadavam o absurdo.

Logo de início chamou-me a atenção o violento contraste entre o antigo e o novo ateliê do pintor – o moderno, mesmo sem grande luxo, mais parecia um apartamento burguês, não sinalizando a presença de um artista –, incluindo nesta diferença a vivacidade natural, o espírito e a meiguice da velha Gabrielle. A presente madame Picabia, uma suíça de meia-idade que entre outras coisas lhe fazia também às vezes de enfermeira, perdia em todos os campos de luta no torneio da vida, com exceção apenas para a sua concupiscência, que ficou facilmente demonstrada em torno de um negócio que me foi proposto logo em seguida.

Picabia ilustrara, não há muito tempo, um magnífico livro de poemas do brasileiro Murilo Mendes e, desta edição assinada pelos dois artistas e numerada como convém a toda edição de luxo, restavam apenas alguns poucos exemplares nas mãos da atual madame Picabia. Esta, sabendo da minha existência através de Gabrielle e, supondo – tanto como Gabrielle supôs – tratar-se de um *milliardaire sud-américain*, muito graciosa tentou me empurrar goela adentro dois ou mais exemplares dessa raríssima edição. Mais uma vez, em menos de um ano, o falso milionário brasileiro teria de bater em retirada e foi o que fiz esbaforido. Com justiça, essa família afirmará que brasileiros como eu podem até falar francês, mas, seguramente, lhes falta o principal: alguns escudos no bolso.

Dezembro

Já não posso duvidar que alguma coisa me aconteceu. Isso veio como uma doença, não como uma certeza comum, não como uma evidência.

Sartre

Poderia consumir um bom tempo me ocupando de acontecimentos como este ou similares que inundam a vida de todas as criaturas, e, de um certo modo, é moeda corrente bastante valorizada que costuma abrir com facilidade todas as portas do espírito. Uma vida aventurosa ou venturosa, grandes nomes em jogo, entrevistas, hotéis de luxo, conquistas e mulheres, saraus e intimidades outras, contas bancárias, rótulos de vinhos, iguarias, malas etiquetadas com nomes de conhecidas cidades e de exóticos países do Oriente. Enfim, apenas "inglesar" a vida de falsos milionários à procura de sensações... Os caçadores de aventuras, à maneira de Hemingway, ou daqueles da "geração perdida", como Fitzgerald. Há ainda o reverso da medalha, ou seja, chafurdar no caminho do vício, no gênero Henry Miller. Verificar a extrema miséria, as mansardas, a penúria, a namorada pobre, os equívocos jamais esclarecidos com o aparelho policial, a convivência com as pulgas e com os ratos, a suprema morbidez do espírito... Nestes opostos, poder-se-ia codificar um "diário" à altura de todos os gostos (ou desgostos) e é exatamente neste sacrílego território literário que eu jamais conseguirei penetrar. A mim não acontece nada, e se acontece, o "incidente" é de imediato desmascarado, tornando-se tão absolutamente corriqueiro que não mais merece o conto... Logo em seguida, coçando a cabeça, como um dos nossos encabulados ancestrais, retorno à pintura e aos museus. Longe de pretender, com essa absurda e sempre vazia severidade, criar um tipo de jovem escoteiro adestrado no combate aos maus pensamentos e às vilanias da existência. Não, não é nada disso. Como já expliquei reiteradas vezes, apenas vivo o meu inferno sem aparatos desnecessários. Não costumo arriscar o medo e, segundo nos convence o sábio Guimarães Rosa, "o medo tem sempre o tamanho que a gente deseja". Não pode ser maior do que a medida certa, senão ele nos mata.

Quando me predisponho a contar, jamais ultrapasso a "minitempestade", na altura de Finisterra, ou o fogão entupido que provocou um falso incêndio no ateliê de Picabia, o que me fez sair sujo e tonto à procura de ar puro, na noite gelada ou ainda o médico surrealista que trocou de mulher com o pintor Max Ernst ou, até, narrar a estranheza do episódio Lamaze (o nome até que soa bem). Como se sabe, em conjunto nada aconteceu que justificasse as narrativas que, com certeza, não chegarão a impressionar ninguém.

Voltando às minhas observações particulares, neste momento, chego ao mês de dezembro. Não preciso explicar o que era, ou tentava ser, este desatento equívoco. Aqui, sinto-me habilitado a fazer uma ou duas observações pessoais que posteriormente poderão ser de serventia àqueles em cujas mãos estes conselhos chegarem, caso venham a enfrentar um problema semelhante, ou seja, contar histórias sem pormenores influenciados pelos *absurdos* de um escritor famoso que costumava apelidar todos os seus personagens de K. ou de X., todos eles apátridas, sem relógio e habitando lugares estranhamente localizados entre duas fronteiras, portanto, território de ninguém, algo impossível de reconhecer. Sem denominação...

Vejam bem em que embrulho eu me encontro, só porque decidi enfeitar meu diário com "acontecidos", quando na verdade é bem melhor deixar as coisas acontecerem sem meter-se por dentro dos acontecimentos. Propositadamente, como mencionei acima, fiz aparecer uma série de preâmbulos e acabei não narrando coisíssima alguma. Melhor assim. Mas não é mesmo possível que eu não tenha o dom de contar (ou o direito). Todos contam. Por que não perco os escrúpulos e narro o acontecimento da Rua Washington?... Assim tinha ficado estabelecido, e assim havia de cumprir-se. Qual não foi, portanto, a minha surpresa, quando, repentinamente, esse acordo entre damas e cavalheiro foi quebrado. Qual o motivo do rompimento dessa trégua? Quando foi a minha vez de falar, ou melhor, o momento exato em que me virei para encará-la face a face? Antes que eu pronunciasse uma palavra, ela disse: "Meu Deus, não o reconheci de todo. O que se passa? Por que está assim tão diferente... e este chapéu?". Nesse momento me dei cobro que depois de todo esse tempo decorrido, só naquela tarde eu saíra com o sobretudo diferente. Um bruto capote de pelo de camelo, digno de um Akaki Akakief, que eu jamais tivera coragem (até aquele dia) de usar.

Inverno

> *Uma vez Leonardo da Vinci disse que um pintor deve pintar como se estivesse diante de Deus.*
>
> John Huston

André Lhote falou sobre Emanuel Swedenborg. Encontrei no seu livro algumas citações aproveitadas desse mesmo filósofo. Embora admire e respeite os métodos conscientes e excessivamente racionais da cultura francesa, sinto-me incapaz de atingi-los. É preciso convir que essa atitude preconizada pelo professor Lhote é muito difícil para um jovem estudante de além-mar. Vejamos Swedenborg: *"Une rectitude de position telle que les pôles de l'oeil coïncidassent avec l'axe du monde"*. Ou então: *"Imiter la nature prend ici un sens supérieur à celui qu'entend le morne paysagiste, celui-ci imite les produits de la nature, alors qu'il en faut imiter les lois"*. Novamente o sueco propõe: *"Le monde physique est purement symbolique du monde spirituel"*.

Se todos esses excessos de teorias podem me confundir, por outro lado não deixam de ser apaixonantes. Lhote falando de Cézanne aproveita para citar Emerson: "É preciso compreender que não é suficiente usar o mundo culinariamente. O que se faz necessário", diz ele, "é possuir uma poderosa percepção humana e universal".

Quando observo que muita coisa passa despercebida aos outros – meu Deus, como são desatentos! – temo pelo muito que a mim também deve escapar.

Leitura de uma excelente entrevista do pintor Maurice Vlaminck no jornal *ARTS* condenando ferozmente os abstratos e os neocubistas. Vlaminck já ultrapassou o que costumam chamar de *idade da razão*, estando agora num patamar ainda mais alto com os seus setenta e cinco anos. Ele, como todo ancião, bem pode falar. É muito triste concluir que tudo o que dizemos e escrevemos quando jovens não tem valor real, embora só muito tempo depois é que nos apercebemos disso. Talvez um pouco tarde demais, porque, então, obedecendo a uma lei histórica, ninguém já nos prestará atenção exatamente no momento certo em que teríamos muito a dizer. Esse descrédito em que se leva a palavra dos velhos faz nascer uma mágoa profunda nos seus corações, que então – triste ironia – voltam a funcionar jovens na amargura e no calor dos desacreditados.

No meu ateliê, como tudo é contido numa só sala, simplifica-se a existência profissional. As coisas estão sempre à mão. Aqui me sinto mais simples e ao mesmo tempo vivaz, menos triste que no meu palácio brasileiro. Já é tarde, inclusive cerrei as cortinas negras da grande janela que dá para o pátio. Minha mulher dorme, pois começa a fazer frio. Nesse momento sinto grande necessidade de estudo e de trabalho, devendo prolongar ao máximo a permanência nesta incomparável cidade. Quanto à pintura, o que mais me incomoda é a minha eterna presunção de querer refazer as coisas, embora elas já estejam resolvidas e às vezes até enterradas há centenas de anos. Confesso que ainda não posso prefigurar o aspecto dos meus futuros quadros nem tampouco a direção definitiva do meu caminho. O que pressinto é que o futuro me surpreenderá como uma avalanche. Ainda mais surpreendente é a certeza de que sobreviverei.

Visita à casa (ateliê) de Delacroix, hoje transformada em pequeno museu. O meu amor e admiração por Gustave Courbet me deixa, a maior parte das vezes, indiferente à qualidade da obra de Delacroix. E dizer que foi o artista que Baudelaire admirava sem restrições. Mas esse fato não altera o meu julgamento. Baudelaire, um dos maiores críticos de arte de todos os tempos, também se enganava. O que interessa agora e o que me comove até às lágrimas é pisar esta terra e este chão que todos esses mestres já pisaram.

Na volta passei pelo *L'Orangerie* – como sempre digo, um dos meus preferidos – para olhar *O cavalo branco*, de Gauguin, que por sinal não é branco. Uma linda moça observava o dito quadro muito de perto e, à minha aproximação, afastou-se alguns passos. Notei que por debaixo de sua capa usava um vestido estranhamente berrante em dois tons de laranja. Suas pernas muito brancas eram mais brancas do que as galochas brancas que recobriam os seus sapatos. Diante dessa inusitada atenção a moça recuou ainda mais, fazendo beicinho e não me dando sequer o tempo de disfarçar o meu duplo interesse, bem justificado, aliás, pois se tratava na verdade de um criterioso e aplicado estudante de artes plásticas ávido de sensações visuais e de outras paixões...

Essas mulheres são todas prodigiosamente estúpidas, pensei. E no momento me senti perfeitamente vingado, olhando sozinho *O cavalo branco*. Lembrava com prazer tudo aquilo que Gauguin pensava das desagradáveis mulheres europeias. Quando me virei ela já não estava na sala. *O cavalo branco*, que era de um azul esverdeado, não permanecia tão azul, pela falta daquela incrível saia em dois tons de laranja.

Saí do museu recitando Wordsworth: *Violeta escondida entre os rochedos/ de todo olhar bem oculto/como a estrela solitária...*

Na última estrofe encontrava a minha triste vingança: *Desconhecida foi e nada se soube de sua morte.*

Compreendo perfeitamente o extremo cuidado de Ingres com o tema em pintura. No seu caderno de croquis (nº 1 Montauban) numa cena representando a morte de Cleópatra, ele anota: "Ela se trancou com duas de suas servas. Uma delas já morta de dor; a rainha sobre o seu leito, vestida com trajes reais, expira no momento em que Augusto entra. A segunda mulher morre, também, não tendo tempo senão de colocar a coroa na cabeça da rainha".

Confesso que minhas preocupações relativas aos estudos, trabalho e mil e outras derivações – naquela época de Paris – concentravam-se asperamente numa espécie de mania inadiável, e, portanto, propensa a atitudes radicais. Compreenda-se daí o meu repúdio a tudo aquilo que, fugindo desta esfera hermeticamente fechada, pudesse de uma certa forma interceptar esse percurso, sobretudo no campo das "ideias". O convívio diário com os livros teóricos – apesar da minha frequência muito irregular nas aulas de Lhote – mantinha a chama acesa, embora nesses setores eu cultivasse muito secretamente algumas dissidências. Não largava, dia após dia, a complexa leitura de Mathila C. Ghyka, com o seu tratado *Estética das proporções na natureza e nas artes*, escrito em 1927 *(NRF)*. Também permanecia fiel na abordagem misteriosa e constante da *Vie des formes*, de Henri Focillon.

Um pequeno livro de Albert Gleizes, que me foi gentilmente presenteado por madame Picabia, *Homocentrisme ou Le retour de l'homme chrétien, suivi de Le rythme dans les arts plastiques*, tinha igualmente o seu notável poder sobre as minhas alternativas no campo da pintura. Esse pequeno livro ainda mantém nas suas páginas amareladas a carinhosa dedicatória do pintor Albert Gleizes à sua amiga Gabrielle, com data: Paris, novembro de 1938.

As insistentes teorias de Lhote floresciam abertamente no meu espírito, embora nos quadros feitos exclusivamente no meu ateliê não cedesse milímetro que fosse às minhas convicções neorromânticas, inteiramente desprezadas ou até desconhecidas no almanaque pós-cubista deste notável professor. O *Traité du paysage* datava de 1946, enquanto que o *Traité de la figure*, aparecera em 1950. Avaliava, portanto, quase de memória, o primeiro; já o segundo ainda permanecia aberto às explorações. Apreciava ainda, de Lothe, o *Peinture d'abord* e o *De la palette à l'écritoire*, aliás, editado por Correa, que presumo ter saído das mãos do poeta Roberto Alvim Correa, quando este mantinha uma editora em Paris. Interessou-me sobretudo o *La peinture, Le coeur et l'esprit – suivi de Parlons peinture*, numa só edição (Denoel), 1933. Enfim, todas essas leituras deveriam de um certo modo marcar-me definitivamente. Recordo que Lhote gostava de repetir aos seus alunos um sarcástico comentário feito por Nicolas Poussin, a propósito da pintura: "*Monsieur, si vous ne considérez, ce ne sont pas des choses que l'on puisse faire en sifflant, comme vos peintures de Paris, qui, en se jouant, font des tableaux en vingt quatre-heures*" (Carta a Chantelou - Roma, 20 de agosto de 1645).

Como abordo o tema da perdurável composição de Rafael – *A virgem da cadeira*, analisada nos seus múltiplos aspectos, alguns deles até colocados acima do meramente geométrico – agora recorro a André Lhote para que este descreva com a mestria que lhe é peculiar o *Perfil de moça*, pintura atribuída a Paolo Uccello: "Neste perfil de moça, vê-se o ângulo dos lábios entreabertos rimar com o formato triangular do olho. Não será porque o pescoço se apresente mais longo que o natural, e a sobrancelha deslocada um pouco mais para cima, que nos livrariam dessa obsessão geométrica, inseparável da expressão de nobreza, da graça e da pureza do modelo? Sobretudo verifiquem o sentido perfeito do ornamento que se encontra tanto nos pronunciados traços do rosto, como nos detalhes dos adereços (ou mesmo no próprio vazio do fundo), o conjunto demonstrará, mais que nunca, o quanto se liga à expressiva exaltação da vida interior".

De uma maneira geral, Lhote, quando presente nas aulas – nas poucas a que eu assisti – demonstrava com simplicidade toda essa intrincada rede de mistérios que possui cada pintura, seja ela antiga ou moderna, uma vez que fosse, de fato, fruto do espírito ou de uma elaboração espiritualizante.

Ainda hoje sou grato às suas *visões* ou a essa maneira sutil de *afinar* a leitura de um quadro que ele passou à geração de pintores, quer fossem escandinavos, norte-americanos, sul-americanos, ou mesmo europeus. Quanto ao restante, aquela parte peculiar de uma obra de arte que deve permanecer desconhecida mesmo aos melhores espíritos, inclusive a Lhote, esta eu aprimorei solitariamente, porque, na verdade, não há professor ou ensinamentos possíveis que ajudem a desenvolvê-la.

1952

Recife

20 de fevereiro

Desnecessário descrever o que foi o encontro de Deborah com a nossa pequenina filha Maria da Conceição, a quem não víamos há um ano. Deixamos um bebê e encontramos uma menina já balbuciando algumas palavras. Ela parecia nos reconhecer, embora não escondesse nos seus olhos uma espécie de enorme surpresa. Hospedamo-nos os três na casa do meu pai, exatamente no meu velho quarto de solteiro. Não era, portanto, território estranho, embora algo indefinível semelhante a uma ameaça pairasse sobre as nossas cabeças. Um certo mal-estar deslizava sobre a família. Eu e minha mulher nos contemplávamos com doloroso assombro.

15 de março

E eu que tinha ideia de retornar à Itália!

Deborah se recusava terminantemente a fazer qualquer menção sobre a possibilidade de separar-se da filha. Quem diria, não mais do que três meses depois, eu já me preparo para de novo viajar à Europa, onde deverei permanecer mais um ano, estudando cerâmica na região da Umbria, centro da Itália!

Diário da Itália[13]

Agosto

A primeira nota mais ampla dessa viagem tem apenas a indicação do mês de agosto e foi anterior à primeira visita à Deruta e à família do Sr. Luna Léo[14].

Como de costume, viajei de barco. Depois de uma rápida passagem em Gênova, onde por influência de dois amigos italianos não pude me furtar de frequentar um bordel, e, por conta dessa aventura vulgar, quase perdemos o navio. Segui direto para Nápoles, certo de que não havia muito

---

[13] O *Diário da Itália* foi publicado no *Jornal do Commercio* em 30 de março de 1994, como parte das comemorações pelo Prêmio Gabriela Mistral recebido pelo autor no ano anterior (N. do E.).

[14] Diretor de uma fábrica de majólica na cidade de Deruta, Umbria, Itália (N. do A.).

tempo a perder, pois tinha data marcada com senhor Léo em Perúgia, no Hotel Brufanni.

Instalado no hotel, habituei-me, à noite, a frequentar alguns bares ou cafés só para ver passar, em cortejo ou solitárias, belíssimas mulheres, cujos perfis e olhos rasgados lembravam os frisos etruscos, pintados em Tarquínia, nas tumbas dos Leopardos e das Leoas.

Mal levanto os olhos para apreciá-las e, quando o faço, é com a consciência de cometer grosseiro sacrilégio diante de tanto esplendor e tanta perfeição.

Desse pensamento, passo a outros ainda mais extravagantes, e depois mais outros, quando, enfim, com os olhos ardendo de sono, aniquilado e trêmulo retorno passo a passo ao hotel.

O que quer dizer tudo isto? Devo ou não me envergonhar dessas tumultuadas confissões, entremeadas de fantasmas e frivolidades? Talvez tenha sido muito pior em Nápoles, todavia, em Roma e em Perúgia, eu já me movimentava e, de qualquer forma, não poderia estar tão desorientado assim. Foi necessário passar muito tempo para que compreendesse com plácida surpresa, como se descobrisse algo perdido e esquecido há muito tempo, que não é nada custoso aceitar aquilo que habitualmente chamamos de realidade, talvez porque entendemos que nada é real.

Qual seria, então, a correta avaliação para medir o grau de intensidade de uma realidade que nos escapa continuamente dos sentidos, a partir do nascimento até a morte?

O que, de fato, não é ilusório?

Perúgia

O Senhor Luna Léo ficou irredutível no seu convite para que morasse na sua casa que, não ficando muito longe da fábrica, evitaria as minhas viagens Perúgia - Deruta.

Se não aceitei na hora, no outro dia não pude me furtar de fazê-lo quando, pela manhã, praticamente o Senhor Luna obrigou-me a arrumar as malas e a deixar o hotel.

Estou, portanto, no melhor cômodo da sua casa, com uma vastíssima cama de casal à disposição que, para minha agonia, ainda acabo por descobrir tratar-se do próprio leito nupcial dos donos da casa (estavam recém-casados).

Como retribuir um tal gesto? O acertado, na correspondência de meu pai, falava somente de um estágio de aprendizado interno, numa fábrica de majólica durante alguns meses; consequentemente não houve nenhum acordo, nem que fosse remoto, neste sentido. Na verdade, não sabia o que dizer ou como me comportar. E, segundo deduzi, de agora em diante eu seria um virtual prisioneiro daquela generosidade irresgatável, devendo permanecer por obrigação (a nobreza obriga), pelo menos durante algum tempo, insulado de tudo e de todos. Meu mundo seria a cidade de Deruta, a grande casa inacabada, a muralha e a fábrica.

Deruta

Nenhum recurso de imaginação ou memória poderia me fazer reconstituir aqueles dias que se escoaram como uma eternidade (um pesadelo?) dentro daquelas muralhas. Escrevi e recebi cartas de minha mulher. E, nas minhas notícias otimistas, sempre declarei que tudo corria esplendidamente.

O dono da fábrica, senhor Luna, de fato está recém-casado e, portanto, em plena lua de mel. Convidou-me para passar alguns dias, aproveitando o tradicional *Feragosto,* na estância termal de Montecatini, uma velha terma romana reformada por Mussolini.

Não seria eu o guia nem o mestre para sugerir roteiros convenientes e propícios aos meus gostos e, de resto, o casal já havia falado na possibilidade de chegar até Florença ou Pisa.

Nestas férias inesperadas que poderiam durar uma semana (previsão do Senhor Luna) ou mesmo quinze dias (conclusão da Senhora Luna), eu tentaria ficar pelo menos uns dois ou três dias em Florença, ou mesmo em Arezzo, para ver Piero della Francesca na Igreja de São Francisco e, consequentemente, chegaria até Borgo San Sepolcro, onde, de olhos baixos e muito lentamente, deveria levantar a face para encarar os terríveis olhos do Cristo no dia da *Ressurreição.*

Alguém me disse certa vez que a sua *mirada* era cruel e persistente, e que ninguém o fitasse nem que fosse por uma só ocasião. "(...) Olhos vindicativos, corpo hierático e tenso, grande como uma montanha e, no entanto, prestes a alçar voo para muito longe daqueles que não souberam propugnar pelo seu espantoso amor e que o escarneceram e o vexaram e o crucificaram."

A viagem a Pisa não foi possível. Em troca, o casal passará um pouco mais de tempo em Florença, onde o Senhor Luna irá a negócios da firma e a senhora às compras.

Desconheço o tempo gasto de Montecatini até Florença. Uma coisa sempre caracterizou minhas viagens: ignoro a medida do tempo que dura e não me apercebo jamais dos lugares por onde transito. E pretender esmiuçá-los só me traz aborrecimentos.

Chegamos a uma espécie de *piazzetta* e suas requintadas proporções me fizeram lembrar que estávamos em Florença. Como sempre, o meu hotel já estava reservado. Como em Montecatini, com certeza não seria aquele compartilhado pelo casal.

Eu não duvidava que Florença fosse a cidade mais civilizada do mundo. E a visão daquela pequena praça confirmava a minha crença.

Florença

21 de agosto

Essa moeda é boa ou falsa?

(De uma história em quadrinhos)

(...) No fim da tarde, ao entrar no hotel, pela segunda vez, encontro a espantosa mulher que no restaurante ocupa uma mesa não muito distante da minha. À noite, ela não faltou, mas estava acompanhada de uma amiga ocupando o seu lugar e, portanto, ao me sentar de frente, teria a visão da desconhecida e não a dela. O salão, como sempre, repleto. E esse privilégio de ter uma mesa permanente devia-se a estar sozinho e não poder dispor de um espaço correspondente a quatro lugares, também, evidentemente contando com a complacência do *maître*.

Hoje, nada funcionou e nem ao menos podia mudar de posição. Curioso é que ambas estavam trajadas de verde, sendo que a "deusa" de um verde-escuro quase garrafa e a outra de um verde-cinza, sem grandes particularidades. Ambas deviam ter entre 25 e 30 anos e pareciam muito seguras de si. Talvez seguras em demasia o que, para mim, além de uma pista, já era um excelente indício de suspeição. A "deusa" usava um suntuoso vestido de veludo verde-garrafa, meias negras transparentes e sapatos altos, de um tom verde, diverso do vestido, embora aproximativo como harmonia. Necessito falar com o porteiro ou com quem quer que seja, menos diretamente com essa mulher, pois aí haveria a barreira da língua e mil e uma dificuldades que só o sultanato não experimenta. Tenho certeza de que elas notaram, de há muito, o meu desmedido interesse.

Após a refeição, ambas caminharam até o *hall* onde, incontinenti, foram conversar com o porteiro... Aguardei o fatal, na certeza de que, pela minha experiência adquirida, não só no hotel de Roma, como no de Montecatini – apesar de toda a fraqueza e notória enfermidade – já sabia como funcionava essa estupenda "venerização" hoteleira internacional.

Tudo deve permanecer intimamente ligado neste poço profundo do tempo, com suas cavernas e lojas compartimentadas, às vezes esdrúxulas, mas sempre *logísticas*, desde que tudo vendem nestes recintos de paredes erosadas e semidestruídas, e costumam negociar alegremente ao pregão ou a preço fixo. Vênus enganosa, sob a forma da eternidade, vestida de veludo verde ou rosa-malva e sentada nas cinzentas pernas do tempo. A proverbial falácia do coito, mesmo para os agonizantes, cujas recordações ainda não estão mortas e que se agitam nos estertores daquilo que sempre deve perdurar.

Sabe-se de tantas coisas, mas a suprema corte teima em nada esclarecer quando não aposta no equívoco, e, assim, continuamos: Mr. John, mandaram-lhe a mulher errada, *this afternoon*, que temeridade (*foolhardiness*), o tema (*subject*) era *The green dress* e ela apareceu assim, vestida de verde e, além disso, registrada neta de ingleses (no costumeiro amor de Florença exaltado por Pater, no século passado) e o seu nome era Jéssica.

Evidentemente houvera um grave equívoco. Suponho que o bilhete deixado na portaria, embora redigido num inglês elementar, foi bastante claro: "*Tomorrow if it is possible, I want to invite (to my room) that pretty woman with a sumptuous green dress. Phone me if you can*". A portaria fixou-se no verde e esqueceu o conteúdo.

A moça inglesa na minha frente era alta, magra e desbotada e nada tinha a ver que lembrasse a italiana de vestido verde.

A deusa latina tinha os cabelos crespos, muito crespos e abundantes lhe caindo abaixo dos ombros como pesados cachos de uvas negras. O rosto de um oval perfeito, olhos pequenos e ligeiramente orientais, nariz curvo com a ponta voltada para baixo em direção à boca, esta, muito pintada e polpuda, a pele clara e ainda mais clara parecia pelo uso exagerado da maquilagem que teimava em usar, como se fora uma réplica sem requintes de uma máscara do teatro *kabuki*. Havia nela qualquer coisa de lento e voluptuoso, própria das mulheres de Alexandria, onde, sem nenhum registro, mesclam-se diferentes sangues orientais e europeus. Mas também poderia ser uma grega da colônia de Creta ou uma romana da decadência. Assim é a beleza; Stendhal sugere que as mulheres belas quando vistas no segundo dia já não surpreendem.

A insólita presença de Jéssica transtornou tudo. Em menos de vinte e quatro horas de convivência já falávamos uma só linguagem, e ela reinou no meu coração, embora o meu corpo aflito e *feverish*, ainda insubmisso, adiasse o escravo.

Jéssica conhecia Florença meticulosamente, apaixonadamente, poder-se-ia dizer, à maneira inglesa e, portanto, ninguém mais adequado para reconhecer aquilo que eu próprio procurava. Na mesma tarde de nosso encontro, fomos ao Palácio Pitti onde vimos juntos o mágico círculo amoroso da *Madona da cadeira*, pintada por Rafael. Falei-lhe das teorias de Leone-Battista Alberti, o humanista, o arquiteto, o matemático de gênio que tanto influenciou os artistas de sua época. "Por acaso estás vendo este quadro como apenas uma corriqueira cena de amor maternal, destas que surpreendemos a cada instante? Ele é isto e talvez muito mais que isto, desde que pretende, através desta cena, aprisionar o mundo e torná-lo visível aos nossos olhos: a força do amor, 'que faz mover o sol e as outras estrelas'."

"A arte de reduzir as coisas do espaço em elementos mensuráveis, como se fora a arte de cifrar (e decifrar) o espaço. Todos esses pintores não trabalhavam movidos só pela emoção, que em si é caótica e desajustada. Trabalharam com vistas a desvendar as leis numéricas que regem o universo, traduzindo-as através de sinais visíveis e plenos de significados para os nossos olhos (regidos inconscientemente por estas próprias leis) e para o nosso espírito, que pretende o universo e a eternidade. Nada do que se avista nestas pinturas é gratuito, os artistas estavam comprometidos pelo mesmo esforço, e, de resto, se averiguares com rigor, todos se aparentavam entre si, numa cadeia ininterrupta de mestres e discípulos: como se fossem irmãos siameses, a dor de um é a dor de todos", eu disse, como se pretendesse encerrar o erudito comentário.

Enveredamos à procura da *Santa Maria Madalena*, de Perugino, o mestre de Raphael. Mal acabávamos de chegar em frente do quadro, ela disse: "Parece aquela mulher do hotel, com a sua face branca de um perfeito oval". "Que mulher?", eu indaguei, sinceramente espantado. "Aquela que tu não te cansas de apreciar e que tem os cabelos negros, pesados como cachos de uvas maduras", ela murmurou. "Sim, é ela", eu disse. "Ela jamais será uma penitente", ela disse. E completou: "Tanto que em nenhum traço do seu belo rosto denota arrependimento, e sim antes, crueldade".

Percorremos o restante da imensa pinacoteca quase em silêncio. Eu não queria insistir tanto em falar das "especialidades" de minha profissão.

Afastamo-nos dali em busca dos sorvetes que tanto o senhor Luna e senhora, meus anfitriões, recomendavam, e, depois, antes de entrarmos no hotel, ainda passeamos *lungo l'Arno*.

Os encantos de Jéssica deixavam-me confuso, pois sabia que a partida para Perúgia era iminente. Mas como a senhora Luna adivinhara, com acerto e conhecimento de causa, as nossas férias deveriam durar quinze dias e não oito, como ficara combinado; ainda havia esperanças de permanecer mais alguns dias em Florença.

Jéssica, discretamente, insistiu em que eu não devia partir tão rápido. No caminho de volta, perguntou se no fim do mês poderia visitar-me em Deruta. Sugeri ficarmos em Perúgia, no Hotel Brufanni, ou então visitarmos Orvieto, em cuja catedral pretendo conhecer os famosos afrescos de Luca Signorelli.

Em todas as relações com as mulheres, na nossa natural ansiedade, não nos fica fácil descobrir o momento exato em que, pelo seu espírito de posse, elas pretendem nos tutelar. Não precisou mais do que três dias para a nossa caçadora ajustar célere as suas flechas e apontá-las direto para o meu coração. Chegou mesmo a atirá-las, uma ou duas, não contando que os enfermos são imunes aos venenos mais sutis de Cupido. Sim, dos Cupidos, que aqui na Itália estão por toda a parte e perseveram insaciáveis no seu nem sempre doce ofício. Se Jéssica (ou Diana caçadora) não fosse tão jovem, não teria insistido e talvez nem ao menos se aproximado, como não se aproximou a "Deusa de cabelos de uvas negras...". Na sua idealizada juventude, ainda não aprendera de fato as ásperas lições do desgosto, mas não seria ainda eu quem iria ensiná-las.

23 de agosto

Ei, Hamlet, príncipe da Dinamarca! como vai indo?

(De uma história em quadrinhos)

Ela queria ter certeza do prolongamento da minha "passagem em Florença". Quando eu lhe disse que tinha um contrato com o senhor Luna para um período de estudos de cerâmica em Deruta, ela pagou-me a audácia da recusa com um obstinado silêncio. Estávamos num táxi circulando pela cidade, e me sentia obrigado a melhorar o seu humor. Então, voltei a falar nos agitados afrescos de Luca Signorelli, pintados na Catedral de Orvieto. O seu rosto endureceu, mas eu não levei em conta e continuei o meu discurso: "Esses afrescos têm no seu desenrolar dois temas essenciais que muito me interessam e, neles, segundo me instruíram, nada é disfarçado. Parece incrível que ele tenha sido um dos discípulos diletos de Piero e, no entanto, só tivesse olhos na direção do 'moderno' da escola de Pollaiuolo, enfatizando o dramático e a presença quase abusiva dos nus". Ela se mantinha no seu canto e não pareceu dar sinal de sua existência. Naquele momento, olhando-a de perfil, recortava-se abstraída e mais gótica do que nunca. Sabia que me escutava e prossegui: "Falaram-me em Dante e nos condenados ao inferno, e é nesse assunto que o pintor desenvolve obsessivamente as suas imagens atrozes do *Fim do mundo* ('Juízo Final') retomadas igualmente na história do *Anticristo.* Num desses afrescos, como pretende uma lenda, o pintor retratou-se como um dos sucessivos demônios que atormentam os condenados".

"Espere, não prossiga", ela disse. "Deixe-me mandar o carro tomar uma outra direção. Descer agora, seria o anúncio final." Sem querer, ela segurou minha mão, quando, ao mesmo tempo, deu ordens ao motorista. Depois, soltando-a, disse:

– Já te disseram que tu és louco?

– Não posso deixar de perguntar: De qual espécie de loucura tu me acusas?

– Eu diria de uma imoderada extravagância.

– Não seria isto bastante vago, como loucura?

– Tú te fazes de louco, como o Hamlet.

– Na terceira parte, segunda cena quando o rei...

– Sim, do tribunal do camaleão.

– Não, não é possível que chegue a tanto, embora aqui na Itália, num certo momento de grande espiritualidade, ser louco ("a bela loucura da inspiração é divina") era algo, por assim dizer, cultivado. Falava-se nos *matti* como gente de natureza divina, aquilo que na tua terra de origem costumam apenas chamar de *madness.*

– Não sejas evasivo, tu sabes a que me refiro.

– Eu morro de contradições.

– Às vezes sou tentada a pensar que tu também és cabotino.

– A vida me tem sido contraditória.

– O que te salva e talvez redima é esta angústia infinita que te corrói as entranhas.

De novo me segura a mão, como quem não mais deseja prosseguir e, em seguida, pede-me para voltar à história de Signorelli. Pela primeira vez, nesta noite, simula um sorriso.

– No melhor pedaço, eu suponho.

Faz um gesto de afetuosa impaciência, como se a questão fosse de nenhuma importância e já resolvida há tempo:

– Não sejas tolo, basta a loucura.

Impressiona-me a sua recuperação aos polos de sua habitual frieza, de uma estrangeira ainda maldosada de sangue latino. Estou convencido que devo de fato comentar o *Juízo Final*, embora seja uma pintura que nem ao menos conheço, a não ser em partes ou reproduções. Mas, diga-se de passagem, a minha intenção maior não é a de me meter nas descrições nem no mérito da complicada urdidura desse universo de *perdição*. Como eu dizia, limitava-me quase a um aspecto anedótico do conjunto, isto é, na suposição de que o artista teria se representado como um demônio. Recomeço, então, com a voz desanimada e irônica: "Um demônio zombeteiro, com enormes asas de morcego, carrega a sua mulher, nua e cheia de pavor, escanchada nas próprias costas, em direção ao inferno".

3 de setembro

Que cachorro curioso... Ele tem que investigar tudo!

(De uma história em quadrinhos)

Senti que Jéssica fazia pouco de mim quando falei num "demônio zombeteiro com enormes asas de morcego". Olhou-me fixamente e disse estar habituada, desde criança, a ouvir todas essas histórias. "Meu pai foi crítico de arte e um apaixonado pela pintura de Piero della Francesca. Chegou a escrever uma monografia sobre Melozzo da Forlì, artista muito mais próximo de Piero do que o desassossegado Signorelli sempre envolto com poderosas figuras nuas, entrelaçadas e poderosamente modeladas, o que devia, em parte, inspirar Michelangelo. É estranho como um gênio da qualidade de Signorelli tenha morrido quase esquecido na cidade de Cortona", observou.

Suportei a réplica, mas ficava evidenciada uma maior cautela nas minhas afirmações: "Falava de uma lenda, onde todos nós, obrigatoriamente, devemos levar conosco – no dia do Juízo – aqueles que em vida conquistamos. Debalde tentar escapar, mesmo em se tratando de um cortejo de gente ou mesmo de legiões. Suponho que, no caso, os ditadores se veriam em maus lençóis".

Desta vez, ela sorri declaradamente. E, logo contendo-se, mas preservando o seu sorriso de anjo gótico, comenta: "Isto me cheira a um Saint-Exupèry promovido a um auto de fé medieval, e nem ao menos mantém o espírito da ação heroica do Pequeno Príncipe".

Agarro a objeção com perversidade: "Trata-se de uma nefasta coincidência, mas neste acontecimento os valores são outros e não há como decifrá-los, senão com a fé".

Ela nada responde, mas percebe o terreno movediço. Aproveito o silêncio e digo: "Insisto numa permanente Idade Média e que todo o restante é ilusório. Vivemos uma noite sem fim. Charles Péguy pensava assim e não era nenhum tolo. Quanto a mim, jamais me deixei seduzir pelos rótulos".

Senti neste seu repentino cansaço o anúncio de uma certeza, como se ela adivinhasse a interrupção definitiva que se aproximava a passos largos e, assim, devesse igualmente tomar as suas precauções, porque muitas perguntas permaneceriam sem respostas para sempre.

No outro dia, eu lhe disse: "*I am sorry for the schoolmaster*".

Deverei seguir amanhã à procura de Tomaso Masaccio na Igreja de Santa Maria del Carmine e na Igreja de Santa Maria Novella, onde encontrarei os mais belos afrescos realizados durante a sua curta vida. Terei de iniciar pela Capela Brancacci, no interior da própria Igreja del Carmine, pois as figuras de *Adão e Eva expulsos do paraíso* me interessam em primeiro lugar.

Lá estavam eles, enfrentando a cólera divina nos uniformes volumes de seus belos corpos ardentes de luz, tragicamente despojados de sua inocência edênica, expostos ao mundo áspero da poeira e do sol abrasador, pela primeira vez confusos e suplicantes, vigiados por um anjo implacável trajando um resplendente manto vermelho-solferino que os acompanha de perto e decididamente não os largará: "Não devem voltar nunca mais".

E agora, para quem jamais se apercebeu do mal que os atormenta, o que resta fazer? Eles reclamam, urram, sofrem e se desmantelam num impossível sonho mesclado de recordações e angústias cada vez mais amplas, mas a expiação é tardia, e embora humana no seu erro e na sua devastadora e inafiançável soberba, não há como pretender que a falha era original: "A pena deve ser cumprida". Quem sofre paga por um tributo antigo, e esta será, daí em diante, a marca indelével de seus pecados quando os seus filhos, procriados no esquecimento, todos igualmente hirsutos e desalentados, clamarão nos frios ou escaldantes desertos, com desespero até o fim.

A porta de saída do paraíso ficou definitivamente para trás, o infortúnio e a aflição multiplicaram-na, mas ela permanece única e tão *estreita* quanto aquela da entrada, à qual tantos ainda aspiram trespassar e que, no entanto, só os eleitos...

Antes de sair da igreja ainda pensei em rezar, ajoelhando-me como o ressuscitado filho do rei Teófilo diante de São Pedro, penitentemente, reconhecidamente, desesperadamente, mas não o fiz, e retirei-me dali em apressados passos.

No táxi que me levava ao hotel, simulei enfado, mas na realidade estava alerta. Poucas vezes um artista chegou mais longe, eu pensei. Leonardo tinha razão, quando o associou "à hierática dramaturgia de Giotto, os dois juntos formam um inviolável paradigma. Só estas obras da Capela Brancacci (notadamente *O tributo* e *O batismo do neófito*, ambos de uma misteriosa gravidade), já justificam toda a assombrosa e declarada admiração que ele mereceu e hoje ainda merece como a representação mesma da probidade artística florentina".

Confesso meu empenho de apressar a conclusão desse destemperado caderno italiano, às vezes de uma notória e abusiva artificialidade. Não o corrijo, todavia, por sabê-lo pendente de emoções mórbidas que pareciam comandar, naquela época, todos os meus atos e palavras.

Uma obscura razão – quase sempre rudimentar – me obriga, no entanto, a conservá-lo sob pena de ficar adjetivamente mudo. E o que seria de mim sem os adjetivos? Será que não me apercebo, nesta constante parvoíce, do inevitável silêncio dos grandes artistas, durante séculos incontáveis de uma perfeita mudez? Que enorme diferença me separa nesta intempestiva falácia de um pintor como Balthus, nas suas silenciosas e mágicas operações realizadas apenas com um pincel na mão: "*Un grand souci de discrétion l'anime et il déteste les confidences...*" E por que diabo Eugène Delacroix achou de falar tanto, e o seu colega Fromentin, igualmente – sobretudo o primeiro, que era visceralmente pintor? Terá sido a solidão? Quanto a Fromentin – nem tanto um verdadeiro pintor –, este está absolvido de todas as culpas por ter escrito uma obra-prima da literatura universal, o inigualável *Dominique.*

Deruta

9 de setembro

Voltar a Deruta não foi fácil. Abruptamente cessava a música dos olhos pantanosos de Jéssica, corrijo, de Ofélia... "*Have you forgotten me*?", ela pergunta, numa carta. Faço menção destes pequenos detalhes, mas eu não voltaria a encontrá-la nunca mais, pois como previra, "um homem morrendo" não pode fazer planos. Será que Jéssica tinha razão de todo quando me aprontou o seu definitivo e justo epíteto chamando-me de camaleônico? Confirmado já estava no momento em que ela falou. E, passados alguns dias, mais do que nunca, atrozmente ratificado. Ah! minha pobre Ofélia, se tu pudesses adivinhar as dificuldades das coisas "mutáveis". São poucos os que têm a coragem de enfrentar tais dissabores! Faz-se infinitamente mais fácil ser um homem honesto.

Aceitei a "loucura". A mágoa ficou por conta do "cabotino" e sinto que as duas coisas juntas permanecerão como uma marca indelével em alguma parte do meu espírito. Talvez a impostura não fosse só minha, mas a sua excessiva severidade (ela tinha apenas 19 implacáveis anos) crispou-se por conta de uma misteriosa alma escocesa (era escocesa a rainha da Escócia?). A imagem de Jéssica era gótica e fria, mas o seu coração ardente poderia levá-la ao crime, à loucura ou ao convento. Naquela última noite, no momento em que me sentei na cama para tirar os sapatos, ela, impressentida, com notável habilidade, já desnuda, sobe na cama e... meu Deus! ...cavalga o meu pescoço e bate-me nas costas com uma das mãos livres, uma vez que o outro braço cruzava o meu peito à procura de apoio. "Leva-me também a mim para o inferno!", ela disse.

10 de setembro

Ao fundo vê-se uma torre de solidão.

Tomás Seixas

Jéssica começava a me preocupar. Não só a sua atitude, como as insólitas palavras de sua carta, não prometiam o perdão. E isto sem nenhuma metáfora, neste seu gesto infinito de uma "degredada filha de Eva", onde estava incluída a "fatal cumplicidade", sem a qual não haveria o inferno nem o pecado. Será que não compreendemos que o "destino" (pecado) foi dos dois, e que esta circunstância só os teólogos podem esclarecer? Na língua inglesa, "pecado" quer dizer *sin*, ou *vice*, ou *fate* e no fundo, tudo dá no mesmo, desde que em português *sina* é destino (malsinado destino!).

Então a vida é vício, não é assim, minha querida e travessa Jéssica? Ou então, "uma história contada por um idiota..." Ficava acertado, portanto, que o "desterro era dos dois", quando subitamente ela montou no meu cangote, com suas umidades e cheiros... Não sei onde estava eu com a cabeça naquele momento, e foi sem nenhum motivo especial (se houvesse calado, o silêncio falaria por mim) que pronunciei com todas as letras a sentença fatal: "Cortaram-me as asas muito rentes, aguarde que elas cresçam e então..." Não havia acabado de falar e ela já se projetava para trás numa crise que deveria durar a noite inteira e que não cederia aos rogos e promessas mais pungentes. Ela era uma mulher aplicada e demasiadamente sensível para ignorar aquela cruel e definitiva recusa.

Ouvia-a recitar durante toda a noite, na escuridão do quarto, como uma ladainha repetitiva ensaiada em tempos variados e, às vezes, num interior de um longo espaço de silêncio, quando nada mais esperava e o pesado sono dobrava os meus olhos, de novo, abruptamente, o mesmo estribilho:

Will he tell us what this show meant?
You are naughty, you are naughty

Sim, confesso que a mim coube o papel de representar um outro drama, a fala de uma outra personagem e os seus mais diferentes esgares, e, por esta vez, ao menos dispensa-me, senhora!... Naquela noite, não fui eu quem entrou em cena, e, portanto, nada se poderia levar em conta, nem sequer a sua gravíssima acusação.

Permaneceria cego e condenado à solidão de cada dia, e cada dia mais só, a nada atendendo, sempre surdo aos apelos de outras escravas e mesmo àqueles da minha doce rainha, que me ofereceu o coração numa bandeja de prata. Não posso esquecer a noite em que me disse debaixo do bramido de uma tempestade:

Ah! tudo nos disse que a morte nasceu com a vida,
Que o escuro acende quando a luz é finda. Tantos avisos!

A contorcida face do desterro, em definitivo, fechou-se sobre mim e deverei continuar até o término desta inelutável viagem quando, como nas desgraças do Fausto, até Deus de mim se afastará...

Por mais paradoxal que pareça, o meu epílogo italiano teve seu início e fim no esperançoso coração de Jéssica, nos seus cabelos lisos, desbotados, nos seus olhos pantanosos, nos lábios finos encobrindo dentes muito longos e selvagens, na sua forma voraz de amar, ela, a mais plácida das criaturas. "Uma face gótica dos primórdios", eu lhe confessara, aflito e descomprometido. Ela queria mostrar-me toda Florença, depois toda a Itália, incluindo a Sicília e ainda as Ilhas Gregas, o Egito, a Pérsia e a Índia, em seguida subiríamos pela gelada Escandinávia até os fiordes da Noruega e, chegando à Finlândia, adentraríamos até a Carélia, já na União Soviética, apenas para vermos o belo espetáculo da cidade das águas na região dos lagos Ládoga e Onega. Enfim, de passagem pela Islândia, entraríamos pela Inglaterra, pelos rudes portos do norte, como os invasores dos primeiros tempos, quando as coisas e os homens ainda não tinham nome nem direção. Riu muito quando eu disse que, embora os meus ancestrais tivessem vindo da cidade de Manchester, possivelmente o meu nome era de origem irlandesa. "A indomável Irlanda é uma invenção do Reino britânico", disse ela.

Recordo que um dia, quando ainda não terminara a leitura de Pater, senti os seus olhos perscrutadores sobre mim, embora, segundo pareceu, preferisse nada comentar depois que silenciei.

Pegando o papel de carta da escrivaninha, tirou-me, com rapidez, o livro das mãos e logo sentando perguntou: "Desejas que traduza para o espanhol, o francês ou o italiano?".

"Para o francês", disse, "terra que Pater amou como sua segunda pátria. Pelo menos é o que está dito no prefácio".

Sem se voltar uma só vez, fez a tradução e deve ter sido neste momento que acrescentou estas pequenas garatujas à margem do papel. Não deixou que eu me apoderasse do texto, logo dobrando-o e colocando-o no interior do livro, na página que fora traduzida. Em seguida, saímos em busca do Palácio Medicis, pois este era o nosso roteiro naquela tarde e o seu prematuro encontro não teve outro propósito senão aquele de me arrancar mais cedo do hotel. Uma vez, no decorrer de uma conversa, ela dissera: "Abomino a sesta dos latinos, parece-me que rouba a vida nas suas melhores horas".

Saí de Florença e estou em Deruta há mais de dez dias. Se o trabalho em parte não ajuda a esquecê-la de todo, pelo menos garante o embrutecimento que me leva às portas da idiotia. Mas, às noites, como fugir destes fantasmas? E eram mesmo fantasmas que se aproximavam mais e mais, cavalgando os gemidos dos ventos de outono que raspavam as muralhas tão próximas à minha cama. Seria a febre, novamente parecendo crescer, que mesmo à noite já não relaxava em sua bondosa trégua? "*Adesso comincia la tortura...*". Meu Deus, ali, às margens desse papel que seguro trêmulo, está escrito: "O que entendes pelo Vazio?". Num canto oposto, uma outra indagação curiosa: "Por que Vasari qualificou Leonardo de *celeste?*". Uma terceira pergunta, certamente irônica, indaga: "Tu achas, sinceramente, que nós precisamos de quem nos salve?". Nenhum desses pequenos rabiscos ligava-se entre si, embora todos tivessem uma só origem: o desespero. Será que em relação às mulheres seja esse o meu papel, aquele de lhes despertar uma aflita consciência moral, para a qual não estão nem sequer preparadas e que, mesmo que o estivessem, em regra, jamais coincidiria com os seus verdadeiros desígnios? O quarto e último rabisco diz: "Como tomamos por esse caminho? Será que o anel de fogo era completo e inevitável?". No final da página, quando termina o texto traduzido, como se fosse uma imprudente assinatura ela ainda pergunta, num inglês involuntariamente formal e arcaico: "*What's all this in aid of?*".

Outono

Os arredores da cidade estão mais lindos do que nunca, o tempo muda, e embora não faça ainda frio os ares são outros, acentuando as características quase medievais desta velha cidade que, no seu interior de ruas estreitas e tortuosas, começa a apresentar um aspecto fantasmagórico e inquietante. Esta é a estação europeia, com a qual meu espírito, de natural atormentado e melancólico, mais se identifica. Novamente as lembranças outonais do *Dominique*, acentuadas pela hipocondria que me domina com mão impiedosa.

Resvalo lentamente para o refúgio do meu quarto, da casa inacabada, sob o pretexto de que o frio começa a me incomodar. Já não tenho como disfarçar os meus males. O fervor do trabalho também se amortece e, às noites, tenho me ocupado em recolher os meus papéis que ainda se amontoavam na escrivaninha: é a história do meu coração.

O pior de todo esse desenlace é o sentimento de vergonha, como se a enfermidade e a morte fossem algo voluntário, um projeto longínquo de fuga ou uma necessidade. Mas, meu Deus, de que estaria eu fugindo? Como diz Fromentin, "existe o outono da aceitação", e é neste que meu espírito pede asilo.

À noite, na hora do jantar, diante do meu crescente silêncio e abatimento, o Sr. Luna indaga se me sinto bem. Chegou o momento de partir, eu pensei, ao sair da sala em direção ao quarto. Pela manhã, o dia ainda escuro para o lado dos olivais, junto os pertences, embalo os ladrilhos pintados no meio da roupa, faço um pacote das cartas e dos papéis e logo tudo parece em ordem. A minha decisão aliviou todas essas pessoas tão generosas as quais, como dizem, esperam o meu retorno. Mas será ele possível?

Perúgia – Roma

No percurso, o ônibus atropelou uma pobre besta que foi jogada à distância. Discussão interminável entre o camponês e o *chauffeur*. Do meu lugar, eu olhava o animal agonizante, e vi nos seus olhos turvos que ele se esforçava inutilmente por compreender...

Sozinho num quarto de hotel o desespero tem passos de gigante. Não posso continuar assim. Parto amanhã para a Suíça. Trem noturno. Um pouco mais calmo depois de conseguir a passagem e uma cabine privada. Chego a andar à procura de livrarias, onde encontro alguns livros de Bernard Berenson e consigo finalmente uma reprodução em cores de Pisanello, *A Virgem da Codorniz*. À noite, escrevo a Deborah, pela primeira vez não escondendo a verdade do meu real estado de saúde. Peço-lhe, contudo, que nada revele aos meus familiares.

Nos meus sonhos, Diana toma forma de uma pera, depois de um cacto e, finalmente, se esvai no ar.

Roma – Lausanne

Bem instalado na cabine e egoisticamente seguro, como todo enfermo pretende, olho o meu pequeno reino provisório. Passo a mão sobre o veludo corrugado das poltronas do trem, cuja cor negro-dourado deve revelar algum simbolismo, mas será mesmo esta a sua cor real? Tudo pode acontecer numa viagem internacional nestes comboios que varam a Europa de ponta a ponta, essas bestas do Apocalipse, como pretendia Dostoiévski. O príncipe Liev Nikoláievitch Michkin, voltando da Suíça, em fins de novembro, contentara-se com uma passagem de terceira classe no trem Varsóvia-Petersburgo e no entanto eu exigira uma de primeira, e, ainda mais, de cabine privada: viajaria portanto só. Que soberbo demônio me provocava ainda essas digressões em tal situação? Apesar da viagem noturna, providenciara um mapa aberto, onde o traçado da ferrovia mostrava claramente que passaríamos em Florença... E se por acaso Diana, que de nada suspeita de minha atoleimada fuga, num desses acasos – ela que tanto viaja por diferentes países – tomasse o mesmo trem? E se eu resolvesse descer em Florença, e jogar-me definitivamente nos seus braços? Não, não era razoável, e nem eu teria forças para um gesto tão insensato. Na sua única carta, ela disse: "Tu me martirizas e tu me dilaceras"... Que mais poderia dela pretender? Deixemo-la em paz: *Poor Ophelia / Divided from herself and her fair judgment / Without the which we are pictures, or mere beasts*. Quando passarmos em Florença, já será madrugada, e ela com certeza dorme... e sonha. Velarei por ela. Passaremos igualmente em Bolonha (terra de Morandi), em Modena, em Parma e possivelmente em Milão. Não tenho nenhuma certeza, se no outro dia veremos a fabulosa região dos Lagos, antes de desaparecermos nos prodigiosos subterrâneos dos contrafortes alpinos.

Lausanne – Suíça

Pela terceira vez, nesta primeira semana suíça, frequento um consultório médico. Espera interminável. Penso no lema daliniano: *de l'argent et de la santé.* No momento, não possuo nem uma coisa nem outra e nem ao menos os seus incomparáveis bigodes. Dalí atribuía a García Lorca – quando o poeta estava seriamente impressionado com o bigode de Hitler – a seguinte frase: "*les moustaches sont la constante tragique du visage de l'homme*".

Acredito que essas divagações, numa sala de espera (uma espera infinita, como aquela do agrimensor do romance de Kafka, *O Castelo*), nos propicia a possibilidade de não olharmos de frente os outros doentes com os seus olhos vagos e temerosos, cegos para a beleza... Meu Deus, será que neste momento aquela senhora de azul, com os cabelos pintados de laranja, com a face recoberta de alvaiade e rosas murchas, será que ao olhar para mim, como eu a vejo agora, a sua visão coincide com a minha? Cada um tem o enfeite que merece e se enfeita como pode. Dizem que os norte-americanos se preocupam até em maquilar os cadáveres, a fim de mantê-los mais dignos. É bem verdade que esses pobres adornos funerários, comparados com aquilo que preocupava os egípcios, são muito pouco imaginativos e não chegam sequer para uma unha de um faraó. O artista obrigatoriamente se inspira na vida? Isso não sei, porque me parece pouco digno: uma espécie de *"dégoûtant voyeurisme"*. Aqueles três despachantes que embarcaram gloriosamente Aschenbach para o inferno foram bem observados por Mann, com uma mirada de quem entendia, não só de perto como a fundo, dessas potências e potestades infernais. Veja-se que o escritor é judeu e alemão, nele residindo, simultaneamente, as sutilezas cabalísticas e o acentuado misticismo germânico.

Levantei-me e fui até a janela (a única janela que dava para a rua), e nestes meus passos medidos a certeza de carregar nas costas o olhar vítreo da cacatua azul e laranja, aliás, não só os dela, mas de todas as pessoas presentes, que acompanharam o meu trajeto, como se eu houvesse infringido uma lei particularmente severa, realizando uma façanha sob todos os pontos de vista imprópria e até obscena. Com a cabeça colada à vidraça, que me pareceu demasiado fria, olhei os passantes lá embaixo. E como não sei se daquela posição (visto de cima para baixo), alguém pode ser julgado, evito emitir opiniões, mas o fato é que todos me pareceram (como os condenados daqui de dentro) igualmente espectrais. Um mundo de espectros, como pretendeu Ibsen, e que Strindberg parece ter admitido.

Qual era a fisionomia de Caronte? "Ele está de pé no seu convés elevado, ereto contra o céu pálido e cinzento. O homem tinha um rosto desagradável, mesmo brutal, e usava roupas azuis como os marinheiros, com um cinto amarelo..."

Caronte: Eu sou um bom remador, *signore*. Eu remo bem.

Condenado: Nada mais que a pura verdade, mesmo que me envies para o reino de Hades, tu remas bem.

Chamaram o meu nome. Voltei-me preparado para atravessar aquele corredor de olhos mortos e de pernas cinzentas e, com passos não tão firmes como desejava, caminhei em direção ao cadafalso. Na passagem não pude deixar de ver uma mão anelada, com longos dedos ossudos e amarelos. "Sempre o amarelo", pensei.

Andando como um cego a chutar folhas no chão. Sozinho em um parque deserto que nesta tarde ainda outonal parece ter sido definitivamente esquecido pelos habitantes da cidade. "Completo abandono", penso, enquanto caminho sobre aquele inesperado tapete de folhas mortas, do qual, vez ou outra, tangido pelo vento forte, são arrancadas centenas de folhas, e lançadas em redemoinhos nas mais diferentes direções, sem contudo alterar-lhe a espessura. As folhas do fundo são sempre mais escuras, mais úmidas, já tendo perdido a cor e lentamente se transformado em uma pasta de matéria orgânica que ameaça sujar os sapatos de quem por ali transita. Indiferente, continuo a caminhada.

Novembro

Trop heureux de souffrir, tu frappes du même fer.

Matheos de Lima

Afinal, uma tardia e inquietante descoberta, depois de tanto esforço na cidade de Nápoles, na tentativa de localizar a pintura de Caravaggio – que no meu delírio teimava em chamar de *Santa Lúcia degolada*. Hoje, vasculhando papéis num dos bolsos internos da minha mala, encontro a revista *Les arts plastiques, nº 1-2* (*Éditions de la Connaissance*, 1948, Bruxelles), adquirida em Paris em 1949. Essa pequena publicação jamais deixou de estar nas proximidades em face do invencível interesse que demonstrei por esse quadro no momento em que o vi pela primeira vez. Atenção essa, na verdade, um tanto restrita à figura isolada da Santa, e menos acentuada às confusas personagens que a rodeavam. As duas reproduções em preto e branco, notadamente uma delas, o detalhe do rosto e parte do tronco da Santa Lúcia, deixaram-me cativado pela intensa beleza e notável realização deste prodigioso pedaço de pintura, somente digno da mão de um grande mestre. A revista, colocada no fundo de um desses bolsões internos da mala, estava ali para servir-me como um roteiro inicial na descoberta dessa tela de Caravaggio, a qual, na realidade, se encontrava em Siracusa, na Igreja de Santa Lúcia, e não em Nápoles, como eu supunha.

Durante e depois da enfermidade, esquecera por completo da existência, ali ao lado, ao alcance de minhas mãos, desse verdadeiro tesouro.

O título real da pintura é *O sepultamento de Santa Lúcia*. Suponho que as minhas repetidas referências ao degolamento deviam-se ao profundo corte, bem visível e destacado no pescoço da santa mártir, detalhe, aliás, de grande valia para toda mórbida expressão do quadro. No seu atroz realismo chega a nos dar a impressão de uma cabeça que, por pouco, não se destacou do tronco. O crítico Giulio Carlo Argan, em ligeiras linhas, nos introduz a esse mundo de sombras e de luzes magníficas:

"*O sepultamento de Santa Lúcia*, na Igreja de Santa Lúcia, em Siracusa, pertence ao último período da atividade pictórica de Caravaggio. Seguramente é o quadro no qual o tema da morte – que se encontra em toda a obra do Mestre – adquire uma intensidade expressiva e diretamente subjetiva, sobretudo levando em conta o contraste entre o movimento amedrontado e mecânico dos coveiros e o grupo de pessoas lamuriosas que rodeiam o despojo mortal."

Este encontro moroso com a verdade deverá ainda permanecer, mesmo que tenha visto desse artista uma de suas mais dramáticas composições, a *Queda de São Paulo*, na Igreja de Santa Maria del Popolo, e, igualmente, em Roma, na Galeria Borghese, o seu pressuroso *David com a cabeça de Golia*s. Também em Florença, quando deparei com aquele magnífico pedaço de carne debochada, onde a expressão do rosto não fazia senão acentuar a consciente malignidade dessa personagem, misturada a frutos e flores carnudos, cheios de uma estranha e pesada carga sexual. Refiro-me ao *Baco*, exposto na Galeria dos Ofícios.

Em Nápoles, eu ainda ignorava por completo detalhes íntimos da vida desse pintor verdadeiramente genial, cuja existência foi entremeada de incidentes pouco recomendáveis para um artista que pintava santos e apóstolos. Seu quadro que se encontra no Museu do Louvre, *A morte da Virgem Maria* – mesmo para os mais distraídos – é uma desafiante blasfêmia: Nossa Senhora está morta, disforme e inchada como qualquer mortal. Eu desconhecia também que ele morou na Sicília, em Malta e em Nápoles. *A decapitação de São João Batista*, *A flagelação do Cristo* e *O sepultamento de Santa Lúcia* datavam dessa época.

Dezembro
Devo seguir amanhã para Paris, onde passarei alguns poucos dias à espera de minha volta ao Recife, novamente no mesmo barco da Mala Real Inglesa, o *Alcântara*, saindo do porto de Cherbourg.

1953

Engenho São Francisco

> *Todo o corpo humano é, sobretudo, um edifício mais ou menos modelado por seus habitantes.*
>
> Henri Focillon

20 de fevereiro

O que se aprende perde-se nos confins do próprio ser, não desaparece. Perde-se como um objeto que, estando tão perto de nossas mãos, ainda assim, resiste à procura mais desesperada. E o que nos resta fazer senão prosseguir? Talvez este reencontro não se dê nunca mais: aquilo que supúnhamos ser uma conquista não passava de um desperdício. Será possível, então, uma completa lucidez? Olhar de frente todos os caminhos, sem ser ferido por uma luz demasiado forte, ou mesmo quando ofuscado, continuar tateando como um cego, mantendo os olhos muito abertos? Que sou eu? Mesmo o que sei, certamente não é toda a verdade. E o que os outros pretendem ter descoberto de mim, não chega também a ser toda a mentira.

1º de maio

Devendo ficar o dia inteiro acompanhando as reformas, começo a desenhar e a ensaiar tentativas de paisagens nos arredores da velha casa. O sítio permanece selvagem, escuro e misterioso, com aquelas mesmas evocações guardadas na minha memória infantil, quando todas as vezes que realizávamos "visitas", logo me ocorria a sensível diferença entre as duas paisagens: a do Engenho São João, onde nascemos, tão ordenada e por assim dizer simétrica nas suas repartições de canaviais e de zonas dedicadas à indústria do açúcar, e a do Engenho São Francisco, situada no coração de todas as propriedades que fazem o conjunto de terras de minha família.

Esse núcleo primitivo, remanescente dos meados do século XIX, resiste às diretrizes organizadoras (embora igualmente plantado de cana até o topo das colinas arredondadas), mantendo ainda um certo aspecto selvagem – por isso sempre propenso ao descuido, o que dava ensejo à invasão da grande mata (Mata do Segredo), praticamente envolvendo a velha casa. No entanto, essa diferença, quase atordoante para o espírito de uma criança, fazia renascer em mim um novo mundo de beleza, mesclado de elementos ocultos e propícios ao sonho e ao devaneio.

A casa do Engenho São João possuía um jardim de canteiros geométricos, onde se plantavam roseiras de diferentes espécies e, entre esses canteiros, alguns pinheiros de forma conífera, de um verde muito denso, cresciam balizando o conjunto com pontuações tipicamente europeias. Em São Francisco, jardim e pomar se misturavam em uma encantadora desordem, mesmo no tempo de minha avó (Da. Francisquinha) que costumava cuidar dos dois com igual carinho. Acentuando ainda mais esse clima de uma natureza invasora, a mata se aproximava perigosamente da casa, suplantando, em seu porte, as mais frondosas mangueiras e jaqueiras, asfixiando goiabeiras, jambeiros, pitombeiras e um restante de pomar de laranjas que ainda teimava em resistir a esse progressivo e implacável domínio.

No flanco direito colado na casa, fora construído um muro de quase dois metros de altura, rebocado de uma grosseira argamassa, hoje coberta de líquens, diferentes musgos, cogumelos, samambaias e urtigas. Esse muro, não fora a sua desproporcionada largura, quase idêntica às paredes conventuais da casa, já estaria de muito no chão. Pretendia criar uma divisão entre o pomar e o jardim. Embora sendo essa sua primitiva intenção, com o tempo foi esquecida, e no momento é uma espécie de abrigo natural para os mais diferentes bichos e insetos. Tanto na nossa infância como agora, lá podemos desencavar enormes aranhas caranguejeiras (com mais de dez centímetros de diâmetro), lacraus, igualmente avantajados, cobras, tejus, calangos verdes e lagartixas. No centro dessa inusitada construção, existia uma estreita abertura em arco que dava passagem para o pomar e que no tempo de minha avó permanecia fechada por uma porta de madeira já apodrecida. Recordo, ainda, que dela nos acercávamos em bando, ou solitariamente, sempre tentados a abri-la para ver o que havia no outro lado, o que não deixava de ser uma tolice, uma vez que do alto da varanda poder-se-ia verificar que toda aquela região mostrava-se perfeitamente idêntica à do lado de cá, apenas com uma diferença: a de ser o caminho direto que, em declive acentuado, nos levaria à permanente escuridão da mata proibida.

Tenho conversado muito com a minha mulher sobre uma maneira mais correta de pensarmos num futuro jardim, sem que este, no seu ordenamento, venha a destruir os encantos e mistérios construídos e preservados pela própria natureza e, portanto, inigualáveis.

11 de maio

Nas sessões em pleno campo, uma vez escolhido o motivo e, ao sentar diante do cavalete, logo me fere a vista uma quantidade de pequenos arbustos, que nessas regiões úmidas fazem um verdadeiro emaranhado, interceptando a paisagem restante. Impossível, portanto, de se ter uma ideia precisa dos diversos planos, e como essa profusão de detalhes deixa-me tonto e desesperado, logo me levanto e passo a liquidar com os arbustos, arrancando-os, quando posso, pela raiz, quebrando os caules dos mais resistentes, enfim, tentando abrir uma clareira que me facilite uma visão mais ampla e organizada do conjunto.

Não vá eu pegar a mania de querer arrancar árvores, cortar barrancos, destruir casas, desviar o curso dos rios para minha perfeita e completa vitória sobre a paisagem!

21 de maio

A pequena formiga tinha forma de dragão.

(De uma história em quadrinhos)

Defrontando-se com o espelho, levou a mão ao rosto, puxando em seguida a pele ao lado dos olhos até torná-los bem esticados e finos, como os de um pirata oriental. Então, feliz, demorou-se mudo nesta insensata contemplação...

Eu sabia que, daqui a pouco, ela transporia aquela porta e me diria as maiores brutalidades. Agora começará a minha tortura.

8 de junho

A tristeza ofendida de ser obrigado à ação.

7 de julho

Apesar do início das chuvas, e de tantas outras dificuldades encontradas, com um pouco de esforço e boa vontade, trabalhando num regime de urgência, possivelmente podemos nos mudar para o Engenho São Francisco no final deste mês. O serviço geral da reforma está longe de terminar, mas a velha casa, ainda em ruínas ano passado, volta a ser habitável. A mais trivial experiência indica a necessidade de os donos estarem sempre presentes (de corpo e alma) no começo e nos arremates finais de uma construção, pois todas as vezes que, construindo ou reconstruindo algo que no mínimo se ambicione chamar de casa, se não pretendemos apenas habitar um cárcere, convém obedecer a certos ritos iniciáticos sem os quais não haverá nem reconhecimento mútuo nem legitimidade na posse dessa nova moradia.

11 de julho

As estradas, ou melhor, a única estrada carroçável que dá acesso ao Engenho São Francisco, permanece interditada, o que dificulta a passagem de materiais de construção e as minhas próprias idas e vindas. Posso de antemão perceber as dificuldades que nos esperam quando definitivamente instalados aqui. Mas o meu ânimo enlouquecido não arrefece, pouco importando as futuras consequências. E, de resto, nestes campos verdes, rodeados de florestas (selva selvagem), começarei o pagamento de uma velha dívida que sempre desejei resgatar, mesmo que Caronte, disfarçado de barqueiro, leve-me para a outra margem do rio. Mesmo assim, não abandonarei a esperança.

25 de julho

Mudança definitiva para a casa do Engenho São Francisco. Agora, os acontecimentos começam a ter um certo peso, decididamente encadeados e unidos numa só corrente para forçar-me, enfim, a agir.

26 de julho

Ontem à noite, o motor que deveria funcionar, para termos luz elétrica, não deu partida. Alguns mecânicos, vindos da Fábrica a fim de testá-lo, esclareceram que ainda faltam alguns ajustes. Jantamos à luz dos candeeiros e das velas, fato este que, na verdade, muito nos encantou. Nos braços da babá, com os olhos castanhos reluzindo, Maria da Conceição era a imagem perfeita do contentamento translúcido que, apesar de sua pouca idade, acredito, também percebia algo novo que se fundava nesta noite memorável.

28 de julho

Ninguém perguntou se precisávamos de alguma coisa e, no entanto, faltava-nos tudo, incluindo o motor que até hoje teima em não funcionar, o que significa também falta d'água corrente. Com a colaboração do mecânico e do jardineiro tentamos improvisar um chuveiro primitivo, utilizando um velho tonel como recipiente. Embora a geringonça funcionasse a contento, permanecia o problema de como abastecê-la constantemente de água, uma vez que as cacimbas (fontes) estavam situadas nos vales e a casa no alto de uma colina. Solucionamos a questão trazendo no dorso de um burro as pipas de madeira ou grandes latas repletas d'água.

Além do estritamente necessário, como geladeira a gás, outras comodidades ditas imprescindíveis não nos fazem falta, como por exemplo: telefone, rádio, ou uma vez por semana, todas as quartas-feiras, o carro de minha mãe que levará Deborah à cidade em busca de mantimentos e outras necessidades da casa. Quanto a mim, nestes primeiros dias, nas poucas excursões que fiz, tenho utilizado um cavalo de sela. Espero, posteriormente, manter um horário conveniente para as minhas idas regulares à Fábrica, onde tenho que recomeçar meus trabalhos cerâmicos interrompidos quando da minha viagem à longínqua Deruta.

Apesar de tudo, pensamos eu e minha mulher que demos um passo certo. Aqui estamos aparentemente sós, mas, ainda assim, haverá como reagir. Certamente com o passar dos anos, marcaremos presença nesta propriedade familiar, quando então a grande e velha casa do Engenho São Francisco voltará a reviver todo o seu antigo e misterioso esplendor.

12 de agosto

> *Talvez eu não devesse ter dito que caminharíamos sem direção!*
>
> (De uma história em quadrinhos)

À tarde, insistira em sair na chuva até a cocheira onde me esperava o administrador com dois cavalos selados. Pouco contava o aguaceiro, uma vez que já estava bastante molhado. Parti como habitualmente tenho feito todos os dias em diferentes direções da fazenda, à procura dos marcos de pedra que indicam os limites seculares da propriedade. Como o administrador não os conhecia bem, ficara combinado ele ceder o lugar ao velho Severino Modesto para quem estas terras não ofereciam segredos. Muito particularmente, esta questão de limites, para ele, não passava de um assunto corriqueiro ao qual não emprestava maiores atenções a não ser quando solicitado. Além disso, apontava-os muito mais pelos acidentes peculiares do terreno, do que pelos marcos de pedra.

Modesto estava envolto numa longa capa de oleado preto toda esburacada, que, além de protegê-lo da chuva, ainda caía sobre as ancas do cavalo, fazendo dos dois uma só figura grotesca, acentuada naquele momento pelo seu chapéu, cujas abas embebidas d'água caíam-lhe sobre o rosto sulcado de rugas, como um elmo mal fechado. Havia nele uma certa semelhança com figuras caricatas e proteicas do teatro elizabetano. Figuras capazes de assumir qualquer forma de acordo com aquilo que lhes fosse proposto ao acaso. Portanto, ele poderia entrar em cena com a única finalidade de bater numa porta repetidas vezes, debaixo de um pesado aguaceiro e, não obtendo resposta alguma, virar-se para a plateia dizendo com a sua voz roufenha: "Não há lugar para a benevolência". Como também, em seguida, nesta mesma peça, vestindo o traje anterior, aparecer sentado num rochedo, em pleno sol, posando para um pintor que em altos brados proclama ter afinal encontrado a idealizada figura de Esopo. Não se furtaria, igualmente, a passar por um senil e neurastênico Falstaff, pronto a maldizer uma rechonchuda dona de estalagem à beira de uma estrada pouco conhecida...

Se naquele instante o velho Modesto, que passou a me acompanhar, perguntasse para onde iríamos, teria de forçosamente confessar que eu mesmo não fazia a menor ideia e, talvez, nada pretendesse de particular a não ser chegar à pequena estação Lacerda e ver passar o trem das cinco horas em direção ao Norte.

Cavalgamos em fila indiana pelo Alto das Pedrinhas e ganhamos o vale na altura em que o Riacho Tejipió se reúne às levadas que se dirigem aos açudes do Engenho São João. As nuvens escuras e muito baixas, tangidas pelos fortes ventos de agosto, se concentravam sobre as terras movediças do paul, como se pretendessem desaparecer na lama, enquanto uma poderosa coluna d'água criava a momentânea ilusão de levantar-se da terra num último esforço de confundir-se com aquele tumulto vindo do céu. Por um momento, num enorme arquejo, uniram-se num só corpo indistinto.

Não paramos na estação Lacerda, passando sobre os trilhos em direção à grande mata de São João, cujos bordos recortados por uma antiga estrada faziam os limites, naquela região, das diferentes propriedades.

Prosseguindo na direção do norte, chegaríamos ao pomar da casa do meu pai e, um pouco adiante, às margens e barrancos do rio Capibaribe.

Nada aconteceu de notável – embora o passeio tenha durado algumas horas – a não ser a chuva grossa que teimava em despencar. Talvez eu não devesse ter dito ao velho Modesto que caminharíamos sem direção, e sim que iríamos ver o trem passar. Não disse nada.

Voltamos pela estrada carroçável, que embora escorregadia, cheia de lama e sulcos profundos abertos pelos caminhões, ainda dava passagem aos cavalos.

À noite, nada mais agradável do que deixar-se levar pelas quimeras românticas de Fromentin. O passeio em pleno temporal me fizera bem, e agora, sozinho na sala iluminada apenas pela luz de um candeeiro, recordava a descrição do quarto do herói: "*Cette chambre dangereuse, hantée de fantômes... les tentations devaient l'assiéger en foule...*". Melhor do que ninguém, sei que os sofrimentos têm a sua escala apropriada, partindo do zero ao infinito. Mesmo sem alegria, procuro seguir o conselho do poeta: "Aproveita o instante". Estou certo de que todo ato de felicidade não é daqui, do agora. Vem de além dos sítios do longe, sempre ligado a um indecifrável passado.

22 de setembro

Retomo a leitura interrompida de *À la recherche* ao voltar da cidade. Já absorvido pelo trabalho da *Castelania*, deixara a descoberto algumas páginas de *La prisonnière*. Hoje encontrei uma pequena nota assinalando o trecho que se ocupa da morte de Bergotte, quando este procura rever a *Vista de Delft*, de Vermeer. A nota diz o seguinte: "(...) Fazer como Proust, cujas sutilezas excessivas chegavam à demência". Este lembrete não marcava a última página da leitura suspensa, onde eu chegara bem mais longe, ou seja, quase no final de *A prisioneira*. Esta inevitável marcação devia-se à desenvolta e, ao mesmo tempo, precisa descrição de Proust do quadro de Vermeer, à qual eu deveria ainda retornar mil vezes, se necessário fosse: "Tela que ele adorava e acreditava conhecer muito bem, um pequeno pedaço de muro amarelo tão bem pintado que, olhado solitariamente, mais parecia uma delicadíssima obra de arte chinesa, de uma beleza que bastava a si própria".

Eis aqui um notável exemplo daquele mundo europeu, quase demente de finura, que tanto me esforcei – na medida das minhas forças – em conhecer e descrever. Não foi Marcel Proust quem denunciou os seus últimos livros como demasiadamente secos, sendo preciso passar várias camadas de tinta para tornar a sua frase preciosa em si mesma, como a matéria deste pedacinho de muro amarelo pintado pelo genial artista holandês? Essas necessárias e indispensáveis "camadas de tinta" que tornam uma pintura não só visível, como vivente e, da mesma forma, uma frase que, devidamente trabalhada, transforma-se em algo raro, ardente e profundo. Esse é o mundo secreto de Proust, assim como o de Leonardo, de Piero di Cosimo, de Pisanello e de tantos outros. Seríamos injustos se não lembrássemos que também é o universo dos românticos e dos modernos, os quais, compreendendo as grandes lições, ainda se afligem em continuá-las, como um Böcklin, um Ingres, um Courbet, um Van Gogh, um Gauguin, um Seurat, um Rouault, um Bonnard, um Chagall, um Balthus. Pouco importa a escola. Importa, sim, o fascínio pela bela matéria, essa quase bruxaria alquímica e as renovadas e enlouquecidas tentativas de sua apreensão.

Ano passado, depois de sair de Lausanne, em meados de novembro, passei alguns dias em Paris, quando fui levado pelas espirituosas mãos de Marianne Peretti ao ateliê de Balthus. Por coincidência, ele se achava em plena busca deste misterioso e transcendental ofício, embora estivesse nos esperando, pois fora marcado um encontro com antecedência; ainda assim ele trabalhava. Quando nós nos anunciamos, o seu desespero em ser incomodado foi demasiado evidente: estava escrito em sua face, no seu sorriso amarelo de "boas-vindas", nos seus olhos perscrutadores, por instantes, toldados pela nossa quase grosseira intrujice. Antes de transpor aquela porta – para mim, por várias razões de caráter lendário – recordei, não sem um vago mal-estar, uma pintura de Almeida Júnior que, se não me engano, tinha como título *A pose interrompida*.

Uma vez no interior do ateliê, que não era tão espaçoso como eu pensava – talvez até um pouco menor do que aquele de Picabia utilizado por mim no ano de 1951 – pude me certificar de todos os meus temores: ele, de fato, pintava uma enorme tela que se encontrava no cavalete bem no centro da sala. Inúmeros tubos de tintas, e sobretudo latas contendo cores, algumas delas entreabertas, estavam espalhadas no chão, junto às paredes e na base do cavalete. Para agravar ainda mais a situação, uma moça fazia companhia ao pintor e deveria, sem dúvida alguma, ser o modelo do quadro. À nossa entrada, logo sentou-se nas bordas da janela do ateliê e dali não arredou o pé, até sairmos. Antes dessa retirada estratégica pude – se bem que apenas de relance – me aperceber do seu belo rosto oval, de olhos muito claros, dos fartos cabelos castanhos que lhe caíam sobre os ombros e da boca de lábios excessivamente carnudos – eu diria mesmo inquietantemente salientes, como os de uma negra –, detalhe que nela se acentuava, de uma maneira bizarra, por se tratar de uma moça branca e de feições bastante afiladas. Como não podia deixar de ser, era uma adolescente como tantas outras que Balthus já utilizara como modelo. Ela era "um Balthus" até a medula. Perturbadoramente *balthusiana*, como se houvesse saltado daquele quadro momentos antes de chegarmos e, às pressas, se recomposto, colocando as suas roupas. Ao descermos as escadas do ateliê, Marianne e eu, antes de alcançarmos o Boulevard St. Germain, não sei por que pressenti que o pintor, logo ao fechar a porta nas nossas costas, teria pronunciado um sonoro palavrão.

23 de setembro

> *Aussi bien, presque toutes ses femmes endormies ont l'air de victimes. Ce sont des égorgées décentes.*
>
> Albert Camus

Na grande tela de mais de três metros e quase outro tanto de altura – portanto, no seu tamanho natural – a moça permanecia nua, despudoradamente nua. O seu corpo sagrado, banhado por uma luz sofregamente dourada, como aquela que fecundou a *Danae*, de Correggio, igualmente mistificadora, era o de alguém que se acumpliciara com os deuses para possuir e revelar uma beleza impossível. Tudo nesta pintura e naquela moça quieta, sentada na borda da janela, demonstrava esta fatal duplicidade. De resto, uma pergunta se impunha desde os primeiros instantes desta muda contemplação ou contemplações, pois éramos agora quatro os que olhavam o enigma quase metafísico desta cena. Quem é, e o que representa esta hedionda figura que afasta (ou fecha?) com violência e determinação as cortinas daquela alcova onde jaz, inerme, a Bela Adormecida? O próprio Balthus, travestido de um gnomo que tudo pode ousar, desde que estes seres sagrados presidem o que a terra contém? Estamos na presença de um segredo que se fez momentaneamente carne no irromper deste dardo iluminado que pretende a eternidade e necessita trespassar o coração de uma vítima – vítima, quem falou em vítima? Será que temos de recuar ainda quinze anos, quando Balthus pintou *La victime*, quadro este magnificamente comentado por Albert Camus, que igualmente tentou desvendar a intolerável beleza de um corpo enfim apaziguado pelo sono ou pela morte?

Como vemos no final, o escritor descobre a vítima degolada. Foi como se me tirasse a palavra da boca, quando eu ia justamente falar a Balthus na *Santa Lúcia degolada* da Igreja de Siracusa. Iria contar-lhe os meus equívocos na exaustiva procura dessa pintura, e também chamar-lhe a atenção para as afinidades dessas duas figuras, a da Santa Lúcia e a desta outra, aqui na nossa frente, de inspiração nitidamente *caravaggesca*: a mesma luz rasante e cruel na sua indiferença reveladora. A mesma atmosfera de trevas purpurinas que procura se impor, não faltando sequer um Íncubo disfarçado em forma de felino.

Preciso esclarecer que essas conclusões, às vezes excessivamente livres, se agigantaram a partir do momento em que deixei aquele ateliê, e, na realidade, esperei nove longos meses (o tempo de uma gestação) para falar delas. Diante do quadro e na presença do pintor, essas ideias brotavam e desapareciam em instantes, em frações de segundo, e não foram expostas ao vivo por duas razões: a primeira delas porque eu não dominava a língua francesa a ponto de me expressar como faço agora, e a segunda, por não querer parecer tolo e pedante aos olhos de um artista bem mais velho, sutil e experiente e que, ademais "não gostava de que se falasse sobre arte".

Falei-lhe, sim, sobre a excelente carnadura daquele nu, realizado com uma matéria ao mesmo tempo incorpada e iridescente que me lembrava técnicas antagônicas, como os *impastos* de Courbet (outro *caravaggesco* à sua maneira) e a pulverização das cores sobrepostas e fragmentadas como Seurat pretendeu captar a luz. Comparei o seu nu ao admirável *Mulher com papagaio*, de Courbet, que se encontrava no Museu Metropolitano de Nova Iorque. Também, por uma milagrosa lembrança naquele momento, aventurei-me à associar o seu belo quadro, ali defronte, à atmosfera tenebrosa e onírica de Heinrich Füssli nos seus conhecidos *Cauchemar* (Museu de Frankfurt) e *Femme assassinée et les furies* (Museu de Zurich). Cheguei a ensaiar uma certa tirada de humor, apontando uma espécie de felino em forma de escultura bem visível em sua tela (embora na sombra), com o Íncubo sentado sobre a figura de mulher no *Pesadelo*, do mesmo Füssli.

Na realidade, nesta curta mas importantíssima visita ao ateliê de Balthus, dele consegui um pouco de atenção, sobretudo porque logo nos primeiros minutos a sua atitude foi glacial. Tenho certeza de que pelo menos dessa vez a minha proverbial falácia surtiu algum efeito, aliada, é certo, a um seguro (e por que não dizer raro) conhecimento de sua obra, perseguida por mim desde a sua remota exposição em Paris, na *Galerie Pierre*, em 1934, até as mais recentes na *Galerie des Beaux-Arts*, em 1946, e na *Pierre Matisse Gallery*, em Nova Iorque – 1949, com apresentação de Albert Camus. Tudo isto rastreado cuidadosamente a partir da minha primeira viagem a Paris, em 1949, incluindo catálogos e diferentes publicações, sempre escassas a seu respeito.

1954

Engenho São Francisco

23 de dezembro

No seu *Journal*, Kafka transcreve um comentário de Bernard Shaw: "Sou um civil sedentário e pusilânime". Kafka percebe e retém a expressão de Shaw, usada aparentemente no singular, mas extensiva a todos, desde que verdadeira. Um pouco adiante, isto é, logo na outra página do mesmo diário, novamente demonstra aguda sensibilidade ao pretender que um texto de sua juventude, com o título de "Angústia", assemelhava-se a uma passagem de Dostoiévski. Aliás, esses três escritores – apesar das obstinadas diferenças entre eles e do proverbial humor de Shaw – se entenderiam à perfeição, caso tivessem a possibilidade de um *encontro*. Os três se ocupariam, sem mais preâmbulos, diretamente do ser humano. Não dos homens, mas desse destroçado ser humano no qual, de imediato, todos nós nos reconhecemos.

27 de dezembro

O que mais me agrada nos meus cadernos, nos quais tenho (talvez por razões obscuras) me empenhado, é a evidente e contínua acumulação de apontamentos contraditórios. Essas incoerentes narrativas devem confirmar um estado de espírito em sucessivas e quase infinitas mutações, logo – pelo menos em parte – são verdadeiras. Arruínam e sobretudo acusam a minha retidão, mas não destroem de todo o meu humor; antes o comprovam. Afinal, a variedade se torna *una* na sua inqualificável e quase pérfida aventura ficcionista.

31 de dezembro

Aumentou de forma considerável a minha dúvida no dia em que alguém me informou da fragilidade das pinturas de Altamira, que se alteram implacavelmente com a simples presença dos curiosos. Permaneceram firmes durante milênios, e uma vez descobertas, mal suportam a presença do homem com a sua costumeira falácia. Cada vez que alguém articula uma palavra, partículas infinitesimais se desprendem das paredes, desaparecendo para sempre. De habitual, essas rochas adornadas, sejam as de Lascaux ou as de Altamira, escondiam suas caprichosas pinturas muito longe da entrada das cavernas, como se desde os seus primórdios pretendessem o *mistério* dos santuários.

Como se fora um aviso, resolvo reduzir ao silêncio as minhas próprias descobertas. E, no entanto, era o momento crucial em que me intriguei com a forma circular dos pratos, desenhados e pintados de azul, aguardando o conselho de amigos pintores para saber em que parte inadiável de cada um daqueles discos colocaria a minha demasiada assinatura. Pareceu-me, então, um sacrilégio assinalar uma circunferência com um nome. Os orientais jamais cometeriam tal desatino: sabiamente viravam o dorso desses discos para gravarem em sua face oculta certos sinais celestes, e tanto as suas grafias como os seus nomes equivaliam às constelações levitando no universo.

Por que grifado, o que de especial poderia ter acontecido? Na verdade, o que adiantou a velha procura do martírio de São Sebastião? O que a minha amiga poderia entender de tudo isto? Mas será que me agradaria, se porventura – mesmo não sendo muito – ela acabasse compreendendo tudo ou quase tudo? Tenho me ocupado na releitura dessa prodigiosa história de amor que é *Tristão e Isolda*. Talvez não precise dizer mais nada em matéria de confissão: está de corpo e alma embrenhado nos filtros amorosos desse sedento casal, portanto, não necessito de muita esperteza para verificar a quanto anda minha desviada pontaria.

1957

Engenho São Francisco

Dezembro

Qual o destino das anotações de 1955 e 1956 e mesmo as de 1954 que se resumem ao mês de dezembro? Como se justifica recomeçar o diário no ano de 1957 pelo mês de dezembro? Se ainda pudesse comprovar essa ausência como um extravio, estaria perfeitamente desculpado, mas confesso que o motivo principal foi o mais completo descaso relativo a esse diário. Estou agora recomeçando a escrever no fim do ano de 1957 a propósito de alguns episódios bíblicos.

Que história enorme não se faria para contar tudo o que se sabe – e não é pouco – sobre a crueldade feminina: Salomé x João Batista, Judith x Holofernes, Dalila x Sansão, Jael x Sísara.

A inacreditável história de Jael que, saindo de sua tenda, se dispõe a atender o fugitivo general Sísara: "Entrai, Senhor, entrai em minha casa; não tenhais medo...".

Acabo de ler o famoso *Kaputt,* de Curzio Malaparte. Aliás, pouco interessaria o fato de eu ter lido ou não Malaparte, mas acontece que o escritor me pareceu demasiadamente preocupado em ser apreciado, e foi por essa única razão que eu disse: acabei de ler *Kaputt.* Leitura de um consumado prazer, como quem lê avidamente de um só fôlego as mais requintadas crônicas mundanas. E como Malaparte era mundano, e se comprazia de fato em sê-lo, não cometi nenhum sacrilégio em confirmar a natureza de um tal deleite. Ele que sempre fez questão de boa companhia e, não só de amizades, mas também de seres que, apesar da crueldade, do despotismo, da riqueza ou da inveja, não importando nacionalidade, fossem russos, alemães, ingleses, finlandeses, romenos, croatas, franceses e até italianos, possuíssem o indispensável espírito para admirá-lo e respeitá-lo como um pequeno semideus. Entretanto, é preciso reconhecer a qualidade excelente deste livro que atinge quase sempre o propósito do autor, qual seja, aquele do encantamento aos seus possíveis leitores – com suas frias, cínicas e engenhosas descrições sobre a guerra. A guerra descrita por Malaparte não pode causar horror a ninguém. Estamos numa espécie de *front* teatral, quando se visualiza uma guerra de faz de conta. No palco, uma cena de fuzilamento, por mais cruel e verídica que seja, não chega a competir jamais com a dor e o medo de alguém que assiste a um fuzilamento real, ou pior ainda, com aquele que sente a primeira descarga na sua própria carne. Apesar do estilo vigoroso, essa maneira impassível de Malaparte acaba por corromper todo o seu propósito inicial, se é que o propósito do autor era o que todos pensavam: mostrar os horrores da guerra. O pintor Goya conseguiu demonstrar esses mesmos horrores em suas gravuras riscadas à ponta de baioneta e pólvora, gravadas de sangue, insensatez e martírio. E suponho que falava sério. Convém notar que o escritor italiano, mestre da retórica, chega à perfeição quando fala de Isabella Colonna, pois só assim ele atinge – mesmo com o seu estilo e com o seu humor mais do que amargos – as proporções de uma verdadeira obra de arte.

Do todo se extrai uma quantidade de trechos inesquecíveis repletos de grande beleza poética: "A voz do vento tornara-se paulatinamente mais forte, mais aguda, semelhante a um longo relincho lamentoso. Era o vento do Norte, e ao ouvir-lhe a voz tive um calafrio. A lembrança do terrível inverno passado na frente da Carélia entre os subúrbios de Leningrado e às margens do lago Ládoga, suscitava diante dos meus olhos as alvas mudas imagens das imensas florestas carelianas, e eu estremecia como se o vento que fazia tinir os cristais das grandes vidraças, fosse o vento cruel, gélido da Carélia".

"É o vento do Norte – disse o príncipe Eugênio."

"Sim, é o vento da Carélia – repeti eu – reconheço-lhe a voz."

"E comecei a falar da floresta de Ráikkola e dos cavalos de Ládoga."

D'Annunzio, lembrando uma dama austríaca, disse que esta "era tão loura como uma *donna* de Palma il Vecchio e, portanto, ninguém poderia ser mais loura". Conheço um retrato de mulher desse mesmo pintor, no *Museo Poldi Pezzoli*, que corresponde integralmente a essa extraordinária sutileza de aproximação, lembrada pelo poeta. Concordo também que ninguém pode ser mais loura do que uma mulher pintada por Palma il Vecchio, pois louros são não só os seus cabelos, e sim todo o quadro pintado no mais puro ouro. Louro deve ser também o seu coração e dourados os seus amores...

> *Ela ungiu seu rosto com perfume, e enfeitou os seus cabelos com uma coifa, e revestiu-se de um vestido novo para o seduzir. As suas sandálias arrebataram-lhe os olhos, a sua beleza cativou-lhe a alma, e ela cortou-lhe a cabeça com o alfanje. (Cap.16 - do Livro de Judith)*

Essa história das "suas sandálias" me dá vontade de fazer um quadro. Na versão de Mantegna, abaixo do longo vestido de Judith, aparece um pezinho de estátua, calçado com uma espécie de sandália romana. Com certeza, Mantegna compreendeu a importância dessas sandálias na desastrosa sina do pobre Holofernes.

1959

Engenho São Francisco

18 de março

> *O mundo dos corpos é o mundo prosaico. O espaço bruto é o primeiro poema. O espaço cultivado será o poema final.*
>
> Novalis

O ano de 1958 parece ter sido suprimido deste diário como quem arranca um dente. Por que chamar de diário o que, na realidade, parece mais um anuário? Enfim, é a minha sina e não há como consertar as minhas desigualdades, ou melhor dito, ambiguidades. Sou um geminiano.

Delacroix, quando viu pela primeira vez o grande quadro de Gustave Courbet, *O ateliê*, achou-o admirável embora fizesse uma única ressalva: "*La seule faute est que le tableau qu'il peint fait amphibologie, il a l'air d'un vrai ciel au milieu du tableau*".

Ora, essa falta apontada por Delacroix não me parece forçosamente um defeito. A pintura de Courbet é cheia dessas aparentes imperfeições que contribuem para um surpreendente resultado no espectador. Assim, certas falhas, como a falta de unidade ou mesmo essa tão discutida dissociação entre as figuras e a paisagem, criam efeitos singularmente *fantasmagóricos*, propícios às mais variadas interpretações poéticas e até surrealistas. Suas composições ganham sempre em mistério e profundidade quando confrontadas com a perfeição "acadêmica" (*malgré lui*) de Delacroix. Courbet tem sido muito mais admirado pela crítica moderna do que Delacroix. Surrealistas, neorralistas e até neorromânticos lutam pela compreensão desse admirável pintor. Giorgio de Chirico, em 1925, e agora o jovem pintor Balthus redescobriram-no em seu campo mais misterioso, ou seja, a vocação poética e transfiguradora de toda a sua linguagem pictórica.

Recordo que o meu definitivo interesse pelo pintor Gustave Courbet nasceu logo após a leitura do completo estudo crítico de James Thrall Soby sobre Giorgio de Chirico. Esse livro, *The early Chirico*, publicado em Nova Iorque em 1941 – chegando às nossas livrarias apenas em 1946 –, constituiu-se de imediato numa verdadeira *peripécia*, canalizando todas as minhas futuras tendências artísticas em uma busca de caminhos absolutamente novos para o espírito de um então quase adolescente e, diga-se de passagem, não somente em relação ao meu trabalho de pintor, que na verdade sofreria com o tempo outras espécies de estímulos e influências (o que seria de fato ainda muito pouco), mas sobretudo porque confirmaram conceitos mais amplos direcionados a outras províncias do espírito, estas sim, definitivas e inalienáveis. Acrescente-se unicamente um reparo: o campo era fértil em demasia para que deixasse de medrar essa árvore tão rara do romantismo, não existindo, portanto, uma casualidade nesse florescimento.

Como na maior parte das vezes essa palavra "romântico" desperta reações enigmáticas, pode perfeitamente ocorrer a pergunta: o que tem a ver a pintura metafísica de De Chirico com o romantismo e com Gustave Courbet – um artista que, além de se autodenominar realista, era reconhecido e catalogado como tal nos meados do séc. XIX?

O próprio De Chirico ocupou-se dessa resposta, quando em 1925 fez chegar ao público uma pequena monografia sobre Courbet: "Romântico! estranha palavra, rica de sentido e que parece vir de tão longe. Palavra que provoca uma enorme quantidade de suposições e de equívocos. Mas que para nós, significa apenas uma arte emotiva e comovente, solidamente fundamentada sobre os alicerces da realidade".

No aprofundamento do seu trabalho crítico, James Thrall Soby desenterra as primeiras influências sofridas pelo complexo artista que foi De Chirico. Apresenta-o ainda como estudante de arte em Atenas, relacionando-o em espírito com pintores românticos alemães do começo do séc. XIX, como Caspar David Friedrich e Carl Blechen. Posteriormente, quando o jovem pintor se desloca para a cidade de Munique, tem início sua paixão pela estética de Nietzsche. Possivelmente, lembra Soby, o artista deve ter lido o *Nascimento da tragédia*, aspirando chegar através da pintura "a esse entrevisto universo-simbólico sempre regido pelo sonho" que, segundo o filósofo, "é o pré-requisito ideal de toda arte plástica". Essa poderosa influência germânica no sentido filosófico foi complementada depois pela crescente admiração de De Chirico pelo pintor Arnold Böcklin, cuja técnica e princípios *idealizados* faziam lembrar a estranha mensagem metafísica de Nietzsche. Apenas quatro anos antes da chegada do jovem grego a Munique, o velho pintor romântico morria na sua vila, próxima à cidade de Florença. Para De Chirico, Böcklin foi acima de tudo um pintor do "realismo mágico", um artista cuja técnica extraordinária alcançava transformar o real no irreal e o irreal no real. Ele acrescenta, já prefigurando a sua própria arte, que Böcklin soube como ninguém, representar exaustivamente o trágico aspecto da estatuária.

Essa proximidade inicial de De Chirico com o velho mestre romântico alemão chega ao exagero nas primeiras cenas metafísicas pintadas em 1910. No seu quadro *O enigma do oráculo*, uma figura humana olha o mar do átrio de um templo. Seguramente é uma transcrição literal do *Odysseus*, de Böcklin (pintura descrita por mim quando da visita ao Museu de Basileia).

Todo esse preâmbulo em torno de De Chirico fica assinalado apenas para o necessário esclarecimento de suas profundas virtualidades românticas, exercidas no momento europeu em que os espíritos mais vivos e representativos desta cultura estão voltados para outros signos, cujos códigos finais não coincidiam (nem podiam coincidir) com a visão romântica do mundo, para eles de há muito extinta. Contudo, bastaria escutar com ouvidos um pouco mais atentos alguns dos sugestivos e quase comprometedores nomes das pinturas de De Chirico, entre os anos de 1908 e 1918: *Meditação matinal* (1910); *Melancolia* (1912); *A torre rosa* (1913); *A angústia da partida* (1914); *O enigma da fatalidade* (1914); *Os brinquedos do príncipe* (1915).

Esses ligeiros exemplos são decerto conclusivos quando, por comparação, nos lembramos dos nomes utilizados, nesta mesma época, nas pinturas dos expoentes da Escola de Paris: *Composição nº 1* ou então *Composição rosa*, ou então simplesmente *Nu*, ou ainda, *Vacas*, ou algo mais imaginativo como *Os três músicos* e, para terminar, um outro com evidentes sinais de óbvia dramaticidade, *Mulher chorando*.

Compreenda-se o porquê desses contrastes e da profunda indignação de críticos europeus, quando De Chirico resolve renegar o surrealismo. Consideraram-no de imediato um "pintor morto". Enquanto ele insistia na afirmação de que sempre fora romântico e que Homero, à sua maneira, também o foi. "Na *Ilíada*", disse ele, "o herói e o deus homéricos sustentam-se solidamente sobre os pavimentos da *realidade*". Na *Odisseia*, debaixo dos pés do errante Ulisses, ele faz questão de sempre manter a sólida superfície de quatro pranchas bem embetumadas, no convés do seu navio. "O sentido da realidade", diz De Chirico, "está sempre ligado a uma obra de arte. Mais ele é profundo, mais a obra será poética e romântica. Leis e razões misteriosas parecem dirigir tais fatos. Quem pode negar a inquietante analogia existente entre a perspectiva e a metafísica?". De Chirico influentemente exerce as dádivas de seu olhar mágico e ao mesmo tempo recita um trecho da prosa poética de Baudelaire, dedicada a Franz Liszt: "Através das brumas, para além dos rios, adiante das cidades, aonde os pianos cantam a sua glória". Neste momento descobre em Courbet, mais do que em Delacroix, um sentimento da realidade bem mais entranhado e profundo, portanto mais romântico e mais poético, embora os críticos do seu tempo e os de hoje ainda não se apercebam, de todo, desse fato.

Considerar Delacroix como pintor romântico por excelência é um erro fácil de se cometer, decorrente de certos aspectos mais literários do que puramente poéticos. Na opinião de De Chirico, o romantismo de Courbet "é bem mais patético e solitário". O próprio Baudelaire enganou-se, "nas suas melhores coisas está mais próximo a Courbet do que a Delacroix".

Quando visitei o Museu Fabre, em Montpellier, no final de agosto de 1951, olhando os retratos de Alfred Bruyas, pintados pelo mestre de Ornans, senti a mesma sensação experimentada por De Chirico. Infelizmente só em novembro desse mesmo ano é que – depois de muito procurar nas livrarias de Paris – descobri a pequena e preciosa edição já esgotada do *Courbet*, por Giorgio de Chirico (*Éditions de Valori Plastici* - Rome, 1925), e lá estava na página onze o comentário: "Esses retratos têm o mesmo aspecto fantasmagórico, patético e comovente que nós encontrávamos nos primeiros daguerreótipos...". Se insisti e me ocupei em transcrever grande parte desta crítica, quase extrassensorial e bastante mais aguda do que a de Baudelaire, é porque não só agora, como no futuro, precisarei dela muitas vezes, repetidas vezes, inúmeras vezes.

Vejamos as páginas finais antes de chegarmos ao corpo de reproduções modestamente apresentadas em preto e branco e mal passando de trinta. Trinta e três delas, somadas àquela da capa, reproduzindo um detalhe de *La fileuse endormie* que se encontra no Museu Fabre: "*Nulla sine narratione ars.* Quando mencionamos a palavra narração, é preciso não entendê-la apenas como a descrição de uma cena ou de um fato histórico. Trata-se de bem outra coisa. A obra de arte deve narrar algo além dos limites do seu volume. O objeto ou a figura representada necessita igualmente identificar-se poeticamente com aquilo que lhe é longínquo, como também com o seu próprio núcleo, independendo do que os seus volumes possam esconder materialmente. Um certo cachorro pintado por Courbet equivale a uma completa narrativa poética e romântica de uma caçada. Como todos os grandes artistas, ele seguiu sempre uma linha ascendente, embora não tenha sido feliz nos seus equívocos políticos, o que lhe acarretou a desdita do exílio. Abandonado por seus amigos, na vida solitária que foi obrigado a levar, perto dos lagos e das montanhas suíças hospitaleiras, ele idealizou, espectralizou poeticamente as paisagens que lhe surgiam diante dos olhos. Talvez o velho castelo de Chillon com suas torres robustas e não muito altas sobre as claras margens do lago Léman, pareceu-lhe, no seu entusiasmo cada vez mais vigoroso de *pictor poëta,* ainda mais belo que os penhascos do *Étretat* e de que os sítios selvagens de sua terra natal".

Voltemos a James Thrall Soby que arremata a influência de Gustave Courbet sobre jovens pintores dos anos trinta e quarenta, como Balthus e Christian Bérard. Vejamos também qual foi a mágica sentença que me alvoroçou no ano de 1946, lançando-me em seguida na busca de caminhos desconhecidos: *"A few years ago, the extremely talented French painter, Balthus, announced that his aesthetic purpose was to do Surrealism after Courbet."*

Logo os críticos, tanto de Paris como de Nova Iorque, apressadamente declararam que tentar fazer surrealismo a partir de Courbet não seria de todo fazer surrealismo. No entanto, a visão crítica e independente de James Thrall Soby levou-o a sustentar solitariamente tais propósitos: o uso antinaturalista da atmosfera, tão evidente em pinturas como *La rencontre*, onde Courbet enfatiza – quer fosse consciente ou inconscientemente – a preponderância do *acidental* em oposição aos deliberados métodos de composição renascentista, já seria o bastante para aproximá-lo dos propósitos surrealistas. Reduzido a sua forma mais simples, o Realismo, como entendia Courbet, significa que o acaso ou até mesmo o destino, era um guia bem mais seguro para uma ordenada poética do que a inteligência ou qualquer desenvolvida teoria. O proverbial desprezo pela unidade estética, agora conhecido como "anti-gráfica", tanto participava da plataforma dos realistas como dos surrealistas. Mesmo no caso daquelas outras pinturas, onde Courbet atendeu às leis formais da composição, mesmo assim, ele acabava enxertando-lhes estranhos elementos de perversidade.

A sutilíssima visão crítica de Soby faz com que desenvolva uma série de curiosas aproximações, o que na verdade é o papel de qualquer crítico que deseja corresponder a esse nome: "As crianças que aparecem nos quadros de Courbet, *Pierre Joseph Proudhon et ses enfants*, poderiam pelo seu ar de malvadez certamente estar no interior do *The turn of the screw* (*A outra volta do parafuso*), de Henry James, ou *A high wind in Jamaica* (*Um ciclone em Jamaica*), de Richard Hughes. São crianças maliciosas, irreais, habitando um mundo afastado de sonhos indecifráveis, e quem de fato conseguisse olhá-las com atenção, sinceramente jamais poderia afirmar ser impossível fazer 'surrealismo depois de Courbet'".

Em segundo lugar, diz o crítico norte-americano, temos o caso de Christian Bérard, que em 1933 começou a pintar figuras na praia, nas quais encontra-se o mesmo deliberado propósito de deslocamento (dissociação) entre as figuras e as paisagens, exatamente semelhante ao clima da pintura de Courbet, *Les demoiselles de village*, que se encontra no Museu Metropolitano de Nova Iorque. O objetivo de Bérard, segundo Soby, era produzir nas suas personagens uma aparência *alucinatória*, e mais uma vez notamos o quanto eram pertinentes as palavras de De Chirico sobre Courbet: "As figuras (nas pinturas de Courbet), não aparecem na sua forma corrente (Verismo), mas no seu aspecto poético e fantasmagórico (Realismo)".

Para terminar, mais uma vez o lúcido crítico norte-americano reafirma a enorme importância da antecipada visão desse surrealista de gênio, embora reconheça existir muitas probabilidades de Balthus e Bérard e outros jovens pintores terem chegado às suas próprias conclusões sobre Courbet sem a ajuda de De Chirico. Quando estes pintores começaram a liderar a reação contra a arte abstrata, De Chirico exerceu uma tremenda influência sobre muitos deles. Em última análise, foi o surrealista italiano quem proveu o ímpeto central para que essa reação se consolidasse.

24 de março

> *Desgraça para quem brinca com sua arte! Desgraça para o artista que não tem o espírito sério!*
>
> Ingres

A perseguição não era em torno de Balthus, e sim em torno da pintura, da qual todo artista, por mais talentoso e genial que seja, é apenas um elo numa descomunal corrente que se estende ininterrupta até as cavernas da pré-história. Pretender isolar um artista equivale partir esta corrente e perder o fio da meada. Além de tudo, neste momento de ruptura, o artista, isolado, certamente nada mais significa. Isto não quer dizer que todos os artistas, quaisquer que sejam eles, façam parte deste misterioso fio condutor das coisas. Alguns são apenas pingentes, outros a sua ferrugem e alguns outros a sua graxa (o necessário lubrificante que flexibiliza os intermináveis anéis desta cadeia), o que, de qualquer modo, os identificam com o conduto original. Faz-se necessário recordar a expressão profunda de Eugênio D'Ors: "Tudo o que não é tradição, é plágio". Talvez fosse conveniente acrescentar o comentário de Malraux – igualmente persistente – quando nos lembra que os artistas não veem o mundo (a Natureza) apenas olhando-o. Veem-no através de outros artistas e, assim, sucessivamente até o início dos tempos.

Como falei em ferrugem e em lubrificantes exteriores, também devo lembrar que nesta cadeia há um núcleo no coração mesmo de sua matéria, correndo naquilo que o irrequieto Salvador Dalí designou como o "sangue da realidade". Sangue que deve nutrir e ligar pela eternidade os extremos dessa corrente, sempre renovada. Esta carne viva da vida é que torna a arte indispensável entre os homens. Ela anuncia a eternidade e, ao mesmo tempo, no dizer de Malraux, é também o seu "contra-destino". Portanto, por mais paradoxal que pareça, é uma espécie desconhecida de antídoto, estranha a toda natureza e só peculiar à condição humana.

Esse meu aparente e excessivo enfoque sobre um único artista, é o reconhecimento tácito de que nele coabitam todos os pintores; daí porque se explica com facilidade as inúmeras descobertas de afinidades – próximas e remotas – algumas até consanguíneas de seus quadros com outros quadros, de seus personagens com outros personagens. Em alguns dos poucos exemplos que pude colher nas primeiras abordagens do seu mundo, verifiquei – pasmo e às vezes até fascinado – que o seu universo era largo e em permanente expansão. Daí porque o seu íntimo parentesco com o romantismo de Gustave Courbet (invisível para os críticos) seria apenas a ponta do *iceberg*, restando a parte maior oculta aos olhos mais persistentes. No entanto, ligá-lo só a Courbet, seria uma espécie de castração espiritual que só os ingênuos e apressados aceitariam. A estrada do romantismo parece vir de longe, de muito longe. Já nos advertia De Chirico: "Homero era romântico."

Supor que um artista visionário não medita é um erro tão grave quanto supor que um santo não caia em tentação e, consequentemente, em pecado.

Balthus é um dos artistas mais cultos de nossa época e este seu saber erudito, jamais traduzido por palavras, laboriosamente conquistado e finalmente transposto em termos plásticos (com requintes de perfeição), está cravado no coração de suas pinturas e só delas emana. Ele soube cumprir com dignidade o longo silêncio que impôs a si mesmo. Nem uma só queixa, nem uma só tentativa de explicar aquilo que suas imagens traduzem (ou escondem), eloquentemente, repetidamente, apaixonadamente. Múltiplo, ardiloso, secreto, às vezes até irascível. Guardou, como poucos artistas contemporâneos souberam guardar, o avesso de suas conquistas mais solenes. Faz-se necessário desabotoar-lhe as vestimentas para saber quais as cores que secretamente mantém por dentro. Nenhum exibicionismo. Um pintor secreto. Um cavalheiro polonês que se diz nobre (de antiga linhagem polonesa) e poderia, se assim o quisesse, atender pelo nome de conde de R. Na sua juventude, segundo declara James Thrall Soby, um dos seus mais autorizados críticos fora da França, Balthus passou bastante tempo visitando a Inglaterra, e uma de suas avós era uma Gordon, da Escócia, de alguma maneira relacionada ancestralmente a Lord Byron.

Mais uma vez compreenda-se a complexidade de toda essa formação, de um espírito propenso romanticamente à melancolia. Suas múltiplas influências, algumas capitulares e reprodutivas, outras apenas circunstanciais. Seus pendores literários jamais confessados. O empenho com que tratou das ilustrações do romance de Emily Brontë, *O morro dos ventos uivantes*, chegando a travestir-se de Heathcliff, mostrando-se a si próprio, apreciando Catharina no seu quarto de vestir, num quadro que ele chamou de *La toilette de Cathy*, pintado em 1933.

O admirável crítico norte-americano James Thrall Soby deve incluir-se entre os descobridores de Balthus junto com Pierre Matisse, *marchand* que expôs pela primeira vez o jovem surrealista em Nova Iorque. Soby fala com desenvoltura dos artistas preferidos que influenciaram decisivamente a trajetória de Balthus, pintores como um Piero della Francesca (de quem ele copiou alguns afrescos em 1926), um Paolo Uccello, um Masaccio, um Carpaccio, um Poussin, um Géricault e um Seurat.

Em todo caso, eu acrescentaria, sem receio, as presenças marcantes de Konrad Witz, de Caravaggio, de Vermeer, de Füssli, de Chardin e de raríssimos modernos, como Bonnard (no início), Oskar Schlemmer e, por que não dizer, o próprio Picasso (em certas corajosas distorções dos corpos). Por vezes, Balthus busca inspirações circunstanciais, como se verifica no quadro *La fenêtre*, pintado em 1955 no Castelo de Chassy. Nesta pintura, apesar da figura (plasticamente falando) derivar dos encorpados volumes de Masaccio, logo se denuncia a presença romântica de Caspar David Friedrich no seu pequeno quadro *Mulher na janela* (1822), que se encontra na Galeria Nacional de Berlim. Os personagens masculinos que aparecem de costas nos quadros de Balthus são sempre autorretratos, mantendo-se assim a tradição romântica de Friedrich com suas inúmeras figuras nesta mesma posição. Essas influências, que chamei de circunstanciais, não diminuem o valor da fonte inspiradora que, tanto quanto as outras – as decisivas e permanentes –, são sempre assentadas, nos dois casos, no que há de melhor entre os grandes pintores. No tocante a esta *Menina na janela*, descobri um fato curiosíssimo que jamais foi percebido por nenhum dos críticos de Balthus (pelo menos não publicamente) e que demonstra as sutilezas e a propensão do espírito do pintor para os segredos ou para os jogos de esconder, igualmente propícios às crianças e aos adultos de espírito cultivado. Os mesmos jogos esotéricos e matemáticos, tão estranhamente utilizados por Lewis Carroll em *Alice no País das Maravilhas*. O modelo que servira ao pintor no flagrante da janela é uma sobrinha (por afinidade indireta de parentesco) de apenas dezesseis anos, que voluntariamente partira de Paris para reinar no abandonado castelo de Chassy, e de quem Balthus fez inúmeros retratos, quer sejam nus ou vestidos. Certamente, por este motivo, o nome desse modelo mais do que nunca deveria ser mantido em sigilo. Porém, todos os segredos, mesmo aqueles da *Ilha do tesouro*, exigem um mapa, um roteiro, um sinal ou até mesmo um símbolo para retornar à memória daquele que urdiu o esconderijo. Balthus, maliciosamente, inspirando-se no romântico Friedrich, prepara as suas coordenadas, ao mesmo tempo ingênuas e extremamente obscuras, para revelar (e igualmente sobreguardar) o segredo: a menina chamava-se Frédérique Tison, portanto, o nome da garota é Frederica, o equivalente feminino de Friedrich, se escrito em alemão.

Nestes jogos múltiplos e intermináveis só alguns deles sobrenadam, outros ficarão escondidos no coração do pintor. O que nós outros descobrimos é sempre pouco, muito pouco. Quando Balthus, em 1937, pintou *A montanha*, um dos seus quadros mais ambiciosos, não só pelo formato agigantado da tela

(3,66 x 2,49cm), como também pelo motivo onde tentava reunir a visão plena de uma paisagem (já por si panorâmica) com as diferentes figuras, propõe-se, deste modo, retomar o espírito neoclássico de Poussin, aliás, propositadamente lembrado na figura da moça adormecida que sugere o Narciso do quadro *Eco e Narciso*. Vários críticos europeus e norte-americanos descobriram nesta pintura não só algumas significativas influências, como também curiosas identificações de figuras. Vejamos em conjunto quais foram estas descobertas: O modelo para a mulher loura, no centro da composição, é Antoinette de Watteville, futura mulher de Balthus. A postura do guia alpinista que fuma um cachimbo lembra os *Quebradores de pedra*, de Courbet, enquanto o seu rosto recorda aquele de Christen Heumann, já revelado na cópia que o pintor empreendeu do quadro de Joseph Reinhart, *Cantão Friburgo*. Acrescente-se a esse conjunto a própria informação do pintor, revelando que a figura do guia era uma sentida homenagem a um amigo morto prematuramente.

L'oeuvre de Balthus est verbe dans le trésor du silence.

René Char

As palavras do poeta ecoavam vivas no meu espírito e nada me cabia de mais apropriado, naquele momento, do que esta perseguição implacável em torno do próprio núcleo da pintura de Balthus. E foi diante deste inalterável conjunto de informações sobre o seu quadro *A montanha* que me reservei o direito de apontar algumas omissões, a meu ver indispensáveis para o bom entendimento da tela em questão. Em primeiro lugar ocupemo-nos do "guia" como figura e depois como símbolo. Segundo Balthus asseverou, esta homenagem refere-se a um amigo morto. Os críticos recordaram *Os quebradores de pedra*, de Courbet, para situá-lo plasticamente, o que para mim é um erro, desde que muito mais próximo a esta personagem está a figura magistral do coveiro que aparece no centro do *O enterro em Ornans*, do mesmo artista. Como sabemos, em se tratando de um enterro, o coveiro é, à sua maneira, também um "guia" e nesta composição de Courbet é ele quem centraliza todos os olhares, destacando-se daquela massa negra do cortejo no fundo do quadro. É também a direção do seu olhar que nos conduz ao magnífico grupo de religiosos ricamente paramentados oficiando a cerimônia fúnebre. É ainda esta mesma figura que situa a cova, apenas sugerida na base do quadro. Além de tudo, a pose do dito coveiro é idêntica à do "guia" de Balthus. Ambos estão ajoelhados, com a perna esquerda apenas fletida, embora verificando-se algumas diferenças nas posições dos braços: enquanto na pintura de Courbet o braço esquerdo da figura repousa sobre a sua perna esquerda, no caso do "guia" ele faz o gesto invertido, repousando o seu braço direito sobre a perna esquerda, atitude esta pouco cômoda e mesmo tensa, sugerindo a aflição profunda que deixou no amigo pintor, pelo seu desaparecimento prematuro, e também – por que não acrescentar? – as embaraçadas desculpas do próprio morto por ter morrido. É verdade que ele se sustenta sobre um bastão de alpinista, distendendo longamente seu braço esquerdo num imprescindível movimento ligado à estrutura do quadro, ou seja, com esse gesto indica toda a profundidade desse primeiro plano. Quanto ao rosto do "guia", a semelhança é tamanha com a cabeça copiada do pintor suíço Joseph Reinhart que chega a ser óbvio mencioná-la.

Mais uma vez, Balthus tenta confundir e esconder o seu jogo intrincado: a cabeça de um, o corpo de outro e, se ainda quiserem, o espírito de um terceiro. Antes de prosseguir nesta análise, muito próxima às "palavras cruzadas", quero mencionar uma outra pintura de Courbet, *Le pique-nique* (1857), cujo espírito também lembra esta despropositada, embora encantadora assembleia balthusiana: igualmente as figuras não parecem pertencer à paisagem circundante, destacando-se dela como fantasmas. Neste belo quadro, que está no museu de Colônia, o mestre de Ornan demonstra fartamente o seu sábio ofício de pintor. Apenas como curiosidade, apontaria dentro deste conjunto de figuras uma delas que repete (no extremo esquerdo do quadro) o isolado gesto do coveiro e do "guia" de Balthus. Voltemos então ao nosso "guia espiritual," que preside essa escalada às montanhas suíças, aliás, identificadas em seus aspectos geofísicos pelos críticos, fato que para mim nada acrescenta a essa enigmática e atordoante escalada. Importa-nos o "guia", e é a este que não devemos perder de vista, pois, no conjunto, só ele nos olha expectante como se indagasse: "Também vocês pretendem escalar esses picos de sombra e depois olhar o ilusório vale iluminado lá embaixo? Venham", parece dizer, "aproximem-se, nada receiem, façam como essa linda jovem, levantem os seus braços ainda mais alto, para os céus, à procura da luz. Aquela outra moça ali adiante, distendida sobre a relva fria da montanha, aparenta sonhar que chegamos ao término da viagem e que a nossa imediata obrigação é o sonho. Sonha com a *Bohémienne endormie* que por sua vez sonha com 'a rosa das tempestades, o sono dos sonos, o silêncio dos silêncios'. Olhem-na com atenção, como a cigana adormecida, ela segura uma frágil bengala e como a outra dorme com a boca entreaberta... Tu, Antoinette, por que me olhas assim, tão fixamente; por que não te adiantas como aqueles dois que estão no bordo das escarpas e apontam em direção ao vale profundo? Lembras ainda o passeio que fizemos com Friedrich, as falésias de giz sobre o Rügen? Estavas vestida de vermelho, a cor do amor, e me obrigaste a ficar de quatro, para olhar atentamente as partículas muito brancas de giz que despencavam no abismo, enquanto Friedrich, absorto, olhava o mar distante, será que esqueceste? Agora orgulhosamente te estendes como um gato branco bem amado e, no entanto, estás dividida ao meio pela sombra e pela luz, e ainda não te apercebeste de que o rio do esquecimento flui com rapidez. No momento estamos apenas separados por estas bengalas, fixadas no solo uma ao lado da outra, como se demarcassem a porta estreita por onde um dia terás de entrar. Não vês que ele deixou-nos a todos aqui, e que solitário se distancia caminhando em direção ao leste à procura dos grandes ventos frios? Somos habitantes dos espelhos, aproveite enquanto és a alma secreta do lirismo, um ato de fé, uma prova de amor".

Ainda neste mesmo dia, depois de termos conversado alegremente, Deborah com uma certa cerimônia, entregou-me um papel onde havia escrito:

Em Vago Aroma de Sândalo[15]

Tauxiada de cobre
Por mais que eu queira
Esta mala não se fecha...
E o seu peso é tanto, tanto!
De luas verões e folhas

[15] Poema escrito por Deborah Brennand em 1959, como lembrança de nosso primeiro Paris, no hotel Montalembert (1949), e de uma mala abandonada (N. do A.).

que nunca poderia erguê-la.

Assim, deve ser abandonada
com o sonho da morte que herdei
e o cromo de três rosas
envolto em desdourado sol
apagando a réstia do tempo

deve ser abandonada, deve.

Diriam até os amantes de ontem
sem remorso e sem olhar atrás
tal os pássaros fazem com os ninhos
molhados pelas chuvas de junho
eles recusam o frio. Recusam

e fogem da mata.

Só eu, entre paredes brancas
fico a desdobrar velhas sombras
num vago aroma de sândalo
sem forçar a fechadura
sem ver a viagem passando

num longe sem mar.

12 de abril

A verdade de uma proposição, nada tem a ver com a sua credibilidade. E vice-versa.

Robert Heinlein

Descubro numa pequena nota parisiense (1951) um comentário sarcástico de André Lhote contra Claude Monet. O malévolo comentário não deixa de ter espírito, mas é exatamente por conta dessa engenhosa certeza que o nosso razoável professor falha. Nem sempre a obediência às melhores regras nos leva à verdade, e depois há diferentes caminhos de chegarmos até ela, como por exemplo aquele do ditado popular que sentencia: "Deus escreve certo por linhas tortas...". As naturais idiossincrasias de Lhote contra os fenômenos atmosféricos (tão caros aos impressionistas) têm lá sua razão de ser: "*Il n'y a qu'à voir, à l'Orangerie, où l'amour de ce phénomène a conduit Claude Monet: au suicide plastique. Ophélie de la peinture, son âme traîne sans gloire sous le linceul des nénuphars*".

O fato de ter anotado essa observação de Lhote leva-me a crer numa espécie de cumplicidade minha – pelo menos naquela época de Paris – mas, no entanto, hoje em dia já não faz mais nenhum sentido. A minha própria pintura realizada nestes dois últimos anos, se estrutura em grandes primeiros planos, desarticulados de qualquer lei convencional de composição. Uma desorganizada existência básica, cujas origens estivessem ligadas a um filtro da libido, independente e refratário às regras, se é que elas existem, não obedecendo, portanto, a nenhum ordenamento orientado pela razão, e sim a uma certeza interior que muito recorda certos processos mágicos e visionários.

Essa insistência que pouco ou nada possui de teórica encontra-se em muitas outras experiências realizadas por pintores, a partir do impressionismo, do fauvismo e sobretudo do surrealismo.

Aldous Huxley, em seus arroubos místicos, conta-nos no seu livro *As portas da percepção* – exatamente na segunda parte, onde ele acrescentou o título "O Céu e o Inferno" – um comentário definitivo: "O Outro Mundo se assemelha por um de seus aspectos, a essa pintura em grande-plano de uma floresta, e por isso ela me transporta e faz-me ver uma obra de arte transfigurar-se em algo mais – em algo além da arte".

Se o mestre André Lhote escutasse um argumento desse tipo, certamente revidaria de pronto, com quatro pedras nas mãos: "*ce sont des littérateurs* !" Mas acontece que "a coisa" não se nos apresenta de forma tão razoável quanto desejaria o mestre na sua honesta e rigorosa alma de artista. Muito pelo contrário, ela se anuncia adiante de qualquer argumentação, e todos os seus códigos se predispõem a transpor as muralhas da razão, ou mesmo destruí-las.

Assim prossegue Huxley: "Lembro-me – e com que nitidez, embora isso se tenha passado há muitos anos – de uma conversação que tive com Roger Fry. Falávamos sobre os *Nenúfares* de Monet. Eles não tinham o direito – insistia Roger – de serem tão horrivelmente desordenados, tão desprovidos de um plano de composição adequado. Estavam totalmente errados, do ponto de vista artístico".

"E, no entanto, ele se via forçado a admitir... e, no entanto... devo acrescentar agora, eles eram arrebatadores. Um artista de uma virtuosidade aterradora, havia decidido pintar um grande plano (equivalente ao *close-up*, na linguagem cinematográfica) de coisas naturais, vistas sob o prisma que lhe era peculiar, sem estarem referenciadas a noções meramente humanas: – Que é aquilo, o que deveria aquilo ser? O homem – gostamos de dizer – é o parâmetro de todas as coisas. Mas, para Monet, nessa ocasião, os nenúfares eram o parâmetro de si mesmos; e assim ele os pintou."

Concluindo estas admiráveis observações do escritor inglês, acrescentaria mais uma vez o conselho de André Gide no seu *Nourritures terrestres*: "*que ton oeil soit la chose 'regardée'*".

No final de contas, ainda permaneço cismarento e incrédulo quanto ao sentido real desse inusitado comentário de Lhote que, de uma certa forma, não deixa de ser gongórico, rebarbativo e até um tanto obscuro: "Ofélia da pintura, sua alma a reboque da inglória mortalha dos *Nenúfares*".

Terminemos: e, no entanto, mais uma vez devo acrescentar, era uma arrebatadora mortalha de nenúfares...

Nota: "o panorama desse mundo", diz Platão, "é uma visão para espectadores bem-aventurados"; pois ver as coisas "tais como elas são em si mesmas é uma bênção suprema e inexprimível".

13 de junho

Além do enfim estação tão próxima,
Onde o tempo acende o letreiro negro da solidão
E um pássaro branco, sozinho, risca um arco de um voo
Asfixiando sonhos nas mais revoltas nuvens.

Deborah Brennand

Esse mergulho repentino no passado não deixa de ser inquietante e, depois, todas as notas de uma determinada época acabam por me deixar em pânico, na suposição de que a ênfase dada a alguns acontecimentos de imediato exclua uma centena de outros igualmente registráveis e importantes. Mas registráveis e importantes para quem? A pergunta é mais do que oportuna, em face de uma simples conclusão, aliás, bastante apriorística: o que está em jogo não é absolutamente o interesse dos outros, e sim o meu. Tão somente a minha escolha e os meus desassossegados empenhos estão em pauta e suponho que não é por outro motivo que conservo há tanto tempo estes cadernos. Talvez, quem sabe, só para registrar periodicamente as minhas consignadas e irrefreáveis incoerências, o meu ridículo romantismo, a minha já proverbial falta de objetividade, que de resto, como não há mesmo finalidade alguma a atingir e tampouco desejo de persuadir quem quer que seja, fica o dito pelo não dito. No final de contas, uma fórmula ideal para escapar a qualquer tipo de servidão.

Sartre, querendo ridicularizar Baudelaire, parafraseia o poeta dizendo: "Ele desejava inspirar desgosto e horror universais a fim de conquistar a sua solidão, mas na verdade o que ele pretendia era que se ocupassem dele e se ocupassem muito...".

Acontece que o possível (e mesmo provável) horror do poeta à solidão, aliados às suas permanentes queixas e desgostos infinitos, não invalidam a sua trajetória de artista e talvez até fosse necessário inventar e propiciar de novo tais dissabores, para que assim, mais uma vez, o poeta se realizasse. Indispensável confirmação, como o poeta desejava na sua apropriada legenda, ao mesmo tempo admiravelmente sórdida e propiciadora de visões... "lá, onde não existe ou ninguém foi..." Porque fosse o poeta aquilo que Sartre desejava, uma espécie de super-homem da alma latina, acima do bem e do mal, isento de todo o pecado, então perderíamos um gênio e teríamos de troco um "forçado", à maneira de Jean Genet, este sim, infame e suspeito, embora fruto de admiração e lisonja do filósofo caolho e que no entanto... Sim, e que no entanto, não era Baudelaire, o que para mim é o quanto basta. Eu deveria prosseguir sem alerta, minado de lembranças, aturdido aos primeiros anúncios do inverno que chega sempre sem avisos e, de repente, impõe uma ordem da qual não se pode fugir. Inverno que nivela a todos como se de súbito pertencêssemos a uma espécie de colégio interno, abrigados por imensos e intransponíveis muros brancos que delineiam como fortalezas bárbaras um território sem fim. Ninguém entra e ninguém sai, como se o universo inteiro coubesse ali dentro.

Visitando o Museu Rodin, antigo ateliê em Meudon, não escapava desses muros, e seus jardins internos, que no verão me pareceram espaçosos, agora no inverno encolheram, como se fossem apenas um fundo de quintal... O que fui fazer ali, não sei. O guarda sonolento e com bafo de vinho por várias vezes me olhou como se imaginasse a mesma pergunta, e eu poderia apenas dizer-lhe, como uma esfarrapada desculpa, que apreciava e muito a estátua de Balzac, cuja cabeça hirsuta ameaçava meio mundo. Essa desafiante figura, abraçada à própria capa, paira majestosa e medonha sobre o bairro latino. Jamais fui um admirador de Rodin e isso só me entristecia porque era um único ponto de discórdia que lançava uma sombra sobre a minha suposta identidade estética e espiritual com o poeta Rilke. Saí do museu pensando nas enormes discrepâncias e equívocos às vezes cultivados como se fossem uma cartilha infamante. Ora essa! Por que Cézanne teria de ser tão sarcástico e amargo, definindo a arte de Gauguin como "*chinoiserie*"? Gauguin sabia, não se enganava, que ao tocar em segredos crepusculares – ousando abrir o portão selvagem –, nesse gesto, nesse jogo, quebrava o *ponteiro do tempo* e, portanto, jamais seria perdoado... De todos, só um, o enlouquecido Van Gogh, com o faro predestinado dos loucos e dos santos, reconheceu-o, curvando-se à sua passagem, mas mesmo ele, numa noite insone, armado de uma navalha, perigosamente dobrou-se sobre o pescoço de um deus adormecido e o teria golpeado, se...

16 de junho

Diante de todas estas narrativas, eu poderia supor que, uma vez iniciada, a minha conduta de narrador se distinguiria mais pelos excessos e redundâncias do que pela sobriedade, qualidade mais que necessária aos rigores do estilo, embora, não tanto pelo orgulho, jamais tenha percebido como é que se pode exercer uma função artística sem a correspondente emotividade.

Neste caso não seria o equivalente a mergulhar no elemento destrutivo de que nos fala Conrad? Mas por quem tomamos o escritor polonês? Será que ele se prestava também a caminhar em torno da aventura ou, pelo contrário, vivia em busca de uma caça que de antemão sabia jamais poder encontrar? Seus livros que o digam: a tempestade, o naufrágio, as inescrutáveis leis de bordo, a honra perdida, o penetrar lento e sem retorno no coração das trevas... Será que isto corresponde (ou mesmo se equivale) a uma tremenda bebedeira ou a caçar (fortemente armado) leões na África? Ao grande artista as adversidades chegam como uma provação e não como uma simples experiência.

A ele cabe sempre ouvir em silêncio o grito dos ventos e no torvelinho deles redescobrir os anseios dos que nada pedem.... Mas não será agora que vou me deixar envolver por digressões. Amanhã devo estar embarcando (mais uma vez o navio) para o sul com destino a São Paulo e ainda me aguardam alguns comentários a transpor para este caderno, antes que o ânimo viajante não embargue todas as minhas já muito embaralhadas sequências.

1960

Engenho São Francisco

3 de janeiro
Há tanto tempo de volta da cidade de São Paulo... Que, que belo salto! (...) Que expressivo silêncio, marcado por tantas incompreensões e por todas as formas de desafios! O ambiente desta cidade, além de enlouquecedor, é propício aos desencontros fatais e, depois, não há como recolocar um tão gigantesco trem de volta aos seus trilhos, embora reconhecendo que a "Pauliceia desvairada" me fascina até ao paroxismo.

A demora foi muito maior do que aquela desejada e, no entanto, eu sabia que viajando em junho do ano passado, me antecipava em demasiado à abertura da V Bienal e assim ficaria flanando sem nada o que fazer. E foi mais ou menos o que aconteceu. Por sorte a possibilidade de expor monotipos e desenhos na Galeria das Folhas concretizou-se. Embora a sua inauguração tenha sido quase simultânea com a Bienal, os dois eventos geminados favoreceram-me como introdução a um centro cultural onde eu era totalmente desconhecido. Só retornei ao Recife às vésperas do Natal, reencontrando Deborah que, não suportando o clima, só permaneceu em São Paulo dois meses. Às vezes, nos fins das tardes frias e enevoadas de julho, na casa do bom amigo Flávio Motta, ela costumava me dizer: "O que será de tua alma, assassinada nos muros eternos?".

Convivemos ainda com vários outros amigos, como Quirino da Silva, Mússia e Carlos Pinto Alves, Paulo Mendes de Almeida, Maria da Penha Müller Carioba, e tantos outros paulistas que gentilmente procuravam reanimá-la no que fosse possível, mas ela, na sua sempre intuitiva determinação, voou de volta à sua cidade de nuvens claras e de enormes céus.

5 de janeiro
Tanta coisa para recolocar em ordem, e mais do que nunca recomeçar o trabalho, o chamado "bom caminho", o que certamente significa, antes de mais nada, esforço e honestidade. De algum modo, pressinto uma formidável reação ao que faço e também ao que pretendo fazer. Verifiquei estes indícios durante os longos seis meses de permanência em São Paulo. Os descompassos da incompreensão apenas começaram a surgir e, no entanto, o que levei para mostrar foi tão pouco... Posso imaginar o espanto de um público acostumado

às últimas novidades da vanguarda europeia e norte-americana se eu tivesse carregado as telas de maior formato – estes grandes retângulos estampados de barbarismos! Até minha assinatura caligráfica foi motivo de especulação, e eu que pretendo reduzi-la a um mero F. e um B. desenhados como ornatos, para que não destoem do próprio grafismo das pinturas e, pelo contrário, se identifiquem com ele e até se percam dentro dele. O que me causa espécie, como já disse, é que tudo ainda me resta por fazer e, no entanto... Já o alvorecer de certas formas, o seu magnético resplendor, roçou o coração de diferentes pessoas e de maneira definitiva. Embora esses admiradores não tenham sido muitos, os que assim se posicionaram foram da melhor qualidade.

A compreensão de um Flávio Motta, de um Quirino da Silva, de um José Geraldo Vieira, de um Paulo Mendes de Almeida, de um pintor da importância de Volpi, mesmo de um Di Cavalcanti (de natural, tão avaro em elogios), de um Sérgio Milliet que, inclusive, prestou-se a escrever uma apresentação ao meu catálogo, de fato representou muito para quem apenas se dava a conhecer. Incluiria neste grupo a própria direção da Galeria das Folhas – a família Lerner – abrindo espaço na sua pauta a um ilustre desconhecido...

Mas eu indago: se a minha aceitação pelos melhores espíritos ficou evidenciada, quem então estava contra mim? Nada poderia ilustrar melhor a resposta do que o grosseiro equívoco em que incorreu a própria comissão julgadora da V Bienal. Em primeiro lugar, esses juízes cortaram duas das cinco telas enviadas para julgamento e, em segundo lugar, colocaram-me entre os pintores ditos "ingênuos" ou "primitivos", o que aliás, como *equívoco*, foi providencial. Depois, com mais vagar, explicarei por quê.

8 de janeiro

A minha longa permanência em São Paulo não deixou de ter as suas vantagens, e, como já mencionei, colocaria em destaque a amizade de Flávio Motta, professor de História da Arte da Faculdade de Arquitetura, um dos mais aproximados colaboradores de Pietro Maria Bardi na fundação do Museu de Arte de São Paulo, tendo um papel relevante neste período heroico, quando o maior pedaço deste acervo de arte ainda estava por chegar, organizar e catalogar. Dificilmente podemos hoje ter uma estimativa do quanto custou de esforço, audácia e obstinação, e até de sacrifício, pôr em prática esse projeto – na época tido como irrealizável (ou mesmo insano) – dotando o país com um Museu desta categoria. Menciono isso apenas historicamente – sem contar os meandros de sua verdadeira história, esta desconhecida para mim e para a maior parte das pessoas.

Não tenho intenção de aprofundar méritos de quem quer que seja. Se de fato houve uma equipe, ela é por demais conhecida, incluindo os seus eventuais e generosos doadores.

Quanto à figura de Assis Chateaubriand (conheço-o pessoalmente), um dos poucos homens deste país a quem ocorreria uma ideia desta envergadura, está bem de acordo com o dizer do poeta Matheos de Lima: "Forjado em fornos de alta pressão e infernais calorias".

O interesse e a ajuda de Flávio Motta foram inestimáveis. Incluo nesta colaboração a ideia de fazer um catálogo que apareceria simultaneamente ao da Galeria das Folhas no dia da exposição. Formato, papel, cores, ilustrações, disposições dos textos de Ariano Suassuna e Sérgio Milliet acrescidos do pequeno texto de Henri Van de Velde extraído das *Fórmulas de uma estética moderna*, tudo ficou por conta do extraordinário sentido estético de Flávio que, aliás, entre outras qualidades, também é pintor, e bom pintor. O resultado gráfico deste pequeno catálogo não cabe a mim dizê-lo, mas asseguro que causou espanto. Os dois textos, sobretudo o de Ariano, que aborda exatamente aquilo que eu gostaria que ele dissesse e ele o disse como ninguém, elucida, ou pelo menos insinua, o mundo da sexualidade presente em todos esses desenhos e monotipos.

A meu pedido, para tornar essa relação ainda mais explícita, Suassuna colocou uma epígrafe retirada de um trecho de H. G. Wells, "O Desabrochar da Estranha Orquídea", que não ilude a quem quer que seja. O pequeno diálogo é bem claro, direto e perturbador, embora ainda assim, permaneça misterioso:

– Não gosto dela – disse a governanta – tem um formato muito feio.
– Quanto a mim não vejo sequer que tenha forma.
– Não gosto dessas coisas espetadas para fora – teimou a governanta.
– Amanhã vou plantá-la num vaso.
– Parece uma aranha.

10 de janeiro

Veja como são as coisas e como os fogos de artifício se entrecruzam sem que se faça a menor força para isto: no dia 19 de março de 1959 eu falava no nome de Félix Labisse, dizendo que num texto de René Huyghe de quinze anos atrás, no capítulo dedicado ao "Retorno à Vida Interior" (Nova Geração de Pintores Franceses), ele estava ao lado de Balthus, Bérard, Coutaud, Gruber e Venard. Jamais ouvira falar dele até a leitura daquele texto repleto de ilustrações e assim também pude ver um dos seus quadros. Agora encontro-o em pessoa na casa de Francisco Matarazzo Sobrinho, conversando animadamente com Yolanda Penteado. Chamou-me atenção a sua cabeleira totalmente branca. Se de fato nasceu em 1903, devia estar com 56 anos. Fomos apresentados em seguida e falamos bastante. Lembrei-lhe o álbum de René Huyghe e a presença de Balthus. Ele não fez nenhum comentário, mas nesse momento seus olhos pareciam sorrir. Poucos dias depois, passou na Galeria das Folhas. Eu acabara de sair, assim deixou-me um bilhete que me foi entregue no dia seguinte. Embora elogioso, guardei-o comigo mais pela coincidência dos acontecimentos do que pelo que ele disse. Em todo caso, sou-lhe grato.

2 de fevereiro

O trabalho prossegue, e mesmo que esta exposição no Museu de Arte Moderna de São Paulo marcada para o dia 24 de maio fosse hoje, tudo estaria pronto. Difícil se me afigura escolher entre tantas e variadas formas de expressão cerâmica, ou seja: placas ovais e retangulares, relevos, pratos, pequenos murais e alguns vasos. Acontece que sempre a preparação de um catálogo exige antecedência e o museu pressiona e adverte para as dificuldades de uma boa impressão, etc. O texto será o mesmo de Ariano Suassuna, colocado no meu projeto de livro, feito pelo Gráfico Amador, uma vez que as cerâmicas comentadas são praticamente as mesmas, apenas com algumas peças acrescentadas. O título deste texto, "Brennand – Um Mundo Novo", é mais que sugestivo e acredito que neste momento, no país inteiro, ninguém penetraria tão expressiva e profundamente nestas imagens. Pedi a Flávio Motta que se ocupasse da parte gráfica do catálogo ou pelo menos que tentasse uma orientação junto ao pessoal do MAM. Suponho que a direção não criará empecilhos.

3 de fevereiro

Em São Paulo, o irrequieto Flávio Motta habituou-me a frequentar, todos os dias, a Fundação Armando Álvares Penteado, onde temporariamente estava albergado o grande acervo do MASP, cuja sede na Rua 7 de Abril, passava por reformas. Flávio era, também, professor desta Fundação e membro do seu Conselho de Ensino, o que me ensejou demorado contato com outros professores e alunos, numa espécie de franca camaradagem que muito me facilitava o trânsito e a permanência neste recinto. Entre outros, lembro o excelente pintor e gravador Eduardo Sued, nascido no Rio, mas lecionando em São Paulo pintura, gravura e desenho. Curiosamente esteve em Paris no mesmo ano em que eu também lá estive (1951) e frequentou as academias Julian e La Grand Chaumière. Também João Rossi, pintor e ceramista de grande habilidade, que lecionava numa turma cada vez mais interessada nesta renascente forma de arte.

Contudo, meu maior interesse e fascínio concentrava-se na grande sala de exposição do acervo do MASP. Essa fantástica coleção de pinturas e esculturas, surgindo praticamente do nada, a não ser de um súbito ideal visionário desse jornalista de gênio que é Assis Chateaubriand, pouco possuía em comum com as suas congêneres europeias ou norte-americanas. Não foi obra de doação de nenhum mecenas, pois o doutor Assis não colecionava coisíssima alguma (a não ser triunfos) e nem ao menos nasceu de uma demorada elaboração, conquistada palmo a palmo, anos a fio como aconteceu com a Fundação e Coleção Oskar Reinhart, em Winterthur, na Suíça, obra de um mecenas, cuja dedicação corresponde a uma grande parte de sua vida a serviço das artes. Não, o museu brasileiro, MASP, nasceu num passe de mágica e audácia, só possíveis nestas paragens e nestas temperaturas. E se para tanto necessitava ainda de um *expert*, a escolha não poderia ter sido mais acertada, recaindo no professor Pietro Maria Bardi. Não mais precisamos, nós brasileiros, ultrapassar os contrafortes Alpinos ou dos Pirineus para vermos um Piero di Cosimo, um Giovanni Bellini, um Mantegna, um Ticiano, um Cranach, um Holbein, um Greco ou um Goya. Eles estão todos aqui em território brasileiro, quer sejam clássicos ou modernos, quer sejam espanhóis, franceses, flamengos, alemães ou italianos; estão todos aqui. E, parece, vieram para ficar.

4 de fevereiro

Ninguém pode imaginar o espanto de que fui tomado na primeira vez que me coloquei diante do *Autorretrato do Gólgotha*, de Gauguin, e, novamente, recordei a amarga herança dos deuses e seus últimos dias de desespero quando, inclusive, pensou em voltar à velha Europa de há muito repudiada.

Rever como quem apenas por acaso encontra uma amiga querida, em lugar inesperado. Saudá-la, amável senhorita Zéllie Courbet, aquela que o crítico André Chamson descreveu como um "fruto de refulgente carnação", a mesmíssima jovem raptada da tela de Courbet para o invernoso castelo de Chassy, de Balthus, e lá reintegrada no *Les beaux jours*, como num sequestro e violação consentidos. Em todo caso, continua jovem e igualmente desejável, o que não acontece com a irmã Juliette – a preferida de Courbet, a mais bela e a mais moça e, agora (quase na mesma posição em que foi pintada, nos seus momentos gloriosos de casta juventude), de luto e trinta anos mais velha. Saúdo-te assim mesmo, com a mesma cortesia do teu irmão quando, não conseguindo fazer aceitar o teu belo retrato de mocinha no salão de 1845, prometeu mostrá-lo um dia com o nome secreto de Baronesa de M., o que só veio acontecer em 1882, quando o pintor já havia desaparecido... Consegui enfrentar o mais belo retrato de Cèzanne, *Madame Cézanne en rouge*, uma obra-prima, cuja presença, por si só, já justificaria a fama de qualquer coleção.

5 de fevereiro

Suponho que esta deve ter sido, em parte, a verdadeira razão da curiosa visita de André Malraux o ano passado à cidade de São Paulo, tão somente para rever essas obras-primas, reconhecê-las, batizá-las e consagrá-las à sua maneira.

Vi, e outras testemunhas devem ter percebido o mesmo, quando, recém-chegado de Brasília, penetrou nos salões da Fundação com os olhos refulgindo, à procura da ambicionada presa. As apresentações protocolares não lhe diminuíram o fulgor da testa larga e possante, embora um tanto descarnada. Os primeiros passos em direção aos quadros, os primeiros comentários, seguidos de longo silêncio e, depois, novamente, a palavra mágica que a precisão do gesto não fazia senão confirmar.

A fascinante demonstração do espírito gaulês diante da graça infinita do *Retrato de Marthe Bérard*, imitando-lhe burlescamente o gesto das mãos entrelaçadas sobre o baixo ventre, apenas tangenciando a linha magnífica do cetim cerúleo sobre um negro azulado de profundezas abissais. Renoir não teria feito melhor ao sugerir à encantadora modelo sua pose definitiva. O ministro, o artista, ou o ator, quem se responsabilizava pela cena? Ainda deu mais dois passos atrás para, repentinamente, como se dirigisse a si próprio à *mademoiselle*, dizendo: "Assim é melhor!". Logo adiante o seu longo sorriso (que procurou a necessária cumplicidade na plateia que o acompanhava), na presença do *Grande nu*, obra do mesmo pintor: aquela maré sublime de carnações iridescentes, um rio, um oceano de sensualidade e poesia.

O que o fez parar, mudo e atencioso diante do *Escolar*, de Van Gogh? Ele não poderia, de certo, ali em público, falar das paixões humanas e do desespero. Silenciou e prosseguiu. Lá estava ele, agora, diminuto, mas distinto diante da *Vênus vencedora* colocada no seu pedestal e pronta para adoração. Símbolo de uma cultura que costuma remanejar paixões ociosas e colocá-las sob os cuidadosos preceitos da razão: "Lá, onde tudo não é senão ordem e beleza, luxo, calma e voluptuosidade".

Os seis Modiglianis e a bela natureza morta de Matisse – *O torso de gesso* – foram devidamente apreciados, e nenhuma dessas obras e tantas outras deste mesmo acervo escaparam de seus comentários, às vezes cheios de malícia...

Chegava afinal a vez dos clássicos, e a pequena corte que o rodeava mal deixava uma brecha para ouvi-lo e acompanhá-lo. Vi-o à distância, diante do *Cardeal Cristoforo Madruzzo*, de Ticiano, retrato de corpo inteiro (2,10 x 1,09m), e o que não daria para ouvir neste momento! Ele estava, enfim, diante de alguém... diante de um homem como ele que, por paixão intelectual e experiência política (os dois não eram homens com quem se brincasse), poderia acrescentar alguma coisa aos intrincados e absurdos segredos do poder. Um cumprimento tácito de reconhecimento, talvez até uma simples cortesia entre potentados. E o cortejo prosseguiu em direção a outros italianos de igual importância.

Chegou a minha vez de me defrontar com Madruzzo. Chamei atenção de Carlos Pinto Alves (que me acompanhava desde o início da visita) para os olhos do Cardeal e para o seu indefinido sorriso... Decerto apertava os maxilares ao adivinhar "o horror, o horror" da condição humana! No entanto, não havia cólera nem desdém na sua expressão, tampouco piedade... Carlos concordou. Ele não é cego; é um dos homens mais inteligentes desta Província de São Paulo, a que chamo de província, não por desmerecê-la, mas para engrandecê-la na lembrança dos seus heroicos primórdios. Sem pressentir que Carlos não estava mais ao meu lado, eu continuava com as minhas digressões: o Cardeal, como príncipe da Igreja, participara do Concílio de Trento, segundo diz o catálogo. E o seu gesto de entreabrir uma cortina, parece revelar alguns dos mistérios que o envolvem... Virei-me para sentir a aprovação de Carlos, mas ele já estava longe, do outro lado da sala em demanda à comitiva que, a meu ver, apressava o passo embora estivesse reunida, lá adiante, ouvindo os comentários de Malraux sobre Goya. Decerto Carlos não veio ao recinto do Museu à procura das minhas opiniões, e sim – mesmo que por fragmentos – escutar Malraux. O romancista de *A condição humana* falava agora de Ferdinando VII e do *Retrato da Condessa da Casa Flores*. Não dava para escutá-lo, mas adivinho que repetia o que disse no seu admirável *Saturno – Um ensaio sobre Goya*: "Sua arte de retratista tornou-se uma das mais ricas e sutis que se conheceu no Ocidente". Diante do enorme retrato de *D. Antonio Llorente*, aquele que apesar de sua figura sombria e sardônica não consegue esconder abaixo da batina curta os enormes pés, calçando luzidios sapatos negros de fivelas, fato especioso que neutraliza a sua perigosa índole em algo de grotesco ou mesmo infantil. Malraux certamente prosseguiria: "Ele procura o estilo do seu gênio e não da sua moral. Ele é racionalista como Cervantes, um romancista de aventuras, e como Dostoiévski, um romancista social. O racionalismo de seus comentários dos *Caprichos* é moralizante, mas quase todos os profetas do irremediável – por menores que sejam – pretendem ser moralistas: Pascal, Baudelaire, Dostoiévski, Tolstói, Nietzsche...".

A comitiva já se ausentava e não me preocupei em desgarrar do grupo, seguindo na direção da tentadora *Angélica aprisionada*, de Ingres, e lá fiquei pasmo de tantas audácias reunidas num só quadro... Um belo e sugestivo formato oval parece desculpar as *extravagâncias* e de uma certa forma as justifica.

6 de fevereiro

André Malraux saiu da Fundação direto para a V Bienal a convite de Francisco Matarazzo Sobrinho e, apesar da exaustiva maratona pictórica realizada diante dos seus mestres conhecidos, ainda teria de enfrentar uma espécie de corrida de obstáculos ao deparar com os mestres do desconhecido... O resultado dessa visita na V Bienal, alguns jornais paulistas comentaram com visível atrapalho, outros do Rio de Janeiro foram mais explícitos, sobretudo a *Tribuna da Imprensa* quando não se negou a afirmar que Malraux deu destaque aos pintores primitivos brasileiros (lembrar que eu estava, por equívoco da comissão julgadora, incluído entre estes).

Se perguntassem a mim o significado desse verdadeiro acidente de percurso, em face dos expositores vanguardistas brasileiros sentirem-se contrariados pelo pouco caso de Malraux, eu diria: sou levado a acreditar que o ministro, olhando de viés em direção ao verde (pela primeira vez encontrava esta cor em todo recinto da gigantesca exposição), descobriu os primitivos e as minhas três telas. De uma certa maneira essa descoberta afinou-lhe a leitura dos meus "colegas" primitivos, os quais, por sua vez, na sua rude inocência, lançaram luzes purificadoras sobre os meus incipientes barbarismos... Essa mistura ideal para os olhos cansados do ilustre visitante, fê-lo dizer: "Magníficos e puros!". Presumo que foi tudo. Aos que desejam levar o "incidente" mais a sério, leiam o artigo de Sérgio Milliet, cujo título "Advertência de Malraux" interessará e, ao mesmo tempo, apaziguará gregos e troianos. Tomar igualmente conhecimento sobre o que pensa o autor de "Os Conquistadores" (discurso pronunciado no Rio de Janeiro), a propósito da cultura do Terceiro Mundo.

10 de fevereiro

Confesso estar entediado desses encontros hilariantes e, na realidade, cresce a indagação: o que tem a ver tudo isso com os problemas reais da pintura? Pior ainda é recordá-los e transcrevê-los permanentemente... E, se estou às vésperas de uma nova exposição, presumo que mais uma vez me encarregarei de descrevê-la... Dentro de pouco tempo, com mil e uma desculpas e os naturais subterfúgios, recomeçarei.

12 de fevereiro

Pela manhã, durante o trabalho, no singular ato do trabalho, quando a atenção vagueia entre o que se faz ali, na sua frente, e aquilo que permanece distante, mas não afastado, estranhos pensamentos nos ocorrem. Inúmeras vezes senti-me atordoado pelas lembranças ainda tão próximas, mas em território alheio. Tudo isso contamina o espírito, acabando por modificar os humores, como se na verdade a vitória fosse muito maior: uma espécie de guerreiro, carregando uma lança, já presumir a possibilidade de invasão e conquista da Gália. Algo, por assim dizer, prematuro, funesto, venenoso e desabrido, quase uma espécie de impaciente loucura. "Para o inferno com tanta grandeza!", eu pensava, enquanto os pincéis construíam castelos, desenvolvendo sonhos remotos, muito além das palavras. Entretanto, daqui a algumas horas, quando as placas cerâmicas penetrarem no labirinto das fornalhas, a sua linguagem com as chamas será muda e indiferente, quando profundas transformações acontecerão. Dentro daquela matéria, aparentemente inerte, um novo universo dará prosseguimento aos incansáveis processos da natureza, realizando silenciosamente os sonhos mais enlouquecidos.

20 de fevereiro

Alguém reclama do meu mundo fechado: "Simplesmente ele não tem direito de exercer este papel. A sua representação pode ser trágica, mas, no fundo, não passa de um endemoniado egoísta". Talvez essa pessoa tenha razão. No entanto, de uma só coisa ela não se apercebe: por vezes, o artista consente no aniquilamento.

21 de fevereiro

Uma novela que se passa num só dia de sol ardente e cujo título idiota justifica a ausência de acontecimentos. Pensar em três títulos diversos: "Casario de Cássio", "Conforto para Você no Lar," e "Próximo Espetáculo." Este último parece perfeito porque sugere ação, como álibi, para o não acontecimento. Sempre estaremos à espera de um próximo acontecimento que não acontecerá, etc. A meu ver, talvez peque pela excessiva redundância, ou seja, é lógico em demasia. O segundo é o mais tolo de todos e, portanto, o mais provável de ser o escolhido. Já o primeiro tem uma sonoridade admirável, beira a sandice e, por isso mesmo, é um forte candidato ao prêmio.

Segundo eu soube, em Paris, no dia 11 de maio de 1950, estreou com verdadeiro sucesso a representação de *A cantora careca* (antipeça) do romeno Eugène Ionesco. No ano de 1952, no apartamento de minha irmã, em Lausanne, peguei numa revista qualquer onde o crítico (não sem razão) exaltava as qualidades histriônicas do autor, mas sustentava a tese do absurdo de um tal teatro.

Ora, se não estou enganado, é exatamente isto que pretendeu e pretende Ionesco, o que não difere da linha do irlandês Samuel Beckett, quando este denuncia o absurdo da condição humana na sua peça *Esperando Godot* (1953). Confesso que ainda não li nenhum dos dois autores, mas a pequeníssima amostra da revista, cujo crítico erudito se esforçava por convencer o romeno doidão de que não é assim que se escreve teatro, foi para mim um acontecimento notável. Jamais esqueci esse trecho de *A cantora careca*:

Mme. Smith:
– Na vida, é preciso se olhar pela janela.
Mme Martin:
– Pode se sentar na cadeira, uma vez que ela não esteja lá.
M. Smith:
– É preciso pensar em tudo.
M. Martin:
– O teto é em cima, o assoalho é embaixo.

26 de fevereiro

A minha repentina desconfiança com as palavras me faz reconhecer a necessidade de contrariar toda espécie de conversa desordenada. E nos escritos, num enxugamento dos textos, liquidar com esse aparente cinismo que faz desmoronar o sábio edifício da linguagem, essa aceitação tácita de Babel. Na verdade, não é assim que conversamos, na suposição ilusória de estarmos sempre a dizer alguma coisa significante? Dias atrás, repentinamente, desgostei do tom da minha própria voz. E, assim, ao recordar Ionesco, esse fato fez-me um certo bem. Pelo menos mal foi que não fez.

Meu bom amigo paulista Carlos Pinto Alves parece detestar Beckett, segundo me disse ao desaprovar o texto de *Esperando Godot*. Mas, por acaso, o admirável Carlos não é o "homem que perdeu a sua cidade" na significativa expressão do seu amigo Albert Béguin? Não seria este acontecimento, para um início de conversa, igualmente absurdo? Aqui, no nosso meio, a posição de Suassuna é notoriamente contra tais experimentos e licenciosidades com a arte e com a vida. Concordo com os dois, ainda que não aborde o assunto por um tal prisma. Presumo apenas que a "coisa" deve ser em extenso um pouquinho mais complicada. O meu interesse pelo autor de *A cantora careca* – apesar das suas singularidades – ficou nisto ou não passou daí.

Prefiro os relatos de Melville ao caçar uma feroz Baleia Branca, embora mais uma vez me passe pela cabeça o teor absurdo daquela transcendental perseguição. E por falar em transcendentalismo, não foi o filósofo Kant quem influenciou a Escola Filosófica Americana de igual nome, a qual teve em Emerson o seu expoente e que se caracterizava por um certo misticismo panteísta? Esses dois grandes americanos foram contemporâneos e praticamente da mesma geração. Aonde quero chegar? Bem, estávamos discutindo o *absurdo* quando, despropositadamente, misturei *A cantora careca* com *Moby Dick* (uma questão de gosto, eu disse) e, como uma coisa arrasta a outra, caímos de chofre no transcendental e daí em Immanuel Kant. E como eu jamais soube a quem devo a expressão "se Deus não existe, tudo é permitido", atribuindo-a ora ao filósofo, ora a Ivan Karamázov (digo, a Dostoiévski), por critério de antiguidade, prefiro ficar com o filósofo.

Partindo, portanto, dessa absurda premissa, enfim podemos resumir a questão no seguinte: Beckett, Ionesco e equivalentes (inclua-se nestes equivalentes toda a literatura moderna e os seus endemoniados representantes), são ainda pequenos *Cavaleiros do Apocalipse*, desde que os grandes, estes, ainda estão por chegar.

Voltando ao conceito do absurdo, o fatal seria não descobri-lo a tempo num mundo de deuses assassinados. Todos os deuses. Mas será que os assassinamos a todos, não restando nenhum deles, nem mesmos os mais arredios, aqueles que, não estando nas mitologias, permanecem secretos e inabordáveis? Talvez esses não tenham sido feitos à nossa imagem e semelhança, e, portanto, não há como descobri-los. Pesa-nos ainda o temor de sabê-los impiedosos, desde que também eles não nos reconheçam. Estão presentes e ativos, mas são indiferentes, embora não percam por isto seus atributos divinos. Apenas não têm face.

Longe de mim propor uma falsa equação cujo desdobramento é infinito e absurdo. Se falamos da expressão de Albert Béguin apontando o seu amigo Carlos Pinto Alves como "o homem que perdeu a sua cidade", o fato não é mais nem menos absurdo comparado com o homem da *Metamorfose*, aquele saído do conto de Kafka e subitamente transformado numa barata. Suponhamos um homem acordando em sua cama e, em seguida, percorrendo todas as habituais rotinas diárias, até chegar à mesa de refeições, onde toma o seu café. Logo adiante, despede-se da esposa e abre a porta da casa que dá acesso a um pequeno jardim mal cuidado e depois de alguns passos, chega ao portão e verifica que a rua sumiu, ou melhor, se não sumiu, seguramente não é mais a mesma rua... E assim, passo a passo, assombrado, percebe que não só a rua, mas toda a cidade era uma outra cidade. Angustiado, tenta retornar à sua casa e aos seus jardins, mas, como se distanciara, já não acerta voltar. Perde-se naquele labirinto de ruas desconhecidas para sempre. Pelo pouco que Carlos falou de Béguin, este não me pareceu de forma alguma alguém propenso apenas às figurações. Havia uma intenção profunda nesta expressão, cujas consequências seriam, de fato, abrangentes e inexoráveis. Somos todos homens que perdemos as nossas cidades, alguns com mais rapidez, outros tão lentamente que não chegam a se aperceber.

2 de maio

> *Encontramo-los em pintura de caça, quadros cujo assunto era a coisa sempre presente na vida medieval – a floresta – vista como o caçador ou viajante desgarrado a vê com o seu emaranhado complexo de folhagem minuciosamente representado...*
>
> Aldous Huxley

Essa modalidade de pintura chegou ao auge de sua perfeição em obras da magnificência e encantamento de um *Santo Humberto*, de Pisanello, e de uma *Caçada no bosque*, de Paolo Uccello... Foi a evocação de alguém tão raro como Pisanello que me levou a traçar, numa tela de grande formato (4,00 x 2,60m), os esboços dessa lenda exemplar. No quadro de Pisanello, o rei se mantém a cavalo mesmo após deparar com o cervo milagroso que carrega um crucifixo entre os chifres. Numa versão, mais ao norte, o Mestre de Werden coloca o soberano prostrado de joelhos, mãos postas em atitude de oração, face a face com o cervo.

No meu plano de desenho, três caçadores desmontados participam da cena, sendo que o caçador central tem porte maior e aparece aureolado como um santo. O cervo se encontra no canto direito da composição e levanta-se nas duas pernas traseiras, empinado como um pequeno potro. Na sua testa, o crucifixo está bem visível entre os chifres arbóreos. Uma imensa quantidade de pássaros voa entre as folhagens ou se apoia em caules muito finos. Coelhos, raposas e cotias correm pelo chão atapetado de vegetais. Nenhum espaço vazio – todas as formas, sejam elas pequenas ou grandes, preenchem cerradamente a composição –, tudo num só grande plano, à maneira das tapeçarias mais primitivas, como por exemplo *A mulher selvagem com o unicórnio*, século XV (Museu Histórico de Basileia).

Não posso absolutamente saber o que sucedeu para nada ter dado certo. Talvez a espada tenha sido bem maior e mais pesada do que o braço poderia suportar ou, talvez, a ganância desaforada do braço não encontrasse na espada a altura de sua pretensão... O quadro terminado pesava uns quilos a mais em face do acúmulo de tinta que, em alguns lugares, mais parecia um relevo do que uma pintura. Resolvi raspá-lo com presteza enquanto a tinta não houvesse, de todo, solidificado. A ação exigia mãos operosas, a fim de evitar danos à tela e ao próprio desenho, ainda perfeitamente definido e aproveitável. Chamei "Antônio pedreiro", um emérito caçador, que, ao mesmo tempo, servira de modelo para as três figuras do quadro. Em seguida, começamos o serviço de raspagem... Contudo, nem com o máximo de nossos esforços conseguimos tirar a metade daquela tinta, já impregnada na superfície da tela. Só se arrancássemos o próprio tecido e era isto exatamente o que eu procurava evitar. Antônio sugeriu uma esponja ou um pano embebido em terebintina, atuando como um removedor, de um certo modo desaconselhável, em face de aniquilarmos a justeza do desenho e do plano geral da pintura. A situação tornou-se duplamente crítica quando, com um golpe desastrado de espátula, Antônio furou a tela. Eu não disse nada, mas suponho ter demonstrado o meu profundo desapontamento. O rapaz estava lívido e eu também. A enorme tela ali estendida na parede, fixada com pregos nas extremidades como se fosse um couro de boi colocado para curtir, era uma espécie de tesouro desenterrado e, agora, subitamente vazio. Tudo, em poucos instantes, afigurou-se-me perdido. Representava mais de vinte dias de trabalho ininterrupto, somados a algumas noites insones... Mais uma vez me perguntava qual teria sido a falha. Ah!, se fosse verdade o velho ditado francês: "Nenhum esforço se perde...". Procurei sentar-me para tomar fôlego e decidir o que fazer. Isso não evitou outras estranhas consequências (levando em conta a minha habitual cortesia com os meus ajudantes) e, portanto, nada mais surpreendente do que o grito solitário e desconforme saído da minha garganta: "Deixe-me só!". Um grito alarmante, como se o pobre homem fosse o único culpado de todas as minhas vicissitudes passadas, presentes e futuras.

Ele ainda não havia descido toda a escada do ateliê, quando, mais uma vez, com o mesmo diapasão de voz repeti: "Deixe-me só!!!". Desta feita eu tinha certeza de que esta desejada solidão era uma total impostura. De fato procurava alguém que, naquele momento, pudesse servir de vítima... Só não me levantei para correr atrás do infeliz pedreiro, fazendo-o retornar, porque ouvi sua voz nos jardins, bem abaixo de minha janela, parlamentando com as minhas duas filhas. Com certeza elas escutaram o grito e procuravam saber o motivo de todo esse alarido. Temi que subissem ao ateliê, mas nada aconteceu. Um silêncio agônico parecia acentuar a palidez da tarde repousando sobre a mata escura, sobre os vales em parte ainda ensolarados e dentro em breve atingiria a casa que, no topo da colina, teimava em acender-se de luzes e de vozes... Ao levantar a cabeça em direção à grande parede, onde a maldita pintura insistia em se fazer presente, fui surpreendido por uma repentina visão: feixes de luz dourada envolviam os pássaros, em diferentes matizes, misturados a um estranho e insistente resplendor de frutos que, luzindo entre ramagens e folhas bojudas, de um verde muito escuro, se assemelhavam a gemas acesas anunciando o "Cervo Milagroso"...

13 de agosto – domingo
A semana é agitada pelas perspectivas do I Congresso de Crítica Literária. Presenças dos escritores Jorge de Sena, Ernesto Guerra da Cal, Roberto Alvim Correa, Eduardo Portella, Geraldo Lapenda, entre outros. Não sei se por coincidência ou se a convite desse mesmo Congresso, também se encontram no Recife os escritores Jean-Paul Sartre e Simone de Beauvoir. Para mim, essa reunião poderia passar despercebida não fora o entusiasmo de César Leal, e, como o poeta é nosso amigo, acabamos em parte envolvidos. Além de tudo, Carlos Pinto Alves, vindo de São Paulo, está hospedado em nossa casa há cerca de uma semana e soubera por Roberto Alvim Correa da existência desse Congresso e da presença de Sartre e Simone de Beauvoir. Sobretudo a presença de Simone, a ele parecendo tão expressiva como encantadora: "Falar com essa mulher lendária cuja influência foi decisiva na formação de minha filha!". Contudo, apesar da expectativa de encontrá-la, confessava-se definitivamente intrigado: em que termos deveria falar-lhe? Chamá-la de madame Sartre não lhe parecia apropriado, em vista dos parceiros não serem casados. Mas, tratá-la como madame de Beauvoir, igualmente não lhe soava bem. Faltava neste último algo de mais íntimo e aproximativo. Daí, quem sabe, talvez madame Simone, ou mesmo Simone que, por direito e diferença de idade, lhe cabia usar. Esses conflitos semânticos ou de simples cortesia ele suportou com bravura durante a semana inteira, à espera desse domingo quando aconteceria o encontro na nossa casa do Engenho São Francisco. Portanto, aguardamos hoje a pequena comitiva de intelectuais acompanhando os dois escritores franceses. Logo depois do almoço, fomos avisados

que só no fim da tarde a visita se efetuaria. Carlos afligiu-se de pronto, em face de não poder faltar à sua missa dominical.

E, assim, passando por cima de sua enorme vontade de conhecer o casal ilustre, pediu-me para procurar uma igreja que oficiasse uma missa vespertina. Carlos cumpriu os deveres de sua fé, mas quando chegamos de volta à velha casa do Engenho São Francisco, a comitiva do escritor – na realidade bem reduzida, notando-se inclusive a ausência dos outros intelectuais, já permanecera ali por mais de uma hora – estava de saída. O grupo descia as escadas à procura de seus automóveis e nós, recém-chegados, em sentido contrário, subíamos essas mesmas escadas, com o almejado encontro dando-se no limbo, ou seja, nem no inferno nem no céu. A meio caminho da bem-aventurança e da perpétua condenação, algo neutro, disforme e confuso. Na realidade, mais uma despedida do que um encontro.

Trocamos algumas palavras como meros símbolos de cortesia. Estávamos quase no escuro, as luzes acesas do terraço apenas incidiam nas costas dos visitantes, apresentando-lhes a nós outros como silhuetas desengonçadas e fantasmagóricas. O casal era de baixa estatura, sendo dona Simone quase seca, além de pequenina. O grande Carlos participou dessa troca de inusitadas cortesias, mas manteve-se digno e contido. Não disse palavra. Em seguida, eles partiram. À noite, durante o jantar, ouvimos dos serviçais, que haviam feito as honras da casa, a descrição um tanto original de como a comitiva havia se comportado; o que de fato apreciara, comera e bebera. Deborah, como sempre, deixara preparado aquilo que devia ser oferecido na ocasião, levando em conta o horário, a natureza do ofertório e sua qualidade. Apenas um detalhe destoante: a grande fruteira repleta de frutos tropicais, arranjada com toques de um Gauguin e de requintadas naturezas mortas flamengas, onde se misturavam as mais variadas espécies, incluindo folhagens de diferentes cores e ramos retorcidos em volutas e espirais (conferindo ao conjunto um quê de estranheza quase pecaminosa) sobrepostas por grandes castanhas e pequenos frutos silvestres amarelos, os quais serviam como indispensáveis arremates luminosos. Esse arranjo floral não era para ser tocado, apenas apreciado de longe, como quem visualiza um quadro ou uma vitrine e, no entanto, fora literalmente devorado...

À noite, na varanda, confesso não termos falado com a devida simpatia em relação a Sartre, mas tampouco o criticamos. Não estávamos qualificados para tanto. E, de resto, conhecíamos pouco de sua obra. Eu ia dizer alguma coisa do seu ensaio sobre Baudelaire e desta feita iria desancá-lo sem piedade, quando o mordomo Pedrinho, conhecido na casa como um pouco "idiota", acercou-se com a bandeja de café e reverenciosamente nos serviu. Momentos depois, disse: "Meus amigos, eles comeram até a decoração!".

20 de agosto – domingo

Não é fácil fugir das pessoas desocupadas.

Cesare Pavese

Experiências semânticas dadas ao arrepio e vagares diante de textos clássicos, ou mesmo o contrário da boa-fé, significando o avesso da clareza, da lucidez, da argúcia, do estilo e também do falatório organizado.

O autor dessas "mal traçadas linhas" parece duvidar de si e dos outros quanto à maneira convencional de dizer as coisas, embora reconhecendo considerável esforço de muitos (após Babel) estabelecer índices mínimos de confusão semântica. Note-se também que não há nenhuma intenção de inovar, não só na forma como no conteúdo. Essas experiências se agrupam isoladamente a uma espécie de remanejamento de linguagem com o fito de "expurgar" certos vícios de expressão por vezes enfatuados e até solenemente pretensiosos... Em todo caso, longe de ser uma afinação de um instrumento qualquer, é antes quebrar-lhe todas as cordas e depois bater com ele na cabeça do maestro. Enfim, não é nada, absolutamente nada... Talvez algo semelhante ao desagradável ruído de uma porta que bate com estrondo no fim de um corredor, numa casa fechada e deserta... Ninguém escutou nada, a não ser um vizinho que praguejando exclama: "Malditos foguetes!".

Pela manhã, muito cedo, antes das seis horas, subi ao ateliê à procura de meus cadernos menores (percebam a malandragem), desde que dos maiores reservo suas páginas para o diário e não para anotações corriqueiras. Encontrando o dito bloco, começo a escrever o que se segue: "Que haja o cuidado especial na investigação dessas notas, selecionando-as no gênero de uma prosa neurastênica e ensandecida".

Um louco não se expressaria nestes termos, muito menos uma criança ou mesmo um pobre de espírito (pois não é destes o Reino dos Céus!). Quanto aos loucos, não foi do admirável Chesterton o comentário de que eles, "os loucos", podem ter perdido tudo menos o uso da razão?

Não lhes imputaria, portanto, a paternidade de tamanhas asneiras. Estritamente pessoal (uso indicado):

• Dizem que é ele o rei dos/reis/dizem/até que ele é três.

• Conseguir atrapalhando eis o texto idealizado/fazer o que redondo?

• Lá vem o atrevimento do óbvio escrever bem tacitamente e citações não chegam.

• Fazer de sinais um pouco mais que sinais e novos enredos.

• Como assim condensado em princípios pode ser tudo/e o contrassentido das coisas como fica?

• O que ouvido não escuta sabedoria não é.

• Ele é tolice suicida convergente e elucidativa afinal.

• Descobri ontem o em face de e o em vista de desde que já me cansava do por conta e do a ponto nem se fala.

• Cavalo dado não tem dano ou dono?

• Asneiras de tolo é privilégio da escrita ou do escriturário que se diz escriba e não passa de um escrivão.

• Preguiça de pensar dá em cochilar o que é rima funda. Que belo encontro agora rima funda e não rima afunda.

• É claro que a ordem desordenada venha alterar a ordem dos fatores.

• Como contar a perfeição um dois três quatro como flaubertizar (mistura de batismo com Flaubert) tudo isto sem contar ponto e vírgula?

• Amanda Luíza desceu as escadas e não caiu de sua fina cintura toda alegre da manhã em sua vasta cabeleira encaracolada. Quando em chegando o sóbrio e quase sombrio Laércio ela já estava morta. Dizem as más linguagens que Laércio nada de sóbrio tem apenas reserva solenes aptidões para o cansaço.

• Começar e recomeçar, contudo, a história de Brivaldo, irmão caçula de Ernesto, ou então iniciar o romance como a Maria costuma errar: tu ainda não começou apitando?

Esses quinze desordenados aforismos nada têm a ver com a escrita automática dos surrealistas de talento – o assim chamado "automatismo psíquico puro" – que tanto fez as delícias dos dois primeiros decênios do nosso século. Nem com os neologismos da escrita genial de Joyce, nem tampouco com a prosa engenhosa e ricamente estruturada de Guimarães

Rosa. Como já expliquei, não passa de um *manifesto neurastênico* a explodir tolices e talvez nem isso. Ressalvo o início da contenda, onde fica bem clara a ausência de outras mágicas. Em tempo, assinalou-se o *uso indicado* extremamente pessoal.

1961

Engenho São Francisco

12 de agosto

Para levantar a terra, deem-me uma alavanca.

Arquimedes

Posso bem imaginar – e de uma certa forma invejo – os primeiros dias da Conjuração Pernambucana, quando alguns patriotas, tendo à frente João Fernandes Vieira – senhor da grande Várzea do Capibaribe e aquele que mais teria a perder, porque o mais rico de todos – e o paraibano André Vidal de Negreiros, pronunciaram as primeiras palavras de ordem entre as agitadas e cortantes folhas dos canaviais. Foi o momento solene das primeiras juras e quando, ao longe, rufaram os tambores ainda sem grande alarido.

Aproveitando uma série de desenhos inspirados nos Retábulos dos Guararapes (que se encontram no Museu Arqueológico e na Igreja da Conceição dos Militares) realizados por mim em 1954 para uma exposição patrocinada pelo governo do Estado, comemorando o tricentenário da Restauração Pernambucana, trabalho agora nos primeiros esboços para a *Batalha dos Guararapes*, diante de desenhos e fotos dos retábulos que, certamente, me ajudarão a caracterizar a futura cena. A ideia da execução deste mural partiu dos irmãos Gilberto e Aluísio Faria, que hoje comandam o poderoso Banco da Lavoura de Minas Gerais. Lá de cima de suas montanhas enevoadas, insistiram rigidamente na escolha desse tema patriótico e sequer aceitavam qualquer ideia de substituí-lo. Poucas vezes nos apercebemos que o patriciado ainda existe em nosso país.

São poucos, muito poucos esses senhores, e vivem isolados nas mais diferentes regiões desse continente brasileiro; mas o fato é que existem e que muitas vezes podem se encontrar e se reconhecer silenciosamente.

Inicio a leitura de *O Castrioto lusitano* e outros textos patrióticos, acendendo a minha explosiva desconfiança contra os piratas flamengos (leia-se a Companhia das Índias Ocidentais Holandesas). Chego ao auge da exasperação, como se me preparasse psicologicamente, também, para a batalha final. Lastimo que esse grande muro, o qual servirá de palco para a representação da cena histórica, só tenha trinta e três metros e não sessenta metros como a tapeçaria da rainha Mathilda *(Tapeçaria de Bayeux)*. Gostaria imensamente que este mural, na sua essência, traduzisse o vívido horror de nossa inocente raça mestiça contra o rico e bem armado invasor (invasores de todos os matizes, visíveis e invisíveis) que, apesar de expulsos uma vez, ainda hoje teimam em nos cercar e nos ameaçar. Mas é preciso dizer ainda muito mais e, no entanto, não temos como dizê-lo. Um rei mestiço precisaria urgente colocar uma coroa na sua cabeça, mas não temos rei, e talvez não o tenhamos jamais. Alguém um dia terá de levantar a bandeira ultrajada, como nós a levantamos (pela primeira vez, Senhor!) em Guararapes.

É claro que, como ponto de partida (inclusive a extensão do muro já sugere), optei pelos cenários de guerra, inspirados pelos frisos e relevos românicos, por aquela estirada *Tapeçaria de Bayeux*, feita a golpes de espada, de lança, de flechas, de escudos, de roupagens exóticas e de guerreiros, flutuando nos benditos espaços do suporte mural (se preciso, de par em par, inimigos ou amigos). No nosso caso, fazer soar os assombrosos canhões, cujas balas (como frutos mortíferos), nem sempre são perfeitamente esféricas. Os mosquetes e mosquetões, as espadas e os seus golpes, as lanças alongadas, as alabardas, os arcos, os tambores, os capacetes do inimigo, os nossos chapéus de palha com penas verdes, amarelas e azuis (penas de araras). Que magnífico partido plástico poder-se-ia tirar desse conjunto, e depois, mais ainda do que o meramente plástico, haverá o *impulso sagrado*... A enorme vontade de expressar nestas pedras cerâmicas, cuja afoita composição torna-se compatível à mistura de argila da Paraíba, do Piauí (Oeiras – antiga capital desse estado) e de Pernambuco, no Engenho Uchoa, cujos barreiros já são os próprios Montes Guararapes ou suas cercanias.

Novamente pensar e repensar na arenosa, árdua e patriótica tarefa, usando terras brasileiras do Nordeste. Começar a narrativa épica do grande feito de nossas armas, como o despertar da nacionalidade. Desenhar e desenhar e ainda desenhar. O espírito tem os seus suportes mágicos, mas o desenho, este necessita também das mãos (nem sempre hábeis e cultivadas o bastante) para corresponder ao fogo da inspiração. Começo a acreditar que essa suprema habilidade (aferição permanentemente confusa) não era o forte dos artistas e tecelões da tapeçaria da rainha Mathilda. Eles não eram romanos, e sim românicos, e ainda distavam três séculos do *quattrocento*.

História curiosa também a deles: a conquista da Inglaterra pelos normandos, e desta vitória, como troféu, teceram essa tapeçaria que ainda hoje se encontra na cidade de Bayeux (Museu de Bayeux) e que, no fundo, não passa de uma matança de ingleses. Ironicamente, Bayeux foi a primeira cidade francesa liberada pelos Aliados e, portanto, uma invasão às avessas, efetuada em sua maioria por tropas inglesas.

22 de agosto

Além da *Tapeçaria de Bayeux* e dos diferentes Retábulos dos Guararapes, meus olhos se voltam para os afrescos românico-catalãos que se encontram no Museu de Barcelona e, de sobra, ainda Saint-Savin, Vicq e Tavanto. Pintura mural, senhores! Escrita no muro ou tecida em pano, mas, de qualquer forma, é sobre um suporte que as figuras devem repousar. Nada de "buracos" e confusões. Tudo num plano corrido para garantir a linearidade da composição. Eis aqui uma ligeira demonstração das dificuldades que me esperam. Nada está composto e nem sequer alinhavado, mas acredito que tudo virá com o tempo, com esforço e a vontade sequiosa de acertar.

Comecei a elaborar as placas definitivas para o mural da Batalha. Esse lento trabalho do suporte cerâmico (placas medindo 40 x 24cm de uma composição argilosa parcialmente refratária) que passará, posteriormente, por altíssimas temperaturas (1.400ºC) repetidas vezes, será decisivo no decorrer do projeto, seguindo pacientemente o valoroso exemplo do pintor Miró e do ceramista Lorenzo Artigas, no mural da Unesco (Paris). Como eles, efetuarei essas sucessivas queimas até conseguir uma matéria adequada, cujas superfície e entranhas lembrem a própria natureza da pedra (rocha basáltica). Só assim começarei a pensar na execução da pintura propriamente dita. Conclui-se que tudo deve permanecer em torno dessas experiências e dos resultados conseguidos. As pedras cerâmicas, pintadas em diferentes valores tonais, formarão um verdadeiro mosaico que, visto a uma certa distância, enriquecerá toda essa imensa superfície, obrigatoriamente valorizada e tendente a unificar-se com o posterior grafismo e com as cores. Estas, por sua vez, dosadas na sua transparência ou opacidade ideais, lembrarão certos efeitos das pinturas parietais e dos afrescos primitivos. Confesso que, no momento, os excessos de expectativas literárias (vício incontrolável do meu caráter), bem traduzidos como falar em demasia, prejudicam e atropelam essa parte da elaboração, importantíssima para o efeito final do conjunto.

O meu espírito, no momento, se ressente de pesadas angústias. No entanto, para pintar esta batalha, mantenho o necessário entusiasmo e, como diria, até uma certa tendência a irresponsáveis efusividades que, segundo dizem os que já passaram por experiências semelhantes, costumam aparecer, por vezes, na atitude dos combatentes antes das batalhas. Enfim, um retorno à infância, dosado de um certo quixotismo, não vai prejudicar ninguém, pelo menos, no decorrer desses dias.

Para um trabalho dessa envergadura não consigo idealizar as figuras humanas sem a presença completa (palpável, como desejava Courbet) dos modelos. Gosto de apreciá-los nas suas mais diferentes poses ou movimentos naturais, para depois, então, desenhá-los ou transformá-los à minha maneira, o que significa, em última análise, identificá-los. O processo (ou procedimento) é mais ou menos o seguinte: diante da figura, vou em busca do seu movimento essencial que, uma vez articulado, pode me levar, de pronto, aos detalhes (ornamentos) como um capacete, uma armadura, uma perneira, as dobras dos tecidos, etc. A partir deste estágio (ainda rudimentar) o desenho começa também a sugerir os primeiros volumes – apenas vagas indicações e, logo em seguida, superposto por novos traços, o conjunto é praticamente refeito: alongado, encurtado, engordado aqui, emagrecido acolá. Às vezes esse movimento, parecendo pouco viril (trata-se de uma batalha), me faz procurar essa figura – no ato mesmo de desenhar – de vários ângulos, isto é, andando em torno do modelo. Só assim, consigo provocar uma ampliação automática do movimento da própria silhueta e das linhas simultâneas, as quais, uma vez gravadas, se encarregariam de refazer o posicionamento inicial do arabesco. Exemplifico: um braço e uma perna invisíveis aos meus olhos no primeiro estágio do desenho, reaparecem de súbito num detalhe caprichoso e altamente expressivo. É evidente que tratada desta maneira a figura apresenta deformações (prefiro chamar de distorções) típicas de todo o desenho audacioso, como os de Ingres, como da maioria dos clássicos, notadamente de Tintoretto, Greco, Altdorfer, Cranach, sem falar nos modernos, como Cézanne, Miró, Picasso, Chagall e tantos outros. Isto só mencionando o lado estrutural e movimentado do desenho, sem incursionar ainda pelos infinitos recursos da expressão e do fetichismo.

24 de agosto

Creio firmemente que, mesmo observando a realidade, tudo o que se move, animal e vegetal compreendidos, é mais ou menos deformado, ou seja, passa a ter uma nova forma quando em movimento. Ingres, mestre dos mestres do desenho moderno, costumava dizer: "A deformação é uma homenagem à forma".

Essa minha insistência em ter os modelos ao alcance das mãos não é regra geral para todos os artistas, e eu mesmo sei quando posso prescindir deles (no momento crucial de largá-los à deriva), mas o ponto de partida deve encontrar-se na natureza. Essa é a prática da boa escola, segundo Ingres e uma grande maioria de pintores e escultores.

Independente do trabalho do desenho, como já expliquei, o caminhar será lento (mesmo que apaixonado), aguardando o desenrolar dos preparativos cerâmicos que, invariavelmente, me ocupam como uma ideia fixa. A qualidade do suporte argiloso e a sua matéria devem crescer juntamente aos esquemas pictóricos, sob pena de prejudicar a unidade das diferentes cenas, quando alterariam os conceitos preestabelecidos e, de uma certa forma, já confirmados, daquilo que me preparo para pintar no muro. Respeitar a sua superfície não é, portanto, nenhuma novidade. Como artista, percebo muitos partidos a tomar, e pelo menos dois ou três deles seriam viáveis. Mas, no nosso caso, asseguro não ter a prevalência só do estético; incluiria, também, vários outros fatores circunstanciais, como formato, localização, material empregado, tradições culturais e mesmo (e sobretudo) a minha irrecusável preferência pelos modelos românicos, tão próximos (por que não?) às nossas modernas histórias em quadrinhos, uma espécie de grande folhetim ilustrado, ao alcance de uma leitura imediata pela gente da nossa cidade, que obrigatoriamente transitará, caminhando quase à queima-roupa com as figuras dispostas em friso, ao lado de guerreiros empunhando a mesma bandeira, ombro a ombro, naquela rua estreita e ao mesmo tempo tão pobre e despida de atrativos.

Como já mencionei, esses 33 metros corridos do mural, nascendo do rés do chão, não terá mais que dois metros e meio de altura, o que justifica, por si, esse partido. Não há mesmo como evitá-lo; não é mais a arte se impondo, é o destino.

Agora mesmo tenho aqui, defronte aos meus olhos, uma bela reprodução da *Batalha de San Romano*, de Paolo Uccello, visto tão rapidamente em Florença em 1952, quando jamais suspeitaria que eu também, algum dia... Mas acontece que essa batalha não só é de um formato diverso daquele que se me apresentou, como também de um rigor geométrico incompatível com os meus dotes de um canhestro pintor brasileiro... E seria igualmente pedir demasiado me apresentar como modelo o incomparável mosaico da *Batalha de Dario e Alexandre em Issus* (Museu de Nápoles), um dos mais belos modelos de composição dinâmica já conhecidos no Ocidente. O próprio Uccello não o ultrapassou. Dizer que esse extraordinário mosaico não é senão uma antiga cópia de uma pintura grega... imaginemos então os originais gregos! Não, não há o que escolher. Estou no bom caminho e só falta mesmo caminhar. Incluo neste longo percurso, que ainda me aguarda, as curiosas anotações encontradas nos meus próprios cadernos de desenhos e rabiscos, utilizados numa exposição de 1954, em homenagem ao Tricentenário da Restauração Pernambucana, realizada no Grande Hotel.

Trabalham comigo dois ajudantes de campo (modelos): Luís, representando os "Henriques", e Pedro, ora travestido de holandês (infame), ora com trajes de índio renegado, e só raramente como soldado brasileiro. Pedro Alves Camelo não tolera posar de holandês, sob a alegação de que sempre perde nas contendas. Ao terminar o trabalho de hoje, minha filha Maria Helena pede alguns esboços para colorir com tintas de uma rústica aquarela. Começa pintando as camisas de verde, azul e amarelo.

– Não são essas as cores? – perguntou.

– São exatamente essas – eu disse.

Ela ficou olhando, alegre por ter acertado. Pelo menos eu suponho, pois na verdade nada sei sobre os humores infantis.

25 de agosto

Sei da importância da batalha e de suas posteriores consequências no destino do nosso país. Presumo que a partir deste feito, tudo tem de ser contado e recontado.

No decorrer destas últimas semanas, vivemos num reencontro com o passado. Tem sido esse o clima de nossa casa, plantada em terras que há trezentos anos pertenceram ao indômito paraibano André Vidal de Negreiros. Aqui, próximo a essa colina e, quem sabe, talvez, até neste mesmo lugar, numa modesta casa com alpendre, a sua filha Catarina de Vasconcelos embalou-se numa rede, olhando sonhadora esses vales verdejantes e ensolarados. Hoje, a atual senhora do engenho São Francisco, compartilhando do mesmo desterro, indaga a sua amiga distante: *(...) Dona Catarina, onde esqueceste os sonhos?/ Entre árvores, na varanda? Em que lugar?/ Onde está o sangue? A flor do rubi?*

Com uma certa quantidade de desenhos prontos, já começo a dispor de vários rascunhos para os primeiros esboços de composição. Toda narrativa plástica deve começar da esquerda para a direita (como se faz a leitura habitual de nossa escrita), e portanto, o núcleo mais denso do mural dar-se-á no aglomerado de nosso Estado-Maior, reunido num grupo de comandantes, todos montados a cavalo, como que dando início a um irresistível movimento que impelirá os figurantes (quer sejam amigos ou inimigos) no sentido desse impulso, ou seja, em direção ao mar. É minha intenção colocar no grupo de comandantes as figuras do presidente Jânio Quadros e de meu amigo Ariano Suassuna, ambos representando, ainda hoje, o espírito indomável daqueles antigos guerreiros.

No momento, me preocupa (inclusive evito) a ação excessiva, como aconteceu na grande tela de Victor Meirelles, *Batalha dos Guararapes*, onde esta mesma ação, levada a um paroxismo tumultuado, acaba por anular a si própria. Esse artista acadêmico seguiu os cânones da sua época, quando os pintores de batalhas pretenderam ignorar e até desprezar os grandes exemplos de Uccello, Piero della Francesca e outros grandes clássicos (os mestres consumados de uma *ação maior* dirigida por leis matemáticas, infalíveis em seus resultados) e, portanto, não nos apresenta uma "batalha", e sim uma desorganizada algazarra.

Essas leis de composição, regidas pela abstrata geometria de grupos e massas antagônicas, obedecem a um ritmo previamente organizado que ao mesmo tempo instrui e condiciona o olhar do espectador a só ver, da grande cena, aquilo que o artista determina que deve ser visto, ou seja, o núcleo vivo da ação maior. Claire-Hélène Huyghe, num belo estudo sobre o grande mosaico da *Batalha de Dario e Alexandre em Issus*, revela que o artista grego nos faz mergulhar (seguindo rigorosamente essas leis) no coração mesmo desta sangrenta disputa, propiciando a visão apenas de dois polos que se destacam e aparecem como fundamento da refrega: "Aqui, a história não nos é contada pela multidão de participantes, nem produzida por um conjunto de impressões difusas. Dois homens (apenas os dois solitários imperadores), duas vontades, se enfrentam sob o emaranhamento das lanças e da confusão dos cavalos desembestados, ressaltam livres (e visíveis) dois rostos, os símbolos vivos desse combate: aquele de Dario, refletindo o pânico e desespero do vencido que tenta apenas fugir, e aquele de Alexandre traduzindo no seu olhar (intenso e terrível) toda a secreta tensão do vencedor que antes de mais nada acredita o inimigo já nas suas mãos e que não lhe escapará. A cena é vivente, consubstanciada por um sentido trágico, quase teatral".

A concepção do mural *Batalha dos Guararapes* é totalmente diversa de todos os dois exemplos citados aqui, diferindo daquela do grego, exercendo a sabedoria dos princípios, e daquela do brasileiro Meirelles, romanticamente atordoadora. Como já repeti inúmeras vezes, parti da ideia de um friso porque o formato assim me impôs as suas regras. Tanto poderia ser um friso gótico-lombardo em baixo relevo, como uma tapeçaria no espírito de *Bayeux* que permanece, segundo presumo, única no seu inusitado formato. Daí porque as figuras devem se alinhar em filas, raras vezes se justapondo umas às outras.

Escolhendo essa estrutura plástica onde imperava o despojamento, eu corria um sério risco de não traduzir o espírito de um combate pela ausência de combatentes. Acontece que o todo já se encontrava conscientemente definido, conseguindo evitar esses efeitos ditos de bloco – o que, de imediato, dificulta a ideia do número, a tropa, a multidão, indispensáveis numa batalha, quando se confrontam dois exércitos antagônicos. Serei obrigado a substituí-los pela intensidade mesma desses grupos de ação; esses sim, rigorosamente ordenados. Alguns grupos se inscreverão em círculos, outros em quadrados, outros em triângulos, etc.

Embora estes estudos estejam se desenvolvendo normalmente, não pretendo me antecipar às leis maiores da execução final, essas, inesperadas nas suas razões que a própria razão desconhece ou mesmo reconhece. Em todo caso a intenção continua a mesma, ou seja, aquela de simplificar ao máximo essas imagens bélicas – dois exércitos que se defrontam – em metáforas atuantes, sobre o espírito sempre alerta do cidadão comum. Os detalhes somados deverão despertar no futuro espectador um efeito moral de orgulho pela bravura de nossos antepassados comuns. A mesma gente, brancos, pretos, mulatos e índios, que hoje anda espalhada pelas nossas cidades... Segundo o comentário de Ingres: "As obras-primas não foram feitas para deslumbrar. Elas são feitas para persuadir, para convencer, para penetrar nos poros".

Ainda hoje devo indagar como era de fato o colorido da Bandeira dos Patriotas, cujo lema *Deus e Liberdade* é extremamente significativo. Mas será mesmo essa bandeira aquela que mais me agrada? Creio que não. Depois de algum tempo, por vários motivos, veio-me a ideia de utilizar nas mãos ásperas de nosso soldado o símbolo da República. Seria ousar demais? O meu amigo, o poeta Tomás Seixas, entusiasmou-se com a proposta, achando-a estupenda: fazer surgir no mural a atual bandeira brasileira que deu nascimento a toda nacionalidade.

Como já havia combinado desde o início dos meus trabalhos, nos dois extremos do mural da *Batalha dos Guararapes* teríamos poemas ilustrativos (como inscrições patrióticas) dos feitos de nossas armas. Os amigos Ariano Suassuna e César Leal se prontificaram a fazê-lo, com os seus reconhecidos dotes poéticos. E como César Leal é um tanto ou quanto irrequieto, já tem o seu por antecipação concluído, inclusive o título:

Saudação do Comandante Barreto de Menezes

Bom dia, pernambucanos!
Com vocês estou aqui neste mural.
Que fizeste para tanto merecê-lo?
Dirão os que de estranha pátria são, mas não vocês
Cujos avós comigo edificaram
– A fogo e faca e pata de cavalo – o
Orgulho da pátria em Guararapes.

Em poucos dias Ariano Suassuna também entregou o seu magnífico poema:

Guararapes

A Terra cor de vinho: A furna, a onça castanha.
Num campo de Batalha - o mundo, o ouro do sol –
Há sangue nas raízes, há ossos que branquejam:
No sol da terra sangra o sol deste outro sol.
E ainda esturra aqui a onça da paz, escura,
Mestiça magistral - a onça agateada:
Um de seus olhos dorme, o outro, aceso, encandeia,
Vigiando o sol, as pedras, as árvores sagradas.
E Deus escreve certo suas áureas linhas tortas:
Nesta terra, que é dele, o diabo perde as botas.
– Viva o sangue de Deus, limpando a luz do mal! –
Grita o clarim dos cantos, à luz deste mural.

Como se vê, a ordem do dia já foi dada. Os comandantes no alto do morro espiam a tropa inimiga que lentamente (só muito lentamente) toma conta dos vales, vindo de dois flancos, do Recife e de Escada. Mesmo de longe parecem vestidos de cores esfuziantes e muito bem armados (os sempre bem armados invasores). Seus estandartes e enormes bandeiras tremulam e fulgem ao sol que acabara de nascer, e os coqueiros igualmente brilham, quase tão forte quanto o mar que, daquela altura, é um oceano de prata líquida jogando-se contra o *braseiro ardente de um verão aceso.*

Algumas peças de artilharia pesada, puxadas por mulas, começam a subir o morro e os toques de clarim soam com intensidade desde que o terral deixou de soprar. A tropa dos "Henriques" vestidos de um branco mascavo, está à esquerda, caída para os lados de Muribeca, e o grosso da tropa regular, com o uniforme verde de todos os matizes, mantém-se em rigorosa formação militar, à espera de novas ordens de seus comandantes.

30 de setembro

Como invejo os poetas que, depois de apenas uma noite mal dormida e, ainda estremunhados, recitam o poema roubado ao sonho e, não mais que de repente, o verso veloz e fervoroso ressoa: *Bom dia, pernambucanos...* No dizer de César Leal, a batalha já podia ter começado. No entanto, a mim ele ainda encontra e surpreende todo lambuzado de tinta, pincel na mão diante de um emaranhado de desenhos, como se fosse um mestre da incúria. "Faltam os pavios de nossos poucos canhões", eu digo, "e ainda uma série enorme de apetrechos. Depois, algumas de nossas tropas do norte, pelo sentimento aguerrido, poderão decidir a batalha, mas a elas escapou o soldo e há inquietação nos acampamentos, além de centenas de mosquetes que permanecem nas fundições e nem ao menos lhes foram providenciadas as coronhas."

Finalmente volta-me o equilíbrio e dou continuidade ao mural da *Batalha dos Guararapes*. Gota a gota, guerreiro por guerreiro, arma por arma. As dificuldades encontradas na estruturação do conjunto são enormes. Mas, assim mesmo, dará certo. Outras fòrças mais poderosas me auxiliarão.

Estou escrevendo cedo, quando costumo fazê-lo à noite. Sinto que o dever maior é prosseguir nos desenhos. Meus dois atarantados modelos me esperam aqui ao lado, tagarelando e rindo. Dois mestiços cheios de malícia... Admiráveis brasileiros!

4 de outubro

Desenvolvo o arcabouço geral da composição, agora definitivo. Não senti alívio nenhum em terminá-lo, muito pelo contrário, os desenhos de homens lutando, de armas, de galhardetes, de bandeiras e estandartes, de troféus, de insígnias e de símbolos da batalha, aliados a plantas e animais me levaram muito longe. Tão longe que este esforço, com certeza, não terminará com o mural dos *Guararapes*. Ainda há muito o que fazer e me agrada fazê-lo.

Devo pensar, agora, refletidamente, na cor, se é que ela já não está misteriosamente embutida no desenho. Quando falo na cor não me refiro apenas ao ato de colorir. Isto seria o equivalente a admitir uma dicotomia quando, na realidade, a cor na matéria cerâmica chegará por impregnação, nas suas sucessivas queimas. Será, com certeza, uma exaustiva procura de uma bela matéria. Uma matéria rivalizando intrinsecamente com as mais raras pedras preciosas ou com a riqueza de uma asa de borboleta, por exemplo.

23 de outubro

Diante das primeiras experiências feitas há alguns dias, posso verificar de antemão o tamanho do fantasma que ainda terei pela frente. Os deuses do fogo não desfalecem, e às vezes, caprichosos, tendem ao sarcasmo.

O mural não prosseguiu. Imprevistos na queima das placas, que, uma vez requeimadas, aparecem cheias de borbulhas. O desenho recobriu-se de manchas, as linhas fragmentadas, antes lembram espinhos. Crateras por toda parte (quase lunares), pequenas e grandes, todas altamente prejudiciais à leitura do mural e da sua nitidez. Uma das cinco partes de seis metros já estava pronta, isto é, pronta antes da "cremação", pois quando da saída do forno, a pintura estava reduzida a cinzas... Ainda bem que não perco o bom humor, se bem que um humor negro. Pergunto-me: "terei de tudo recomeçar?". Sinto a necessidade de partir para novos planos. Mas planos nessa altura dos acontecimentos, quando estou envolvido até o pescoço pelos compromissos tomados? Antes de sair da Fábrica, renovei experiências e estou aqui insone, a divagar como é que sairão essas placas amanhã.

20 de novembro

Trabalho difícil, às vezes até desalentador. Só depois de sucessivas queimas consegui dar partida no mural. Dos reveses, aproveitei a matéria áspera, domada, enfim, pelo fogo em atormentadas chamas. Mas, acontece que todo esse processo complicou-se demasiado, sobretudo quanto ao problema do tempo. Tenho de trabalhar implacavelmente na certeza do fracasso, pelo menos nas duas ou três primeiras queimas, para depois, então, em cima desses destroços, renovar todo o desenho e toda a pintura. Curioso é que estou insistindo (conscientemente) em perseguir um caminho iniciado errado pelo simples fato de ter descoberto que, escrevendo por linhas tortas, também acabo acertando. Toda dificuldade resume-se em guardar reservas de paciência, aliadas a um pouco de ousadia. Uma temperada ousadia, desde que o fogo não vê com *boas chamas* nenhuma espécie de intemperança.

Carta a Matheos

> *M. le Dragon ! Où est la loi ? N'est-ce le rat*
> *qui mange le chat ?*
>
> Matheos de Lima

Tenho vivido sob o signo do "Dragão" ou pelo menos à sua sombra. Você lembra que acabei por transformá-lo em um homem amável, recordando no trajar certas figuras de cortesãos elizabetanos e que é assim, meu caro Matheos, que ele aparece no seu Pastorale. Para alguns, um fenômeno teratológico, ou algo parecido. Entretanto, acredite, eu me vi nele. A sequência desse estoque de desenhos não acabará nunca mais, sempre à procura dos seus novos poemas.

Os recentes capítulos de Memórias *são excelentes. Já passei o caderno para Ariano. Também li o editorial do* Diário da Noite. *A repercussão de seu trabalho foi muito grande, embora compartilhada por uma avalanche de incompreensões... Seria espantoso, se isso não acontecesse. Uma coisa engraçada é que comigo o sentimento foi justamente o contrário. Comecei a gostar do jeito dos seus textos à primeira vista, sua maneira singular de contar histórias me pareceu normal, apenas de caráter único, original e altamente espirituosa.*

Jean-Paul Sartre, em seu romance A náusea, *faz uma distinção entre vida e história. A respeito da história ele diz: "Eis o que eu penso: para que um acontecimento mais banal se transforme em uma aventura, é suficiente que se comece a descrevê-lo. É o que engana as pessoas: um homem é sempre um contador de histórias e de histórias de outros, vendo tudo o que lhe acontece através delas; ele procura viver a sua vida como se ele a contasse". O contrário de "história" ele observa:*

"Quando se vive não acontece nada. Muda o cenário, as pessoas entram e saem, eis tudo. Não existe jamais um começo. Os dias se somam aos dias sem rima nem razão, é uma adição interminável e monótona." Então, Sartre conclui que é preciso escolher: "Viver ou narrar". O diabo é que o filósofo acha que viver é o contrário de contar histórias: "Mas, quando se registra a vida, tudo se modifica, somente é uma mudança da qual ninguém se apercebe: a prova é que se fala de histórias verdadeiras, como se pudesse haver histórias verdadeiras; as ocorrências se produzem num sentido e nós a contamos em sentido inverso."

Você tem toda a razão em filosofar sobre a vida nas suas respostas a Estevão. Talvez seja cedo para eu achar que "a vida é um desmoralizante picadinho", mas concordo em tese. Penso que só um homem com profundo sentimento religioso poderia discordar, mas para nós outros o problema é um pouco o de Ivan Karamázov e do próprio Sartre. Como podemos tentar contar histórias verdadeiras se não existem histórias verdadeiras? Contá-las convencionalmente arrumadas, me pareceria tão absurdo como desarrumá-las de propósito.

A sua maneira de compor o Olhai o vento nas folhas *é muito parecida com a própria vida, eu não diria "sem pé nem cabeça", mas como a própria vida, sem começo e fim. Não me pareceu de forma alguma demasiadamente subjetiva. Os episódios foram desenhados com força e paixão, evidentemente não cristalinos. E se enovelados, cabe ao olhar e a inteligência de cada um desvendá-los com o mesmo empenho.*

No prefácio de Flecha de ouro, *Joseph Conrad, sem ainda ter apresentado o seu herói, fala dele como se já fosse dos seus leitores velho conhecido. E fala do herói como dos bandidos com uma falta de cerimônia sem precedente. Numa simples apresentação, Mills, o capitão Blunt e o Monsieur George aparecem como espectros nesse admirável prefácio, para só depois tomarem corpo no decorrer da ação propriamente dita. Tenho a impressão de que o homem demonstra a sua maior aptidão racional justamente por não se escandalizar facilmente. Mesmo nas nossas próprias dores, as mais cruéis acabam por ser esquecidas. Como relembrar, guardar e selecionar dores e escândalos é tarefa do artista. Diante de qualquer história o público delira, pois muitos se reconhecem nos detalhes e, afinal das contas, todos estamos metidos no mesmo embrulho. Embora, tremendo, concorde com a frase mais terrível da* Bíblia: *"Terás o mesmo destino do insensato".*

Este texto (possivelmente uma carta, pois existe uma resposta) encontrei hoje folheando meus papéis do ano passado, não cheguei a mandá-lo, não sei por quê. Penso que era em resposta a um apelo de Matheos de Lima diante das investidas do bom Estevão Albuquerque. Também não encontrei a data, pois estava entre outros papéis de cronologia duvidosa. "Li o prefácio, ou a introdução admirável que você forneceu a César Leal. Tudo de primeira. Continuo trabalhando no mural *Batalha dos Guararapes*, espero para depois o seu veredicto, para mim capital." [16]

Resposta de Matheos:

Prezadíssimo,

Encantado diante da expectativa de admirar seu poema-mural. Meu livro já está refundido e copiado para ser entregue a UBE (União Brasileira de Escritores). Mudei o título para: O caos em salmoura.

Vou concorrer ao prêmio de Crônica com a prévia certeza de que serei alijado (alisado?).

São um pouco cínicas aquelas palavras de Sartre, mas excelentes para citá-las no rosto do meu livro. Desejava que você me permitisse, respondendo-me esta com urgência.

Vou ver se encontro o livro na editora. Se não encontrar poderá v. emprestar-mo por uns dias? Desejava saber se há alguma coisa que as invalide no correr da história por ele arquitetada.

Muito poeta, este Sartre.

Aguardo notícias.

Do amigo e admirador, Matheos de Lima.

---

[16] O mural foi definitivamente concluído em 24 de abril de 1962 (N. do A.).

1962

Praia São José do Paiva

9 de fevereiro – Verão

Ao acordar muito cedo, dirigia-me habitualmente à varanda para ver nascer o sol e mais uma vez olhar aquele ponto longínquo, num mar ainda escuro, onde supunha existir rochas encobertas. Quando o sol despontasse no horizonte, a sua excessiva claridade acabaria por me ofuscar, impedindo toda e qualquer verificação razoável. No entanto, insisto nesta insensata teimosia de localizar aquela área misteriosa que as meninas apelidaram jocosamente de "Atlântida, o Continente Submerso". Na minha medida (a olho nu), o rochedo não estava a mais de seiscentos metros da praia, daí porque naquela primeira investida aquática eu devo tê-lo ultrapassado e muito, possivelmente até duas vezes.

Agora, bem em frente, continua a mesmíssima mancha violeta e os pequenos sinais brancos que, traduzidos em termos náuticos, representam a existência de um volume qualquer abaixo da linha d'água. Os pescadores, por várias vezes, admitiram a sua presença e de outras vezes argumentaram tratar-se de mera projeção da sombra de alguma nuvem isolada. Mas neste exato momento, não há nuvens e o sol ainda sequer surgiu. Como se justifica, então, a permanência daquele ponto? Não posso deixar de reconhecer que esta miragem começa a me intrigar e já pensei reiteradas vezes em sair à cidade em busca de um possante binóculo. Mas luneta ou binóculo de longo alcance confirmaria apenas aquilo que em cima de uma jangada, e por três vezes consecutivas, não consegui localizar, deslizando para baixo e para cima toda a extensão da costa fronteiriça à casa. No suposto local não havia nada, embora mergulhando muito fundo. Só areia clara e iluminada pelo sol se fazia evidente e nem ao menos a presença de sargaços ou de qualquer outra forma, fosse ela animal, vegetal ou mineral.

Despertei destas conjecturas com o sol cegando-me por alguns segundos, e recuando, ainda tonto, deixei-me cair na convidativa rede do alpendre. Assim é bem melhor, eu pensei, e toda essa atenção a um lugar obscuro do universo é o mesmo que nada, embora nele exista algo misterioso e ativo. Na realidade, devo andar à procura de "distrações", essa forma de ocupação de há muito conhecida: "Ó, tu, que nasceste nobre! Não permitas que tua mente seja distraída".

À tarde dedico-me aos episódios da senhorita Vinteuil – um outro vasto continente submerso – e de sua singular amiga, apenas entrevistos pelo narrador que as espionava como um complacente *voyeur*, debaixo daquele comprometido interesse que o levaria, a ele também, aos braços de Albertina. Lastima o calvário do senhor Vinteuil, antes pelas opiniões de sua família do que pelo seu próprio senso moral... A cena é propositadamente aberta e assim propicia aos leitores uma ampla cumplicidade, aquela visão nada edificante, agravada por um diálogo sádico-blasfematório e explícito o bastante para fazer tremer um frade de pedra: "A janela estava entreaberta, a lâmpada acesa e eu via todos os seus movimentos, sem que ela me enxergasse, mas, se me fosse embora poderia fazer estalar os ramos e a moça ouviria, e era capaz de pensar que eu me ocultara ali para espiá-la".

Como todos sabemos, a senhorita Vinteuil, apesar do luto fechado – pois fazia pouco tempo que o pai morrera, espera uma amiga. "Pela primeira vez, como uma espécie de nota musical recém-introduzida numa partitura e que ainda pode soar falsa aos ouvintes pela novidade dos seus acordes", Marcel Proust, sem nenhuma advertência, daria a conhecer o tema maior de sua sinfonia: *o prazer maligno*. E essa nota, "habilmente prolongada como um longo silvo no meio de um conjunto harmonioso de violinos", destrói toda e qualquer veleidade de pureza neste conjunto de diferentes e afinados instrumentos, quando apenas se anuncia. Daí em diante só o fogo do inferno e o purgatório, onde toda inocência está irremediavelmente perdida e a propositada brutalidade dos que não pretendem nada esconder já se encaminha a largos passos para as sitiadas cidadelas de Sodoma e Gomorra. Partindo desses estranhos devaneios associados a um mundo submerso, mas ainda assim visível para alguns olhos habituados aos rituais satânicos, escuto o narrador fazer considerações definitivas e introdutórias à natureza intrínseca do mal, perfeitamente acopladas ao mundo inumano do prazer: "Não era o mal que lhe dava a ideia do prazer, que lhe parecia agradável; era o prazer que lhe parecia maligno...".

Antes do pôr do sol ainda tentarei, mais uma vez, navegando num mar sangrento, descobrir a razão dessa pedra que irrompe das entranhas obscuras do mundo das águas.

14 de fevereiro

Só se possui eternamente aquilo que se perdeu.

Henri Bergson

Depois do almoço, eu, minha mulher e alguns amigos aproveitamos para o reconhecimento do litoral em direção ao sul, onde, não muito distante dali, se encontra o Cabo de Santo Agostinho (bem visível da varanda da casa), e uma visita à pequena capela de São José do Paiva, em cujo altar ainda permanece o primitivo santo padroeiro, aliás, imagem de invulgar beleza. Da capela, apesar da presença dos automóveis, resolvemos voltar caminhando à beira da laguna até penetrarmos na vastidão do coqueiral, entremeado de cajueiros e mangueiras e, em seguida, pela estrada real, prosseguirmos até a casa. Era o fim de uma bela tarde de verão, mas não me competia falar nem nada observar de especial. Cabia-me silenciar entre escritores.

À noite, na varanda, Deborah, pela primeira vez, diante dos convidados, mostrou-se sensível a revelar seus poemas e, com voz embargada, leu alguns deles, e outros, mais livremente, recitou de memória. Ariano Suassuna, mais do que Tomás Seixas, está preparado para perceber e avaliar o enigmático sentido dessas imagens poéticas tão misteriosas quanto originais... De um certo modo, ambos elogiaram, não escondendo a surpresa demonstrada nos renovados pedidos de repetição de alguns versos, de esclarecimentos e de outros detalhes, todos apropriados para uma conversa entre poetas. Novamente silenciei.

17 de fevereiro

Tomás Seixas deixara-me uma biografia de Napoleão, escrita por Emil Ludwig e, naquela mesma noite, eu andara folheando o livro e só relutei em começá-lo porque de imediato senti o enorme interesse que me despertaria aquela história, à qual, uma vez iniciada, não caberia sofrer nenhuma interrupção.

Contrariando esse "mundo" previamente organizado das biografias, volto às ninfeias do Vivonne e aos inúmeros tempos proustianos: "Estes tão cheios de interrupção e fadigas, e no entanto é deles, só deles que me alimento agora, aos pedaços, sem pressa, num tácito reconhecimento de que nesta perpétua fuga e incansáveis retrocessos, navegamos a vida no seu mistério intemporal, fora de qualquer interferência cronológica, apenas um mundo partido: um universo inexorável e repetidamente fragmentado".

Na noite do aniversário de minha mulher, gostaria de ter lido em voz alta esse texto das ninfeias do Vivonne, mas senti ainda a tempo o quanto iria interferir no pequeno recital de Deborah, desviando aquela sua emoção peculiar e o acalorado interesse dos amigos, para introduzir um outro mundo – é verdade, igualmente poético, embora repleto de uma indivisível angústia e sobretudo porque partindo de uma outra pessoa. E como então falar em Marcel Proust sem quebrar a mágica e reveladora ressonância daquele momento? Não o fiz e agradeço aos estranhos fluidos vindos com a brisa marinha, que me impediram de fazê-lo. O mais curioso disso tudo é que todos os poemas de Deborah são sacramentados por estes mesmos princípios panteístas que faziam o jovem narrador de Combray curvar-se diante de uma flor de ninfeia *"e sentir o hálito das sombras debruçadas sobre a água..."*. Enquanto ela também fala *"das árvores que embaraçam ninhos de sombras / No bosque solitário de tantos verdes!"*.

Ao mesmo tempo, apesar de fascinados pelo Jardim do Éden, acabam por lembrar que a natureza também sugere sofrimentos. O primeiro, a comparar a triste sina de um nenúfar *"a esses infelizes, cuja singular tortura se repete indefinidamente..."*, e a poetisa, ao concluir: *"Agora, sob acácias de ouro e dálias /Caminho vacilando entre anjos inimigos..."*.

Naquela noite eu já me debruçava sobre os arrebatadores efeitos das ninfeias do Vivonne, diante daquela mesma visão que levara Claude Monet, nos seus últimos vinte e cinco anos de vida, a ocupar-se só dessas ultrassensíveis plantas aquáticas, quando, mais uma vez, fui interrompido por pensamentos distintos, retirando-me a oportunidade de reproduzir o texto de Proust de há muito ambicionado. Suponho que, neste preciso momento, ele se torna inevitável e tão necessário quanto o gesto do mergulhador que, ao contrair os seus músculos para saltar de um trampolim, já despregado da prancha que o impulsionou, não consegue mais desistir, sob pena de nesta improvável vacilação, contribuir para uma queda perigosamente desastrada que lhe pode ser inclusive mortal. Sentemo-nos, portanto, às margens do Vivonne, nesses encantados jardins de ninfeias e agora vamos deixar fluir: "Como as margens tinham muito arvoredo naquele ponto, as sombras das árvores davam à água um fundo habitualmente de um verde sombrio, mas, às vezes, ao voltarmos por certas tardes resserenadas depois da tempestade, eu vi de um azul claro e cru, tirante ao violeta, de uma aparência de interior e gosto nipônico. Aqui e ali, à superfície, enrubescia como um morango, uma flor de ninfeia de coração escarlate, branco nas bordas. Além, as flores, mais numerosas, eram mais pálidas, menos lisas, mais granulosas, mais crespas, e dispostas pelo acaso em meadas tão graciosas que se julgava estar vendo irem à deriva, como após o melancólico esfolhamento de uma festa galante, rosas de espuma e guirlandas desfeitas..."

Eis aí, afinal, uma mostra pequeníssima do texto sagrado, a infinita e desenvolta insistência dos que sabem ver e dos que, igualmente sabendo ver, são capazes de reproduzir "as coisas tais como elas são em si mesmas" como Monet o fez, nos seus jardins de Giverny, repetidas vezes, inúmeras vezes, infinitas vezes. Pensar em excessos de palavras seria o mesmo que tentar contar quantas vezes um pincel toca numa tela à procura de um tom certo e profundo nas superposições de diferentes tintas, nos toques, nos empastamentos, nas veladuras, nos arrependimentos e, de novo, mais uma vez, recomeçando, como sugere Proust (até ao infinito), "com o que há de mais profundo, de mais fugitivo, de mais misterioso...".

Logo o narrador nos faz entender que o Vivonne, saindo daquele paraíso aquático, punha-se a correr de novo e ele, o narrador, gostaria de imitá-lo e o faria tal qual um remador que "largando o remo, se deitava de costas, com os pés mais altos que a cabeça, ao fundo do barco, e, deixando flutuar à mercê das águas, não podendo ver senão o céu que deslizava lentamente acima dele, trazia na face o antegozo da felicidade e da paz".

O tempo em instantes fluiu, já não é o mesmo e não o será jamais. O Tudo-Flui, de Heráclito, deixa de ser uma constatação para se transformar numa divinatória realidade, "alcançando não só os que flanam pelos campos à procura de sensações, como todos aqueles que, mesmo apressados nos seus diversos afazeres não se apercebem que os momentos se desdobram inexoravelmente em diferentes sentidos para nunca mais retornar. A frívola e estapafúrdia vontade do narrador em percorrer distâncias ao sabor das correntezas, levou-nos de novo para muito longe, e um pequeno motivo (um diminuto fragmento da realidade) serve para marcar o compasso de uma crescente melodia dentro de uma enorme pastoral, quase chegando a circunvizinhanças dos domínios dos senhores de Guermantes, quando o narrador intempestivamente situa as lendárias nascentes do Vivonne, tão longínquas para ele quanto a notícia da existência de um outro determinado ponto da terra onde se abria, na antiguidade, a entrada dos infernos".

Nesta mudança de cenário e na consequente introdução de novos temas, o narrador descobre "à margem do rio, entre árvores, uma dessas casas chamadas de recreio, isolada, perdida, que nada via do mundo a não ser a corrente onde banhava os pés..." Aí está o pretexto de que se valeu o autor para organizar a pequena e desejada pausa da qual já falamos: aquele pequeníssimo fragmento da realidade, que inteiramente divorciado do tema central, se insinua entre milhares de outros temas como um ponto indistinto, secundário, destituído de qualquer significado real, a não ser da sua própria existência, talvez só captada pelo narrador. Entretanto, a casa é habitada: "Uma mulher jovem, cujo rosto pensativo e véus elegantes não eram da região, e que sem dúvida ali viera 'enterrar-se', segundo a expressão popular, para saborear o amargo prazer de sentir que o seu nome, e sobretudo o nome daquele de quem não conseguira guardar o coração...".

Verificamos com facilidade, apesar do seu desligamento geral, que ainda assim o *pathos* permanece o mesmo: as pequenas e grandes misérias da criatura humana, que mesmo no meio do bosque, fora do mundo, continua umbilicalmente ligada "à desgraça amorosa, esta sim, o motivo maior".

O narrador consegue ver a jovem voltando de uma de suas caminhadas e com raro senso poético, cujo conteúdo nostálgico nos faz estremecer o coração de piedade, por tantos sofrimentos desperdiçados: "E eu a via, voltando de um passeio em caminhos por onde ela bem sabia que nunca haveria de passar o ausente, descalçar de suas mãos resignadas umas longas luvas de graça inútil...".

23 de fevereiro

Se a estação foi breve, não posso deixar de reconhecer que foi proveitosa. Aliás, eu nem diria curta, pois o tempo demorou a passar: sinto que vivi aqui uma alucinante eternidade.

Hoje, no horário do banho de mar, pesadas nuvens se acumulavam no horizonte e eu observava no céu a beleza tumultuada de todos aqueles planos superpostos, de um poderoso efeito dramático, como costuma acontecer em todas as manifestações tempestuosas. Fortes ventos do sul encarregavam-se em trazer aos montões, progressivamente, essas ameaçadoras nuvens cinzentas para os lados e para o topo do Cabo Santo Agostinho – como se as aprisionassem, ou como se fosse ali para sempre o seu destino e a sua morada – transformando por completo, pela sua cor escura, a clara paisagem de verão que, mesmo assim, ameaçada, teimava, para os lados de nossa casa, em permanecer quente e forte, em suas nuanças de esmeralda, de ouro, de azul e de branco. Essa mesma paisagem de um verão muito antigo, que exercera em todos nós um intenso encanto. Agora mesmo, as crianças aqui ao lado, como a exemplo dos pequenos e coloridos peixes passando de raspão sobre os recifes recobertos de águas transparentes, saltam e mergulham como golfinhos brincalhões.

Quando a minha mulher chegou para perguntar se eu desejava de fato partir, se já não era hora de voltar à casa de São Francisco, não pude oferecer resistência alguma, e nem ao menos aparentar (como de habitual) esse ar de espanto e até de mágoa que é, em mim, uma espécie de vício defensivo, no qual eu me refugio para poder refletir, antes da aquiescência final, à qualquer espécie de proposta. Certamente o "ar de chuva", que me absorvera minutos antes, na muda contemplação das nuvens tempestuosas sobre o Cabo, já marcara, na minha indecisa vontade de aproveitar todo o verão, a primeira brecha ou certeza de que algo findara e não oferecia relutância.

Sim, mais uma vez vivemos dias de grande paz. Esses dias que uma família ou um casal de amantes pode relembrar depois de passar o tempo com um misto de alegria e saudade. Esses mesmos dias que levaram o pintor Balthus, em terras tão distantes e enevoadas, a pintar uma dupla amorosa (*Le beaux jours*), numa sala fechada, onde uma linda jovem se espreita a si mesma no espelho, com olhos cansados, molemente deitada num sofá, e parecendo esperar inquieta a volta de seu companheiro que apenas adiantou-se alguns passos à frente para reavivar o fogo da lareira, e, nessa espera – que logo lhe parece infinita, mal saída do seu torpor amoroso – aguarda as fervorosas palavras do amante, cujo significado real desconhece, mas acredita infalíveis para o reinício de sua felicidade. Esses dias dourados, infindáveis, sempre recomeçados e que às vezes se prolongam na noite, ao crepitar das chamas da lareira ou à luz de vela.

Depois de decidirmos a partida, como uma ajuda providencial, o tempo tornou-se francamente tempestuoso, e, agora à tarde, só tivemos uma trégua, quase ao anoitecer, quando uns poucos raios de sol chegaram até o mar nos seus tons de rosa e vermelho, um tanto fanados. Como dádiva de um mundo marinho, e desta imagem quimérica de um verão muito antigo, Deborah escreveu:

No ouro velho das pedras submersas
Fitas verdes são ondulantes algas.
Entre flores roxas esmaecendo o rosa
Azulados peixes inocentes se devoram
E eu te entendo amigo por lentos gestos submarinos
Onde lábios se fecham e só as mãos falam
Apontando a morte trêmula de ferro
No silêncio turvo afogado de águas.

Estou sempre predisposto a atacar e às vezes até a denegrir Jean-Paul Sartre, entretanto aproveito os seus bons textos para capitular diante de expressões exatas, não me restando, afinal, senão homenageá-lo pelas suas recentes e assombrosas descobertas do nosso mundo: "O Mundo Novo", do qual tanto falam os europeus, mais ou menos desinformados. Na recente tradução de *Furacão sobre Cuba*, verifico que o atônito filósofo enxerga pela primeira vez um canavial e o faz com acerto e propriedade surpreendentes. Poder-se-ia pensar até num poema de Joaquim Cardozo ou de João Cabral de Melo Neto, de tal modo a sutileza da observação mostra-se adequada à realidade e, sem exagero, descamba para o poético; em última análise, é a forma que melhor define uma visão precisa das coisas: "Todos os matizes do verde – o verde sombrio, o verde ácido, o verde couve, o verde cru, o verde cinza – sempre agressivos estendem-se a perder de vista. Cada ano se corta cana que torna a crescer por sete anos. Essa violência, essa obstinação na fecundidade me dão aqui, como no Haiti, a sensação de assistir às cerimônias de um mistério vegetal (...). Mais do que o calor, foi o cheiro que me aniquilou: um cheiro animal, como se o açúcar fosse ao mesmo tempo uma seiva e uma secreção."

De há muito que desejava pintar a Cana-de-Açúcar (assim mesmo, com letras maiúsculas) um ser enorme, misterioso e isolado. Individualizado como uma pessoa humana e não como simples visão "impressionista" de um canavial enxergado à distância, neutralizado na sua majestosa e ondulada superfície de um verde oceano tremulante de luz...

Cícero Dias, como menino de engenho, já nos apresentou esta segunda versão. Na realidade uma interpretação poética e até onírica de nossos canaviais, pintada numa inigualável gama de verdes (desses mesmos verdes que atropelam o europeu embasbacado) e ainda acrescentada de um impressentido verde venéreo, possível herdeiro do clássico verde Veronese, vindo da longínqua Veneza. Portanto, o que devo perseguir nesta minha pintura é uma visão aproximativa do canavial – em grande plano – e chegar tão perto dele como artista nenhum jamais ousou fazê-lo. Quem o faz hodiernamente é o cortador de cana, quando, face a face, segura o seu caule nodoso e, com uma amoladíssima foice, corta-lhe a cabeça empenachada, como o faria a um inimigo, e sempre muito de perto, como costumava acontecer nas remotas cerimônias do sacrifício humano. Sartre não exagera ao mencionar: "Cerimônias de um mistério vegetal".

> *A Floresta, inteira ao cabo da vida imensa, morte perpétua, renascença sem fim. (manuscrito Noa Noa)*
>
> Gauguin

Ainda na praia do Paiva, ontem à noite, como não temos luz elétrica, senão aquela fornecida por um barulhento gerador que funciona entre às dezoito e vinte e uma horas, nos recolhemos cedo, mas ainda assim adentrei-me na leitura. Como havia pensado em Gide esta tarde, não pude deixar de sorrir imaginando o confuso espanto desse escritor nas suas primeiras abordagens do *À la recherche du temps perdu*. Ele deve pelo menos ter pronunciado uma grosseira imprecação e, em seguida, retornado aos textos, que por obrigação deveriam ser lidos, embora fossem para ele definitivamente ilegíveis. Não havia sequer folheado cinquenta páginas e, ainda que precisasse adquirir forças e vontade para prosseguir, não prosseguiria.

Será que pode haver em toda história da literatura – pelo menos naquela do Ocidente – algo mais delicado, mais raro e até mais ardiloso do que esse toque humano sugerido por Marcel Proust ao delinear a fina agulha da Torre de Santo Hilário? "Tão sutil, tão rósea, que parecia apenas riscada à unha sobre o céu, no intento de dar àquela paisagem, àquele quadro, que era só natureza, esse pequenino vestígio de arte, essa única indicação humana." Um pouco adiante ele fala em corvos que riscam em todos os sentidos "o veludo violáceo do céu crepuscular". Porventura não são esses pássaros símbolos remotos de uma inescrutável sabedoria?

Engenho São Francisco

29 de março

Eu chamo por vosso terrível amor.

Gabriele D'Annunzio

Intrigado pela falta do texto original da tragédia *O martírio de São Sebastião*, procurei hoje cedo o livro de Antongini sobre D'Annunzio no pressuposto de nele encontrar algumas referências sobre o assunto. Nada consegui além do que já sabia, mas alegrou-me verificar a opinião do poeta sobre o seu parceiro Claude Debussy: "Sinto que Debussy me compreendeu. Fará certamente uma coisa admirável. De resto, só um artista do seu temperamento e da sua têmpera teria podido escrever a música para o meu *São Sebastião.* Ela deve acompanhar a ação passo a passo, e ao mesmo tempo criar atmosfera para a obra".

Debussy, por seu lado, escrevia-lhe à medida que recebia os trechos da tragédia: "Sabe que isso paira tão alto e tão longe que a música se torna difícil de achar...".

O meu interesse pelo tema do santo mártir, em termos de pintura, vem desde o ano de 1954, quando cheguei a expor um torso do santo no salão do Museu do Estado de Pernambuco e posteriormente, de 1959 até hoje, tem se mantido pertinaz, para não dizer abrasado, por inquietantes e renovadas descobertas. Quanto a *O martírio de São Sebastião*, do compositor Debussy (baseado na peça vinculada à tradição dos *mistérios religiosos*, de Gabriele D'Annunzio), um amigo falou-me que possuía esta gravação (disco) em sua casa, colocando-a à minha disposição. Hoje tive a oportunidade de cobrar a sua promessa e, agora, de posse do disco, não fiz outra coisa nessa tarde senão escutar repetidas vezes o estranhíssimo *oratório*.

Gino Luchesi afirmara-me que o conjunto não passava de uma "experiência", de um Debussy excessivamente influenciado por D'Annunzio. A meu ver, se houve influência, essa não foi só perfeita como necessária: a música, o coral e sobretudo a parte recitada pela atriz dramática Eleonora Duse (amiga de D'Annunzio) representando o São Sebastião – o que na época provocou escândalo – sem esquecer a magnífica colaboração do maestro Charles Munch.

Estou curiosíssimo em conhecer o *libreto* definitivo com o texto de D'Annunzio, posto que o colhido apenas de ouvido deve estar truncado e assim mesmo só o consegui da parte final. O texto original, seguramente será espantoso: "Oh arqueiros, é preciso que eu morra...". Não vou continuar os apelos do santo mártir, porque não confio nos meus ouvidos. No entanto, aproveito uma citação de Thomas Mann, que não estava longe do assunto, quando comenta no início de *Morte em Veneza*: *"Il symbolisait cette race d'adolescents de l'esprit qui, alors même que transpercés par l'épée et la lance, serrent les dents et demeurent fermes dans leur pudique orgueil"*.

A leitura desse livro de Mann, em 1952, na cidade de Lausanne, foi definitiva para todo o meu largo envolvimento pela figura de São Sebastião, e fui encontrar em diferentes pintores renascentistas a necessária inspiração para desenhos, quadros, murais e relevos. Se de um lado a graça juvenil dos modelos escolhidos pelos pintores italianos não deixava de me interessar, foi sobretudo na descoberta do pintor alemão Altdorfer que conheci as mais singulares representações do Santo. Numa delas, o Santo – ainda como chefe dos centuriões – está em pé diante do seu imperador que o olha muito mais com amor do que com ódio. E em outra, numa cena comovente, quando emergindo de um pântano lodoso, amparado pelas mãos de mulheres piedosas, o seu corpo morto e cheio de flechadas é cuidadosamente lavado. Do lado direito da cena, uma mulher sentada, ricamente vestida, olha como uma esfinge em direção ao cadáver. Provavelmente Santa Irene, que permanece imóvel durante a cerimônia que precede o sepultamento.

Toda a iluminação dessa pintura assume um caráter fantasmagórico, habilmente realçado, quando diferentes pontos de luz emergem aqui e ali, valorizando como relâmpagos atrozes a cena noturna onde se desenrola a tragédia. Anacronicamente, as ruínas de um castelo medieval – de uma incrível arquitetura – balizam e igualmente dramatizam toda aquela macabra (embora piedosa) assembleia de mulheres. O corpo do Santo, distorcido como uma hélice, marca o centro do quadro para onde convergem obrigatoriamente todas as atenções.

Pablo Picasso não ignorou os esquisitos sinais de originalidade desse quadro e fez inúmeros desenhos – a seu modo – reproduzindo detalhes caprichosos de uma pintura que dificilmente ele próprio, com suas *deformações*, poderia ultrapassar. Trabalhou em campo fértil e os resultados, mesmo que em preto e branco, foram notáveis.

Suponho que em termos de dramaticidade, Altdorfer supera o *São Sebastião pranteado por Santa Irene*, do francês Georges de La Tour (Kaiser Friedrich Museum, em Berlim). É verdade que os conceitos dramáticos se modificam através dos tempos, daí não ser nada recomendável comparar dois artistas de diferentes séculos. Por longo tempo o *São Sebastião* do pintor holandês Hendrick Terbrugghen também reinou no meu espírito como a imagem mais perfeita de quantas já foram pintadas por outros artistas. Agora tudo se modifica – mesmo levando em conta a infinidade de representações desse santo em toda pintura italiana da Renascença – e estou certo de que ninguém atingiu a dramaticidade do infernal Altdorfer.

Albrecht Altdorfer teve influência de Albert Dürer e de Lucas Cranach como também em certa etapa de sua vida inspirou-se em Mathias Grünewald e nas escolas italianas. Contudo, a sua originalíssima personalidade de pintor lhe assegurava uma inteira liberdade de *transformar* toda influência exterior. Altdorfer, como um outro seu colega, o italiano Piero di Cosimo, deverão permanecer, não propriamente como *independentes*, mas de qualquer forma isolados (em termos de espírito) de qualquer escola, ultrapassando o seu tempo e escapando a qualquer classificação.

1967[17]

[17] De 1963 até 1973, parte dos Cadernos do Diário do artista foi destruída. Igualmente não existem textos datados de 1955, 1956 e 1958, além de algumas outras irregularidades cronológicas (N. do E.).

Candeias

15 de fevereiro

A Natureza ama ocultar-se.

Heráclito

Os nossos gostos sempre parecem uma espécie de escolha perversa. Quem poderia no entanto olhar a vida com olhos de outro ou dizer como Rimbaud: "Eu é um outro". A nossa escolha é de tal maneira fatídica que chegamos até a separar aqueles a quem devemos amar daqueles que não podemos amar.

Um velho amigo levava na sua carteira de dinheiro dois fragmentos de papel já muito desbotados, os quais apresentava nas ocasiões em que, por um impasse qualquer, uma discussão parecia não ter fim. Um deles dizia o seguinte: "Gostaria de ver o mundo como se eu não existisse". E o outro: "É preciso compreender, senhores, que existem coisas que são absolutamente incompreensíveis". Creio que não é preciso afirmar o resultado dessas intervenções: surtiam um efeito muito engraçado na maioria dos circunstantes, principalmente naqueles mais exaltados e radicais.

Hans Sedlmayr reconhece que é preciso dar tempo ao tempo para intentar escrever uma história da arte de nossa época. Uma arte que, segundo ele próprio, verifica e, alguns de seus fundadores alardeam, rompe com qualquer passado: "uma revolução, e uma revolução como nunca houve". O inteligente crítico aproveita como epígrafe de um dos seus capítulos de *A revolução da arte moderna* um trecho muito elucidativo de W. Weidlé: "A tragédia de nosso tempo não é a de todos os tempos".

Ora, aí está uma das coisas que permanecem, para mim, perfeitamente incompreensíveis. Em todo caso, o reconhecimento de Sedlmayr não é em nada desprezível quando ele argumenta com lógica precisão: "...teria sido muito estranho que outra coisa tivesse acontecido; que, numa época em que se deitaram por terra todas as relações de espírito, vida e sociedade, só a arte tivesse ficado incólume, na sua essência, de tal desmoronamento". Não foi só um corte com um conjunto do passado europeu, mas como insiste Sedlmayr, com todo o passado da arte.

As deduções posteriores do crítico são excelentes e cautelosas, chegando no entanto a conclusões ainda mais inquietantes, no fato da arte ter-se declarado autônoma e, em última consequência, esta autonomia se ter solucionado no não artístico. O que fica para resolver, diz ele, é nada mais nada menos que descobrir a própria essência desta revolução e a verdadeira natureza da profunda transformação donde saiu a arte moderna.

Estamos assim numa corrida difícil para descobrir a verdadeira face de uma arte que começa por negar o seu nome e o seu significado. É como se tivéssemos lidando com fatos e personagens invisíveis. Jorge Luis Borges, num dos seus magistrais contos, "A Outra Morte", fala no perigo daqueles que correm em busca da verdade e ele mesmo confessa não estar seguro de ter escrito sempre a verdade, lembrando que neste desejo de tudo elucidar, registrou um processo não acessível aos homens, uma espécie de *escândalo da razão*.

Recorda que na "Suma Teológica" nega-se que Deus possa fazer com que o passado desapareça, mas nada diz da intrincada concatenação de causas e efeitos que é tão vasta e tão íntima a ponto de não poder anular um só fato passado, por muito insignificante que seja, sem invalidar o presente. Modificar o passado não é modificar um só fato: é anular as suas consequências que tendem a ser infinitas.

Se a gente fosse atrás do senhor Le Corbusier, que dizia revolucionariamente "ser preciso recomeçar do marco zero", pouca coisa restaria a fazer. A que zero se refere o arquiteto: à choupana ou à caverna? Ou será que nem à choupana nem à caverna? Talvez se referisse a um zero tão absoluto que só encontrasse o equivalente nos primeiros homens ainda em estado selvagem, nômades, sujeitos a todas as intempéries, peludos e desmemoriados. Na prática, não agiu assim o notável arquiteto moderno, pois não perdeu um só minuto do seu precioso tempo em deixar de utilizar, a seu bel-prazer, tanto o mais remoto como o muito próximo de tudo o que já fora feito em matéria de construção. Esses excessos revolucionários são sempre enfadonhos, passada a onda que os motivou. Outro dia, li estupefato num jornal as declarações de um líder chinês que, atrapalhado com os efeitos sangrentos da "revolução cultural", concitava seus irmãos comunistas "a se amarem uns aos outros, como nos ensinava a *história*".

A verdade é que o Sr. Sedlmayr não está, nem nunca esteve, de acordo com estas definições de ruptura entre o passado e o presente de uma verdadeira arte. O que faz é acompanhar com evidente ironia o pensamento daqueles que estão na crista da onda revolucionária e que por uma lei muito simples já começam a despencar no abismo do nada. Chega a colocar várias vezes as palavras *arte moderna* entre aspas. Ele recordou apenas que num certo período extremado "a arte revolucionária não queria ser arte", e esse é um gosto que não podemos retirar de ninguém e que atualmente está muito em voga, depois de ter sido há mais de quarenta anos o grito dos vanguardistas.

Recentemente estavam vários pintores no recinto da Bienal da Bahia, quando um jornalista apressado convidou-nos para ver um dos quadros premiados que representava a revolta espontânea do seu autor contra a arte prostituída. Para esse pintor, avisava o jornalista – e ele próprio estava de acordo –, a arte estava não só prostituída como em putrefação. Foi justamente o pintor paraibano João Câmara que, tomando posição, replicou: "Arte prostituída coisa nenhuma, pode ser que a dele esteja, mas não a minha".

Ele, João Câmara, andava como um falcão solitário à procura de uma presa, horas e horas por aqueles infindos corredores do Carmo, atapetados de quadros, e nada pareceu encontrar. Acabava sempre por voltar à sua pequena sala e mirar-se em cinco espelhos mágicos que lhe restituíam generosamente em cores e formas magníficas tudo aquilo que pretendia que a vida e a arte lhe ensinassem. Só os seus próprios quadros – feitos à sua própria imagem – poderiam responder e apaziguar todas as angustiosas perguntas de um espírito naturalmente inquieto destinado à procura da verdade. E a verdade para um homem antes dos trinta anos não é coisa com que se brinque. Ivan Karamázov dizia: "Até trinta anos resisto contra todos os assédios, depois não estou bem certo".

Contudo, "a verdade não é a beleza", e Câmara parece também se aperceber disso quando pintou o seu *São Sebastião* na figura de um homem acorrentado a destroços de um velho navio atirado no mais profundo dos mares, apenas iluminado pela pálida luz verde do esquecimento. Nesta região abissal o Santo é devorado lenta e cruelmente por estranhos peixes com caras e formas humanas, cujas bocas terminam em forma de afiados punhais. O homem joga o seu rosto para cima, talvez num último alento, mas deve sucumbir fatalmente naquele mundo de sombras do qual até então o pintor pensa ninguém poder escapar.

Curiosa gente do nordeste que leva uma senhora do espírito de Elizabeth Ribeiro a perguntar desorientada: "De onde provém a sua força, que impulso os leva a agir?". Em nenhum deles há o desespero absurdo e passivo da nova figuração, dessa nova figuração cujos criadores parecem não acreditar no homem. Tanto João Câmara como Delano ou Luciano Pinheiro, com expressões diversas, se colocam a serviço do homem, embora em nenhum dos seus trabalhos assumam o caráter de crítica social brutalmente áspera. Os três estão muito mais próximos do surrealismo metafísico de De Chirico do que do *Massacre na Coreia*, de Picasso. Escolho propositalmente uma certa faceta do pintor espanhol para não citar um *engajado* qualquer sem talento e que não exemplificaria coisa alguma.

O pintor Delano ilustraria melhor o Dom Quixote lutando contra o moinho de vento do que a batalha de Stalingrado, e Luciano Pinheiro desenharia com mais veracidade a Matança dos Inocentes do que o massacre dos guetos de Varsóvia. Todos são modernos e portanto deveriam ser tocados por fatos recentes, mas há nas suas consciências de artistas já plenamente maduros e universalizantes, uma tendência para olhar a vida no seu conjunto de injustiças e não para uma só injustiça, por mais cruel e vexatória que ela se apresente.

Engenho São Francisco

14 de outubro
Ernesto e Verinha[18]

> *És tu tão curioso? Podes tu olhar detrás dos muros?*
> *Para isto não precisarias também de olhos atrás da cabeça?*
>
> Nietzsche

Depois da reforma do castelo, recebia visitas a toda hora e notava, sobretudo, a insistência de alguns em procurar o lugar da piscina, onde, segundo murmuravam, cultivava as suas ninfas. Não havia muito que chegara de viagem e, já agora, pelo parque adentro, notou o pequeno automóvel resfolegando na ladeira para logo depois descobrir entre os ocupantes o velho professor corcunda acompanhado de mais dois doutores: "Ele tem uma exaltada sensibilidade, como se vivesse permanentemente sob o efeito do ácido lisérgico, e aqui estamos ajoelhados diante desta

---

[18] Artigo do pintor publicado num jornal do Recife (N. do E.).

paisagem, pois outra não pode ser a atitude de alguém quando se defronta com tamanha beleza", disse o professor, antes mesmo de qualquer apresentação.

O castelão, cansado e insone, nada respondeu, mas teve ainda a mordedura habitual, ao baixar a cabeça numa atitude reflexiva, nele um sinal evidente do começo de mais um discurso, embora neste momento, por outras razões, ficasse mudo. "Sensibilidade corrosiva"– ainda pensou. Contudo, calou-se, deixando-se ficar num mundo de trevas coloridas, atropelado pelas lembranças da noite. Ainda assim, ouviu o professor insistir, dizendo-se ele próprio alucinado ao pisar os umbrais deste castelo sem torres. Escutou muito bem quando um dos doutores, caladão e de óculos, advertiu o seu colega para o horário do avião que partiria em seguida, e chegou mesmo a olhar aquela cara que lhe recordava estranhamente a face do marido de Marguerita, na noite que, cercados num palácio, estiveram em vigília até o amanhecer. O mesmo rosto lívido, esmagado de encontro a uma vidraça que os separava, tentando inutilmente pronunciar algumas palavras através do vidro: a cabeça de um cadáver, como se por antecipação quisesse anunciar, com a sua aterradora figura, o massacre iminente de todos que ali estavam encurralados.

Ouvir falar e não falar, a não ser para dizer tolices, movimentar os outros e vê-los reduzindo o mundo a uma série de clichês e imagens num derradeiro e inútil esforço de a todos confundir. E depois era a própria vida que não parecia oferecer grandes alternativas: "Um conto barulhento e cheio de fúria narrado por um idiota, significando nada". Uma história qualquer, escrita por qualquer um, em quadros partidos em milhares de pedaços, e depois colados lado a lado sem nenhuma ordem. Sem uma certa ordem, evidentemente, era apenas uma maneira de dizer: esta ordem preexistia mas num campo puramente formal e técnico, e ele sabia – melhor que ninguém – que ressalvado este aspecto, nada mais lhe pediriam. A antiguidade do "pão e circo" dos romanos sempre lhe fora preferível como atitude à justiça com pão dos velhos beatos, hoje estranhamente reforçada pelas teses marxistas. Ele próprio não se divertia nada e com coisa alguma, o rir sempre lhe fora triste, mas colecionava, amontoava, olhava o que lhe dava ver até através dos muros. Ver como um danado, como desejou por toda vida o poeta português.

Encontrara Verinha numa boate na noite anterior e descobrira nela um tipo ideal para sua heroína, uma espécie de gigantesca anã, medindo 1,93m, e além de tudo falando seis idiomas, portanto bem fácil de compreender o que se quer ou pretende dela. Enorme, magra e elástica, com canelas de avestruz, coxas de girafa, seu grande corpo enrugava-se ao menor movimento como um traseiro de elefante, e no entanto representava um raríssimo espécime da raça: tecnicamente linda. Sendo mulher, alta e musculosa, quase um travesti, tencionava encaixá-la na sua nova história, que seria rodada em Londres. Um perfeito exemplar, digno das plateias mais exigentes. Ao olhá-la pela primeira vez, já podia visualizá-la em movimentos sincopados como uma enormíssima jia verde ou deslizando como uma cobra jiboia falsamente luxuriosa. Surpreendente teoria dos sexos, que nós podemos mudar ou falsificar à vontade, apenas servindo-nos das aparências, e depois – dado a fome insaciável de um público, na sua maioria inconscientemente pervertido – alimentá-la na bandeja lustrosa dos cinemas com toda a sorte de transgressões, bastando para isso dar-se ao trabalho de consultar as estatísticas ou mesmo as modernas teses daqueles que defendem as minorias eróticas como o Dr. Lars Ullerstam.

A aproximação com Verinha poliglota foi bastante monótona, embora não pretendesse dela muita fala, isto é, no decorrer da história, pouco teria o que dizer, além de coisas como: "Não sou de mármore" ou "estou voando direto para Marte", etc. O meu encantamento só começou quando por descuido de minha futura estrela obriguei-a a expressar-se na sua língua materna, o que fazia com uma certa fluência e vocabulário regular. Apenas notei que trocava frequentemente o sentido das palavras e ainda mais o de algumas letras essenciais para dar ao todo um som correto. Assim dizia na sua linda voz de contralto, "expermentar", em vez de "experimentar", "diálago" em vez de "diálogo", "inquilíbrio" no lugar de "equilíbrio", e ouvi-a mudar por duas vezes "púlpito" por "púbito". Diante dessa evidência, nada restava fazer – temeroso de perder tal fenômeno – senão contratá-la e com vantagens adicionais.

O resto estava feito, inclusive a história, escrita por algum autor remoto e pouco conhecido, deixando margem a retoques e interpretações de toda espécie. Em algumas cenas, não explicarei as sequências que deverão ficar por conta – poder-se-ia dizer que fossem equivalentes – de certas zonas de sombra muito exploradas na pintura no século XVII. O quadro ficava reduzido na sua objetividade, mas ganhava sempre em mistério, deixando crer aos apaixonados por tal arte que daquelas trevas tudo podia finalmente surgir. Numa boate, também tudo pode acontecer e alguém comenta sorrindo a morte de Ernesto. O sujeito trouxe a notícia vindo lá de dentro, como se voltasse da latrina, mas estivera refestelado com o dono da casa na copa, bebendo autêntico escocês e ouvindo "as últimas" num radinho de pilha. Tinha razão Karl Kraus (K.K.), pois os acontecimentos não mais acontecem.

Operação complicada essa de "destruição da realidade". Mas a quem cabe de fato a culpa? Essas coisas não se perguntam, admoestava-me o velho rabino – são fatos e correntes preestabelecidos, assim como gritar diante da dor ou tapar o nariz para evitar o mau cheiro – "coisa antiga, muito antiga, amigo". Contudo, K. K., a propósito desse tipo de notícia, não ficara calado: "Mais uma vez um instrumento escapa ao nosso controle. Colocamos o homem, de quem se esperava uma reportagem sobre o fogo – um homem que deveria certamente ocupar um lugar inferior dentro do conjunto da organização –, acima da organização, acima da casa pegando fogo, acima do fato e acima de nossa própria imaginação".

Como poderia estar de acordo e calar sobre a morte de Ernesto, se o sabia de há muito morto e bem morto? Essa farsa consentida se repetiria quantas vezes? De qualquer maneira o processo de destruição da realidade foi eficaz. Quem testemunharia um fato já transformado em mito ou para alguns outros uma rotineira batalha de desinformação dos serviços secretos? Quanto a mim, velho colecionador das "coisas como são", o que poderia mesmo interessar uma tal controvérsia? Gosto de falar daquilo que ouço, toco ou percebo de maneira direta, como o pintor Courbet que se negou enfaticamente a pintar um anjo, desde que nunca tinha visto o seu traseiro. Fatos verdadeiros. Detalhes verdadeiros, como o que acontece aqui e agora nessa pequena sala escurecida com Verinha bêbada e descalça, arranhando as minhas pernas por debaixo da mesa, usando os dedos dos pés com tamanha violência que me fez agachar para segurar-lhe as patas que certamente tem crescidas em demasia. Olho para ela e logo faz um arzinho peculiar, crispando a boca e fazendo tombar o seu longo pescoço de lado, um tanto piedosamente, como as mulheres santas chorando ao pé da cruz no quadro de Roger van der Weyden. Tecnicamente bela e sequaz. Pronta para servir.

Por que qualquer atenção à morte de Ernesto? A procura de provas de quem matou aquele homem num parque de Casa Amarela não teria o mesmo valor? "O dedo amputado da mão esquerda provará a identidade deste famigerado" – disse o sujeito risonho da mesa ao lado, encarando-me desafiante, como se adivinhasse os meus pensamentos.

Acordei numa casa desconhecida, e a primeira coisa que vi foi o vestido amarelo de Verinha em cima de uma cadeira: dela, nenhum outro sinal. Teria sido verdade ou brincadeira do poeta Arthur dizer que a sua superioridade estava em não ter coração? "Se o estanho golpeado soa como uma trombeta, não é mérito dele." A minha memória, os meus pensamentos, onde estão? Eu penso ou estou sendo pensado? O crime do parque que escolhi para centralizar a motivação da minha história, teria na verdade alguma ligação com a morte de Ernesto? Foi Durrell quem disse: "A verdade é o que mais se contradiz com o decorrer do tempo". E depois: "Se as coisas fossem sempre o que parecem ser, como se encontraria empobrecida a imaginação dos homens!".

Nota: Ainda a tempo, Calígula avisou a sua companheira Caesonia que "viver é o contrário de amar".

1974

Propriedade Santos Cosme e Damião

9 de março

> *Deixo aos vários futuros (não a todos) meu jardim de veredas que se bifurcam.*
>
> J. L. Borges

Leitura da *História universal da infâmia*, de Jorge Luis Borges. Dos diversos e quase todos admiráveis contos, fixei-me na "História Inverossímil do Impostor Tom Castro", que me lembrou em muitos trechos a narração de Rainer Maria Rilke sobre o falso Tzar Gricha Otrepjov e o episódio do seu encontro com a mãe e com a desconhecida que contribuíram para desmascará-lo.

Manhã pregando recortes de papel (notícias sobre mim mesmo) num caderno; aplicada tarefa de alguém que pretende colocar sua vida em ordem, numa corrida pacífica para o nada. Enfim, uma espécie de testamento jornalístico e sem valor algum. De contrapartida, a repentina ousadia de queimar – sem nenhuma hesitação – grande parte dos meus cadernos de 1964 a 1974.

Quando eu dei entrada definitiva nos portões desta velha Fábrica (2 de novembro de 1971), eu sabia que um novo destino faria o seu trabalho e que a Providência (como quiserem entender) me seria favorável. E não foi por outra razão que tive o trabalho de copiar neste caderno um trecho de Wagner, como se eu próprio o estivesse escrevendo. É estranho, mas é verdadeiro: "Estava convencido de que seus erros e as falhas de seu caráter eram secundários. Manifesta-se em mim uma vontade mais forte do que o valor de minha personalidade. É tal a consciência desse fato que já não me pergunto se quero ou não quero. Quem a isto se encarrega é o maravilhoso gênio que hei de servir, porquanto me resta de vida e que me ordena cumprir aquilo que só eu sou capaz de fazer".

Depois da destruição pelo fogo – não numa fogueira comum, mas utilizando um forno cerâmico contínuo, em forma de túnel, usado para queima de material refratário de alta temperatura (1.400ºC) – pude verificar, ainda na entrada do forno (cerca de 300ºC), os cadernos se retorcerem agonicamente, como almas penadas nas chamas do inferno, à espera da fatal condenação. Não foi uma brincadeira, e sim um ritual. Só desta forma eu poderia seguir o exemplo de Pasternak: "Deixa em branco algumas páginas de tua vida".

Mesmo trabalhando, meu ouvido estava atento a um telefonema de R. Ela tateia como uma cega, mas já deve ter pressentido as minhas indecisões, os meus intoleráveis compromissos, a minha vacilante liberdade, enfim, alguns dos ingredientes mortíferos, passíveis de anular qualquer investida amorosa por desinteressada que seja. Um amigo arquiteto – sem ao menos suspeitar dessa minha relação – forneceu-me notícias dela. Encontrou-a ontem à noite num casamento, vestida de verde e pedrarias, penteada como uma princesa, altiva e desenvolta, no entanto inquieta como se aguardasse a presença de alguém que não apareceu. Evidentemente não era a mim que ela esperava.

Contrafeito, devo sair ao encontro do pintor Jorge Tavares, como prometi. Jorge passou a semana toda, humildemente, pedindo a minha presença, insistindo para que eu veja seu último quadro. São exatamente dezoito horas. Devo sair, mas estou como que imantado pelo telefone. Não sei o que mais me dói, se o silêncio ou a falta de notícias. O primeiro me inquieta, o segundo me angustia.

10 de março – domingo

Levantei-me cedo debaixo de uma verdadeira tempestade. Chuva intensa e fortes ventos. Noite intranquila e insone ao lado de M. que dormia placidamente. Ontem, observei-a adormecer, sentada numa cadeira. Seu rosto, de natural tão perverso e dissimulado, modificou-se num instante, transfigurado de repente por uma indefinível expressão, entre passível e angelical; em alguma coisa que não sendo totalmente pura, ainda trazia indícios de pureza, daí porque reaparecia numa indescritível placidez, deixando a sua face gravada numa nova máscara. Olhei-a amorosa e demoradamente na flagrante evidência desses pálidos e, talvez, passageiros reflexos, como alguém que desejasse eternizá-los, como se eu conseguisse de um certo modo sempre tê-la assim, adormecida.

Acabei de deixá-la com o rosto ainda mais pálido. O sono certamente era cada vez mais profundo e rumei para minha casa, onde minha mulher, que já voltou das férias, deve ter dormido sozinha. A chuva continua torrencial, parecendo querer lavar os meus pecados e todos os pecados do mundo.

Nesta mesma tarde, vi o quadro de Jorge Tavares. Um espantoso nu. O pintor, evidentemente insone, olhava-me com espanto por detrás dos seus olhos vermelhos como brasa. O nu era pintado em tons de azul, com o sexo e a cabeça de um branco puro; de um branco muito puro. O fundo da tela, em bandas repartidas, criava um espaço de uma profundidade idealizada nas cores vermelho-cru e amarelo, faltando-lhe ainda uma área a cobrir que, segundo Jorge, seria violeta.

Na saída, encontrei a pintora Maria Carmem que não sei se ia entrando ou se apenas passava. O fato é que resolveu parar. Mas, indiferente, eu segui o meu caminho e me encantei pela estrada afora.

No meu ateliê, não me contenho e telefono para R. Quem atende é uma irmãzinha de voz meiga e que sorri no momento em que eu declino o meu nome. “Não, R. não está”, diz a menina. “Foi para casa de amigas desde ontem”. Desliguei sorumbático. Nada resta a fazer a não ser ouvir a tragédia de *Tristão e Isolda* e possivelmente o admirável *Parsifal*. No entanto, bem que ela poderia lembrar-se de dar algum sinal de vida. Coisas de um enamorado? É isso mesmo.

É o que costuma acontecer quando não se pensa em nada a não ser assinalar mágoas de uma domesticidade exasperante, embora não fuja ao entendimento de quem registra coisas da vida. Suponho que não é muito diferente de uma nota de Delacroix quando ele conta em Paris, no dia 7 de maio de 1858, “ter jantado fora numa sexta-feira e que havia se divertido muito. Na manhã seguinte estava com ótima disposição. *Il faut se remuer*. Eu saí com Villot e passeei apenas uma hora com excelente humor. No outro dia voltei a passear. Fui a Saint-Roch para escutar música, mas acabei escutando o mais cruel sermão sobre a virgindade. Voltei para casa tomado de uma extrema tristeza que hoje, domingo, quando escrevo estas páginas, ainda não consegui esquecer”. Ou então no dia 8 de julho de 1860 - “Mlle. Rosine Gopelle (2), rua Du Petit-Carreau, 17, às 8 horas”. As duas anotações são de caráter trivial, mas feitas pelo grande Eugène Delacroix. O importante não é o que se diz, mas quem o diz. No meu caso, nem ao menos me importa o ridículo da situação. Recordo que Dostoiévski não se cansava de dizer que ele sempre foi ridículo... Mas vamos mudar o assunto e voltar às minhas lamentações.

Como pode essa desgraçada esquecer, por um instante que seja, as minhas cortesias? Será que ela quer me castigar ou na verdade nem ao menos está lembrada? Isso seria inqualificável.

Colaborando para me distrair, um grupo de arquitetos do Rio invade o meu local de trabalho. Compraram algumas serigrafias e fizeram muito barulho por nada. Entre eles, uma bela mulher de rosto macerado e um corpo tão magro que beirava a imoralidade. Conversa insossa: na falta de assunto, falamos sobre a nova ponte Rio-Niterói.

11 de março

Segunda-feira de um escolar. Trabalho e mais trabalho, embora acompanhado do ranço fétido de um tipo de vida que já começa a me desagradar. Obrigações, correspondências e contas para pagar até perder de vista.

R. telefona e traça uma circunferência de palavras, onde o começo se confunde com o final da história, o que equivale a dizer que ela não disse nada. Pela primeira vez vacilou diante de meus afáveis cumprimentos. A minha pergunta de domingo à sua irmãzinha, indagando se ela dormira em casa, desencadeou – segundo ela – uma tempestade doméstica. Depois, confessa que realmente dormira fora da sexta para o sábado, mas não era o que eu estava pensando... Acontece, eu disse, que não estou mesmo fazendo suposição alguma. Apenas indaguei à sua irmã o seu roteiro para ter, pelo menos, uma longínqua esperança de um chamado. Desliga risonha e promete aparecer ainda hoje, apesar de não ter aulas na faculdade.

À noite, perdi estupidamente uma entrevista na televisão com o pintor Salvador Dalí. Lastimo deveras. Ele me diverte. Fala, escreve e pinta com igual genialidade. O seu livro *Vida secreta* é um atestado de prolixidade semântica, repleto de ideias dignas dos maiores escritores. Igualmente, o seu livro editado em Barcelona em 1951, *50 segredos mágicos para pintar*, o qual foi a minha bíblia utilizada em todo o meu aprendizado de pintura durante os anos cinquenta, é prodigioso.

14 de março

A data, o dia, a hora, o espaço, o tempo. As palavras medidas, no entanto desordenadas, porque a ninguém atingem, a ninguém interessam. A tentativa presunçosa de se fazer entender. Fixar um sorriso falso no canto dos lábios como um locutor de televisão que fala para todo mundo numa espécie de súplica extorsiva. Tem razão o poeta no seu silêncio, no seu interesse pelo nada aparente; tem razão o poeta na sua surdez, no seu alvoroçado olhar diante do universo; tem razão o poeta em não ouvir as nossas cansativas conversas. Mas eis que ele mesmo fala com os dedos no teclado moderno de desenho impecável, fugindo da fala e da desordem das coisas.

15 de março

Observação curiosa a do Sr. T. a respeito da senhora L. a respeito da qual eu indagava notícias. “Ela jamais deu o seu sangue a homem nenhum.”

Também é impossível remediar.

Tolstói (Agosto de 1910): “Hoje, lembrando-me do meu casamento, pensei que tinha sido alguma coisa de fatal. É mesmo, eu nunca estive apaixonado. Mas eu não podia deixar de me casar”.

O curioso dessas notas de Tolstói é que ele mesmo escreveu em seu diário com o próprio punho, na época do seu casamento com Sofia, o seguinte: “Mais apaixonado que nunca. Farei saltar os miolos, se ela me recusar”, segundo revela sua mulher no próprio diário.

O meu sucesso agora começa a diminuir. Carrego um morto nas costas e ele, meu irmão gêmeo, começa a me pesar. Sinto-o inanimado e os seus conselhos de outrora já não são suficientes. Era preciso que renascesse, que estivesse vivo e me contrariasse e ajudasse como sempre ajudou.

17 de março

O escritor Renato Carneiro Campos acha Dostoiévski pouco sensual, quase assexuado. Diz ele: “Não há sexo em *Crime e castigo*, tampouco na *Recordação da casa dos mortos*, muito menos no *Idiota*. Sônia é uma figura idealizada, nem de longe tem cheiro de mulher, mesmo sendo uma prostituta... Basta compará-la com Ana Karenina, para não citar senão um seu colega igualmente russo, mas tremendamente sensual, como foi Tolstói”.

Atrevo-me a lembrá-lo que nem sempre o sexo se faz presente na arte em geral, através do seu símbolo maior, ou seja, a mulher. Cito *Os irmãos Karamázov*, *Os demônios*, *O eterno marido*, *O jogador*. Falo de Paulina. “Que me diz de Paulina?”, eu indago, como se estivesse de posse de um verdadeiro trunfo. “Mesmo Paulina é um fantoche junto de uma Madame de Reynal, ou mesmo de uma Mathilde de la Mole, figuras igualmente idealizadas por Stendhal, mas onde não faltam os seus devidos atributos sexuais.”

Renato permanece intransigente nesse ponto e cita com agudeza e erudição uma dezena de exemplos curiosos. Como não podia deixar de ser, fala em Lawrence no *Filhos e amantes,* contudo não cita *O amante de Lady Chaterley.* Acha que o próprio Henry Miller não tem nada de sensual ou erótico. Falta-lhe sutileza: "Aquilo é mais uma carnificina às vezes com cheiro de churrasco, outras vezes com odor deletério da carne em decomposição".

Tarde inteira com Tomás Seixas e Luiz Tavares. Deborah esteve fora correndo fazendas de gado e só chegou à noite. Luiz Tavares nos conta o episódio da lastimável morte do seu amigo Dr. Allysson, em Oxford. Luiz viajara às pressas a chamado do Dr. Cunningham, um assistente de Allysson, mas já encontrara o amigo inconsciente. Descreveu-nos o seu fim, as três operações desastradas, os pós-operatórios, o coma, etc. Deu ênfase à terrível solidão de Allysson nos seus últimos momentos: nem mulher nem filhos presentes. Não foi necessário nos explicar a ausência dos familiares e dos amigos. Sabíamos que muitos estavam com o relacionamento cortado depois do divórcio de Allysson. Nem a sua suposta *girlfriend* apareceu. Esteve por lá um fim de semana, vinda de longe, mas ele já se encontrava em coma. Diante desse quadro, Luiz – não vendo outra alternativa – sentiu que também ele deveria voltar. Não assistiu à morte do amigo.

18 de março

Procuro Renato pelo telefone, mas nada feito. Precisava falar sobre a conversa de ontem. Escaparam-me pormenores. Na verdade cabia muito mais a ele, escritor, do que a mim, pintor, registrá-la condignamente.

Telefona R., envolvente. Telefona S., problemática. Telefona W., amiga de uma tal de M., desconhecida, mas que se oferece sem problemas e sem envolvimentos.

Wagner salva-me por instantes, mas só por alguns minutos e nada mais. Depois dele, como sempre, eu me precipito em estéreis indagações. Resta o trabalho que não salva ninguém de coisa alguma, mas na sua dificuldade granítica, arrebata os dedos, as mãos, os braços, os ombros, enfim, todo o corpo ainda sem cérebro a caminho do desconhecido, quando, então, aparecerá o *artefato* ou o *artifício mental.* Perdura o lema stendhaliano: trabalho, mais trabalho e, à noite, o amor ou o seu simulacro.

19 de março

Tolstói costumava dizer que "outrora, o governo para enganar e dominar o povo necessitava apenas da igreja; hoje, o mesmo governo prepara pouco a pouco a ciência para realizar igual missão e a ciência aceita prazenteira e zelosamente essa incumbência".

O conde Tolstói foi desses que teve razão por antecipação e ninguém se lembra que esta situação chega ao clímax no nosso chamado *admirável mundo novo*, o qual, na realidade, não passa de um abuso de confiança, de uma grosseira impostura.

Renato apareceu trazendo um amigo. Quer entrevistar vários escritores e artistas pernambucanos, de uma maneira diferente. Esteve com Gilberto Freyre e está aceso para grandes projetos. Leva-me um pequeno quadro e outro lhe é dado de presente.

Chega-me a máquina de escrever elétrica, debaixo de uma capa preta. Retirada a capa, a máquina preta e branca, perfilada por um fino desenho, deixa-me com olhos cobiçosos na medida em que R. prometeu-me colaborar batendo os meus textos. Está colocada na mesa como se fora uma preciosa iguaria à espera do banquete. Olho-a demoradamente, mas logo prefiro voltar aos meus desenhos me encaminhando para o ateliê de esculturas.

20 de março

O crítico Jayme Maurício telefona do Rio convidando-me para fazer parte do júri do Salão de Arte Moderna do Rio de Janeiro. Curioso o fato de jamais ninguém lembrar a necessidade (em época alguma) da minha participação neste Salão como artista. Agora pretendem utilizar a minha sabedoria e o meu senso crítico. Como eles estão certos desses repentinos e improváveis atributos?

21 de março

Temporal. A chuva penetra pelas fendas das telhas e pelo teto, enchendo a Fábrica de água. Ventania e trovões ensurdecedores. O aguaceiro dura duas horas ininterruptas, inutilizando grande parte das obras de reconstrução da Oficina. Bem traduzido, nada de bom pode anunciar para essa cidade e muito menos para mim. Cubro minhas telas com mantas de plástico, pois quanto às cerâmicas, nada sofrem nem com a água e muito menos com qualquer forma de umidade.

13 de maio

Sem a ideia final de Deus, nada feito. É preciso unir vozes e consciências em torno de um só nome: *unidade*. O coro medieval exemplifica esse sentimento grandioso que atingiu grande parte da humanidade, proporcionando a criação das mais admiráveis obras de arte que o mundo ocidental conhece.

Sem essa consciência moral, o homem fica à deriva, perdendo a noção de suas verdadeiras proporções: pode sentir-se ao mesmo tempo infinitamente pequeno ou incomensuravelmente grande.

Estranho que a Santa Rússia comande hoje a ideia do ateísmo e que a velha China de Confúcio tenha embarcado nesse mesmo barco, que não resistirá – não por muito tempo – à destruidora tempestade dos tempos. Esse enorme barco fantasma que aparentemente tudo possui: popa, proa, mastros, chaminés, cordas, velames, leme, máquinas, âncoras, hélices, chapas, salas, beliches, torre de comando, tombadilhos, corredores e porões, falta-lhe tão somente a quilha com a sua indispensável profundidade necessária à navegação nesse mar da vida, bem mais misterioso e imprevisto do que supõe a vã filosofia dessas equivocadas lideranças marxistas.

1º de junho

Prossegue o mural. Pintei mais três estudos preparatórios, perfazendo agora um total de cinco, afora uma vintena de desenhos. Apesar de tudo, ainda hesito em começar. Prossigo noite adentro e evito retornar à casa onde sei que nada me resta fazer, senão dormir. Na madrugada vou direto ao banheiro, olho ou sou levado a olhar (ela me atraiu) uma bela toalha de rosto da cor de um salmão (um rosa-vinho muito particular pela sua dosagem de ocre). Logo em seguida percebo um frasco de plástico azul-cerúleo esquecido pela empregada dentro da pia e, depois o peitoril da janela muito vermelho, para descobrir que esse conjunto de cores está acentuado pela presença dominante do azulejo branco das paredes. Mas não é só o branco que exalta essas cores vivificando-as extraordinariamente. É também o revérbero da intensa verdura do parque e do jardim que penetra a janela vermelha, lançando o seu complementar. É preciso estar atento a essas coisas, pensei, ou melhor, não propriamente atento, mas deixar-se penetrar por elas.

Uma bela, crua e atormentada novela com influências sartrianas e, sobretudo, de *O estrangeiro*, de Camus. Algo para ler com apaixonado interesse. Era exatamente nisto que pensava quando percebi a toalha salmão que tinha cor e cheiro de sexo; o frasco azul puxando para turquesa, lembrando a *Odalisca* de Ingres, e o vermelho dos reposteiros das janelas. Não sei se pensei em R. desde que o livro me caiu nas mãos ou depois de vislumbrar a toalha salmão. Também eu estava em um banheiro e ainda hoje este é um lugar, para mim, profundamente associativo a sexo (aliás, uma descoberta bastante óbvia, para não dizer infantil). E não é que particularmente tivesse que associar a ideia de sexo a R. mais do que a qualquer outra mulher, como N., que me visitou ontem à noite à procura de dinheiro. O que acontece é que R., além de ser mulher, é capaz de ler um livro, entendê-lo e falar sobre ele. E isto a coloca numa situação mais que privilegiada.

Escrevi muito penosamente durante estes três últimos dias (quase sempre após o almoço, quando me sobra uma espécie de remanso entre duas etapas de trabalho) um artigo sobre xilogravuras populares a pedido de Hermilo Borba Filho. Além do assunto não me interessar, não acredito que tenha me saído bem.

4 de junho

Manhã de trabalho intenso. Tarde tediosa, reflexões sobre pintura que a nada me levam sem o pincel na mão. F. dentuça telefona para dizer que estava nua ao lado do aparelho. Promete como uma compensação apresentar-me à sua irmã. No entanto adverte: "É só para ver, pois é coisa sagrada. Não foi feito para tocar, ela gosta de coisas bizarras, imagine que a sua grande paixão seria voar com um astronauta". Fico calado escutando as palavras de F. dentuça, como quem lê mecanicamente um livro pornográfico. Nada do que me disse impressionou ou surpreendeu, a não ser um pequeno detalhe, um só e único pormenor me deixou intrigado. Onde e por que cargas d'água teria ido ela buscar este termo "bizarra". Bizarria não é comum na língua portuguesa a não ser no vocabulário de tipos cultivados (afrancesados) e, portanto, como é que ela foi encontrar uma tal precisão ou propriedade de linguagem para definir, como fazem os franceses, a qualidade de certos exotismos sexuais ou sentimentais? É de fato bizarro.

22 de junho
A casadinha veio ao meu ateliê e como todas as outras acabou deitada nua sobre o divã. No final, já no banheiro, perguntou se a toalha estava limpa: escrúpulos de mulher casada.

Leio casualmente sobre René Guénon, de quem nunca ouvira falar: "Se Guénon tem razão, então muito bem! Toda minha obra não faz sentido", gritou Gide.

Falei a Tomás Seixas e a Luiz Tavares sobre Guénon. Tomás, de pronto, localizou-o como um amigo íntimo de Gide, evidentemente ele confundia Guénon com Gheon. Fomos às enciclopédias e lá descobrimos René Guénon: orientalista, nascido em Blois, etc. Tomás também pode ter pensado em Jean Giono, este, sim, amigo de Gide.

24 de junho (dia de São João)
Não posso me manter agarrado a uma só mulher pelo resto de minha vida. No caso não falo de D., e sim de M., que no momento passa a ter exigências descabidas. Começo a sentir o peso dessa ligação. Noites e mais noites perdidas que bem poderiam ser aplicadas no trabalho ou, pelo menos, sexualmente proveitosas. Procuro escassear as minhas idas à sua casa. Essa mulher me repugna.

A noite inteira na cama de Valentina. Bebidas, sexo, sonolência. Depois rumino os meus ardores diante de um grande espelho exposto propositadamente diante da cama, onde posso ver projetado em pequeno escorço todo o meu corpo nu, os meus pés – que parecem metade com os do meu pai e metade com os da minha mãe –, as pernas idem. Idem as coxas, o ventre – também familiar; o tórax, os ombros, os braços, o pescoço e metade do rosto já afogado na penumbra. Esse todo tão mesclado e agora aparentemente individualizado em mim. Mas com todos os demônios, como me sinto ausente diante de mim mesmo! Serei eu um outro?

Já no final da madrugada, Valentina, mais familiarizada, dá-se ao luxo de ler o seu diário (promessa antiga) com detalhes do pequeno e restrito mundo onde ela se move, cujo motivo central é sempre o amor. Não pude deixar de pensar: cretinice por cretinice, acabamos empatados. Na verdade, como posso pensar que o que escrevo é mais substancial? Talvez alguns enfeites a mais. No restante, estamos nivelados pela mesma tolice e mesmíssima danação.

25 de junho

Lembro um artigo sobre os escassos amores femininos do pintor Gustave Moreau, escrito por um tal de Pierre-Louis Mathieu. Fala-se em androginia, em homossexualismo, em onanismo espiritual, etc. Tudo muito inteligente, muito francês, como deve ser. A admiração de notórios invertidos sexuais, como Jean Lorrain, Oscar Wilde, Robert Montesquiou, Marcel Proust e de heterossexuais hesitantes como Sâr Péladan e J. K. Huysmans, agrava seriamente essa possibilidade de Gustave Moreau ter sido também um homossexual.

No decorrer do ensaio, alguém lembra o quanto Moreau desejava desaparecer atrás de sua obra, chegando a expressar no seu testamento o voto de que tudo quanto, em seus arquivos, pudesse revelar detalhes íntimos de sua vida fosse destruído. Desejando também até a interdição de toda e qualquer imagem de sua pessoa, como se almejasse fazer desaparecer pura e simplesmente todos os traços de sua existência carnal.

Apenas Moreau não contava com a intempestiva curiosidade dos outros. Talvez mesmo de sua pretendida confraria que hoje – passado tanto tempo – ainda reivindica postumamente a legitimidade do seu homossexualismo. Se porventura não existiam escritos, os seus desenhos e os seus quadros seriam os agentes reveladores do seu subconsciente, de suas obsessões, de seus vícios, de suas fraquezas, enfim, o retrato impresso de suas pequenas misérias, ou de sua fracassada espiritualidade.

O sexo obstrui a cena do mundo moderno. É sua preocupação hodierna, constante, e a ninguém é dado o direito de escapar dessa vigilante, implacável e subreptícia servidão, isto é, a de simplesmente existir e procriar. Ou, mesmo no caso de Moreau, de existir sem procriar. O articulista cita casos de pintores que também não casaram, assim como Corot, Delacroix, Courbet, Chasseriau, Degas, etc.

Qual a conclusão? Misoginia, homossexualismo, sadomasoquismo, androginia, priapismo? Pelo que vemos, não se tem por onde escapar. E se algum escapava pela tangente – deixando bem claro, como o saudável Courbet, que amava o corpo de todas as mulheres, sem exceção – aparece um psicanalista qualquer e logo afirma que todos os homens com tendências ao donjuanismo, poligamia ou mesmo simplesmente mulherengos são de uma certa maneira sexualmente fracos, senão homossexuais frustrados.

26 de junho

Dois ou três desenhos bem-sucedidos. Terminei todas as telas que pintei para o mural, seguindo um só registro de cor. Também alguns cartões para tapeçarias, que me levam insone até a madrugada. Amanhã necessito iniciar alguns novos desenhos para esculturas. Progressivamente abandono os vasos pintados, à maneira de Picasso, em proveito das figuras humanas. Sempre femininas.

27 de junho

Barulho de um machado que bate distante sobre uma árvore seca. Aguardo suas pancadas lentas e constantes como quem acompanha uma partitura musical à espera da entrada de certos instrumentos de percussão.

A tarde que apenas começa domina o arvoredo do jardim que desce até o bosque e, mais adiante, já subindo – no começo da mata –, dois lenhadores executam o seu trabalho sem ódio e sem piedade. Não posso vê-los, mas pressinto-os bastante molhados nessas impiedosas chuvas de junho.

R. telefona avisando ter conseguido um novo emprego. Insiste em dizer que sente saudades e me chama de um homem frio e sem coração. As mulheres nada têm de inocentes, no entanto, às vezes são de uma desfaçatez tamanha que mais parecem ter perdido o juízo.

O artigo sobre Gustave Moreau, lido antes de ontem, é excelente sob todos os aspectos. A parte irritante se resume a essa procura desordenada de fundo sexual: avulta o pretexto de uma suprema *espiritualização* que no Ocidente jamais foi o apanágio do sexo. De que vale, na verdade, encontrar esse ou aquele contingente sexual na vida de cada artista e o que pesará isso, realmente, na complexidade de sua obra? Se toda criança, como previa Freud, era um perverso polimorfo, não é de se estranhar termos em cada adulto, como diria Montaigne, "a forma inteira da humana condição".

28 de junho

Brincadeiras com o meu neto Francisco que está comigo e Deborah, desde que Conceição e Sérgio viajaram para Europa. Hoje ele amanheceu todo sarapintado de mordidas de mosquitos. É vivo e inteligente como o pai. Com tendências a artimanhas próprias da sua idade.

Pinturas de jarros e placas me absorveram toda a manhã. Alegria inesperada com a saída do forno de esculturas absolutamente perfeitas.

Tarde pesarosa, apesar de algumas visitas interessantes, entre outros, um jovem casal do Rio em plena *lua de mel*. A indiferença desses jovens, suspensos na sua felicidade, longe de me deixar agastado, me comoveu. Mas não pareciam estar visitando um ateliê de um pintor, desde que nada os interessava a não ser aquele seu frágil mundo construído de sonhos. Flutuavam e se comunicavam com os olhos. Quando me encaravam, eu me sentia de pronto tão transparente como um fantasma, e, quanto ao que eu dizia, era como se falasse aos quatro ventos. Num dado momento o casal começou a me cansar – já não me comoviam – quando de repente, no meio de uma explicação sobre uma placa cerâmica, eu falei em formas vegetais: "um meio-termo da anatomia do homem e da mulher". Num passe de mágica a bela adormecida pareceu acordar; seu rosto imóvel e apático acendeu-se; os olhos azuis cor de gelo coriscaram em minha direção como quem descobre um mistério. Naquele preciso momento, senti que ela deixava de ser apenas uma jovem apaixonada para ser somente uma mulher. Não mais flutuava nos seus sonhos, e sim começava a pisar em terreno pantanoso. Esse fenômeno só durou frações de segundos e logo ela se envolveu de novo nos braços do marido para, até o final da visita, não mais levantar os olhos sobre mim.

4 de julho

Contrariando esse idílio, logo mais à noite, R. aparece para pegar dinheiro e, segundo justifica, saldar as contas de alguns exames recomendados pelo seu ginecologista. Diz ter inflamação no útero e nos anexos. Pergunta o que são os anexos e onde estariam localizados.

Não podendo atender à sua curiosidade, apenas lembrei o sentido da palavra anexo: contíguo, em redor de alguma coisa, atrelado a outro, etc. Na verdade, o que sabemos todos nós de anatomia e que visão temos do interior do nosso corpo? Os próprios médicos aprendem anatomia em cadáveres expostos na posição horizontal.

Ninguém jamais fez uma dissecação numa pessoa viva, bulindo e andando. De qualquer forma, como o nosso interior é mais rico e mais complexo do que o exterior, consequentemente seria ele mais belo? Sempre foi para mim matéria de algumas indagações, senão de sérias aflições o saber e a certeza de que temos sangue, vísceras, órgãos, músculos, nervos e ossos num todo absolutamente independente de nossa vontade e de nosso conhecimento geral sobre o assunto.

Aparece L. bem na hora em que R. saía. R. fingiu ficar enciumada e faz seu pequeno drama até a despedida. L., bem nervosa, está à procura de serigrafias e não demora depois de escolher uma, entre todas.

A. telefona desmarcando o encontro desta noite, pretextando a presença inesperada do amante que voltou do Rio. O fato é que, apesar do embrulho, ainda tive ânimo para retomar a modelagem de uma escultura.

5 de julho – sexta-feira

Myriam não gosta de olhar no rosto das pessoas. Sua enorme e vigorosa cabeleira negra acaba por encobrir a própria face. Peço que olhe a ponta do meu dedo e, levando o indicador acima de minha cabeça, obrigo-a a encará-lo, o que faz bastante constrangida. Vejo num relance a elipse dos seus grandes olhos brancos azulados, luzindo como um farol.

Myriam é filha de um francês com uma israelita e apareceu na cidade juntamente com uma amiga, filha de uma inglesa com um brasileiro. É morena, mas a sua cor não é a mesma das mestiças brasileiras. Ela é apenas escura, noturna como somente certas mulheres da Bíblia podem ser. Como Judith atravessando impressentida as muralhas de Jerusalém, em plena escuridão, à procura da tenda do general Holoferne; como Salomé dançando nua à luz dos archotes; como Dalila que deixava correr a noite para realizar enfim a suprema infâmia: castrar o marido.

Myriam, saída desse mundo antigo e legendário para a cama de um pequeno bordel, retira o vestido e olha atentamente o seu corpo flexível num pequeno espelho que está diante da cama. Pede em seguida permissão para apagar todas as luzes.

No escuro, muda de cor e aparece feita agora de jade reluzente, refletindo todos os fiapos de luz colorida que atravessam a cortina do quarto. No final, ela confessa que é sonâmbula e que, se algum dia chegarmos a dormir juntos, não estranhasse algumas coisas que poderiam acontecer sem nenhuma explicação. "É claro", disse eu. Não é de espantar que assim seja. Talvez também Judith, também Dalila, e até mesmo Salomé estivessem dormindo e não soubessem, passada a noite, justificar os seus atos infames. Talvez estivessem mesmo totalmente inocentes, adormecidas.

Um único movimento, mesmo tendo o seu corpo preso e estirado sobre a cama estreita, um movimento quase imperceptível que chegava à ponta de um dos meus joelhos para denunciar o calor de suas coxas que, uma vez fletidas, deixava a descoberto as suas partes úmidas e macias. "Eu amo o meu corpo", falou, "amo-o até à perdição".

Tive vontade de falar-lhe sobre a "Herodíade", de Mallarmé, mas calei por duas razões: primeiro porque naquele momento essas palavras nada significavam; talvez palavra alguma tivesse para ela um real significado. Segundo, eu mesmo não estava certo dos versos de Mallarmé: "Eu amo o horror de ser virgem e permaneço envolta nos finos mistérios dos meus longos cabelos".

Ela própria me ensinava o silêncio. Esse código secreto diante do mistério que ali jazia – não por palavras – pensei eu, me mantendo ajoelhado sobre a cama, fruindo na ponta de um dos meus joelhos o calor e a umidade do seu ventre que apenas me tocava. Era preciso a todo custo prolongar a magia dessa situação, infinitamente cúmplice e desconcertante. "Eu amo o sexo", me disse ela, com uma voz cava, como se as palavras saíssem não da sua garganta, mas diretamente dos seus pulmões ou da base do seu ventre fendido. "Como poderia você adivinhar", prosseguiu com a voz abafada, "a minha paixão?" Por momentos, acreditei e quase cheguei a ouvi-la completar: "Eu só amo aqueles que creem em mim".

Nota:

Raab: A delação na muralha.
Dalila: A suprema infâmia.
Madalena: A tentação mesmo ao pé da cruz.
Jezabel: Mortalha das paixões.

8 de julho

No sábado passado, apenas vinte e quatro horas depois do nosso encontro, forcei um telefonema seu. Havia prometido telefonar e, segundo me pareceu depois de termos conversado, ela resolveu só falar comigo hoje.

Disse-lhe que havia escrito alguma coisa sobre o nosso encontro, o que a deve ter surpreendido, pois ficou silenciosa como se não entendesse o significado de tal acontecimento: um silêncio embaraçoso e sem esperanças.

Pediu-me depois do texto lido uma cópia para guardar consigo e foi tudo. O resto não passou de cumprimentos banais e outras tolices.

Hoje penso como revê-la. Como voltar a tê-la em circunstâncias idênticas? Certamente não poderíamos nem mesmo mudar o cenário. Eu teria de voltar a esta pequena, fria, vulgar e improvisada alcova? Se a possuísse, mesmo que fosse num palácio de *As mil e uma noites*, entre coxins de seda, ouro e pedras preciosas sob a luz de candelabros de prata, mesmo assim, poderia eu de novo acreditar como acreditei nela? Tudo leva a presumir que a magia foi desfeita e será inútil, senão desastroso, insistir.

O que ela não pode saber, e talvez seja a hora de não acreditar, é que de uma certa forma me enlouqueceu.

11 de julho

Pronto, a coisa cessou. Simplesmente estancou, deixou de fluir como um rio que seca. O novo encontro com Myriam foi fatal. E, como previra, destruiu-se por completo a magia. De algum modo, ela, como outras mulheres que igualmente me impressionaram, não passava de uma projeção ilusória. Todas elas existiram como pessoas, como Myriam existe, mas foram recriadas por mim, dentro de um circuito pessoal: mais parecendo imagens do que gente. Nenhuma delas era de carne e osso e muito menos de sentimentos. A situação e as circunstâncias em que eu conheci Myriam acionaram uma alavanca de há muito imóvel no meu coração. Mas eu previra os resultados finais.

Quando comparei Myriam a algumas mulheres da Bíblia, não estava de todo enganado (eu vivo pelos olhos), ela bem que poderia ser tomada como um modelo ideal por um destes pintores acadêmicos de "Salões" franceses que pintavam quadros com personagens bíblicos em tamanho natural. Bem que ela poderia representar uma Dalila, uma Jael, uma Salomé ou uma Judith. Diante da sua quase dolorosa beleza, olhando a sua figura, não seria difícil refazer aquela atmosfera necessária ao drama.

Insisto em dizer que não estava de todo errado pelo simples fato de acreditar que todas essas mulheres fatais não deveriam ser assim tão misteriosas. Também elas foram, por assim dizer, projeções desvairadas de pensamentos masculinos. Sejam as projeções de um Swann sobre Odette de Crécy, ou de Lawrence Durrell – de uma maneira singular – fazendo de Justine um modelo vivo para esta reflexão: "Naquilo que escrevi sobre ela nada mais fiz do que testemunhar o poder de uma imagem que eu criara pelo mero ato de ver Justine. Não era uma questão de ser verdadeira ou falsa. Ninfa? Deusa? Vampiro? Sim, ela era tudo isto e nada disto. Era como todas as mulheres, tudo o que a mente de um homem desejou inventar (defino 'homem' como um poeta conspirando continuamente contra si próprio). Ela estava ali para sempre, e nunca havia existido. Sob todas essas máscaras havia apenas outra mulher, todas as mulheres como uma manequim numa loja de costureiro esperando que um poeta viesse vesti-la, insuflar-lhe vida".

Que culpa cabia a Myriam pela minha desarrazoada imaginação, e depois não seria a mulher esse fermento mesmo da vida, o instrumento natural de nossas ilusões? Por que não vestir o manequim? Será que o homem em estado bruto saberia lidar com elas? Souberam os nossos avós? Ou desde tempos imemoriais essa magia enganosa é exercida em benefício dos nossos instintos, ou seja, a perpetuação da espécie? Ainda é Durrell que, parecendo penetrar muito fundo na natureza humana, observa: "Talvez o nosso único mal seja o desejo de uma verdade que não podemos suportar, em vez de nos contentarmos com as personagens imaginárias que inventamos".

Ontem eu dizia a Myriam que teimava em falar em sexo: o verdadeiro sexo é a castidade, ou então a promessa do ato. O restante é acasalamento, rotina e finalmente o tédio. Se tardei a chegar a essa conclusão não foi por culpa minha. Caso Myriam não tivesse comparecido ao nosso segundo encontro eu manteria para sempre a sua imagem ilusória, gravada no brasão do amor, acesa como uma estrela morta.

18 de julho

Ignoro para onde vais e não sabes para onde vou.

Baudelaire

Pode parecer descabido, mas o fato é que me causou surpresa, para não dizer alegria, a descoberta de um velho caderno aos pedaços – depois da minha decisão de ignorar o meu diário entre 1964 e 1973 – numa gaveta, no meio de ferramentas e outros utensílios que nada têm a ver com literatura e muito menos com "diários", um pequeno caderno desmantelado que se salvou – como se fora uma alma que conseguisse escapar das chamas do inferno. Mas não é disso que eu quero me ocupar, e sim de uma única folha encontrada muito bem dobrada no seu interior.

Na capa desse sobrevivente, além de um desenho assinado FB, encontra-se a anotação "junho de 1968 a 30 de dezembro de 1971", enquanto a folha dobrada é dos primeiros meses do ano de 1973. A página muito amarela e manchada, começa com um versículo de Mateus, 6.34: "Basta a cada dia a sua pena".

Mas não me lamento... Tudo passa...

Foi então que Dinha, aparentando contrariedade, exclamou: "Mas eu gozei mesmo, seu bosta, ou você não acredita?!...".

Deveria trabalhar sobre todas essas variações cujo tema capital é o desejo. Dissecar aquilo que se chama o "inconsciente físico", as imagens que um homem pode ter do seu corpo ou da mulher desejada. No momento, aparecem nas minhas esculturas as primeiras mulheres híbridas, ao lado de um completo bestiário, também híbrido. É preciso desenvolver esse trabalho custe o que custar.

O certo é que a carne é um luxo, inspirando cobiças ameaçadoras, daí porque é tão difícil abordar esse tema com sucesso, pois a maior parte das vezes acabamos dominados pelo convencional por medo do abismo.

Mais uma palinódia. Uma vez mais me desdigo ou volto atrás. A retratação é a seguinte: não é absolutamente verdadeiro que as leituras de juventude sejam mais completas e eficientes do que aquelas realizadas na maturidade ou mesmo na velhice. Espero muito em breve abordar o assunto com mais precisão.

Tanto como eu, o pobre conde Tolstói esteve envolvido numa luta sem fim com as mulheres: "Nenhuma bulha, mas tudo é anormal e angustioso. Sem calma".

19 de julho

Vai, ultraja, conspurca, avilta, destrói aquilo que não se pode sonhar. Assim eu fiz com Myriam e assim ela me deu o troco. Jogamos com moedas falsas, num jogo sem azares e sem um provável vencedor. Ah, como lastimo a sua beleza noturna, digna de um rei, "ela que foi feita para reinar em leitos suntuosos e ocupar lazeres de um pontífice ou de um príncipe"! No entanto, essa criatura dotada de tão grande majestade, que terrível surpresa iria me revelar! O que lamento não é a sua degradação; o que me causa horror é saber que ela está presa a um jogo hediondo e vulgar, tocada por mãos impuras. Acontece que ela foi feita assim e, se assim não fosse, eu não a teria amado como Baudelaire perdidamente amou Jeanne Duval, a sombria Jeanne Duval, retratada tão cruelmente por Manet.

Confesso o meu insensato amor pelo seu ventre aberto e vulnerável, pois a minha alma desterrada e sôfrega do abismo só se identifica com os caminhos do mal. "Eu te amo igualmente à abóbada noturna, ó vaso de tristeza, ó grande taciturna!"

Volta-me às mãos um grande quadro pintado a óleo sobre madeira no ano de 1958 . Eu o havia feito sob encomenda para um banco que com o passar do tempo abriu falência, colocando o seu espólio em leilão. Não titubeei, comprando-o de volta. Desde pela manhã que ando em torno dele, como alguém que descobrisse, de repente, um outro eu. A pintura me surpreende bastante e isto me faz lembrar uma observação de Picasso a respeito de sua pintura: "Um quadro bom é aquele que surpreende o próprio artista. É um todo sobre o qual não se tinha mais nenhuma lembrança, nenhum controle e quando revisto, nem ao menos o artista sabe como foi pintado. É como se fosse um trabalho de uma outra pessoa".

Prosseguem as obras da *Castelania*.

Myriam deverá voltar hoje depois de passados dez dias do nosso primeiro encontro. No telefone pareceu preocupada em encontrar o caminho certo para chegar até aqui. "Recorra ao motorista de táxi", eu disse, "e tudo dará certo." Ela também pergunta, gracejando, se eu estou disposto. "Disposto eu estou, mas não tanto quanto desejaria, estando outra vez em sua presença", respondo sem grande convicção.

Estes encontros me deprimem, mas já não posso passar sem eles.

21 de julho

Longa conversa com Renato Carneiro Campos, pelo telefone. O que falamos corresponde perfeitamente ao que um espera do outro, ou seja, uma perfeita compreensão, sensibilidade e até senso de humor – nele bem mais acentuados do que em mim.

Como a nossa conversa dominical não tem limites, pedi licença para ler trechos do diário alusivos à M. Esses comentários, em parte, são devidos a uma espécie de estranha compulsão. Sinto que tudo ainda não foi dito sobre ela, ou seja, nada foi deveras revelado que pudesse retirá-la de uma imagem ilusória, como se tivesse feito dela apenas um esboço, sem terminar o quadro e, ainda assim, pretendesse retocá-lo ou até emoldurá-lo. Na verdade, o que tento esconder é o fato de não ter ido mais longe nas minhas revelações. Eis o motivo de todos esses disfarces desnecessários associando-a às mulheres bíblicas. É verdade que a sua imagem corresponde a outras imagens conhecidas, se prestando de imediato à ficção, mas por que não tratá-la sobretudo como uma mulher do seu tempo? As suas atitudes em nada se assemelham às prostitutas idealizadas por Baudelaire, embora também Myriam dificilmente se prestaria à aproximação das heroínas trágicas da Bíblia.

Volto ao assunto, porque é evidente que escamoteei a verdade, tratando-a como uma personagem, não como uma pessoa viva. De certa forma, é uma maneira peculiar e muito pessoal de encarar e descrever as coisas por caminhos tortuosos. Quando à procura de um determinado objeto, em vez de enfocá-lo com precisão, numa maior proximidade, acabo por deixá-lo distanciado, como se olhasse as coisas reais pelo reverso de um binóculo, o que, forçosamente, dificulta quaisquer definições: criaturas vivas ou fantasmas? Mas o que vem a ser tudo isto senão uma espécie de antídoto para quem quer escapar de qualquer maneira do veneno já injetado nas veias? Essa espécie de deserção, contudo, não chega a ser um antídoto eficaz. Mesmo assim, a minha alma permanece envenenada, não podendo ignorar a existência do que está vivo, bulindo, esplendidamente animado e, para mim, no entanto, intocável, inapreensível, indomável, inconquistável. Acontece que existem verdades triviais, fatos e acontecimentos que estão, por assim dizer, sempre na superfície das coisas, sobrenadando como espuma do mar, e não dentro de um poço ou nas profundezas do oceano e são exatamente aqueles que, estando ao alcance de minhas mãos, eu pretendo ignorar.

22 de julho

De qualquer forma parece-me ainda um tanto ingênua a minha maneira de recompor o mundo.

1º de agosto

Despesas exageradas com mulheres são impossíveis de controlar. Tudo parte de um só núcleo que sou eu próprio. É como se eu trabalhasse para sustentar os meus vícios. Ainda que pudesse fazer o milagre da multiplicação dos pães, mesmo assim, exigiriam sempre um pouco mais.

Leio sobre Sylvia Plath, a poetisa norte-americana, um artigo interessante de Joyce Carol Oates publicado na revista *Diálogo*. Apesar de nada conhecer de Sylvia, fiquei fascinado pela sua força e coragem em revelar detalhes de sua vida que a maioria das pessoas procuram a qualquer preço e de qualquer forma esconder. Também por essas confissões partirem de uma mulher, uma pobre mulher desesperada.

Ainda pela manhã conversando com Renato Carneiro Campos, que não desconhecia Sylvia Plath, argumentávamos sobre as surpresas que as mulheres ainda nos reservam. Contou-me dois episódios que narrarei adiante, dadas as circunstâncias extraordinárias em que aconteceram.

Voltando à Sylvia Plath, acho que a articulista Joyce de Tal não está à altura de emitir julgamentos sobre a poetisa. No entanto, o faz sem grandes cerimônias, sob a máscara de alguma simpatia, mas sem vacilar um instante nas suas discordâncias. Curiosa vivacidade! Como é fácil abordar na crítica, parecendo inclusive lógico, o desmonte de um nobre espírito como o de Sylvia Plath e logo por essa senhorita empertigada, com cara de loba, que acode pelo nome de Joyce de Tal. Entre outras joias, ela estoura: "Devo dizer com ênfase que ler Sylvia Plath é experiência muito valiosa, pois é uma espécie de 'sonho regressivo', uma experiência catártica que, além de nos depurar dos desejos pessoais e culturais de regressão, explica por meio de sua precisão mortal o que havia de errado nesses desejos".

Prefiro ficar com Sylvia e seus pretensos erros; baixar a cabeça cansada até sentir a barba crescida ferir o meu pescoço suado, depois de um dia infrutífero de trabalho e, depois, à noite, sonhar com ela:

Não há vida mais alta que a ponta da grama
Que deleita os carneiros; e o vento
Passa como o destino, curvando
Tudo numa só direção.

Contudo sou grato a Joyce de Tal. Sou sempre devedor às pessoas inferiores que me apresentam, gratuitamente, as pessoas superiores e que, sem se aperceber, me prestam um inestimável serviço.

5 de agosto

Paramos, ontem à tarde, o único forno cerâmico que possuímos para reparos. Hoje começamos os primeiros trabalhos, embora ainda não se possa fazer nada no interior das fornalhas devido ao calor. A Fábrica amanheceu silenciosa e a agitação febril, que tomou conta de todos nós ao simples anúncio desta parada, agora diminui diante do fato já consumado. Esperamos recuperá-lo dentro de dez a quinze dias se tudo correr bem. Senão, será um desastre.

R. telefona e não soubemos o que dizer um ao outro, embora ela saiba muito bem o que pretende, pois no meio da conversa falou em "alugar um telefone", o que corresponde fatalmente à sua perene necessidade de dinheiro. Silenciei, ou melhor, esfriei de vez. De mim, pode estar certa, nada mais vai conseguir. Acredito também que ela se apercebe da razão dessa súbita indiferença. Tanto sabe que não me pergunta mais nada. Antigamente eram os homens que falavam demais, narrando as suas vantagens, hoje são as mulheres. E como R. é de fato uma contadora de histórias comprovadamente falsas é melhor evitá-la. Às vezes acontece que uma mulher vale as suas mentiras. Há corpos femininos que nasceram para mentir, como se fossem de antemão fabricados de um material refratário à verdade, e nisto, talvez, resida o seu maior encanto, a sua arma mais poderosa para destruir o coração e a vontade dos homens. São mentirosas, fascinantes, lascivas e, portanto, dignas de todas as vitórias. O mais grave seria uma mulher não estar à altura de suas próprias mentiras. R. está infelizmente classificada entre estas últimas. Como uma boa moça é apenas tolerável, como uma mentirosa chega a ser decepcionante.

Tarde morna. Sequência de um belíssimo dia que ontem mesmo se fez anunciar. Ninguém pode viver atento às revelações, pois nada prenunciava que o dia de ontem, amanhecendo chuvoso, indicasse a bonança.

De repente o verão abriu todos os seus portais de fogo: o ar ainda úmido de tanta chuva fragmentava-se em inúmeras gotículas luminosas, unindo, enfim, céu e terra num enorme espelho dardejante de luz. Oh, a beleza e a glória deste novo dia! Eu vi ao pé da colina o vapor d'água rodopiar numa espécie de alegre passo de dança e logo se desfazer nas copas luzidias das negras mangueiras. Eu vi o céu azul porejando umidade, como uma vidraça embaçada que de repente se esfrega com as mãos para se ver do outro lado. Os castanheiros pesados ao lado da porteira me fizeram parar pela primeira vez. Interrompi minha marcha para olhar como alguém que, diante de uma súbita revelação, teme perdê-la. Eu via extasiado um alvorecer digno dos deuses e eles deviam estar ali muito por perto, em toda parte, impressentidos, com certeza atentos ao seu divino trabalho. Deveriam estar sorrindo, lá entre eles, falando uma linguagem parecida com o ruído dos ventos ou com o zumbido das abelhas, que agora mesmo cercavam uma flor de amendoeira semidestruída pelas chuvas do inverno. Voltei para olhar a grande casa escondida pelo arvoredo no topo da mais alta das colinas procurando adivinhar se àquela hora a sua dona já estava desperta e se já havia descido as escadas para o seu frugal café da manhã, e sobretudo se havia se apercebido do que estava acontecendo porque se porventura houvesse olhado na direção das colinas verdejantes ela também adivinharia, no seu mais recôndito sentido do mistério, aquele repentino desabrochar dos elementos.

Prossegui para deter-me mais adiante ao lado de um caçador furtivo. O seu sorriso sem dentes brindou-me substituindo o desnecessário bom-dia. Não estava caçando. Apenas preparava as iscas para, tranquilamente, ao cair da noite, procurar as suas presas. "Iria matá-los mais tarde", disse, "quando aqueles danados (os preás) menos esperassem", concluiu com o seu sorriso sem dentes. Bem que o caçador poderia ser um duende disfarçado de andarilho, pois estava ali vagando sem rumo pelos bosques, curioso por encontrar uma criatura humana, para ver igualmente com olhos luminosos os primeiros efeitos sobre um pobre mortal dessa divina, árdua e incomensurável tarefa que é a de curar as dores do mundo... Todas as dores.

6 de agosto

Um português, dono de uma construtora, encomenda-me um mural cerâmico com o tema "Dom Pedro I". Eis um trabalho que gostaria de realizar. Será que nesse preciso momento terei cabeça para pensar em assunto tão sério, desde que considero o nosso primeiro imperador uma das grandes figuras da história do Brasil?

À noite, sonolento, olho um retrato de D. Pedro I.

M. acabou de dar notícias justificando o seu silêncio por ter levado uma bruta queda no meio da rua. "Caí de quatro", disse ela, "virei um animal e logo me vi rodeada de pessoas que não sei bem se queriam me ajudar ou tocar no meu corpo. Minha saia muito justa rasgou-se de ponta a ponta deixando-me exposta aos olhares debochados; minhas mãos e joelhos roídos pelo asfalto sangravam e não senti forças para me levantar. A raiva e o ridículo tomaram conta de mim e não sei por quanto tempo permaneci nesta situação, tampouco como consegui ficar de pé. Uma verdadeira calamidade", completou sorrindo.

> *Foi então que começou a empresa que... A imensa empresa que a terra não consentia.*
>
> Almeida Faria

> *Na análise destas configurações grotescas que resultam da enumeração desordenada de acontecimentos desconexos, revela-se uma sinistra confusão cósmica, prenunciadora do cataclisma final. Esses eventos alternadamente fatídicos, fantásticos e cômicos, sucedem-se no plano da realidade concreta, representada pela natureza, por animais, seres humanos e objetos, mas, seu caráter obscuro transforma essa realidade em descomunal contrassenso. (Estudo sobre o grotesco no Expressionismo alemão)*
>
> Marion Fleischer

Novos bichos. A Oficina enche-se gradativamente de esculturas zoomórficas de todos os tipos e tamanhos. Acabarei por transformá-la em uma imensa Arca de Noé. Acontece que um dia espero precisar deles na imensa construção dessa muralha final que faz o limite do pátio. Aparecem também as primeiras figuras femininas, propositadamente deformadas. Pouco a pouco a modelagem começa a me absorver. Faz-se urgente colocar o forno em funcionamento. Vieram quatro pedreiros de fora. Percebi mais algumas caras estranhas; com certeza, são os ajudantes. Apesar de povoada de gente, a Oficina está silenciosa, sem o barulho dos grandes ventiladores do forno e o borrifar constante dos maçaricos de óleo. Sem fogo não há cerâmica.

Hoje à tarde aproveitei para desenhar novas esculturas. Há mil formas para descobrir os seus *empenhos* – como se a forma tivesse uma vontade própria –, e me encaminho mais e mais na procura dos grandes volumes destinados a acompanhar a escala arquitetônica dessa construção, que também começa a se delinear. No entanto, verifico a cada passo que ainda faltam *mil e um* outros pormenores para que tudo isso venha verdadeiramente a significar.

É um tremendo engano supor que tudo aquilo que nós fazemos não é definitivo. Por toda parte que passamos, deixamos os nossos rastros do "provisório", e é por cima dessas depressões na areia que construímos o nosso pesado castelo. Se, de repente, acontece estarmos bastante fortes para o definitivo, então descobrimos o erro inicial, chegando à triste conclusão de que tudo é irreparável e não há como consertar o assim chamado *ídolo de pés de barro.*

Quando menos eu esperava, R. chegou afogueada como se tivesse corrido pelas areias de um deserto. Queixou-se de calor até o momento em que tirou toda a roupa, ficando nua ao meu lado. Depois, sentou-se na mesa onde eu continuava a escrever, jogando as suas lindas pernas tensas sobre a cadeira e tocando o meu corpo com insistência. Seu sexo depilado mais parecia um pequeno retângulo fendido em vez do tão falado triângulo. Penetrei-a ali mesmo, eu em pé e ela sentada, e tudo acabou em alguns instantes. Ela voltou a vestir-se, e seguimos para a cidade. Entre a sua chegada e a sua partida não demorou mais do que trinta minutos.

9 de agosto

Mês de agosto, sinal de desgosto. O forno continua parado, mas aproveito para modelar peças diretamente no barro. Estranha sensação de liberdade no momento de manipular as formas escultóricas. Há qualquer coisa de primordial no seu nascimento, como se a forma que surge na plenitude do volume independesse – como na pintura – de alguns truques e arremedos. Para longe com o claro-escuro e o *tromp l'oeil.* Tudo está dito às claras. À menor pressão das mãos sobre o barro áspero, o mundo começa a ser criado.

10 de agosto

> *Tudo o que se disser de uma só pessoa poderá ser verdade. O Santo e o Canalha partilham a realidade. (O quarteto de Alexandria)*
>
> Lawrence Durrell

16 de agosto

O velho forno volta a funcionar. Da mesma forma que ocasionou o corre-corre na sua parada, agora o fenômeno se repete em sentido contrário. Todos se movimentam para vê-lo outra vez aquecido. Pela manhã, o velho Oscar – chefe dos foguistas – me entrega um pedaço de lenha tendo na ponta uma estopa embebida em querosene e, solenemente, me pede para tocar fogo na fornalha, já preparada adredemente com lenha seca. Foi aquela alegria em todos os rostos, inclusive no meu, logo aquecido pelo calor das chamas e da fumaça, que acabaram por me arrancar lágrimas, tanto verdadeiras quanto falsas.

Situação realmente muito engraçada: a maior parte dos artistas e dos críticos locais jamais me deu a mínima atenção. Eles duvidavam do meu talento, da minha capacidade de trabalho e até da minha honestidade profissional. No entanto, hoje, recorrem a mim e querem ainda a minha opinião sobre vários assuntos concernentes à arte. Desejam saber, inclusive, o que penso sobre os seus trabalhos, quais os meus planos. Agora é a vez deles me culparem por não lhes dar atenção, logo eu, de quem jamais souberam apreciar, e muito menos respeitar, a arte. De uma certa forma, sou grato a todos eles por não acreditarem em mim; deixando-me de lado, permitiram-me levar meu trabalho muito longe e sem compromisso de espécie alguma. Enquanto alguns artistas da minha geração começam a esgotar o seu talento, o meu fôlego está completo e apenas piso o terreno que eles deixaram cheios de pegadas que o vento começa a apagar.

18 de agosto – domingo

Neste domingo de agosto, pela manhã, conforme ficou combinado, passei na casa da pintora Maria Carmem, e logo depois no ateliê do escultor Abelardo da Hora. No todo, vi dois bons quadros de Maria Carmem e excelentes esculturas de Abelardo, aliás, uma das esculturas – *Mulher nua de costas* – é prodigiosa nas suas formas exuberantemente eróticas e estilizadas. Penso em adquiri-la para colocá-la no *Grande Pátio* da Oficina.

À tarde visito o casal Andreotti, onde Mirella – artista de grande talento – mantém o seu ateliê na própria residência. Música primitiva italiana, Vivaldi, gramados impecáveis, piscina turquesa, objetos de bom gosto; algumas telas violentas de Mirella sobressaem angustiosamente das paredes como se fossem relâmpagos sobre aquela infinita placidez.

Volto a São Francisco onde me esperavam Luís Tavares e Tomás Seixas. À noite, jantar e longas conversas com os dois amigos: "O que é espiritual e o que não é?"; "Da confusão entre sensações espirituais e situações meramente fisiológicas"; "Beatitude e Bem-Aventurança"; "Das virtudes reais e dos pecados"; "O Bem e o Mal"; "Das inúmeras formas de amor e de sua inconsistência". Não acredito que o resultado do debate tenha sido melhor que a confusão da Torre de Babel. No final, cansaço e ansiedade se repartiam; pelo menos em mim, esse foi o efeito mais evidente.

24 de agosto
Como é difícil ver, como é quase impossível adivinhar o que não se imagina. Ninguém sonha com o interior de um ventre, com a seiva da árvore, ou com o núcleo de um mineral. Apenas tocamos de leve, como um roçar nas coisas de fora, na nossa constante cegueira, sempre por fora, num mundo sem avessos e sem entranhas.

12h
Os ventos de agosto vindos do mar sopram as águas do açude em todas as direções riscando-as de puro grafite.

30 de agosto
Trabalho diário e exaustivo: placas, jarros e esculturas arduamente modeladas à mão. Apesar dos ajudantes, tenho os dedos feridos pela argila áspera, as unhas descoladas e doloridas, mas o resultado é compensador.

Mandei algumas notas e fotografias sobre o meu trabalho para a cidade de Faenza, na Itália, por Anneliese Poluzzi, ceramista que vai expor nesta cidade, no Museu Comunal de Cerâmica. Espero em 1975 também ter essa oportunidade e, pela primeira vez, expondo na Itália, retribuir o que lá aprendi. A minha cerâmica pode parecer a de um bárbaro, mas deve-se aos europeus a descoberta e valorização de toda a barbárie. Começou com Gauguin, quando ele disse: "Jamais os gregos". Picasso levou adiante esse propósito e eu continuarei nesse caminho ainda com muito por descobrir.

Ontem, apresentando por escrito alguns jovens ceramistas pernambucanos, fiz questão de lembrar o que muitos não sabem ou esquecem: que Gauguin foi um pioneiro, em termos modernos, redescobrindo a cerâmica, a talha, a xilogravura e a escultura de madeira, todas em suas variadas formas.

Colaborando com o ceramista da época, Ernest Chaplet, em 1886, Gauguin iniciou-se na cerâmica, chegando a realizar algumas peças extraordinárias. Recordo-me de ter visto, em 1951, no *Jeu de Paume*, um vaso com tampa em cores, verde-água, com motivos em relevo. Foi ele, sem dúvida, quem abriu o caminho para Picasso, Matisse, Miró e Léger, enfim, todos esses artistas da Escola de Paris, que também incursionaram na cerâmica.

É claro que temos outros nomes, como Marc Chagall, Victor Brauner, Saalto, para não falar somente nos que trabalharam na França e são, portanto, para mim, mais familiares. É preciso lembrar também – e eu faço menção no meu artigo – dos ceramistas que ajudaram e colaboraram estreitamente com os pintores. É certo que sem eles poucos iriam adiante. Nomes como os de Chaplet, André Metthey, Lorenzo Artigas, Suzanne e Georges Ramié não podem ser esquecidos.

4 de setembro

Hoje, 4 de setembro, aniversário de meu pai – 77 anos. Telefono cedo para minha cunhada Cristina e ela me avisa que ele não deseja ser visitado por ninguém. Para evitar cumprimentos indesejáveis, escondeu-se na sua casa de praia em São José do Paiva, longe de tudo e de todos. Nada comento com minha cunhada, mas, secretamente, estou de pleno acordo com ele. Depois de uma certa idade, só é admissível companhia – jamais convivência. Companhia podemos tê-la da melhor qualidade representada por um criado fiel ou um bom cachorro e, até mesmo, um passarinho. Convivência é coisa de jovens e de tolos.

O acordar difícil de um escravo.

A confusa aflição de descobrir uma espécie de "outra existência", que nos acompanha vida afora, me obriga a recorrer à ideia de um paralelismo, embora isso em nada contribua para elucidar essa estranha crença. Sei que é uma forma de vida tão atuante quanto a nossa, ou seja, a de cada um, embora, necessariamente, esse paralelismo não se reduza a um critério apenas individual, sendo também coabitado por intrusos. Escapando ao nosso entendimento, deve manifestar-se como um atributo nitidamente antissocial, antifilosófico, antiliterário, antidramático, anticronológico, antiestético, em todos os níveis de acareação. Contudo, não é silencioso. Há também evidência de vozes paralelas. Convém não confundir com a "ideia" do *sósia* ou de um *duplo*, tão explorados na literatura. É certamente algo bem mais complicado ou então muito mais simples. Sendo um mistério essencial, é impossível fugir dele, embora faltem-nos os meios de perscrutá-lo, uma vez que não nos oferece ângulos de visão nem de aproximação: *"La vraie vie est absente"*.

Aparece uma mulher grávida, o marido com o filho no braço e uma empregada carregando uma sacola. Eis um esquema paralelo do qual, de imediato, não sei tirar nenhuma conclusão.

A vinda dessa família que apareceu hoje no ateliê, circulando livremente como se estivesse na sua própria casa, a quem sequer fui apresentado, e de quem nem ao menos me aproximei, talvez por desinteresse, por cansaço, por tédio ou por tantas outras razões, me exclui de descobrir um possível enigma e, no entanto, lá estavam eles, a mulher loura e feia com uma barriga que parecia mais um caroço, o marido baixote e moreno com o filho nos braços sempre seguindo as suas pegadas, e, não sei por que, sem despregarem os olhos de cima de mim. Sentia os seus olhares, mesmo à distância, inclusive o da empregada, de pernas muito finas, arrastando enormes sapatos, que deviam pesar como chumbo e até o menino também me olhava com olhos muito tristes. Em que momento estiveram paralelos a mim? Será que há muito tempo me perseguem e assim permanecerão? Será que, de minha parte, eu igualmente os persigo?

8 de setembro – domingo

De resto, era assim mesmo que eu preferia fazer: tendo sempre ao meu lado alguém pronto a me ouvir e anotar – sem interrupções ou falhas – todas as palavras que eu pronunciasse, mesmo aquelas que ninguém ousaria pronunciar quando na procura de certas lembranças.

Noite insone. Hoje pela manhã com as pernas fracas de tanto copular. Procuro textos, palavras de outros com que me nutrir, mas é debalde; o cansaço sobrepuja tudo. E, de resto, é um cansaço muito antigo, um cansaço que pesa e não pode ser atribuído somente aos prazeres da cama. Antes de ontem, foi Eugênia – a que se dizia cunhada de alguém e que fora trazida ao meu leito pelas mãos do próprio irmão do marido. Há quatro dias, outras mulheres me assediaram, aproveitando a ausência dos maridos que oportunamente lhes concederam liberdade. Contudo, ainda assim, não creio que seja um cansaço de alcova: "A vida se faz menos brilhante e mais amarga e não avisa que já estamos na cena seguinte. Não aconteceu nada, enquanto aconteceu tudo...".

Então todos saíram? As luzes estão apagadas? E todos já se retiram de cena? É muito importante não esquecer que acontecem várias coisas ao mesmo tempo. Quando contamos histórias, cometem-se, muitas vezes, omissões, sobretudo pelo abuso de querer separar a vida em diferentes partes, como se cada estágio conduzisse de imediato a um outro. Mas esta atitude é completamente falsa e enganadora.

7 de outubro

Voltei ao caderno depois de tantos intervalos, como se não houvesse nenhum sentido em voltar a escrever. De quem é a culpa? Dos trabalhos da Oficina, que me roubam quase todas as horas, ou simplesmente do meu caos interior? Vez ou outra penso em fazer anotações no caderno que está aqui do meu lado; é só tomá-lo e abri-lo e... Aí começa uma outra história, pois é exatamente quando se dá o estrangulamento de quem tem tanta coisa a dizer, mas não está disposto a se esforçar nesta contínua arenga de palavras, cujo sentido e contrassentido às vezes se confundem. Por acaso não basta apenas pensar?

Hoje acordei ao lado de uma estranha. Não me lembrava de modo algum do seu nome e não queria despertá-la para que me esclarecesse. Acontece que pronunciei por três vezes, muito alto, o nome de minha mulher, quase em cima do ouvido da criatura adormecida. Felizmente nesta hora, surda a todos os apelos, nada escutou.

À noite encontrei Deborah absorvida pela leitura de um livro de Conrad. E pelo seus olhos exultantes de prazer, pude observar o interesse que a dominava, a ponto de, repentinamente, começar a ler em voz alta longos trechos de *A loucura de Almayer*. Com a voz embargada pela emoção, dissertou sobre a conversa final da mãe – a mulher de Almayer – com a sua filha mestiça. Os longos e apaixonantes diálogos de Conrad. Foi a minha vez de ficar comovido. Ao fechar o livro confessou-me que chorara longamente, como há muitos anos não havia chorado e que isso lhe fizera muito bem. "Não resisti", explicou. As desventuras de Almayer e o seu diálogo com a filha que lhe fugira para sempre. O desespero dele em querer apagar todas as lembranças, todas, sem exceção, a ponto de tentar apagar até os rastros da filha, deixados na areia. A sua loucura, a sua morte, o seu rosto finalmente sereno. Na realidade, o doce amor pela filha era a sua eterna condenação.

13 de outubro

Respeitar o corpo que pelo menos tem o seu calendário, cujas exigências são sempre verdadeiras. Não é o corpo que é fraco, é o espírito que não resiste ao assédio da loucura. A carne é apenas a vítima final.

Reaparece Carlos Marques, vindo de Paris e Buenos Aires. Faz dois anos que Carlos esteve por aqui, e, no entanto, mais parecem dois dias. Ele me olha, me apalpa e novamente me olha à procura do que ele chama de "os meus segredos". Desta feita veio acompanhado de uma francesa da Bretanha e uma boliviana que se diz pintora e atualmente mora na Suíça. Carlos entrevistou Dalí em Cadáques e Leonor Fini na Córsega; Isabelita em Buenos Aires assim como a Lopez Rega. O irrequieto Carlos deduziu que Isabelita foi mesmo uma p., e foi nessa condição que Perón a conheceu no Panamá. Segundo Carlos, Perón era sobretudo um grande e exigente *voyeur*, e isto o levava a imaginar muitas coisas extravagantes entre ele, Isabelita e o chamado bruxo Lopez Rega, seu perpétuo secretário que beirava a insanidade, ficando cada fez mais difícil evitar a maledicência dos serviçais: o grande escândalo era iminente. Carlos demonstra exultar com o que conta, tudo aquilo que pensa saber e descobrir mais do que os outros. Presenciou os espetáculos particulares de Leonor Fini e das menininhas francesas, suas amantes – despidas ou fantasiadas –, no seu castelo ou abadia da Córsega. Pergunta se não invejo tal situação. Fala também no que viu na casa de Dalí. De Balthus, não me dá notícia alguma. Desse pintor resolutamente solitário, nada conseguira de apreciável. Marie Rose pergunta: "Quem é Balthus?". O que me faz explicar, no meu tom professoral, de quem se trata. Essa francesinha também jamais ouvira falar em Balthus.

Carlos pergunta pelos meus desenhos eróticos e volta a insistir na supremacia desse tema, como paixão, uma vez que adivinha em mim um ser requintado, uma das poucas pessoas nesse país que poderia falar do assunto.

23 de outubro

May foi visitar uma amiga estrangeira no hospital que se diz missionária. Embora não muito jovem, essa amiga, ligada à religião protestante, fez recentemente uma cirurgia plástica nas coxas e nas nádegas, retirando alguns quilos de suas carnes abundantes. Uma vez livre de suas enormes nádegas calipígias, pensa em voltar aos Estados Unidos para assistir ao casamento de sua sobrinha.

May não contava com essa visita ao hospital e também em ser socorrida, pois, ao subir alguns lances de escada, foi presa por violentas cólicas que a levaram a tombar desmaiada, só não rolando degrau abaixo porque eu próprio a segurei. Uma vez refeita, sentiu náuseas intensas, vomitando todo o quarto para onde fora levada às pressas. Apaziguada sua náusea, voltou a vomitar no banheiro da americana, para onde se encaminhou, tentando pelo menos saldar a sua visita. Depois de tudo cessado, teve uma violenta hemorragia menstrual. Foi carregada para o automóvel pelo seu motorista e alguns enfermeiros, desde que a própria May era também bastante corpulenta.

25 de outubro

O professor austríaco Carl Auböck, arquiteto e conferencista (junto a Maria Isabel, sua intérprete), prende a minha atenção pela sua versatilidade e inteligência. Carl fala francês e inglês, mas não o bastante para dizer o que pensa com precisão de linguagem. Prefiro ler a escutar de viva voz os seus conceitos.

Extraordinária conferência de Carl, corajosa e cheia de novas insinuações a respeito do trabalho a ser realizado pelos arquitetos e desenhistas industriais. Carl disse-me que projetara uma igreja, tendo sido chamado por um cardeal de sua terra que fora ligado a Giovanni, o Papa.

8 de novembro

> *Quando acordei reconheci que o dia era ontem, era o dia de ontem com outro nome.*
>
> Neruda

No dia 8 de novembro (para não me esquecer das datas), meu sobrinho Luiz Felipe traz o italiano Nape para trocarmos ideias sobre cerâmica. Nape fala em selênio, quartzo, sílica e soda cáustica, como base ideal para os esmaltes que contêm coríndon. Admite uma leve percentagem de silicato de sódio para dar resistência mecânica à massa crua.

De minha parte, chamei a atenção de Nape sobre a inutilidade de qualquer esforço em procurar efeitos especiais de matéria sem levar em conta as altas temperaturas e, igualmente, o fator tempo. Quando o ceramista italiano lembrou o uso da soda cáustica, não escondi um sorriso: "Acontece que atingindo os 1.400ºC, conseguiria até libertar 'Prometeu' do seu cativeiro e, se pudesse, chegaria aos 1.500ºC, acreditando que só assim teria um produto digno de ser olhado pelos deuses do Olimpo", eu disse sorrindo. Nape pareceu não ter entendido a minha brincadeira. Ele é um experimentador sério e supunha ter vindo ao meu encontro para trocar sugestões. Acontece que as minhas ideias de há muito se refugiaram no coração da matéria cerâmica e, se alguém tem de falar, são as minhas esculturas. Elas falam por si próprias. Dou como exemplo as cerâmicas de Miró.

Recordei que, em 1958, li um livro de James Thrall Soby sobre o mural de Miró, que se encontra diante da Unesco, em Paris, no qual o crítico asseverava que no conjunto essas peças tinham sido queimadas trinta e três vezes. No momento da leitura, presumi ser uma informação truncada ou alguém querendo fazer literatura em cima da cerâmica. Com o passar do tempo, verifiquei com minhas próprias experiências que não havia exagero nenhum, pois cheguei a queimar cerca de vinte vezes um mural para que ele atingisse uma qualidade de matéria semelhante à das rochas vulcânicas. Lembrei a Nape da enorme influência de Lorenzo Artigas, colega de colégio de Miró, um teórico de cerâmica que colocara na época todos os seus *saberes* a serviço da genialidade de Miró. Daí porque considero a cerâmica desse artista – sob o ponto de vista da matéria – bastante superior às majólicas de Picasso.

Nape acompanhava minha dissertação ainda com um ar desconfiado. E, para terminar aquilo que eu sabia não ter fim, falei na voracidade da chama e das *misteriosas transmutações*. Pareceu reanimar-se, mas eu tenho certeza que a sua impressão sobre mim foi péssima, embora não tivesse conseguido dissimular uma desmedida admiração pela qualidade cerâmica do meu trabalho, para ele, certamente, de *origem desconhecida*.

15 de novembro

Sozinho na Fábrica quase a tarde toda devido ao feriado de 15 de novembro. Caminho canto a canto, percorrendo toda a Oficina com passos inseguros, como quem não pisa em território conhecido. Olho para todos os lados, para cima e para baixo, à procura do que fiz e ainda do que terei de fazer. Gosto amargo, sim. Gosto amargo nos sonhos de um iludido romântico. Contudo, o sol esplendoroso de novembro invade toda a nave enegrecida, tingindo-a de ouro e violeta. Olho mais uma vez, avidamente, para o conjunto e adormeço no sonho para que ele me ajude e não acabe também por se corromper: "A sua imediata obrigação era o sonho".

Hoje foi dia de eleições e votamos cedo de manhã, eu e minha mulher. Já de madrugada, tivemos a notícia da morte de Olívio – o tratorista, que foi esmagado ontem à noite por um caminhão em disparada. Não sei se este triste alvorecer contribuiu para a nostalgia que agora me domina. Pensei, por momentos, em recorrer ao trabalho, mas as mãos não ajudaram: inertes, trêmulas, desconfiadas do papel e das ideias.

Para compensar a minha escravidão, coloquei na vitrola o *Crepúsculo dos Deuses,* de Wagner. No final do terceiro ato, certos acordes me arrancaram lágrimas. Curiosamente senti que não chorava. Apenas as lágrimas quentes e salgadas desciam pelo meu rosto, inundando o bigode e chegando à boca.

16 de novembro

Hênia confirma que deseja ser meu modelo. Seu rosto lembra o de Catherine de *O morro dos ventos uivantes*, isto é, o que suponho ter sido Catherine – a heroína de Emily Brontë. Uma testa proeminente, emoldurada por cabelos castanho-escuros e rebeldes, nariz reto, mas não muito longo, boca pequena e quase sempre entreaberta, pois quando fechada, toma aspecto de crueldade; queixo firme, corpo de uma certa forma frágil, como deve ter sido também o de Catherine. Confessou-me sofrer de úlceras desde os dezesseis anos, e hoje, com dezoito, ainda não está curada. Na hora em que estávamos deitados, pediu para não forçá-la demais, pois tinha o útero deslocado. Ela me faz pensar em Catherine na sua paixão por Heathcliff.

O que teria dito a pobre Cathy se chegasse ao término do seu amor? Se chegasse a ir para a cama com Heathcliff? Certamente se amariam no escuro, no mais perfeito silêncio, escutando, por momentos, o uivo dos ventos nos umbrais de pedra da velha casa e a sua dolorosa passagem nas poucas e retorcidas árvores da colina. Amariam-se no silêncio mais profundo, cegos para o corpo, atentos para os seus enormes corações.

Nelly, do you never dream queer dreams?
You needn't have touched me...
There, you've done with coming here! Cried Catherine...

De manhã muito cedo, depois da saída de Hênia, aproveito e escuto uma parte da *Sinfonia Fantástica nº 4*, de Berlioz, que eu faço repetir muitas vezes, inúmeras vezes, sentindo no seu sinistro paroxismo os andaimes de minha febre. Estranha volúpia! O nome de Berlioz não me é estranho. Recordo do seu magnífico retrato, também um tanto sinistro, pintado pelo mestre incomparável Gustave Courbet. Os dois foram os meus mestres. Tenho certeza.

23 de dezembro
Quase às vésperas do Natal, visita ao velho poeta Matheos de Lima, irmão do genial Jorge de Lima, acompanhado de Tomás Seixas e do jornalista Paulo Fernando Craveiro. Momentos de quase agonia diante de sua total impassibilidade. Pareceu não nos reconhecer. Não fossem os inúmeros e excelentes quadros que atapetavam as paredes pouco teríamos que conversar. Alguns deles, principalmente um magnífico nu, de Nestor Silva, salvou-me – pelo menos a mim –, pois dele não tirei os olhos, às vezes como pretexto para não falar e outras vezes para, francamente, admirá-lo.

A minha impressão é que Matheos reconheceu a todos, pois os seus olhos eram de uma extrema benevolência. Olhos de um poeta, que não se apagam jamais.

Por volta das dezoito horas, visito a Oficina com Tomás Seixas e voltamos à casa de São Francisco[19], onde jantamos com Deborah e Maria Helena. Antes de dormir, Maria Helena, já no seu quarto, na parte de cima da casa, faz girar na vitrola um disco de Vivaldi. A música se espalha, desce passo a passo as escadas como um ser vivo e, como uma labareda, vai em busca dos corredores e da grande sala. Ah, meu pobre coração! Apenas são decorridos dois anos e já vou casar essa outra filha. Agora é a vez de Maria Helena, daqui a menos de quinze dias.

---

[19] Casa do Engenho São Francisco, residência do artista (N. do E.).

Ouvindo *As quatro estações* – que talvez jamais volte a escutar, pelo menos nestas circunstâncias – senti a presença do futuro, sufocado de dor e sem querer encará-lo, adivinhando o sofrimento fatal que tomará conta de mim algum dia e que me encontrará, como sempre, despreparado.

Pela manhã presenciei o crepúsculo sombrio da vida de Matheos, naquele moderno apartamento ensolarado. Agora, deverei, também, pagar os meus tributos, mesmo estando nesta aparente e santa paz, ouvindo os concertos de Vivaldi. Então eu disse: "Talvez pela última vez, como no casamento de Conceição, me foi possível vislumbrar a velha casa de São Francisco totalmente iluminada." Recordo ter comentado este fato com alguém, sobre a profusa iluminação da casa, da solene beleza dos jardins, do parque e das dependências, de ter tido a certeza de que aquele momento encantatório jamais se repetiria para mim. Hoje não lembro bem com quem falei a esse respeito, mas estou certo de que esses quatro concertos de Vivaldi para violino e orquestra de cordas fixaram-se para sempre como estigma na minha irreparável solidão. Depois ela partirá, como a outra já partiu. E talvez, como a outra, não se aperceba jamais de quanto a amo e da falta que me fará.

De uma certa forma comecei a selar a minha desventura. Só não adivinho quando a boa sorte declinará e, como vaticinou o poeta, "a solidão bata à minha porta".

24 de dezembro

Furiosamente eu modifico o calendário, saltando o dia de amanhã para o de quinta-feira, 26, que será, sem dúvida, outra vez um dia normal. Hoje, na hora do almoço, não sei a propósito de quê, minha mulher disse que eu era um impostor.

Na Fábrica todos se movimentam, depois vão saindo um a um. Davi é o último que sai e me deseja um bom Natal. Eu agradeço num diapasão de voz muito alto, que a mim mesmo surpreende, para esconder os meus sentimentos. Conceição até agora não apareceu. Com certeza o seu marido descansa ou fazem os dois alguma coisa melhor do que me visitar.

Aqui estou, colhendo as minhas tempestades, tanto a parte que me cabe da semeadura, como a que não me cabe. Inocente? Nunca. Apenas sei ver – talvez nem saiba – com a devida justeza até onde me tocam certas responsabilidades. Eu me preparava de há muito para estes desenlaces; estava maduro para semear infelicidades, desde que a terra em que eu próprio medrei já era de antemão fértil de desgraça. Continuo avaramente a obra do meu pai e de alguns dos meus avós, cada um à sua maneira.

Todos saem e vão para suas casas, desejando-me um bom Natal e, no entanto, apesar de habitar numa grande casa, onde a sua dona me receberia de braços abertos, eu não entrarei... Não voltarei. Permanecerei de fora, mesmo querendo estar lá dentro. Irei em direção ao norte, quando deveria caminhar para o sul, e chegarei a uma morada estranha que não é a minha. Tanto quanto a personagem de Hawthorne, o infeliz Wakefield, devo ver a minha miserável singularidade: "Sem ter morrido, renunciar ao meu lugar e aos meus privilégios entre os homens vivos". Pelos meus próprios erros? Por erros ancestrais? Não me cabe julgar, muito menos agora que sofro. No entanto, não é difícil concluir como Hawthorne na sua parábola quase kafkiana, ao narrar as desventuras do pobre Wakefield.

Wakefield volta a seu lar, mas é como se não voltasse. Estava definitivamente morto. Hawthorne conclui com uma advertência que jamais pude esquecer, desde quando li o trecho tão semelhante às minhas próprias desventuras: "Na desordem aparente do nosso misterioso mundo, cada homem está ajustado a um sistema com tão refinado rigor – e os sistemas entre si, e todos a tudo – que o indivíduo que se desvia um único momento, corre o terrível risco de perder para sempre o seu lugar. Corre o risco de ser como Wakefield, o Pária do Universo".

Agora devo sair. Chegou a minha vez. Estou muito mais perto do sul do que do norte. Daqui donde me encontro, posso, depois de alguns passos, em cima da ponte de ferro, mesmo à distância, ver as luzes da minha própria casa. É só dobrar à direita e seguir em frente. No entanto, eu ainda não devo voltar. Não voltarei.

31 de dezembro

Estava ali em cima da mesa *As mais belas palavras*. Alguém já havia me falado e eu gravara o título deste livro. Hoje, antes do almoço, comentaram de novo o mesmo assunto. Uma senhora precipitou-se para dizer: "As mais belas palavras são aquelas de Selma Lagerlöf. Só elas me agradam. Quanto às de Camus, nada me dizem...".

Por teimosia, abri o livro exatamente no discurso de Camus, à procura de suas palavras, que eu não acreditava jamais que não fossem puras e verdadeiras. Li alguma coisa, mas logo a minha atenção foi desviada para outros assuntos e larguei o livro em cima da mesa. Não propriamente contrafeito.

Momentos mais tarde, Tomás Seixas mencionou a perfeita elegância de Albert Camus, encasacado, recebendo o Prêmio Nobel das mãos da rainha. Perguntou se eu conhecia a foto. Acho que eu disse "sim", embora não estivesse bem lembrado, mas acho que disse "sim", embora, de fato, não estivesse certo de tê-la visto. Mas o que importa? Recordei de seu belo rosto, um pouco *gauche* como se a névoa da morte, de antemão, o ensombrecesse. Sim, por toda a vida esse fantasma lhe pertenceu e era assim que lhe vinham, decerto, as suas repentinas tristezas. Seu longo rosto, seu cabelo de mestiço, e seus olhos... Também existem olhos de mestiço? Um olhar mestiço? Que linguagem, que história mais absurda eu pensei, passada a chamada "véspera de Ano-Novo".

O cenário mudou. Estou num velho consultório, cujo telefone é repartido com o de um fotógrafo. Os corredores repletos de rapazes solidários no mal que lhes aflige e, despudoradamente, trocando expressões entre si, de suas doenças crônicas. Umas cinquenta pessoas ocupavam a pequena sala e ao longo dos corredores não havia vagas para sentar. O mesmo ar cretino dos doentes não poderia ser o meu próprio? Não, por certo não. Mas quem seria o juiz para asseverar, afinal, que o meu caso era diferente? E, por favor, não me venham falar nem escrevam poesias sobre sexo. Vou acabar preferindo o poeta Augusto dos Anjos. E não me falem sobretudo de amor. Por que não um sexo asséptico? Como o conseguiremos puro, de origem? E foi assim que acabei saindo para a porta da rua, ainda aguardando o médico para ludibriar os que estavam em cima, na sala e pelos corredores. Mas eis que também eles, parecendo adivinhar o meu propósito, desceram livremente para a rua como se não tivessem pressa de curar o incurável. Fiquei ali, olhando os que passavam, certo também que eram todos doentes disfarçados, todos condenados à mesma espera, razão por estarem àquela hora transitando nas imediações com ares de quem nada procura, porém atentos à chegada daquele que teimava em não vir e que talvez jamais retornasse. A enfermeira de cima já avisara a alguns novatos: "Às vezes ele não vem".

1975

Propriedade Santos Cosme e Damião

6 de janeiro

> *Existe aparentemente na degradação uma certeza, uma segurança final.*
> T. E. Lawrence

Depoimento de Pola Gauguin recolhido por Maurice Malingue, em junho de 1959: "Ninguém jamais verificou que o drama íntimo desse casal, só aparentemente unido, começa na realidade com o casamento. É preciso pois estudar a complexidade de suas relações com muita circunspecção. Minha mãe declarou-me que durante dez anos, apesar do espírito taciturno do seu marido, ela tinha sido, de uma certa forma, a seu lado, uma mulher feliz".

O tempo distorce tudo. Quem quiser saber alguma coisa sobre um homem, nada pergunte aos seus filhos, e sobretudo à sua mulher. O "idílio" dessa senhora durou os dez anos iniciais do seu casamento, quando os bolsos do seu marido estavam abarrotados de dinheiro, por conta de suas bem-sucedidas especulações na Bolsa. Logo depois de uma desastrosa queda nas cotações financeiras, Paul Gauguin retirou-se em definitivo dessa atividade. Como já havia se iniciado na pintura através das mãos de Camille Pissarro – pintando apenas aos domingos – em definitivo resolveu abraçar a carreira de pintor, que era a sua verdadeira e inadiável vocação. E foi a partir desse momento, por volta de 1882, que Mette Gad, sua mulher, mostrou a sua verdadeira face de indomável megera.

14 de fevereiro – terça-feira de Carnaval

Manhã de trabalho, desenhos e estudos preparatórios, além da vigilância em torno das esculturas que saem hoje do forno, em diferentes horários. Uma série de peças com o tema *O ovo da serpente* tem sido recorrente desde o ano passado. As formas esféricas ou ovoides, de um branco vitrificado, puríssimo, são fendidas para dar lugar à cabeça escura de uma serpente ou de um dragão.

Na modelagem, procurei insinuar a presença da forma interior, inquieta por despontar, forçando a pureza esférica a tomar aparências amedrontadoras. Essa forma parece ter nascido de mão bárbara e que não deixa de se divertir com a perigosa existência do mal. O efeito dramático de cada uma dessas peças é evidente, sobretudo pelo extremo fascínio da perfeita matéria cerâmica, do branco luzidio em contraste com a presença do mal, áspero e escuro. Em alguns desses ovos, a cauda do bicho, além da cabeça, também irrompe em algum lugar, como se fosse uma outra ameaça.

Ferido por esses pensamentos, enquanto a cidade se diverte nesse *estranho carnaval*, que não deixa de se prolongar com os seus tentáculos viscosos, até onde eu supunha ser o meu refúgio. Pura invencionice partindo de alguém que de há muito é escravo de matrizes ensandecidas e que vive num permanente "carnaval", sem data, hodiernamente, sem trégua.

Artigo excelente de Jean-François Revel sobre o Maneirismo, cujo título já é bastante elucidativo: "Maneirismo – uma invenção do Século XX". Diz Revel: "Antes de conhecer o largo emprego que lhe valeu a atual voga, o termo 'Maneirismo' teve de ser imposto por um duro combate que a partir de 1910 sobrecarregou toda uma escola de historiadores e estetas na Alemanha e na Áustria. Só assim foram promovidas as fileiras dos grandes períodos artísticos, estes três quartos de século que separam a Renascença do Barroco. Segundo o gosto dos críticos de sessenta anos atrás, um Bernard Berenson, por exemplo, a pintura italiana, excetuando Veneza, entrou em decadência a partir de 1520. Portanto, esse trabalho se encarregou de fazer reviver e em dar reais significados de independência a esse período, completando por si só a obra das gerações posteriores à morte de Rafael, transtornadas pelo Saque de Roma e marcadas pela Contrarreforma. Foi necessário aludir que o seu papel foi bem outro e não aquele convencionalmente aprovado e que seria apenas o de liquidar mediocremente a Renascença e de preparar inconscientemente o Barroco".

May telefona, perguntando se deve ou não assistir à saída do Bloco da Pitombeira, em Olinda. Consultou-me por estar indecisa, explica. Que grande imbecil, meu Deus! Que mulheres! "É claro que sim", gritei com toda força de minha garganta. "Acompanhe o bloco e vire o mundo de cabeça para baixo, porque este é um dos seus *direitos*, pelo menos no dia de hoje."

12 de fevereiro – quarta-feira de Cinzas

Gostaria de ter continuado ontem a transcrever as opiniões de François Revel sobre o Maneirismo, principalmente por ter lido recentemente o livro de Gustav R. Hocke, *Maneirismo: o mundo como labirinto*. Revel não deixa de citar o trabalho de Hocke, que de resto já fora publicado na Alemanha (Hamburgo) desde 1957, e só no ano passado pela Editora Perspectiva da Universidade de São Paulo.

O livro de Hocke é apaixonante e versátil, ultrapassando às vezes a erudição e graça de estilo de um Malraux. Em todo caso, verifico que o assunto tratado por Revel implica outras posições sobre o mesmo tema, igualmente fortes e sedutoras. Acredito que há no meu interesse pelo artigo de Revel e pelo livro de Hocke outros componentes pessoais, desde que os meus trabalhos cerâmicos se encaminham, no momento, paralelamente a certos conceitos maneiristas, embora ainda imprevisíveis no seu percurso.

26 de fevereiro
Desenho as nádegas de C. que, de tão redondas, parecem quadradas.

27 de fevereiro
Yara, a quem nunca vi, me sopra um beijo na boca pelo telefone. Ela frisa: "Um beijo na boca". É estranho e comovente o poder de entrega das mulheres, mesmo quando mentem, mesmo quando fingem. Há sempre algum capricho nesta espécie de doçura feminina que é superior a qualquer forma de dissimulação ou impostura. Elas se entregam, mesmo quando violadas. São verdadeiras, mesmo quando falseiam a verdade.

As mulheres, no conceito medieval – quando emergiam do império das trevas e que estavam sempre envoltas com bruxarias –, não eram definidas como criaturas malignas, e sim como o próprio mal: para um bruxo, dez mil bruxas...

28 de fevereiro
Estive com C. e, logo após a sua saída, com R. que se dizia V. Até que, por um descuido, revelou o seu verdadeiro nome. Em todo caso, preferia que a chamassem de V., e explicou: "É mais bonito". Hoje me arrependo de não ter desenhado o seu corpo magro, principalmente agora, ao me deparar casualmente com um desenho de Kokoschka, cujo título não diz muito da sua admirável execução: *Nu de menina em pé com as mãos cruzadas sobre a cintura.* O modelo do pintor era tão magro quanto R. e quando lembro dos seus longos cabelos negros e desgrenhados, agrava-se o meu arrependimento, pois R. também os tinha fartos e belos.

1º de março

Gritos e Sussurros[20]

(...) e suas cinzas são mais quentes do que nossa vida.
Paul Bourget sobre o diário de Marie Bashkirtseff

Sorrateiramente, agindo como um personagem do próprio Ingmar Bergman, assisto a Gritos e sussurros, *e apesar dos mais variados comentários sobre esse filme, apreciado por amigos e consagrado pela crítica internacional, passei, de ontem até hoje, um largo tempo tentando um pouso em terreno seguro.*

A maior parte das pessoas não se lembra que um artista verdadeiramente merecedor desse nome, antes de mais nada, só vê na sua frente, ao iniciar um novo trabalho, o supremo esforço de superar a todos os outros porventura já realizados. E Bergman parece ter conseguido este intento: Gritos e sussurros *é uma contundente obra-prima. Mas não é só uma obra-prima do cinema. É basicamente um trabalho de arte nos limites de sua perfeição, daí porque se confunde não só com todas as outras formas de expressão artística como também, e sobretudo, com a própria vida, naquilo que revela de mais expressivo, de mais intrincado, de mais transcendental. Portanto, é conveniente notar as suas grandes abordagens no campo do teatro clássico, da pintura, da literatura, da filosofia, da fisiologia, da psicanálise, da religião, da mitologia, do ocultismo, do bruxedo e até de um proceder alquímico.*

Na verdade, anotando essas impressões, não estou nem um pouco tentado a enveredar pela crítica de cinema, fui levado apenas – de certa forma até contrafeito – a dar testemunho do que vi e revi com olhos aflitos. Se agora falo, é porque não consigo me libertar dessas imagens, como alguém que vestindo uma roupa não mais pode desabotoá-la, não só por não encontrar os botões, como também porque de repente verifica que nesta roupa sem botões faltam as convencionais saídas e entradas utilizadas para vesti-la. Descobre afinal que essa insólita vestimenta é a sua própria pele, da qual ninguém se liberta sem dilacerá-la.

Falar de Gritos e sussurros *é minha preocupação neste exato momento, depois de ter trazido até aqui o meu coração inquieto, tão despedaçado quanto o do próprio Bergman, que sempre soube afirmar-se sem vacilações como um corajoso e implacável testamenteiro dos infortúnios femininos.*

---

[20] Texto sobre o filme *Gritos e sussurros*, de Ingmar Bergman publicado no *Diario de Pernambuco* em 11 de março de 1975 (N. do A.).

Tanto quanto ele, tomei de há muito o partido das mulheres. Explico-me melhor: tomei o partido das mulheres, não para defendê-las, como Bergman sistematicamente o faz, desde que vivo a maior parte do tempo – como, aliás, a imensa maioria dos homens, por pensamentos, palavras e obras – atacando-as, torturando-as, vilipendiando-as, desprezando-as. Tomei esse partido, digo, por sentir quase premonitoriamente que o centro do mundo, o seu núcleo vital, será um dia composto só de mulheres e a elas será dado, segundo me parece, o dom da última palavra. Contudo, ninguém mais desgarrado na Criação, ninguém mais solitário depois do Pecado Original e, talvez por isto mesmo, carregue em si por direito esse estigma terrível de pronunciar enfim o seu julgamento derradeiro. Durante séculos o homem tem se habilitado a falar alto e daí a sua presunção de que é de fato o senhor dessas paragens. Tudo ou quase tudo é nascido dos seus esquemas: a ele o direito de vida e morte, os códigos e as leis, as guerras e as revoluções, as religiões e as filosofias e finalmente a suprema ousadia de ter pronunciado a mais cruel das palavras de condenação: "Noli me tangere".

"Não me toques jamais!" Também exclama uma das heroínas de Bergman. Nos Cadernos *de Camus ele revela as desventuras de um personagem que passara a maior parte de sua existência num campo de concentração. Quando regressa à vida, é conciso: "Vou satisfazer a sua curiosidade de uma vez para sempre, mas depois desejo que não me façam mais perguntas". Finalmente diz: "Tudo o que é humano me horroriza".*

Essa mesma heroína de Bergman, que evita contatos humanos, chegando à automutilação, depois passa a cobrar de sua própria irmã – como quem cobra uma dívida contraída em juízo – a responsabilidade de tê-la despertado de novo aos apelos dos sentidos desde o momento em que ousara lhe tocar.

Mas, afinal de contas, quem provocou nessas mulheres esse abismo de tédio, solidão e torturas infinitas? De quem é a culpa se homem algum poderá dar jamais o troco real a essa forma de amor sem resgate e sem medida? A quem caberá saciar essa sede, umedecer esses lábios trêmulos e ressequidos? Esse amor sem remissão que se agarra, por vezes aos menores apelos, a farrapos de ternura, a olhares e gestos sempre fugidios, aguardando, talvez numa espantosa espera, o dia em que afinal se abra de novo a porta do paraíso perdido para essas degredadas filhas de Eva?

Como na peça Hedda Gabler, *de Ibsen, toda mulher levará para o túmulo implacavelmente o segredo de uma paixão desmedida. Nas escrituras sagradas, na mitologia, no teatro grego, nas epopeias, nos romances de cavalaria, na poesia, na ficção, nos folhetins, nas novelas, quer seja na vida real, quer na arte que imita a vida, elas estarão onipresentes: uma Maria Madalena, uma Herodíade, uma Salomé, uma Judite, uma Antígona, uma Ifigênia, uma Cleópatra, uma Isolda, uma Francesca de Rimini, uma Inês de Castro, uma Maria Stuart, uma Ofélia, uma Julieta, uma Catarina Linton, uma Anna Karenina, uma Emily Brontë, uma Hedda Gabler, uma Maria Grubb, uma Marie Bashkirtseff, uma Emma Bovary, uma Sofia Tolstói, uma Anna Grigoriévna, uma Jeanne Hebuterne... Mortas por suas próprias mãos ou mortas por "uma saudade louca, desencantadas, procurando em campos rasos as árvores distantes e seus amigos perdidos...".*

Ingmar Bergman, tomado de imensa piedade, tenta por todas as formas, através de sua cinematografia, amenizar e às vezes até redimir os seus sofrimentos. Recria para todos os efeitos um mundo feminino, visceralmente feminino, mas não pode evitar que elas resvalem nas bordas erodidas desse insondável precipício que é a própria alma da mulher. Daí porque na sua dramaturgia não só não se fala, como também não se ousa apresentar soluções para tantas amarguras, tampouco aparecem cúmplices masculinos nesta solitária caminhada da mulher, para ele sem retorno. Um mundo de mulheres hermeticamente fechado como uma masmorra sem necessidade de carcereiros, esse é o mundo de Bergman em Gritos e sussurros. *Só de mulheres, quase sempre pesadas, hieráticas, sombrias, voluptuosas, arquejantes, perdidas em suas paixões, só relembradas por uma memória feminina da qual o homem já não faz parte senão como um espectro.*

Não são mais elas as espectrais com que sonhavam os poetas românticos do século passado. São os homens que de repente começam a não se fazer notar, escasseando as suas presenças e suas aparições por mais das vezes desnecessárias, como fantasmas atoleimados, amedrontados, distantes, melancólicos, sobrecarregados de remorsos. Quanto a elas, as mulheres, no seu contínuo mas elaborado movimento estatuário, podem parecer estáticas, mudas, mortas, insensíveis, frias, mas permanecem sempre senhoras da situação. São elas que comandam o espetáculo, mesmo quando crucificadas de sofrimentos. Como rainhas sem misericórdia, souberam guardar suas integridades, intocadas, à espera afinal desse acerto de contas que não tardará.

Bergman, como não poderia deixar de ser, revela muitas afinidades nórdicas, o senso do poético e do trágico de um Ibsen, de um Jacobsen, de um Strindberg. Seu recente fascínio pelos registros de cor levam-no também a incursionar pela pintura e é ainda de um nórdico, como Edvard Munch, que nos faz lembrar a densidade dramática dos seus personagens. Munch tem uma tela no Museu Nacional de Oslo chamada O grito. *Contudo, a configuração estática de seus personagens, o coloca no núcleo mais interno do Classicismo grego, tornando-o, assim, um europeu não apenas representante do espírito nórdico, mas de toda a condição humana.*

Para acentuar os gritos e sussurros dos personagens inexistentes no filme, suprime-se o assim chamado e já tão explorado fundo musical, o mais das vezes de caráter suspeito e quase sempre uma espécie de recurso inferior utilizado fartamente em tragicomédias ou falsas epopeias. Tudo se passa num silêncio dolorosamente asséptico, limpo de ruídos, não contaminado por barulhos, senão os da própria voz humana que chia, estertora, sibila, enrouquece, esganiça, estronda e finalmente emudece. São gritos e sussurros voluntários ou involuntários, ardentes ou secos, saídos da boca ou da garganta, dos pulmões, do sexo ou da própria alma dessas quatro mulheres em profundo desespero.

Quando as duas irmãs que sobram parecem enfim se entender, seus gestos imitam a infância perdida e, já não valendo as palavras, emudecem numa estranha mímica. Neste momento escuta-se, por alguns segundos, uma grave partitura de Bach e é tudo que acontece em termos musicais no decorrer de toda a história.

Quanto às cores, o vermelho e o negro predominam, trágicos, precisos, cortantes, ocupando quase todos os planos da composição, tendo como contraponto o branco. A clara imagem da mãe vestida de branco, os vaporosos vestidos brancos das três irmãs num raro e inconsútil momento de felicidade adejando pelo velho parque da casa solarenga, a cor branca imaculada da camisa de Agnes moribunda, a branca e casta camisola de Karin escondendo tragicamente o seu sexo dilacerado e sangrento, o branco das folhas de papel do melancólico diário de Agnes, o branco impecável do colarinho do padre que desponta da negra e luzidia batina. Quando as mulheres não vestem branco, estão de negro fechado para assim ressaltar o esplendor absurdamente primaveril de rosas brancas coladas ao acaso num vaso, ou as cortinas semicerradas das janelas que por recato parecem esconder a brancura do alvorecer.

Ainda Gritos e Sussuros

1 – Por que Agnes ressuscita?

2 – Por que Ana, a empregada, se desnuda nos momentos que antecedem a agonia e da mesma forma se despe depois da patroa morta?

1 – Em primeiro lugar, não é Agnes quem ressuscita, e sim o seu desespero que de tão recente não poderia ainda estar morto. É o seu lamento final e derradeiro, a cobrança última, e justamente a quem nada mais lhe poderia pagar o justo preço de sua frustrada paixão de mulher ceifada por uma morte implacável, absurda e prematura. Esses elementos, por assim dizer, medievais e cabalísticos, não são novos na cinematografia de Bergman, como também não o são na dramaturgia de Ibsen.

2 – Durante a agonia, Ana, a empregada, se desvencilha da metade de sua blusa e deita ao lado de Agnes, atraindo a cabeça da moribunda ao seu amplo seio, como a Madona descobre o peito para amamentar o Cristo menino. Depois de Agnes morta e aparentemente ressuscitada, a Madona é substituída por uma benevolente Pietá.

2 de março

Acabei de mandar datilografar as páginas manuscritas de "Gritos e Sussuros" e ontem mesmo li em voz alta para alguns amigos. Apesar da admiração que despertou, não fiquei satisfeito com o resultado. Ainda soa falso. Mas, de uma certa forma, corrigida a emoção, tudo pode parecer enganoso. O próprio filme de Bergman... Bem, não era isto exatamente o que eu queria dizer.

6 de março

Tarde com Coeli, uma figura saída de um quadro de Dante Gabriel Rossetti. Mesmo nua, não parece uma mulher do nosso século. Alguns poucos desenhos prejudicados por meu exagerado interesse na sua expressão. Resultado: acabei perdendo o sentido do conjunto.

9 de março – domingo

Impossibilitado de prosseguir na modelagem das esculturas, percorro a Fábrica na procura do que fazer. Observo o trabalho dos outros, que me parece lento, mas igualmente pertinaz. Tudo se veste, cresce e amplia. Tijolo por tijolo, argamassa e instrumentos de trabalho, se misturando com as vozes de homens rudes, criando um ritmo viril, nesta infatigável reconstrução. Percebo uma teia de aranha iluminada repentinamente por uma réstia de sol. Foi tecida há poucas horas, pois ainda ontem não estava aqui. Todos somam trabalho e eu os vejo de fora, como alguém que foi excluído desse conjunto. Olho-os novamente, desorientado, fazendo logo um imperceptível movimento de fuga. Devo retornar? Ao descrever a cena, irei me confundir como um contador de histórias, um forasteiro, um intruso, alguém que, em terra estranha, descobre costumes exóticos, dignos de serem revelados. Injustificável é não ter lembrado o meu próprio trabalho que me aguarda desde ontem e, na realidade, nada me proíbe de retomá-lo. Antes passarei pela saída do forno.

Como imaginar o núcleo de uma fornalha, produzindo matéria modificada por profundas interações químicas, ejetando *estrelas* em todas as direções, como se fosse a formação do universo?

11 de março

O artigo sobre *Gritos e sussurros* saiu hoje no *Diario de Pernambuco* (11 de março de 1975).

Coeli, que fizera uma rápida viagem ao Rio, me avisa de sua volta. Não resisto e peço para ela vir até aqui. Abro esse precedente à srta. Coeli, porque ela lembra – como já disse – as mulheres pintadas por Rossetti, não só Lizzie Siddal, mas sobretudo Jane Burden. A semelhança de Coeli (até o nome é pré-rafaelita) é tão grande com as moças desta época que ela acaba também por lembrar os modelos de Edward Burne-Jones.

Mataram o rei Faiçal, da Arábia Saudita. Como sempre dizem, foi um ato de insanidade em que o assassino "agiu" por conta própria. Não é a primeira vez, nestes últimos dez anos, a partir do caso Kennedy, que usam desse expediente. A debilidade mental de Lee Oswald e seus antecedentes políticos como um álibi perfeito para encaixá-lo nos estágios do *horror* lembram a personalidade psicopática de Sirhan Bishara Sirhan, o assassino de Robert Kennedy. E agora, no mesmo feitio, o príncipe homicida Faiçal bin Abdul Aziz Al Saud é considerado um fanático religioso e paranoico. Todos igualmente percorrendo o espantoso caminho do mal.

26 de março

"O príncipe que matou o rei Faiçal a tiros de revólver, durante uma cerimônia em honra de Maomé, fez seus estudos superiores na Universidade de Colorado, Estados Unidos, onde chegou a ser detido por cumplicidade no tráfico de drogas, em 1970. Não se informou o destino do assassino." Guardarei esta notícia a fim de desenvolver suposições sobre o regicídio e também sobre a pessoa do assassino em particular. Em todo caso, não estou absolutamente certo de que acertarei em fazer tais pesquisas. São por demais complicadas e carregam no seu âmago uma série de circunstâncias (fatos) inapreensíveis para mim, desde que inimagináveis. "Só existem tantas realidades quantas possamos imaginar." Além de tudo, como gosto de repetir: "O Estado tem sempre razões que a própria razão desconhece".

Daí, pergunto, como sair desse lodaçal? Sobre que premissas começaria a especular? Todas seriam igualmente arriscadas, bastando um só passo em falso para se envolver com o equivalente a uma irreparável confusão, o que representa "partir da estaca zero".

O Estado engana e é constituído para enganar. Daí a impossibilidade de quem quer que seja penetrar nos longos e inacessíveis corredores do poder e muito menos nos seus labirínticos gabinetes e alcovas, onde se trama o destino das nações e de seus povos.

Com propriedade, Borges fala "nesta breve e ominosa parábola do mundo previsto por Kafka. Um mundo de castigos enigmáticos e de culpas indecifráveis".

Hipóteses:

1. Ele falava inglês. Aprender uma língua estrangeira não deixa de ser um passo em falso para um patriota. É como aprender a duvidar.

2. Foi preso num outro país por cumplicidade com toxicômanos e, daí, enredou-se definitivamente nas malhas do mundo policial e do crime (de onde não há volta). Pergunta-se se quem é preso e acusado não deixa de se acumpliciar com os seus eventuais carcereiros... É como se de repente estivesse a descoberto sem ter necessidade de fingir para aqueles que já "sabem de tudo". Momento fatal de fraqueza, o começo de uma catequese, de um compromisso.

3. Muitos anos depois, já na sua pátria, aparentemente esquecido, volta a falar com alguém que lhe relembra fatos. Estupefação. Retruca que o seu espírito agora é outro. Construíra a sua própria morada. Obstina-se no erro. Também não aceita conselhos. Está pronto a destruir.

4. Pode matar por influência, mas há também a sua parte como instrumento (imprescindível). Relembra que o faz porque quer. Ele é assim.

Nota: quem sabe o que eu sei? Pergunta um pouco fora do assunto, reconheço, embora necessária para eu levar avante qualquer tipo de conjectura. Em todo caso, *saber das coisas* não é o mesmo que tomar posse delas ou modificá-las. Tudo sempre foi feito assim e continuará do mesmo modo.

28 de março – sexta-feira de Trevas
As minhas inexatidões se agravam com problemas de toda natureza.

> *Superar? Mas o sofrimento é precisamente isso, isso a que nunca se pode ser superior.*
>
> Camus

2 de abril
Aparece uma moça bela como o anjo da morte. Toda vestida de preto. Os costureiros não se cansam de afirmar que o preto será sempre a cor da moda. Além disso, o seu vestido negro tem alguns apliques brancos, confirmando seu aspecto absurdo e irreal, como os ornatos das cerimônias mortuárias. E, por incrível que pareça, apesar dos seus dezesseis anos (e talvez por esta mesma razão) trabalha para uma moderna empresa funerária, uma espécie de papa-defuntos erótico. Veio com a sua pasta debaixo do braço vender-me um terreno ou uma área para futuras catacumbas no mais recente cemitério da cidade. Não comprei coisa nenhuma, mas acabei beijando a sua testa suada e fria. Acredito que a permissividade também faça parte do seu estranho ofício: aceitar beijos e arrochos de eventuais clientes. Foi-se como veio, toda de negro, muito loura, atiçando com os seus olhos oblíquos e sonhadores o perverso gosto da morte que habita seus entrevistados e futuros condôminos.

4 de abril
O Anjo da Morte volta travestido de jogadora de basquetebol. "Pertenço ao primeiro time", diz. "Também pratico natação e jogo tênis..." Hoje era uma outra criatura, sem nenhum mistério, perdida de seus mórbidos atrativos, vulgar, suja e desbotada a despeito de sua indiscutível beleza.

Leio com atraso um admirável artigo de Giuseppe Baccaro que, por muito tempo, com sucesso e corajosamente, exerceu o ofício de *marchand*. Reformula agora suas posições, e essa mudança de conceitos é de tal magnitude que nos leva a acreditar ter ela nascido de um profundo sofrimento. O artigo me fez meditar, não só sobre pintura...

Como é bela essa afirmação de Murilo Mendes sobre Ismael Nery: "Artista sem mercado...". Baccaro condena: "Verdade é que mil artes combinatórias ao sabor das encomendas destrambelharam estruturas visuais herdadas de quinhentos anos de história. Gradualmente o homem confere ao indivíduo o papel de genialidade que mais se devia aos povos. As estruturas visuais verdadeiras nascem por acréscimo de gerações, por lentas mutações, como é o caso da arte chamada primitiva, que é o trabalho de povos inteiros".

Sim, estou de acordo com tudo o que Baccaro observa, mas de repente me surge a pergunta: o que vem a ser precisamente "a profanação da inocência?" Como se pode, mesmo em parte, profanar o já profanado, atingindo uma inocência inexistente? A maldade voluntária também pode ser, nos desígnios de Deus, um dos aspectos de uma total inocência (de quem não sabe o que faz).

Não pretendo contrariar totalmente a doutrina do *livre arbítrio*, mas me parece que existem outros aspectos um pouco mais complicados nesta questão que o simplesmente moral. Estariam em jogo forças terríveis e desconhecidas, ainda não reveladas à nossa pobre consciência. "Se apenas pudéssemos chegar a conhecer um outro homem... Banir de todo o *velho homem...*" Mas permanecem para a nossa desgraça, na totalidade do mistério, todos os *acréscimos* que são, de fato, profundamente constrangedores para aqueles que tentam modificar as várias doutrinas e os conceitos até hoje explorados.

Não sei por que cargas d'água fui falar na tragédia de Medeia, dado o proverbial desinteresse de May pela literatura, muito menos pelo teatro grego. Espantou-me a insistência com que citou o episódio da morte dos filhos, pelas mãos da mãe, desvairada de tanta dor.

Há poucos dias May chegou a dizer que mataria o seu filho e depois cometeria suicídio. "É só experimentar e logo você verá" – disse ela ameaçadoramente.

Deborah procurou por toda parte da casa o segundo volume de *Guerra e paz*, de Tolstói. Nada encontrando, indaga ao escritor Renato Campos e ao poeta Tomás Seixas que, enfim, puderam supri-la de tão preciosa oferenda, pois tendo acabado de ler o primeiro volume, não cabia de curiosidade em começar a leitura do segundo. Quanto a mim, li *Guerra e Paz* aos vinte e um anos, no mês de fevereiro de 1949, a bordo do navio *Alcântara*, entre os portos do Rio de Janeiro e Cherbourg, para nunca mais esquecer.

10 de julho
De há muito que construíamos um segundo forno, nos possibilitando um aumento de produção mais do que necessária para o prosseguimento dessa *aventura cerâmica*. Acendemos hoje uma tocha embebida em querosene para, em seguida, atear fogo numa pilha de lenha que, colocada renovadamente sobre um vagonete (o forno é do tipo contínuo em forma de túnel), deverá permanecer no interior do túnel, provavelmente por uma semana, até que suas câmaras internas, previamente aquecidas, tenham condições de realizar o seu trabalho normal. Para todos nós daqui da Oficina este acontecimento tem um especial significado, pois resulta de um trabalho conjunto de pessoas que, não sendo propriamente técnicos, têm se esforçado ao máximo.

Conseguimos, num espaço tão curto de tempo – mais ou menos doze meses –, a realização de quase todo o nosso plano industrial de reconstrução da velha Cerâmica São João da Várzea, hoje Oficina Cerâmica Francisco Brennand, habilitada a fabricar pisos e revestimentos cerâmicos, talvez únicos no Brasil.

12 de julho – sábado
Começam os tropeços. A alegria durou pouco. Ainda estamos no aquecimento do novo forno e eis que nos aparece uma firma de engenharia com uma conta relativa à reconstrução de alguns dos velhos galpões, num valor tão alto que seria impossível pensarmos em tal quantia. Havíamos adiantado a essa empresa o valor de CR$200.000,00 e acreditávamos, pelo montante dos serviços prestados, que ainda teríamos de pagar cerca de CR$150.000,00. Após a surpresa inicial, a mais completa indignação. Contudo, não sabemos como reagir, nos defender ou por onde começar a discutir.

18 de julho
Para agravar, na madrugada caiu a velha ponte de estrada de ferro que liga as duas propriedades, ou melhor, tombou tragicamente, depois de tantas batalhas contra águas inclementes e fatais. Esta ponte de estrutura metálica, vinda dos Estados Unidos, em 1895, atravessou, segundo fui informado, as piores cheias do rio Capibaribe (notadamente a de 1924), e só agora, oitenta anos depois, "entregou os pontos". Eram quatro horas da manhã quando o vão principal foi atirado ao rio pela fúria das águas que ultrapassavam, em muito, a altura do seu pavimento. O restante (o segundo vão) desabou às cinco horas e vinte e cinco minutos, diante dos meus olhos incrédulos.

13 de agosto

Voltamos ao caos inicial. Com a enchente e água dentro da Fábrica, os fornos estão parados. Mas os credores não deixam de bater à nossa porta. Do dia dezessete de julho até hoje, nada tenho feito senão lutar numa vã tentativa de tudo reconstruir. Sinto que necessito de ajuda, mas ainda não sei a quem recorrer. Na verdade não é só ajuda econômica; esta, com certeza, conseguirei de algum modo. Intolerável é ver os escombros em todo o conjunto fabril na mais completa desordem, cercando-me dentro e fora dos galpões.

A queda da ponte. Revolução em Portugal. As coisas se interligam. Há estranhos rumores no ar. Talvez o chamado futuro de muita gente tenha começado, em definitivo, a ser escrito por linhas tortas.

> *O homem da era contaminada recusa os contatos humanos fora dos quadros de suas relações normais de trabalho e procura no seu habitat um refúgio significativo, uma espécie de casa de vida eterna, que desafia a morte.*
>
> Gaetano Pesce

26 de agosto

Construímos, em caráter precário, uma vereda que atravessa a floresta e que nos liga ao asfalto da Av. Caxangá. Em alguns trechos o terreno é pantanoso e nos dificulta enormemente a solidificação da estrada. Temos convivido igualmente com falta de água e energia, pois as tubulações e fiações tinham a velha ponte como suporte. Contudo, estudamos a maneira mais razoável e econômica de restabelecer estes indispensáveis fornecimentos.

Não sei como descobriu, mas aproveitando a recém-construída estrada que atravessa a mata, Nila, com o seu jeito de rainha, aparece inesperadamente na Oficina vendendo listas telefônicas.

Solitário, escuto o famoso Oratório de Handel: *O Messias.*

45 air: "I know that my Redeemer liveth..."
16 air : "The trumpet shall sound."
17 chorus: "Worthy is the Lamb."

27 de setembro

Em caráter de urgência, viajamos, eu, Deborah e Conceição ao longínquo estado de Minnesota – centro-norte dos EUA – em demanda à cidade de Rochester, onde, na Clínica Mayo, Deborah seria examinada para obtenção do diagnóstico definitivo dos seus padecimentos. Seis dias depois, já esclarecida a sua doença, submeteu-se a uma cirurgia com absoluto sucesso. Na ocasião, tínhamos a presença confortadora do Dr. Luiz Tavares da Silva como acompanhante.

21 de outubro

Chegamos ontem de madrugada ao Rio de Janeiro. Antes do meio-dia, estávamos no Recife, ainda sobressaltados, mas crentes de que a nossa vida está à mercê das *forças da natureza*, no círculo dos acontecimentos ininterruptos que aguardam na sua habitual indiferença e ferocidade fazer suas cobranças finais.

28 de outubro

Parece incrível que, com apenas um mês, eu tenha passado por tantas aflições. Relutância em registrar qualquer tipo de anotação sobre esses dias atribulados dentro de um hospital americano (Clínica Mayo), em Rochester. Certamente que por muito tempo ficarei silencioso. Todos os meus relacionamentos afetivos foram postos à prova e fica bem evidente que não saí vitorioso.

1976

Propriedade Santos Cosme e Damião

5 de abril

Como eu já esperava, o diário demorou a ser recomeçado. Foram meses de silêncio e também de ansiedade. No entanto, o trabalho de cerâmica e a reforma da Oficina, pela sua lentidão, me ajudam a esperar.

8 de abril

"Agnes tinha quatorze anos e era o modelo preferido de meu amigo Felipe, que pintava no estilo do pintor Balthus. Hoje ele deixou de pintar. Quanto à graciosa Agnes, é mãe de duas robustas crianças."

Evitar participar. Começar o processo gradual de desinformação, como se não estivesse à corrente de nada, se possível até *dessolidarizar-se*. Recomeçar leituras sérias. Trabalho sério. Vida séria.

Saio de um galpão para o outro e, entre os dois, a tarde dourada me intercepta e me surpreende. Olho a linha do horizonte que marca delicadamente de azul o limite entre o céu e a terra... Sei que não há limite algum entre céu e terra e que tudo não passa de uma miragem poética. Se pensei assim ao olhar a doce paisagem (outra imagem ilusória), foi por hábito, por fraqueza, pela eterna necessidade de *distração*. A única paisagem verdadeira é o TODO que os nossos olhos se recusam ou não podem ver. E quem poderia, de sã consciência, chamar o universo de doce paisagem?

Um dos partidos políticos brasileiros, o MDB (Movimento Democrático Brasileiro), usa numa nota de protesto contra as chamadas arbitrariedades do governo uma frase de Camus: "O mais alto dos tormentos humanos é ser julgado sem lei". Na boca desses lastimáveis senhores, o pensamento de Albert Camus perde consistência, mas, ainda assim, não é desprezível. Anima esse manifesto político como um relâmpago.

Semana Santa

14 de abril

O mês de abril parece galopar vigorosamente inverno adentro. Chuva, névoa, vento frio saído da mata, estradas imprestáveis, capim que de tão verde chega ao azul, o açude transbordante, trovões e raios. Toda uma paisagem de inverno jamais esquecida. O inverno fala bem mais alto, bem mais fundo de minha infância, muito mais do que o mais ardente dos verões...

Um quadro ou outro, triste cadência. Para recomeçar, retomei as obras da *Castelania*. Preparo as cerâmicas que devo enviar para Faenza (cinco peças) com o tema único: *Os amantes*. Hoje, sexta-feira, como em muitos anos atrás, eu devo parar. Ainda criança, a nossa avó nos proibia qualquer tipo de agitação, inclusive era proibido sorrir – "não é época de sorrisos", dizia ela.

Olhei vagamente os jardins que se vestiam. O gramado verde-escuro, o cascalho branco, o cinturão de tijolos vermelhos que envolvia os canteiros ainda despidos de flores. Sobretudo me dava conta da chuva fina e ininterrupta que tudo lavava, sem fúria, sem pressa, como se executasse muito lentamente o mais antigo de todos os trabalhos do mundo, ou seja, a purificação dos elementos. Isto realizado na mais perfeita indiferença, mas não para os meus olhos, que adivinhavam uma força maior, regendo tudo. Nada deve nos parecer estranho nesta terra, como propugnava Plotino, porque alguns... sim, alguns poucos conseguiram saber quais as razões mais profundas destes dias tão tristes e cheios de presságios.

Sexta-feira da Paixão

> *Foi por invejar a nossa dor que Deus veio a morrer na Cruz. Esse estranho olhar que ainda não era o seu... (Cadernos III)*
>
> Camus

Davi perguntou-me a que horas Ele tinha morrido. "Não sei", respondi. Na nossa infância ensinaram-nos que tudo aconteceu por volta das três horas da tarde e que nesta hora o dia se fez repentinamente noite.

A tarde se fez repentinamente linda, como se até a própria natureza estivesse pronta a trabalhar nesta conspiração para *ignorá-Lo*. Faz-se necessário *esquecê-Lo... Deixando-O* tão sozinho como naquele dia fatal, quando foi obrigado a beber até o fim a sua taça amarga e até Deus, em silêncio, retirou-se de cena.

Este sofrimento vão me faz lembrar mais uma vez Camus: "O verdadeiro sofrimento é o sofrimento vão. Mas o sofrimento solitário e ignorado é a taça que nos é apresentada um dia e outro, de que nos desviamos obstinadamente, mas que será necessário beber um dia, esse dia mais terrível que o da morte...".

Sábado de Aleluia

Saí por volta das cinco horas da tarde. Desde ontem que havia percebido a suavidade do tempo, tão propício aos devaneios românticos e ao cultivo da mais pura melancolia. Dirigi-me então para a cidade, onde esperava comprar charutos, pois passara todo o dia sem fumar e nesta voluntária abstinência de um penitente a varejo, eu supunha contribuir para os meus bons pensamentos.

Comprei os charutos, não sem discutir com o português a respeito do alarmante declínio desse produto no mundo moderno. Quando virei à direita, logo nos primeiros passos em direção à porta do estabelecimento, percebi alguns vultos estranhos caminhando em fila no meio da rua. Digo vultos porque não poderia acreditar que fossem pessoas. Estava convencido de que há poucos minutos atrás, quando desci do carro, não havia uma viva alma. Apenas notara as vitrines das casas de comércio já iluminadas.

Quanto à esquisitice dos vultos encapuzados, fica por conta de suas indumentárias no gênero dos filmes-documentários da Ku-Klux-Klan e daquilo que os grandes produtores de cinema juravam (ou mesmo acreditavam) ter sido os trajes usuais de certas ordens penitentes na Idade Média. Ao mesmo tempo que atônito (meus olhos tomavam conhecimento desses personagens), ouvi um som que, depois de identificado, só poderia ser o de uma matraca. Um som áspero e doloroso. Agora já percebia o encapuzado, que acionava o instrumento num brusco balançar de braços, provocando aqueles desagradáveis ruídos. Quase por detrás dele, a uns cinquenta passos, desfilava lentamente aquela verdadeira multidão silenciosa, que logo em seguida começou a vociferar. Como eu ainda estava sob o domínio da minha habitual alienação, procurei comparar aqueles efeitos cênicos com a *A entrada do Cristo em Bruxelas*, de James Ensor. Mas a cena era real demais, terrível demais para qualquer tipo de devaneio ou associação. Não era o que se poderia chamar de um espetáculo. Era o próprio *fato*, vivo, fulgurante, inadiável, indescritível. Era a descarga, o trovão e o raio mortífero contidos num só todo, indivisível.

De repente, presenciei, a despeito de mim, num relance, todo o passado de nossa cidade. Naquele instante estavam na rua, misturados ombro a ombro, junto com os vivos, naquela incrível procissão do *Senhor Morto,* todos os mortos de nossa cidade, prontos a repassarem capítulo por capítulo a nossa pobre, injusta e incruenta história. Daí as vociferações, a estranha palinódia misturadas aos urros e às contínuas lamentações.

Domingo da Ressurreição
O que escrevi ontem estava fora de medida e não era exatamente o que eu desejava ter mencionado sobre a procissão do *Senhor Morto.* Talvez o que presenciei tenha sido um inextricável acontecimento – como certos fatos demasiadamente evidentes – na sua opaca realidade, alguma coisa de muito simples, desse tipo de simplicidade aniquiladora que não admite interpretações. As coisas são o que são, como certas doenças graves que levam sempre os doentes à morte e não admitem nenhuma variedade de diagnóstico, sobretudo nenhuma esperança.

21 de abril – Tiradentes
Um feriado inesperado. Comemorações pela data nacional. Aproveito enquanto os outros se divertem e dou prosseguimento aos meus exorcismos através do trabalho. O dia inteiro trancafiado como numa masmorra, em silêncio, sentindo a aspereza e a umidade do barro nas mãos, olhando desenhos que eu sabia de antemão que não seriam respeitados. Modelo simultaneamente duas esculturas, que já haviam sido começadas: mulher com cabeça de rã e gigantesca nádega, juntamente a uma Vênus sem braços. Ao lado, algumas *Torres de Babel,* aguardam a presença de ajudantes para que eu possa trabalhá-las na parte mais alta. Eis um assunto que começa a tomar aspecto de obsessão. Este episódio bíblico prefigurava as teorias modernas da incomunicabilidade. Apenas eles sabiam que tudo havia partido de um só erro: *o pecado da soberba.* Contudo, as minhas representações bíblicas nada têm de "católicas". Uma das torres é representada por uma superposição de imensas nádegas, carregadas de tecido adiposo construindo assim essa grotesca torre em direção aos céus. Seguramente uma torre bizarra. Entender como Baudelaire que o arabesco mesclado cada vez mais com o "grotesco" *é a mais espiritual de todas as artes.* Grotescos e fantasias são coisas intimamente relacionadas entre si, segundo os conceitos de Novalis e Poe: assim nos indicam os *mapas do mistério* do inigualável Hocke.

Maria, viúva do meu querido amigo Benício Whatley Dias, telefona para Deborah e fala sobre os últimos momentos do marido. "Foram horríveis", disse ela. "No final, nem a morfina amenizava as suas dores. Agora, passados os dias, mal posso pensar naquilo que fui obrigada a presenciar. Desejava tão somente tudo esquecer."

Tomás Seixas, depois de operado de catarata, voltou domingo passado ao nosso convívio de sempre, em São Francisco.

Quem teria neste século a coragem de negar sua profissão? Vivemos a época dos profissionais. Vive-se por saber fazer e por saber cobrar o bem fazer. Teria sido Leonardo da Vinci um profissional, ou mesmo Gauguin, no despontar deste século aviltante? Teriam sido os dois tão somente profissionais?

Sábado passado assisti mais uma vez a um admirável filme, desta feita pela televisão. Infelizmente não consegui anotar o nome do diretor, nem tampouco de onde partiu o *script* ou os argumentos que deram origem ao drama.

Por vezes, evito falar em determinados trabalhos de cinema, pelo fato de não poder mencionar o diretor.[21] Não existe cinema sem uma direção extremamente firme e sábia. Neste que estou tentando descrever, se percebe a figura do diretor como alguém carregado de uma violenta morbidez, cuja inteligência lhe conduz pelo caminho de um pessimismo atroz. Quem escreveu tudo isto conhecia a fundo as mulheres, sua real condição e sua infinita capacidade de gerar o mal. O filme foi traduzido para o português com o título de *O estranho que nós amamos*. Contracenam Clint Eastwood, Geraldine Page, Elizabeth Hartman. A história tem como cenário a Guerra da Secessão e se desenrola no interior de um colégio para mocinhas que, acidentalmente, se achava colocado entre os dois exércitos inimigos. Um soldado nortista é achado gravemente ferido por uma das alunas que fugira do pensionato para procurar inocentemente cogumelos no bosque... Daí começa a história desse soldado, dessa menina e das outras colegiais, além de três senhoras que

---

[21] Com ajuda do crítico de cinema José de Souza Alencar (Alex), em tempo consegui o nome do diretor deste filme, Don Siegel (1971). Alencar chama atenção para a extrema importância da atriz de teatro e de cinema Geraldine Page (N. do A.).

administravam o educandário. Bem, não sou eu quem vai contá-la. O que percebo é que o pobre soldado, mesmo no campo de batalha, diante da morte iminente (que soubera enfrentar por várias vezes), não conheceu ou ainda não soubera reconhecer os abismos insondáveis da crueldade humana e não poderia jamais supor que esta maldade seria um dia exercida em sua plenitude pelas mãos daquelas que comumente nós todos chamamos de "as nossas bem-amadas e santas mulheres...".

Há exatamente dois anos, neste mesmo feriado, a inglesa Anna surgiu inesperadamente, acompanhada do seu marido. Lidavam com arte e, segundo disseram, possuíam uma pequena galeria em Londres. Ela deixou-me um cartão que mantive guardado por muito tempo na minha carteira, até o dia em que decidi não mais usá-la. O cartão desapareceu. Será que a lembrança de Anna ainda perdura? Se não permanecesse, como eu haveria de lembrá-la hoje?

Por qual motivo não restaurar no espaço algo que não seja atingido pelo tempo? Um lugar, no dizer de Robert Frost, onde:

> *Possa algo ficar sempre não colhido, que muita coisa escape*
> *ao plano concebido, maçãs talvez... algo olvidado sem*
> *procura para que não seja roubo provar-lhes a doçura...*

Urge uma decisão qualquer sobre as peças que devem embarcar para Faenza (Itália) e é exatamente o que me falta agora. Qualquer necessidade de agir me desgosta e equivale a uma pequena morte.

> *Existe uma voluptuosidade da renúncia. O amargo*
> *prazer de se negar, de se condenar, de renunciar.*
>
> Fromentin

A abordagem de *Dominique* foi bastante anterior à leitura do *Les Maîtres d'autrefois* e muito antes de encontrar, já maduro, *Une année dans le Sahel. Les Maîtres d'autrefois* foi lido a bordo de um barco belga a caminho do porto de Antuérpia, em 1951. Iniciei a leitura de *Dominique* às vésperas do Natal de 1949 na praia de Boa Viagem. Eu havia voltado doente, depois de seis meses em Paris, e convalescia... Passava dias inteiros pensando na saúde perdida e, com efeito, não seria em *Dominique*, com o seu espírito de *renúncia*, que encontraria o necessário alento. Foi em *O imoralista*, de André Gide, recém-traduzido para o português – também a história de uma longa convalescência – que encontrei os exemplos necessários para uma definitiva recuperação. O ano de 1950 foi de dolorosas expectativas e de inexplicáveis fraquezas, que só um modelo convincente poderia alterar. Apesar de ser um esquálido atleta, foi através de metódicos exercícios, sobretudo natação, e apanhando muito sol, que eu consegui um pouco mais de equilíbrio físico, embora tenha ficado quase tão negro como um árabe. No final desse mesmo ano, nasceu minha filha Maria da Conceição.

Voltei a Paris demorando-me bastante. Só no fim de 1954, já no Engenho São Francisco, depois de livrar-me de um amor frustrado, encontrei *Dominique*, perdido no fundo de uma estante. E foi num ímpeto tranquilo, perfeitamente justificado pela minha melancolia, que deixei passar todo um verão incendiado de luz e soube aguardar o inverno que não tardava. Chegou o mês de abril e, logo mais, maio e depois as prolongadas chuvas de junho... Eu completava meus vinte e oito anos e conhecera várias crises. A estação das chuvas me fazia parar num território sombrio e cheio de evocações outonais. Era a estação do campo, da caça, dos longos passeios na chuva... Li e reli *Dominique* no alpendre da velha casa, debaixo das árvores, na cocheira, em campo aberto, nos canis enegrecidos pelas sombras dos castanheiros, à margem dos regatos cintilantes. Estava maduro, então, para reconhecer a obra-prima de Eugène Fromentin.

Do ano de 1954 até meados de 1962, portanto, quase oito anos, não arredei os pés da minha fazenda e soube honrar a minha solidão e a voluptuosidade da renúncia. No mês de dezembro de 1963, com a idade de trinta e seis anos, deixei os meus hábitos de solidão e embrenhei-me no mundo para não mais sair.

Agora, novamente folheio o pequeno volume com capa pardacenta de letras negras, introdução de Armand Hoog, livro de pequeno formato, Éditions de Cluny, Paris – 1939.

8 de maio

O pintor Péricles Paiva me traz as *Danças eslavas*, de Dvórak. Mas o que coloco na vitrola é uma doidice qualquer, chamada *Strong up*, presenteada por Elizabeth. Suponho escutar o cantor de rock-balada dizer em língua inglesa, em altos brados: "...Então você pensa em tirar um outro pedaço de mim, só para satisfazer o seu próprio intelecto...?". Depois de outras considerações ininteligíveis, pareço também ouvir: "Você quer ação... Ação... Todo mundo quer... Todo mundo precisa... Mentiroso... Mentiroso... Mentiroso... Diga mais alto... mais alto... mais alto...".

9 de maio

Surgiu da noite uma nova F. Batizou-se como F. da televisão. Ao tirar a roupa notei de imediato uma marca acentuada logo abaixo do seu seio direito, como se fosse um grande sinal. Por delicadeza, nada indaguei. Mas ela – não sei se notando a insistência do meu olhar – achou por bem perguntar se eu não observara alguma diferença no seu corpo, "algo diferente", insistiu. Olhei com mais atenção, e tudo o que pude notar foi uma assimetria entre o seu peito direito e o esquerdo. Um era maior que o outro, mas isso ocorre em quase todas as criaturas. E não cheguei sequer a justificar a descoberta. Limitei-me a balançar a cabeça em sinal negativo. "Tenho três peitos", disse-me ela. "Assim como minha mãe e minha avó e assim deve ter sido por muitas gerações..." Pelo menos esta senhorita terá de agora em diante uma identidade qualquer, não permanecendo como tantas mulheres, inteiramente anônimas. Fiz-lhe ver que a célebre estátua grega de Artemisa de Éfeso é uma das mais belas representações da Divina Mãe no mundo animado. Esta escultura tem a estranha singularidade de ostentar mais de uma dúzia de peitos, como se fosse uma árvore cheia de frutos. Diante da sua curiosidade, peguei uma reprodução do livro de mitos de Mircea Eliade e lhe mostrei a magnífica deusa. "Mas isso é um aleijão", disse a menina horrorizada. Preferi encerrar a entrevista neste momento.

De fato adorei o Dvořák. Mas o que seria de mim se não tivesse ousado escutar o *Strong Up*. Ninguém teria me chamado e chamado tão alto de "mentiroso".

> *Trata-se, para mim, de saber se tenho o direito de continuar pensando...*
>
> Antonin Artaud

Insisto em terminar alguns trabalhos de cerâmica, sabe Deus como. Segunda-feira tudo estará resolvido, pois logo em seguida tenho de mandar as inscrições para o Museu de Faenza, especificando nome, formato, técnica e o peso das peças. A inscrição deverá chegar na Itália no máximo até o dia 15 deste mês e as peças, no próximo dia 30. Para os artistas que participam de exposições em países estrangeiros, os prazos de inscrição são demasiado curtos.

10 de maio

As peças de cerâmica, num grupo de doze para escolher cinco, ficaram prontas. Acredito que poucas vezes consegui tanta expressão em trabalhos desse tipo. Modelei em barro duas esferas perfeitas, superpostas, para depois pressioná-las nas calotas (uma delas ligeiramente achatada nos polos, como a Terra). Essas esferas são violentamente atravessadas por grandes pregos, cujo tratamento propositadamente realista – quase num espírito de *tromp l'oeil* – acentua a tragicidade desse conjunto. Essas esferas perfeitas representam o mundo orgânico agredido por um agente destrutivo em forma de prego. Depois da agressão, as duas esferas superpostas começam a modificar de forma, chegando mesmo à antropofagia, isto é, uma engolindo a outra.

Agora à tarde, decido não mandá-las para Faenza. A meu ver são peças importantes demais para andar à deriva por este mundo afora. E, depois, qual a razão plausível para enviá-las? Ficando aqui, trarão naturalmente novas inspirações: o ciclo da crueldade apenas se delineia. Quanto às cinco cerâmicas escolhidas, pesaram 175 quilos, com um tema único de *Os amantes*.

15 de maio

Trabalho num pedestal para a minha escultura *A torre de Babel*. Falando sobre esse episódio bíblico é curioso lembrar a menção sobre as construções com tijolos queimados... Pelo dito, a Torre foi construída pecaminosamente com material cerâmico no lugar de pedras, e betume no lugar de cal traçada.

No momento estou ferido pela mesma soberba daqueles que construíram a grande Torre: "Vinde, façamos para nós uma cidade e uma torre, cujo cume chegue até o céu; e façamos célebre o nosso nome, antes que nos espalhemos por toda a Terra...".

Diante da parte final deste texto, não é difícil adivinhar que, depois da torre construída, haveria necessidade de partir e de recomeçar um outro trabalho.

De uma certa forma, o meu roteiro neste conjunto arquitetônico está contaminado por vários problemas de pintura e escultura. Realizar esta reconstrução de um velho pardieiro é como pintar um quadro, modelar o barro ou esculpir a pedra. Mais ainda: os novos espaços criados são propícios a albergar o que já existe de meu trabalho anterior, seja de escultura, de pintura ou de placas cerâmicas ou mesmo de pequenos murais.

De resto, a coisa não é tão ambiciosa assim. Mesmo guardando as proporções, o que acrescentarei de tijolos ou de ladrilhos nesta obra é quase ridículo diante da grandeza, por exemplo, da Mesquita do rei, na cidade persa de Isfaham. Neste monumento construído em 1628, portanto há 348 anos, foram utilizados, segundo dizem os estudiosos, dezoito milhões de tijolos e mais de meio milhão de peças de faiança.

17 de maio

Paulo Craveiro, antes de embarcar para Munique, pergunta-me onde nasceu Goethe. Ele pensava que fosse nesta cidade, mas acontece que foi em Frankfurt.

Por falar em Paulo, a sua nota do dia 12 desse mês sobre uma possível entrevista minha dada, em 1963, no jornal *Última Hora*, do Rio, está errada. Também não foi o referido jornal que criticou as minhas observações sobre a nascente Casa da Cultura de Pernambuco, em 1966. O bom Paulo, talvez um pouco distraído, prestou-se a um equívoco. A entrevista foi dada ao jornal *Última Hor*a, seção Recife, e a crítica partiu de um dos redatores do *Diario de Pernambuco.* O jornalista, encolerizado pelos meus elogios à arquitetura da Casa de Detenção[22], publicou a seguinte nota no dia 19 de novembro de 1963: "Causou espanto a declaração do pintor Francisco Brennand ao jornal *Última Hora*, domingo último, a propósito da anunciada transformação da Casa de Detenção em Casa de Cultura. Em dado momento de sua entrevista, o pintor se referiu ao casarão como majestoso e romântico. Embora respeitando a imaginação do renomado pintor, parece que a Casa de Detenção – local de tortura no Império e até na República sob o Estado-Novo – muita unha teria sido arrancada ali – nada tem de romântico, antes, um casarão sinistro e macabro. Nada sugere também,

[22] Presídio projetado pelo arquiteto Mamede Ferreira, no fim do século XIX. O secretário do Interior e Justiça, Luís Souto Dourado, em 1964, prontificou-se a esvaziar parte de sua população carcerária, plano interrompido pela deposição do governador Miguel Arraes (N. do A.).

como projeto arquitetônico, de majestoso. É uma construção acachapada, aplastadora, pesadona. Nem majestade nem romantismo".

Esta foi a nota e exatamente a história que contei a Paulo e que acabou se transformando num equívoco. Na época, ninguém poderia entender as minhas sugestões para adaptar a Casa de Detenção em uma Casa de Cultura. O próprio nome, Casa de Cultura, parecia novo, esdrúxulo, sem objetividade. A maior parte das pessoas, incluindo intelectuais, ignorava por completo as casas de cultura criadas na França pelo escritor André Malraux na época do governo De Gaulle. Depois, ninguém estava mesmo habituado a olhar aquele velho casarão com bons olhos. Os meus só passaram a vê-lo com maior simpatia a partir do ano de 1948, quando o pintor Cícero Dias, passeando comigo pelo cais José Mariano, parou de repente para apontar a estupenda silhueta daquele mostrengo, toda negra, que se destacava num fim de tarde ensolarado, exclamando em seguida: "E não é formidável? E não é que o casarão se parece com o *Buckingham Palace*?!".

Pois bem: foi a partir daquele remoto ano de 1948 que eu de fato me apercebi da magnificência arquitetônica desse prédio tão justamente odiado e mal-afamado.

Sugerir sua transformação em Casa de Cultura é uma outra história e esta já se faz por demasiado longa. Depois, é o caso de perguntar: o que adiantou eu ter tido razão antes do tempo? Hoje todos reivindicam a ideia da Casa e também não poupam elogios à sua "arquitetura pesadona".

18 de maio

Pego e folheio o *Diário de Salavin*, de Georges Duhamel, o *Journal*, de Stendhal, e alguns volumes do *Journal*, de Julien Green. Cresce meu interesse pelos diários.

19 de maio

A maioria das mulheres usa de estratagemas tão simplórios para justificar seus movimentos, que logo me lembram as desajeitadas afirmativas de Aicha – a favorita de Maomé. As comoventes desculpas de Aicha, depois de dez dias perdida no deserto, são realmente ilustrativas e passaram à história com o título de "O Camelo de Aicha". Acontece que um camelo voltou ao acampamento do aflito Maomé sem carregar no seu dorso a graciosa Aicha, pérola de

Alá, a qual só dez dias depois reaparece acompanhada de um jovem soldado para, enfim, contar a sua novela...

20 de maio

Dia de trabalho intenso. Realmente extenuado, não apreciaria nada mais do que um verdadeiro descanso, mas eis que vem N., trazendo-me uma carta de uma amiga que habita no Rio de Janeiro. Pareceu-me experiente. Havia nos seus lábios um ricto que sugeria uma certa licenciosidade. Acontece que eu estava redondamente enganado. "Vim para entregar uma carta e nada mais que isso", disse a moça, levantando-se da cadeira como se tivesse urgência em partir. E assim foi embora, com o seu sorriso de Gioconda.

21 de maio

É. De fato, às vezes eu esqueço da minha tendência à ironia, e isto me assusta. Pego por acaso um trecho de um poema de César Leal, encontrando nele algum reconforto:

Vosso pecado é tanto
que até esquecestes
que o mundo é dos homens
e foi feito para os homens
com suas florestas
e as inclinadas sombras da tarde.

Meu amigo Rubem Braga, de passagem pelo Recife, fez rápida ligação. Acontece que andava atrás de gravuras de João Câmara.

Antônia, a jovem negra, caminha empertigada pela estrada fronteiriça à Fábrica no meio de outras operárias. No entanto, se destaca. Ela é toda silhueta, toda negra, vestida de preto. Um turbante vermelho na bela cabeça, solta sobre os ombros, é a nota aguda que faz vibrar todo aquele luto oriental. Passa sem olhar de lado, as ancas balouçantes, carregando o seu traseiro empinado, como se fosse algo independente de seu corpo. Eu a acompanho com os olhos até que se embrenhe na floresta, a esta hora já escura para os lados do poente.

Entro na Fábrica murmurando entredentes: "como uma escrava núbia, do deserto arrancada, seu dorso de antílope, todo negro e luzidio...". Esta seria a parte poética da história. A outra parte se encaixa mais ou menos assim: "Ah, se eu pudesse botar as mãos em cima dessa menina, virá-la sobre um barranco e macheá-la, como os meus antepassados o faziam impunemente e, decerto, ela desejaria que assim acontecesse".

"Por tuas palavras serás salvo, por tuas palavras serás condenado."

Acredito que no decorrer dos meus escritos já tenha citado esta frase da Bíblia uma dezena de vezes. Gostaria agora de saber em que circunstâncias e quais as razões dessa evocação.

22 de maio

> *Que importa seduzir uma modista? Se o Fausto, tendo como companheiro o próprio Diabo, apenas conseguiu conquistar uma modista?*
>
> Camus

Em que caverna se refugiaram? Não as vejo mais à luz do sol. Estão todas desaparecidas como se fossem uma espécie extinta. Pode acontecer também que...

2 de julho

> *O artista que não analisa e não destrói continuamente a sua técnica é um pobre diabo.*
>
> Cesare Pavese

Quanto aos esportes, esclareço que desde a leitura de *Les olympiques,* de Henry de Montherlant, passei a olhá-los com uma certa desconfiança, senão com desprezo. Este livro, publicado em Paris no ano de 1924, coincidiu com a abertura dos Jogos Olímpicos naquela cidade. De lá para cá nada mudou. Passaram-se cinquenta e dois anos, Henry de Montherlant está morto, mas as suas ideias a respeito dos mitos olímpicos e sobre qualquer tipo de idolatria esportiva continuam vivas, diria até atuais. E mais do que nunca ilustram a atual olimpíada, haja vista o total desentendimento político das nações que ocasionou a retirada de mais de trinta países participantes. Em princípio, deveriam – em nome dos mitos esportivos – relegar suas divergências, mesmo aquelas mais profundas, a um plano secundário, o que de forma alguma aconteceu.

Engraçado é estar falando sobre Henry de Montherlant – autor muito pouco lido nestas paragens – quando de repente apareceu-me uma moça de Blumenau, loura, saída de um quadro de Lucas Cranach e estranhamente semelhante à uma personagem descrita por Montherlant no seu conjunto de romances intitulado *Les jeunes filles* e cujo nome, Solange, caberia perfeitamente nesta criatura que acabo de conhecer. Embora Solange não fosse loura – segundo o escritor Costals a descreve – sendo apenas uma personagem, não tinha de fato uma face, muito menos cabelos com uma cor definida.

Acontece que no pequeno volume das Éditions du Seuil – *Montherlant par lui-même* – aparecem três fotografias do escritor nas páginas 88 e 89, ilustrando épocas diferentes de sua vida. Curiosamente é uma cronologia de números pares e todos muito próximos uns dos outros. Em 1934, a época dos *Célibataires*. Em 1936, apareceu *Les jeunes filles*. 1938 foi o ano dos *Carnets*. Na fotografia do centro vemos a imagem do escritor acompanhado de uma bela jovem que ostenta na cabeça um enorme chapéu de abas largas semitransparentes.

Há a indicação de uma única figura feminina no meio de todo o texto dessa suposta autobiografia, onde em todas as ilustrações e retratos vivos o escritor Henri de Montherlant faz questão quase absoluta em aparecer solitário, com exceção de um retrato em que ainda menino está ao lado de sua mãe numa imagem desbotada.

Quanto à fotografia revelando a presença de uma mulher jovem no momento em que lançou os primeiros volumes de *Les jeunes filles*, tudo leva a crer numa ligação sentimental do escritor. A minha associação de querer ligar a personagem Solange a essa moça desconhecida – a do retrato – é totalmente arbitrária, mas não deixa de ser uma maneira como me conduzo na vida. Sempre embaralho as cartas. Disto não tenho a menor dúvida. Mas não deixa de ser válido, quase natural, pela sua corporização exemplar de uma imagem apenas literária, transportada para um elemento físico, concreto, verista, como aliás toda fotografia deve acentuar.

Para mim, Solange encarnou esta moça tanto quanto o personagem Costals aproxima-se do próprio Henri de Montherlant. Solange deixando de ser uma ficção para se transformar em duas possibilidades diversas: uma acompanhante de Montherlant e sua vinculação com Alexandra K., a moça de Blumenau. Também isso não vai mais além do meu próprio jeito de ser, quase delirante e personalíssimo nas associações. Sempre estou e estarei à procura do *sósia* de tudo e de todos.

Havia em Alexandra qualquer coisa de Solange, talvez os seus inesperados silêncios, a ausência do riso, a natural propensão à melancolia, seu proverbial azedume... Bem, estou indo longe demais tratando de figuras imaginárias. Posso pensar na surpresa da pobre Alexandra, que mal conheço, se tentasse fazê-la compreender essa variedade de suposições que foram postas em funcionamento a partir, apenas, de uma certa semelhança física entre a suposta Solange Dandillot e essa neta de alemães que, apesar de loura, possuía olhos grandes, negros e tristes...

Coisa curiosa que também não me passou desapercebida, Alexandra lembrava Maya, que eu vi pela primeira vez na saída do colégio onde minhas filhas estudavam, e ela nesta época não deveria ter mais que treze ou quatorze anos.

Embora não pretenda recomeçar o processo de envolvimento, também a Maya daqueles tempos me lembrava fortemente Solange, ou melhor, a moça de chapéu que estava ao lado de Montherlant. Cheguei a fotografá-la quando a conheci de fato, ela já com dezoito anos, inúmeras vezes em preto e branco para depois fazer um álbum que acredito que até hoje está em suas mãos.

O meu motorista confessou-me, hoje pela manhã, ter ficado bastante confuso em notar esta semelhança. Ele ainda estava na Fábrica quando percebeu Alexandra caminhando em direção à minha porta. Nelson titubeou um pouco ao fazer tal declaração, como se esta descoberta o deixasse atrapalhado.

Acontece que Maya só me interessou antes de completar os vinte anos. À maneira oriental, só me agradam mulheres jovens, extremamente jovens. Quando passam dos vinte anos todas se tornam viciosas e dissimuladas.

Persistindo na tentativa de aproximação do romance *Les olympiques*, de Montherlant, com os atuais Jogos Olímpicos, estou de posse de fortes argumentos a propósito da extrema juventude das atletas. No momento, apareceram duas novas estrelas nos jogos olímpicos: a soviética Nellie Kim, e a romena Nadia Comaneci, uma quase menina. Gostaria de aprofundar um pouco mais algumas coincidências em relação a essas vitórias singulares destas pequenas atletas. E, no entanto, devo confessar não ter encontrado ainda tempo suficiente para fazê-lo. Não resta dúvida de que a fisiologia de uma menina é algo diferente daquela de sua primeira infância, contudo as grandes transformações, muito mais graves, se operam no momento em que, levadas pela iniciação sexual não só alteram a sua fisiologia, como basicamente todo o seu psiquismo. Portanto, é de se acreditar que existe de fato o momento ideal para o recrutamento destas ginastas. Qual a idade certa para o período de aprendizado? E quantos anos necessitam para atingir a perfeição desejada? Suponho que esse período jamais poderia ultrapassar dez anos. Então ficaríamos fixados como no caso de Nadia Comaneci e Olga Korbut: a primeira na faixa de seus nascentes sucessos e a segunda na decadência do seu próprio esplendor. Nadia foi recrutada aos sete anos entre um grupo selecionado de meninas, escolhida entre as mais talentosas. Deve atingir, se é que já não atingiu, o seu clímax aos dezessete anos. Duvido, e com justas razões, que chegue mais longe. De agora em diante as precauções em torno dela deverão redobrar e, se de fato caminhar com as suas habilidosas pernas em direção aos primeiros jogos amorosos, ficará de tal forma envolvida que dificilmente retornará ao antigo campo espartano.

Olga Korbut lutou o quanto lhe foi dado lutar. Dizem que se esforçou denodadamente para manter a sua supremacia no campo da ginástica. Mas parece que em alguns momentos houve um certo subjetivismo no critério dos juízes – isto dizem as notícias. O que na realidade deve ter acontecido foi o favoritismo dos jurados não só pela extrema juventude de Nadia, como também pela sua inconfundível leveza e capacidade de improvisação, em confronto direto com a magnificência fria e calculada da soviética Korbut, embora a atuação desta também fosse de altíssima qualidade.

Aconteceu – sem que os jurados se apercebessem – um novo "Julgamento de Paris": mais uma vez a deusa Vênus deveria levar a melhor sobre Juno e Minerva. Como todos sabemos, Vênus não pode envelhecer. A sua idade é a idade do amor. E a idade do amor não é mais a de Olga Korbut, nem a de Ludmilla Tourischeva. É, em todo o seu esplendor, a da jovem Nadia Comaneci para glória sua e também para a sua futura perdição. Mas assim é a vida. Nos futuros jogos, daqui a quatro anos, sem que ninguém se aperceba, Vênus com toda a sua encantadora divindade fará de seus novos juízes o que bem entender: não precisa mais do que um pequeno momento de distração por parte deles, e o cetro estará repentinamente em outras mãos, ágeis, jovens e habilidosas.

Tenho andado preocupado com a maneira mais correta de registrar o meu diário e verifiquei a monotonia do *Journal*, de Jules Renard, diante do qual alguém comentou: "Não passa de um amontoado infinito de tolices anotadas e todas perfeitamente dispensáveis. Não fariam falta a ninguém, caso não se tomasse conhecimento delas".

Somerset Maugham, nas suas observações sobre *Três memorialistas*, no que toca a Jules Renard, faz algumas ressalvas importantes, se bem que um tanto inglesas a meu ver, embora corretas: "Renard não tinha ilusões quanto a si mesmo e descreveu o homem que ele era, com uma sinceridade selvagem, chegando por vezes a dar calafrio no leitor. Mal se pode acreditar que algum dia pensasse na sua publicação. Em certo passo disse desejar que seu filho o lesse quando estivesse na altura de fazê-lo. O que pretendia dar a entender com isso, é difícil dizer. É de se pensar que, quando o filho viesse a lê-lo, perderia todo o respeito e atenção que tivesse tido para com o pai".

Mais adiante Maugham, sempre inteligente, cauteloso e bem-humorado revela ter conhecido duas ou três pessoas que conversaram com Renard em vida e todas confessaram que, embora brilhantemente espirituoso, ele era de fato detestável. "Abona-o", diz Maugham, "pelo menos o fato de nunca haver feito uma tentativa para passar por melhor do que era." Finalmente fechando os seus lúcidos comentários, o escritor inglês diz do seu colega francês: "Quando se pensa no longo tormento de sua vida, não se pode fugir à impressão de que sua desdita foi ter nascido com talento, um talento mesmo notável, mas sem a faculdade criadora. Teria sido um homem mais feliz se jamais houvesse escrito uma linha".

Estive à procura dos três volumes do *Journal*, de Jules Renard, que trouxe de Paris ainda nos anos cinquenta. Encontrei-os sem grande dificuldade, embora a encadernação escondesse as características próprias das edições da *NRF* (Gallimard). Na primeira página do livro onde começa o *Journal*, no ano de 1887, está escrito com a minha letra o seguinte: "Na verdade o expressionismo nada tem a ver com a expressão". Abaixo dessa anotação cujo significado real, hoje, já não posso alcançar, assinei o meu nome e coloquei uma data: "Paris, fevereiro de 1952". Também verifiquei que se tratava da 29ª edição, o que comprova – pensei – que Jules Renard teve mesmo o seu público e não deve ter sido pequeno.

Tenho a vaga impressão que já anotei este trecho em algum lugar deste caderno, mas vale a repetição: "Depois que Maomé passou dos cinquenta anos, uma segunda mocidade despertou nele. Poderíamos quase dizer que mais forte do que a primeira. A sexualidade se apoderou dele e não o largaria mais até o fim de sua vida".

26 de julho

> *Não é obsceno. É amoroso, é erótico. E, no entanto, não se pode ser mais preciso. O erotismo, acredito, exige pureza.*
>
> J. L. Borges

Telefonam do Consulado Americano. A pintora Alice Baber deseja me conhecer. Passará no Recife no dia 11 de agosto, vinda dos Estados Unidos. Pergunto se fala francês. Respondem: "Sim, fez curso na Europa".

J. A. apareceu acompanhado da mulher e dos filhos em meu ateliê. Apesar de sua admiração pela cerâmica, deteve-se mais tempo diante de um velho quadro meu pintado a óleo no ano de 1958, representando uma paisagem do agreste com vaqueiros vestidos de couro e seus respectivos cavalos. No fundo da tela, alguns bois da raça Nelore.

Os pequenos olhos azuis de J. A. parecem brilhar de satisfação diante da pintura. Logo sentiu-se mais à vontade – era o seu mesmo ofício. Daí por diante a conversa foi franca e amigável. Quando foram embora, senti-me repentinamente só e, por que não dizer, miserável nas minhas solitárias extravagâncias.

Tenho inúmeras mulheres e não possuo nenhuma. Todas, à sua maneira, acabaram magoadas, permanecendo voluntária ou involuntariamente sempre distantes de mim. Eu mesmo estou sempre saindo, sempre fugindo, voltando para não ficar asfixiado pelos meus próprios desacertos. E depois, novamente partindo. Hoje, nem mais o remorso pode me ajudar, por isso não me resta senão a fuga diante de certas circunstâncias. Não fora a disciplina do trabalho, às vezes imposta a duras penas, sinto que enlouqueceria. Também os abusos de natureza sexual me trazem sempre à beira da exaustão, contribuindo como um anestésico indispensável à sobrevivência. Sinto-me de fato perdido quando não encontro mulheres disponíveis e relaxo o horário do trabalho diário, como se isso fosse grave pecado de omissão.

Por que não confessar que o nosso pecado é sempre restrito? A minha condenação é mesmo aquela de permanentemente falar de mulheres e falar de mulheres desinteressantes. Além de tudo, esta repetição passa a ser enfadonha e até despropositada. É como se dissesse a mesma coisa mil vezes, apenas utilizando outras palavras. Não será de fato horrível só viver com prostitutas? O pior é que eu não estou bem certo disto e o que me salva é a natureza pesadamente real desta relação. Pelo menos todas essas mulheres têm um acentuado cheiro de sexo. Uma boa observação como carapuça para a cabeça de muitos escritores vivos e mortos cujas personagens não parecem ter nem intestinos nem órgãos sexuais: falta-lhes o odor *di femina*...

Mais uma vez as Olimpíadas. Assisti pela televisão à final de basquetebol: Estados Unidos x Iugoslávia. Não foi a América do Norte que venceu o seu principal adversário. Antes me pareceu ter sido a África. Todos os jogadores americanos eram negros retintos. Reluzentes de negritude. Negros seus jogadores e negros seus reservas. Um time completo de pretos e tão autenticamente *preto* que qualquer país africano, por mais selvagem e radical que fosse, teria por que se orgulhar dele.

Evidentemente que o treinador branco fazia uma honrosa exceção para salvaguardar o orgulho nacional. Com efeito, se também ele fosse negro, não restaria a menor dúvida que, a esta hora, já estaria um *preto* governando na famosa Casa Branca.

Maya me telefona para avisar do envenenamento de Tadzio. Trata-se de um gato siamês entre outros muitos que existem em sua casa. O gato está mal no pronto-socorro veterinário. Como eu me mantenho indiferente aos males desse pobre animal, M. soube de pronto ameaçar-me e insultar-me como o mais cruel e estúpido dos homens. Acabou jurando jamais telefonar, o que para mim dá na mesma coisa, pois não tolero esta mulher, de há muito que ela está fora de meu cardápio.

Desenhos de indignação. Péssimos desenhos.

Passei a tarde trancado. Bateram na porta. Não atendi. Há poucos momentos saí para o jardim. Ninguém à vista no grande pátio que leva ao portão. Nem o vigia está no seu posto. Operários retardatários corriam na estrada fronteira, amedrontados pelo temporal que se anuncia. Céu totalmente fechado. Olho para cima apenas por alguns momentos como quem tenta medir a extensão da tormenta, o bastante para adivinhar a presença antecipada dos grandes ventos de agosto.

De cabeça baixa, olhando o chão, já não me interessava a chuva que começava a cair com força. Não apressei o passo, não mudei o caminho, andando em linha reta na direção das muralhas. Percebi agora, claramente, o semblante dos operários, todos e um só, parecendo sempre a mesma pessoa. Nada os singularizava. Talvez a "consciência de classe" (como dizem os estudiosos do assunto) possa transformá-los em algo feroz. Senti que olhavam mais curiosos para mim do que eu para eles. O que pensam de minha pessoa? É bem possível que também não tivessem – pelo menos à maneira como nós pensamos ou tentamos organizar os nossos – pensamento algum. Talvez não houvesse neles possibilidades de escolha. Não lhes sobrava o tempo indispensável para o ócio, que constrói as quimeras. Do ponto em que eu estava, percebi o vigia. Sentindo a minha presença, saiu da guarita encapotado, colocando-se imóvel em plena chuva. Agora vigiava, mas era a mim que ele observava, porque naquele instante era o único elemento estranho à paisagem de sempre – e de todos os dias, fosse inverno ou verão – no fim de cada tarde.

Voltei pelo mesmo caminho. As roupas encharcadas d'água. Os cabelos desfeitos pela chuva, apenas contornei a entrada principal. Poderia voltar ao meu lugar sem que ninguém percebesse e novamente me trancar. Não mudando o itinerário, consegui o meu propósito e estou crente que agi com acerto. Há determinados fatos que uma vez ignorados parecem sempre mais verdadeiros, mais humanos em sua voluntária solidão.

Gabi telefona. Hesito, mas logo em seguida digo que venha. Ela virá. Aí reside toda a minha fraqueza.

Não sei por que coleciono tantos desenhos, se acabo por não aproveitá-los nas pinturas. Dizem que o pintor Balthus, depois de utilizar seus desenhos para estudos preparatórios de seus quadros, joga-os no chão, e indiferente no ato de andar pelo ateliê, acaba por rasgá-los.

Os negros americanos continuam a dar um saldo de vitória a sua equipe. Medalhas nos saltos em distância, nas corridas de longo ou pequeno curso, nas diferentes modalidades de luta, etc. São eles que fazem o *emblema* do seu país. Na Roma antiga seriam o equivalente aos bravos gladiadores, os quais não eram na sua maior parte romanos, e sim escravos. A função desses gladiadores era divertir o povo e o patriciado verdadeiramente romanos. Se cumpriam bem a sua tarefa, escapando ainda com vida, poderiam conseguir a liberdade e mesmo desfrutá-la a largo. Os atletas e soldados negros são recrutados quando a mãe pátria aparece em perigo. Neste momento, são todos reconhecidamente americanos e até passam *in extremis* por filhos de Deus.

30 de julho
Dormir como os gatos, a qualquer hora, e depois ficar solenemente à espera.

Para o inferno com essas notas! Para o inferno com as minhas confissões!

Os furos, as fendas, os sulcos, os poros, o corpo totalmente aberto, indefeso.

> *Os homens precisam se habituar a morrer*
> *por suas palavras.*
> Gógol

> *Abram caminho para os mortos.*
> Gógol

3 de agosto
Realizou-se o esperado encontro. Todas as cartas foram colocadas na mesa e parece que não há como fugir dessa realidade atroz. Simplesmente eles descobriram nosso esconderijo e agora podem mexer nos nossos segredos com a sem-cerimônia dos tolos.

4 de agosto
Um dos oleiros que trabalhava comigo há algum tempo e que neste convívio aprendeu muito do que sabe hoje, achou por bem nos deixar. Chegou desconhecido e saiu quase com a envergadura de um artista. Parece ter sido difícil para ele adaptar-se à nossa comunidade. Fica o seu irmão R. e um primo chamado M. Acredito que dentro de pouco tempo posso prepará-los para serviços mais delicados. Ambos são talentosos.

10 de agosto

Então eu me dirigi ao interior da grande sala vazia para começar uma solitária escultura, deliberadamente feia, inquietantemente dissoluta, doentemente monstruosa.

Logo ao chegar ao ateliê, telefona o Mensageiro prometendo-me "cara nova". Como preciso de alguém para me restabelecer, depois do encontro com C., aceitei sem delongas, conquanto que fosse muito jovem e sobretudo estúpida.

Quanto ao encontro com C. – a quem não via há mais de doze anos – não sei bem por onde começar nem o que dizer. Não houve aproximação a não ser visual quando ainda não completara os seus quinze anos. Apesar de sua rara beleza, nesta época jamais pude nem ao menos tocar-lhe as mãos ou dizer-lhe alguma palavra. Como afirmei, eu a conhecia de longe. Mas como era excepcionalmente bela para esta cidade de mulheres feias, logo indaguei de quem se tratava e qual não foi a minha surpresa ao descobrir que era filha de uma senhora não só conhecida da minha família, como também, de certo modo, ainda uma contraparente. Gente até de nossa intimidade e bastante ligada a episódios de minha infância.

C. não era, portanto, uma mulher qualquer. E por isso deixei-a ir e ela se foi. Também não posso dizer que tenha manifestado algum indício, nem o mais leve indício que pudesse demonstrar de sua parte qualquer interesse por mim. No entanto, mesmo respeitosamente à distância, jamais deixei de olhá-la. Mas, coisa curiosa: a mocinha usava óculos escuros que pareciam ainda mais negros, recobrindo o seu rosto tão alvo, apenas emoldurado por cabelos finos e louros, e portanto jamais adivinharia a direção do seu olhar. Só depois de algum tempo descobri que os seus olhos – como os de tantas outras mulheres louras a quem eu deveria amar ou apenas admirar –, eram olhos grandes, negros e tristes.

Casou e desapareceu em direção ao Sul. Depois de tanto tempo está novamente em sua cidade natal. Pelo telefone prometeu passar o dia de amanhã comigo. Deve partir depois de amanhã e tudo farei para que ignore que não quero mais vê-la. Nem amanhã, nem depois, nem nunca mais.

11 de agosto – tarde

Visita da pintora norte-americana Alice Baber. Parece uma mulher latina, com o seu cabelo pintado de preto. Rosto inteligente e conversa espontânea muito bem interpretada, além de cautelosa. Só falou e perguntou sobre pintura, embora o que eu faço não a tenha interessado de todo, pelo menos assim me pareceu. Mostrou-me alguns de seus catálogos de exposições realizadas nos Estados Unidos e na Europa. Belas reproduções coloridas de uma pintura no estilo abstrato-expressionista. Confessa-se apaixonada pela cor, principalmente pelo amarelo que – segundo ela – é a mais significativa de todas as cores: "é a cor dos deuses – do âmbar e do calor, dos matizes do verão e do pergaminho...".

Entre outras coisas que poderiam me atrair, disse que conhecia Françoise Gilot, ex-mulher de Picasso, e dela havia conseguido alguns depoimentos adicionais sobre a sua vida em comum com o grande pintor. Contudo, não me revelou quais seriam essas novidades.

Acerca de sua pintura, disse Alice Baber: "Meus primeiros trabalhos retratavam a vida, da qual veio a árvore do Éden, o jardim celestial, os rios, escadas místicas, o vento, a chuva, plantas feitas de joias, quadros míticos e a margem final do universo (...)"

"(...) Quando eu inicialmente concebo uma pintura, preciso senti-la, ouvi-la, saboreá-la e até comê-la. Começo com a força impetuosa da cor. Eu sinto uma cor (fome da cor); então vem uma segunda cor para chegar à luz – uma luz luminosa. Ela dará o brilho que reforçará a primeira camada de cor. Então é o momento em que descubro a necessidade de uma, duas, três ou mais cores que indicarão o movimento, estabelecendo o balanceamento psicodinâmico em pleno ar, permitindo que a liberdade tome o seu lugar, adicione seu peso e força à pintura, criando sorvedouros míticos em suas grandes formas (...)"

Alice Baber teoriza bem sobre sua arte e parece obstinada em prosseguir em suas descobertas. É uma pintora adulta (tem quarenta e oito anos) e sua arte reflete a sua sabedoria interior, mesclada a um certo sentido de graça e leveza bem femininas. As mulheres, pela sua própria condição, nada sabem fazer de desagradável (nasceram para agradar). Quase sempre se esmeram por serem limpas. Não é por outra razão que são boas donas de casa e boas iniciadoras da higiene e educação básica de seus filhos. São também cuidadosas nas abluções e maquiagem dos mortos.

C. volta a telefonar (como sempre, ao meio-dia) e não me foi difícil afastá-la até amanhã à tarde. Nesta mesma noite deve embarcar de volta para o Rio. Portanto, não haverá perigo neste encontro.

Não tenho remorsos por ter me desabituado aos estigmas da paixão. Também, lidar com C. não me parece fácil. Não é uma mulher comum e, na sua idade, tudo clama por paixão. É claro que ela não faltou ao encontro. Esteve aqui já no fim do dia, forçando uma despedida. Seus lindos olhos me fulminavam, embora como toda mulher que se sente apaixonada, não soubesse o que fazer. Esperava a minha ação e, no entanto, mal sabia com quem estava tratando. Deve ignorar tudo sobre mim, pois se viesse a saber é evidente que refrearia os seus impulsos.

Não conheço mulher alguma que não viva de esperanças. Tudo nela deve cessar ou mesmo estiolar se não houver nenhuma brecha – por menor que seja – por onde algum dia pense em penetrar. As mulheres são pacientes e obsessivas, quase à loucura; parece até que a própria natureza lhes fez assim. Passam às vezes com facilidade do amor profundo ao ódio igualmente profundo, para de novo lhes nascerem novas esperanças... Cumprem por assim dizer o seu sagrado destino que é aquele único e intransferível, exigido pela Mãe Natureza: a concepção.

12 de agosto

O mistério do Amor é muito maior que o mistério da Morte.

Oscar Wilde

Embora conhecendo farta literatura sobre o assunto, não deixou de ser divertido verificar as conclusões de um artigo sobre um livro recebido há poucos dias de Nova Iorque, *A vida sexual do pé e do sapato*, já qualificado como um *best-seller* do gênero. Só não pude atinar com a admiração quase extasiada da articulista para com o escritor, uma vez que o conteúdo do livro – embora farta e sabiamente ilustrado – nada oferece de novo.

O autor, William A. Rossi, antigo pedicure e editor de publicações para indústrias de calçado, deve ter se sentido à vontade para abordar o assunto, o que ele faz em toda a sua extensão, segundo confessa, "aproveitando a própria experiência e aquelas dos psiquiatras, psicólogos, estudiosos de roupas e costumes, sociólogos, pesquisadores médicos etc.". O senhor Rossi, para causar ainda maior impressão (convulsiva), faz apelo ao aspecto econômico do tema: "Se você não acredita", diz ele, "atente para estes números: os americanos gastam onze bilhões de dólares por ano em sapatos, 80% desenhados e vendidos como atração sexual".

William A. Rossi, apesar de antigo pedicure, mostra-se ao mesmo tempo pródigo na sua análise e quase avaro nos seus resultados. Deve ter de fato esgotado o assunto. Nada faltou: história, literatura, ciência, astrologia, tudo abordado cronologicamente e com evidente habilidade de manejo (todo *best-seller* que se preza é bem condimentado – a mistura exata –, tudo no seu devido lugar). Revelou que sabia o terreno em que pisava e também – com muita razão deve ter acreditado – que o grande público é sempre sedento, não de conhecimentos, mas de escândalos, onde o fetichismo obstrui a razão de ser da sexualidade. Certamente o escritor foi instruído por alguém mais sábio e experiente do que ele a respeito da proverbial ignorância dessa propalada e tão admirada "cultura *pop*", e ainda mais quando as pessoas aprendem as coisas ou são informadas sobre elas, acabando por esquecê-las com rapidez. Daí o porquê de certos assuntos mais do que caducos – quando oportunamente recordados – aparentarem novidades singularmente espantosas. Como não poderia deixar de ser, o número de citações é considerável, embora um tanto heterodoxo.

Participam desta mixórdia Sigmund Freud e o poeta Ovídio, na mesma equidade do Dr. J. J. Matignon, cuja única credencial foi a de ter morado na China durante trinta longos anos, exercendo a função de médico de aldeias e, portanto, mais afortunado para falar das "orgias de pés dos chineses". Depois, o próprio J.J. Matignon se confunde com o autor de *Cinderela*, Charles Perrault, que por sua vez se mistura a testemunhos de bamboleantes vedetes e atrizes do moderno cinema europeu e norte-americano. Vemos desfilar depoimentos de Greta Garbo, Marilyn Monroe, Ingrid Bergman, Elizabeth Taylor, Jacqueline Onassis, Marlene Dietrich, Joan Crawford e até o de Jayne Mansfield (o busto) que deveria entender um pouco mais de seus superlativos mamários do que daqueles inferiores, no momento, postos em evidência pelo trêfego pedicure William A. Rossi. Sendo o pé a questão maior, parece-nos que a luta do antigo pedicure acabou numa espécie de vale-tudo (incluindo pontapés, chutes e golpes baixos). Figuras históricas como Maria Antonieta, Josefina Bonaparte e Clara Petacci foram abertamente denunciadas como fetichistas, pela sua inacreditável coleção de sapatos. Infelizmente não fiquei de acordo com a deslumbrada Sônia Nolasco Ferreira, a quem atribuo os comentários elogiosos sobre o livro, se é que ela não é apenas a tradutora desse mesmo texto escrito em inglês: "O Pé, Este Objeto Sexual". Chego a acreditar que o papel exercido pela articulista não foi propriamente o de crítico, e sim aquele de preparar a necessária divulgação da citada obra, cujo pomposo título em inglês *The sex life of the foot and shoes* arregimentaria, segundo todos os cálculos estatísticos, multidão de leitores. Contudo, deixo bem claro estar de perfeito acordo com certas opiniões emitidas no livro, principalmente aquelas do aventureiro veneziano, Casanova, a quem os pés das donzelas que conquistou "não deixavam de inspirar arroubos de paixão". De inteiro acordo com Sigmund Freud: "O pé é um símbolo sexual muito primitivo. O sapato e o chinelo funcionam muitas vezes como símbolo genital feminino". Também em conformidade com o poeta Ovídio quando este sugere que "na mesa de jantar não se deve perder a oportunidade de estabelecer contato com os pés e com as mãos".

Do divertido artigo e parte do livro, aprendi uma lição: ninguém perde por esperar. Explico-me melhor: a uma certa altura não mais desejei prosseguir no texto. Limitava-me às magníficas ilustrações de sapatos e pés inverossímeis. Se não parei foi por esperar algo de novo, o que de fato aconteceu. Pela primeira vez fiquei sabendo que apesar da antiguidade do sapato – quinze mil anos enrolado nos pés do homem das cavernas, seis mil anos sob a forma de sandálias nos pés dos gregos e egípcios – só no ano de 1822 da era cristã é que apareceu o chamado *sapato diferenciado*, isto é, até então ninguém se apercebia da diversidade entre o pé esquerdo e o direito. Esta extraordinária "invenção" apareceu – ninguém sabe por que cargas d'água – na pacata cidade de Filadélfia. Caso seja verdade esta afirmação de William A. Rossi de terem sido os norte-americanos que descobriram a diferença entre o pé direito e o esquerdo, tiro o meu chapéu e dou a mão à palmatória, confessando a completa ignorância sobre tão relevante assunto. Talvez o pedicure quisesse apenas dizer que essa novidade apareceu em Filadélfia por volta do ano de 1822, já existindo em outros países por tempo imemorial. Seria mesmo espantoso que assim não fosse. Que falha terrível, que desatenção quanto a um detalhe que deveria parecer tão peculiar a toda a humanidade; o homem desastrado, cego, pronto a investigar, analisar, entronizar, perverter a história do pé e do sapato, no entanto, só foi capaz de descobrir, diante de uma das suas mais complicadas obsessões – cerca de cento e cinquenta anos atrás – uma evidência gritante de sua anatomia.

O formato desse pé, tão objetivamente sexual (especialidade unicamente humana) como afirma o autor do livro, William A. Rossi, esquecendo de lembrar o quanto os pés ficaram maltratados em termos de sua própria finalidade, que seria aquela única de ajudar a caminhar bem e livremente. Quem sabe se a história da humanidade não se reescreveria a partir da descoberta do homem de seus próprios pés, enfim, nus e libertos de seus inimagináveis feitiços. Pelo menos, quanto à mão, que me parece bem menos quimérica, já a distinguíamos bastante, pois era, por si só, objeto mais nobre. Honrava o seu corpo. A aspereza dos meus comentários contra um livro cuja leitura apressada não me autorizava uma atitude preconcebida, pareceria tola e mesmo contraditória, tentando passar a esta altura como indignação de um moralista. Acontece que este caderno é o contrário desta presunção. Aqui não só é anotado o que faço, mas aquilo que presumo ter feito. Também, à minha maneira, sou um declarado fetichista para quem os pés tomam muitas vezes um caráter obsessivo. Quantas vezes tenho desenhado e esculpido figuras, cujos pés maciços não têm dedos. Se os dedos das mãos nos são úteis, acredito que os dos pés são, além de desnecessários, pouco estéticos, e por que não dizer repugnantes ou mesmo ridículos. Embora não seja um admirador do pintor René Magritte, reconheço numa de suas pinturas de 1937 – *Modelo encarnado* – um achado genial quando ele sugere um pé transformado numa botina com cadarço e tudo. Nos próprios escritos de Magritte encontramos a seguinte observação: "O problema dos sapatos mostra como as coisas mais terríveis acabam, devido a uma distração, por serem completamente inofensivas. Sente-se, graças ao 'modelo encarnado', que a união entre o pé humano e um sapato revelam um hábito monstruoso".

No meu atroz fetichismo, desejaria que as mulheres jamais retirassem os sapatos de salto alto que lhes deveriam ser impostos como uma segunda natureza. Diga-se de passagem que a antiga interdição religiosa, nos tempos mais severos da Inquisição espanhola, evitava nas pinturas o aparecimento dos pés femininos abaixo de suas saias, hoje totalmente destruída pela "descontração moderna" (a quase nudez permanente das mulheres). Mesmo assim, elas não estão dispostas a mostrarem os pés. Declarando-se um acordo tácito entre o mundo feminino e aqueles que teimam em revelar a sua formosura, os pés estão sempre ocultos, por assim dizer, *hors concours*. Não é difícil observar isso, quando olhamos qualquer revista de moda ou as do gênero de nudismo sofisticado, etc. O fetiche ganha aí uma dupla face: mostrar e esconder carregam em si o mesmo interdito. Como é complicada a alma dos homens!

Sinceramente, de uma forma ou de outra, todos padecemos mais ou menos dos mesmos malefícios: a *servidão humana*. Subscrevo a opinião de Freud que diz: "Toda proibição tabu atrai a presença do desejo". Mas acontece que mesmo sem nenhuma proibição, não há como conseguir o homem conviver pacificamente com os seus pés. Há alguma coisa de perverso nisso tudo, que evidentemente nos é subtraída. Não entendendo a palavra *perverso* no seu sentido moral, e sim como uma expressão humana transgressora – algo acontecido e jamais explicado –, como uma dor repentina ou uma doença que se contrai a despeito de toda vigilância médica.

A minha crítica nasceu por conta de um exasperado sentimento de revolta contra pessoas que eu supunha estarem falando de coisas cujo sentido derradeiro lhes escapava. Tenho a convicção de que toda esta vastíssima legião de escritores que hoje fala abertamente de sexo e erotismo é de fato gente mal preparada para a abordagem de um assunto tão perigoso quanto fugidio. Descobrir o sentido real da nossa sexualidade reprodutiva seria o equivalente a desvendar *os segredos do universo*. Talvez a minha atitude de uma infundada desconfiança tenha muito a ver com a eterna suspeita do Inquisidor com relação ao neoconverso, o chamado "cristão novo". Muito também da desdenhosa solicitude de um homem de real fortuna que se vê às voltas com as intermináveis descrições de vantagens de um *nouveau riche*. Também muito da descuidada crueldade de um velho estudante que procura tutelar um calouro.

Ficamos assim à mercê não só de escritores inescrupulosos, como também de um enormíssimo público que admite ter descoberto, às escâncaras, os mais recônditos segredos do sexo, vivendo "a aurora de uma revolução sexual irreversível". Há neste setor todo um proselitismo detestável que se exerce pelos mais diferentes meios. Alguns até em nome da ciência, outros em nome da arte, outros através de pesquisas sociológicas, não faltando outros tantos caminhos e descaminhos para a sua desenfreada divulgação. O livro em questão, *A vida sexual do pé e do sapato*, não fugiu à regra. Como todo *best-seller*, por si só me desagrada. Contudo, cheguei a confessar nada desconhecer de suas supostas revelações. O meu desacordo permanece apenas dentro de uma questão de tom. Há certos conceitos que pela sua natureza exigem, quando revelados, um determinado tom de voz. Assim sempre se fez com a palavra escrita, falada ou cantada. As variações de gênero, número e grau são infinitamente pequenas, exatamente para conter o seu excessivo revérbero.

Nicolas Poussin dizia, falando de pintura: "É o tipo de coisa que não se pode fazer assobiando". O mesmo eu aconselharia a estes supostos demolidores dos costumes: andem um pouco mais devagar e falem um pouco mais baixo.

Quanto ao meu desagrado ao *best-seller*, tento me explicar, embora fugindo um pouco do assunto principal. Suponho que há sempre neste gênero literário uma dupla ou tripla manipulação com vistas a uma maior eficiência publicitária. Algumas evidências nos levam a crer que seja um trabalho de equipe, onde até os computadores são consultados sem nenhum remorso. Todo esse esforço coletivo, como podemos verificar, tem infalivelmente obtido notável êxito de vendas. É inteiriço como uma "viagem à lua": não há lugar para erros ou sobressaltos, como também toda espécie de aventura é cancelada. As mais variadas fontes de informações são arrancadas daqui e dali por métodos muitas vezes desconhecidos de qualquer pesquisador erudito, e longe de ser um processo de multiplicação – como acontece em toda a gênese da verdadeira criação artística –, se desenvolvem enfileirados numa vastíssima conta de dividir. Talvez seja este um dos seus maiores segredos de sucesso, e nesta cautelosa divisão, mesmo o futuro leitor, sem o saber, já faz parte dela. É um dos seus coeficientes. Daí porque se encontra agradavelmente surpreso e gratificado nos seus primeiros contatos com esse tipo hoje tão difundido de falsa literatura.

Tenho conseguido farejá-la de longe, embora jamais tenha alcançado – sem um disfarçado tédio – a leitura de mais de três páginas de um *best-seller*. Presumo que sejam bons demais para mim. Prefiro como leitura algo mais ríspido e contraditório, verificando que todas as minhas conquistas no campo da literatura sempre foram conseguidas com dificuldade e muito lentamente. Não sou um leitor fácil e a vida ensinou-me a temer as facilidades.

1977

10 de janeiro

> *Se deixou arrebatar pelos lupanares, pelas casas de jogo e pelas tavernas. Apesar de seus cabelos brancos, se misturou com rameiras e com poetas e até com gente pior.*
>
> Jorge Luis Borges

Novo silêncio. "Calar ainda que a respeito do bem." Quebrei os óculos, os únicos de que dispunha, e fiquei sem poder ler e escrever por alguns dias (dois ou três), não mais que isso.

Fala-se na urgência da construção de um novo forno. Por várias vezes eu também tenho repetido a fórmula: "Faz-se necessário um novo forno". Sou o chefe e devo reconhecer quando os imperativos tecnológicos se impõem, porque só assim eu posso prosseguir na minha *aventura* cerâmica, sem jamais deixar de lado as esculturas que representam uma espécie de hipertrofia do meu processo habitual de criação: deformar de mil maneiras o corpo disponível. Como dizia Kircher, referindo-se a sua máquina de metáforas, "a grande arte é capaz de deformar, transformar e reformar". Trata-se de uma magia em nada condenável, pois ela une o útil ao agradável e revela a verdadeira imagem do homem. Mesmo que as mulheres careçam de realidade, apenas valendo o ligeiro corpo a corpo e certos traços imprecisos de sua silhueta (que apanho no outro dia, riscados no papel ou nas fotografias), mesmo assim, diante dessa dispersão, a arte seria o poder que realiza a junção inconcebível. Valho-me do poder de síntese de Roland Barthes quando cita Maquiavel, a propósito do retrato de Lorenzo di Medici: "A arte só pode reunir o corpo fragmentado pelo fantasma (e neste sentido, a arte é um contrafantasma)".

11 de janeiro

A utopia de uma sociedade progressivamente mais perfeita, à medida que problemas econômicos e sociais fossem resolvidos, de há muito me parece desmoralizada. No entanto, nada há que se possa fazer para a interrupção desse processo. Teremos de esgotar essa taça com a sua amarga beberagem até a última gota. Leio uma pequena notícia no jornal e não posso deixar de sorrir, pois o fato aconteceu na União Soviética onde a "liberdade sexual" tem provocado vários transtornos: "Alguns homens estão se queixando de que as liberadas mulheres soviéticas entregaram-se à bebida e ao fumo, blasfemam continuamente, usando uma linguagem cujos temas escabrosos, sempre acompanhados de um riso vulgar, fazem os homens ficarem ruborizados".

Vez ou outra, no meio da tolice generalizada, alguém faz um comentário que tem a força da verdade e, como não poderia deixar de ser, é contaminado pelo pessimismo. Quem fala é o presidente Echeverria, do México: "Assim como o mundo inteiro, o México caminha para problemas mais complicados". Um outro comentário é o de Borges: "Um livro cujo material pode ser tudo para todo mundo... porque é aberto a quase inexauríveis repetições, versões e perversões".

12 de janeiro

Retirado de uma revista médica: "Três milhões de casos de blenorragia ocorrem anualmente nos Estados Unidos. No mundo inteiro a média anual é de cem milhões de casos". Suponhamos – para melhor exemplificar esta situação – que toda a população brasileira acorde um dia sofrendo de gonorreia aguda – cem milhões de pessoas doentes. Está aí, provavelmente, o que o presidente Echeverria adverte como "problemas mais complicados". Pergunta aflitiva de um inveterado femeeiro: "Por que a 'gruta sagrada' é imunda?". Resposta correta: "Porque o grande dragão vermelho com língua de fogo guarda a sua entrada, evitando os impuros".

Lalomania é o termo técnico para indicar o uso repetido de expressões inconvenientes, nas ocasiões menos apropriadas. Devo sofrer de lalomania. O meu discurso é demasiado.

> *Quando aprenderá a reconhecer que alguma coisa está irremediavelmente perdida e terminada?*
>
> Tennessee Williams

13 de janeiro – quinta-feira

Amortecidas e esporádicas anotações: cambaleante de sono e medo (concidadãos, tenho medo), apenas na solidão, atreve-se a ser.

Recorda o fetichismo das construções. Nada pode convencê-lo a parar de construir. É um fetichista nato. Acredita na pedra e na cal e também nos ídolos de pés de barro.

Algumas tentativas de transe: o pensamento lhe parece maravilhoso, enquanto demora o tempo da palavra. Não havia eco, nem recordações. O pensamento passa a ser apenas uma breve resposta a alguns estímulos ou efeitos auditivos. Tudo lhe sugere o secundário. A própria inquietude inexiste, sobretudo porque não há nenhuma desproporção entre a perturbadora realidade e a sua própria aflição.

31 de janeiro

Renato Carneiro Campos faleceu ontem, dia 30 de janeiro. Hoje à tarde seu enterro num descampado que chamam de cemitério. Chove. Discursos, presença de familiares, amigos cabisbaixos, curiosos, flores e a tarde tão sombria pressagiando outros pesadelos. No entanto, ainda tive tempo de perceber uma bela mulher de preto se esgueirando entre os circunstantes. Quem será? Tenho certeza que em definitivo perdi um amigo, mas se ele estivesse aqui, ao meu lado, certamente perguntaria quem era aquela estranha mulher de preto. Na saída, apesar da chuva, eu a encontro prestando bastante atenção aos que se retiravam em grupos ou solitários. Só vim reconhecê-la pelo seu sorriso benevolente. Quase face a face, noto a sua intensa palidez. Olha-me com dureza. Já não sorri, a boca parece-me murcha, desenhando a visível arcada dentária, com um aspecto desagradável, mesmo ameaçador. Num rompante, dá-me as costas e confirma sua beleza e extrema elegância, seguindo em passos firmes na direção de uma capela mortuária, onde se realizava um outro velório, afinal desaparecendo. Causa-me espanto ela não ter deixado, no seu percurso sobre a terra molhada, nenhum vestígio de pegada.

Será que existe uma maneira violenta de fazer o bem, o bem pela força? E uma maneira bondosa de se fazer o mal, por assim dizer, um mal pacífico? Tenho orgulho de não entender. É tudo tão complicado...

4 de fevereiro – sexta-feira

O apressado repórter do *Jornal do Brasil* pergunta qual a minha opinião sobre a resposta do ministro da Justiça, comentando o Manifesto dos intelectuais. Respondo que o Estado tem e terá sempre razões que a própria razão desconhece. Por sua vez – e isto acontecerá sempre –, o coração dos artistas tem suas razões que todo Estado que se preze teima em não reconhecer. Parece-me uma *luta antiga*. O Estado vence os primeiros *rounds*, embora depois...

Bem, nesse futuro, onde o espírito acaba por predominar, pode ocorrer, passados alguns séculos... quando, segundo o poeta Tenysson, *depois de muitos verões, também o cisne morre*... De resto, é essa a minha opinião – embora eu não esteja incluído entre os que assinaram o Manifesto dos intelectuais – a justiça definitiva só se dará no dia do Juízo Final.

9 de fevereiro

> *Mao Tsé-tung não gostava de ser comparado ao primeiro imperador da China unificada, Chin Chih Huang, que no século III, antes da nova era, fez enterrar vivos os intelectuais impugnadores, queimando também os seus livros...*
>
> Emile Guilovaty

Guilovaty escreveu recentemente: *Mao, réalités d'une légende (Mao, realidades de uma lenda)*, publicado pelas edições Robert Laffont.

Como os chamados intelectuais pouco ou nada entendem do mecanismo do poder, essas desgraças acontecem em toda parte do mundo, onde o poder, necessariamente, tem de ser exercido.

Nesta nova série de esculturas, penetro no universo das figuras enigmáticas, percorrendo territórios desconhecidos e ainda silenciosos.

Uma amiga da família apareceu hoje só para me contar os últimos instantes do pobre Renato. Fechei-me como uma ostra doente, nada querendo ouvir.

12 de fevereiro

Hoje, aniversário de Deborah (cinquenta anos). Preferiu fugir para a sua fazenda em Camucim de São Félix, a uma centena de quilômetros daqui. A atmosfera local me empesta e com certeza a ela também.

Fernando Monteiro termina, junto com o fotógrafo Victor, as primeiras cenas do filme sobre a Oficina. Três dias de filmagens para uma síntese definitiva de apenas dez minutos. Não perguntei, mas deveria ter perguntado: e se os dois fizessem esse filme exatamente com a escória do material cortado?

1º de março – terça-feira
Continuo a pintar. Aparecem inúmeros desenhos, formas femininas alucinantes. Alguns desses quadros e esculturas serão apresentados na exposição do MAM do Rio de Janeiro. O conjunto está tão fora do que se faz atualmente no Brasil que certamente ficará invisível a um grosso público habituado a ter as suas cômodas referências e associações entre artistas. Se alguém desgarra, passa a não existir, principalmente em se tratando da sem-cerimônia com que tenho abordado o corpo humano. Formas desestruturadas, esquartejadas, passam a ser o motivo de muitas orgias.

11 de março
No começo da semana, a casadinha, pretextando doença, não apareceu. No fim da semana, com o marido ausente, foi a vez de ela chegar batendo à minha porta. Sem pressa, sem hora para voltar. Despachei-a, incontinenti, de volta à sua casa.

> *Por que o ocre do tijolo despertava em mim recordações que ainda não sei e provavelmente nunca saberei...?*
>
> Mora Fuentes

> *Levo comigo a história da minha espécie. Tudo o que sei morre comigo. O oásis que vi e amei um dia, também morre. O mundo inteiro vai desaparecer, porque não acredito que alguém o pense mais do que o tenho pensado...*
>
> Mora Fuentes

A bela C. tem corpo de rapaz. De bom grado mostrava tudo, menos o traseiro.

16 de março
O escritor Georges Simenon declara ser um velho entusiasta de Federico Fellini. O italiano devia a ele a Palma de Ouro com o seu filme *La dolce vita.* Simenon e Henry Miller lutaram contra outros membros do júri numa época em que concorriam ao prêmio nada mais nada menos que Bergman, Antonioni, etc. O tema da última entrevista sobre o filme de Fellini em parte foi inspirado na vida de Casanova.

"O mundo moderno sabe o preço de tudo, ignora o valor de nada." Assim se expressou, não estou bem certo, Oscar Wilde. É com a mesma indignação que verifico hoje, numa publicação francesa, a pretensa quantia estipulada como *valor* total da herança de Picasso.

17 de março

Curiosa pergunta: será de fato a Terra o nosso Paraíso Perdido? Há poucos dias um terremoto quase que arrasa Budapeste, a capital da Hungria. Estudiosos do assunto perguntam inquietos como é que sairíamos de uma nova Idade do Gelo. Acontece que são essas e outras catástrofes o sinal ou o selo da carta enviada de muito longe, pelo correio do tempo, que comprova a perda definitiva do paraíso. E pior: se ainda não o perdemos de todo, estamos ferozmente, dia a dia, empenhados em perdê-lo para sempre. O desastroso é que não compreendemos nada do que está se passando. Nem agora, nem nunca.

30 de março

Desde a semana passada uma pauta repleta de mulheres. Tanto mais elas aparecem, tanto menos consigo saciar-me. Como Durrell, eu repetiria[23]:

Amava a natureza, e depois da natureza
Era os nus que ele mais amava.
Andava sempre metido com mulheres,
Aquecendo os lábios na fonte da vida
Mas morreu em combate contra
um milhão de puritanos.

Fui à inauguração do meu mural colocado no novo prédio da Rede Ferroviária do Nordeste. A "cerimônia" teria início às 12h15m, com a presença do ministro dos transportes e do governador do Estado. Simplesmente não houve inauguração porque as autoridades não apareceram no local.

---

[23] Poema de Konstantinos Caváfis, poeta grego nascido em Alexandria, de pais gregos. Frequentemente citado no *Quarteto de Alexandria*, de Lawrence Durrell (N. do A.).

De mutismo em mutismo, se constrói uma reputação. Embora demasiadamente humano, nada mais fastidioso do que a vaidade de quem fala ou de quem escreve, principalmente quando fala de si próprio.

Certos diários, eu diria quase todos os diários, são imperdoáveis. Só não incluo as minhas imodestas anotações porque se fazem instrutivas para todos aqueles que um dia serão convidados a lê-las. Um almanaque necessário, pois tudo indica que não será levado a sério. Mas é esse exatamente o meu propósito e sua força: manter-se fora de órbita.

Minha mulher reclama do diário de Neruda, "antes não o tivesse lido", ela diz. "Preferiria, sem nenhuma dúvida, o poeta. Só o poeta, sem a sua pesada sombra de homem."

Neruda "confessa que viveu". E foi daí que deve ter começado o seu desastre: viveu demasiado. As "memórias" de Chaplin são igualmente medonhas. No entanto, os textos de John Huston e, sobretudo, os de Buñuel, incluindo o magnifico título *O meu último suspiro*, são excelentes. Há centenas deles, incluindo autobiografias, memórias, cadernos, jornais e cartas, que são estelares – brilham como verdade, sofrimento e beleza – mas não estão na mira dos meus malévolos comentários. Portanto, me detenho apenas naqueles que se encontram ao alcance de todos.[24]

3 de abril

Conforme penso, ao completar dentro de poucos dias cinquenta anos, deixarei assinalado, aqui, na Oficina Cerâmica, como em alguns templos gregos, um espaço reservado a algumas esculturas homenageando a *grande prostituta.*

Por que estas mulheres nunca têm telefone? Ligam da rua, dos bares, dos cinemas, das farmácias, das lojas, dos apartamentos, dos hotéis... No entanto, nas suas próprias casas – onde ele seria a sua principal arma – prima por inexistir. Não compreendo por que, no Brasil, ainda teimam em chamá-las de *call-girls.* É preciso urgente inventar um telefone que elas carreguem nas suas bolsinhas.

---

[24] Os que não estão ao alcance de todos, entre outros, seriam o *Jornal literário*, de Paul Léautaud, o *Diário,* de Amiel, o *Journal*, de Kafka, o *Diário*, de Delacroix, o diário de Cesare Pavese – *Il mestiere di vivere*, *Uma autobiografia revisitada*, de Vladimir Nabokov, etc. (N. do A.).

Poucas vezes uma fotografia de mulher nua, batida por fotógrafos e não por mim, chega a me interessar. Talvez se um Degas, um Balthus, um Miller, um Carroll ou, quem sabe, um Baudelaire ou, mais ainda – como se isso fosse possível –, um Sade fotografasse? Certamente eu estaria de acordo com os resultados. Quanto a mim, sei muito bem o que persigo nas mulheres, mas como não sou técnico fotográfico, limito-me a desenhá-las e outras vezes fotografá-las com uma máquina polaroide (de revelação instantânea) que me dá quase sempre imagens fora de foco. Essas imperfeições, de certo modo, me favorecem em perseguir o corpo do fantasma, isto é, o *contrafantasma*. Como os contornos me escapam, sou obrigado a recriar formas em plena liberdade. Só assim eu posso deformar seres e coisas, como dizia Ingres, "prestando uma homenagem à forma".

A partir desta deformação, o artista tem a ilusão de gerar o novo ou mesmo a ousadia da *terribilità* (termo com o qual se designavam obras de Michelangelo). É preciso observar que a verdadeira mulher, quer seja desenhada, fotografada ou pintada, permanecerá sempre ausente, mas não a sua imagem, retirada de matrizes que se prestam a quaisquer interpretações.

4 de abril

Dizem que em 1847 – menos de dez anos depois de inventada a fotografia – só em Paris havia sido vendido meio milhão de chapas fotográficas. Pelo menos cinquenta mil delas dedicadas à nudez feminina.

O pintor Francis Bacon parece compartilhar das minhas opiniões a respeito da fotografia: "Pouca coisa é aproveitável", diz ele. Às vezes utiliza fotos de Muybridge (sequência de fotografias da figura humana em movimento), tiradas em 1887. Em outras ocasiões, aproveita fotos retiradas de manuais de medicina, como por exemplo pacientes preparados para posições radiográficas especiais, em geral em poses altamente distorcidas e incômodas, mas propiciando ao artista uma imagem expressiva. A Bacon nada lhe pareceu útil como inspiração na fotografia moderna. De Chirico pensava do mesmo modo e chegava a preferir os antigos daguerreótipos. Na realidade, as câmeras parecem estar sempre nas mãos dos tolos.

Eugène Delacroix não foi insensível às descobertas fotográficas, fazendo parte da *Societé Française de Photographie,* desde o ano de 1853. Gostava de apresentar-se às pessoas como fotógrafo e anotava no seu diário tudo a respeito de suas experiências fotográficas, onde, inclusive, registrava sua opinião sobre os modelos que fotografava, como por exemplo: "*Madame Hirch, rue Lamée, nº 6. Superbe tête brune, dans le genre de la Ristori*", ou, "*Adèle Rosenfeld, rue du Marché-Sainte-Catherine, nº 5. Pose couchée, m'a parue superbe*" ou, ainda, "*Joséphine Leclaire, rue de Calais, nº 4, très élégante, bel ensemble, bras maigre*".

Quanto às minhas dificuldades idiossincráticas com os fotógrafos amadores ou profissionais, não posso deixar de fazer justiça a algumas figuras altamente qualificadas, da genial Diane Arbus e Irina Ionesco aos antigos retratos de E. J. Bellocq, etc. Existem alguns que podem me interessar, embora prefira estar atrás de minha câmera. Na realidade, a maior parte dos fotógrafos se desmascara diante dos nus – talvez porque não saiba o que está procurando – de tal forma descaracterizados que dificilmente acreditaríamos estar diante de gente viva, com epiderme, cabelos, cheiro e funções fisiológicas. Nem ao menos poderíamos acusá-los de reproduzir bonecas, que são na sua maioria, coisa muito séria. *Bonecas* e manequins são outro capítulo. Merecem tanta atenção como as pessoas vivas, haja vista as bonecas do genial Hans Bellmer etc.

Em tempo: odeio os nus falsamente oníricos e adocicados do famigerado David Hamilton.

20 de abril

Desenho várias telas de grande formato. Nesses últimos dias, tenho andado nos limites da exaustão.

Muitas mulheres foram acusadas de feitiçaria ou mesmo de endemoniadas. A simples lembrança do venenoso corpo de Eva ainda hoje me faz suspirar, endemoninhando a mim também.

A voz de Fátima parece vir das profundezas do inferno. Passa pelo fio telefônico e acaba por estraçalhar meu coração. "Abrindo os meus olhos cheios de flamas, entrevi o horror de minhas perversões e senti penetrar na minha alma as aguçadas pontas das inquietações malditas...".

Logo no início do *Trópico de Câncer*, de Henry Miller, encontra-se uma frase inesperada e profunda que vou citar primeiro em inglês, embora ela não ofenda os bons costumes: "*There is only one thing which interests me vitally now, and that is the recording of all that which is omitted in books*". Isto é: "Há só uma coisa que me interessa vitalmente, aquilo que é silenciado em livros".

Utilizo telas mais absorventes e, propositadamente, por influência das cerâmicas, procuro cores terrosas, quase turvas e cinzentas. Uma atmosfera de quarta-feira de cinzas.

22 de abril

Eva não telefona. Telefonam outras, muitas outras, quase todas as outras, justamente aquelas que jamais poderiam me interessar. Tentativas frustradas. Talvez seja melhor assim, pois se Eva retribuísse ou revelasse alguma forma de sentimento, acabaria por me carregar para o inferno. O melhor mesmo é o que estou fazendo: trabalhar *formas ensandecidas* e resgatá-las na saída de um inferno artificial, ou seja, do amor ardente das chamas.

Afinal de contas, por que o contorno? Qual a razão extrema que levaria um pintor a isolar um objeto do ambiente a que lhe faz face? Por que não envolvê-lo com o *todo*, abrindo *passagens* entre o objeto e o seu próprio espaço, seja nas áreas de sombra ou de luz? Segundo indica, é uma medida muito sábia, isto é, dar passagem a todas as outras formas que muitas vezes parecem ficar por trás, embaixo, ou do lado, mas que podem muito bem pesar na balança do conjunto. Enfim, as sombras anulam os contornos. Tudo depende de adensá-las até as trevas. Neste momento de que serviria o contorno? O sábio, o grande, o inigualável Cézanne dizia: "O contorno me escapa".

23 de abril – sábado

Há alguns anos, uma moça argentina pediu-me para segui-la: "Venhas atrás de mim que eu te ensinarei, de verdade, o que é um mundo de delícias...".

Rosa Augusta, surpreendentemente, fez o mesmo. Apenas mudou a proposta: não pedindo para acompanhá-la, mas apenas para ficar. Queria ficar a meu lado, ao pé de mim – segundo disse – "para sempre".

Nos dois casos lembrei-me da admirável heroína do conto *Noites brancas*, de Dostoiévski, do seu súbito amor pelo forasteiro, da sua fé inabalável de que ele voltaria um dia para resgatá-la. O diretor Luchino Visconti soube tirar bom partido dessa história. Ainda posso recordar dos excelentes atores escolhidos pelo genial italiano: Jean Marais (francês) representando o forasteiro, Marcelo Mastroianni (italiano) no papel do apaixonado e Maria Schell (alemã), a romântica e fiel heroína.

Como as mulheres são estranhas e, de fato, obsessivas. Rosa Augusta, quase ajoelhada ao meu lado, murmura: "Fazes com que o meu caminhar seja mais para ti do que para mim mesma".

À noite, as plantas também usam oxigênio a fim de incorporar minerais e de manter-se. Isto se conhece por "respiração obscura".

Curioso e inteligente o artigo de Anthony Burgess sobre a premonição: "Premonição: Ciência ou Coincidência?".

O homem de fato inteligente não sabe mentir. Ao mesmo tempo que prepara ou insinua a possibilidade do "exagero", acaba por desmantelar ou desarmar o seu frágil mecanismo. Se Borges fosse um Truman Capote ou um Norman Mailer, trapacearia facilmente com a verdade. Seus escrúpulos de homem inteligente não permitem tais devaneios. Ele deve permanecer distante, a perder de vista de qualquer tipo de cinismo engenhoso.

Verificando bem o assunto, é preciso notar que toda a obra de Borges é contaminada de uma perspicaz e artificial estrutura literária, evidentemente *artificial* no sentido baudelairiano. Quanto aos dois norte-americanos, se contentam com a realidade das coisas, realidade que gente como Samuel Beckett e Ionesco percebe não ser real.

25 de abril

Assisto ao filme de Monteiro e Victor para testemunhar pessoalmente a minha própria imagem em movimento, a fala estranha, metálica e impessoal, o absurdo crescente deste lugar, que se agiganta em propostas que eu próprio já não posso controlar.

28 de abril

Preocupado com as telas que demoram a secar. Afasto-me de todas as pessoas conhecidas e procuro trabalhar no ateliê da Oficina, mesmo coberto de poeira, porque a reconstrução está sempre em andamento por toda parte. Desde segunda-feira, apesar do meu profundo desapontamento, tenho me esforçado para terminar as dez telas que deverão participar da exposição coletiva no Museu de Arte Moderna do Rio de Janeiro. Simultaneamente, trabalho nas cerâmicas, cuja execução às vezes é rápida, mas que necessitam de um período longo de secagem. Um mínimo de trinta dias na época do estio e de noventa dias durante a estação das chuvas, sem contar, evidentemente, com as diferentes passagens pelo forno.

Em todo caso são, quase sempre, certos figurantes secundários (com seus erros, suas fraquezas, suas omissões) que levam os heróis à tragédia final. No teatro grego estas personagens são os introdutores das *peripécias*...

29 de abril
Até a madrugada, como um sonâmbulo, ou preso ao chão como uma máquina à sua base, trabalhei até ouvir o som desagradável do canto dos pardais e o latir de um cachorro na vizinhança da Fábrica. O quadro estava pronto, faltando apenas a assinatura. Pela janela, observei os primeiros operários começando a chegar pelo caminho da mata. Quase na hora do almoço pego no jornal, onde vejo uma notícia sobre minhas pinturas atuais. Não posso deixar de estranhar, uma vez que pouco falei sobre a existência delas. A notícia afirma que eu estou atualmente "num processo de rebeldia contra as cores tropicais, interessando-me sobretudo na definição de formas". As coisas não se passam propriamente assim, e isso me faz bocejar e pensar de novo (quase que com medo) nesse meu processo "animalesco" de entender as coisas. Definam os mistérios do ovo. Tentem desvendar os enigmas escatológicos do nascer, do viver e do morrer. Só assim, poderão estar de posse – por alguns momentos – dos mistérios não revelados, pensei, praticamente caindo de cansaço sobre uma cadeira.

O tema da Torre de Babel volta com violência em alguns desenhos. Será de fato a Torre que aparece ou sou eu que ando à sua procura por toda parte? Separo a série *Ovo da serpente* para a exposição *Visão da Terra*, organizada por Roberto Pontual no MAM – Rio de Janeiro.

Ali, no meio da rua, solitária como um volume branco no escuro, uma mulher (despida) chamava o nome de alguém. Gritava sem parar o mesmo nome, repetidas vezes, até sufocar. Cambaleando, procura a parede, escorrega e cai com todo peso do seu corpo, ainda a gritar o mesmo nome. Depois, num lamento profundo, pronuncia algo ininteligível, depois, numa súplica, ainda o mesmo grito, o mesmo nome. Uma multidão se comprimia e alguns mais afoitos se adiantavam, parecendo saber do que se tratava. Estavam tentando levantá-la e três deles não conseguiram o intento. Da parte mais escura do túnel, surgiu um rude assistente, como se entendesse do assunto mais do que todos os outros. Depois declarou: "Não é justo atender tal mulher. Deixe-a morder a própria língua porque foi o veneno vomitado desse nome que pareceu anunciar o eco de alguma desgraça".

– Quem morreu?, alguém pergunta.

– Ela anuncia a morte de alguém, talvez a do seu irmão, talvez a do seu marido, disse o rude *assistente*.

Ao mesmo tempo ele sacudia os ombros como um sinal de indiferença, parecendo ainda mais alto e taciturno. Logo sentenciou: "Cadela matreira, é o que ela é".

> *Como dizer-lhe? Tudo isso resvalava. Sim, tudo isto resvalava por mim... (La chute)*
>
> Albert Camus

Restam-me três dias para terminar os dois últimos quadros: *A jogadora de castanhas* e *O monstro marinho*. Um medindo 1.95 x 1.30m e o outro medindo 1,62 x 1,30m. O primeiro já está parcialmente pintado, faltando relacionar um pouco mais a figura (grande massa escultórica) com o fundo. As cores estão definitivamente "queimadas" como se tivessem passado pelo forno. Foram expulsas definitivamente do meu convívio cores violentas que continham vermelhões, amarelos ou laranjas para nunca mais voltar. O segundo quadro, um estranho monstro marinho enrodilhado sobre si próprio, possui algumas indicações de azul, mas os terras se insinuam aqui e acolá. Quanto ao *Ídolo III*, está totalmente pronto e segue a linha cromática do conjunto: terras, ocres leitosos e azeitonados, tudo sobre uma dominante cinza.

À tarde recebo Fritz Simons que pretende fazer as últimas provas fotográficas das telas. Prossigo pintando. Fritz inclui na sua lista mais quatro telas: uma nova versão da *Grande tesoura*, uma outra com o título *Viva 1977*, uma terceira que, ainda sem nome, possivelmente batizarei como *Utensílios de cozinha* (formas cruéis se destacam como se fossem instrumentos de tortura) e uma quarta, *Grande jarro com flores amarelas*.

Françoise Maupin falando sobre o famoso *Casanova*, de Federico Fellini: "Casanova perambula de cidade em cidade, de mulher em mulher. Suas relações são cada vez mais sinistras e mecânicas. Para Fellini, este filme foi a oportunidade de colocar em cena um mundo monstruoso e barroco, povoado de enganos, de gigantes e de degenerados. Um sinistro curral, onde Casanova seria o pavão real ou o ganso". As mulheres são sobretudo aterradoras, como se Fellini mais uma vez ajustasse contas com elas. Solidão, ilusão dos prazeres da carne, profunda desesperança escondida sob as festas insignificantes e melancólicas.

Fellini, reiteradas vezes, compara Casanova a um ganso. Tenho feito inúmeros desenhos e esculturas de gansos que, bem representados, transformam-se quase sempre em símbolos fálicos. Escolhi essa ave pela sua oca pretensão. Ataca como um animal feroz e, no entanto, nada é senão uma frágil ave doméstica.

5 de maio

Não há essa coisa de nota errada. Tudo depende de você...

Art Tatum, pianista de jazz

Finalmente todas as telas prontas. Os quadros e cerâmicas deverão seguir segunda-feira, dia nove de maio, para o Rio de Janeiro. Presumo que cheguem a tempo. A exposição está marcada para o dia dezenove.

O último quadro pintado, *O monstro marinho*, pareceu-me, de todos, o melhor. Terminei-o ontem depois de infatigáveis horas de trabalho. O fundo da tela, pintada em tons de azul, acabou por voltar aos tons de terra molhada. Metaforicamente, só a cabeça da estranha serpente permanece azul, um azul violento e metálico, e isto é o quanto basta.

23 de maio

A exposição *Arte agora nº 2* foi inaugurada dia 19. Li nos jornais do Rio que fui o único artista (dos doze que lá expuseram seus trabalhos) a não comparecer. Pouco me importa, pois tenho razões suficientes para evitar tais equívocos. O pintor Degas afirmava: "É necessário um certo mistério, é preciso deixar um mistério em torno da obra. Por acaso há pessoas no laboratório de um alquimista?". Falando de Degas, de pronto lembrei-me de uma coincidência curiosa: este pintor, em toda a sua vida, só fez uma única exposição individual (26 paisagens pintadas a pastel), no outono de 1892.

O político Carlos Lacerda morreu sábado passado às duas horas da manhã. Frase de Lacerda: "O Brasil é hoje um dos países mais importantes do mundo, dirigido por alguns dos homens menos importantes do Brasil" (entrevista à revista *Manchete* há dez anos passados).

Segundo André Malraux, Stalin só uma vez na vida pareceu falar sério, quando disse: "No fim, só a morte ganha".

24 de maio – terça-feira

Vagaroso. Vagaroso em tudo, tendo sempre na mente, como lembrou o poeta César Leal no seu ensaio sobre as minhas cerâmicas, o lema de Goethe: "Como as estrelas: sem pressa e sem descanso".

> *A pintura é vida privada.*
>
> Degas

> *Aqueles que mais amamos são os que mais*
> *poderemos odiar...*
>
> Degas

A pintora Berthe Morisot escreveu à sua irmã em março em 1869: "Ontem, na casa dos Manet, Degas veio sentar-se ao meu lado dizendo que iria me fazer a corte, mas essa corte limitou-se a um longo comentário do provérbio de Salomão, '*a mulher é a ruína do justo...*'".

29 de maio

A propósito dos meus quadros e cerâmicas expostos no Rio, dos quais tão pouco se tem falado, eu diria: seriam melhor avaliados num círculo bem diferente desta exposição. Indispensável também a presença de outros trabalhos e, sobretudo, num ambiente propício. Definitivamente não sou um pintor para coletivas.

Na Argentina, país vizinho, um grupo de generais – ditos de extrema-direita – está pronto para reivindicar o *poder*, com objetivos e métodos bem expressos por seu líder, o general ibérico de Saint-Jean, aliás, Governador da Província de Buenos Aires: "Primeiro mataremos todos os subversivos, depois seus colaboradores, depois seus simpatizantes, em seguida todos os que permanecem indiferentes e, finalmente, mataremos os tímidos...". Diga-se de passagem que o programa do general não deixa de ser uma boa fórmula para diminuir o excesso de população que aflige o planeta.

1º de junho
Uma equipe da televisão francesa pretende filmar o ateliê (Oficina) próximo dia 8. Não sei bem o que deseja, mas, por intuição, a ideia não me agrada.

5 de junho – domingo
Depois vem o degredo. Como não me preparar para os cinquenta anos se é o começo do fim? César Leal promete trazer o escritor alemão Curt Meyer-Clason[25] como convidado para o almoço hoje, em São Francisco.

8 de junho
São dezenove horas, os cineastas vão chegando. Jean-Gabriel Albicocco entre eles. Diz Jean-Gabriel que "esta filmagem será vista pelo sistema Euro-Vision por trezentos e vinte milhões de pessoas...". Para mim, que rejeito a utopia comunitária e a hipocrisia da comunicação como elemento "necessário à vida", tudo isto parece demais. Em todo caso, no momento não tenho como fugir. A escalada em busca do isolamento completo terá de ser lenta e sofrida. Mas eu chegarei lá.

Toda essa permanente e mortificante *façanha* de assinalar a tragédia humana.

10 de junho
Não houve façanhas. Tudo quieto, apesar desta monótona e inexplicável agitação. Sempre o tumulto em troca de nada. No entanto, o filme foi realizado apesar do barulho e das tolices por todos os lados. Salve-se Jean Gabriel, cujo ar de cansaço e tédio o destacava de uma maioria endiabrada.

---

[25] Escritor e tradutor de autores da língua portuguesa, castelhana, e de autores da América Latina (N. do E.).

11 de junho
Georges Simenon diz ao jornal que teve dez mil mulheres. O escritor declarou ao jornal *Die Tat*, de Zurique, que fez amor com dez mil mulheres a partir dos treze anos porque desejava "conhecer a verdade". "Eu precisava delas fisicamente e também tinha necessidade de comunicação", disse o escritor que está com setenta e quatro anos. Acrescentou que quando vê uma mulher bonita, seu primeiro pensamento é: "Como será a sua cara durante o orgasmo?". A preocupação de Simenon, segundo suas explicações, era saber: "Qual é a verdadeira mulher: a que está toda vestida e enfeitada de diamantes ou a que grita em certos momentos sem sabê-lo?". Ontem, na preparação para o "grande dia", tive a oportunidade de ver e escutar pela televisão o regente Sir Georg Solti, interpretando Richard Wagner:

Flying Dutchman – abertura
Tannhäuser – abertura
Tristan und Isold – abertura
Meister Singer – abertura

Solti dirigia a Orquestra Sinfônica de Chicago.

3 de agosto
Autorretrato

Sempre me pareceu que ele se divertia fabricando monstros. Suas últimas esculturas tinham um evidente caráter teratológico. Uma vez pude surpreendê-lo falando sozinho sem que notasse a minha presença: "Meu Deus, por que me fizestes assim? Por que vós também sois assim?".

Agora eu me pergunto: a que Deus temerário ele se referia? Não seria por acaso o deus das trevas, o deus do fogo, o próprio demônio?

Reação quase de pânico a que o poeta chamaria de "a matilha espantada dos instintos".

5 de agosto
Longa e proveitosa conversa com o conde Frederic de Limburg-Stirum que é arquiteto e se diz – aliás com modéstia – um descendente de Rubens.

Boa e serena conversa a do conde belga. Felicitou-me pela esplêndida *performance* da reconstrução da Oficina. "De algum modo", disse o conde Frederic, "você se antecipou a nós, europeus, pois só agora começamos a cuidar de velhos conjuntos industriais que na verdade pareciam imprestáveis. Existe toda uma preocupação neste sentido a que chamamos atualmente de *arqueologia industrial*". Frederic atualmente defende uma tese sobre este assunto.

3 de setembro
A bela Nita, esguia, modelo em São Paulo, faz como a dançarina espanhola no último filme de Buñuel, *Esse obscuro objeto do desejo*: promete tudo, mas não dá nada.

19 de setembro
Novamente outra grande pausa. Aproveito para falar das minhas esculturas e desenhos, ou melhor, para explicar a escolha dos meus temas. Começo a sentir, por parte de certas pessoas, uma espécie de agitação inquiridora diante dos meus últimos trabalhos. Olham para mim como se eu estivesse louco ou em vias de enlouquecer, e pior: quanto mais eu suponho desenvolver um pensamento claro para justificar a direção de minhas ideias, mais eles recuam como se eu estivesse na iminência de apertar-lhes o pescoço... Alguns, educadamente, se referem à natureza freudiana de certas figurações etc.

Por que escolho esses temas? Por que quero aventurar-me no mistério da loucura e da voracidade primordial?

Volto a sugerir algumas intensificações, para, em seguida, realizar uma farsa metafórica e metafísica, através do *grotesco.* No entanto, apesar do meu humor negro, não me faltam comiseração e desejo de esclarecer meus propósitos moralistas. Não sou totalmente um imoralista.

26 de setembro
Afasto-me cada vez mais de qualquer preocupação com o social. Execro a turba. Não desconheço, contudo, que o preço do desprezo pelas criaturas provocará no futuro a ira e a indiferença de todos em relação a mim e ao meu trabalho. Lembrar que todos os homens vivem em uma sociedade.

9 de dezembro

A novela *Melanctha*, de Gertrude Stein, é perfeita no gênero. O desenvolvimento do amor do doutor Campbell por Melanctha é digno dos melhores entendedores do assunto. Gertrude Stein, conhecendo bem esta estranha doença, sabe como narrá-la e analisá-la. A história é cruel e masoquista. A escritora branca pode levar sua dissecação bem longe, como se tivesse de antemão licença para aprofundar, à vontade, seu bisturi nestas carnes enfeitiçadas da gente de cor. Falar da verdade de certas pessoas não parece comprometer o gênero humano. O pobre amor e dedicação do doutor Campbell não diferem do *Moravagine*, de Blaise Cendrars. Um é vítima, o outro é possesso. Em ambos, encontramos um perfeito manual de masoquismo. Lamento não ter em mãos o *Moravagine*, quando Cendrars fala dessa mesma estranha e inevitável *doença* que provoca recaídas sucessivas e multiplicadas...

A fria análise dessas paixões, "sempre perturbadoras, tempestuosas e progressivamente devastadoras, até a completa inibição, ao completo aniquilamento da alma...". Uma palavra também pela pobre Melanctha: seu parceiro Jeff Campbell talvez fosse desconfiado em demasia, talvez pelos próprios sentimentos de quem ama, por vezes injustos. Melanctha esteve sempre pronta ao sacrifício e o seu amor cresceu antes do de Jeff. Acontece que ela, como mulher, era "o obscuro objeto do desejo" e o médico sabia, ou se não sabia, desconfiava – como todos de sua profissão sabem prever – que certas síndromes não são propriamente sintomas de uma moléstia incurável, mas um conjunto de sintomas que levam ao começo da doença.

Melanctha não adoeceu, Jeff pôde diagnosticar nela a *doente*, a mulher fatal, a porta do inferno... Covardemente deu-lhe um dia as costas sem nenhum aviso de ainda, mais uma vez, voltar a olhar para trás.

12 de dezembro

Para o poeta César Leal, *Hybris* é a falha trágica, a circunstância primeira que leva à tragédia. Para o escritor Cesare Pavese, *Hybris* é o fato de conhecer um oráculo e de não o levar em conta. Mas *Hybris* é também destino (oráculo). O que tem de acontecer, que aconteça. O coro verifica (eis porque é o eterno interlocutor dos agonizantes).

Quando falei a César sobre *Hybris* já havia lido Pavese. César não estava por fora da questão, mas foi certamente menos ágil, menos poeta.

Por conta própria, batizei uma escultura de *Hybris*. Um nome próprio, que lembra vergonha e desgraça.

13 de dezembro
Nova escultura de um golfinho trespassado por um arpão.

Freud, falando a respeito do pintor Fernand Khnopff, diz: "Ele anuncia a morte e o sexo...".

Marta fala em Kyssia. Só esse nome já me deixa inquieto. O que ela fala de Kyssia é de tal forma terrível e completo que o meu coração estremece.

14 de dezembro
De fato, o nome verdadeiro da "Pedra da Lua" é *Adulária*, que é variedade de ortoclásio, mineral monoclínio do grupo dos feldspatos, silicato de alumínio e potássio, que contém, às vezes, sódio e é caraterizado pelo brilho de pérola e opalescência. Este mineral não deve diferir daquelas *pedras* que astronautas russos e americanos resgataram da lua. Como seria esplêndido se descobrissem, enfim, que o universo é *uno*! Pelo menos, só assim não se justificaria a loucura e insensatez dos homens à procura de coisas fora do seu alcance.

15 de dezembro
O excelente gravador Emanoel Araújo traz as serigrafias de um álbum em que eu colaboro junto a outros artistas. Assino duzentos e trinta e cinco vezes. Emanoel almoça comigo. Fala da África e do seu trabalho de gravador. Ultimamente, assim como eu, faz esculturas.

Soube que Kyssia viajou. Antes mesmo de conhecê-la, desaparece. Contudo, deve voltar e isto revigora as minhas esperanças.

16 de dezembro
Progresso em novas esculturas. Gostaria de me preocupar, neste próximo ano de 1978, um pouco mais com o projeto global da Oficina, isto é, começar a pensar na integração das esculturas com a própria estrutura arquitetônica do prédio. Depois, os assentamentos para o exterior, o que quer dizer: a

escultura em função dos jardins e dos espaços paisagísticos. As peças soltas me horrorizam.

Uma escultura tombou dentro do forno e a resgatamos como a um cadáver carbonizado. Por milagre ainda estava viva. Coloquei-a penosamente (escaldante) sobre a grande mesa de recuperação forrada de zinco. Olhei constrangido a beleza desmantelada, mas os meus olhos atentos descobriram, céleres, como reparar o irreparável.

"Temos de copiar, copiar, até que um dia a cópia saia mal e alguém se veja nela."

Disseram-me que Dieza arrancou um dente, por isto faltou ao nosso encontro.

26 de dezembro

Para André, a mulher era sempre Vênus.

Clara Malraux[26]

Começo a juntar papéis espalhados em vários lugares. Dentro das pastas, algumas dezenas de anotações. Artigos apenas começados, esboços e opiniões. Faz-se necessário trazê-los para este caderno? Por que não? Encontro uma pequena apresentação sobre desenhos e caricaturas de Gilberto Freyre, feita por mim há alguns anos, a pedido de Renato Carneiro Campos. Acredito que estará mais bem colocada no diário, depois de algum tempo já decorrido. A mim, jamais me interessou de perto nenhuma cronologia. Será que ela existe de verdade?

Camus observava com um certo desgosto que "só tardiamente ganhamos a coragem de assumir aquilo que sabemos".

Achei esse pensamento de Camus bastante apropriado para falar do jovem Gilberto Freyre quando este se predispôs a se retratar diante de figurões. Eram figurões de verdade, desse tipo que a ninguém deixaria indiferente.

---

[26] Clara, a ex-esposa do escritor, não era seguramente uma de suas maiores admiradoras (N. do A.).

Gilberto não estava de forma alguma alheio à importância daqueles com os quais se defrontava. No entanto, julgou-os a todos, sem que jamais alguém pudesse perceber qual a sua real intenção de registrar aquele gratuito desfilar de personagens. Não se tratava propriamente de caricaturas, mas de um gênero peculiar de anotações com um tríplice sentido: fixar o sociológico, a psicologia da personagem e dosá-la de um certo humor satírico.

Serviriam, mais tarde, como reminiscências de caráter pessoal de um Freyre maduro, mas o que conta, o que pesa mesmo, é o fabuloso retrato do artista quando jovem que ele parece ter arquivado e que agora voltará a público com redobrado interesse.

Hoje, passados cinquenta anos, diante desses retratos, podemos imaginar o quanto o jovem Gilberto Freyre já se conhecia e se autorretratava com perfeição. Da mesma forma, e com o seu caraterístico vigor, Pablo Picasso, em ligeiros traços, desenhava seus hirsutos autorretratos na Paris de 1900, desgrenhado e magérrimo, perambulando pelas ruas da grande cidade ainda hostil para ele ou imobilizado nos cafés boêmios, conservando aquele mesmo ar entre espantado e severo, de quem adivinhava o papel que viria a desempenhar como personagem central da grande revolução da arte moderna. A magreza e a baixa estatura do pintor, sempre rodeado de outros artistas, pintores, escritores e poetas, mais avantajados no porte, tinham um sentido expressivo muito particular para o Picasso daquela época, e desse fato soube tirar o máximo de proveito, como Napoleão, igualmente pequeno, obrigava os altíssimos, orgulhosos e louros príncipes da casa dos Hohenzollern a se curvarem diante dele não por reverência, mas apenas para ouvi-lo melhor, o que dava afinal o mesmo resultado.

Neste seu pequeno museu de recordações, Gilberto Freyre está sempre vestido de preto em seus encontros com alguns dos mais famosos intelectuais da época, como: Rabindranath Tagore, Amy Lowell, Vachel Lindsay, Antônio Torres, Oliveira Lima, escolhidos a dedo, todos enormes, gordos, pesados e apolíneos, coloridos de tez e de roupagens, quer nos seus ambientes suntuosos ou apenas em lugares fortuitos. Por que o jovem escritor brasileiro está sempre de preto e se figura mais magro do que possivelmente deveria ser? Não só magro, como encolhido, diminuído, atento, de uma atenção quase sardônica. Mas estou falando apenas do corpo dessa estranha personagem, sem esquecer de lembrar a cabeça, principalmente o perfil adunco desse nosso jovem herói que sempre mereceu do desenhista cuidados particulares. No rosto, concentrava-se uma série de intenções: toda a sabedoria, poder descritivo, narrativo, ou melhor, analítico do autor.

Ele está de preto, diante de Amy Lowell no seu incrível ambiente brookliniano, no ano de 1922. Também de preto com Vachel Lindsay, uma espécie de gigante louro, travestido de poeta. De preto aparece ao lado de Tagore, figurado como um imenso arcanjo mestiço, metido dentro de um vasto timão cor-de-rosa. Ainda de preto, caminhando, acompanha o grande pernambucano Oliveira Lima, em uma tarde primaveril. Aliás, uma de suas melhores anotações, em tons de cinza, verdes desbotados e azul-cerúleo, lembrando alguns esboços do extraordinário pintor Alberto Marquet. Todo de negro, numa mesa de restaurante com Antônio Torres que mais parecia um inquieto canibal empunhando uma faca em atitude ameaçadora na direção do pequeno e alerta escritor brasileiro.

Repito: sempre de preto. E pergunto outra vez: por que de preto? Será que o artista quando jovem não ignorava o sentido simbólico de sua própria expressão, ao colocar-se de negro diante daquele desfile de ilustres figuras? Como sociólogo e antropólogo, conhecedor profundo – um conhecimento quase científico – do simbolismo e das formas simbólicas tradicionais e pessoais, não estaria consciente, ao retratar-se como um pequeno e sábio corvo, sabendo que essa ave era o símbolo das ideias primordiais, das trevas que antecederam a formação do universo, também símbolo da terra prometida? Não se associou ele, propositadamente, como o poeta Edgar Allan Poe, a essa ave, aparentemente modesta, que no simbolismo do cristianismo primitivo representava a imagem da solidão? Não estaria Gilberto Freyre vestido de negro como um mensageiro de uma nova raça, um produto raro de uma cultura apenas ignorada, isolado, mas já vivendo num plano superior, como todas as aves solitárias?

Um brasileiro de olhar oblíquo, encurvado sobre si próprio, vestido de negro, enfrentando alguns gigantes de pedra, como quem adivinha o futuro próximo do seu talento e da grandeza certa do seu país. Como quem exclama baixinho, mesmo de ouvido atento ao seu interlocutor: "Vocês não perdem por esperar".

27 de dezembro

Leitura do admirável pequeno conto de Alberto Moravia, "A Carona". Não posso dizer o mesmo – apesar da minha intensa curiosidade – do conto de

Júlio Cortázar, "Você se Deitou ao Meu Lado". Cortázar pretendeu inovar a forma através de uma nova linguagem literária, mas seu conteúdo é seco e desalinhavado. De fato está muito aquém de suas pretensões, enquanto Moravia consegue facilmente o seu propósito, o suficiente para atingir com largueza e profundidade a cumplicidade do leitor.

28 de dezembro

H. promete a filha de D. e, possivelmente, a hesitante M. No momento, só penso em K., a quem ainda não conheço, mas cujo retorno de viagem aguardo impaciente.

Esse infatigável arsenal feminino não coincide com a mesma angústia metafísica do escritor Simenon, que justificava o seu vasto harém de dez mil mulheres como se fosse o desejo de *conhecer a verdade*. Pelo contrário: quanto mais as conheço, menos me aproximo dessa inapreensível realidade. As mulheres são, como disse uma vez Pavese, *uma nação inimiga*.

E de resto reconheço que a *Mãe Natureza* não nos permitiria um tal luxo, ela que é a mais cruel adversária do ser humano. O enigma reside aí: não nascemos para enfrentar a verdade.

1978

Propriedade Santos Cosme e Damião

2 de janeiro

> *Verá que os seus ares altaneiros e distantes assentam sobre um edifício vacilante de receios infantis.*
>
> Lawrence Durell

Quase todos saíram no fim da tarde. Conceição acompanha o marido ao aeroporto. Sileno Ribeiro fica ao lado de sua mulher, Cristina. Tomás Seixas, como sempre imóvel e sonhador, prontificou-se também a permanecer até a noite. Jantamos juntos: Deborah, Cristina, Tomás, Sileno e eu. Pensei em abrir a *champagne*, mas o vinho do almoço, ainda na cabeça, não favoreceu o impulso. A conversa foi longa e de amedrontar. A uma certa altura concluí: todos tínhamos medo.

Falamos de política, da falta de sentido das coisas, do tempo que nos desgastava, da violência cotidiana, enfim, enveredávamos por um caminho sem volta. "O medo tem o tamanho que a gente quer" disse eu a Sileno, citando Guimarães Rosa. Depois repeti Kostas Axelos: "Ninguém pode viver mais perigosamente do que pode suportar". As duas citações pareceram acalmar o ambiente, embora, na realidade, todos estivéssemos cansados.

Só tarde da noite descobri o quanto minhas costas doíam do lado direito, na altura da omoplata. Talvez tenha sido a consequência da leitura em voz alta que fizera à tarde durante largo tempo.

As costas continuam a doer, agravadas pela noite insone e fornicações. Nada sobrou de útil pela manhã, senão a obrigação de passar a vista num livro de autor desconhecido, Augusto Abelaira. Um romance português, apimentado de modernismos e decididamente execrável. Por força do título já era de desconfiar: *Bolor*. Chegou-me às mãos enviado pela incansável R., acompanhado de uma carta. Se tenho de responder a essa carta, não sei. A caligrafia é impecável mas, no conjunto, a coisa toda é estúpida. Por conta própria, tento reescrevê-la a mim mesmo. Fiz várias tentativas, acabando por destruí-las. Não havia consistência nas ideias. A bela R. bem que poderia deixar de lado a tentação de escrever. As linhas saíram corretas, mas as ideias bastante fora de prumo, e o resultado depõe contra a sua beleza, mais me afugentando que atraindo.

Severo Gomes telefonou em retribuição ao meu cartão de Natal. Pede-me também para abraçar Ariano Suassuna.

> *Imaginei essa rede de tigres, esse quente labirinto de tigres, causando horror aos prados e aos rebanhos, para conservar um desenho.*
>
> Borges

6 de janeiro

Os ingleses, como sempre, não perdem tempo. Sessenta cientistas famosos escreveram e a Editora Pergamon Press, de Oxford, acaba de lançar a *Enciclopédia da ignorância.* Sua lista de colaboradores inclui Prêmios Nobel e diretores dos mais importantes centros de pesquisas do mundo. Saiu em dois volumes e, ao contrário das congêneres, tende a encolher na medida em que o conhecimento progride. Ela apresenta o que a ciência neste momento ignora. Cada um dos seus sessenta autores revela, na sua especialidade, aquilo que nunca foi capaz de entender.

É o caso de perguntar: se de fato tivermos o reconhecimento tácito da ignorância, ela não será também progressiva na medida em que novas coisas serão descobertas? Desde quando descobrir é conhecer? Não é em tudo semelhante à Serpente Enrodilhada, tentando engolir a própria cauda – velho símbolo de sabedoria – só que às avessas? Enquanto existir o homem, existirá a perplexidade. Como dizia Carlo Levi: "O futuro tem um coração antigo".

7 de janeiro

O episódio da tradução defeituosa de minha carta escrita a Pierre Matisse, interpretada erroneamente por vários tradutores, é lembrada agora a propósito de um acontecimento envolvendo o Presidente Carter, dos Estados Unidos, na sua recente visita à Polônia. O líder do partido comunista polonês, Edward Gierek, chegou a admitir ter rangido os dentes ao ouvir o discurso de Carter, devido aos erros cometidos na tradução para o polonês.

No discurso, Carter declarou: "Vim para saber vossas opiniões e entender vossos anseios para o futuro". O intérprete da comitiva do presidente, identificado como Steven Seymour, traduziu a frase para: "Eu desejo os poloneses carnalmente". A referência de Carter à sua partida de Washington foi traduzida para: "Quando deixei os Estados Unidos, para nunca mais voltar...". O presidente citou também a Constituição Polonesa de 1791 como um dos três grandes documentos da história da luta pelos direitos humanos, o que foi traduzido como: "A Constituição Polonesa foi alvo do ridículo".

Fontes polonesas declararam que Seymour, em sua tradução, usou a sintaxe russa e um dialeto polonês arcaico em desuso há cerca de cem anos. Um jornal londrino chega a perguntar como foi possível acontecer o caso do intérprete distorcer de uma maneira tão grave e *ridícula* as palavras presidenciais em Varsóvia: "Há seis milhões de norte-americanos de origem polonesa. É possível que ninguém fale polonês?".

Suponho que tudo isso não passe de uma grande bobagem. De fato, existem seis milhões de descendentes de poloneses nos Estados Unidos; mas, será que entre esses milhões de novos súditos americanos, um só entre eles possa corretamente traduzir para uma outra língua as sutilezas do pensamento de um político da marca do presidente Jimmy Carter? Será que ainda existe, sobrando na América, como no passado existiram na Inglaterra, figuras da grandeza de um Joseph Conrad, autor polonês que, escrevendo em inglês, acabou por enobrecer e renovar a língua inglesa?

Quanto aos malévolos comentários dos políticos comunistas, não é de espantar. Eles sempre foram simplórios e maldizentes (como todo bom camponês que se preze). Entre um trago e outro de vodka Wyborowa (45º) esses políticos devem ter dado boas e salutares risadas. Estavam no seu papel!

O que de fato tornou-se lastimável foi a cavilação das notícias veiculadas por jornais ocidentais mostrando não só uma tola incompreensão diante do equívoco episódio, como também o desconhecimento mais elementar de problemas dessa ordem comuns em países cujo grau de desenvolvimento cultural, longe de evitar, agrava e reforça tais desentendimentos.

Conclusão: o intérprete que não soube traduzir o discurso do Presidente Jimmy Carter foi sumariamente demitido. Medida injusta, penso eu, o rapaz estava coberto de razão. O pobre Steven Seymour ganhava por dia apenas cento e cinquenta dólares durante a sua curta permanência em terras polonesas. Ainda por cima, Seymour, humildemente, diante de sua imprevista demissão, exclama: "Como poderia acertar a tradução correta de um texto fornecido apenas alguns poucos minutos antes de o presidente falar?". Depois, Seymour lembra outro fato a que poucos querem dar o devido crédito: “Só tive oportunidade de dar uma olhada na primeira página. Estou orgulhoso do que fiz numa situação tão difícil. Estou orgulhoso do que fiz, porque tinha o rosto frio, as mãos endurecidas; estava empapado de chuva. O que me afetou foi a falta do texto e as condições absolutamente adversas”.

Goethe, nas suas *Conversações com o jovem Eckerman*, já havia advertido das dificuldades quase intransponíveis de expressar corretamente *pensamentos traduzidos* de uma língua para outra. Há alguns momentos, lendo nos jornais uma entrevista de Federico Fellini, deparei com a seguinte declaração do genial diretor italiano: “Ora, quanto a mim, é um peso desesperador usar uma língua que não a minha. Através de um idioma, correm não só palavras, mas também certos ritos, certos mitos, certos ritmos. É estúpido esperar de alguém que já tem dificuldade para exprimir suas relações com a realidade em sua própria língua que possa consegui-lo com uma língua que não é a sua”. Convenhamos que Goethe e Fellini tenham razões de sobra para assim se expressarem.

Um dos grandes tradutores que conhecemos, Paul Celan, numa carta a um amigo, em 1960, observa que as línguas, “por mais que pareçam corresponder entre si, são diferentes – cindidas por abismos”.

8 de janeiro – domingo

Tomás não prosseguiu na leitura de *O Quarteto de Alexandria*, de Durrell. Diz ele: “Chega de satanismos. Não pude resistir à cena do bordel de crianças, à pequena Justine desesperada... A presença grosseira do marinheiro francês à espera de uma de suas presas...”. “Basta” – diz Tomás Seixas. “Capodistria é a encarnação do próprio demônio. Não tenho mais idade para suportar coisas desta natureza.”

9 de janeiro

“*Regards dérisoires*”, diz Justine.

10 de janeiro

A recusa de Tomás levou-me de novo ao *Quarteto*. Pretendo começar na página onde diz ter parado, embora deva ter cometido algum engano, pois a cena do bordel é inexistente. Talvez uma edição diferente justificasse a sua informação inexata, mas acontece que os livros que estavam em seu poder saíram de minha biblioteca.

Descubro determinadas coisas e como poderia tê-las deixado passar sem nenhuma referência ou grifo, eu que me orgulhava de conhecer o *Quarteto* quase de memória? Repentinamente, encontro a solução para a cabeça horripilante que tem sido o meu tormento nesses últimos dias, uma escultura independente do seu suposto criador. Não foi tocada por mãos humanas. Apenas estava ali à espera do seu definitivo batismo. Chamá-la de *Gnose* seria pretensioso em demasia? Seria explicitar um trabalho de antemão condenado ao mistério das formas inacabadas e rebeldes? O corpo astral dos que morrem prematuramente? *Gnose*, na concepção de Paracelso, é relativo aos que "creem poder realizar atos corporais quando, com efeito, não possuem corpo físico e agem em pensamento".

12 de janeiro

Impregnado da estranha e voluptuosa imagem de Maria. No entanto, ela não deve estar pensando em mim como eu penso nela. Como são estranhas as mulheres! Talvez esta ordem de indiferença seja uma antiga herança da Mãe Natureza. Nenhuma mulher, por mais inculta e primária que seja, consegue escapar deste comando.

O silêncio de Maria começa a sufocar-me. E, no entanto, ela me disse ser curiosa. Mas, por todos os deuses, que tipo de curiosidade? Se não telefonar amanhã, como me prometeu, acabará por me matar. Este tipo de espera não é de forma alguma o mais adequado para quem, em tudo, nestes últimos tempos, tem *acelerado* a sua vida.

13 de janeiro

Pode até parecer, e é justa a verificação, que este caderno não passa de um exaltado devaneio sobre assuntos sexuais ou eróticos. No entanto, não posso dizer ainda que cheguei ao exagero do rei Salomão que, durante seus quarenta anos de reinado sobre Israel, teve setecentas mulheres e umas trezentas amantes; muito menos posso competir com o famoso Casanova, um conquistador insuperável.

O que me leva às mulheres não é propriamente a mulher em si, e sim uma outra coisa. De resto, acredito firmemente que também o rei Salomão e o plebeu Casanova não agiam por outro motivo: "Não sabiam o que estavam fazendo, nem por que o faziam".

No novo catálogo de Balthus, vindo de Nova Iorque, o texto é de Fellini. Está escrito em inglês e o original em italiano. A tradução – segundo informa o próprio catálogo – ficou por conta de um amigo e admirador de Federico Fellini, Luigi Barzini, autor bilíngue de alguns livros, entre outros, *The italians.*

(...) No entanto, o que me cabia fazer eu fiz. Trabalhei até terminar a grande cabeça que chamei de *Gnose.*

14 de janeiro

Lady Churchill confessa nas suas memórias que destruiu uma tela do pintor inglês Graham Sutherland; ela e o marido – o grande Winston Churchill – não gostavam do retrato. O grande estadista via na sua imagem, pintada por Sutherland, o retrato de um idiota – "e eu não sou nenhum idiota", reclamava ele.

Há muito tempo atrás, o músico francês Hector Berlioz devolveu um retrato seu pintado por Gustave Courbet. Berlioz, segundo dizem, achava que o pintor, ao retratá-lo, o fizera maldosamente.

Curiosa interpretação desses personagens famosos! Evidentemente se têm em conta de muito superiores àquilo que realmente merecem. Depois do advento da fotografia parece-me inútil qualquer tentativa no gênero do retrato pintado. De resto, algumas fotografias de homens e mulheres famosos e outras de gente nem tão famosa às vezes denunciam com muito mais rigor o grau de cretinice e debilidade mental dos retratados do que quaisquer pinturas.

Quando Gauguin retratou Van Gogh pintando girassóis, o holandês perplexo diante do quadro exclamou: "Sou eu mesmo, mas eu louco...".

Continuo o trabalho de escavação para o *Labirinto de esculturas.* Penso também num imenso *espelho d'água* que, revestido de cerâmica turquesa, refletirá duas vezes todo o conjunto em torno: esculturas, bases e colunadas.

O chamado *Labirinto de esculturas* sempre me pareceu um desses arruinados cemitérios de aldeia que os viajantes cruzam apressando os seus passos, para logo saírem deles sem ao menos saberem seus nomes. Nestas aldeias, sempre existem cemitérios abandonados; quem põe seus olhos em cima deles, acredita que há muito estão esquecidos; todavia, um olhar mais atento já é bastante para descobrir que em vários recantos há terra semirremovida, indicando em sua mancha mais escura a presença recente de algum hóspede obscuro e involuntário.

É preciso cuidado para que esse *Labirinto* não se transforme numa pretensiosa necrópole. Curioso... Não é a primeira vez que essa associação tem me preocupado! O projeto do *espelho d'água* não seria o último recurso para evitar tais semelhanças?

De uma maneira geral as obras da *Castelania* continuam, embora não necessitem mais que uma chuva torrencial para se verificar que, mesmo dentro da fábrica, a água escorre e se infiltra por toda parte. A velha e magnífica construção mostra de repente o seu estado real: um pardieiro.

Apresso os trabalhos da reforma da Oficina, como se a mim não me fosse dado mais esse supremo prazer que é aquele de esperar, ou mesmo poder esperar. Ninguém melhor do que eu percebe que o tipo de trabalho que conduzo é impossível de ser realizado por outro. A idealização desse conjunto, de fato, é única e intransferível.

2 de fevereiro

Sobre Georges Bataille:

"Em relação às artes plásticas, é interessante observar como a metáfora do olho invade com persistência toda a sua obra. O seu primeiro livro, que data de 1926, escrito após assistir em Madri à morte do toureiro Granero, cujos olhos foram perfurados pelos chifres de um touro, tem o título *Histoire de l'oeil (História do olho).*"

Esta metáfora – e toda a história da arte não passa, no fundamental, de uma história das possibilidades de olhar – é presente no seu projeto de observar a pintura: "O olhar do artista é um olhar ferido, que acumula signos perversos, iludindo a morte e construindo a ilusão da obra de arte. E, seguindo seu método, o impossível se exprime por essa perversidade artística, mantendo-se acima da natureza e próxima dos deuses."

(...) "Isto significa que o homem, conhecendo a interdição, o que o torna realmente humano, ousa transgredi-la através da perversão desse olhar cego: a obra de arte."

(...) "O conjunto das obras de arte é mais do que um 'museu imaginário': é o sacrifício que vem desde Lascaux, antigo e constante, de olhar para a única dignidade do homem, que é a de viver para transgredir as regras que o silenciam."

Estas conjecturas sobre Bataille me desnucam para a ação, o que quer dizer: estar pronto para o fracasso e logo em seguida ter a coragem de tudo recomeçar. É como se esta espera ajudasse de uma certa forma a anular todos os dias de perigosa liberdade. Não há liberdade na arte. Há perdição.

A louca, sem nada saber de Medeia, pensou na sua inominável vingança. Das mulheres tudo pode-se esperar. Perseguido por uma mulher enlouquecida, ainda sou bastante louco para sair correndo à procura de mulheres que podem, sem dúvida, ser outras tantas *Fúrias* disfarçadas de gente. A prudência nunca foi o meu forte. "Homem, animal imprudente."

16 de março

O pobre Severo Gomes – como todos nós seremos um dia – foi colocado brutalmente diante do *destino*. Acabei de saber que o seu único filho homem morreu hoje num acidente de automóvel. O que resta dizer a um pai ou a uma mãe nesta hora? Que palavras, por mais puras ou santas, bem intencionadas ou solidárias, podem amenizar uma tal dor? Para expressar algo com certa densidade, recorri a Borges que, por sua vez, havia recorrido a Bloy que, por sua vez, interpretava as palavras do apóstolo Paulo.

> *Rio mitológico, de águas fantásticas, que elimina o sofrimento de quem é mergulhado nele. (Rio Lete)*

O crítico Roberto Pontual falou *en passant* da minha série de esculturas, que eu próprio batizei de *Senhoras desafortunadas*. Esta ligeira referência foi feita no *Jornal do Brasil*, num artigo intitulado "Presença Pernambucana". Esta série de *Senhoras desafortunadas* ainda não está completa. Alguns nomes estão sendo cogitados: *Halia, Procris, Passifae, Medea, Mania, Flora, Lara, Galatea*. O nome de *Mania* representa a personificação da loucura. É nome análogo às *Erínias* e a todos os gênios infernais. Metade divindade, metade simples abstrações que são agentes da cólera divina, tomando conta do espírito daqueles que não *observam os ritos* e por esta razão terminam quase sempre por enlouquecer.

17 de março

> *E eu ouvi (senti) um grito sem fim, bem alto e de natureza bem aguda. (Diário)*
>
> Edvard Munch

De fato, o antigo prefeito do Recife, Antônio Pereira, tinha razão quando declarou anos atrás, em pleno comício das forças políticas que então representava, a seguinte frase de efeito: "Meus senhores, o diabo está solto na Europa!".

Pelas notícias nos jornais de hoje, a Itália está em polvorosa com o sequestro de um de seus antigos líderes políticos, Aldo Moro. Depois de amanhã, a França convulsionada decidirá, por alguns de seus eleitores, se de fato vencem "as esquerdas" já parcialmente vitoriosas no primeiro escrutínio.

Sem nenhuma relação com esses dois fatos desabonadores, resolvi por conta própria reler *Os demônios*, de Dostoiévski. Tinha vinte anos, em 1947, quando abordei os primeiros livros deste russo genial. No entanto, só cheguei a *Os demônios* um pouco mais tarde, isto é, cinco anos depois. A primeira leitura deste livro não foi tão definitiva quanto a segunda. Curiosamente eu tinha a mesma idade do nosso temível herói, Nicolau Stavróguin. Nenhum livro lido antes ou depois de *Os demônios* marcou-me tanto como este romance de Dostoiévski. Daí em diante, literatura para mim passou a ser uma só coisa: o postulado russo de Tolstói a Dostoiévski.

Se *Os irmãos Karamázov* já havia me ensinado a pensar, *Os demônios* ensinou-me a ter medo (o *medo* de Gógol), aprofundando-me mais e mais no estranho coração dos homens.

Dostoiévski utiliza e adapta trechos do poema de Puchkhine, chamado igualmente de "Biesi" (Demônios) para o seu próprio livro:

É nestas trevas, Senhor,
(que) ora nos vemos perdidos.
Dizei, Senhor, que faremos?
Fugiu da frente o caminho!
Decerto são os demônios
que para cá nos arrastam.

E confundidos nos trazem
com o seu poder diabólico,
vagueando pela borrasca,
pela neve, pela noite.

(...) Quantos vejo? E aonde irão?
Aonde irão? Ai, como cantam!
Talvez enterrem um gnomo!
Talvez seus cantos celebrem
as bodas de uma bruxa...

18 de março
Então Mirtes olhou-me muito séria para logo declarar: "Mas acontece, meu amigo, que sonhar para mim é tão difícil...".

19 de março – domingo
Pareceu-me que de tanto evocar o demônio, ele se acercou de mim *para não mais me deixar.*

22 de março
Entrei na Semana Santa e não me apercebi. Meu Deus, como as coisas se modificam! Na Sexta-feira da Paixão minha avó proibia a mim e aos meus irmãos de conversarmos até as três horas da tarde – momento em que o Cristo exalara o seu último suspiro.

28 de março
Estranha expressão: "acometeu-me". Dizem que um livro de conhecido autor começa assim: "Acometeu-me a aventura do exílio...". Quanto a mim, estes últimos dias, fui de repente acometido do esquecimento: já não reconheço a minha humanidade.

Ontem freei as rodas do automóvel sobre uma gigantesca cobra que atravessava a estrada e que acabou por vomitar um sapo.

Roberto Pontual e o pintor José Cláudio estiveram comigo no sábado passado. Roberto me falou do seu desejo de viajar e sair por algum tempo do Brasil.

30 de março
Digo a Martina que escrevo um diário e por várias vezes tenho falado nela. Ela me encara e pergunta: "O que é um diário?".

Não fui ver *A inglesa romântica*, de Joseph Losey. No entanto, por mera coincidência, assisti na televisão, de sábado para cá, a três excelentes filmes sem precisar sair de casa. Dois deles conhecidos: *O colecionador*, dirigido por William Wyler, e *Oito e meio*, de Fellini. Não conhecia o maravilhoso *O jardim dos Finzi-Contini*, de Vittorio De Sica. Nesse último filme, a beleza estonteante de Dominique Sanda deixou-me nostálgico.

Algumas esculturas novas aguardam sua *iniciação ao fogo*. O mistério da vida.

Entre dezenas de turistas, notei a grave figura de uma mulher que mais se assemelhava a uma odalisca retirada da tela *Femmes d'Alger dans leur appartement*, de Delacroix. Muito grande e esguia, toda dourada pela vestimenta, sobretudo pelos olhos, pele e cabelos de uma dominante ambarina. Nos ombros, uma mantilha imitando uma rede de fios de ouro mal disfarçava a diminuta faixa verde-esmeralda que lhe escondia os pequenos seios. O belo ventre à mostra, terminava cingido por uma calça muito apertada de cor azul-marinho, os sapatos altíssimos também eram azuis. Seus olhos cor de âmbar tinham algo de duro e perverso. O nariz e a boca, pelo seu contínuo movimento, lembravam uma águia a limpar o bico.

1º de abril

O antigo primeiro-ministro Aldo Moro, um dos principais líderes da democracia cristã na Itália, continua sequestrado há vários dias, sem que a polícia tenha nenhuma pista. Seu desaparecimento faz toda a Europa pensar temerosa no pior.

A meu ver, quem estaria por trás disso tudo senão *os endemoniados*? "Quantos vejo? E aonde irão? Aonde irão? Ai, como cantam!"

Se a vida imita a arte, esse trágico momento em que vive o povo italiano nos lembra um romance de Leonardo Sciascia que levou o cineasta Elio Petri a dirigir, em 1975, um filme que causou polêmica e irritação na Itália. *Todo modo* colocava os líderes da democracia cristã num retiro espiritual. Instigados por um pregador paranoico (Marcelo Mastroianni), ministros, senadores e banqueiros terminam lavando a roupa suja geral, revelando a sordidez de todos e de cada um. Neste grupo o personagem mais enigmático é M. – com sua fala mansa, seus modos afáveis, líder de todos. A semelhança do ator Gian Maria Volonté com Aldo Moro era proposital. Todos terminam massacrados, com exceção do padre, que se suicida. O título do filme foi tirado de uma frase de Santo Inácio de Loyola: "*Todo modo para buscar la voluntad divina*".

Explico excessivamente todo o meu trabalho. É preciso parar de explicar. "A arte acontece", dizia Whistler. Eu mesmo ganharia muito em silenciar e talvez até alguns desses trabalhos deveriam não ser mostrados, e sim escondidos. Muito bem escondidos, como se oculta um veneno letal.

Preciso do meu tempo. Preciso urgente do meu tempo. Construo uma pirâmide.

Quando eu a vi, toda nua, quantos pedaços de mulher havia nela? Quantas mulheres de hoje e de outrora? Mas faltava alguma coisa: a tua ausência. Sim, faltava o principal: eras tu ainda ausente e talvez para sempre.

3 de abril

L. M. veio para se despedir. Viaja hoje para São Paulo. Olhei-a atordoado sem ainda poder perguntar-lhe o que de há muito estive tentado a lhe interrogar: Quanto tempo dura ao certo para se fabricar um pequeno monstrinho como ela?

Esta inquirição talvez não levasse a nada e ela própria, ofendida, não saberia como responder. Contou-me um dia que a sua menstruação foi um tanto precoce; apareceu-lhe aos nove anos. Com certeza algo já se fazia em suas entranhas sem que ela se apercebesse. Insiste em dizer que segue para São Paulo, mas alguns conhecidos asseveram que ela voltará muito em breve para Natal, Rio Grande do Norte, onde mora sua família. Pediu-me encarecidamente que fizesse um crucifixo em cerâmica para presentear à sua mãe.

– Com o Cristo e tudo?, perguntei-lhe.

– Sim, disse ela. Com o Cristo e tudo.

14 de abril

Rúbia me telefona da cidade de Maceió. Segundo me disse J. C., a nossa bela portuguesa mantém um "romance" (caso) com um político influente das Alagoas. Rúbia é bela como uma ninfa, pelo menos assim me pareceu na sua brancura. Fiquei inquieto, diria mesmo desesperadamente surpreso, quando me avisou há poucos instantes que viera a Maceió para uma pequena cirurgia plástica (correção de um ligeiro caimento das mamas). Prometeu aparecer no Recife dentro de quinze dias acompanhada de uma amiga pintora chamada Ágave.

Pela manhã, logo cedo, saí à procura do meu barbeiro que atende a uma clientela elegante num dos hotéis na praia de Boa Viagem.

A chuva de ontem deixou a terra molhada e cheia de reflexos. A praia de areia branca cintilava tanto como o céu e o mar. Um mosaico de cores claras. Na areia, algumas mulheres casadas deixavam-se atravessar pelo sol, mas de olhos atentos em suas pequenas e alvoroçadas crias. Só muito mais tarde, depois do cabelo cortado, é que pude ver as jovens beldades desfilando na avenida. Estas, evidentemente, sem ter ainda de lado suas crias, estavam – sem exceção – à procura desesperada de alguém que lhes facilitasse, enfim, a almejada gravidez. Assim determina a Mãe Natureza a todas as mulheres, apesar dos seus disfarces e ademanes. "O sexo é destino", advertia Freud.

Sobrou-me de uma escultura destruída uma estranha cabeça de ave. Procurando agora um pedestal, não me foi difícil descobri-la. Problemático será batizá-la de novo. O complexo conjunto da base tinha como título *Hybris*: aquele que sabendo das ameaças ignora o oráculo. Está decidido. O abutre tem os *olhos* vendados com uma máscara de couro e é tão cego quanto os homens. Portanto, a cabeça de ave está perfeitamente de acordo com o título.

O meu estilo sentencioso poder-se-ia chamar também de *gnômico*.

16 de abril – domingo

Relato curioso: Morton deu preferência ao éter em lugar do gás hilariante, utilizado por Wells, e fez segredo de suas intenções para não ser igualmente taxado de charlatão. Valeu-se de Jackson para acumular conhecimentos sobre o "fluido branco" ou "vitríolo doce", como era chamado o éter sulfúrico descoberto no século XIII pelo Doctor Iluminatus Raimundo Lulio, redescoberto por Paracelso, no século XV, batizado, afinal, por Flobentus como "éter".

17 de abril

Assaltado repentinamente por um vago, mas intolerável desconforto. Noite mal dormida. A manhã de hoje teria sido uma tortura não fosse o súbito aparecimento de Carla. Ficou de voltar à procura de apresentações que necessitará no Rio, onde irá estudar arquitetura e cerâmica, conforme informou.

A expressão "pegou uma amizade" é bizarra. Poder-se-ia acrescentar também "peguei um resfriado". Contudo, prefiro a semelhança com a verve machadiana: "contraí uma amizade".

Carla simplesmente fulminou-me, como um raio fulmina uma árvore, cortando-a ao meio. De mim sobram os destroços ainda fumegantes e este calor mortífero – a única presença viva que se faz notar.

Aconselha Blaise Cendrars: "Vim a compreender que o amor é uma intoxicação grave, um vício que se gosta de partilhar, um vício no qual se um dos comparsas se mostra empenhado, o outro não passa muitas vezes de cúmplice ou de vítima ou de possesso".

Trazido de sua última viagem a Nova Iorque, Paulo Craveiro presenteou-me com uma reprodução de um quadro de Balthus – o que muito me comoveu. *Ecuyère sur un cheval blanc,* pintado em 1941. Trabalho este – para mim inédito – de um pintor cujos quadros são quase todos meus velhos conhecidos. Pintado a óleo sobre cartão, lembra na sua atmosfera e, sobretudo, no desenho do cavalo, *O cavaleiro polonês*, de Rembrandt, que está no *Frick Art Museum* de Nova Iorque. A semelhança do cavalo é total. Passei a tarde de ontem encantado, olhando simultaneamente as duas reproduções desses dois pintores tão diferentes no tempo e no espaço, e que, no entanto, se reencontram no mistério de suas evocações: o enigmático e viril "cavaleiro polonês" transformado numa *donzela* de moderno conto de fadas.

A pintura de Balthus, *Nina à cheval*, pertence à coleção Thyssen-Bornemisza que atualmente está exposta no Museu de Arte Moderna de Paris.

Na Itália, *os endemoniados* querem matar Aldo Moro.

18 de abril

Carla veio como sempre: acompanhada da tia e a visita também foi matinal. A conversa foi longa, sem sentido, apesar dos seus olhares atravessados. Eu diria que foi enervante tanto para mim como para aquelas duas criaturas.

Tarde inquieta, tentativa frustrada ao começar uma escultura. Pintei uma outra e retoquei o pedestal de *Os filhos de Leda.*

Paulo Fernando Craveiro, retomando a sua coluna no *Diario de Pernambuco*, faz uma inconfidência, revelando a existência da *Galeria de senhoras desafortunadas*. Será que existem senhoras que escapem do infortúnio?

Após a infância, logo no começo da puberdade, nenhuma mulher consegue livrar-se dessa espécie de "estigma original". Em todo caso, o meu ofício não é fazer pouco das mulheres, e sim me apiedar delas, compreendê-las, diante de um futuro repleto de injúrias que o destino implacável lhes reserva - "*Pitié pour les femmes*", como preconizava Henry de Montherlant.

20 de abril

Vêm notícias do Sul sobre o novo filme de Welles: *Verdades e mentiras*. O genial diretor narra o episódio das vinte e duas pinturas de Picasso inspiradas por Oja Kodar, a bela mulher que teria fascinado o artista e que sumiu com os quadros, logo após servir de modelo. Assim, todo filme é uma indagação constante: quem diz a verdade? Quem diz mentiras? O próprio Welles faz o papel de charlatão, o rei dos embusteiros, num mundo de erros, equívocos, falsificadores, fraudes e outras tramoias. Tudo visto com um olhar irônico do diretor que nem defende nem acusa. Quem deve definir os vilões é o espectador no momento em que começa a montar as peças do jogo para chegar à sua própria conclusão. Inocente? Culpado? A representação termina, a comédia da vida continua.

Picasso já dizia: "A verdade é uma mentira". No seu último filme *Verdades e mentiras* (*F for fake* ou *F para falsificação*), Orson Welles parece levar a sério as palavras do pintor. Basicamente é uma obra sobre os falsários. Em 1973, antes de começar as filmagens, Welles dizia: "Eu sou um falsário. Cabe, portanto, a mim o direito de falar nisso. Em arte somos sempre os falsários de alguém. E os melhores tornam-se *experts*. A única obra verdadeira é a catedral de Chartres, pois foi construída por operários anônimos".

Robert Rauschenberg: "Para fazer arte é preciso que haja sempre um elemento de segredo, de criminalidade". O que quer dizer o pintor? Seguramente não sei. Minto, sei muitíssimo bem o que ele quis dizer. Está na minha própria natureza.

Cassandra reclama do meu silêncio. É uma mulher exuberante, de corpo perfeito, mas que insiste em procurar *adivinhar* o que os outros pensam, além de retirar perigosas ilações que nem sempre coincidem com a verdade. Lembro-me das poucas vezes em que a vi, com o seu sorriso dobrado e sonoro como a água ligeira que tropeça nas pedras e cai ruidosa. De algum modo, este sorriso a redime. Confessou-me ser epilética.

Vem Martina e volta. Graziela emparelhada com Mirtes, não conseguem alterar minhas disposições que estão enfraquecidas pela torpe lembrança de Carla, desaparecida. Falo em torpeza desde o momento em que, prisioneiro dos encantos dessa moça, não vejo como substitui-la. E dizer que mal toquei as suas mãos e apenas rocei-lhe as faces com um leve beijo. O vício do amor me domina. Ele é pelo menos inadiável, alguma coisa verdadeira num mundo de enganos e ilusões.

À noite telefonei para o Rio à procura de Carla. Sua mãe atendeu: "A moça não está, ainda não chegou do Recife", disse-me ela depois de se recuperar do espanto da minha intromissão. Olho o aparelho negro como um instrumento de tortura, embora dele dependa em grande parte a notícia que trará finalmente o *alívio* e que nem atino sequer se é falsa. Ora, veja, a mocinha asseverou-me na terça-feira, dia 18, que embarcaria no dia seguinte. Por que ninguém acerta mais falar a verdade? Finalmente, a que veio esta menina e o que pretendia? E de resto, é preciso saber também o que pretendo!

A perda do Paraíso foi de todos e ele está definitivamente perdido. Acontece que este desastre prosseguirá passo a passo, dia a dia. Continuaremos a perdê-lo até a destruição final.

Essa luta que hoje empreendemos para a preservação da Natureza, também faz parte do castigo. É uma luta trágica – de antemão perdida, inútil e cruel como os trabalhos forçados:

> *O ergástulo é escuro.*
> *A firme trama é de incessante ferro...*[27]

---

[27] Versos de Jorge Luis Borges (N. do A.).

Acalmai-vos, todavia. Será que vós não vos apercebeis que este sempre foi o vosso destino? Se estiverdes esquecido do Velho Testamento, recordai-vos do Prometeu, escravo até o fim dos tempos. Jung costumava dizer que "forças desordenadas e bestiais escravizam os homens". Assim vós continuareis acorrentados para sempre.

Verificando-se bem, até que no decorrer da vida tenho sido bastante espartano. Não me restou outra alternativa. Confesso que a escolha não foi e ainda não é voluntária.

A mais nova de todas as esculturas já se encontra no seu lugar definitivo. Só agora exposta ao ar livre me apercebo de sua perfeição. Não tem nome nem pretendo batizá-la. Como todas as outras peças, nela predomina uma cor pardacento-ferruginosa que singulariza o vigor da chama. E, depois, dizer que estes objetos inanimados não têm vida? Mais do que isto, têm poderes. Os antigos hebreus tinham razão em desconfiar dos ídolos de pés de barro. São perigosos e um dia farão as suas cobranças.

Significativo ensaio de Viviane Dutaut intitulado "Os Arquitetos da Antiguidade, Esses Desconhecidos".

Há uns dois ou três meses eu indagava ao poeta Tomás Seixas se ele recordava o nome de algum arquiteto de catedral. Não, não só desconhecia o assunto como, o que era mais curioso ainda: nunca lhe ocorreu tal preocupação. Neste estudo, Viviane Dutaut começa a interrogar: "Quem construiu os grandes monumentos da antiguidade? Quem desenhou as plantas do Coliseu?".

As conclusões a propósito da produção arquitetônica da antiguidade chegam a ser inquietantes. "Nas estelas de Delos e Epidauro no séc. IV a.C., consta que os arquitetos recebiam um salário apenas superior ao de outros artesãos. Além disso, na época grega o arquiteto não é um profissional, recorre-se raramente aos seus serviços, porque o número de edifícios públicos é muito resumido. Portanto, tem de ganhar a vida com outras ocupações. Ser ao mesmo tempo escultor, carpinteiro, etc." E não foi diferente em Roma: quando Júlio César pôs fim à República, os arquitetos voltaram à obscuridade. Embora se construísse continuamente, uma lei proibia a inscrição de outros nomes que não os do imperador e de cada comandante. Os edifícios deviam, pois, fazer uma dupla publicidade do poder: "o do que manda e o do que paga". "Era uma concentração vertical ascendente e o arquiteto se convertia em manifestação do imperador." Nem Tácito nem Plínio pensaram em revelar o nome do construtor do Coliseu.

22 de abril

Sem nenhum aviso, vinda da minha própria cidade, aparece-me R., e deve ter surgido, como tantas outras, para ferir. Acredito que foi ontem que esteve aqui, ao cair da noite. Cheguei mesmo a passear com ela pelos longos corredores da Oficina. Vez ou outra olhei-a como se não acreditasse no que eu estava vendo. Tem trinta anos e é mãe de três filhos. O motivo real de sua vinda não foi a natural curiosidade de conhecer o artista ou a sua obra, mas a necessidade premente de vender um quadro de sua coleção a um possível comprador. A tela em questão foi pintada por alguém por nome Naval e representa uma infame bailarina na ponta dos pés imobilizada como um espantalho. Antes que eu esqueça, R. parece muito com Dominique Sanda, um pouco mais envelhecida. Como não me ocorreu mandar-lhe uma braçada de rosas vermelhas? Vestia preto e alguns adornos discretos em vermelho, cinza e rosa disfarçavam o seu luto ritual. Parecia um Velázquez, na sua grave harmonia: toda de negro, prata e escarlate. Agora me vem à memória mandar-lhe flores. Chamo "Mercúrio" (o mensageiro), às pressas, para que amanhã logo cedo providencie um ramalhete. Preparo febrilmente um cartão para dizer-lhe algumas tolices como segue: "Afinal de contas quem é Naval? Não consegui conciliar o sono pensando neste enigma. Veja se você descobre de quem se trata. Apesar do infame trocadilho, esperei a tarde inteira notícias de Naval e acabei vendo navios!".

Nadra telefonou comunicando o desaparecimento de Greta, a jovem dinamarquesa que, segundo diz, "sumiu no sábado, correndo atrás de Ronnie Von (o cantor)".

Carla mentiu – pela primeira vez – antes que o galo cantasse. Mas acontece que ela nada me deve. E, depois, será assim tão grave essa falta? E se tivesse conseguido falar comigo, eu estaria mais apaziguado? Todas essas mulheres somadas fazem apenas uma só sombra indistinta, o que não quer dizer que esta sombra de um negror insuportável não limite o meu território de ação, como se habitasse numa pequena ilha de apenas alguns metros quadrados.

Meu Deus, por que necessariamente as mulheres são sempre *momentos*? Será que nelas somente a gestação tem algum sentido duradouro, exigindo um tempo determinado pela natureza, período do qual até hoje elas não conseguiram se desvencilhar? Então, de fato, só conta o momento de acasalar e nada mais tem sentido?

24 de abril

Uma segunda-feira cheia de trabalhos. Novos desenhos e montagens. R. prometeu telefonar à noite. Saberei aguardar? Insisto, talvez por hábito ou mesmo vício; talvez pela minha definitiva e comprovada incapacidade de encontrar nesta ilha de sombras uma mulher que descubra, afinal, aquilo que eu sempre pretendi que todas descobrissem, ou seja, uma irresgatável cumplicidade.

Tem sido assim nestes últimos tempos. Um esforço desmesurado, quase sobre-humano, de quem tenta por todos os meios organizar a sua tragicômica desorganização sentimental. Não fora o trabalho árduo, quase suicida, que me leva na maior parte das vezes à completa exaustão, eu não sei como resistiria. De qualquer forma a presença delas é o alimento de todo o meu trabalho. A curva de um dorso, a projeção do ventre, a grande ossatura ilíaca, fazendo adivinhar a caverna do sonho que divide a mulher em três partes: cabeça, tronco e, abaixo do umbigo, um universo.

Permanentemente, obsessivamente, toda esta carnificina é observada, anotada, esquartejada e dissecada.

Agora mesmo estou apalpando o arco das costelas de R. Ela se esquiva sem entender. "São os seus preciosos ossos tão enigmáticos quanto os seus músculos e a sua pele", eu digo. "E ainda resta o seu sangue, querida, as suas vísceras, os seus pés fendidos oito vezes, o que é um sinal de fraqueza." Atônita, ela recua como se estivesse tratando com um louco. Seguro os seus pulsos com uma certa violência e isso a amedronta e imobiliza. Baixou os olhos como sinal de submissão. Toda a magia do momento havia desaparecido... E ela estava livre.

24 de abril

Esfaquearam na Holanda uma tela de Van Gogh. Como se não bastasse tanto sofrimento em vida, continuam agora a destruir o que resta dele. Curiosamente o quadro atingido foi um autorretrato.

Requiescant a labore
Doloroso et amore.

Que possa ter repouso,
a dor de tanta luta e tanto amor.
(das cartas de Abelardo à Heloísa)

O professor Luís Tavares da Silva falou-me com enorme entusiasmo do filme *Pasqualino sete belezas*, de Lina Wertmuller, a discípula do grande Fellini.

Fritz me adverte que o sobrenome correto daquela moça em alemão não deve ser Zommer, com Z, mas Sommer, com S.

Que bela letra tinha Gauguin. Leio uma carta sua que ilustra o livro *Noa Noa* (*Viagem ao Tahiti*). Afinal de contas, é de se esperar que os pintores tenham boa letra, isto é, que sejam habilidosos quando escrevem, o que infelizmente não é o meu caso.

Numa pausa de trabalho, leio uma alucinante entrevista de Borges. Por que não alucinante? A começar pelo título: *Os universos opostos de Borges*. E depois, assinado por dois senhores, Ramon Chao e Ignácio Ramonet. O primeiro tem um nome que parece misturar espanhol com chinês e o segundo, o português com francês. Além do mais, verifico que a entrevista foi publicada originariamente pelo jornal *Le Monde* em Paris e eu agora a estava lendo em português, publicada pelo *Jornal do Brasil*, na cidade do Rio de Janeiro.

Estranhamente, logo de saída, afirmam estes dois cavalheiros: "Borges era aquele que se dizia: 'Estou podre de literatura'". E mais: "Jorge Luis Borges conhece também, em detalhes, todas as filosofias, todas as religiões. Ele é ainda mais do que um homem-livro, um homem-biblioteca, de memória fascinante, vertiginosa, e, de certa forma, temível. Isto porque este perturbador das lógicas aceitas que erigiu a citação – sempre de uma precisão rigorosa – em gênero literário, pratica com uma *finesse* perversa a técnica do anacronismo deliberado ou das imputações errôneas...".

Não será tudo isto deliciosamente esnobe, maravilhosamente esnobe e alucinatório?

Ocorreu-me uma frase sobre uma mulher desagradável: "um réptil de lupanar". Aliás essa é uma definição de Lugones sobre o tango. Ele disse: "uma música vulgar, um réptil de lupanar...". Lugones foi citado na entrevista do *Le Monde* pelo escritor Jorge Luis Borges.

Desejo saber quem é Witold Gombrowicz. É evidente a sua influência sobre os escritores argentinos, incluindo o próprio Borges, e, de alguma maneira, os seus entrevistadores: do contrário, por que foi citado? Irei ao seu encalço.

28 de abril

Hoje, pela manhã, a escultura, cujo título é *Lara*, já havia saído do forno, no entanto deverá ser retrabalhada. Se por momentos tentei recuar deste arriscado propósito, logo em seguida repintei-a toda e está de novo a caminho das fornalhas. Que Júpiter – o algoz de Lara – me proteja com os seus bons ofícios de um deus todo-poderoso.

30 de abril

A pobre Lara, por falar demais, teve a língua cortada por ordem de Júpiter. Depois, o infame Mercúrio carregou-a para o inferno onde passou a ser *a ninfa das águas do reino dos mortos*. A caminho do inferno, Mercúrio, achando pouco, deflorou-a.

Na última queima da escultura de *Lara*, um pingo de esmalte caído da abóbada do forno sobre o rosto da desgraçada ninfa formou uma inesperada lágrima negra, o que proporcionou à figura uma força e magia inesperadas.

Na entrevista de Borges ele demonstra vontade de escrever um conto cuja ação se situaria além de qualquer circunstância. "As circunstâncias arruinaram a literatura de hoje em dia", disse Borges.

Em seu conto não haveria referências de lugar e tempo, nem mesmo nomes próprios. Esta observação me faz pensar nos inúmeros projetos que tenho de batismo para algumas esculturas. Não seria tudo isto um mero recurso, uma fraqueza, uma artimanha de quem, não se sentindo seguro, procura um discurso, uma explicação? Borges está certo. Para que nomear as coisas? Seria preferível não nomeá-las, deixá-las obscuras à procura delas próprias, do seu real significado. Cada coisa deve falar por si própria.

Depois, apesar de tantos rótulos, a maior parte do que fazemos ou planejamos permanece indecifrável.

1º de maio

Enough is enough – é o que sinto em relação a tudo, aos abismos ou apenas aos extravagantes buracos que eu próprio cavei para, depois, neles resvalar e cair, como se não bastassem os *abismos* de que nos fala Pascal. Portanto, chega! Agora vou pensar em almoçar, embora não tenha fome.

2 de maio

André C. Leão apareceu e não se mostrou de forma alguma surpreso ao encontrar Alícia dentro do meu ateliê. Ainda bem que o bom amigo André pôde conferir *sur place* um pouco das minhas confissões. Se exagerei, descrevendo os encantos de Alícia, se por acaso fantasiei ou mesmo usei de inverdades ao retratá-la, falando ou pintando. Acontece que as minhas histórias são verdadeiras. Apenas não posso discernir se isto conta a meu favor ou contra mim.

Estou tão cansado que pareço desfalecer. Também, não é para menos e não exageraria nada se afirmasse que os cinquenta anos que vivi valem ao certo por cem longos anos de vida. Mesmo doente tentei desenhar e modelar esculturas. Assim continuarei, enquanto me sobrarem forças. Eis aí a rotina que me salva.

Vendi, apreensivo e com o coração apertado, dez esculturas a dois americanos das Lojas Neiman-Marcus.

3 de maio

A leitura do admirável manuscrito de Gauguin, *Noa Noa*, faço-a num só fôlego como um mergulhador que uma vez estando nas profundezas do oceano, fascinado pelo mundo maravilhoso que descobriu, reluta voltar à superfície. Eis um livro que gostaria de ter escrito. Além de verdadeiro, é fascinante e altamente bem elaborado por conta das inúmeras ilustrações realizadas pelo próprio artista.

Gauguin morreu com cinquenta e cinco anos incompletos e o seu amigo Van Gogh com apenas trinta e sete, aliás, com a mesma idade de Rafael. Será que faltou alguma coisa na obra desses três grandes artistas? Caso sobrevivessem, o que poderiam acrescentar às suas pinturas tão magnificentes?

4 de maio

Se o sofrimento de Van Gogh durou trinta e sete anos é porque não podia ser mais prolongado. Ele próprio, agonizante, depois da tentativa de suicídio, murmura para o irmão Théo: "Queria ir-me embora".

Alguns pintores que se foram cedo: Giorgione: 32 anos; Theodore Chasseriau: 37 anos; Georges Seurat: 32 anos; Juan Gris: 40 anos; Amedeo Modigliani: 36 anos; Chaim Soutine: 49 anos. Portanto, se eu sobrevivo é porque – *hélas* – eu necessito de mais tempo, muito mais tempo para realizar minha obra. Sem nenhuma modéstia biológica, talvez mais cinquenta anos, para fazer um trabalho que rivalizará com o de Richard Wagner no sentido de uma Obra Total.

Uma *imputação errônea* não será quase sempre trágica? Só agora, folheando o diário, descobri quem é Cassandra, a moça que telefonou hoje e que eu não sabia de quem se tratava. É incrível o fato de ela ter estado aqui há cerca de quinze dias – talvez nem tanto – e eu não recordar de absolutamente nada.

As mulheres que eu conheço são tão extraordinárias que até me ajudam a perder a memória.

18h

Soube do paradeiro da desaparecida Alícia e de seus acompanhantes. Além de uma bruta farra realizada na zona do baixo meretrício "à procura de sensações" – segundo ela confessou –, todos comeram uma lagosta podre, ou melhor, várias lagostas em adiantado estado de putrefação, daí a razão dela e de seus companheiros se encontrarem – afirmação dela – "agonizantes".

Quando uma mulher diz *eu faço*, isto me assusta. As mulheres não parecem ter nascido para fazer nada. Fazer é elaborar. É sinônimo de algo que custa a aparecer e de que nenhuma mulher poderia jamais tomar conhecimento, muito menos avaliar. A maioridade espiritual da mulher é a *concepção* e suas consequências; e depois, logo depois, chegam à maturidade e à velhice com o seu cortejo de oratórios ou oráculos ou o que quer que seja, mas ainda assim não é o saber. Só a Mãe Natureza percebe aquilo que elas de fato sabem. Sabedoria totalmente oculta à percepção dos homens. No final das contas, ficamos empatados, embora não exatamente iguais.

5 de maio

O desprazer de verificar os acidentes que têm acontecido com inúmeras peças saídas do forno. Choque térmico de entrada com suas grandes rachaduras, ou então choque térmico de saída com delicadas fendas invisíveis a olho nu, embora a estrutura da peça esteja irremediavelmente comprometida. Algumas vezes os grandes acidentes com rachaduras abertas, como cavernas, recriam uma nova escultura, uma nova forma, um novo espaço. A entrada e a saída do forno são como uma guerra, onde quase sempre vence o mais forte: o poder do fogo.

Trechos do comentário de Bernard Degioanni sobre as perspectivas do filme de Fellini, *A cidade das mulheres*. Quanto aos fins de seu projeto que tanto qualificava de "palhaçada alegre", como, por exemplo, *reconciliação entre ambos os sexos, ou autêntica insurreição feminista*, não quis confiar em ninguém. Advertiu, entretanto, que não se trataria de um filme sobre as mulheres, mas "de um filme sobre as relações ambíguas, as conjunturas, as fantasias, o labirinto das relações e das contradições do italiano com as mulheres". O protagonista do filme é, ao que parece, um professor de grego e de latim habituado a enfeitar com mulheres seus sonhos pueris, suas desmedidas ambições e sua própria ignorância amorosa, e que logo se encontra numa cidade em estado de guerra, habitada só por mulheres cheias de agressividade.

Para um filme desta grandeza, só não posso aceitar a ideia de que estas conjeturas sobre as relações homem-mulher se restrinjam ao mundo italiano quando, na realidade, devem relacionar-se a toda humana condição.

Enquanto aguardo a "recuperação" de Alícia, coloquei em seu lugar algumas reservas de segundo time. Primeiro veio uma tal de Padila, e ontem uma tal de Fernanda. Uma delas é modelo e a outra é estudante de geografia. Embora a segunda seja universitária, me faz perguntas surpreendentes: "Quem inventou o relógio?". Diante do meu espanto e sem saber o que responder, ela se antecipou dizendo: "Foi Santos Dumont, Santos Dumont...". Como ela repetiu duas ou três vezes o nome desse fascinante inventor, imaginei que as nossas escolas superiores andam cheias de sabedorias e sutilezas, acompanhando o espírito da "democratização da cultura". Ressalvo com justiça que a senhorita tem um corpo de medidas gregas, embora com uma cabeça de passarinho. Ela lembrou-me a personagem feminina aproveitada como cavalo de sela na cena da bacanal no filme de Fellini, *La dolce vita*. Mas tenho de confessar que não sei em absoluto quem inventou o relógio e necessitei ir às enciclopédias para descobrir que George Graham, no século XVIII, foi um dos seus tantos aperfeiçoadores; que desde a Idade Média já existia o relógio mecânico, embora Alberto Santos Dumont (segundo o orgulho pátrio) tenha colocado um deles na algibeira ou pulso, reivindicando a sua invenção. Última confissão: prefiro a medida da estatuária grega à medida do tempo. O tempo detesta ser medido, o que no final de contas dá razão à *beleza ideal* da escultórica Fenícia.

16h34min

Alícia confirmou a sua vinda, mas mesmo assim duvido da sua façanha. Ela pode muito bem vir até aqui e não *estar aqui*. Depois do que andou fazendo com outros parceiros, presumo que só me restarão os destroços. Com certeza, há muito tempo – apesar da sua extrema juventude – é só o que ela tem para dar. Será que já indaguei como andam nossas relações? Será que ela pressentiu que o meu estado também não é lá grande coisa e, se não estou em *coma*, não tenho muito mais a oferecer?

Saíram novas esculturas da série *Senhoras*, desta vez tudo perfeito. Pela manhã o fotógrafo trouxe-me as fotos das peças já fixadas no preto e branco. Estas fotos seguirão com as cerâmicas para os Estados Unidos, onde serão expostas em julho na cidade de Dallas.

O ruim não é ficar mais magro ao perder peso. Péssimo é perder peso sem ficar mais magro. Esta é a minha situação. Pareço perder substância.

Chegaram alguns desenhos hoje que foram para colocar molduras. Excelentes na sua maioria. A mim surpreenderam.

6 de maio

Tarde de uma beleza amedrontadora. Começa o pequeno verão de maio. Aliás, a noite de ontem foi igualmente aprazível. Esta verificação não foi feita apenas por mim. Quando saímos do galpão da Oficina para o *Grande Pátio,* "Mercúrio" (o mensageiro) nos aguardava e tanto ele como Alícia pararam mudos de espanto diante daquela beleza perfeita. Era como se fosse algo de físico, como se aquelas partículas de aparente negror nos abraçassem a todos numa benevolente purificação. Respirei fundo olhando o céu estrelado. Alícia, do meu lado, mantinha-se quieta, mas seus olhos brilhantes eram também outras tantas noites de mistérios insondáveis. Ela, que havia grande parte da noite gritado de amor, manteve-se silenciosa na viagem de volta. Já não parecia tão segura como antes. Entregara o seu corpo e parecia adivinhar – como de resto todas as mulheres do mundo pressentem – que o amor não tem futuro.

7 de maio – domingo

Ainda não havíamos chegado a casa e um pesado aguaceiro desabou sobre toda a cidade. Foi-se repentinamente o pequeno verão de maio.

Para não dizer bobagem, o melhor mesmo é ficar calado. Segundo Santo Inácio de Loyola, "toda conversação é um pecado se for desordenada".

Péssima noite. Manhã medíocre. R. apareceu, mas a meu chamado. Não viria nunca por conta própria. A vida é assim mesmo. Na maior parte estamos forçando os outros a corresponderem a uma imagem qualquer, invenção nossa, uma miragem. Ela já saiu, mas deixou o seu perfume impregnado por toda a parte. Ao escrever agora, sinto desprender-se de minhas próprias mãos, como se elas não fossem minhas, este cheiro forte e adocicado que se convencionou chamar por toda parte como "odor de fêmea...". Antes de ela sair, dei ciência das providências que tomei quanto a seu quadro colocado à venda. Pelo menos, no momento, já se sabe quem é Naval. Ágave e eu descobrimos que o maldito pintor expõe atualmente desenhos na Galeria do Centro Educacional Calouste Gulbenkian, no Rio. Diante dessas informações que, seguramente mais interessam a ela do que a qualquer outra pessoa, a idiota da R. nem ao menos agradece. Limita-se a me encarar com os seus olhos pestanudos e indiferentes, sem dizer uma palavra.

Como já afirmei há pouco, ela se foi e estou novamente só.

Na madrugada chuvosa ouvi durante algumas horas o som desarticulado de minha própria tosse.

Lembrar amanhã de reler o diário de Delacroix e, cumprindo o prometido, ler em voz alta o *Noa Noa*, de Gauguin.

8 de maio

O *Noa Noa* foi lido em voz alta. Quanto ao efeito da leitura sobre os outros não posso avaliar. Contudo, asseguro que, em relação a mim mesmo, a emotividade é sempre profunda, embora de forma alguma semelhante àquela de cinco dias atrás. Não toquei no diário de Delacroix.

> *Como a verdadeira virilidade de um homem, a verdadeira ternura de uma mulher se manifesta por uma contínua conquista. (Nostromo I, Ch. VI)*
>
> Conrad

Pego em alguns antigos cadernos de anotações e verifico que na época não tinha a menor pretensão de considerar tais notas como dignas de um diário, e (por que não dizer) até hoje penso assim. Agora é o momento de recordar (dia 30 de março passado) quando a doidinha da Martina perguntou: "O que é um diário?".

9 de maio

Pelos temas e títulos dos mais recentes filmes exibidos nos nossos cinemas, não seria difícil a um estudioso verificar o quanto a tão propalada "revolução sexual" não surtiu os efeitos desejados. O sexo continua "uma massa confusa" negando-se a qualquer preço a ser decifrado, permanecendo ligado à temática pornográfica que sempre dominou os limites da compreensão dos homens desde a antiguidade. Como reverter a *queda*? Como consertar o que não tem conserto? Na verdade a pornografia institucionalizada invadiu a mídia internacional. Aquilo que só circulava em mãos de privilegiados agora é apanágio de todos através das salas de projeção. O equívoco permanece e, por força da impossível compreensão dos *verdadeiros* desígnios do sexo – segundo tudo indica –, chafurdaremos neste pântano sem fundo até o dia do Juízo Final.

Como ilustração, aí está o que atualmente se exibe no Recife: *A dama do lotação, O sexo maníaco, Roberta, a moderna gueixa do sexo* e *O garanhão no lago das virgens*. Já estão anunciados: *A menor violentada*, *O protetor das mulheres* e *O doce perfume do adultério*.

10 de maio

Retorna o verão de maio deixando de novo as mulheres em chama: *notus calor*. Não posso negar que também a mim este conhecido calor atinge em cheio.

Aproveitando os dias ensolarados, os pedreiros partem de novo para o *Labirinto de esculturas*. Não sei se já fiz referência aos trabalhos planejados para este ano de 1978.

Vou relacioná-los de novo:

Jardim (labirinto de esculturas com espelho d'água)
Grande empena (revestimentos e mural)
Estrutura caixa d'água
Piso (salas de entrada)
Terminar arcos (nave central)
Terraplanagem (ladeira e ajardinamento)

Cassandra telefona de novo e sinto-me propenso a vê-la. Espiar o seu corpo bronzeado, totalmente despido, andando em movimentos sincopados – passo a passo – como se fosse uma égua amestrada para o picadeiro, provoca-me sempre uma estranha sensação de já ter visto esta cena em algum lugar.

Ontem procurei desesperadamente na memória a palavra *utopia* e só me vinha à lembrança a palavra *hipótese* – o que não se trata da mesma coisa. Embora Berdiaev tenha declarado que as utopias são realizáveis, prefiro considerar a utopia como algo quimérico, um estado poético, bem de acordo com certos escritos de Thomas Morus.

Os inúmeros desenhos a realizar seriam de uma utilidade enorme antes do começo das modelagens. A tentação de improvisar diante do barro tem sido grande, mas o desenho é de fato o espírito e o arcabouço de tudo. É nele que se revela em primeiro lugar o grande enigma da arte e também é nele que se descobre a originalidade de cada artista.

11 de maio

As coisas não são o que nós pensamos nem o que descrevemos. Fica sempre algo por revelar; algo que, nos escapando, nem ao menos – creio eu – saberemos do que se trata. Parece-me que o que nos atinge é apenas uma simples alusão do fato. A aparência fugaz de uma atroz e talvez insuportável realidade.

Kafka argumenta: "Escrevo de maneira diferente da que falo, falo de maneira diferente da que penso, penso de maneira diferente da que deveria pensar, e assim sucessivamente, até a mais profunda escuridão". Será que alguém poderia dizer mais?

12 de maio

Depois da visita de M. P., lembrei-me de Stendhal no seu livro *Do amor*, quando lastimava com razão o fato de as mulheres belas não permanecerem tão fascinantes: "É uma desgraça, as mulheres extremamente belas espantam menos no segundo dia".

13 de maio

Decerto são os demônios que para cá nos arrastam.

Púchkin

Na autópsia do político italiano Aldo Moro, os médicos descobriram um câncer na tireoide de evolução lenta. Se Moro não ignorava o seu estado de saúde, os demônios que o mataram crucificaram-no duas vezes. A propósito dos *atos dessa gente*, o mundo inteiro se mostra tomado pelo mais exaltado furor diante daquilo que classifica como uma incompreensível, brutal e inominável agressão. Mas será que existem palavras humanas para definir o ocorrido? Será algo que possa ser descrito ou qualificado? Ao próprio Papa faltou ânimo para descrever a sua dor.

Como acreditar na possibilidade da existência, dentro da natureza, de uma forma intrínseca do mal, algo incognoscível mais forte do que os próprios malefícios (ou poderes) do demônio?

Lúcifer foi no princípio um anjo decaído. Disputava canhestramente o poder contra *forças* para ele desconhecidas. Daí a sua fatal desgraça. Uma vez jogado às profundezas do Inferno, o seu campo de ação limitou-se ao homem, uma criatura que, por assim dizer, se parecia com o próprio Deus, ou seja, feita à sua imagem e semelhança. A sua descontrolada energia se limitava tão somente à indução do pecado. Aí residia a sua grande, única e eficaz arma de combate contra Aquele que o jogara em definitivo no mundo das trevas. Acontece que o pecado é, em última instância, apenas um estado de imperfeição meramente humano. Se por momentos se transforma num campo fértil para elucubrações demoníacas, não é de todo irreversível. Não pode pela sua natureza prejudicar certas leis imutáveis do universo, onde o homem na sua totalidade se inclui.

O pecado é tão somente um risco. O seu alcance jamais atingirá uma gravidade desconcertante. Seria difícil pensá-lo imperdoável. Aquilo que não se explica não é mais o pecado, não mais parece uma falha. É certamente uma *nova e monstruosa força* que resvala para um campo solitário, neutro e vazio, comandando regiões inóspitas ainda desconhecidas dos deuses e dos homens.

É também o caso de perguntar: se existe de fato – como supõem os modernos cientistas – o universo da antimatéria, não será possível, embora terrificante, a existência pura e simples de uma anti-humanidade?

Eu não havia comentado nada com Deborah sobre a execução de Aldo Moro e, no entanto, quase no mesmo momento em que eu acrescentava ao meu diário um vago queixume contra as "eternas dores do mundo", ela, por sua vez, escrevia um poema sobre o mesmo assunto com uma única diferença: o fato de em apenas cinco versos dizer o essencial sem sequer falar do horror... *o horror.*

Dizem que a primavera romana
chegou ao palácio suja de sangue.
E as flores assustadas não davam aromas,
Eram pétalas de mármore branco.
Dizem que se matam homens por questões de sonhos.

14 de maio – domingo

Mãos cheias de diamantes e pérolas levam pedaços de lagosta à boca... Mãos cobertas de anéis (não há dúvidas que elas podem revelar ternura e carícias na hora de dormir), nervosamente se alvoroçam sobre a comida, os copos de vinho – grotescos instrumentos para mostrar joias e tolices...

Liv Ullmann

15 de maio
Na hora do almoço, Deborah me falou dos belos nus que atualmente preocupam o pintor João Câmara. Ela reconhece nele um grande artista, sobretudo um cuidadoso artesão. No entanto, acha espantoso que o homem ainda insista em fixar – depois de tantos milênios de convivência – a nudez feminina.

Então foi a minha vez de indagar: "E quanto à minha desesperada procura da forma humana, onde – apesar da mulher reinar solitária – o nu está ausente? Omitido porque a vestimenta ainda não se impusera como ritual ou disfarce, quando o barro e a pedra ainda disputavam a metade da matéria orgânica, quando as matrizes da vida apenas se insinuavam à procura de todas as *formas possíveis*. Talvez mesmo um modelo mágico e terrível... você compreende", eu disse. "Não se trata de uma procura de artifícios estéticos, mas sim do *reversível*. Aquilo que constantemente se transforma.".

O admirável Gustav R. Hocke, no seu livro *Maneirismo: o mundo como labirinto*, ensinou-me a consultar os *mapas do mistério* e foi dele que retirei o conceito da desunião das coisas unidas – *concordia discors* – quando se pretende demonstrar que "a unidade pode ser fragmentada e que em cada fragmento se reflete o todo". Assim diz Hocke: "O caçador é uma soma de animais; a água, uma soma de peixes; o cozinheiro, uma soma de aparelhos".

As considerações de Hocke são sempre muito interessantes: Da Vinci descreve uma Índia legendária. A sua fantasia é sem limites. Subitamente ele se encontra diante de um monstro capaz de destruir um universo inteiro. Ele o descreve minuciosamente em uma obra pictural: "Fisionomia negra... Olhos ensanguentados... Dentes amarelos... Bigodes semelhantes aos de um gato... Continuamente irado... Ele lança os homens para o alto como se fosse uma borrasca... Ninguém é capaz de livrar-se deste demônio dominado pela fúria. Até o animal mais feroz parece inofensivo se comparado com este monstro". Leonardo da Vinci, muito preocupado com a visão, exclama: "Não sei o que fazer, nem o que dizer. Tenho a impressão de estar sendo devorado por este monstro e de estar sendo sepultado em suas entranhas". Tratar-se-ia de uma visão do fim do mundo? A morte grita. No *Capricho*, de Goya, pode-se ler: "O sonho da razão engendra até monstros".

16 de maio

Preciso concordar que todas as minhas opiniões sobre o assassinato de Aldo Moro têm um caráter religioso. Por incrível que pareça, só atingirão pessoas que tenham, de algum modo, formação cristã. No dia em que a secretária passou o texto à máquina, ela própria foi a primeira a indagar: "E o senhor acredita mesmo no inferno e em todas essas coisas, inclusive no pecado?".

Tanto quanto o Papa, faltaram-me palavras – de fato não encontrei outra alternativa senão recorrer aos textos bíblicos. Acontece que essa tradição judaico-cristã é tão velha quanto o nosso mundo e a única formação religiosa que a nós, do Ocidente, foi dada conhecer. É ainda a fé que professamos e cultivamos. Ao que me consta, não existe outra maneira de codificar *o mal* e *o bem*.

É esquisito, quando você pensa que entendeu tudo imediatamente as coisas mudam. "Que esplêndido seria fazer o mal e nunca mais ouvir falar disso." Sim, as coisas mudam. Fica muito difícil você associar acontecimentos históricos passados ao terrorismo atual, que não tem uma face definida. Todos esses grupos são estúpidos e perigosos, uma péssima combinação. Como aliar então a morte de Aldo Moro a crimes cometidos por razões de Estado, que *sempre tem razões que a própria razão desconhece*? Mas será que, de algum modo, esses delitos se revestem de tintas diversas da inumana execução de Moro? Até que ponto essa premissa simplificada pode corresponder à verdade? Como distinguir crimes de Estado daqueles que representam apenas selvageria urbana?

Sinto perfeitamente que o assunto permanece indefinido e seria recomendável reler o prefácio da *Genealogia da moral*, de Nietzsche. Sem subterfúgios, o filósofo declara: "Não houve dúvida ou hesitação em atribuir ao bem, valor mais elevado que ao mal; mais elevado no sentido da promoção, utilidade, influência fecunda para o homem (não esquecendo o futuro do próprio ser humano). E se o contrário fosse a verdade? E se no bem houvesse um sintoma regressivo, como um perigo, como uma sedução, um veneno, um narcótico?".

Como expliquei inicialmente, analisei o caso Aldo Moro por um prisma puramente factício e, embora não possa acusar também Frederico Nietzsche de um *endemoniado* – apenas representa a outra face da lua, a face negra –, ele não é um exemplo a se seguir ao pé da letra.

Continua a indagação: será que eu disse tudo, logo eu que jamais emito opiniões sem logo encontrar um jeito de contradizê-las?

No desespero, quem irá lavar as minhas mãos? Pilatos, segundo relatam, pelo menos teve forças e ousadia para lavar as dele. Como falta a verdadeira paixão ao culpado!

17 de maio

Dostoiévski falando do demônio: "Sua maldade, entretanto, era calma, fria, 'raciocinada', por assim dizer, e, por consequência, a mais repugnante, a mais terrível que existe".

18 de maio

É preciso fazer este danado luzir ou então sangrar. Refiro-me ao meu diário.

19 de maio

Apesar de tudo, os anglo-saxões também são bastante adocicados em matéria de amor. Nas suas canções, nos seus poemas, na sua pintura, nas cenas – o mesmo grito, as mesmas queixas, as mesmíssimas inquietações dos latinos. Enfim, a inquietação de todos.

A pobre Cassandra pela sexta vez esta semana me procura sem sucesso. Suponho que boas-novas ela não tem para anunciar. Costumeiramente só fala em desgraças.

21 de maio – domingo

Coloquei na entrada da fábrica uma inscrição mural cerâmica: *Immotus Nec Iners* (*Imóvel mas não inerte*). Suponho que ela irá criar *tensões* relacionadas à vida própria das esculturas e a possibilidade delas fazerem um dia as suas *cobranças* com as suas pesadas mãos de pedra, como no *Don Juan*. Esta foi a significativa legenda latina adotada pelo escritor Gabriele D'Annunzio, quando, em 1924, foi agraciado com o título de Príncipe de Montenevoso por ter apoiado as escaramuças da Itália fascista contra a Albânia, o que, na verdade, a meu ver, não invalida o mérito desse grande artista, hoje esquecido.

Assisti a um admirável filme, do diretor Michel Deville: *La dame en bleu*, com Lea Massari e Michel Piccoli. Grande história, bela narração, excelente diretor, atores sensíveis, extraordinária fotografia.

Como me parece tolo dizer coisas sérias em aparente tom de brincadeira. O filme resvala para o metafísico, além de estudar a fundo os paradoxos do amor. A trilha musical, sempre propícia a acentuar a intensidade poética das situações, era na sua maior parte trechos e variações de Franz Schubert, sobretudo *A Morte e a Donzela*. Vez por outra irrompia, enfurecido ou irônico, algum trecho de Bela Bartók. Esses acordes de Bartók teriam sido retirados da ópera *O castelo de Barba Azul*?

23 de maio
A escultura que entrou no forno pode ter sucesso. Pacientemente aguardo a erupção do vulcão. Só depois poderei afirmar se escapei com vida. A escultura é em parte minha vida.

24 de maio
Entrevista com Gavino. Pergunta feita ao escritor (antigo pastor de ovelhas na Sardenha, no povoado de Siligo): "Nos vinte anos em que viveu no pastoreio de ovelhas e porcos ou no bosque, como agricultor, deportado e silenciado como você mesmo descreve, o que evitou que a sua vida terminasse como a de tantos outros pastores?". Resposta: "Uma coisa de nada: minha curiosidade. A curiosidade que nunca perdi – como dizem os espanhóis – *por todo el mundo*".

Acabei de saber, noticiado pela minha filha Conceição, do assassinato do pintor Jorge Tavares. Definitivamente é esta a minha opinião mais sincera: tenho agora a profunda convicção de que este mundo está nas mãos dos *possessos*. Jorge, permita-me a metáfora, foi crucificado como Aldo Moro.

Estive com Dione Tavares – mãe do jovem pintor assassinado. Entre lágrimas, ouvi dela o que todos os amorosos do mundo estão sempre dispostos a testemunhar: "Só eu própria poderia avaliar o quanto ele era bom, o quanto sofreu e foi injustiçado pela vida afora...". Ela tinha razão.

Inesperada visita de um rapaz chamado Williams, chegado de Brasília, e que me fala com inteligência e vivacidade sobre os escritos de Wilhem Reich e das suas surpreendentes experiências. Finjo que não entendo porque já sei do que se trata.

27 de maio – sábado

Atingindo certa fase, a célula se reproduz por qualquer um dos processos: gineparidade, esporulação, cissiparidade. Esta incontida força da natureza acentua e se confunde com os próprios sentimentos humanos, por exemplo, com aquilo que costumamos chamar de *amor*.

28 de maio – domingo

Ainda sobre a maldade:

Voltaire concluía que a crueldade é tão profundamente humana quanto a bondade e que, de fato, nem sempre é fácil saber o que é maldade e o que é bondade. Assim, pregava a tolerância.

Bulganin tivera uma inflamada luta política com Karl Marx a quem acusou de ser intoleravelmente conservador em sua abordagem da revolução, enquanto Marx chamou Bulganin de suicida, infantil e sectário. Bulganin, escreveu Marx, era "como um advogado sem clientes", "um médico sem paciente" – ecos do que o partido comunista italiano tem a dizer agora sobre as famigeradas Brigadas Vermelhas.

29 de maio – segunda-feira (fim de tarde)

"Albert Camus sabia que não se pode trapacear com o destino, do contrário ele nos pega na curva de uma estrada. A morte na glória é pior do que tudo: não se perdoa nunca." Poder-se-ia também dizer dele que foi a mesma coisa de ter sido *executado* num absurdo acidente de automóvel, na estrada de Villeblevin, em 1960, apenas três anos depois de ganhar o Prêmio Nobel.

É quase certo que terei de retrabalhar *Clitemnestra*. A máscara que supostamente cobre o rosto saiu do forno excessivamente brilhante e esse brilho prejudica todo o volume da peça, além da sua possível dramaticidade.

É verdade que Cassandra entregou-se a Agamenón (o qual estava violentamente enamorado), ela que se dizia virgem e que havia recusado tantos pretendentes? Clitemnestra matou Agamenón e Cassandra. Em certas versões dizem que o motivo real da morte de ambos foi o ciúme.

Como as mulheres adúlteras não perdem o seu ciúme, é bem possível que a sua cólera tenha contaminado a Egisto, seu amante. De uma maneira geral, há vários dias que falamos em execuções, implacavelmente.

Cassandra insiste em telefonar-me. Desta feita, eu atendo. Sem preâmbulo, ela pergunta: "Quem mais sabe o que nós sabemos?".

5 de julho

> *A ninguém se pode reprovar coisa alguma; ninguém poderia proceder de modo diferente; tudo isso era já a influência do Castelo.*
>
> Kafka

O fato mais curioso na pintura de P. P. é a presença do preto e do branco. Um desses quadros logo chamou-me a atenção, talvez porque fosse o único entre todos onde essa insistência monocromática tivesse sido rompida. Em algum lugar dessa tela, um amarelo metálico irrompe na sua imprevista aparição, estalando como um relâmpago aziago, e durante muito tempo ainda irá se ouvir o eco tempestuoso de sua explosão cheia de som e de fúria. Pareceu-me uma paisagem algo sinistra e desolada – talvez algumas das cenas remotas descritas pela genial Emily Brontë –, daí porque facilmente reconhecível. Iluminada pelo mesmo clarão metálico desse repentino relâmpago, ali estava presente, erigido como se fora de pedra e cal, o Solar dos Ventos Uivantes, tendo ao lado os mesmos trechos arruinados da antiga cavalariça, onde ainda adolescentes, Catherine e Heathcliff se encontravam para trocar juras de amor. Tudo contribuía para expressar a estranha rigidez da arquitetura fantástica em um espaço visual delirante nessas aproximações exteriores que tanto lembravam a Casa dos Ventos Uivantes, as mesmas janelas estreitas, lembrando fendas profundamente enterradas nas paredes defendidas por amplos cunhais de pedras.

A insistência desse jovem artista em abordar esses temas de casarios nada tem, portanto, de gratuita. Sua esquisita e até descabida obsessão pelas aldeolas imersas na neve, pelas estalagens, albergues, pontes, e finalmente, pelo Castelo, o enquadram numa via de sabor ferozmente romântico, semelhante a uma máquina de visualizar sonhos, quase sempre de uma cadência alucinatória.

Nestes últimos anos, tem andado extraviado à procura do Castelo.

Partindo desta busca, como se se tratasse de um verdadeiro personagem de Kafka, perdeu-se em inúmeras aldeias e, nesta fictícia peregrinação – talvez, até para maior surpresa sua –, acabou por descobrir outras casas e outros castelos que nada tinham a ver com a *casa de Laseman,* nem com o velho "castelo do senhor conde de Westwest". Uma noite, confundido pela obscuridade da aldeia, estando à procura de Lasemann, defrontou-se atônito com a sinistra "casa verde de Rogógin".

Doutra feita, certo da presença de Olga na "estalagem senhorial", verificou que havia se desencaminhado e que enveredara pela trilha que, evitando os pântanos, lhe deixava quase defronte à amaldiçoada Casa de Usher. Andando pelas estradas próximas a Pontoise na época do degelo, passou rente à *Casa do enforcado* pintada por Cézanne sem no entanto reconhecê-la. Dormiu ou pediu abrigo em funestas estalagens. Sempre desesperado à procura de Frieda, bebeu em albergues misteriosos, servido por criados sórdidos e nem sempre amigáveis. Segundo contou-nos depois, muitas vezes, dadas as circunstâncias em que se envolvera, pensou jamais escapar com vida, em horas vazias da noite, roído pelo espanto de suas suposições. Também a ideia de que Frieda pudesse ser amante de Klamm lhe era intolerável. Para os seus ouvidos, isto ainda vibrava como uma novidade e estava perdido!

Enfim, ei-lo de volta, erradio, ainda usando o mesmo boné azul, agora um pouco menos colorido. Se retornou à sua terra natal, isto ninguém jamais descobrirá. Todas as ruas hoje lhe parecem iguais à Rua Madeleine ou quaisquer das ruas de Praga. Não seriam todas outras tantas ciladas que jamais lhe levariam ao Castelo e, portanto, ao seu verdadeiro destino?

Ao encontrá-lo de novo, não me pareceu de forma alguma extraviado, seus olhos brilhavam através dos óculos curiosamente com mais intensidade, embora sua fala me parecesse surpreendentemente baixa, num palavrório confuso, quase inaudível. Apressei-me em apertar-lhe a mão. Logo após o meu cumprimento recuou alguns passos, o bastante para que eu pudesse vê-lo melhor. Não, não havia mudado nada! Ainda estava ferido pelo mesmo sortilégio que o havia carregado de uma maneira tão atroz por terras longínquas e enevoadas. Finalmente indagou numa espécie de murmúrio o que de antemão eu aguardava que ele falasse: "O senhor porventura encontrou o Castelo?".

5 de setembro

Fere-me aquele que mais me ama.

Veronica Gambara

Trabalhei no grande desenho de o *Bebê canibal I*, e já penso na segunda versão. Pela manhã andei vendo os serviços do *Labirinto de esculturas*, que prosseguem passo a passo. Há muito que eu não sentia o calor do sol. Estranhei muito a sua inusitada violência.

Algumas pessoas começam apenas a me "descobrir". Talvez seja um pouco tarde, eu diria, pois sou eu que já começo a me perder, as forças e o restante. Tudo, compreendem?

Mália disse ontem: "Reconheço a sua cabeça, mas lhe incrimino a vil disputa. Por que a expiação? Que pecado horrível cometeu? Por que não vem conosco olhar o outro lado da vida e das histórias? Venha só ver, pois, de olhar se renova a alma. O que verá, mesmo que já tenha sido entrevisto, vale pelas lembranças. Todas as lembranças passadas, presentes e futuras. Por que não vira a página? Jogue ao ar a pesada moeda de duas faces. E, depois, por que não entrar no espelho à procura de uma bela imagem refletida no escuro do *outro lado*, rebrilhando como um enlouquecido diamante, do qual você tanto fala?".

À noite pensei sobre tudo isto. O vento soprando nas arestas da casa. Uma porta batendo com estrondo, ninguém sabe bem aonde, tudo isto com um cenário para cavalgar lembranças de uma bela mulher a dar conselhos à toa, como Vênus que engana os amantes com simulações... "Não", pensava eu, "ainda não a mim." Reagi, pensando nos reclamos da bela amazona de nome tão estranho. "Não me seduza, bela amazona!", nem que viesse montada em um enorme cavalo de pelos macios. Não me constrange de modo algum dizer não a Vênus, não a Mália sem vacilações, e por que não? É apenas uma pergunta sobre a miragem, porque até sobre *ela* inúmeras dúvidas se manifestam. Seriam ainda outros tantos enganos?

9 de setembro

Terminei, depois de alguns meses de trabalho, o *Mercúrio aprisionado*. Senti-me na obrigação de puni-lo, pensando na infâmia de suas ações contra a desafortunada Lara. Suponho que o castigo que lhe infligi foi suficiente, uma vez que soldei as suas duas pernas e os seus dois pés em um só membro inerte para sempre, além de aprisioná-lo num cilindro de ferro com fortes tarraxas e cobrir os seus olhos com uma cabeleira de couro. Como *mensageiro*, perdeu de uma só vez as suas sandálias aladas e a sua bolsa. Por outro lado, trabalho em duas versões de *Joana D'Arc*, sendo que uma representa a Virgem de Orleans e a outra, a Santa Guerreira já investida com a armadura e o elmo, aliás, um capacete propositadamente com vestígios daqueles usados pelos franceses na Guerra de 1914-1918.

Começo a sentir os primeiros sinais de um intolerável cansaço. Curioso é que ninguém, nem os meus familiares mais próximos, se apercebem desses sintomas para mim tão aparentes e de uma certa forma aterradores. Contudo, tomo como exemplo Delacroix, sombrio e solitário de aparência tão débil, mas que, apesar de tudo, considerava a pintura como a sua única amante. Trabalhava sem descanso, noite e dia, e afirmava que toda produção de um artista que não fosse fecunda, transmitia necessariamente a marca de sua fadiga... "Precisaria de várias existências para dar vida a tudo que nele fermentava."

Ajoelhada ao meu lado, uma mulher desconhecida recitava frases inteiras inarticuladas que aos meus ouvidos mais pareciam um gemido. Alguns minutos antes, vinda de muito longe, escutei a sua voz, sussurrada como um lamento. Lastimava-se na vã tentativa de demonstrar o quanto necessitava que eu ficasse, que não partisse... Ouvi-la falar assim, toda trêmula, neste arranhado queixume, sem no momento nada poder fazer, foi de fato terrível. E, de resto, quem falou em partir?

Muitas horas depois, quando a noite se prolongou, escutei no ar gelado o seu grito dilacerado que atravessava os corredores de minha casa como uma ameaça.

12 de setembro

Fenícia telefona. Voz arrastada, insegura, não sabendo bem o que dizer, nem por onde começar. O que revela é de uma submissão atroz. Antes tivesse ficado silenciosa e reservada, como no nosso primeiro encontro, pois só assim o meu interesse cresceria. Entregando os pontos, em tão pouco tempo, o que me resta é "possuir" o seu corpo. Em todo caso, pressinto que é exatamente o meu notório desinteresse que a arrasta e que a faz voltar, sempre que eu desejo.

Nesta comédia de erros e de mútuos enganos, como é que homens e mulheres ainda encontram uma fórmula para sobreviver? De fato, nesta relação predominam o engano e a mentira, onde pode ser incluída, também, a cortesia. Apesar dos conselhos de tantos anos meditados extraídos de *A arte de amar*, do poeta Ovídio, ainda me pergunto se o amor é também responsável por todas essas ressalvas. Mas se é ele que, uma vez impulsionado, não sabe como voltar atrás, por que então os grandes momentos parecem fugazes e o que sobra é a mímica, é a imagem multiplicada no espelho, apenas uma fraca imitação da realidade, um doloroso e atordoante simulacro? Como no conceito bíblico, "daqueles que nada têm, tirar-se-á mesmo o pouco que têm".

Parece que tudo cessou. Não somente cessou, mas, sobretudo, porque nunca existiu. Tramou-se no nada. O que mais ainda terei de acrescentar? No primeiro dia em que a conheci, fiz uma lista dos seus prováveis encantamentos. Hoje, poderia fazer o contrário: uma lista dos meus dissabores – o que nela não agradou. Antes, o que desagradou.

Diante daquele meu desfilar de propostas, Fenícia, ainda muito insegura, teve forças de afirmar: "Todos esses jogos amorosos são próprios da realeza ou daqueles que tudo podem. Ninguém permanece jogando-os impunemente. Fique certo que não é assim como você pensa".

Antes de sair, olhei-a demoradamente indagando de onde poderia tê-la conhecido, porque de repente a sua bela figura bronzeada me pareceu excessivamente familiar. Jurava que não me era desconhecida.

14 de setembro

Fenícia revela-se uma bacante. Ontem à noite tive dificuldade em acompanhá-la. Por várias vezes pedi-lhe trégua. E, como um vencido, pensei em retirar-me da batalha... Seus olhos ardentes de jovem tigre luziam ávidos de sua presa. O corpo trêmulo, pronto para um novo ataque, não mais sabendo a quem dominar, voltava-se sobre os seus próprios flancos, contorcendo-se dolorosamente entre ganidos, como se ela também não pudesse escapar de sua indomável ferocidade.

Hoje, Fenícia não virá. Combinamos um novo encontro amanhã, se o tempo nos for propício. Neste entreato, pensarei nela e no seu jovem corpo de magníficas proporções e, quem sabe, vivendo nesta momentânea distância, também não acabe esclarecendo por onde deverei começar e como encontrar o seu lado vulnerável.

Idiossincrasia: eis todo o desconcerto, a improbabilidade de se voltar atrás. Não há mesmo como fazer diferente. Não é um título. É a própria *natureza* quem comanda, sem trégua, a volta às origens.

Oficina Cerâmica, lugar onde acontecem grandes transformações físico-químicas e amorosas.

Tarde inteira na construção do *Grande Pátio*. Pela manhã, ocupado em duas inscrições. Uma do poema do austríaco Ernst Jandl e outra da frase de Heráclito: *Tudo flui*. Possivelmente em seis meses conseguirei – juntando diferentes esculturas – parte deste *Labirinto*, o qual prenuncia o grande templo. No espelho d'água do *Grande Pátio*, hoje, ao cair da noite, a lua mostrou o seu rosto feminino e desdenhoso. Esta cena inopinadamente me faz recordar "O Pátio dos Lírios" e a "Câmara Mágica", do "Martírio de São Sebastião", peça do *Mistério*, de Gabriele D'Annunzio, musicada por Debussy: "O segundo ato descortina a 'Câmara Mágica', templo de mistérios pagãos, de imagens profanas e encantamentos. Os segredos dos astrólogos e magos acham-se ocultos atrás de portas de bronze. A voz de Erigone, 'Donzela do Grão Dourado' faz-se ouvir do interior, e logo depois a voz da 'Sagrada Virgem'. Sebastião rompe a barreira. Faz-se a luz da nova Fé, expulsando a antiga".

A propósito do *Grande Pátio* da Oficina, a presença do Cristianismo deve ser apenas insinuada diante da forte atmosfera evidentemente arcaica e pagã. Na água, Vênus e os peixes. No pátio, todos os deuses antigos. No pórtico (em forma de mural em relevo), São Sebastião flechado por folhas, ainda com reminiscências arcaicas. Nos dois umbrais, propositadamente, Cosme e Damião velam pela nova Fé. Como diz Hocke, "neste tipo de criação o instinto *autístico* parece desenfreado, mas o instinto de comunicação, este é bem freado. E este freio leva ao silêncio e à dissimulação e ainda à transcrição hieroglífica de um amor antinaturalista e imaginário".

Novamente a bela Fenícia insiste. Deverei aguardá-la logo mais. Neste meio-tempo, tenho a obrigação de refletir: se ainda não sou um louco, deverei andar por muito perto. Na realidade, quem sabe o que me move e onde pretendo chegar? Ela me interessa demais e isto é perigoso. Mas como evitá-la, se dela (ou de outras) depende o *exercício solitário* da criação?

15 de setembro

A madame casada queria se espetar em todas as protuberâncias que encontrava. Tudo lhe servia: bico de pássaro, cauda de jacaré, rabo de leão, etc. Fenícia comparada a ela parece uma inocente virgem. Livrei-me da infame o quanto antes providenciando recambiá-la de volta à cidade, à sua casa e ao seu marido para sempre.

Por falar em Fenícia, afinal descubro a sua identidade – se é que nós podemos saber quem de fato são os outros –, melhor dizendo, apenas confirmo o que eu já havia dito antes: "Eu a conheço, embora não saiba de onde". Evidentemente, alguns podem até estar pensando que eu estaria me referindo a uma outra vida, mas, de fato, as coisas mais desconcertantes acontecem mesmo é aqui, no nosso planeta Terra.

Não errei sequer na data. Foi no ano de 1974, portanto, há quatro anos. Naquela época, dera o nome de Nadja Regina; hoje tenho razões para ficar em dúvida quanto à sua verdadeira identidade. Onde foi buscar esse nome tão curioso de Fenícia? Acontece que neste tempo eu a fotografei e, suspeitando de sua identidade, fui em cima de um aglomerado de desenhos e fotos do ano de 1974 e a encontrei nua, deitada sobre um sofá violeta. Numa outra foto, embora reclinada, aparecendo só a cabeça, ela chupa o dedo polegar num gesto absolutamente infantil, o que não é de admirar, uma vez que, se no momento ela tem os dezoito anos que afirma, naqueles dias ela deveria ter quatorze anos, ou talvez até menos.

Não pareceu confundida com esta minha descoberta, não alterando em nada o seu humor; como sempre, nem alegre nem triste.

No livro *A arte de amar*, Ovídio recomenda aos amantes não procurar saber demasiado de suas amadas, porque aquilo que se faz às escondidas passa a ser feito às escâncaras, quando descoberto.

No momento, a bela Fenícia bem mais consciente de seu poder e encantos sabe, ou melhor, acerta com mais perícia conduzir o barco. Hoje, por exemplo, consegui vários desenhos seduzido por um ousado vestido vermelho que apenas lhe cobria o corpo esbelto. Cabelos presos, mas com várias mechas soltas; sandálias douradas, os olhos pintados em excesso, de um negro profundo, faziam com que ela, sem querer, me ajudasse de antemão a pintar um inesperado retrato. Infantilmente, lhe havia recomendado ontem que viesse vestida de uma determinada maneira, no entanto, vestiu-se como bem quis e entendeu, fugindo à minha possível influência. Ao meu lado, agora, posso olhá-la surpreso, ávido por pintá-la como ela é, o que ela é, ou o que fizeram dela.

Desde a madrugada, a chuva inunda a terra deste esquisito dia de sábado, cortando o verão e as ilusões de muita gente. Assim se comporta o tempo. Como este é um sábado especial, preparei para mim algo diferente. Em vez de ir para casa, fiquei no ateliê para pintar um novo quadro. Resultado: uma pintura singular, realizada em menos de uma hora com pincel nervoso mas certeiro. Título: *Portrait of a lady*. Cores: siena, amarelo-enxofre, violeta e preto. O retrato não é de Fenícia, e sim de uma outra bela moça chamada Carmela que eu conheci em 1975 e de quem guardei como lembrança, nos meus arquivos, vários desenhos e fotografias devidamente datados. Curiosamente, o retrato também é perverso. Quem será de fato perverso no caso: serão mesmo todas as mulheres? Ou estarei apenas teimando em vê-las traiçoeiras e assim representá-las nesta incontida e sempre natural malignidade?

Ainda hoje olho alguns dos meus quadros – logo depois de pintados – com o mesmo maravilhado espanto que o fazia há trinta anos atrás, quando começava a minha carreira de pintor. Uma espécie de sobressalto por ter conseguido, enfim, alguma coisa original, ao lado de tanta coisa ruim. É bom que fale assim, pois anda à solta nesta cidade muito pintor que se pensa bom, mas que não se apercebe das tolices que a maior parte dos seus quadros revela. Pintura (arte) é de fato *coisa mental*, como dizia Leonardo.

17 de setembro

Domingo ensolarado. Continuo a olhar o quadro de ontem, totalmente hipnotizado pela bravura das pinceladas, pelo inesperado arabesco desse estranho desenho de mulher. Contudo, no momento, o ideal seria logo começar outro quadro e deixar esse de lado. Um bom quadro é aquele que nos leva de imediato a um outro.

22 de setembro

Não levar em conta a euforia infantil de apenas estar pintando, quando o que conta é o resultado definitivo, a soma de trabalho que, bem aplicado, acaba por deixar vir à tona alguns resquícios da verdade. Aquilo que o pintor Balthus desabusadamente interpreta como: "*La recherche picturale, aboutie ou pas*".

23 de setembro
Aparece Jean Duvignaud e o cônsul da França, Gaston Le Paudert. Desencontro: o cônsul anuncia-se a si próprio e eu não atendo. Resultado: perdi a oportunidade de conversar com o admirável Duvignaud. Segundo o cônsul, "o professor, escritor e sociólogo, estaria disposto a fazer conhecer melhor a sua grande obra na França".

24 de setembro – domingo
O segredo é este: pintar sempre, depois rever tudo o que foi feito. Destruir o necessário e repintar o que se salvou (a soma de destruições que fazia os quadros de Picasso). Novos quadros, novas reflexões. Refletir pintando não é desaconselhável. Contudo, pode-se também pintar sem nenhuma reflexão. Repito: o importante é trabalhar sem nenhum receio de errar. Porque errar, no caso, será uma constante. Mas acontece que deste erro, desta presunção, escapará sempre alguma coisa, que acabará mesmo por ter algum sentido.

Dias de silêncio. Pintura e desenho. Acredito que este é o único caminho a seguir. Afinal de contas, a pintura é feita com pincel (esta comodidade, como dizia Delacroix). Na realidade o pincel é um pincel em qualquer parte do mundo. A única coisa que se exige de um pintor é saber manejá-lo mais eficientemente do que um pintor de paredes poderia consegui-lo. E isso é tudo.

1º de outubro
Agora tenho no que pensar. A intrigante Fenícia enche o cenário da Oficina. Ela me alegra e com isto começa a me seduzir. Contudo, é ela própria que parece não ter nenhuma pressa.

Insisto em retocar *Dante*. Voltará ao forno amanhã. A meu ver, apesar do seu belo desenho (o perfil é soberbo), sem fazer nenhuma concessão aos retratos convencionais do grande poeta, ainda lhe falta uma matéria que só as chamas do inferno podem lhe conferir, e ele, melhor que ninguém, sabe disso.

3 de outubro
Rápidos desenhos coloridos apenas servindo de anotações: um jogador de futebol em plena luz e uma corista de meias vermelhas. São exercícios. Devem servir para alguma coisa.

A escultura de *Dante* retornou ao fogo.

Coloquei a frase de Heráclito (gravada na cerâmica) no seu lugar definitivo. Uma espécie de poderoso muro inclinado que serve de barragem a um tanque de águas profundas e limosas, onde vez ou outra aparece o dorso de alguma carpa mais inquieta. *Tudo flui.*

7 de outubro
Surpreendentemente não veio hoje. Ela própria disse que não viria e não veio. Será que se eu insistisse viria correndo? Será também que ela apenas não falou em vir simplesmente porque não combinei nada ontem quando estive com ela? Ou será mesmo que não veio porque tinha outras "combinações" bem mais interessantes a fazer, e quem sabe se não veio simplesmente por sentir tédio? Talvez não tenha vindo porque pressente a minha cautela, o meu permanente recuo, a minha notória indecisão. Ela é inteligente.

O que me adianta conhecer, com detalhes mórbidos, as experiências literárias de Marcel Proust em *Um amor de Swann* e *Senilidade*, de Italo Svevo? Em que podem influenciar a minha conduta?

Dias atrás, lendo um livro de psicologia, falou-me que gostou de um testemunho: "Eu sou aquilo que minha história me fez". Diga-se de passagem que desde algum tempo parece muito perturbada. Eu nunca a tinha visto assim. Confesso que me meteu um pouco de medo.

Hoje, depois de telefonar-me três vezes não falou de suas atitudes. A mim não pareceu que ainda recordava e nem ao menos notara a sua própria estranheza. Agradeceu o *crayon* de boa marca inglesa que eu lhe presenteara. De resto, repito o que disse: é uma mulher diferente e encantadora.

10 de outubro
Cada vez mais envolvido com Fenícia. Ontem fiquei bastante enciumado quando ela me disse que gostaria de viajar. Chegou a descrever parte do seu

plano. Fiquei estupefato como tal ideia lhe surgiu à cabeça. Já não posso passar sem a companhia dessa moça. Poucos momentos antes ela havia se sentado no chão ao pé de mim, deitando a sua cabeça nas minhas pernas. Parecia alguém dominado, submisso, incapaz de qualquer mal, no entanto, feriu-me fundo, muito fundo. E dizer que fui eu próprio aquele que propusera a ela "um jogo sexual aberto". E então?

Pela manhã, João Câmara, Gil Vicente e Pompeia, viúva do escritor Renato Campos, chegaram à minha procura. João prepara uma conferência sobre o meu trabalho de ceramista que pronunciará no próximo mês na cidade do México. Só hoje tiraram mais de cento e cinquenta fotografias.

14 de outubro – sábado – manhã
Quando a foca é feia, o castigo é bom e a zebra é uma beleza.

Não me parece que as minhas absurdas lamentações façam mais sentido do que o texto acima. Se lido em silêncio por uma só pessoa e se esta pessoa nada revelar, o sentido das frases em nada vai alterar a continuação da vida. Se revelado, será matéria de sorrisos e cochichos. Mas, assim mesmo, nada vai mudar.

É preciso cuidado para não ter nenhuma semelhança com o Carlinhos da Maia, envolvido numa tragédia sexual, a se lastimar pelos cantos, sem saber bem o que fazer da monstruosa lascívia de sua improvisada amante. Conheço um texto de Balzac, retirado de *Um príncipe da Boêmia*, que diz mais ou menos assim: "Nestes tempos que correm, tudo serve; pois não tem visto autores, por falta de imaginação, servir ao público seu próprio coração e muitas vezes os de suas amantes? Ainda se chegará a buscar aventuras menos pelo prazer de ser o herói delas do que para narrá-las".

Sem saída, ou num beco sem saída, quase sem interrupção, corro para escutar alguns *Poemas sinfônicos*, de César Frank – aliás, presente de Fenícia. Mil vezes escutasse, mil vezes me encantaria. Conheço poucos compositores tão apaixonantemente românticos como César Frank (meio-alemão, meio--francês). Quanto aos títulos desses poemas sinfônicos, já indicam a força do seu caráter musical: "Le Chasseur Maudit", "Les Éolides", "Redemption", "Les Djinns".

16 de outubro – segunda-feira

André Carneiro Leão gentilmente telefona para anunciar comovido que temos Papa mais uma vez. Nome: João Paulo II; nacionalidade: polonesa; aspecto: um pouco para o gordo (ou atlético); e, segundo André, lembrando de longe João XXIII, o Bondoso.

César Frank sobe-me à cabeça e, como o vinho, embriaga-me os sentidos. Age como um reconfortante veneno, mas certamente a dose não é letal. Os músicos costumam não perder a batalha para os humanos.

Desgraçadamente, hoje não trabalhei. E o pior é que amanhã tenho várias obrigações, onde a pintura e a escultura não podem entrar. Entre outras coisas, responder uma carta de Cherry Barbier (arqueóloga) que, de Paris, reclama não ter recebido nenhuma correspondência minha. Donde se conclui o extravio da carta datada de 28 de agosto. Com certeza esta carta (que tinha registro e aviso de recebimento) chegou no seu endereço, quando já viajava para a Califórnia. Não encontro outra explicação, desde que foi de fato escrita e registrada neste caderno como testemunho.

Passagem de “Os Djinns”, sublinhada pelo próprio César Frank: “Suplicante, mas com inquietude e um pouco agitado”. São oito horas da noite. Fenícia acaba de chegar. Sem comentários. De resto, o que poderia eu mesmo dizer? Tudo começou como começam todos os amantes. Os equívocos se transformando em certezas para logo depois emergirem como dúvidas que jamais terão respostas. Todo amor (pelo menos aquele que envolve o sexo) é na sua essência masoquista. Embora, diga-se de passagem, a natureza nada tenha a ver com isto.

Homens e mulheres são obrigados a uivar como animais pelo mundo afora, relembrando o estigma de *um pecado muito antigo*, impossível de esquecer.

1979

Propriedade Santos Cosme e Damião

8 de março

Mefiéz-vous des mes jugements.
Camille Pissarro

Em geral, só no começo do ano ou quando tenho oportunidade de reler alguns trechos dos meus inúmeros cadernos é que verifico que, na sua maior parte, predominam os fragmentos. Na realidade, os meus propósitos se dirigem a uma espécie de coletânea de anotações esparsas, como alguém que, procurando não esquecer, anota de qualquer maneira o seu pretendido informe. Com o passar do tempo, no correr da pena, de uma escrita cada vez mais dolorosa (mecanicamente dolorosa), a minha letra se deteriora a olhos vistos. Suponho que nestes primeiros dias de março continuarei nos meus vícios de apontamentos. Não que não existam textos mais longos e até alguns pretensos ensaios, mas sempre fazendo uma exceção à regra.

As coisas se agravam.

Vocês são fracos. Enquanto durar essa fraqueza,
ninguém os ouvirá.
Aiatolá Khomeini

Tema para um conto: narrar a história de uma mulher que teve vários amantes e encontra mais um.

A diferença para os outros é que o meu desespero vem sempre a galope.

Gostaria de gravar em cerâmica um poema de Deborah e colocá-lo na casa de Mata Redonda para não esquecê-lo nunca mais, ou melhor dizendo, para começar a aprender, enfim, a esquecer, sempre esquecer.

Sempre Esquecer

Para esquecer, sempre esquecer,
vejo a luz cair no Pátio

e rezo as contas do mistério
sem ter um rosário nas mãos.

Mas, se por acaso um Juiz me indagar
sobre as coisas que eu já vi,
volto a face para um lado
e se o réu também insistir
sobre o destino dos pássaros,
volto a face para outro lado.

Para esquecer, sempre esquecer,
já com os dedos calejados
sem ter o rosário nas mãos,
vejo a sombra derramar-se.

E, sem poder contê-la, esqueço o Pátio.

Por falar na casa de Mata Redonda, na cidade de Triunfo, resta confessar que foi a própria Deborah, em silêncio (ela sempre soube agir), quem descobriu a velha casa em ruína. Fugindo de se acumpliciar com um negócio desvantajoso, envolvendo uma propriedade tão distante do Recife, cerca de 450 quilômetros, ela escreveu-me uma carta, que acredito ser indispensável neste caderno.

Esqueça as mulheres. Nenhuma vai suportar... Pense num rude vinho Málaga, esmagado na colheita por uma dança selvagem. Quebre na lembrança cristais e porcelanas e tome o café em caneca rústica numa mesa conventual. Use tachos. Tachos de cobre com as frutas da estação. Mangas e enormes abacates. Não pense em rosas... No máximo aqueles bredos silvestres, boas-noites e trepadeiras entremeando os tijolos vermelhos e os muros de pedras soltas tão comuns à região. O chão é rubro, parece misturado com sangue. Poderia ser uma velha casa inglesa do Yorkshire no verão, ou quem sabe, dos planaltos de Castela, ou o que é mesmo, uma casa sertaneja, sem o aconchego e sem o ordinário conforto, pois que, em se tratando dela, jamais se poderia pensar em heresias tais como: living-art-noveau-designer-estofados. Entretanto, devido ao frio do inverno assenta-lhe bem ter pesadas mantas sobre sofás de couro e uma maneira digna de viver. A paisagem ao seu redor deixa ver a chuva rachar o sol e as tardes cinzentas pousarem nas muralhas. É triste? Não sei. É bonito? É. É longe? É demais. Recorda vinhedos dado aos terraços em declives separados por canteiros de pedras cheios de café frutificando. É triste? À tarde creio ser mais ainda. É longe? É demais. É casa do passado, com o sótão carcomido e arcos altos, cozinha com nichos abandonados, cavados na pedra. Casa talvez de alguém que nunca escutou a palavra arte mas que viveu no belo. Entretanto, para um desesperado, um fugitivo, um homem que viu guerras, um santo, ou um artista capaz de suportar (evidentemente por loucura) a mais profunda solidão, creio ser este o lugar, desde que fica no alto de uma serra, no fim do mundo, cujo acesso é por estrada de barro. Quem vai lá? É o cenário para um personagem: um homem sem perguntas, ou então com todas as respostas. Um ser capaz de viver com os cachorros, os gatos, galinhas, porcos e jumentos, que se tornam imprescindíveis à humanização do sítio (os cães podem ser da raça dálmata). Os burros com seus caçuás, carregando folhas de agave lembram alguma coisa no gênero Platero e Eu.

No seu conjunto, teria de lembrar qualquer coisa no mínimo de um San Michel com um mínimo de Axel, misturado à taciturnidade de Heathcliff. Flores, muito poucas, embora o clima se preste ao cultivo de todas. Mas desde que se pode escavar nas rochas (em que a casa se assenta) pequenos lagos e colocar esculturas, deixar as flores de lado. Flores seriam para um poeta camponês (Mistral), nunca para um pintor introvertido como Balthus. Em todo caso, não sei. Enfim, está tudo para ser feito e gastar o tempo em consertar uma ruína lá nos confins do mundo. Valerá a pena? Acho que não. Pretendo não voltar mais lá.

Yves Boisset, um dos cineastas de maior futuro do cinema francês, apresenta *A chave na porta*. Como na maioria de suas obras anteriores, o autor aborda um tema de sua notória preferência: a análise de si mesmo por ocasião de uma crise inesperada que transforma todas as certezas aparentemente inquebrantáveis da personagem principal.

Renato Magalhães Gouveia inicia, por conta própria, a venda de alguns dos meus quadros. Levou do meu ateliê seis pinturas (acrílico) e três desenhos a *fusain*.

A palavra *Eva* é originária do hebraico e quer dizer viver. Recordo-me que já anotei a mesma coisa ano passado. Em todo caso, vale o novo registro.

Meu silêncio às vezes coincide com o fato de estar pintando – a pintura falaria por mim. Às vezes, também com o fato de não estar pintando nada: é um silêncio de quem sente vergonha em falar. De quem não está autorizado a falar e de quem supõe que, mesmo falando, ninguém ouviria...

> *Todos querem, acaba acontecendo. Como a mulher que hoje está nua – de frente – na capa das revistas. Há muitos séculos os homens queriam ver mulheres nuas – muitas mulheres. Agora estão vendo. Baseados no mesmo desejo-máquinas, podemos começar a crer que vai acontecer tudo aquilo que muitos querem. Acho até que já está acontecendo.*
>
> José Ângelo Gaiarsa

O mês de junho começa a se formar, e dentro dele estará sempre a data do meu aniversário. Por que não pensar assim? – eis o vórtice do meu fim. E por que, apesar de tudo, ainda nos enganamos tanto com palavras?

Noite de 5 de junho

Água meu netinho.
Azeite senhora velha.
Água meu netinho.
Azeite senhora velha.
Água meu netinho.
Azeite senhora velha.

6 de junho

É de fato derrisória a vaidade dos valores cristãos diante de um mundo irremediavelmente pervertido. Em parte, a crença no *pecado original*, confirmada no Antigo Testamento, desconcerta a natureza *benévola* do Cristianismo propenso ao perdão.

Foi então a catástrofe final o seu encontro definitivo com Fenícia. Ela era jovem e, como cabia ao seu papel, infinitamente sedutora.

Ela se empenhou em ajudar o velho a reavivar a chama amorosa e logo adiante o ciúme extinto. Por conta própria, já sem se aperceber do que fazia, ele lhe doou parte de suas obras, seus livros, suas propriedades e até mesmo a sua honra, para em seguida atirar-se com as mãos nuas num hospício que ela, por ironia, fez questão de lhe indicar.

7 de junho

Prossigo encantado e rejuvenescido na leitura de *As aventuras de Pickwick*. Alguns livros certamente não foram feitos para adolescentes e o fato de eu ter abordado cedo demais as obras de Dickens me prejudicou o prazer maior de uma leitura madura. Às vezes, é prodigioso omitir certos autores porque só assim você terá o supremo encantamento de conhecê-los tardiamente.

Mulher só é mulher quando obedece.

Silencioso e desesperado em torno da forma humana. O que é humano e o que é animal? Quais os limites do interior e do exterior das coisas? Não será que um depende do outro? Ingres recomendava aos seus discípulos ignorar ossos e músculos.

Não havia pensado nisso. Em inglês, *dead letters* quer dizer "cartas atiradas fora".

13 de julho

> *Os Estados Unidos foram a única nação do mundo que passou diretamente da barbárie para a decadência.*
>
> Clemenceau

Os tempos não são definitivamente bons para os que pretendem seguir adiante com as conquistas tecnológicas em nome do progresso. Muitas coisas têm dado errado com os reluzentes símbolos da tecnologia e parece que, de agora em diante, perderão ainda mais o seu brilho.

Celso Furtado, homem de inteligência brilhante, adverte que "a geração contemporânea produziu um antirrenascimento, enquanto a era de Leonardo, Erasmo, Galileu e outros revelou novos rumos e fascinantes dimensões da vida. A nossa deu a esse homem uma capacidade de destruição que o eleva (ou rebaixa) ao nível de um deus do mal".

17 de julho

Numa rara manifestação poética, embora muito ruim, eu escrevi:

Equívoco

não é o sapato
nem a meia
a liga
tanga
cinturão
nem o sutiã
decote
colar
batom
sorriso
óculos
diadema
penteado
chapéu
nem a luva
vestido
A mulher não é a beleza.

24 de julho

A desconfiança dos místicos pela arte em geral não é recente. Só ao mundo moderno, desmemoriado e circunstancial podem causar espanto as declarações do Aiatolá Khomeini contra o cinema, o teatro, a música e outras manifestações ditas artísticas.

Leon Tolstói já dizia: "Quando se quer ter escravos, é necessário a maior quantidade de música possível". É pelo menos a ideia de um príncipe alemão, segundo o relato de Tolstói.

Albert Camus achava que a música de Wagner era uma música para escravos... Não era em vão, portanto, que Hitler amava a música de Wagner e o considerava o maior de todos os músicos.

Os debates em torno da decisão do chefe espiritual do Irã em suprimir a música do convívio do seu povo desperta acirrados debates no Ocidente.

Só agora descobrem que o Aiatolá não é o primeiro que suprimiu a música por destoar do seu pensamento político. Na Grécia antiga, Platão compartilhava dessa mesma preocupação, afirmando que a música entorpecia o espírito. Mostrava-se apenas disposto a permitir a lira e a harpa nas cidades, assim como a flauta do pastor no campo, mas afirmava: "Quando um homem se permite ouvir música e que esta penetre em sua alma, ele começa a derreter-se, a gastar-se, até que, eliminado o espírito e extirpadas as fibras da alma, acaba um guerreiro fraco".

Não precisa mais do que um pequeno retrospecto para descobrir que tais suspeições quanto à música e à arte em geral são muito mais frequentes do que se pode pensar. No mundo ocidental, por exemplo, por pouco a música não seria definitivamente banida dos ofícios religiosos católicos, persistindo tão somente o cantochão gregoriano. É fácil relembrar que, por volta do século XVI, os musicistas começaram a tratar as partes que compunham o cantochão, isto é, o *Kyrie*, o *Glória*, o *Credo*, o *Sanctus*, o *Benedecto* e o *Agnus Dei*, de forma tão pouco respeitosa, entremeando canções populares, levando tal caos ao ofício religioso que, em pleno andamento do Concílio de Trento, o Papa Paulo IV fez com que essas músicas fossem terminantemente proibidas e mesmo posta em perigo a possibilidade de a música da Igreja não ir além do seu canto comum, estabelecido por Gregório.

Dois membros da congregação sugeriram ao Papa que fosse Giovanni Pierluigi da Palestrina o encarregado de compor uma missa, cuja forma seria o padrão das missas futuras. Das três que Palestrina apresentou, a última foi a *Missa Papae Marcelli* que serviu de cânone a todas que se seguiram e a qual, ainda hoje, não se ouve sem emoção. Foi assim – por incrível que pareça – que ficou assegurada a continuação da música na igreja católica, por força única e exclusiva do gênio de Palestrina.

27 de julho

As considerações sobre a conveniência da arte levaram Jorge Luis Borges a relembrar que Maomé vaticinava que toda a representação de uma coisa viva comparecerá diante do Senhor, no dia do Juízo Final. Os anjos ordenarão ao artífice que as anime; este fracassará e o atirarão no inferno durante certo tempo. Alguns doutores muçulmanos pretendem que só estejam vedadas as imagens capazes de projetar uma sombra (as esculturas).

A mim sempre causou apreensão a implacável dureza de Moisés no Êxodo: “Não farás para ti imagens de escultura, nem alguma semelhança do que há em cima nos céus, nem embaixo na terra, nem nas águas debaixo da terra”.

Dizem que Plotino se envergonhava de habitar um corpo e que não permitiu, de nenhum modo, aos escultores a perpetuação dos seus traços. Um amigo lhe pediu uma vez que se deixasse retratar. Plotino lhe disse: “Bastante me cansa arrastar este simulacro em que a natureza me encarcerou. Consentirei além disso em que se perpetue a imagem dessa imagem?”.

A condenação a toda e qualquer forma de *ídolos* tinha seus fundamentos, com certeza, na mais remota antiguidade judaico-cristã. Igualmente não teria outro significado a enigmática exortação de Boris Pasternak, no *Dr. Jivago*: “Até certo ponto estou convosco. Mas quanto mais o homem se dá para seguir a beleza, mais se afasta do bem”. Pasternak invoca portanto as mesmas raízes dessa desconfiança religiosa que ainda persiste através dos tempos: o estigma que persegue todo artista como escravo do pecado. O próprio Santo Agostinho colaborou em confirmar tais doutrinas.

30 de julho

Desrespeitando tanta sapiência místico-filosófico-doutrinária, terminei a escultura intitulada *Gnose*. Trabalho nesta peça desde o começo do ano passado, mas só agora consegui executar sua pintura, providenciando em seguida suas últimas e definitivas queimas. O sucesso dessa peça me fez logo trabalhar no *Neptuno*.

O mundo sempre assimila com dificuldade seus moralistas – como é o caso atual do Aiatolá Khomeini – mas, na realidade, ciclicamente não pode prescindir deles. São o sal da terra.

3 de agosto

Será que terei a coragem de recolocar a minha correspondência em dia? Será que ainda não me considerei suficientemente morto?

Quantas vezes tive prazer em registrar nestes cadernos os sinais promissores de uma mudança de estação? Embora não tenhamos as quatro estações, quantas e quantas vezes demonstrei a alegria quase infantil de adivinhar um novo verão ainda dentro do inverno? O verão, esse caçador implacável de chuvas. Por outro lado, essa mesma chuva, no dizer do poeta, pode “rachar o sol”.

Pela primeira vez, depois de recomeçar a construção da casa de Mata Redonda, deixei de passar um final de semana na cidade de Triunfo.

Aqui, neste recinto da fábrica – também em reconstrução –, preciso de mais vinte anos de trabalho, embora tenha a certeza que ainda não serão o suficiente para aquilo que eu vislumbro em construir: uma Bayreuth selvagem.

5 de agosto

> *No caso tratava-se não só da destruição do amo, como também da do criado.*
>
> *O mal e o bem são palavras que me criam dificuldades. Creio na existência do bem e do mal, mas não na sua existência como formas absolutas.*
>
> Joseph Losey[28]

Sábado e domingo com Fenícia em sua casa. O mesmo minúsculo apartamento em que me abrigou (nos fins de semana) quando de minha fuga em outubro e novembro do ano passado para a fazenda de Deborah em Camucim de São Félix. A mágica perdurou em todos os níveis de encantamento.

É estranho que os pés humanos conservem as suas unhas mesmo quando já se calçou sapatos por tanto tempo. Acredito que um dia elas desaparecerão por completo. Prossigo pensando no assunto, sem dizer palavra. "Agora", pensava eu, "onde andarão os meus pés?"

> *As mulheres são pessoas subjugadas, disciplinadas na sobrevivência, na dissimulação.*
>
> Bráulio Pedroso

Tudo não vai bem e eu, ainda pior. Deborah embarca hoje para os Estados Unidos, saindo do Rio de Janeiro logo mais à noite, acompanhada de nossa

---

[28] A propósito de seu filme *O criado*, em *Conversações com Joseph Losey*, de Tom Milne.

filha Conceição. Na Clínica Mayo, em Rochester, no Estado de Minnesota, fará novos exames de saúde, como tem acontecido nesses últimos quatro anos, depois de sua bem-sucedida operação, em setembro de 1975.

11 de agosto

Termino a grande cabeça do *Neptuno* encimada por um periscópio. Esta curiosa saliência vertical tem a forma de uma bota, cujo pé é semelhante a uma cabeça de falcão, com os olhos vendados por uma máscara de couro. Pretendo salientar que também os deuses são prisioneiros – tanto quanto os homens – de sua cegueira. Uso cores muito simples, algo marinho: branco e azul.

Hoje comecei um conjunto de três esculturas monumentais. Título: *Os vigias da noite*.

13 de agosto

Nós somos apenas um sistema desesperado de sobrevivência, bastante eficaz, é verdade, mas apenas isto e nada mais. Sobreviventes.

Os pernilongos (outros sobreviventes), ávidos de sangue, atacam usando como arma os seus finíssimos dardos, "sem ódio e sem cólera".

Ontem, domingo, trouxe Fenícia até a Oficina para mostrar-lhe *Neptuno*, *Gnose* e *Os vigias da noite*. Estando estas últimas peças ainda em execução.

Um arquiteto alemão, Friedrich W. Hinkel, descobre o segredo da construção das pirâmides do Sudão. Diz a notícia: "Um raio de sol nascente esguelhando um velho muro de 2 mil anos, em plena restauração, a uns duzentos quilômetros ao nordeste de Cartum, capital do Sudão, permitiu a um madrugador arquiteto da Alemanha Oriental descobrir o único plano de construção de uma pirâmide até agora conhecido". Comento esta notícia para lembrar, ainda a tempo, que agregado ao nosso *sistema de sobrevivência*, contamos firmes com o espírito.

14 de agosto

É o grito da gaivota. Da gaivota quando pressente o cheiro de carne e repentinamente fica enfurecida: o seu canto se transforma em grito como uma lancinante gargalhada.

Existem certos momentos da vida em que não há palavras. Simplesmente elas deixam de contar. Não têm mais valor algum.

Meu pai apareceu pela manhã. A conversa não foi brilhante. Parece-me que não estávamos muito inspirados.

Muito mais tarde, depois de sua saída, pude novamente recomeçar o trabalho.

Sérios estremecimentos com Fenícia. Será que ela também joga comigo? Maldição para as mulheres. Quando lhe pergunto se ela é uma p., invariavelmente responde desafiante com outra pergunta: "O que você acha?".

15 de agosto

Enviei ontem para a Galeria Artespaço cinco peças de cerâmica, com os seguintes títulos:

1- *Vênus* (1977)
2- *Máscara de couro* (1978)
3- *Os amantes* (1976)
4- *Ovo da serpente* (1979)
5- *O abutre* (1979)

16 de agosto

Custa-me acreditar em tamanha pusilanimidade. Se eu não fosse o próprio protagonista, não acreditaria que alguém pudesse ser capaz de tantas fraquezas e de tão completo desleixo. Inacreditável!

17 de agosto

Telefonema de Rochester. Falo com Deborah e Conceição. Exames perfeitos. Por conta dos bons resultados, pensam em passar em Nova Iorque e, logo em seguida, Rio-Recife.

O pintor e escultor José Cláudio me escreve uma nova carta e, como sempre, de uma maneira inteligente e imaginosa. Devo respondê-la o quanto antes.

20 de agosto

Fenícia parece arder de amor como uma brasa incandescente. Contudo, eu a olho bastante desconfiado. Conselho do velho Confúcio: "O amor, assim como o carvão, quando acendido tem que ser controlado. Caso contrário, queimará o coração".

Debulhada em lágrimas pela morte inesperada de seu pequeno pássaro, Fenícia saiu à procura de uma árvore no parque para colocar a diminuta urna entre os galhos mais altos. "Já que ele de há muito não teve o prazer de pousar entre os ramos, que agora descanse no cume da árvore de onde nunca deveria ter voado", ela disse.

21 de agosto
Muito cedo no Engenho São Francisco, pego na biblioteca dois livros sobre Cézanne. No caminho, olho belas paisagens ainda encobertas pela névoa da manhã.

Tive um sonho que em tudo não foi um sonho.
Bráulio Pedroso

Aprendi a dar no escuro um laço vermelho
E a rosa da luz a bordar com voos de pássaros.
Aprendi palavras, mil palavras, mas minh'alma,
Capaz de entender as fortes brisas de agosto,
Com palavras a minh'alma não falava...
Então eu vi a inutilidade de perguntar sim ou não:
Pousei depressa a face em teu coração – batia a vida.
Acho que esta foi a razão de tantos acontecimentos:
O jardim florindo, o sarar da chaga, o pasto verde,
A volta do anel de safira ao dedo, e, por que não dizer,
Dizer sem medo? a coragem de olhar o tempo sem
baixar a vista.
Deborah Brennand

23 de agosto
Fumando desbragadamente o meu cachimbo – quase tantas vezes como eu fazia com os cigarros – consegui escrever uma longa carta ao pintor José Cláudio da Silva.

Deborah e Conceição chegam depois de amanhã de madrugada ao Rio de Janeiro. Com certeza, logo em seguida partirão para o Recife.

24 de agosto

Desenvolvo um novo projeto de escultura: *Vênus aprisionada* ou *O nascimento de Vênus*? Fiz alguns estudos preliminares e uma pequena maquete. Sem esperar o resultado, já parti para o grande formato. Desde o ano passado que figuras da mitologia grega passam a interessar-me, sobretudo depois da bem-sucedida série *Senhoras desafortunadas*, como *Halia, Lara e Galatéa.*

Pretendo aprofundar esses estudos de figuras femininas, às vezes sufocadas, outras descangotadas e outras degoladas.

Fenícia começa a estudar francês pronunciando aqui e ali algumas frases desta língua, me fazendo reviver em espírito todo um mundo para mim já esquecido.

27de agosto

Deborah me presenteia com um magnífico álbum sobre a pintura de Balthus. Apesar da consagração dessa luxuosa edição de Skira, eu certamente teria escolhido como ilustração do texto outras telas deste pintor, ou melhor, teria acrescentado mais algumas de uma importância capital para a compreensão da obra deste estranho, corajoso e inspirado artista. Também não gostei do texto de Jean Leymarie como apresentador que, a meu ver, nada acrescenta ao que já se conhecia de Balthus, e não se diga que foi por falta de espaço... O livro é enorme.

Termino a carta a José Cláudio.

Ontem, o dia inteiro ao lado de Fenícia. Vã tentativa de colocar as coisas em ordem, pois não existe a *ordem* que eu persigo, nem na vida nem na arte. O que existe é a ordem do artista, que significa dizer: trabalho doloroso e sacrifício. Enquanto não colocar a pintura na frente de tudo, nada irá bem, assim como jamais alcançarei a almejada ordem.

Um obscuro provérbio latino adverte que "toda precipitação vem do demônio".

Como os homens são presunçosos, para não dizer tolos, quando imaginam representar (ou apresentar) um anjo. Um anjo sempre feito com pernas, braços e asas. Enfim, uma verdadeira bobagem.

Por acaso na hierarquia celeste (voadora) não seriam suficientes braços alados? E os pássaros que também são uma das obras-primas da criação (com asas e tudo), por acaso têm braços? E, meu Deus!, se porventura tivessem braços, não seriam para eles um verdadeiro transtorno? Talvez os teólogos justificassem esses braços como uma *necessidade* a mais dos anjos, só dispensável nos pássaros. Talvez até dissessem orgulhosos que *um anjo* é sempre um anjo e, portanto, senhor do seu nariz e dos seus braços também.

O genial El Greco, que pintou numa época de anjos sempre presentes na arte religiosa, foi admoestado pela Inquisição por conta das enormes asas desses estranhos *seres alados*, que chegavam a encostar no chão. Contudo, não estou bem certo se resolveu encurtá-las.

Oscar Niemeyer, o arquiteto, aparece acompanhado do poeta Francisco Bandeira de Melo. Niemeyer fala no projeto *Memorial* que pretende executar em homenagem ao falecido presidente Juscelino Kubitschek. Pretende, se possível, utilizar a minha cerâmica neste novo monumento idealizado para a cidade de Brasília. Percorrendo os salões da Oficina, não fez nenhum comentário sobre centenas de esculturas (algumas de grande formato), que estavam colocadas a não mais que um palmo do seu rombudo nariz.

Ontem, *noite branca*, ao lado do reconhecido calor de Fenícia.

4 de setembro

> *Outra testemunha da unidade profunda do Verbo, outro negador dos limites individuais foi o insigne Ben Jonhson, que empenhado na tarefa de formular seu testamento literário e os ditames propícios ou adversos que lhe inspiravam os seus contemporâneos, limitou-se a reunir fragmentos de Sêneca, Quintiliano, Justo Lipsio, Vives, Erasmo, Maquiavel, Bacon e os dois Escalígeros.*
>
> Borges

Claude Chabrol relata os estranhos amores de uma jovem marquesa, casada e mãe de família, com um obscuro fotógrafo coxo. A ação se situa em 1912. "Isto me dá a oportunidade", confessa Chabrol sobre este particular, "de fugir desse cinzento e triste presente".

A protagonista feminina, num certo momento, reclama: "Vocês nos olham como se fôssemos insetos".

Agora os incidentes com Fenícia se repetem com uma frequência e intensidade assustadora.

6 de setembro

Novo quadro, novo malogro. Gostaria de prosseguir pintando hoje, mas a vinda do pintor Miguel dos Santos deve alterar meus planos. Trouxe com ele, para me presentear, uma bela pintura. Este artista, além de excelente ceramista, é também um pintor cheio de originalidade.

Abro a caixa repleta de fotografias de prostitutas tiradas pelo velho Ivan Granville. Cheira a vômito. Como de resto não havia grande interesse neste conjunto, acabei por incinerá-lo.

Simultaneamente destruo dois dos meus quadros. Será que estarei mais calmo agora?

7 de setembro

Nas solenes exéquias de Lord Mountbatten (assassinado por terroristas irlandeses) não havia um só japonês. Era vontade expressa desse Lord inglês, antigo e, segundo dizem, heroico combatente na última grande guerra, onde notabilizou-se sobretudo lutando contra os japoneses, que no dia do seu enterro não aparecesse um só desses seus inimigos. A meu ver, sua atitude foi admirável e correta.

10 de setembro

O verão tarda e isto inquieta a todos, como se ele pudesse não vir. No entanto, isto não evitou a consumação de uma outra *noite branca*.

Jamais confessei e, no entanto, não gosto do filme *O grande ditador*, de Chaplin. Acontece que a culpa não é do cômico genial (para muitos, não para mim), e sim daquele a quem pretendeu ridicularizar, ou seja, o ex-chefe do Nacional Socialismo Alemão, o ditador Adolph Hitler, cuja ridícula figura continua a desafiar intérpretes e imitadores. A figura de Hitler era mais atrozmente ridícula, acredito – mesmo inimitável – na sua patética insanidade.

Fortíssimas razões além de qualidades quase sobre-humanas para não se deixar escravizar ou corromper. Acontece que, segundo tudo indica, no mundo moderno inexistem estas *razões*, ou será que existem e eu é que não as vejo ou não as encontro?

Ching Hao, que escreveu sobre arte no século VIII d.C.: "Há uma aparência externa que não pode ser confundida com a verdadeira realidade. Tome a aparência como aparência e a realidade como realidade. A menos que isso seja entendido, uma pessoa desenhará uma mera semelhança, mas não captará a essência real".

12 de setembro

Dezoito horas e meia: há exatamente um ano, nesta mesma hora, Fenícia entrou neste ateliê para não mais sair.

Continuo na pintura, isto é, pintando e destruindo quadros, mas certamente alguma coisa acabará por se salvar.

14 de setembro

"A felicidade é saber que eu estou com ela. E ela comigo. Mas principalmente que ela não está com outros... Quer dizer com isso que se ele não trai, também não quer ser traído. E, afinal, está com toda a razão", dizia Marcel Proust.

15 de setembro

Copio vagarosamente as exortações do profeta Daniel - cap. 2, v. 32-33:

A cabeça é de ouro fino,
o peito e os braços são de prata,
o ventre e os quadris de bronze,
as pernas são de ferro,
os pés em parte de ferro, em parte de barro.

Termino o *Ídolo* e começo a *Rainha branca.* Uma outra escultura já terminada entrará na série *Torre de Babel*, mas também poderia batizá-la como *Árvore da vida*, o que não seria por isto menos enigmático pois, segundo me parece, as duas denominações têm a sua origem numa vastíssima e ainda intocada confusão.

Segundo Longfellow, "homem tem de ser martelo ou tem de ser bigorna".

17 de setembro

Borges tinha "a ambição de escrever um capítulo do Livro Único que os homens, revisando-se de geração a geração, redigem sem pausas desde a aurora da linguagem".

E depois o argentino insiste: "Olho este mundo querido que se deforma e que se estende num pálido cinza vago e se confunde com o sonho, com o esquecido".

O domingo de ontem não foi particularmente venturoso. Fenícia entediada e apática durante toda a manhã não fez senão andar de um lado para o outro no seu pequeno apartamento. Só à tarde pareceu melhorar quando saímos em direção à fábrica. Por que as mulheres são tão irrequietas?

18 de setembro

Uma das piores coisas que podem acontecer a um político: "tenho receio de poder estar enganado". Um político não pode e nem deve se enganar. Equivaleria a um suicídio.

24 de setembro

"Sou cruel no meu trabalho."

Semana passada trabalhei durante quatro dias consecutivos, tentando acertar, pintando, um nu realista. Isto é, diante do modelo. No sábado desisti e acabei pintando uma paisagem, com uma rapidez que me desnorteou. Contudo, ainda voltei ao local duas vezes para conferir detalhes, mas na verdade não havia o que fazer. Cézanne costumava observar que "não há quadro terminado, e sim quadro abandonado".

De manhã, muito cedo, uma bela mulher escorregava deslizante pela calçada, como se fosse uma cobra. Fui obrigado a parar o carro e deixá-la passar. E, no exato momento em que começou a travessia da rua, pude vê-la, então, bem de frente. Agora olha absorta o seu pequeno relógio de pulso, como se naquela imprevista atenção pudesse liberar em definitivo apenas o seu corpo esguio, já agora sem cabeça, só corpo, numa irresistível e prazenteira exibição. Observar uma mulher nestas condições me crucifica.

Recebi no meu ateliê o presidente William Richard Tolbert, da República da Libéria, e acabo por lhe presentear com uma cerâmica, que lembra um escudo africano.

Depois da visita (completando vários dias de trabalho), retomo uma pintura que servirá de estudo para um quadro mais ambicioso, cujo título será *O domador de cachorros*.

8 de outubro

O Papa faz sucesso. Seguramente esta deve ser uma nova forma de santidade desconhecida para mim.

Mas vamos e venhamos: será mesmo admissível um santo bem-sucedido, ou será que no mundo moderno o sucesso também faz parte da suprema prova da santidade?

9 de outubro

Falhei na paisagem de ontem e acertei na paisagem de hoje, na qual trabalhei não mais que duas horas. Às vezes, no meu desespero, fico pensando que o que falta é passar as minhas pinturas no forno. Uma só passagem e elas estariam salvas e tão prodigiosamente belas e instigantes quanto as cerâmicas.

10 de outubro

Liquidei um autorretrato, cujo título *Lavando as mãos* parecia referir-se a Pilatos, embora eu estivesse apenas lavando as mãos diante do espelho do banheiro. Desta destruição, nasceu uma jovem passeando no campo, cujo modelo foi Fenícia. Ela parece se divertir em ser retratada. Ela própria às vezes pega o pincel e tenta retocar aqui e ali.

Silêncio, silêncio, silêncio é tudo o que posso desejar e não poderia ser diferente.

É a história de uma mulher que, com indiferente indolência e maneiras agradáveis, desempenha o papel de intermediária entre mandantes e executores de vários delitos motivados por todos eles, pela ganância, pela vingança e pela loucura.

O dia inteiro escutando o admirável *Quarteto*, de Brahms, para piano em dó menor - Op. 60.

23 de outubro – terça-feira

Faz hoje um ano que, exatamente nesta data, eu fugia das garras daquela mulher, sem olhar uma só vez para trás, e espero nunca mais vê-la atravessar o meu caminho e nem sequer ouvir a sua voz.

O apóstolo Marcos - cap. 6, v. 47, anuncia: "Ao cair da tarde, estava o barco no meio do mar...".

24 de outubro

Fenícia tanto me atormentou que acabou saindo do seu pequeno apartamento para uma casa rodeada de jardins e sombreada por uma bela e frondosa castanheira. Achei a casa sinistra, mas não disse nada. Alguma coisa entre uma caverna e uma densa floresta. Algo escuro, funesto, desagradável, de uma certa forma muito parecido com o espírito insondável desta mulher. No entanto, tenho a certeza de que ela não suportará esse "refúgio" por mais de um ano.

2 de novembro

Jamais consegui saber ao certo do que essas mulheres querem ser liberadas. Será que essas degredadas filhas de Eva pretendem ignorar a servidão humana, estar acima das próprias exigências de seus corpos, sacralizados pela natureza?

Inteiramente desconcertado pelos contínuos insucessos na pintura. No entanto, sei muito bem aquilo que persigo.

O admirável poeta Hölderlin achava "a linguagem, o mais perigoso de todos os bens".

Carta de Brahms ao seu editor Simrock: "Na página de rosto você poderá imprimir um quadro – uma cabeça com um revólver apontando para ela. Mandar-lhe-ei minha fotografia para esse fim. Poderá acrescentar também um casaco azul, calças e botas amarelas, desde que é tanto do seu gosto a impressão das cores".

Observação: com certeza, Brahms faz alusão ao traje favorito do *Werther*, de Goethe, desde que é certa a sua devoção (paixão) sem esperanças por Clara Schumann, mulher do compositor Robert Schumann.

5 de novembro

Pinto a minha primeira homenagem ao admirável Richard Dadd, pintor inglês do século XIX (1817-1886). Aliás, esta homenagem é dirigida a um único quadro que conheço dele, em forma de reprodução: *The child's problem* (*Tate Galery* - Londres).

Certa vez uma atenta embaixatriz inglesa, olhando essa reprodução na parede do meu ateliê, observou que Richard Dadd, pintor muito pouco conhecido, mesmo na Inglaterra – fez questão de frisar –, passou quase a vida inteira num hospício.

São quatro as portas de Damasco,
O Portal do Destino, A Entrada do Deserto,
A Caverna da Tragédia, O Forte do Medo...
Não passa, Caravana, ou passa sem cantar.
Você já ouviu o silêncio dos pássaros mortos,
Ou alguma coisa que chore como um pássaro?
(As portas de Damasco)

James Elroy Flecker

Isto me entristece quase ao desespero. Mas, sendo verdadeiro, tem de ser revelado: são os meus defeitos, muito mais do que as minhas qualidades que me salvam do desastre total. O que consigo de melhor é à custa dos meus mais graves defeitos.

O que interessa é a misteriosa e sutilíssima luz que persiste em toda sombra. Uma luz que nem a treva total consegue destruir. Em todo caso, convém não esquecer que também as sombras residem dentro da luz. Não há luz imaculada, nem a do sol, nem a das outras estrelas. Acredito que só os bons pintores não ignoram a existência desses segredos. Não foi por outra razão que o velho Leonardo (exímio e comprovado pescador em águas turvas), descobriu as horas roxas e a cor do tempo, sabendo reinar como ninguém nestes dois mundos sem fronteiras, tanto na luz como nas trevas.

Lembrar também o renascente mistério do ardoroso Georges de La Tour – como o de Rembrandt, este mestre dos mestres (irmão de Dostoiévski) – quando pintou a *Ceia de Emaús*.

22 de novembro

Volto para dizer nada. Trabalhei sobre alguns dos quadros destruídos e consigo alguns efeitos surpreendentes, embora a meu ver ainda deixando muito a desejar. Em todo caso, estão pintados. Alguns com muito esforço, outros com alguma loucura e outros até com inocência. Assim é a vida, assim é a arte.

10 de dezembro

O poema de James Elroy Flecker serviria como uma excelente epígrafe para um artigo sobre a crise atual no Irã. Em todo caso, de uma maneira mais prosaica, encontrei um texto de Agatha Christie retirado de *O portal do destino*, que é igualmente significativo: "Não sei os detalhes. Sempre houve confusões neste país, no mundo inteiro, aliás. Sempre houve e parece que sempre haverá. Até no tempo das Cruzadas. Como foram ter aquela ideia de formar exércitos para libertar Jerusalém?".

15 de dezembro

Junto a Fenícia faço a apaixonada releitura de *O morro dos ventos uivantes*.

Segundo Goya, "na natureza, a cor tanto quanto a linha não existem; existe só a luz e a sombra. Dê-me um pedaço de carvão e eu lhes farei uma pintura".

Depois de tanto tempo, caiu uma pequena chuva nesta manhã, o bastante para aliviar o meu seco coração.

20 de dezembro
A coisa, embora disforme, chegava para me iludir. Era, por assim dizer, a medida das minhas forças, o decalque das minhas esperanças.

Paisagem americana cheia de estranhos pormenores. Dentro dessa paisagem havia um outro quadro. E nele estava representado um cavalo azul e um dragão vestido de vermelho e preto. Um gato que era um rato, mas que não comia queijo. Na entrada de um pórtico, vaqueiros apedrejavam pacientemente Branca de Neve, que, por sua vez, parecia ignorar as intenções do inimigo, mascando chicletes.

26 de dezembro
Entre outros presentes, recebi uma bolsa de couro da Rússia, uma charuteira de prata e um livro verde. A charuteira que pertenceu a Lord Robert Watson me foi presenteada por Deborah, a bolsa de couro por Fenícia e o *Livro verde dos princípios políticos, filosóficos, sociais e religiosos* (do Aiatolá Khomeini) por Pio Guerra. Junto à charuteira de prata havia os seguintes versos:

As letras gravadas em prata
Eu pensei: devo apagá-las?
Não, pois a lembrança de uma dádiva
Só faz acrescentar ao tempo,
Mais sonhos para sonhar:
Foi em maio, com a primavera no auge.
Lord Robert Watson após um cansativo dia
Recostado no seu velho sofá de couro
Pensava: este ano as folhas são azuis...
E de repente escuta passos na sala
E de repente uma mão alva lhe entrega
Este presente que eu torno a lhe dar
Numa clara noite de Natal.

O poema estava assinado por Deborah Brennand.

ÍNDICE ONOMÁSTICO

C

D

E

F

G

H

M

Q

R

S

T

U

V

W

Z

~ 1821 ~

A família Brennand chega ao Brasil. Edward Brennand, nascido em 1805, em Manchester, Inglaterra, desembarca em Salvador, vindo de Liverpool. Não se sabe ao certo o motivo da viagem. Supõe-se que o jovem Brennand veio trabalhar em firmas inglesas, tendo passado alguns anos no Rio de Janeiro antes de se fixar em Maceió.

~ 1897 ~

Nasce no Recife, em 4 de setembro, Ricardo Lacerda de Almeida Brennand, filho de Francisca de Paula Cavalcanti de Albuquerque Lacerda de Almeida Brennand e de Ricardo Monteiro Brennand, bisneto de Edward Brennand. A partir dos 11 anos, Ricardo passa a morar com Maria da Conceição do Rego Barros Lacerda, prima de sua mãe, de quem herdará o Engenho São João da Várzea, a Usina Central de São João da Várzea e outras propriedades.

~ 1917 ~

Ricardo Lacerda de Almeida Brennand cria a Cerâmica São João da Várzea, primeira fábrica de cerâmica da família, instalando-a numa antiga olaria desativada cuja produção servira à construção dos engenhos.

~ 1925 ~

Ricardo se casa com Olímpia Padilha Nunes Coimbra, instalando-se na Casa Grande do Engenho São João, uma bela construção de ferro fundido importada da Bélgica, onde nascerão seus filhos. A casa foi até 1948 a residência de Francisco Brennand.

~ 1927 ~

A 11 de junho, nasce Francisco de Paula Coimbra de Almeida Brennand, segundo filho do casal. O primeiro foi Antônio Luiz, nascido a 11 de junho de 1926. Depois vieram Cornélio (9 de junho de 1928), Jorge Eugênio (1º de agosto de 1929), Tereza Maria de Jesus (25 de dezembro de 1931) e Maria da Conceição (14 de abril de 1933).

~ 1937 ~

Olímpia se muda com os seis filhos para o Rio de Janeiro. Os meninos são matriculados no Colégio Aldridge, na Praia de Botafogo.

~ 1938 ~

Antônio Luiz, Francisco e Cornélio são transferidos, como internos, para o Colégio São Vicente de Paula, em Petrópolis, sediado no antigo Palácio de Verão, arrendado da família real.

~ 1939 ~

De volta ao Recife, passam a estudar (inclusive Jorge Eugênio) como internos no Colégio Marista, onde Francisco Brennand terminará o curso ginasial, em 1942.

~ 1942 ~

O jovem escultor pernambucano Abelardo da Hora é convidado por Ricardo Lacerda de Almeida Brennand para trabalhar na Cerâmica São João da Várzea. Interessado por tudo o que na fábrica envolve desenho ou modelagem, Francisco passa a observar e a acompanhar Abelardo e, em poucas semanas, passa a trabalhar como artesão. Contudo, seu interesse maior permanece sendo a pintura.

~ 1943 ~

Francisco inicia o segundo ciclo no Colégio Oswaldo Cruz, em Recife. No mesmo ano, também chega ao colégio Deborah de Moura Vasconcelos, nascida em 12 de fevereiro de 1927, filha do médico Antonio Serapião Vieira de Vasconcelos e de Helena Olímpia de Moura Vasconcelos. Ligados por diversas afinidades, principalmente a paixão pela literatura, Francisco e Deborah começam a namorar em 1944.

~ 1944 ~

O talento de Brennand (que desde o Colégio Marista fazia caricaturas de professores e colegas) começa a ser conhecido em seu meio. O futuro escritor Ariano Suassuna, seu colega de classe, o convida a ilustrar os poemas que começa a publicar.

~ 1945 ~

Brennand conhece o pintor e restaurador Álvaro Amorim, a quem seu pai Ricardo o manda levar algumas obras da Coleção João Peretti que necessitavam de restauração. Amorim, um dos fundadores da Escola de Belas Artes de Pernambuco (ao lado de Balthazar da Câmara, Mário Nunes e Bibiano Silva), começa a orientá-lo em pintura. Francisco, nesta época, falava com desenvoltura nos fundadores da pintura moderna: Cézanne, Van Gogh e Gauguin.

~ 1946 ~

A convite de Ricardo Brennand, artistas como Álvaro Amorim, Balthazar da Câmara, Mário Nunes e Murilo La Greca vão de tempos em tempos pintar nas terras do Engenho São João. Francisco Brennand os acompanha e pinta suas primeiras paisagens. Além disso, ele restaura uma velha casa abandonada próxima a sua residência e a transforma em seu primeiro atelier. Passa a estudar pintura com Murilo La Greca e realiza sua primeira escultura: uma cabeça em barro, de Deborah.

~ 1947 ~

Brennand envia cinco quadros para o 6º Salão de Arte do Museu do Estado de Pernambuco. Ganha seu primeiro prêmio de pintura com uma paisagem idealizada a partir das caminhadas no Engenho São João. De forma singular, intitulou-a *Segunda visão da Terra Santa.*

~ 1948 ~

Para o 7º Salão de Arte do Museu do Estado de Pernambuco, envia novamente cinco quadros e obtém simultaneamente o primeiro prêmio com a obra *Frade em oração* e uma menção honrosa, por seu *Autorretrato como cardeal inquisidor*, inspirado pelo *Retrato do cardeal inquisidor Don Fernando Nino de Guevara*, de El Greco.

Vindo de Paris, onde mora, o pintor pernambucano Cícero Dias faz uma exposição na Faculdade de Direito, em Recife. Brennand lhe mostra seus quadros e eles conversam sobre pintura. Cícero se impressiona vivamente com suas obras e com a convicção do jovem artista e o instiga a viajar a Paris. Pessoalmente, convence seu amigo Ricardo a mandar o filho para o exterior. Preparando-se para a viagem, no fim do ano, Francisco e Deborah se casam.

~ 1949 ~

Em fevereiro, em Paris, Cícero Dias instala o casal no Hotel Montalembert, reduto de intelectuais e artistas, onde mora o poeta surrealista René Char e onde se hospeda regularmente o pintor português Almada Negreiros, amigo de Fernando Pessoa. Pouco depois da chegada, Brennand conhece ainda Fernand Léger.

Seu tempo é regularmente ocupado com incansáveis visitas a galerias e museus. Contudo, a permanência é difícil. Desde a viagem de navio Deborah vem tendo problemas de saúde e em março perde uma gravidez. O acontecimento deixa o jovem casal deprimido e em outubro, antes mesmo de completarem um ano em Paris, eles decidem retornar ao Brasil.

Depois de fazer exames médicos em São Paulo (que nada mostram de errado) e uma ligeira temporada de repouso em Poços de Caldas, o casal Brennand se reinstala no Recife, em dezembro.

~ 1950 ~

Com novo envio ao 9º Salão de Arte do Museu do Estado de Pernambuco, o pintor obtém o segundo prêmio, com a obra *Mamão e bananas*. Em novembro nasce sua primeira filha, Maria da Conceição, em Recife (PE).

~ 1951 ~

Em março, tendo deixado a filha no Brasil com os avós, Francisco e Deborah Brennand voltam a Paris, desta vez para uma temporada mais longa. Através de Cícero Dias, conseguem alugar de Gabrielle Buffet-Picabia o antigo atelier do pintor dadaísta Francis Picabia, localizado no número 11 da Rue de Chateaubriand, cheio de pulgas, poeira, quadros e desenhos abandonados pelo antigo ocupante. Algum tempo depois, Brennand chega a sugerir ao pai que compre algumas obras que Mme. Picabia lhe oferece por um preço baixíssimo, mas não recebe resposta. No atelier, o artista pinta naturezas mortas e cenas de interior que têm sempre Deborah como modelo. Mais tarde, 50 dessas telas chegarão ao Brasil.

Além de museus e galerias, Brennand visita algumas vezes o atelier de Fernand Léger, sem nunca, entretanto, se tornar seu aluno. Inscreve-se no curso de André Lhote, de quem se torna aluno apenas esporádico, mas de quem ouvirá grandes ensinamentos. Em julho, nas férias de verão do curso de Lhote, visita Barcelona e Madri, dedicando duas semanas ao Museu do Prado, especial e exaustivamente a Velásquez. A descoberta do arquiteto Antonin Gaudí foi definitiva para seu futuro interesse pela arquitetura. Entrando na França pelos Pirineus Orientais, passa alguns dias em Montpellier para conhecer de perto a Coleção Alfred Bryas, no Museu Fabre, onde encontra alguns quadros de Gustave Courbet e Eugéne Delacroix. Em agosto, visita Basileia, Genebra e Lausanne, na Suíça.

~ 1952 ~

Em fevereiro, Brennand e Deborah voltam ao Brasil. O artista convence o pai a lhe ceder a velha casa do Engenho São Francisco, então em ruínas, para que a recupere e a transforme em sua residência. Ao mesmo tempo, tenta conciliar sua vocação com os negócios e interesses da família e decide viajar para a Itália a fim de se aperfeiçoar em cerâmica.

Em julho após um mês de viagens e visitas a museus italianos, chega a Deruta, cidadezinha da Úmbria e seu destino final. Faz estágio numa fábrica pequena, especializada em produzir *majólicas* segundo processos artesanais do século XVI. Após o expediente, indo contra as regras acadêmicas, começa a experimentar com pigmentos e queimas sucessivas, descobrindo resultados e efeitos imprevistos.

Em novembro, descontente e inquieto, Brennand faz exames de saúde em Lausanne – que novamente não revelam nenhum problema – e segue para Paris. Uma vez lá, através da artista brasileira Marianne Peretti, conhece Balthus (Balthasar Klossowski de Rolla, pintor francês de origem polonesa, nascido em 1908, em Paris), por cuja obra nutre grande curiosidade desde 1946. Descobrira-o primeiramente em um livro sobre Giorgio de Chirico, empenhado em "fazer surrealismo segundo Courbet" – outro pintor que sempre lhe interessou. Reencontrara-o em 1949, associado a outros surrealistas num livro de René Huyghe. Nas viagens de 1949 a 1951, buscara-o em vão, mal conseguindo localizar algumas poucas obras suas em galerias.

Em dezembro, Brennand volta ao Brasil.

~ 1953 ~

Brennand se dedica à reforma da Casa do Engenho São Francisco, que, mesmo durante sua ausência, não fora interrompida.

Em 25 de julho, a pequena família se muda para a nova residência.

Brennand volta a trabalhar no antigo atelier da Fábrica, onde executa pratos e jarros cerâmicos a partir das experiências em Deruta, ornamentando-os com desenhos florais. Certas soluções já sugerem elementos sexuais e mais uma vez escreve, premonitoriamente, em seu diário:

> *Se conseguisse canalizar toda essa sensualidade em direção a um trabalho proveitoso, desarmando o espírito propenso a luxúria (...), afogando assim todas essas forças obscuras e selvagens no lugar de onde só pudessem ser retiradas na medida do necessário, poderia então começar a produzir algo de sério e inquebrantável.*

Exposições

12º Salão de Pinturas, coletiva, Museu do Estado de Pernambuco, Recife (PE).

~ 1954 ~

A família Brennand inaugura uma fábrica de azulejos (IASA), em cuja fachada Francisco realiza seu primeiro grande mural cerâmico. Como tema principal, escolhe descrever o ambiente "da mais velha das fábricas fundadas pelo meu pai" e nela faz uma série de esboços e desenhos; é a Cerâmica São João da Várzea – que virá a se transformar em seu Templo e Oficina. Em 1954, a Fábrica está semiabandonada e Brennand registra em seu diário a "perfeita integração de um atenuado mundo mecânico (não muito contrastante) com as figuras humanas que nele ainda trabalham" e o "sentido misterioso (quase romântico) de algumas dessas poderosas máquinas, em parte desarticuladas e silenciosas".

Em 31 de julho, nasce Maria Helena, sua segunda filha. Na mesma época, Brennand volta à pintura, com paisagens dos engenhos da Várzea e composições de atelier.

Exposições

13º Salão de Pinturas, coletiva, Museu do Estado de Pernambuco, Recife (PE).

~ 1955 ~

Exposições

III Bienal Hispano-Americana de Barcelona, coletiva, participa com parte dos quadros que pintou em 1954, Barcelona (Espanha).

5º Salão Baiano de Belas Artes, coletiva, onde ganha Medalha de Prata, Salvador (BA).

~ 1956 ~

Exposições

50 Anos de Paisagem Brasileira, coletiva, no Museu de Arte Moderna | MAM, São Paulo (SP).

~ 1957 ~

Brennand envia cinco pinturas para a *IV Bienal de São Paulo*, que são recusadas.

~ 1958 ~

Realiza seu primeiro mural em cerâmica em espaço público, denominado *Pastoral* (com 49m^2), para o Aeroporto dos Guararapes, em Recife (PE).

Exposições

Coletiva de Francisco Brennand, Renina Katz, Clelia Cotrim Alves, Leopoldo Raimo. Brennand participa com desenhos e monotipias, Galeria das Folhas, São Paulo (SP).

Exposição Internacional de Cerâmica de Ostende, coletiva, Ostende (Bélgica).

~ 1959 ~

Exposições

V Bienal de São Paulo, coletiva. Brennand envia cinco telas. Duas são recusadas e três (mostrando grandes frutos tropicais) são aceitas e expostas – equivocadamente – no setor de artistas primitivos. Visitando a Bienal, André Malraux, então Ministro da Cultura da França, se detém diante dos quadros e exclama: "Magníficos e puros". Comentando o fato na imprensa de Recife, Ariano Suassuna assegura que o escritor francês encontrara a autêntica "pintura brasileira" que tanto procurava. Museu de Moderna | MAM, Pavilhão Ciccilio Matarazzo Sobrinho, São Paulo (SP).

Brennand, individual, Galeria das Folhas, São Paulo (SP).

~ 1960 ~

Em Recife, um grupo de amigos – composto por César Leal, Tomás Seixas, Ariano Suassuna e Brennand – passa a se reunir regularmente aos domingos no Engenho São Francisco, para a troca de ideias, junto com outros eventuais visitantes. Eles se autointitulam a "Academia dos Emparedados".

Exposições

Francisco Brennand: Cerâmicas, individual, composto de placas cerâmicas, Museu de Arte Moderna | MAM, São Paulo (SP). Geraldo Ferraz, em *O Estado de São Paulo*, registra que, "depois de meio século de trabalho de cerâmica no Brasil, à margem da indústria do objeto de uso caseiro, é a de Francisco Brennand a primeira produção efetivamente artística que se pode observar. Do oleiro, da louça de uso, chegamos à cerâmica de arte". E conclui: "O respeito à matéria, em sua contingência participante do fogo, à sóbria estilização já personalizada, marcam em Brennand um regulador singularíssimo".

Pintores Contemporâneos, coletiva, Igreja São Pedro dos Clérigos, Recife (PE).

~ 1961 ~

Realiza um mural em cerâmica dedicado à figura de Anchieta, para um ginásio em Itanhaém, no litoral de São Paulo, por encomenda do arquiteto João Villanova Artigas.

Inicia o mural da *Batalha dos Guararapes* – um dos maiores e mais importantes de sua carreira – para o Banco da Lavoura de Minas Gerais, no Recife, tratando do episódio histórico que, em 1654, marca a expulsão definitiva dos holandeses do Brasil. O painel é também uma metáfora para os sentimentos nacionalistas da época. O artista inclui entre os personagens as figuras de Jânio Quadros (que acabara de renunciar à presidência), de Ariano Suassuna e dos combatentes que desfraldam a bandeira brasileira atual.

Em sua coluna "Diário Literário", no *Diario de Pernambuco* de Recife, o poeta César Leal proclama que o painel "coloca a pintura brasileira contemporânea naquela mesma posição de independência em que Giotto situou a pintura italiana em relação à pintura grega: refiro-me à emancipação alcançada pelo artista pernambucano em relação aos modelos europeus, não se deixando contaminar pela tremenda contradição que se encontra tão bem estabelecida entre a vida e o artista moderno". O *topos* de um Brennand nacionalista se reafirma: "O espiritual e o humano, o racional e o sensível demonstram a enorme superioridade dos processos criadores deste artista que tão vigorosamente representa a consciência nacional de um povo, numa fase de transformações fundamentais".

Realiza a fachada em cerâmica para o Banco Bandeirantes do Comércio S/A.

Exposições

Pintores Pernambucanos, coletiva, Galeria da Prefeitura Municipal, Recife (PE).

5º Congresso Nacional de Cerâmica, coletiva, Galeria da Prefeitura Municipal, Recife (PE).

Comemoração aos 426º aniversário da Cidade de Olinda, Galeria da Ribeira, Olinda (PE).

Artesanato Artístico, coletiva, Galeria de Arte Moderna de Belo Horizonte (MG).

Pintura Brasileira, coletiva, Galeria Astréia, São Paulo (SP).

Quadros a Óleo: Francisco Brennand, individual, Galeria São Luís, São Paulo (SP).

Individual, expõe 76 peças em cerâmica, incluindo pratos, placas e painéis, Museu de Arte Moderna da Bahia, Salvador (BA). No *Diário de Notícias* de Salvador, a arquiteta Lina Bo Bardi publica um artigo enfático que se centra na questão do internacionalismo *versus* cultura nacional. Entende que a segunda nasce "dos que olham dentro de si e em volta deles, procurando, fatigadamente, nas poucas heranças de uma terra nova e apaixonadamente amada, as raízes duma cultura ainda informe, para construí-la com uma seriedade que não admite sorrisos. Procura fatigada, nos emaranhados de heranças sofisticadamente desprezadas por uma crítica improvisada que as define drasticamente como regionalista e folclórica". Exalta uma "aristocracia popular" na qual inclui Brennand, vendo em sua arte uma "simplificação aristocrática e popular concretizada numa técnica séria".

~ 1962 ~

Conclusão do mural cerâmico *Batalha dos Guararapes*, Recife (PE).

Inicia o projeto de seu maior mural, para a nova sede da indústria de bebidas Bacardi Export, em Miami, Flórida (EUA), que será terminado em 1963. São 656m^2 de área utilizando 28.234 azulejos produzidos pela IASA (Indústria de Azulejo S.A.), fábrica fundada por sua família. O tema é um desenho floral em tons de azul sobre fundo branco, cobrindo as laterais do edifício.

Exposições

Arte Brasileira da Coleção Ernesto Wolf, coletiva, Museu de Arte Moderna | MAM, São Paulo (SP).

Pintura Religiosa em Pernambuco, coletiva, Atelier São Bento, Recife (PE).

~ 1963 ~

Realiza mural *O canavial* para o para o Museu do Açúcar, hoje Museu do Homem do Nordeste, Recife (PE).

Realiza mural floral para a agência do Centro do Banco do Brasil S/A, Recife (PE), após vencer concurso realizado pela instituição.

Em novembro, a convite do governador Miguel Arraes, assume a Casa Civil do Governo de Pernambuco, cargo no qual permanecerá até março de 1964.

Exposições

Mural Miami, coletiva, participa com estudos, desenhos e fotos, Sociedade Cultural Brasil Estados Unidos, Recife (PE).

Artistas do Nordeste, coletiva, Museu da União, Salvador (BA).

Brennand: Desenhos Florais e Cerâmica, individual, Galeria de Arte da Prefeitura Municipal de Natal (RN).

~ 1964 ~

Brennand retorna à pintura. Trabalha no seu atelier e continua realizando painéis e murais em cerâmica, que começam a ser aceitos em maior escala, em agências de bancos, hotéis e residências.

Realiza o *Mural da moeda* para o Banco Mineiro da Produção, Recife (PE)

Exposições

Bienal de Artes Aplicadas, coletiva, Punta del Este (Uruguai).

~ 1965 ~

Realiza o mural *O grande Sol* para o Banco Bandeirantes S/A. Em 1996, os proprietários demoliram o prédio, mas Brennand conseguiu restaurar a obra, que hoje se encontra junto a outras esculturas doadas pelo artista no Pátio do MAMAM | Museu de Arte Moderna Aluízio Magalhães, Recife (PE).

Exposições

Individual, com pinturas e cerâmicas, Petite Galerie, Rio de Janeiro (RJ).

Seis Artistas de Pernambuco, coletiva, Museu de Arte do Rio Grande do Sul, Porto Alegre (RS).

~ 1966 ~

Em uma decisão em acordo com o resto da família, Brennand vende sua participação acionária nas empresas do grupo.

Exposições

I Bienal da Bahia, coletiva, onde recebe uma sala especial, Salvador (BA).

Seis Artistas de Pernambuco, coletiva, Museu de Arte Moderna do Rio Grande do Sul, Porto Alegre (RS).

~ 1967 ~

Dedica-se ao trabalho incessante em diferentes murais cerâmicos.

~ 1968 ~

Brennand constrói um forno para a queima de suas peças em terras do Engenho São Francisco.

Realiza o mural *Primavera*, com 300m^2, para uma loja de departamentos do Recife (PE), antiga Arapuã, hoje EletroShopping, na Rua do Sol. O tema é novamente flores e frutos e o painel se reflete nas águas do Rio Capibaribe, tornando-se uma referência na paisagem da cidade.

Em 12 de novembro, nasce Pedro Fabrício Mendes Brennand, seu primeiro filho homem.

~ 1969 ~

Exposições

Obras Recentes de Francisco Brennand, individual, só de pinturas, Petite Galerie, Rio de Janeiro (RJ). Apresentação de Ariano Suassuna e Frederico Morais, que escreve no catálogo: "A pintura de Francisco Brennand tem cheiro e cor de terra. Ela retrata, para usar a terminologia de Georges Friedman, o 'meio natural', no qual o homem vive mais concretamente. (...) Canta a terra no que ela tem de mais belo: a sua contínua rítmica modificação. A terra na sua poética rudeza. (...) O vigor e a macheza de sua pintura, a luminosidade intensa de seus quadros, são um hino a um viver mais sadio, mais natural, mais concreto. (...) O caju, a banana são como que erotizados, monumentalizados, como que se transformam em seres vivos. Ganham dramaticidade".

Individual de pinturas e cerâmicas, Galeria Astréia, São Paulo (SP).

Individual, Reitoria da Universidade Federal da Paraíba, João Pessoa (PB).

~ 1970 ~

Realização de mural em azulejos para a Associação dos Criadores de Surubim, Surubim (PE).

Realização de painel para a Reitoria da Universidade Federal de Pernambuco | UFPE, Recife (PE).

Exposições

Movimento Armorial, coletiva, Igreja de São Pedro dos Clérigos, Recife (PE).

~ 1971 ~

Realização de mural em cerâmica para a Biblioteca Pública do Estado de Pernambuco, Recife (PE).

Depois de uma visita às ruínas semiabandonadas da Cerâmica São João, ocorre a Brennand pedir ao pai que lhe permita instalar ali seu atelier. É o começo de todo o projeto, do *work-in-progress* que continua até hoje. Por mais três anos o espaço e os fornos ainda ativos serão partilhados com outras atividades produtivas do grupo, até que, em 1974, adquirirá a propriedade, que se tornará seu espaço e atelier exclusivo. A escritura definitiva é de 1978.

Realização de painel para a Federação Pernambucana de Futebol, Recife (PE).

Exposições

XI Bienal de São Paulo, coletiva, participa com as 12 grandes telas da *Série Amazônica*, São Paulo (SP).

~ 1972 ~

Iniciam-se as grandes e longas reformas da Oficina Cerâmica.

Realização de piso (tapete cerâmico) para o Edifício da SUDENE, Recife (PE). O artista inicia ainda a produção de revestimento cerâmico industrial para o mesmo prédio. Serão 300m^2 por mês durante os próximos três anos.

Exposições

Arte/Brasil/Hoje: 50 Anos Depois, coletiva, Galeria da Collection, São Paulo (SP).

~ 1974 ~

Realização de mural em cerâmica para a Rede Ferroviária Federal S/A | REFFSA, Recife (PE).

As primeiras esculturas começam a povoar o Templo. Brennand compra a antiga Cerâmica São João. As mudanças e as novas obras começam a ser notadas. Num artigo no *Diario de Pernambuco*, Renato Carneiro Campos – um amigo antigo que também participou das reuniões dos Emparedados – registra: "De repente, surgiram florais no chão de terra batida, bichos nos grandes espaços vazios, velhos fornos se transformaram em grutas mágicas, com toques de história de trancoso. (...) Velhas máquinas, já consideradas imprestáveis, tornaram-se artisticamente jovens, aproveitadas para a decoração do ambiente, mudando o destino de suas utilidades. Tudo até parece com o cumprimento de uma promessa que o menino adulto fez a si mesmo, que vai realizando, palmo a palmo, com toque de revide e obsessão".

~ 1975 ~

Inicia um mural para a Prefeitura do Recife, concluído em 1976.

Entre 1975 e 1985, realizará a grande maioria das esculturas que se encontram hoje na Oficina Cerâmica Francisco Brennand, Recife (PE).

Pinta o mural *Batalha do Riachuelo*, em homenagem ao Almirante Barroso, que fica na Praça 11 de Junho, Vila Naval, bairro de Santo Amaro, Recife (PE). O mural foi restaurado pelo artista e sua equipe em setembro de 2005.

Brennand participa do *XXXIII Concurso Internacional da Cerâmica de Arte Contemporânea* em Faenza (Itália) e ganha diploma do evento.

~ 1976 ~

Exposições

Individual de desenhos e cerâmicas, Banco Interamericano de Desenvolvimento | BID, Washington (EUA).

O Desenho em Pernambuco, coletiva, Gatsby Arte Galeria, Recife (PE); e Galeria Nara Roesler, São Paulo (SP).

~ 1977 ~

Realização do curta-metragem *Brennand: Sumário da Oficina pelo artista* (PE, 35mm), dirigido por Fernando Monteiro e com fotografia de Vitor Diniz.

Lançamento do livro *O pintor de fêmeas*, de Paulo Craveiro.

Exposições

Arte Agora I/Visão da Terra, coletiva, Museu de Arte Moderna | MAM, Rio de Janeiro (RJ).

~ 1978 ~

Durante três meses, o artista se refugia em uma fazenda pertencente a Deborah, em Camucin de São Félix, no interior de Pernambuco, onde se inspira para uma retomada de pintura. Esta acabará sendo a principal atividade do ano.

Exposições

The Original and Its Reproduction, coletiva, Philadelphia e Washington (EUA).

~ 1979 ~

Realização de mural para a Companhia Hidroelétrica do São Francisco | CHESF, Recife (PE).

Exposições

Escultura Brasileira, coletiva, Galeria Artespaço, Recife (PE).

No dia 11 de novembro de 1971, Francisco escreveu:

> *"Aguardo ao pé da ponte da antiga estrada de ferro o caminhão carregando os meus destroços, que começo a transportar para a Cerâmica São João. Entrarei hoje nesta velha fábrica, ainda com o sentimento de perda; contudo, não faz mal, melhor que seja assim. Sinto no ar, na sombria atmosfera destes enormes galpões semi-destruídos, que algo está acontecendo ou na eminência de acontecer. Na penumbra dos corredores, fecho os olhos e aguardo o sonho..."*

Esse trecho não há de ser encontrado em nenhuma das páginas desse *Diário*. Fazia parte dos cadernos que foram devorados pelo fogo. Se foi reescrito de memória, ou resgatado por Francisco das chamas, não importa. Sobreviveu para contar a história.

Nesse dia, Francisco entrou na velha Fábrica de seu pai para nunca mais sair. Além de sonhos, levava debaixo do braço os inúmeros cadernos de seu *Diário*.

Esse foi o primeiro vestígio de seus escritos que li. Representa o início de minha jornada no mundo de Brennand. Naquele dia, muitos anos atrás, fui também abduzida pelo sonho...

Dedico essa publicação ao meu avô Cornélio e ao meu bisavô Ricardo. Neles, o começo de tudo. Em Ricardo, o sonho de Francisco. Em Cornélio, o meu sonho. Nos dois, o sonho de uma família.

Obrigada aos meus parceiros pelo talento, dedicação e incansável trabalho nas infinitas páginas desse *Diário*. A vocês toda a minha admiração.

Obrigada à minha família e aos fiéis amigos pelo apoio incondicional.

Obrigada aos nossos patrocinadores; não fosse o inestimável apoio que viabilizou essa empreitada, a publicação do famoso *Diário de Francisco Brennand* continuaria uma promessa.

Aos que tocaram os escritos antes de mim, obrigada por abrirem o caminho.

Francisco, a você meu tio querido, obrigada por abrir a porta e me convidar a entrar.

E assim, "como as estrelas, sem pressa e sem descanso", termino a minha missão. Os tão "sonhados cadernos arábicos" finalmente tomaram forma de livro. Em 4 volumes, duas mil páginas e muita tinta. Mais um tanto de carne, sangue e barro, de uma vida inteira, que não cansa de se reinventar.

Um Brennand que é vários mas uno no seu coração de pintor. Como lhe escreveu seu pai, "quem sabe, talvez um dos maiores do Brasil". Ricardo tinha os olhos de ver no coração da matéria de que é feito o homem. E ele viu o coração de Francisco. Que pinta com barro e tinta. E que escreve. Para jamais esquecer que pinta.

Marianna Brennand Fortes

©2016 Francisco Brennand
©2016 Inquietude

EDIÇÃO E IDEALIZAÇÃO
Marianna Brennand Fortes

COORDENAÇÃO EDITORIAL
Marianna Brennand Fortes
Inquietude

CONSULTORIA EDITORIAL
Silvana Monteiro de Carvalho
Arte Ensaio Editora

ASSISTENTE EDITORIAL
Carolina Benevides
Renata Azevedo

PRODUÇÃO EXECUTIVA
Mariola Filmes e Produções

EQUIPE DO ARTISTA
Cristiane Dantas
Marinez Teixeira

TEXTO CRONOLOGIA
Weydson Barros Leal
Marinez Teixeira
João Cândido Zacharias

FOTO CRONOLOGIA
Acervo Francisco Brennand

CAPA, PROJETO GRÁFICO E DIAGRAMAÇÃO
Flavio Flock

REVISÃO
Frederico de Carvalho Gomes
Sara Simões Silveira
Elizama Almeida
Cristina Parga
Ó Editorial

REVISÃO LÍNGUA ESTRANGEIRA
Flora Thomson-DeVeaux
Sophie Bernard
César Alarcón
Isa Carvalho

ÍNDICE ONOMÁSTICO
Elizama Almeida
Veronika Berg

IMPRESSÃO E ACABAMENTO
Companhia Editora de Pernambuco - Cepe

IMAGENS
1 / 2 e 487 / 488 | Manuscritos dos cadernos do Diário de Francisco Brennand
481 | Acervo Francisco Brennand

*A Editora envidou todos os esforços para identificar os detentores dos direitos sobre as imagens reproduzidas na obra. Caso algum autor se sinta lesado, por favor, entrar em contato com inquietude@inquietude.art.br, para os devidos créditos em futuras edições.

Todos os direitos reservados à:

Inquietude
Rua João Francisco Lisboa, 790 | 09
50741-100, Várzea, Recife | PE

inquietude.art.br

LEI DE INCENTIVO À CULTURA

Patrocínio:

Itaú

GrupoCornélioBrennand

Apoio:

Cepe EDITORA

Realização:

MINISTÉRIO DA CULTURA

BRASIL GOVERNO FEDERAL

CIP | Catalogação na Publicação
Elaborada pela bibliotecária Gabriela Faray (CRB7-6643)

B838

Brennand, Francisco, 1927
Diário de Francisco Brennand : o nome do livro, vol. I : 1949 - 1979 / Francisco Brennand ; [apresentação: Paulo Herkenhoff ; prefácio: Alexei Bueno]. - Recife/Rio de Janeiro : Inquietude, 2016.
488p. ; il. color. ; 23cm.

ISBN 978-85-93047-00-8 (obra completa)
ISBN 978-85-93047-01-5 (v. I)

1. Brennand, Francisco, 1927-. 2. Diários – artistas. 3. Memórias. 4. Arte brasileira. 5. Pintura. 6. Escultura. 7. Cerâmica. I. Herkenhoff, Paulo, 1949-. II. Bueno, Alexei, 1963-. III. Título.

CDD – B808.883

Índice para catálogo sistemático:
1. Diários, manuscritos: 808.883

Pássaro.
Nanquim e guache s/ papel, 20 x 13,5cm, 1960.

Autorretrato como Cardeal Inquisidor. (pág. 22)
Óleo s/ tela, 38,5 x 64,5cm, 1947.

Esta obra foi editada entre 2014 e 2016
nas cidades do Rio de Janeiro e Recife.
Fonte | Adobe Caslon Pro e Centennial
Papel | Pólen Soft 80g/m²
Impressão | Companhia Editora de Pernambuco - Cepe
Tiragem | 2000

10 hs da manhã — 23 de Outubro de 1978

* Estudo de paisagem realizado com incrível rapidez. Certezas e incertezas de toques, por toda parte e no final do quadro de contas tudo deu certo. Acertei como disse domingo porque eu próprio (apesar de mim) não consegui estragar o quadro. Olhando-o agora parece-me, de todos os estudos de paisagem o melhor e mais conseguido: arquitetura, cor, linha e expressão e talvez o toque supremo do meu próprio desespero traduzido nestas impiedosas e angustiantes linhas de fuga. Ir em frente para o futuro que não é senão o fim. O Fim de tudo.

* Porque você se referiu aquela figura da fotografia como uma criatura sinistra? Porque a cada passo, marca um ponto, marca o meu coração? Que história aquela de batizar o homem da fotografia com outro nome "desenvolvê-lo" como você disse.

22 de Novembro: 7 hs da manhã

* Nelson partiu para cidade, levando cartas e recomendações. Mas, assim mesmo já começou por esquecer parte das recomendações deixando uma caixa de tintas que era para consertar com urgência.

desgosto por eu não ter voltado simplesmente para casa. Na sua maneira de pensar, esta minha "fuga", não foi só para correr de S., foi sobretudo uma forma premeditada, ([illegible] bem significativa) de me afastar, não só dela, minha mulher, como também de minhas filhas, dos meus negócios etc... Tentei demovê-la de tão absurdas suposições etc.

Estréia hoje no Recife "Casanova de Fellini". O famoso realizador italiano afirma que durou dois anos para desmistificar Giacomo Casanova que o cineasta detesta. Daí porque seu filme é sobre o vazio. O vazio das Memórias de Casanova, o **grande amante**, que teria sido, até no amor, um medíocre.

Onde a razão do mito Casanova? Responde Fellini: "Porque ele encarna o vazio. De um universalismo sem significação: a Poesia, a Mulher, a Alma Feminina, as Ciências, as Artes — com total ausência de individualidade. É o indiferenciado. O indistinto provoca sempre uma grande fascinação, porque é o coletivo que dá acolhida e crédito, que exalta todas as coisas em um sistema de trocas forçado e inalterável".

* gostaria imenso de ver este filme de Fellini e se me for possível, na próxima semana estarei no Recife para assisti-lo.

---

* Na noite de ontem, depois que Deborah recolheu-se aos seus aposentos, peguei dois livros, certo de poder folheá-los enquanto o sono não me chegasse. Um livro de contos do escritor norte americano James Gould Cozzens e o outro, o meu velho conhecido, L'histoire d'amour de La Rose de sable de Henri de Montherlant. Acabei me ficando na história de amor do tenente Auligny pela menina árabe de doze ou treze anos.